Du même auteur, chez le même éditeur :

Malhorne :
1. *Malhorne* (2004)
2. *Les eaux d'Aratta* (2004)

www.bragelonne.fr

Jérôme Camut

Malhorne
1

Le Trait d'union des mondes

Bragelonne

Collection dirigée par Stéphane Marsan et Alain Névant

Cet ouvrage a fait l'objet d'une première publication
aux éditions Le Serpent à Plumes en 2002.

L'auteur et l'éditeur tiennent à remercier Tania Capron
pour sa contribution à la première édition de cet ouvrage.

Illustration de couverture :
© Philippe Bouveret

ISBN : 2-914370-73-3

Bragelonne
35, rue de la Bienfaisance - 75008 Paris

E-mail : info@bragelonne.fr
Site Internet : http://www.bragelonne.fr

Les sept ont été sculptées pour préparer l'avènement d'une révélation.

Les sept n'ont de valeur et de sens que réunies, solidarisées par le huitième élément.

Les sept représentent l'heptagone qui m'apparut en songe, lors d'une si lointaine nuit d'il y a près de cinq siècles.

Cet heptagone qui me suit depuis l'aube de ma seconde vie et n'a jamais eu pour moi plus de clarté ni de sens que ce qu'il représente.

Quatre et trois, le quaternaire associé à la trinité,

la matière à l'esprit, les éléments au divin.

Je suis le gardien de cette révélation, dont je ne sais pour ainsi dire rien.

Mille fois plus grand aurait pu être le nombre des années, je n'en saurais toujours pas davantage.

Je ne suis que le gardien, le trait d'union des mondes.

Sans intention ni pouvoir.

Je ne sais si, comme moi, d'autres maudits parcourent le monde à la recherche d'une dernière vie, cet ultime trépas après lequel mes soupirs languissent.

Je ne suis pas la révélation.

Je suis le trait d'union des mondes.

Je suis le trait d'union des mondes.

En mémoire des miens.
Jean-Pierre, Marco, Stéphane,
Willy et Xavier.
Les voyageurs sans retour.

Avant le verbe

Zagul appliqua une nouvelle couche de pigments sur la paroi bosselée. Déjà, une belle satisfaction entaillait son visage. Il recula d'un pas pour admirer son œuvre mais son sourire se fana. Quelque chose le tracassait. Le dessin qu'il était sur le point d'achever ne ressemblait pas exactement à sa vision des nuits passées. Il éleva un brandon enflammé pour mieux se rendre compte. Peut-être les couleurs... Peut-être le dessin dans son ensemble... Après tout, c'était la première fois qu'il peignait un motif abstrait. Un cercle de couleur chaude ceint par sept formes pointues plus petites. Non, tout y était. Sa main monta au sommet de son crâne et commença à fouiller dans l'épaisse toison à la recherche d'une réponse.

Une jeune femelle s'approcha du dessin. Elle renifla la forme abstraite quelques instants puis se gratta la tête à son tour. Lorsqu'elle se retourna vers Zagul, sa bouche esquissait déjà un sourire. En apercevant la ride d'incertitude sur le front du peintre, elle éclata franchement de rire. Piqué dans son amour-propre, Zagul libéra sa rage sur la jeune imprudente à coups de poing, de pied et de hurlements rauques. Lorsque, enfin apaisé, il reporta son attention sur le dessin, un frémissement sourd commença à parcourir la caverne.

Zagul ignorait ce qui se tramait mais un sentiment s'imposa à son esprit. Il lâcha ses outils et s'élança vers la sortie.

Le frémissement s'accentua, puis de fortes vibrations secouèrent son univers. Par plaques entières, du salpêtre chutait en pluie sur le sol, pulvérisant une poussière aveuglante. Une secousse plus violente fit chanceler Zagul au point qu'il tomba à la renverse. Son dos heurta une pierre pointue et il perdit connaissance, les reins brisés.

Lorsqu'il recouvra ses esprits, une nuit angoissante avait envahi la caverne. Zagul essaya de se relever mais ses jambes refusaient de lui obéir. Quelque part à côté de lui, il sentait une présence humaine dont il percevait les sanglots. À la lueur du feu finissant, il comprit pourquoi la lumière du soleil ne brillait plus. Le plafond de la grotte s'était effondré sur une bonne longueur, obstruant tout passage vers l'air libre. Zagul tenta de grogner un son vers la forme gémissante mais seul un sifflement parvint à s'échapper de sa gorge, asséchée par les fumées épaisses. Ses poumons se gonflaient à l'extrême sans qu'il en ressente le moindre plaisir. Au contraire, cela le brûlait horriblement. Les braises du foyer, qui n'éclairait maintenant plus rien, achevaient de consumer l'oxygène. Une nuit éternelle enveloppa de néant la partie intacte de la caverne où il gisait. Les pensées de Zagul vacillèrent à nouveau.

Sans souffrance, il sombra dans le gouffre apaisant d'une mort prématurée.

1

Malhorne repoussa la fille du pied, sans ménagement. Elle partit se réfugier dans un coin du cellier et le fixa sans un mot. Malhorne se retourna sur sa paillasse. Il savait qu'elle allait revenir, pour se blottir contre lui ou pour tenter de le chevaucher à nouveau. Il ferma les paupières et se laissa glisser vers cette torpeur attendue qui l'envahissait immanquablement une fois le coït atteint.

La fille couina une fois ou deux.

Quelque part dans les sous-sols de l'abbaye, des moines roulaient un tonneau. Malhorne pensa avec joie aux délices à venir. Au vin de l'année passée qui coulerait bientôt vers le fond de son gosier.

Il entendit des ongles gratter le sol dans son dos.

Quelques instants plus tard, la pointe des seins de la jeune femme vint s'écraser contre ses reins, puis une main fouilla la région de son bas-ventre pour secouer en vain son sexe ramolli.

Cette petite n'avait pas seize ans.

Malhorne brailla un chapelet d'injures et tendit un poing menaçant. Mais la fille poursuivait ses audaces. Le poing s'abattit avec force sur la nuque de l'effrontée, qui ne demanda pas son reste et disparut en glapissant.

Malhorne allongea le bras et tâtonna dans l'obscurité. Ses doigts rencontrèrent une bouteille. Il la souleva. Vide. La bouteille retomba sur la terre battue du cellier avec un bruit mat. Sa main repartit vers la nuit. Une seconde bouteille révéla un contenu aussi désespérant que la première. Agacé, Malhorne balaya l'obscurité d'un geste ample du bras. Plusieurs bouteilles tintèrent en s'entrechoquant mais aucune n'émit ce bruit plein si doux à son oreille. La mi-journée à peine atteinte, il avait déjà englouti cinq litres de vinasse. Plus que sa part quotidienne. La raison aurait dû lui conseiller d'en rester là mais cette fille lui avait donné soif.

Il s'adossa contre le fond de la barrique qui servait de repaire secret à ses heures voluptueuses et constata à la lueur d'une bougie l'état navrant de son stock. Une expédition s'imposait. Tant bien que mal, il parvint à se lever et partit en titubant vers le tonneau mis en perce la veille.

Deux bonnes bouteilles remplies du vin des moines dans chaque main, Malhorne retourna se caler contre le fond de la barrique. Il régla d'un trait le compte à la première, soulagea de son contenu la moitié d'une deuxième et sombra dans le sommeil.

Des bruits de pas et des cliquetis métalliques le réveillèrent peu après. Ensuqué par l'excès d'alcool, il crut d'abord rêver. Mais les appels qui résonnaient haut, scandant son nom sur un ton impérieux, le ramenèrent à la réalité. On le cherchait. Ce n'était pourtant pas un jour à se montrer. Malhorne avait décidé la veille qu'il séjournerait jusqu'à la nuit tombée au fond de sa barrique. La raison en était simple. Le cardinal Delapresle et ses sbires, le grand Inquisiteur et sa troupe de moines soldats, demeuraient entre les murs de l'abbaye depuis une décade. À grand renfort de Monseigneur par-ci, de Votre Éminence par-là, il avait exécuté les désirs de ces messieurs. Mais aujourd'hui, il lui incombait de procéder aux exécutions du tribunal, à lui, maître Malhorne, capitaine de la garde de l'abbaye fortifiée de Pierrefith. Si l'Inquisition traquait l'innommable sous toutes ses formes, jugeait ses adorateurs et condamnait les coupables, l'exécution des sentences, la basse besogne des festivités inquisitoriales, revenait quant à elle aux laïcs. Le sang ne pouvait être versé par l'Église.

Ainsi Malhorne avait-il organisé la garde des accusés, prêté assistance au bourreau dans la stricte application du *Maleus maleficarum,* organisé une partie de chasse pour égayer le cardinal et fait bâtir un grand bûcher qui pourrait rôtir jusqu'à six sulfureux, le tout sans piper mot. Avec même un zèle inattendu qui avait fort surpris le père abbé. Mais allumer le bûcher, non. Ce n'était pas là une affaire de soldat. Que les moines, les curés et les cardinaux lavent leurs problèmes de conscience entre eux. Et longue vie aux suppliciés s'ils n'y parvenaient pas.

Comme les appels se rapprochaient de lui, il souffla la bougie et se tint immobile.

Un seul de ses gens d'armes connaissait sa cachette. Un petit loqueteux au visage angélique qu'il avait failli déniaiser un soir de désarroi aviné. Louviers. Gaspard Louviers, un garçon, imposé par le père abbé, qui ne parviendrait jamais à manier la masse, tant sa musculature de chérubin lui interdisait cet effort.

Pas des hommes que j'ai dans ma troupe, pensait-il souvent. *Des souffreteux oui. Des sauterelles. On verra un beau carnage le jour où les païens repasseront la Garonne ! Et rira bien qui rira le dernier.*

Les bruits de pas s'estompèrent, puis la voix de fausset du petit Louviers tinta sous les voûtes du cellier.

— Maître Malhorne, sonnait-elle. Maître Malhorne, y a du grabuge au village !

Malhorne ne bougea pas. La lueur palpitante de torches en approche éclaira maigrement l'intérieur de la barrique.

— Maudit saligaud, ragea-t-il. Y va me faire repérer.

Le visage encadré de boucles blondes de Louviers apparut à l'entrée de son repaire.

— Il est ici, hurla-t-il. J' l'a trouvé.

Malhorne n'eut pas le temps de vider le flot de bile qui lui montait aux lèvres. L'arrivée d'une demi-douzaine de ses soldats le tempéra un peu puis l'apparition du père abbé en personne le calma tout à fait.

On le cherchait effectivement. Mais pas pour la raison qu'il supposait. Une jacquerie menaçait l'abbaye. En quelques mots, le père abbé lui exposa la situation. L'heure était enfin venue pour lui de justifier sa solde.

Malhorne brailla un ordre de rassemblement et il emboîtait le pas à ses hommes lorsque le père abbé le retint.

— Nous discuterons plus tard des sanctions qui s'imposent, lui confia-t-il en fixant la barrique et les bouteilles vides. Pour l'heure, je veux que vous mettiez la salle du trésor à couvert.

Malhorne tenta une négociation qu'il savait inutile, puis il obtempéra devant le regard noir du père supérieur.

Il fila piteusement, surveillant tant bien que mal sa démarche titubante.

Avant d'exécuter cet ordre, Malhorne voulut s'assurer de la menace. Il monta au poste de guet, manqua s'affaler plusieurs fois et se campa fièrement contre la courtine. Puis il plissa les yeux pour se protéger du franc soleil d'août et observa la vallée. Tout au bas de l'éminence rocheuse sur laquelle reposait l'abbaye, un attroupement approchait des gués de la Tardoire. Un peu plus loin le long de la route, une grange brûlait. Deux charrettes remplies de foin suivaient à cent pieds derrière. Plus loin encore, quelques retardataires, des vieux ou des estropiés, fermaient la marche.

Des dizaines de paysans du comté semblaient s'être échauffé les sangs contre les moines. La collecte de la gabelle enfermée dans les sous-sols de l'abbaye ne devait pas être étrangère à cette vindicte.

Malhorne eut un rictus de mépris. Il aurait tôt fait de mater la piétaille.

Il redescendit du mur d'enceinte et s'engouffra dans un escalier qui menait aux sous-sols.

La torche, qu'il portait haut, éclairait à peine à un pas devant lui.

Il tourna dans un souterrain au plafond plus bas qui se terminait en cul-de-sac sur trois pièces minuscules. Cet espace, ordinairement occupé par deux coffres ouvragés, se trouvait pour l'heure presque rempli par une année de gabelle.

Des dizaines de sacs garnis ras la gueule laissaient miroiter la belle moisson d'or et d'argent des impôts royaux. Malhorne s'attarda un instant. Il plongea ses mains avides dans la masse compacte des pièces qui ne semblait s'ouvrir qu'à contrecœur. L'or était froid, presque glacial, malgré l'impression de chaleur qu'il procurait au regard.

Malhorne ressortit ses mains du sac pour empêcher cette autre ivresse de lui brouiller totalement l'entendement, puis il s'empara d'une masse posée contre le mur. De retour au précédent croisement, il s'assura que personne ne venait et s'employa à déloger de l'entrée du tunnel une poutrelle en bois qui servait de linteau. Puis il retourna dans le boyau principal et donna à un endroit où le mur était plus sombre un violent coup de masse. Au point d'impact, la pierre éclata, dévoilant une cavité d'où jaillit un torrent de sable. Malhorne laissa tomber la masse et s'en revint prestement sous un puits de lumière.

Lentement, la pierre faîtière du tunnel commença à descendre. En peu de temps, l'énorme bloc de calcaire obstrua complètement l'entrée du coffre, sans laisser la moindre trace du tunnel qui se trouvait derrière. Sa tâche accomplie, Malhorne retourna à l'air libre.

Il trouva une cour en pleine effervescence. En plus des soldats qui l'y attendaient, la quasi-totalité des moines s'y tenait en rang, attendant dans un silence épais au pied du bûcher. Le cardinal Delapresle fit un geste vers le nonce, qui entama la lecture de l'acte d'accusation.

— J'avais oublié ces oiseaux-là ! marmonna Malhorne.

Il rassembla toute sa lucidité pour établir un dispositif de contre-attaque et donna ses ordres. Une partie des soldats veillerait sur le mur de guet pendant qu'à la tête du gros de la troupe, il sortirait pour défendre les murs de l'abbaye. Puis il désigna Louviers pour le suppléer dans le rôle d'exécuteur.

— Et si tu plais au cardinal, tu deviendras peut-être sa petite créature…, lui susurra-t-il avec un air mauvais.

Il enjoignit alors à sa troupe de le suivre et se dirigea vers le portail.

En passant devant le bûcher, Malhorne jeta vers la suppliciée un regard de dépit. Il l'aurait volontiers culbutée au détour d'un chemin mais toutes les tentatives qu'il avait entreprises depuis des années s'étaient soldées par de lamentables échecs. La jeune femme s'appelait Ethen, une guérisseuse de la région qui allait périr pour avoir préféré au dogme papal celui des druides et des vouivres.

Il accéléra le pas, trop heureux d'échapper à cette besogne qui le rebutait.

Le nonce achevait sa lecture.

— Pour ces abominations, aggravées des propos blasphématoires que vous n'avez cessé de proférer au cours de ce procès, l'Ordre vous condamne à périr sur le bûcher. La sentence sera exécutée aujourd'hui même, 25 août de l'an de grâce 1491, en l'abbaye de Pierrefith. Ethen, née Justine Machefer, fasse que Dieu ait pitié de vous.

La herse retomba derrière la troupe.

Sans se retourner, Malhorne entendit monter les litanies sourdes des moines. Puis Louviers cria. Sans doute se faisait-il prier pour déposer sa torche sur le bois imbibé de graisse.

Enfin, le bûcher s'enflamma.

Quand, à la tête de sa minuscule armée, il atteignit le bout du promontoire qui dominait les gués, Malhorne vit monter vers lui une masse humaine beaucoup plus importante que ses pires estimations. Des essarteurs s'étaient joints aux paysans, de grands lascars habitués à manier la hache à longueur d'année.

Il n'en changea pas pour autant de tactique. Tirant vivement son épée du fourreau, il brailla un « haro » à ses hommes et chargea bille en tête.

Ce fut un massacre. Tout d'abord repoussée, la troupe régulière fut bientôt encerclée, puis décimée. Malhorne et une poignée de soldats se retrouvèrent isolés dans la masse grouillante de leurs adversaires. Le capitaine de la garde allait lancer sa dernière bravade lorsqu'un cri s'éleva des rangs ennemis. La masse des paysans se fendit sur la silhouette d'un grand gaillard armé d'une hache d'abattage. L'homme s'approcha de Malhorne et le toisa.

— Donne-lui ton arme, dit-il à l'un des soldats encore debout.

Malhorne lâcha la garde de son épée, qu'il venait de briser sur le crâne d'un bougre, et s'empara de celle que lui tendait le fantassin.

— Le Rouquin ! brailla-t-il, l'écume aux coins des lèvres. Fi' de garce...

Les deux hommes chargèrent au même instant. Plus petit et considérablement plus gras, Malhorne eut beaucoup de difficultés à arrêter la charge puissante du Rouquin. L'excitation du combat ne suffisait pas à contrecarrer les effets abrutissants de la vinasse qui surchargeait ses veines. Il ne dut son salut provisoire qu'à une prise de main peu louable. Le Rouquin poussa un cri de douleur sous les violents élancements que lui envoyait son entrejambe et lança en retour le manche de sa hache dans le nez de son adversaire, qui cassa net. Obnubilés par la douleur, les deux hommes cessèrent un instant de combattre, chacun protégeant son appendice meurtri.

Le Rouquin ne permit pas à Malhorne de lui rejouer un pareil tour. Il attendit que son adversaire le charge à nouveau et, fermement campé sur ses jambes, il abattit le tranchant de sa hache sur l'épaule de son ennemi, en pivotant sur lui-même. La lame s'enfonça profondément dans la chair de Malhorne, de la base du cou à la moitié du poumon. Puis le Rouquin retira son arme de la plaie béante. Dégagée du fer qui l'obstruait, la carotide entièrement sectionnée émit à un rythme rapide des giclées d'un sang carmin qui venaient frapper son visage. Malhorne se retrouva à genoux, l'air hébété. Puis il tomba face contre terre.

Le Rouquin s'approcha de lui, le retourna du bout de sa botte, et vint planter son regard dans le sien.

— Voilà qui lavera l'honneur de ma sœurette, lui dit-il.

Malhorne parvint à gargouiller quelques mots à peine audibles.

— Allez tous au diable, semblait-il dire.

Le Rouquin tourna les talons et, à la tête des paysans, se dirigea vers l'abbaye.

Laissé pour mort, Malhorne sentait le précieux liquide se répandre sous lui et imbiber la terre, comme le sang d'un porc que l'on sacrifie aux fêtes de printemps. Il tourna le regard en oblique, pour voir disparaître les dos de ses assassins. Par-dessus le mur d'enceinte, Malhorne distinguait nettement les flammes du bûcher en train de dévorer le corps d'Ethen.

La bande de paysans contourna l'abbaye, se dirigeant vers un endroit où le mur s'était écroulé lors du dernier orage. Malheureusement pour les moines, la présence de l'Inquisiteur en avait différé la réparation.

Était-ce le sang qui colorait sa vue ou l'approche du continent des morts, Malhorne l'ignorait, mais ce qu'il voyait était teinté d'une curieuse lueur. Il entendit la créature en flammes pousser un cri inhumain, puis le bûcher s'effondra sous son propre poids et Malhorne ne vit plus rien. Ses yeux grands ouverts basculèrent vers le ciel, la pupille entièrement dilatée. Sa cage thoracique se souleva une dernière fois puis ses poumons se vidèrent à jamais.

Malhorne rendit son âme au Tout-Puissant, le 25 août 1491.

2

Julian Stark coupa le moteur et se laissa aller au fond du siège. Ses mains étaient moites. Il restait une demi-heure à patienter avant son rendez-vous. Il alluma le poste de radio et balaya nerveusement les fréquences. Puis il l'éteignit, pas une station n'échappait au compte à rebours du jour présent, 31 décembre 1999.

Des rires mêlés à de la musique s'échappaient des villas qui bordaient la rue.

Une patrouille de police passa lentement le long de sa voiture. Le faisceau d'une lampe torche s'attarda sur son visage puis glissa vers la plaque minéralogique.

L'horloge numérique du tableau de bord indiquait 21 heures 45.

Elle sera peut-être en avance, pensa Julian.

Il s'extirpa du siège, fit un signe au policier qui l'observait et tourna les talons.

Il croisa un groupe de jeunes femmes. À en juger par le peu de tissu qui couvrait leurs personnes, Julian supposa qu'elles se rendaient à une réception. Ils devaient avoir le même âge, entre vingt et vingt-cinq ans. L'une d'elles lui proposa de les accompagner, une grande blonde trop maquillée qui roulait le regard d'une façon comique. Julian déclina l'invitation. Des années auparavant, il avait réservé cette soirée à une femme. Le reste du monde pouvait s'enivrer ou disparaître. Ça ne l'intéressait pas.

Il poursuivit sa route et entama l'ascension de la colline. Quelques minutes plus tard, il prit pied sur un parking désert.

Les lumières de Los Angeles scintillaient à perte de vue. Des millions de personnes embrassées d'un seul regard, qui s'apprêtaient à fêter le simple passage du temps. Il suffisait de fermer les yeux pour imaginer que tout cela disparaissait, que le temps repartait en sens inverse pour lui offrir une seconde chance.

Julian consulta sa montre. Encore cinq minutes à attendre.

Julian ne pouvait qu'espérer la venue de Kimberley. Si toutefois elle venait. Le temps, le chagrin, les souvenirs qu'elle avait dû enfouir pour qu'ils ne réapparaissent plus. L'année qui approchait lui apporterait son soixantième anniversaire.

Un mouvement dans son champ de vision arrêta le cours de ses pensées.

Au bas de la colline, une voiture décapotable venait de tourner dans l'unique voie d'accès qui menait au parking.

Pour avoir observé tous ses faits et gestes depuis des semaines, Julian reconnut la Chevrolet de Kimberley. Il alla se placer sous un réverbère.

La voiture émergea de la pente à l'autre bout du parking, avança lentement et s'immobilisa au centre de l'aire déserte.

Derrière le pare-brise, la femme ajusta ses cheveux dans le rétroviseur et rangea quelque chose dans son sac à main. Puis elle ouvrit la portière et descendit du véhicule. Une robe de soirée tombait jusqu'à ses chevilles.

Elle tourna la tête dans la direction du jeune homme et fit quelques pas vers lui. Puis elle se ravisa et repartit en arrière.

Julian franchit en courant la vingtaine de mètres qui les séparaient et posa une main sur la portière.

— Ne repars pas, murmura-t-il. Écoute d'abord ce que j'ai à te dire !

Kim se retourna. Elle cachait ses yeux derrière des lunettes de soleil.

Elle s'écarta du jeune homme. Ses doigts s'activaient nerveusement sur la bandoulière dorée de son sac à main.

— Comment vous appelez-vous ? dit-elle enfin.

— Julian Stark.

— C'était vous, les coups de fil anonymes ?

Julian acquiesça d'un signe de tête.

— Les fleurs aussi, je suppose.

Kimberley fouilla dans son sac à main.

— Et ceci aussi. Forcément, sinon vous ne seriez pas là.

Elle brandit devant Julian un télégramme froissé.

— J'ai attendu un signe de Pavlov pendant des années. Pourquoi si tard…

— Pavlov est mort, Kim.

Le visage de la sexagénaire se figea.

— C'est impossible, gémit-elle. Ce télégramme est la preuve qu'il est en vie. Il n'y avait que lui et moi à savoir…

— J'ai porté son deuil autant que toi.

— Où l'avez-vous rencontré ?

— Je ne l'ai jamais vu, Kim. Tu sais bien que c'est impossible.

— Comment est-il mort ?

— C'est important de savoir comment ? Il est mort ! C'est suffisant, non ?

— Je vous en prie, répondez-moi ! implora-t-elle. J'ai souffert par sa faute. Et les années n'y ont rien changé…

— Dans un goulag. Il y a vingt-cinq ans !

— Vingt-cinq ans…, répéta Kim, pensive. Il serait mort trois ans après son départ…

— Mille jours après ! Mille nuits aussi…

— Comment pouvez-vous savoir ?…

— Tu connais la réponse, Kimberley ! Même si tu ne l'acceptes pas.

— Et ce rendez-vous ! Ici, sur cette colline, précisément ce soir ! Comment avez-vous su ?…

— Comment, comment, comment ! cria Julian. Tu poses trop de questions ! Tu n'as pas voulu croire Pavlov il y a vingt-cinq ans et tu ne m'écoutes pas non plus ! C'est à désespérer.

— Qui êtes-vous ? articula-t-elle avec difficulté.

— Ne me demande pas ça ! Si, comme tu le prétends, tu ne me connais pas, pourquoi es-tu ici ? la brusqua Julian.

Kimberley passa nerveusement une main dans ses cheveux.

— Pavlov m'avait donné rendez-vous ici ! Ce soir, il y a vingt-cinq ans…

— Pourtant, je ne suis pas Pavlov, n'est-ce pas ?

— Arrêtez ! Je vous en prie…

— Mais tu es venue quand même ! poursuivit Julian. Ça signifie que tu crois un peu ce qu'il t'a raconté. Qui d'autre aurait pu savoir pour ce soir ?

Le visage de Kimberley se décomposa, affichant tour à tour des sentiments contradictoires. Julian s'apprêtait à poursuivre quand elle se jeta sur lui. Les poings fermés, elle tambourinait contre la poitrine du jeune homme, qui l'enlaça.

— C'est impossible…, sanglota Kimberley.

— Tu n'as pourtant pas d'autre solution, Kim ! lui souffla-t-il en enlevant doucement ses lunettes. Je n'étais pas encore né lorsque Pavlov est mort.

Kimberley écarta les bras de Julian et se rejeta en arrière. Ses yeux affichaient à présent un regard froid.

— C'est impossible ! hurla-t-elle. Pavlov est mort. Il n'y a rien d'autre à savoir !

Titubant à moitié, elle monta dans sa voiture et démarra en trombe.

— Attends-moi ! cria Julian. Tu peux comprendre. Souviens-toi de Malhorne.

Julian s'époumonait en vain, la voiture de Kimberley avait déjà disparu du parking.

Il se précipita dans l'obscurité et dévala la pente à toute allure. Plusieurs fois, il manqua de se rompre le cou et ne se rétablit que miraculeusement. Lorsqu'il atteignit la route, la voiture attaquait l'avant-dernier virage de la colline et se dirigeait vers l'endroit où il se tenait. Julian se campa au milieu de la chaussée, essoufflé par l'effort, les vêtements déchirés par les broussailles. Malgré la lumière des phares qui fonçaient vers lui, il distinguait le visage de Kimberley. Il vit des traits déformés par la douleur et surtout, au milieu de ce visage, Julian lut l'hébétement d'un regard affolé.

Il n'en bougea pas pour autant et fit de grands gestes en direction du bolide.

Lorsque la voiture fut presque à le toucher, Julian sauta sur le côté mais trop tard. Le pare-chocs heurta sa jambe et le projeta violemment dans le fossé.

Kimberley poursuivit sa route sans même ralentir. Elle ne semblait pas avoir vu le jeune homme. Trois cents mètres plus loin, elle ne s'inquiéta pas non plus de la route qui obliquait vers la droite et poursuivit sa trajectoire dans le vide. La voiture s'écrasa parmi les arbres, quinze mètres en contrebas.

Julian parvint à se traîner en dehors du fossé pour voir les feux arrière de la voiture basculer dans le vide.

Aux larmes qui coulaient le long de ses joues se mélangea un mince filet de sang dégouttant de la base du front.

Le bruit de la tôle écrasée fut le dernier son qui parvint à ses oreilles. Julian sombra dans l'inconscience.

3

Immobile derrière la baie vitrée de son bureau, Franklin Adamov regardait distraitement ses étudiants quitter le bâtiment en contrebas. De l'université des sciences humaines de Baltimore, il ne distinguait que les contours fantomatiques des blocs les plus proches. Une neige épaisse tombait en flocons serrés sur le sol. Les unes après les autres, les silhouettes emmitouflées disparurent avant même d'avoir atteint le portail de sortie.

Franklin retourna à sa table de travail. La photo encadrée de son ex-femme y trônait toujours. Il ne parvenait pas à la retirer. Sans doute espérait-il encore.

Il parcourut son bureau du regard. La décoration, s'il pouvait employer ce terme, se résumait à sa plus simple expression : son diplôme en ethnologie obtenu en 1989, quelques coupures de presse punaisées sur le mur et des montagnes de dossiers et de livres.

Dans une semaine, ce serait Noël et il n'avait aucun projet. Il était coutumier des soirées en solitaire mais celle-là, Franklin aurait préféré la partager. Pas de famille, plus de femme, les solutions étaient minces.

Il concentra son attention sur les derniers travaux de ses étudiants. À deux ou trois exceptions près, il s'apprêtait à subir des analyses recopiées dans des manuels, sans approche originale ni sensibilité personnelle. Franklin ouvrit une chemise au hasard. Il parcourut une dizaine de feuillets sans intérêt puis s'arrêta. Il n'avait décidément aucune envie de travailler.

Il referma le dossier et s'apprêtait à enfiler son manteau quand José Cariban fit irruption.

Son collègue se trouvait dans un tel état d'excitation qu'il ne comprit tout d'abord pas un traître mot de ce qu'il disait.

José et Franklin travaillaient depuis cinq ans sur le projet de répertorier les populations indigènes d'Amazonie. La dernière découverte en cette matière remontait à 1979 et ils ne désespéraient pas d'y apporter à leur tour quelque nouveauté.

— Calme-toi et reprends depuis le début.

José se contenta de dérouler sur le bureau des agrandissements de photos satellite et, d'un index vainqueur, y désigna un point.

— Regarde ça, lâcha-t-il dans un souffle.

Franklin eut beau se pencher sur la carte, il ne voyait rien de plus extraordinaire qu'une photographie de l'Amazonie prise à huit cents kilomètres d'altitude.

— Si tu voulais enlever ton doigt, j'y comprendrais peut-être quelque chose.

L'excitation de José gagna Franklin sitôt le doigt retiré. Perdu au milieu d'un camaïeu de verts et de noirs apparaissait un petit point jaune orangé.

— Un feu ?

Franklin compara la photo avec une carte d'état-major. Aucune population humaine n'était recensée dans cette partie de la forêt amazonienne.

— Ne nous emballons pas, s'empressa-t-il d'ajouter pour se tempérer. Il peut s'agir d'un feu d'orage.

— J'y ai pensé, figure-toi. Et note que je me prosterne devant une telle précaution. Mais si c'est un point de foudre, alors l'orage a dans cette région des rendez-vous d'une terrible précision. Regarde les autres, ajouta José en déroulant une dizaine de clichés. La même région photographiée sur une période de quinze jours. À chaque passage du satellite, le même feu avec, par exemple sur celle-ci, une petite variante avec ce deuxième point de combustion. Ce qui, tu en conviendras, nous conforte sur leur origine humaine.

— C'est formidable, conclut Franklin. Ça ne peut pas être un feu de forêt ni un foyer d'origine éruptive. Il faudrait vérifier les accidents d'avion dans ce coin, on ne sait jamais. Je n'ai rien contre le fait de me transformer en sauveteur mais nous aurions belle mine en revenant avec les photos d'une tribu d'Occidentaux perdus au cœur de la forêt équatoriale.

— J'ai vérifié ! le coupa José.

— Et alors ?

— Rien, pas le plus petit accident ni le moindre embryon de guerre dans cette région du monde qui, je te le rappelle, est présumée totalement dépeuplée.

— C'est peut-être une tribu qui a changé de territoire.

— Oui, comme ça peut ne pas l'être. Écoute-toi, Franklin ! À t'entendre, on dirait que tu ne veux pas y croire. La deuxième hypothèse, celle que nous attendons, c'est que nous nous trouvons devant la trace d'une peuplade inconnue.

Ils ne reçurent de l'université que des encouragements pour monter une expédition. Les caisses, tragiquement vides, ne permettaient aucun écart à la direction. Aussi durent-ils prendre les fonds sur leurs propres deniers.

Le 3 mars 2010, ils rejoignirent São Paulo. Ils y rencontrèrent leur futur guide, un Indien taciturne qui répondait au nom de Teico.

Une semaine plus tard, un bateau à aubes les jeta sur un bout de ponton, dernier vestige de civilisation posé le long de l'Amazone, à plusieurs centaines de kilomètres de leur point d'origine. C'est sur ce plancher disparaissant à moitié dans la vase que commença réellement leur périple.

Sur le conseil de Teico, ils installèrent un campement aussi loin que possible de la berge, sans toutefois pénétrer dans l'inextricable enchevêtrement de végétaux qui marquait la lisière de la forêt. Une nuit peuplée de cris inconnus enveloppa d'un seul coup les trois hommes, les contraignant au sommeil, faute d'une autre occupation. L'aube les y retrouva, ankylosés et trempés, malgré la protection de leur tente, par une hygrométrie proche de cent pour cent. L'air, surchargé d'humidité, ne satisfaisait pas entièrement la respiration. Les vêtements, les sacs, la tente, toutes les affaires du trio avaient pris en une nuit l'odeur du moisi. Une odeur qui ne les quitterait pas avant longtemps. Ils s'apercevraient au cours de leur voyage que l'Amazonie colle à la peau plus intimement qu'une combinaison.

Ils prirent leur première collation lyophilisée dans un silence morne, rompu de temps à autre par les cris d'oiseaux multicolores. Le café avait lui aussi un vague goût d'eau. Le bivouac rangé au fond de deux pirogues attachées l'une à l'autre, ils s'installèrent tous les trois dans l'embarcation de tête.

Deux jours plus tard, leur unique moteur rendit l'âme, sans réparation possible. Teico diagnostiqua une rupture de la durite de refroidissement. Surchauffe définitive. Ils délestèrent les pirogues du poids dorénavant inutile des bidons d'essence et du moteur. Bien en vue sur la berge, ils feraient le bonheur d'un autochtone.

Une longue étape lancinante commença alors. Au début, le maniement de la pagaie leur parut plaisant, après cette période passée à ne rien faire. Mais bientôt, leurs muscles déshabitués s'endolorirent. Sempiternellement, la pale plongeait dans le liquide saumâtre. Les biceps et les coudes forçaient pour ne se relâcher qu'un court instant et recommencer. À force de frottements, les paumes se couvrirent de callosités et de cloques, parfois rougies de sang. Ils durent s'habituer à la douleur, tout en inventant des sujets de conversation pour combattre l'ennui.

Teico parlait peu. Les paupières mi-closes, il mâchait à longueur de temps une vieille chique de tabac qu'il crachait par-dessus bord, en petits jets d'une salive noirâtre dont il admirait la précision. Pour le reste, il pagayait en cadence, paraissant désintéressé par ce qui l'entourait.

Plus ils remontaient le cours du fleuve, plus ses rives se rapprochaient et plus il devenait difficile de distinguer son lit de celui de ses affluents. Seule la balise GPS, ajoutée aux connaissances de leur guide, leur épargna une dangereuse errance.

Dans l'après midi du seizième jour, ils atteignirent le point du fleuve le plus rapproché de leur objectif.

Teico leur montra comment utiliser au mieux la machette pour dégager une aire de vie dans l'exubérante végétation et hissa les pirogues au sec sur la berge. Puis il disparut, fusil en main, en direction de la forêt, leur laissant le soin d'allumer un feu avec du bois mort, humide et pourrissant.

Il reparut une heure plus tard, un anaconda de trois mètres enroulé autour du bras.

— Vous verrez, c'est délicieux, leur dit-il, la bouche fendue d'un sourire devant leurs mines dépitées.

Le dépeçage de l'animal ne dura pas plus d'une minute. Sa cuisson guère davantage. José fut le premier à passer outre son dégoût et à y mordre, bientôt copié par Franklin. La chair se révéla en effet très fine.

— Comme du poisson, mais en plus délicat, précisa José, la bouche pleine.

La machette remplaça la pagaie. Ce nouvel outil forçait le bras à accomplir un geste guère différent du précédent. La main s'élevait davantage, ce qui obligeait l'épaule à effectuer un effort plus important.

En ligne droite sur la carte, la distance qui les séparait de leur objectif n'excédait pas cinquante kilomètres, mais la forêt ne se livra que pas à pas.

Les deux premières journées de marche furent les plus pénibles. Ils durent tailler leur chemin dans une partie de la vallée de l'Amazone où la végétation est particulièrement dense. Trop lourdement chargé de son sac, d'un fusil et du matériel d'étude, l'homme de tête capitulait au bout d'un quart d'heure d'abattage, aussitôt remplacé.

Par la suite, le terrain s'éleva peu à peu jusqu'aux plateaux qui dominent la vallée. En de rares endroits découverts, ils purent apercevoir l'immense forêt étale en contrebas où scintillait en mille feux le ruban argenté du fleuve. Ce spectacle valait à lui seul ce long périple mais laissait au contemplatif le goût amer de son isolement et de sa vulnérabilité.

Leur marche forcée les amena en une semaine sur les hauteurs qu'ils recherchaient. Le plateau de la photo satellite s'étendait sur une dizaine d'hectares et, à l'exception de trois arbres qui en occupaient le centre, était totalement nu.

En y regardant mieux, José aperçut deux taches sombres sur le sol.

— Regarde par là, dit-il à Franklin en pointant son doigt. Voici nos feux, ou du moins ce qu'il en reste.

Franklin laissa ses compagnons accroupis autour des restes de feux pour se diriger vers le bosquet qui se trouvait à un jet de pierre. À cette distance, il distinguait une vague forme plus sombre sous la frondaison. Il pensa d'abord à un rocher mais en approchant, il se rendit compte qu'il s'agissait de tout autre chose : une statue. Ce qui l'étonna le plus ne fut pas de trouver cet objet au cœur d'une civilisation qui n'en produisait que très peu. Ce qui l'abasourdit vraiment fut de constater que l'homme assis, représenté par cet artefact, tenait entre ses mains une longue épée de type médiéval.

Franklin resta planté longtemps devant cette découverte sans esquisser le moindre geste. Puis il en fit lentement le tour. La statue reproduisait un homme presque nu, assis sur la matière dans laquelle il avait été sculpté, vraisemblablement un bois pétrifié. La lame de l'épée plantée entre ses jambes disparaissait à mi-course dans la masse du bloc de pierre. Légèrement plus haute que Franklin, la tête culminait à un mètre quatre-vingt-dix au-dessus du sol. S'il avait pu se lever, cet homme minéral aurait dépassé trois mètres.

Curieusement, le dos de la statue ne présentait aucun détail. Un peu en dessous des épaules, le bois fossilisé formait un parallélépipède sur une longueur d'un mètre. Comme un piédestal mal placé contre lequel l'homme pétrifié aurait pu se tenir.

José s'approcha de Franklin, lui aussi médusé par ce qu'il voyait.

— Qu'est-ce que ça fout ici ? se demanda-t-il à voix haute.

— Pas la moindre idée, souffla Franklin. Mais c'est magnifique. Il faut absolument la dater.

José sortit un minuscule appareil photo numérique de son sac et s'employa à immortaliser la statue sous tous les angles possibles. Rentrés dans un ordinateur, les clichés lui permettraient d'en réaliser une réplique en volume.

— Visage caucasien, c'est certain, marmonna-t-il, l'œil rivé derrière son appareil. Et c'est historiquement très embarrassant.

— Je vois où tu veux en venir, mais pas de précipitation. Datons d'abord, on commentera ensuite.

Sur la garde de l'épée, à moitié cachées sous les mains jointes du gardien, Franklin observa des lettres en partie illisibles.

— Un point pour toi, José. Celui qui a sculpté cette statue connaissait l'alphabet.

— Tu arrives à lire ce qui est gravé ?

— Pas tout. Ça ressemble à une signature. Il faudrait la nettoyer pour déchiffrer sans erreur. Mais je suis à peu près certain de O, L et H. Le reste est recouvert de mousses.

— Qui ? Quand ? Et pourquoi ? énonça José. Ça semble tellement incongru.

De la pointe d'un canif, Franklin préleva un fragment de pierre dans le dos de la statue.

— Voilà qui répondra peut-être à notre retour à l'une de tes questions.

Teico, qui était resté à l'écart des ethnologues, leur imposa soudain le silence pour leur montrer une forme qui se déplaçait sur un bord du plateau. Ils eurent à peine le temps de distinguer la silhouette d'un adolescent qui disparaissait derrière le promontoire rocheux.

— Certainement l'un des auteurs de nos feux. Nous n'allons pas tarder à être fixés sur leurs origines.

Une poignée de secondes plus tard, un groupe d'Indiens surgit devant eux, la figure et le comportement menaçants. Teico leur indiqua d'un geste de ne rien faire mais, pour une raison que Franklin ignorerait à jamais, José porta la main à son fusil. Franklin entendit le sifflement feutré d'une sarbacane en action et son compagnon s'écroula. Puis, Teico et Franklin furent poussés *manu militari* jusqu'au centre d'un village, de l'autre côté du plateau rocheux.

Franklin n'eut pas le loisir d'observer son nouvel environnement. Des mains vigoureuses l'entraînèrent dans une case et le ficelèrent solidement. Deux Indiens s'assirent près de lui et se mirent à jouer à même le sol, se querellant beaucoup.

Franklin bougea lentement pour ne pas alarmer ses gardiens, essayant sans vraiment y parvenir de faire circuler son sang jusqu'au bout de ses jambes ankylosées. Par petites reptations du postérieur, il parvint à alléger cette désagréable sensation de fourmillement et gagna même un peu de fraîcheur, sous l'ombre du treillis de palmes qui lui servait de toit.

Sur sa droite, à une quinzaine de mètres, Teico palabrait avec une dizaine d'Indiens presque nus, dans un langage auquel Franklin n'entendait rien. Il comprenait que le guide essayait de le tirer de ce mauvais pas mais, ignorant précisément ce qui lui était reproché, il ne parvenait même pas à imaginer la teneur de leur discours. Des cris arrivaient jusqu'à ses oreilles, des borborygmes d'une langue trop éloignée de la sienne pour qu'il devine quoi que ce soit.

Il passa ainsi le reste du jour. Puis la nuit survint.

À de rares moments, il somnola, le corps replié sur lui-même, les bras serrés autour des jambes. Plus tard, il se souviendrait que même dans ces courts instants où sa conscience vacillait, son attention ne quittait pas tout à fait les bruits de la conversation qui, si près de lui, fixait son devenir.

À travers ses paupières closes, Franklin sentit la caresse du premier rayon de soleil. Il ouvrit les yeux et vit Teico, à genoux près de lui.

— J'ai dû dormir, s'excusa-t-il.

— Je n'ai pas le temps de vous retracer tout ce qui a été dit au cours de cette nuit, commença Teico. J'ai expliqué au chef Arinaou qui vous étiez et ce que vous veniez faire ici. Ça n'a pas été commode. J'ai dû reprendre depuis le début, et le début, pour lui faire comprendre, c'est loin. Figurez-vous qu'il connaît maintenant le nom de Neil Armstrong. Il ne saisissait pas les photos satellites. Alors je suis reparti de la conquête spatiale. Ça a été un choc pour ces hommes d'apprendre que des gens comme eux ont marché sur la lune et je pense qu'un bon nombre ne m'a pas cru. Mais Arinaou m'a écouté longtemps sans parler. Il a réfléchi et puis il a décidé que je disais la vérité. Il est triste pour José mais il ne peut plus rien y faire. Les Indiens ne s'excusent pas. Avant que je vienne vous chercher, il a envoyé des femmes recouvrir son corps et c'est un très bon signe.

— Je ne comprends pas bien, Teico, le coupa Franklin.

— On ne se soucie pas du cadavre d'un animal. Il vous considère comme des êtres humains. Une sous-catégorie sans doute, mais en tout cas dignes d'une sépulture.

— Je vois, finit par dire Franklin. Que va-t-il se passer à présent ?

— Nous allons tous prendre du repos. Plus tard dans la journée, vous rencontrerez le chef. Peut-être alors aurons-nous les réponses à nos questions.

Lorsque Franklin s'éveilla, le soleil quittait le zénith pour filer vers l'ouest. Quelque part dans le village, des enfants riaient aux éclats.

La pièce où il se trouvait ne possédait pas de cloison. Un treillis de feuilles de palmiers séchées montait à un mètre du sol et arrêtait modestement le vent qui, de temps à autre, soulevait le toit.

Installé sur une natte, Teico avalait goulûment le contenu marronnasse d'une écuelle en bois.

— C'est du ragoût de cochon sauvage, vous en voulez ?

— Si ce n'est pas trop dur à avaler.

C'était un ragoût au sens strict. L'aspect n'attirait pas du premier coup d'œil mais Franklin dévora sa part. La faim lui tiraillait les entrailles et la mixture dégageait un parfum très appétissant. Mélangées à la viande, Franklin mâchait ce qu'il pensait être des racines, sans en avoir une absolue certitude.

Pendant que Franklin se sustentait, Teico entreprit de lui rapporter ce qu'il avait découvert depuis son réveil.

— Il y a quelque chose de curieux ici, Franklin, commença-t-il. Étant donné l'endroit où nous nous trouvons, nous devrions être en présence d'Indiens Yanomamis ou de Guaharibos. Nous ne sommes pas tellement éloignés des sources de l'Orénoque et du Venezuela.

— C'est une hypothèse que j'avais envisagée, ajouta l'ethnologue entre deux bouchées. Et si je vous comprends bien, ce n'est pas le cas.

— Exactement, poursuivit Teico. Je connais plusieurs langues indiennes, pour en avoir côtoyé certaines sur le chantier de la transamazonienne. Ici, nous avons affaire à des Indiens Kayapos.

— C'est difficile à croire, le coupa Franklin. Les Kayapos vivent près des côtes, de la Guyane française aux limites sud du Brésil.

— Je sais, mais il n'y a pas de doute possible. Et puis, j'ai découvert autre chose. Venez voir !

Teico emmena Franklin à l'extérieur du village. Sur les bords de la rivière, les Indiens avaient aménagé un réseau d'irrigation cloisonné par des vannes. Plusieurs variétés de céréales et de féculents s'y côtoyaient harmonieusement.

— Étonnante polyculture, commenta Franklin.

— Regardez plus haut.

Franklin suivit du regard la direction que lui indiquait Teico. À cet endroit, le fond de l'étroite vallée remontait vers le plateau. Sur la pente, des cultures en terrasse avaient été aménagées où, là encore, proliféraient des plantations aquicoles. Franklin n'en croyait pas ses yeux. Sur la plus haute des terrasses, les voilures d'un moulin tournaient dans le vent. Deux outres en cuir, attachées sur une solide corde actionnée par deux poulies, effectuaient le va-et-vient entre la rivière et les cultures.

— C'est prodigieux, dit enfin Franklin. Un système de pompage !

Le moulin fonctionnait sur un principe très simple mais il était, à sa connaissance, le seul exemplaire connu de la culture amazonienne.

— Retournons au village, proposa Teico. Il doit être temps de rencontrer Arinaou.

Ils trouvèrent le vieil Indien adossé contre un arbre, une ribambelle d'enfants assis autour de lui. Ses petits yeux noirs très vifs animaient un visage parcheminé par les ans. À grand renfort de cris perçants et de gestes impétueux, Arinaou enseignait aux enfants la création du monde.

Franklin et Teico s'assirent à l'écart. En silence, ils écoutèrent les paroles du vieillard et les rires des enfants. Franklin, qui ne comprenait rien, était malgré tout accaparé par ce spectacle qui relevait de la pantomime.

— Il s'agit de l'histoire de Kambaré, résuma Teico. L'œuf primordial d'où toute chose est issue.

— Le big-bang ? interrogea Franklin.

— En quelque sorte, oui.

Arinaou frappa dans ses mains, signifiant aux enfants que l'histoire était terminée. D'un geste, il balaya sur le sol les signes qu'il y avait tracés pour accompagner son histoire et se tourna vers Franklin.

— Approchez-vous de lui, lui souffla Teico.

Ils prirent tous les deux place aux côtés de l'aïeul, comme l'avaient fait les enfants une minute plus tôt.

— Ton ami me dit que tu étudies mon peuple, il faudra que je pense à envoyer l'un des nôtres chez les tiens, commença Arinaou en souriant du coin des yeux.

Franklin se contenta d'acquiescer.

— Je partage ta douleur pour ton autre ami. Le malheur peut aussi apporter le bien.

— La mort de mon ami est une perte irréparable dit alors Franklin.

Arinaou attendit que Teico achève sa traduction, puis il eut un mouvement d'impatience. Le sujet était clos.

— Que viens-tu chercher ici ? interrogea l'ancien.

Franklin avait mille questions en tête et ne savait trop par où commencer

— Qui est l'homme de bois au-dessus du village ?

— Ce n'est pas un homme, répondit Arinaou, surpris par cette question qui lui semblait naïve. Ce n'est que l'image d'un homme. C'est l'image de Maoré.

Franklin sourit devant la méprise de son interlocuteur.

— Qui est ce Maoré, vieil homme ?

— Maoré a été le plus jeune et le plus vieux des Indiens. Il est celui qui nous a permis de rester purs.

Franklin ne saisissait pas les métaphores d'Arinaou. Teico intervint.

— À quand cela remonte-t-il, grand-père ?

Arinaou leur montra ses mains deux fois de suite, les doigts écartés.

— Autant de vies d'hommes que de doigts, répondit-il.

— Qui a sculpté la statue ?

— Maoré a fait cela.

— Savez-vous pourquoi, comment, où avait-il vu une épée ? Et ces lettres inscrites sur la garde ?

Les questions se bousculaient dans la tête de Franklin. Il ne savait plus lui-même auxquelles le vieux chef pouvait répondre.

— Trop de questions pour un seul jour, conclut ce dernier en se levant. Nous avons le temps d'y répondre.

Ses pieds traînaient sur le sol poussiéreux, trahissant son grand âge. Arinaou retourna à ses tâches coutumières, sans plus se soucier d'eux.

Franklin et Teico restèrent deux mois dans le village. Chaque jour, ils s'entretenaient avec le vieil homme. Arinaou leur confirma l'origine côtière de son peuple. Ainsi apprirent-ils comment, de très nombreuses années auparavant, Maoré les aurait emmenés loin de l'océan en remontant le fleuve. Cela s'était passé au temps où les premiers colons avaient débarqué au Brésil. Franklin n'était pas le premier Blanc dont ils entendaient parler. Ils avaient en premier lieu élu domicile sur les bords du fleuve car une ancestrale expérience de la mer en avait fait d'excellents navigateurs. Mais, le temps passant, les colons s'étaient à nouveau montrés, chaque année plus proches. Maoré les avait une fois de plus incités à partir, plutôt que de s'opposer à ces hommes qui, il le savait, auraient militairement le dessus. C'est pourquoi ils avaient quitté les rives du fleuve pour s'enfoncer profondément dans la forêt vierge. Ils avaient bâti un nouveau village à proximité du promontoire rocheux, d'où ils pouvaient guetter le moindre mouvement à des dizaines de kilomètres à la ronde. Et puis Maoré était parti. Franklin ne savait pas si Arinaou voulait dire parti ou mort. Cette notion restait trouble dans son discours. Depuis ce temps, de nombreuses générations s'étaient succédé dans cet harmonieux décor sans être dérangées par un quelconque visiteur. Jusqu'à leur apparition.

— Maintes vies d'hommes se sont écoulées depuis que Maoré est parti, leur dit un jour Arinaou. Mais Maoré reviendra, nous le savons.

Franklin participait le jour aux travaux du village et la nuit, il noircissait de notes les carnets qu'il avait emportés. Parce qu'il côtoyait de très près la population, il mémorisa rapidement quelques rudiments de kayapo. Souvent, il demandait à Teico de lui traduire des phrases entières, qu'il replaçait dès que l'occasion se présentait, provoquant la plus grande hilarité parmi les indigènes. Franklin écoutait et observait avidement tout ce qui se faisait et se disait autour de lui. Il constata par cette étude que certains mots usuels de cette langue sonnaient à son oreille de façon familière. Il parvint à en isoler quelques-uns et en demanda le sens à Teico. Celui-ci l'ignorait. Ils en discutèrent avec Arinaou et s'aperçurent que ce « arbleu » qu'ils employaient à tout bout de champ ne signifiait rien de particulier mais exprimait la colère ou l'étonnement.

Pendant des jours, une idée tourna dans la tête de Franklin sans qu'il parvînt à la formuler. Et puis, un matin, il se leva avec la solution.

« Parbleu. » Voilà ce qu'il lui trouvait de si familier. Ce n'était que la déformation phonétique d'un mot d'origine française, langue que Franklin maîtrisait correctement. Il essaya cette hypothèse avec d'autres mots qu'il avait repérés. Ça fonctionnait aussi, sans expliquer pour autant comment ce vocabulaire avait pu atterrir dans leurs bouches.

Questionné, Arinaou avait répondu :

— Je l'ignore. Maoré saurait.

Maoré. Maoré ! Franklin n'entendait que ce nom, lorsqu'il s'agissait de combler une lacune. Beaucoup de choses tournaient autour de cet ancêtre dont l'effigie veillait là-haut. Franklin voulait comprendre.

Lorsqu'il put enfin approcher de la statue, la première chose qu'il entreprit fut de nettoyer les lettres gravées sur la garde de l'épée. Délicatement, il extirpa les moisissures qui obstruaient le relief. Il n'avait pas encore achevé ce travail qu'il s'aperçut de l'erreur d'Arinaou.

Ce n'était pas Maoré qu'il lisait sur la pierre. Les lettres profondément gravées qu'il venait de mettre au jour formaient le mot « MALHORNE ».

4

Une simple note punaisée sur le tableau d'informations indiquait la conférence du professeur Adamov. Aile ouest du bâtiment principal des sciences humaines de l'université de Baltimore.

Deux retardataires poussèrent la porte en silence et allèrent s'asseoir au dernier rang.

Le petit amphithéâtre était rempli de monde. Au fond, le dos collé contre un écran de projection, Franklin Adamov exposait à son auditoire les tenants et les aboutissants de sa découverte. Sur la droite du bureau qui lui servait d'appui, une reproduction miniature de la statue amazonienne épaulait ses arguments.

— … Nous en avons récupéré la plus grande partie. D'après les photos du professeur Cariban, j'ai fait reproduire une copie de la statue que nous avons découverte. Bien entendu, elle n'est pas à la même échelle que son modèle amazonien, précisa-t-il. L'original culmine à deux mètres environ. Il a été taillé dans un énorme tronc d'arbre pétrifié et n'a été que peu altéré par le temps.

» La datation de l'échantillon que j'ai prélevé m'a confirmé l'évaluation que j'avais faite d'après les dires d'un vieil Indien. Cette statue a été sculptée au début du XVIe siècle. Probablement. Le laboratoire de physique nucléaire de Washington affinera cette hypothèse.

Franklin s'approcha du fac-similé.

— Nous savons que le Brésil a été colonisé au tout début du XVIe siècle. Jusqu'au début du XVIIe, les Portugais se sont contentés de s'approprier les côtes. Il faut attendre le siècle suivant pour que des aventuriers en quête de l'Eldorado commencent à rechercher les sources de l'Amazone. La partie très isolée et profondément retranchée dans la forêt où se situe la tribu kayapo que nous avons découverte est loin du fleuve et de tout contact avec ces nouveaux venus.

» Or, toujours d'après Arinaou, cet Indien dont je viens de vous parler, cette tribu connaît l'existence des Blancs depuis leur arrivée sur le continent sud-américain et n'a eu de cesse de s'enfoncer toujours davantage au fin fond de la forêt amazonienne pour fuir l'envahisseur. Contrairement aux autres Kayapos qui, eux, sont restés à proximité de l'océan, se sont battus contre les Portugais pour finalement s'incliner ou être détruits.

» Non, eux sont partis ! Et c'est en suivant l'impulsion de l'homme représenté par cette statue, qu'ils appellent Maoré, qu'ils se sont isolés du reste du monde. Le chef de la tribu a été formel ! Maoré a lui-même sculpté cette représentation.

De sa main, prolongée par une baguette, Adamov désigna successivement certaines parties de la statue.

— La morphologie crano-faciale de cet homme est indiscutablement de type occidental. Caucasien. Mais, ce qui nous permet d'affirmer de manière absolue son origine, ce sont ces lettres que l'auteur a gravées directement sur la statue. Huit lettres de l'alphabet romain qui forment le mot « Malhorne ». Les recherches que j'ai entamées sur ce nom ne m'ont jusqu'à présent rien apporté mais notez qu'elles ne font que commencer.

Adamov but un verre d'eau avant de poursuivre.

— J'ai pu vérifier auprès d'Arinaou ce que je soupçonnais déjà. Malhorne et Maoré sont un seul et même homme. Le temps seul est responsable de la déformation du mot original. Pour Arinaou, Maoré n'était pas un Blanc mais un authentique Kayapo et de surcroît « Uanhangaré », un chaman doué de pouvoirs de voyance et de guérison. Arinaou ne sait pas déchiffrer les lettres, il les prend pour des signes magiques que Maoré a gravés.

Une main se leva dans la petite foule de spécialistes venus assister à la conférence. À la suite de la main se profila une manche de veste. Une longue chevelure blonde émergea enfin de l'anonymat.

— Docteur Adamov, dit la tête blonde. Tara Steamway, de l'*Independent*. Avez-vous un début d'explication ou ne serait-ce qu'un indice pour expliquer ce nom gravé sur cette statue au milieu d'une population qui n'a jamais connu l'écriture ?

La jolie tête blonde repartit s'asseoir dans la masse du public.

— Je vais être franc avec vous, mademoiselle Steamway. Je n'en ai pour le moment pas la moindre idée. Ce Malhorne n'a été parachuté là ni au XVIe siècle ni plus tard. Ce n'est pas non plus le tag d'un randonneur. J'ai essayé de vérifier la thèse de la « diaspora » de cette tribu kayapo. Mais nulle part il n'est question de départ ou de disparition de tribus dans les manuels, les relations épistolaires ou les traités de missionnaires du début du XVIe siècle. C'est pour l'instant le noir complet.

— En résumé, vous prétendez qu'un homme du Vieux Continent s'est aventuré seul dans cette partie du monde à une époque où elle n'existait pas sur les cartes, qu'il est entré en contact avec une tribu, l'a persuadée de migrer pour échapper à l'envahisseur et que ce même homme a sculpté une statue pour marquer son passage ?

— Je ne prétends rien, mademoiselle. Les faits parlent pour moi. Et pour étayer cette thèse, je dois vous rapporter une constatation que j'ai faite sur place. La langue de ces Kayapos est parsemée de mots issus du vieux français. L'usage sur une longue durée les a déformés mais leur origine est indubitable. Un Européen est bien passé là dans un temps reculé. C'est certain. Quant à prétendre quoi que ce soit, voyez-vous, je n'ai pas la prétention de réviser l'histoire du monde. Cette découverte doit à mon sens demeurer anecdotique. Une anecdote intéressante, mais une anecdote tout de même.

D'autres questions fusèrent de l'auditoire. Franklin répondit en toute honnêteté à celles dont il connaissait la réponse et se contenta de « *j'y travaille* », aux autres. Puis, pendant qu'il rangeait quelques papiers éparpillés sur le bureau, la salle se vida, à l'exception de la jeune journaliste et de deux hommes.

— Mademoiselle Steamway ?

— Vous avez une bonne mémoire des noms, lui dit-elle en s'approchant du bureau. Je vous en prie, appelez-moi Tara.

— Mes confrères ethnologues ont rarement une aussi belle manière de me questionner, flatta Franklin.

— Auriez-vous l'intention de me voir rougir, professeur Adamov ?

— À votre tour de m'appeler Franklin. Que puis-je faire pour vous, Tara ?

Elle s'assit sur un coin du bureau. Ses longues jambes gainées de collants se croisèrent avec un bruit que Franklin trouva particulièrement érotique.

— Je voudrais écrire un article sur vous, commença-t-elle. Sur vous et la découverte de la statue, bien entendu.

Adamov la coupa.

— C'est très sympathique de vous intéresser à moi. Mais n'oubliez surtout pas que je n'étais pas seul. José Cariban, mon compagnon et regretté ami, a participé tout autant que moi à cette aventure. J'aimerais que son nom ne soit pas oublié.

— Cela va de soi, reprit-elle. Mon rédacteur en chef est très intéressé par votre histoire. Je pense que ça pourrait faire une pleine page.

Franklin regarda sa montre.

— Ma vie pour une pleine page, dit-il en souriant. Je n'ai malheureusement pas le temps de vous raconter maintenant toute cette affaire depuis le début.

— Que diriez-vous de demain soir, Franklin. En dînant, ce sera plus agréable.

Il la regarda, l'air songeur.

— Entendu, finit-il par articuler.

Tara fouilla son sac d'où elle extirpa un agenda de poche.

— Voici ma carte, si vous aviez un contre-temps.

— Je n'en aurai pas. Soyez sans crainte.

— On ne sait jamais. Passez me prendre chez moi à dix-neuf heures répondit-elle en partant.

Franklin la regarda s'éloigner. Vraiment des jambes magnifiques.

Lorsqu'elle eut disparu de l'encadrement de la porte, Franklin aperçut le deux hommes qui étaient entrés en retard lors de la conférence.

— Messieurs, je peux faire quelque chose pour vous ?

— Bonjour, professeur Adamov. Nous ne voudrions pa temps. Pouvez-vous nous accorder quelques instants ?

— Je vous en prie. Mon temps n'est pas aussi précieux que vous semblez le croire.

Franklin les observa tour à tour. Ils portaient des costumes impeccables. Le plus grand, le type play-boy – cheveux blonds coupés court, gueule carrée, mâchoire puissante –, avait un porte-documents coincé sous le bras. L'autre, plus petit et trapu, dégageait une impression de force tranquille. Il portait le cheveu ras, coupé en brosse, et Franklin devinait à travers sa chemise le rectangle d'une plaque militaire.

— Je vous écoute, messieurs.

Le plus petit lui tendit la main.

— Permettez-moi de me présenter. Karl Spencer, et voici mon adjoint, Paul Malkovic. Je représente la Fondation Prométhée et j'aimerais discuter avec vous de votre découverte, si bien sûr vous êtes d'accord.

Un voile de suspicion obscurcit un instant le visage de l'ethnologue.

— Je ne connais pas la Fondation Prométhée, monsieur Spencer. Voudriez-vous m'en dire un peu plus à ce sujet.

Spencer arbora un franc et large sourire.

— Pour résumer, la Fondation Prométhée est une institution privée dont la mission est de prospecter, d'enquêter et d'élucider, si possible, tous les mystères existant à ce jour et dont le fondement revêt un caractère exceptionnel pour l'humanité.

— Je ne vois pas très bien..., commença Franklin.

— Je veux dire par là que nous ne nous occupons ni de politique ni d'affaires policières, poursuivit Spencer. Nous ne nous intéressons qu'aux énigmes du passé.

— Le rapport avec moi ? demanda Franklin.

— La statue que vous et le professeur Cariban avez découverte nous intéresse.

— Quelque chose m'échappe sans doute, dit Franklin, de plus en plus soupçonneux. Pardonnez ma question, qui vous semblera certainement manquer cruellement de poésie, mais quel genre de profit en tirez-vous ?

— Je comprends vos doutes, professeur Adamov. À votre place, je me méfierais sans doute autant mais laissez-moi vous expliquer. La Fondation n'a pas de but lucratif. Elle est en quelque sorte la lubie d'un riche industriel américain. C'est un mécénat moderne, rien de plus.

— Pourquoi pas ? Je vous accorde le bénéfice du doute, admit Franklin. Je ne vois toujours pas ce que je peux bien faire pour vous, mais vous n'allez pas tarder à m'éclairer, je suppose.

— Nous vous proposons une bourse de recherche à la Fondation pour les travaux que vous devrez effectuer sur la statue.

— Mais, j'ai déjà tout ça ici, messieurs, mentit Franklin. Par ailleurs, mes travaux sont subventionnés depuis cinq ans par l'université. Il ne serait pas correct de ma part de partir ailleurs maintenant.

— Professeur Adamov, ne répondez pas tout de suite. Laissez-vous un temps de...

Franklin ne le laissa pas poursuivre davantage.

— Je suis désolé, messieurs, mais c'est impossible, coupa-t-il. Excusez-moi maintenant, je dois partir.

Il ramassa les feuilles qu'il avait empilées sur le bureau, puis se dirigea vers la sortie.

— Au revoir, messieurs !

Alors qu'il atteignait la sortie, Spencer l'interpella sur un ton particulièrement persuasif.

— Professeur Adamov. J'aimerais vous montrer quelque chose qui pourrait bien vous faire changer d'avis.

Franklin s'arrêta net sur le pas de la porte.

Spencer fit un signe de tête vers son adjoint resté silencieux.

Malkovic déposa son porte-documents sur le bureau et en sortit une série de photographies en noir et blanc.

— Nous aimerions porter ces clichés à votre connaissance, professeur Adamov.

Franklin s'empara des photographies que lui tendait Malkovic.

— Qu'est-ce..., balbutia-t-il.

— Il ne s'agit pas de la vôtre, mais de sa jumelle, expliqua Spencer. Une ressemblance frappante, vous ne trouvez pas ? Celle-ci date probablement du début du XVIIIe siècle. Des archives locales l'affirment.

Dès le premier coup d'œil sur les photos, le sang de Franklin n'avait fait qu'un tour. L'ethnologue déposa les épreuves sur le bureau pour s'en repaître à son aise.

Devant lui s'étalait une dizaine de vues de la statue de Malhorne. La même statue, mais pas dans le même décor. Celle-ci était taillée dans un bloc de pierre noire, probablement d'origine volcanique. La végétation qui environnait le monolithe était certes d'un type tropical, mais n'avait rien à voir avec les trois arbres monumentaux du plateau amazonien. De plus, cette végétation, visible en arrière-plan, était carbonisée à plus de quatre-vingts pour cent.

Franklin maîtrisa un léger vertige et parvint à balbutier.

— Où avez-vous trouvé ça ?

— Ces clichés proviennent des archives du Pentagone. Ils ont été pris en 1944 lors de la bataille du Pacifique, après que nos troupes eurent reconquis une île à grand renfort de napalm, déclara Karl Spencer. Vous m'excuserez de ne pas vous préciser plus avant sa localisation mais, tant que vous ne collaborerez pas ouvertement avec nous...

Spencer parlait lentement. Sa nouvelle position de maître des débats lui procurait visiblement un immense plaisir. Il attendit, pour entamer une nouvelle phrase, que Franklin quitte les photos des yeux pour le regarder en face.

— Cela fait plus de soixante ans. Et sans un malheureux coup du sort, la statue doit toujours s'y trouver. Étant donné ce qui a repoussé sur ces îles après la guerre, il ne doit pas y avoir beaucoup de monde pour déranger les mouettes.

Spencer était fier de sa plaisanterie, ce qui provoqua un rire gras chez Malkovic.

— Professeur, vous pouvez constater la parfaite similitude entre les deux statues, pourtant éloignées l'une de l'autre par deux siècles et quelques milliers de kilomètres. Regardez la dernière photo.

Franklin saisit un nouveau cliché que Malkovic lui tendait. Il représentait un gros plan de l'épée. Sur cette statue, le mot Malhorne était également gravé.

— Nom de Dieu ! s'exclama-t-il.

— Je ne vous le fais pas dire, professeur. On a facilement recours à lui quand on voit ça.

Franklin décida de s'asseoir. Ses jambes flageolaient trop pour le soutenir plus longtemps.

— Je n'y comprends vraiment rien.

— Pas plus que nous, professeur. Je le précise pour vous rassurer. Mais je ne m'appelle pas Karl Spencer s'il n'y a pas du formidable là-dessous. Du grand formidable même ! Êtes-vous toujours décidé à décliner l'offre de la Fondation Prométhée ?

Franklin ne répondit pas, tant il était perplexe. Le regard plongé au milieu des photos, il tentait de faire le point sur la situation en ramassant ses maigres connaissances, mais cela ne le menait nulle part. On ne s'habitue pas si vite à l'inconcevable.

— Vous avez tout votre temps pour y répondre, reprit Spencer. Mais songez à ce que nous pourrions entreprendre en alliant vos découvertes et vos idées avec les nôtres.

Spencer lui tendit une carte.

— Voici les coordonnées de la Fondation, professeur. Vous y trouverez quelqu'un de jour comme de nuit. Je vous laisse les photos pour vous aider à vous décider. À très bientôt, je suppose.

Il lui tendit une main que Franklin serra sans même y penser et tourna les talons.

Malkovic fit de même.

Resté seul dans la salle, Franklin laissa vagabonder son regard, des photos étalées sur le bureau à la reproduction de la statue qu'il avait faite.

Comme son incrédulité allait grandissant, il se prit la tête à deux mains et commença à réfléchir.

5

Le lendemain à la première heure, Franklin se trouvait dans le bureau de Karl Spencer. La curiosité avait été trop grande.

— Voici un badge qui vous permettra d'accéder aux départements dont vous aurez besoin, professeur.

Franklin prit le badge des mains de Spencer.

— C'est une carte magnétique ? demanda-t-il.

— Entre autres.

— Vous avez l'air bien mystérieux, monsieur Spencer.

— Venez par ici, je vais vous affranchir.

Spencer s'approcha de la grande baie vitrée qui ouvrait son bureau sur une partie du site de la Fondation Prométhée. Puis il déboutonna sa veste et posa ses mains sur ses hanches.

— Nous nous sommes installés dans les anciens locaux d'une petite base militaire. L'esthétique un peu dépouillée des grilles et du portail d'entrée n'a pas dû vous échapper.

— En effet, répondit Franklin. D'ailleurs, il est heureux que vous ayez indiqué le nom de la Fondation sur le portail, sans quoi, j'aurais rebroussé chemin.

Franklin adressait à Spencer un sourire où l'on pouvait lire aussi bien la plus grande candeur que la plus parfaite ironie.

Spencer émit un grognement incompréhensible et reprit.

— Bien. La Fondation est découpée en plusieurs échelons numérotés de un à quatre. Regardez en face ! Les numéros sont écrits en gros sur les portes d'entrée. Difficile à rater, n'est-ce pas ? Une guenon s'y retrouverait.

— Ce qui m'intrigue, monsieur Spencer, c'est ce qu'elle y retrouverait.

— J'y venais. Le secteur 1 correspond à trois bâtiments dont celui dans lequel nous nous trouvons. C'est le secteur administratif et logistique. Vous y aurez un bureau. Le secteur 2 correspond aux archives et à la documentation courante. Le 3 aux archives dites sensibles, et le 4 au matériel. Votre badge vous donne accès aux secteurs 1 et 2. Quant à son fonctionnement, c'est un fin mélange technologique. À chaque fois que vous le présentez pour ouvrir une porte, trois systèmes de lecture se mettent en route : bande magnétique, micropuce et structure moléculaire de l'alliage de la carte. Les empreintes digitales ne sont plus assez fiables de nos jours. Voulez-vous faire un tour des locaux ?

Franklin accepta.

À l'échelle militaire, c'était effectivement une petite base. Elle s'étendait tout de même sur une dizaine d'hectares, quadrillée de rues longées de baraquements. Les anciens entrepôts, bâtis à l'origine à l'identique, avaient été, pour certains, ouverts de baies vitrées et transformés en bureaux ou en salles de recherche.

— Cet endroit me redonne mes vingt ans, avait commenté Franklin.

— Vous avez servi dans quel corps ? demanda Spencer, intrigué.

— Corps technique et scientifique. Je dois d'ailleurs préciser que j'ai pu finir mes études grâce à l'Oncle Sam.

— C'est parfait. Vous ne serez pas dépaysé, avait ajouté Spencer, satisfait. Mais dites-moi, pourquoi l'armée recourait-elle à un ethnologue ?

— Pour se jauger elle-même !

Franklin profita de la mine renfrognée de Spencer avant de poursuivre.

— Je travaillais avec des sociologues, des psychologues et des agents recruteurs. Tous de récents engagés, histoire de ne pas être trop imprégnés par l'esprit de corps. Nous planchions sur les profils des militaires, les aptitudes à partir du QI, de l'origine sociale, etc. Une population d'étude à grande échelle. Un travail très intéressant.

Ils approchaient d'un grand bâtiment en béton en forme de dôme entièrement aveugle, une sorte d'excroissance du sol qui ressemblait à un mamelon.

— Ça, dit Spencer en désignant la protubérance, c'est l'ancien dépôt de munitions de la base. Secteur 4. On y stocke le matériel de haute technologie et d'autres broutilles. Béton armé sur plusieurs mètres d'épaisseur, doublé d'un blindage réactif, cage de Faraday. Vous pouvez faire tomber n'importe quel engin dessus, ça ne bougera pas. Imprenable.

— Pas de porte d'entrée ? interrogea Franklin.

— Si, bien sûr. Mais non visible. C'est un système inspiré des entrées de châteaux forts en un peu plus perfectionné. Efficace.

— Impressionnant.

— Un gros coffre-fort, et très cher, conclut Spencer.

— Dites-moi tout de suite si je suis indiscret…, entama Franklin.

— Je vois où vous voulez en venir, professeur Adamov, le coupa Spencer. Cinquième commando de marines. J'ai principalement servi sous la bannière des Nations unies. Je suis un pacificateur dans l'âme.

Spencer contourna le dépôt de munitions et reprit la direction du bâtiment administratif.

— Que diriez-vous de prendre un rafraîchissement ? Nous en profiterons pour rencontrer vos nouveaux collaborateurs.

— C'est un lieu très agréable, commenta Franklin.

— Vous vous apercevrez que c'est ici le seul véritable endroit de relaxation, lui rétorqua Stacey. Non que l'on nous demande d'être des bêtes de travail mais nos recherches sont très prenantes et le reste de la Fondation est esthétiquement un peu austère à mon goût.

— J'ai cru le constater, en effet, avait ajouté Franklin.

Spencer lui avait présenté Stacey Revel quelques minutes plus tôt. Le petit homme rondouillard et jovial lui avait immédiatement plu, ce qui avait semblé réciproque. Cet archéologue de quarante-six ans possédait ce sourire des dodus qui mettait tout de suite à l'aise.

— Dites-moi, Stacey, éclairez-moi sur un point qui me semble obscur, poursuivit-il. J'aimerais en savoir un peu plus long sur la Fondation Prométhée. Qui la dirige, à quoi elle sert, etc.

— Je me suis posé les mêmes questions lorsque je suis arrivé ici, lui dit Stacey. Et pour être franc avec vous, ce nom de Fondation Prométhée m'évoquait davantage une secte qu'une entreprise à but scientifique. Mais rassurez-vous tout de suite, il n'en est rien. Pour vous résumer ce que nous faisons ici, voyons, je ne peux pas le dire simplement. La finalité de la Fondation, c'est d'approcher Dieu. J'imagine ce que cela peut avoir d'abstrus, mais c'est pourtant vrai. Bien évidemment, pour trouver Dieu, nous cherchons dans l'homme. C'est là que nous intervenons. Vous, l'ethnologue, et moi, l'archéologue. Mais il y a ici des physiciens, des biologistes, des toubibs, des botanistes… Enfin, toute une panoplie de gais lurons. Plus simplement, nous cherchons à élucider les grands et les petits mystères qui courent dans l'histoire de l'humanité, ou les phénomènes naturels inexpliqués.

— Et qui finance tout ça ? demanda Franklin.

— Denis Craig est le père du projet.

— Le Craig des industries d'armement ?

— En personne ! C'est du reste l'explication de nos contacts si faciles avec le Pentagone, notamment. Craig est un passionné d'égyptologie et de ce genre de choses. L'idée de la Fondation est née de la lenteur des fouilles, faute de moyens conséquents. Il s'est dit qu'il valait mieux les organiser directement plutôt que de subventionner des recherches dont il aurait eu toutes les peines du monde à connaître les avancées réelles.

— Vous le rencontrez souvent ?

— Assez rarement, je dois dire. Et c'est aussi bien ainsi. Ça nous laisse le champ libre, exception faite de Spencer qui a un droit de regard sur tout. La contrepartie de cette liberté, c'est le résultat. On doit y arriver dès lors que nous mettons notre nez quelque part.

— Plus facile à dire qu'à faire, non ?

— C'est vrai. Mais la Fondation met à notre disposition tous les moyens nécessaires, sans compter. À partir du moment où ça en vaut le coup, bien entendu ! Vous allez vite vous rendre compte que c'est autre chose que les moyens universitaires dont vous avez l'habitude. Et je sais de quoi je parle.

— Et en ce qui me concerne, vous avez une idée ?

— Je n'ai pas le moindre soupçon. Il n'y a pour le moment aucune corrélation établie entre ces deux statues. Mais nous avons un service de documentation qui y travaille. Et la tâche ne fait que commencer.

Stacey vida son verre et se leva.

— C'est d'ailleurs le moment d'en parler. Denis Craig nous attend dans son bureau.

Franklin se leva à son tour. Au même moment, le vrombissement caractéristique d'un hélicoptère en approche se fit entendre.

— Allons le rejoindre, dit Stacey. Le temps de cet homme vaut de l'or.

Le bureau de Denis Craig occupait la moitié du troisième étage du bâtiment. Il n'était pratiquement pas meublé mais dégageait une atmosphère de convivialité et de détente.

Après les présentations de rigueur, ils entrèrent dans le vif du sujet. Stacey Revel fit à son patron un exposé sur les statues.

— Nous allons recevoir l'exemplaire présent sur l'île de Ko Jima d'ici à la fin de cette semaine, exposa-t-il. Il navigue en ce moment sur le porte-avions *Nevada.* Nous profitons de son retour au bercail pour révision. Les marines le débarqueront sur la côte ouest, puis il voyagera en avion jusqu'ici. Notre service de documentation est sur le pied de guerre pour découvrir une trace de Malhorne quelque part. Spencer a mis le paquet cette fois-ci. Les cinq *providers* les plus utilisés de la planète s'ouvrent dorénavant sur une demande de renseignements concernant Malhorne, décliné sous toutes les orthographes possibles. Mais pas grand-chose à se mettre sous la dent pour le moment. L'installation de la demande date seulement d'hier, donc pas d'affolement.

— Ce nom Malhorne vous évoque-t-il quelque chose, monsieur Adamov ? questionna Denis Craig.

— Non, rien. J'ai moi-même commencé des recherches sur ce sujet à l'université de Baltimore, sans succès. Aucune mention de ce nom, mais je n'avais probablement pas les moyens d'investigations de la Fondation.

— Probablement, reprit Craig en se levant. Je dois repartir dans peu de temps. Je vous souhaite la bienvenue dans notre équipe, professeur Adamov. Vous verrez, ici, tout ce que vous demanderez ou proposerez, même le plus extravagant, sera pris au sérieux. En ce qui concerne les conditions de votre collaboration, Spencer se chargera de tout. Dans un premier temps, prenez une chambre à l'hôtel qu'il vous indiquera pendant que nous vous préparons des quartiers dans la Fondation. Et pour les frais, ne vous occupez de rien, nous avons certains accords privilégiés. Je vous laisse avec Stacey, il vous parrainera dans la ville.

Franklin reporta l'invitation de Stacey d'une visite de la ville voisine au lendemain. Il préférait rentrer chez lui le soir même pour récupérer ses notes et ramener le moulage de la statue.

— Je n'avais pas prévu une longue absence et je n'ai pas apporté de quoi m'installer vraiment. Mais, soyez sans inquiétude, je rongerai mon frein en attendant demain soir.

— Deux cents kilomètres de plus pour aujourd'hui, vous êtes un coriace, avait regretté Stacey. Remarquez, la journée est encore belle.

Vers seize heures, Franklin repartit pour Baltimore, plus désireux de ne pas manquer la proposition de Tara Steamway que de faire sa valise.

La valise, la statue, Malhorne et les notes attendraient bien le lendemain.

En ce qui concerne la demoiselle, c'était moins probable.

Franklin rejoignit Baltimore en deux heures et quelques poussières.

Il jeta en vrac plusieurs dossiers dans un carton, rassembla ses carnets de notes, et posa sur l'ensemble son ordinateur portable. Puis, du regard, il fit un tour de la pièce. Ses yeux se fixèrent sur la carte mémoire que José avait utilisée pour photographier la statue.

Plutôt que d'emporter la reproduction en miniature qu'il avait réalisée avec le matériel de l'université, Franklin décida de prendre la carte mémoire. Certainement la Fondation possédait-elle des machines plus perfectionnées, capables, pourquoi pas, de reproduire une copie grandeur nature du fameux artefact. Par ailleurs, Franklin jugea que la petite statue installée dans la salle de conférence appartenait légitimement à l'université. Cette conclusion l'arrangeait d'autant plus qu'il ne devrait pas s'éreinter à déplacer le bloc de plâtre qui devait atteindre vingt à vingt-cinq kilos.

Satisfait, il emporta ses affaires et se rendit à l'appartement de Tara.

6

— Voilà, c'est tout ce qui est arrivé depuis votre départ hier.

Engoncé dans un fauteuil qui le faisait paraître plus petit qu'il n'était, Stacey triait une volumineuse liasse de feuilles en deux piles inégales.

— Il s'agit de ?… demanda Franklin.

— Les informations via internet. Je fais imprimer systématiquement tout ce que nous recevons. Ensuite, je trie. C'est fastidieux, mais je ne me fie pas à l'archivage virtuel. Pas de vue d'ensemble. À droite, pile des délires. À gauche, pile à consulter.

— Je constate que les délires l'emportent haut la main.

Stacey eut un geste de dépit.

— C'est regrettable, mais habituel. Et votre dîner galant d'hier soir ? Bien passé ?

— Comment !… réagit Franklin instinctivement.

— Simple supposition. Mais j'ai visé juste, non ? Vous faisiez un piètre menteur avec votre histoire de valise. Allez. Racontez-moi ! On n'a rien à se mettre sous la dent ici.

— Eh bien…, répondit Franklin, embarrassé. Vous allez être déçu. J'ai bien dîné avec une charmante personne mais c'était strictement professionnel. Une journaliste qui veut faire un papier sur la statue…

— Tant pis, grommela Stacey. Jolie au moins ?

— Ravissante en tous points ! Nous devons nous revoir d'ici quelque temps.

— Soit ! conclut Stacey. J'attendrai la suite des événements.

Il déposa la dernière feuille sur la plus haute pile, qu'il jeta négligemment dans une corbeille à papier.

Franklin, resté debout devant son bureau, s'empara de la maigre liasse de feuillets et se laissa tomber dans un fauteuil. Sans grande conviction, il parcourut les informations imprimées sur le papier. Une minute sans intérêt passa. Franklin laissa retomber la liasse sur ses genoux.

— Stacey ?

— Hm ? grogna l'archéologue sans relever la tête.

— Stacey ! insista Franklin. Qu'est-ce qu'on cherche exactement ?

— Je ne vous suis pas très bien ?

— Je vais être plus précis, reprit-il. Je n'ignore pas l'objet de notre présence ici. Ce que je veux dire c'est, que pouvons-nous attendre de cette demande de renseignements sur le Net ? Vous avez lu ce que nous avons reçu. Une déclinaison étymologique de noms dans plusieurs langues, ses origines géographiques possibles, etc. On a même un laboratoire de cosmétiques qui nous propose une option d'achat sur le nom. On frôle le délire ! Mais rien de sérieux à se mettre sous la dent. Je ne veux pas paraître archaïque en quoi que ce soit, mais que diriez-vous d'en revenir à nos bonnes vieilles méthodes de recherche ? J'imagine qu'au cours de votre cursus, vous avez été aussi rat de bibliothèque que moi. Vos travaux à venir vous y conduiront à nouveau, alors que diriez-vous d'y retourner ? Je n'aime pas beaucoup cette idée de lancer une demande de renseignements et d'attendre ensuite que le résultat nous tombe tout cuit dans l'assiette.

L'ébauche de sourire qui entamait en accent circonflexe le visage de Stacey stoppa net la diatribe de Franklin.

— Et dites-moi pourquoi vous vous marrez comme ça ?

Stacey, qui hoquetait maintenant sans plus se contenir, émit une toux de circonstance.

— Quel diable êtes-vous donc ? parvint-il enfin à articuler. Bien sûr, nous n'allons pas attendre dans notre bureau ! Cette enquête vous appartient en premier lieu. Et depuis que vous avez accepté de collaborer avec la Fondation, c'est la force d'une équipe qui est avec vous, moi le premier. Mais avouez que toutes les sources d'informations sont bonnes à prendre. L'investigation qu'a lancée la Fondation s'affiche sur les écrans du monde entier. Si le professeur Duchmol, de l'université Pétaouchnok du fin fond de la Papouasie-Nouvelle-Guinée a un soupçon de début d'idée sur l'auteur de ces foutues statues, notre seule chance d'entrer en contact avec lui se fera via internet. Et ce serait une monumentale erreur de ne pas en profiter.

— O.K., Stacey, le coupa Franklin. Vous prêchez en terre déjà conquise. Mais je vous fiche mon billet que nous n'apprendrons rien de neuf par ce biais. Si j'ai bien compris le cadre de la Fondation, une demi-douzaine de lecteurs parcourt en permanence autant d'écrans dans toutes les directions possibles. Je sais combien une recherche aussi imprécise peut prendre du temps mais, si vaste soit-elle, le simple fait de chercher sur la banque de données planétaire à partir d'un nom donne immédiatement un résultat : connu ou inconnu. Un gamin de nos écoles arriverait au même résultat que nous, à partir de sa salle d'études. J'ai fait cette recherche toute simple, vous avez fait cette recherche, le pool de lecteurs fait la même chose. Et si l'on demandait à ce gamin d'effectuer la même recherche, il parviendrait au résultat auquel tous ont abouti. Rien, *nada*. Le vide le plus absolu et le plus incommensurable que j'aie jamais rencontré. Malhorne, avec un H, sans H, avec deux L, sans E, enfin bref, sous toutes les orthographes possibles, est inconnu au bataillon des bibliothèques virtuelles. Je suis, de façon hasardeuse, tombé sur une statue incongrue au beau milieu de la forêt amazonienne. De retour chez moi, vous m'apprenez qu'il existe sa sœur jumelle perdue en plein Pacifique. Demain, allez savoir, quelqu'un nous enverra peut-être la photo d'une troisième statue qui trône depuis toujours au fond de son jardin sans savoir d'où elle vient ni qui elle représente…

— Et pourquoi pas dix statues, le coupa Stacey. Franklin, je sais tout ça. Nous n'avons pour l'instant pas d'autre possibilité de recherches que celles lancées sur internet. Et nous devrons nous en contenter tant que nous n'aurons pas trouvé mieux.

La porte s'ouvrit sur la silhouette abrupte de Spencer.

— Bonjour, messieurs. J'ai reçu un appel de M. Craig et je viens vous faire part de sa décision en ce qui concerne votre statue, monsieur Adamov.

Franklin se redressa sur son fauteuil.

— J'espère ne pas vous comprendre, Spencer lui dit-il d'un ton plus sec qu'il l'aurait voulu.

Spencer ne releva pas.

— Quoi qu'il en soit, poursuivit-il. Denis Craig m'a intimé l'enlèvement sans délai de cette statue. À l'heure qu'il est, un hélicoptère de la CraigCopter de Rio doit déjà être en chemin pour le site que vous avez découvert. Les deux statues arriveront donc ici à peu près en même temps. Que dites-vous de cette excellente nouvelle ?

Stacey observait Franklin du coin de l'œil.

— J'en dis que la moindre des choses aurait été de nous en aviser auparavant, coupa Franklin. Que la demande vienne de M. Craig ou non, d'ailleurs.

— La diplomatie n'a jamais été mon fort, monsieur Adamov. Seul le résultat compte à mes yeux. Quant aux moyens qu'il me faut utiliser pour y parvenir, ils importent peu. Je ne leur demande qu'une seule chose, qu'ils soient efficaces. Mais je suppose que tout cela n'affecte en rien l'image que vous pouvez avoir de moi.

— Ne perdons pas ce ton de cordialité qui nous est coutumier, messieurs, intervint Stacey. Accordons à Franklin le bénéfice de la nouveauté, Spencer. Avec un peu de temps, il se fera à vos méthodes qui, pour être efficaces, n'en sont pas moins percutantes. Je me réjouis de cette nouvelle. Franklin, vous vouliez de l'action ? Elle nous arrive par les airs !

Les statues touchèrent le sol américain trois jours plus tard et furent livrées à la Fondation le vendredi qui suivit.

Avec d'immenses précautions, les deux représentations identiques glissèrent des camions en direction de l'entrepôt 17, aménagé en vue de les recevoir.

Franklin et Stacey assistèrent aux opérations du début à la fin. Lorsque les manutentionnaires eurent terminé leur travail, ils refermèrent les portes de l'entrepôt et se livrèrent à une revue de détail.

Mis à part une différence de matériau, les statues étaient absolument identiques. Même taille, même volume, même position assise de l'homme tenant entre ses mains une épée fichée dans le sol.

— C'est curieux cette disgrâce générale, pensa Stacey à voix haute. On dirait que les sculpteurs ne savaient pas sculpter. Comme si chaque statue était un coup d'essai…

La première chose que Franklin vérifia fut la garde de l'épée, sur la statue retrouvée au sommet de l'île de Ko Jima. Cette vérification n'eut rien de fébrile tant il s'attendait à y trouver les lettres gravées. Franklin ne pouvait pas affirmer que l'écriture était la même, mais les caractères gravés sur la garde de l'épée ressemblaient à s'y méprendre au tracé de sa jumelle.

Il s'isola dans un coin de l'entrepôt pour obtenir une vue d'ensemble sur les deux géants de pierre, tandis que Stacey gardait le nez collé sur les détails.

Le bâtiment 17 incarnait toute la splendeur d'un entrepôt modèle. Construit sur le principe d'un parallélépipède de tôles renforcées, le bâti était ouvert de larges verrières grillagées sur ses quatre pentes. La lumière du jour tombait ainsi à la verticale des statues, ce qui les isolait d'un halo de clarté dans la semi-obscurité environnante.

De prime abord, Stacey fut particulièrement intrigué par la forme trapézoïdale de leurs dos. Les photos fournies par le Pentagone n'en présentaient pas cet angle particulier. Autant leurs faces fourmillaient de détails, autant les dos se résumaient à leur plus simple expression. Les traits des colosses se lissaient vers l'arrière, s'aplanissaient sur un peu plus d'un mètre. Les volumes dorsaux formaient ainsi un parallélépipède, comme une simple pierre de taille à la base triangulaire, creusé d'une cavité sur le dessus.

— Vous aviez remarqué ça ? demanda Stacey à Franklin.

— Bien sûr. Je vous rappelle que j'ai déjà passé un bon bout de temps devant cette statue lorsqu'elle trônait dans son décor d'érection.

— Je me demande si cette forme a une fonction quelconque.

— Je me pose la même question, Stacey. Aidez-moi à les rapprocher l'une de l'autre, je voudrais vérifier une théorie qui me vient.

Les deux hommes déplacèrent lentement la statue provenant de Ko Jima, moins lourde que sa jumelle.

— Vous voyez ? commenta Franklin. Elles s'accolent parfaitement. Les trapèzes du dos se touchent sur tout leur côté.

— Je pense que l'on peut sans grande possibilité d'erreur éloigner tout de suite la part du hasard. Ces statues sont deux parties d'un ensemble plus important.

— Je ne partage pas votre avis, Stacey. Qu'elles aient été pensées l'une par rapport à l'autre ne fait pas l'ombre d'un doute. Par contre, qu'il s'agisse de pièces d'un grand puzzle est une conjecture.

— Vous avez raison. Mais admettez que la probabilité est grande.

— Je ne vois pas très bien pourquoi ! déclara Franklin.

Stacey, patient et pédagogue, sortit un stylo de sa poche et, sur un vieux morceau de carton qui traînait sur le sol, commença à griffonner.

— Oubliez la statue, Franklin. Et concentrez-vous uniquement sur la forme trapézoïdale de leurs dos. Vous y êtes ?

— J'essaye mais j'ai toujours eu du mal avec la géométrie.

— Je vois ce que c'est. Les ethnologues, ça parle, ça lance des grandes théories mais dès qu'il s'agit de concret, il n'y a plus personne.

— Mon travail n'a effectivement jamais consisté à gratter le sol, lui répondit Franklin, armé d'un sourire.

— Vous confondez les archéologues avec des primates, mon cher, mais passons. Je n'entrerai pas dans une querelle d'école. Je poursuis ! Laissez-vous guider par mon schéma. Donc, je vous disais de ne garder en tête que les volumes trapézoïdaux des dos des statues. Bien ! Si vous accolez deux triangles isocèles, comme le sont les trapèzes des statues vues du dessus, vous obtenez un troisième triangle plus grand, O.K. ? Bon. Maintenant, rajoutez un autre triangle identique. Puis un autre, et encore un autre, jusqu'à ce que vous rejoigniez le premier que vous avez placé. Qu'est-ce que vous constatez ?

— Une série de triangles, et alors ?

— Vous n'êtes vraiment qu'un indécrottable parleur. Regardez le papier, je vous le dessine. Selon l'angle que vous choisissez pour le premier triangle, il vous en faut un nombre, défini par ce même angle, pour obtenir… un cercle.

Franklin demeurait silencieux.

— Vous comprenez maintenant pourquoi, il y a un instant, je vous parlais de la part du hasard ? Pour nous assurer de cette théorie, il n'y a qu'une seule donnée à vérifier, chose dont je suis à peu près certain : c'est que les deux figures ont le même angle. À partir de là, je pourrais rapidement vous dire combien de statues manquent pour fermer ce cercle.

— Votre esprit pratique me fait cruellement défaut, parvint à dire Franklin.

Indifférent aux compliments, Stacey s'attela à prendre sommairement l'empreinte d'une des deux statues pour la reporter sur sa voisine.

— Je vérifierai plus tard avec un instrument de mesure mais, à vue de nez, ça colle.

— Alléluia, conclut Franklin. Maintenant, Stacey, on a un nouveau problème. Et de taille. Où peuvent bien se trouver les statues manquantes ?

En fin d'après-midi, deux techniciens de la Fondation installèrent un scanner dans l'entrepôt 17.

Pendant qu'ils réglaient l'appareil, Stacey releva l'angle du trapèze dorsal.

— Il n'y a plus de doute possible, Franklin, conclut-il. À un dixième de degré près, c'est la même chose. L'angle de ces dos trapézoïdaux est de près de cinquante et un virgule cinq degrés. Je n'irai pas jusqu'à prétendre avoir la rapidité de calcul d'un ordinateur, mais si je divise trois cent soixante par l'angle des statues, on devrait obtenir à peu près sept. Il nous reste donc cinq exemplaires à trouver.

— Et si nous commencions par nous consacrer à celles-ci, le coupa Franklin en pointant du doigt les sculptures. Je crois que ces messieurs sont au point avec leur engin.

Le plus âgé des deux techniciens leur expliqua le fonctionnement du scanner.

— Plus simple qu'un jeu d'enfants, une fois que la bécane est réglée, leur dit-il. Vous vous contentez de passer la sonde devant les parties qui vous intéressent tout en lisant le résultat sur le moniteur, O.K. ?

— C'est vraiment tout ? demanda Franklin.

— À peu près. Deuxième manip', en fonction de la profondeur de matière que vous voulez scanner, vous n'avez qu'à moduler à partir de cette manette. Vers le rouge, en profondeur, et vers le bleu, coupes en superficie. Ça roule ?

— Ouais ! Ça roule, lui répondit Stacey. Mais on se cale sur quelle épaisseur au juste ?

— Ça dépend du support mais je vous conseille de commencer par un examen complet des statues en coupes superficielles, et d'approfondir vos investigations par la suite. Ce sera plus méthodique. Bon, on va pas rester, parce qu'avec vous, on connaît la chanson. Y en a tout juste pour une petite heure et la nuit tombe que vous êtes encore là à poireauter. De toutes façons, si vous avez un quelconque souci, vous composez le 911 !

— On va se débrouiller, soyez sans inquiétude, rétorqua Stacey pour s'en débarrasser. Salut les gars ! Et merci.

Resté seul devant la machine, Franklin tenait la sonde du scanner comme un pommeau de douche.

— Vous avez l'air empoté, Franklin, le railla Stacey.

— Je n'ai jamais été un dingue de l'électronique. C'était plutôt la marotte de José Cariban et je n'ai jamais cherché à comprendre puisqu'il le faisait si bien.

— Vous, Franklin, vous êtes un sentimental archaïque et probablement réactionnaire, le taquina Stacey. Ce type d'appareillage m'a rendu de grands services sur une foule de sites archéologiques. Apprendre à m'en servir ne m'a pris qu'une minute. Je vais vous montrer, pas la peine d'en connaître les principes techniques dans les détails.

— J'ai probablement un blocage quelconque, convint Franklin.

— Vous fixez une névrose, plutôt ! Je me charge du rôle du toubib. Passez-moi cette sonde.

Stacey régla l'appareil et commença l'auscultation de la statue amazonienne.

— Vous voyez, ce n'est pas sorcier ! lança-t-il joyeusement.

— Tout ce que je vois, c'est un vague brouillard magnétique sur un écran. Vraiment pas de quoi pousser des hauts cris.

Stacey augmenta l'intensité du balayage pour obtenir des coupes plus profondes. Sur l'écran de contrôle, l'image devint plus dense et des stries parallèles se matérialisèrent. Par endroits, de petites rotondités apparaissaient, diminuaient ou grossissaient au gré des mouvements de Stacey. Par une nomenclature de couleurs prédéfinies, l'ordinateur faisait apparaître les différentes densités du bois pétrifié.

Tout en gardant les yeux fixés sur le moniteur, Stacey déplaçait lentement la sonde autour du visage impassible du colosse.

Atténués et légèrement déformés, les traits de Malhorne apparaissaient sur l'écran.

— Le sculpteur n'a pas dû y aller de main morte, commenta Stacey. La matière est écrasée.

Franklin voulut essayer.

— On se laisse tenter par un petit pas dans le monde moderne ?

— Ne soyez pas sarcastique, Stacey. Je vais travailler cette énigme à l'inspiration. Si je comprends bien, le martèlement du sculpteur apparaît parce que les nervures sont plus denses là où le marteau a frappé ?

— Probablement exact.

Franklin positionna la sonde à la base du front de la statue et descendit lentement le long du visage.

— Donc, si je poursuis sur cette logique, je vais obtenir une image scannée reflétant ce que nous voyons à l'œil nu à chaque endroit frappé ?

— Toujours d'accord.

— Mais vous m'indiquerez ce que nous avons de nouveau avec cette technique révolutionnaire ?

La sonde rasait à présent la région du sternum où Franklin ne repéra rien de particulier. Il ne s'attarda pas davantage sur l'abdomen et consacra son attention sur la partie basse de la statue. Les mains de l'homme étaient posées sur la garde de l'épée, de part et d'autre de la poignée, et se rejoignaient aux deux dernières phalanges. Cette attitude peu naturelle inspirait deux actions paradoxales. Selon l'intention de l'observateur, cette position suggérait soit la prière, soit l'instant qui précède la parole.

Franklin amena la sonde du scanner au-dessus du cartouche où était gravé le nom mystérieux. *Malhorne* apparut sur l'écran de contrôle.

— Voilà qui vérifie votre théorie du martèlement, commenta Stacey.

— Vous m'en voyez ravi, mais je vous rappelle que c'est la vôtre.

Franklin descendit rapidement le long de la lame de l'épée.

— Attendez, Franklin ! Revenez à la base de la garde.

Stacey pointa son doigt sur le moniteur.

— Voilà, c'est ici ! On devine des lettres.

— Il n'y a pourtant rien de gravé dit Franklin.

Stacey nota l'une après l'autre les lettres qui défilaient sur l'écran. Pour certaines, il fallut s'attarder plus longtemps et interpréter le signe, en partie effacé. Les autres étaient lisibles sans aucune hésitation, alors que rien n'en laissait deviner la présence.

— Rien d'autre ? demanda Stacey alors que Franklin atteignait l'endroit où l'épée se perdait dans la masse des jambes.

— Apparemment non. La lame disparaît ensuite.

— De toutes façons, le sens y est, conclut Stacey.

— Vous comptez me laisser mariner encore longtemps ? Ça dit quoi ?

Un évident plaisir ouvrait la bouche de Stacey quand il lâcha :

— *Sum cohaerentia mondorum* ! Vous voulez que je traduise ?

— Vous parlez le latin ?

— Parler est un bien grand mot. Disons qu'à défaut de pouvoir l'utiliser de vive voix, faute d'interlocuteur, je le comprends correctement. Sans vouloir me vanter de titres universitaires, souvenez-vous de ma profession. Un archéologue qui ne maîtrise pas le latin serait un peu comme un ethnologue sur une terre dépeuplée, si vous me passez cette image.

— Vous profitez à l'évidence de ce petit avantage. Nous voilà divisés en deux camps. Celui de ceux qui savent, et les autres. Je suis ignorant de votre belle science, que vous avez la possibilité de partager, ou de garder pour vous. La problématique est posée. C'est maintenant à vous qu'il appartient de trancher : diviser ou réunir.

Stacey observait un silence de contentement.

Franklin s'impatienta.

— Allez, quoi ! Je vous offre un resto ce soir, soyez fair-play !

— Parole ?

— Parole !

— Soit ! Je consens à m'ouvrir aux humbles. Dans une langue plus récente et plus approximative, *Sum cohaerentia mondorum* donnerait quelque chose dans le style de *Je suis le lien des mondes.* Pour rester plus fidèle à l'intention latine, je traduirais plus volontiers par *Je suis le trait d'union des mondes.*

— On avait besoin d'un mystère supplémentaire, commenta Franklin.

— Vous ne vous attendiez tout de même pas à ce qu'il laisse son adresse ? Et pourquoi pas un numéro de téléphone, pendant que vous y êtes ?

Franklin prit sa tête entre ses mains.

— Voyons, procédons par ordre ! Je m'appelle Malhorne. Je vis au XVe ou au XVIe siècle dans un coin du monde où pas un Occidental n'a encore mis les pieds. Mais je suis tout de même là. Contre toute logique historique. Je suis là parce que ça me plaît d'y être. Et parce que je suis un original, je sculpte une statue. Une grande statue. Une très grande statue qui me ressemble, peut-être, et sur laquelle j'inscris mon nom. Ensuite, sur l'épée que tient cette statue, je grave une phrase. *Je suis le trait d'union des mondes.* Le Nouveau Monde peut-être, encore que cette notion n'existait pas à cette époque, mais passons sur ce genre de petits détails. Et puis, je regrette mon geste et j'efface cette phrase sans imaginer un seul instant qu'une bande de petits malins parviendraient à lire ce que j'avais pris soin d'effacer, cinq siècles plus tard. Jusque-là, Stacey, je ne vois rien de réellement extraordinaire. Je commence à m'y habituer. Un Européen a pris un bateau avant tout le monde, s'est enfoncé au cœur de la jungle et y a taillé une statue. Par la suite, il est probablement mort de fièvre ou de sa belle mort et ses os ont totalement disparu. Bon vent, monsieur Malhorne ! Par contre, le problème qui se pose, c'est comment, un ou deux siècles plus tard, à des milliers de kilomètres de là, un autre type sculpte la même statue avec le même nom. Non, ne dites rien, Stacey. Je vous accorde que le responsable de la seconde statue a très bien pu croiser sur son chemin la première. C'était sans doute un aventurier, un globe-trotteur avant la date. C'est très improbable mais imaginons-le. Je peux imaginer tout ce que vous voudrez, à l'exception d'un détail. Oh ! pas grand-chose. Ce genre de détail insignifiant mais qui revient sans cesse, sournois et souterrain. Vous voulez que je vous parle de ce petit détail ?

— Je vous écoute.

— Eh bien, je suis peut-être dépassé par la situation, mais comment le deuxième sculpteur a-t-il pu savoir pour le texte effacé ? Car je suis persuadé que nous allons le trouver sur la seconde statue !

— C'est vrai que lorsqu'on ne possède pas les clés d'un problème, il est facile de voir le mystère partout.

— Mais ce texte inscrit puis effacé est tout de même très déroutant.

— Cherchons-le sur la seconde statue, proposa Stacey. Ça mettra un terme aux hypothèses !

Franklin déplaça le scanner vers la deuxième statue. Il orienta la sonde sous tous les angles possibles, mais le seul résultat auquel il parvint se matérialisa sur l'écran sous la forme d'une neige magnétique, insaisissable et vide de sens.

— Non, rien, dit-il sur un ton de déception. Fin des programmes.

— Attendez un instant avant de capituler, intervint Stacey. La matière n'est plus la même. Je suppose que ça doit changer les données pour le scanner. La pierre volcanique est moins dense que l'autre, il faut alléger la sauce.

— Bougez pas, j'appelle le 911 !

Franklin revint quelques instants plus tard, armé de la solution.

— Ils ont présélectionné les deux matières, annonça-t-il plein de fierté en commutant la machine. Allez-y ! Maintenant que j'y ai regardé de plus près, ça devrait fonctionner.

Stacey ne releva pas la pique et, pour s'assurer du bon fonctionnement de l'appareil, sonda d'abord le cartouche de pierre. Le mot Malhorne apparut à nouveau sur l'écran. Il laissa ensuite la sonde glisser le long de la lame et révéla la même phrase.

— On l'a ! cria Franklin.

— Comme si vous pouviez encore en douter. Vous n'avez pas remarqué que depuis votre découverte de cette statue, nous n'avons eu de cesse de sauter d'énigme en énigme. Et par-dessus le marché, chaque mystère nous conduit vers une évidence sans apporter le plus petit soupçon de réponse.

— Il ne reste plus qu'à nous mettre au travail, Stacey. S'il existe un lien entre ces statues, si un type nommé Malhorne a existé, nous le trouverons. Si un autre type a commis une réplique de la première deux siècles plus tard, nous le trouverons aussi. Et s'il est possible de comprendre pourquoi il l'a fait, nous y arriverons. Avec les moyens dont nous disposons, ce serait un peu raide de ne pas parvenir à nos fins. Vous ne croyez pas ?

— Je vous accorde que cette phrase gravée puis effacée nous plonge dans un état de perplexité plus avancé maintenant qu'il y a une heure, mais cette statue est vieille de cinq siècles et elle sera encore là demain, n'est-ce pas ?

— Venez, je vous invite à entrechoquer une ou deux chopes avec moi. Et ça, c'est une certitude !

— Vous avez sans doute raison, Franklin, conclut Stacey en éteignant le scanner. La nuit porte conseil et une ration de houblon rafraîchit les neurones.

Lorsqu'ils sortirent de l'entrepôt 17, le soleil, trop bas sur l'horizon, n'éclairait plus les statues. Seule la verrière accrochait encore un peu de clarté. Stacey referma la porte.

Les statues retournèrent à l'anonymat de la nuit.

— Je suis le trait d'union des mondes, marmonna-t-il pour lui-même. Il s'agit de définir quels mondes au juste !

7

Lorsque Denis Craig eut connaissance du texte caché sur les lames des épées, il ordonna que la Fondation mette les bouchées doubles. En plus du pool d'internautes qui travaillait déjà à la recherche d'un Malhorne oublié quelque part dans l'Histoire, le tandem Franklin et Stacey se vit renforcé d'un botaniste, de deux physiciens, d'un historien de l'art et d'un biologiste. Tous étaient des hommes jeunes, très qualifiés, dynamiques et pétillants d'idées. Tous cessèrent leurs travaux en cours au sein de la Fondation pour se consacrer exclusivement à cette nouvelle quête.

Les statues furent minutieusement détaillées.

John Brigham, le biologiste de l'équipe, parvint à isoler sur les statues des cellules de peau de nombreux hommes. Il dénombra jusqu'à dix-sept souches différentes sur la statue provenant du Pacifique et seulement douze sur sa jumelle d'Amazonie. Brigham mit de côté les cellules les plus « fraîches » dont il chercha la paternité, malgré leur origine évidente. Franklin, Stacey, les déménageurs et les personnes présentes à l'enlèvement des statues n'avaient pas utilisé de gants. Finalement, il ne resta qu'une souche de cellules provenant de la première statue et deux pour sa jumelle.

À l'évidence, si Brigham n'en avait omis aucune, il s'agissait d'un morceau de peau du sculpteur en personne. Il en acquit la certitude peu de temps après. La preuve lui fut apportée par un cheveu, vieux de cinq siècles, qu'il dénicha, coincé entre deux fibres pétrifiées, à l'intersection des mains de Malhorne.

Il me l'a donné de ses propres mains. Le mot courut quelque temps entre les murs de la Fondation comme une plaisanterie de première qualité.

Les investigations au microscope électronique sur ces trouvailles n'aboutirent qu'à des agrandissements photographiques sans identité ni surprise. L'ADN des cellules correspondait aux souches locales sans pour autant donner un portrait de son propriétaire.

En désespoir de cause, Denis Craig invita un médium à la Fondation, arguant que sa science, bien éloignée de l'esprit cartésien commun au reste du groupe, aboutirait peut-être sur un indice probant.

Mais rien de rien !

Rien à se mettre sous la dent, jusqu'à ce que Spencer ait l'idée la plus simple et la plus géniale à la fois de toute sa carrière de pilier organisateur de la Fondation Prométhée.

Ce jour bénit pour tous, il entra dans le bureau où Franklin et Stacey passaient le plus clair de leur temps.

— Hier soir, après votre départ, Steeve a découvert la première trace de Malhorne sur internet, déclara-t-il sans autre préambule.

Franklin et Stacey stoppèrent net leur respiration. Cette nouvelle paraissait pratiquement obscène, tant elle les surprenait par son caractère inattendu.

— Je crains malheureusement qu'elle ne revête pas l'importance que vous en attendez.

— Parlez, Spencer ! s'impatienta Stacey.

— Eh bien, le mot a été isolé dans un ouvrage de littérature du siècle dernier, un roman pour être précis. Malhorne y apparaît une dizaine de fois, sous une orthographe différente, mais ce mot y est bel et bien.

— De qui s'agit-il ? demanda Franklin.

— Vous connaissez un certain J. R. R. Tolkien, un Anglais ?

— Oui, c'est d'ailleurs un pionnier de l'*héroïc fantasy* encore lu de nos jours, rétorqua Stacey.

— Énormément lu, je dirais, ajouta Franklin. J'ai quelques titres de lui à Baltimore. Si vous êtes intéressé, Spencer, n'hésitez pas.

— Je vous remercie Franklin, mais revenons-en à notre sujet, si vous voulez bien. En bref, le nom existe puisque nous l'avons trouvé, mais il qualifie une essence d'arbre. Nous n'en ferons donc pas grand-chose. Ceci était pour l'anecdote.

Le feu s'éteignit dans le cœur des deux hommes aussi brutalement qu'il avait jailli. Franklin, qui nourrissait déjà pour Spencer un sentiment proche de la hargne, rongea son frein en attendant mieux.

— Pardonnez-moi, messieurs, si j'ai fait naître en vous une lueur d'espoir, tout à l'heure. Ce n'était pas l'objet de ma visite. Je suis ici uniquement pour satisfaire ma curiosité, en tant qu'auditeur libre.

La porte s'ouvrit sur le passage de leurs collaborateurs et la querelle naissante se referma dans le mouvement.

Comme chaque matin, ils respectèrent un long moment de détente, sorte de rite d'ouverture de la journée, ponctué par quelques tasses de café.

Puis, Stacey entama la réunion.

Steeve fut applaudi par l'assemblée à l'annonce de sa découverte, malgré son manque d'intérêt évident.

Le botaniste Krévin, aidé par Quercy et Bene, les deux physiciens de l'équipe, exposa l'avancée toute relative de leurs travaux sur les pollens recueillis dans les interstices des statues. Ils étaient parvenus à en préciser les différentes essences, malgré l'ancienneté de certaines. Leur travail commun les amenait à la conclusion que, contrairement à la théorie de statues transportées lancée par Brigham, les sculptures n'avaient pas bougé de leur emplacement depuis leur création. Cela donnait un élément supplémentaire quant à l'exactitude de leur datation.

Spencer, qui écoutait distraitement les conversations et admirait plus volontiers le brillant de ses chaussures montantes, intervint soudain.

— Vous avez regardé dans l'annuaire ?

— Pardon ? lui répondit Franklin sur un ton où l'incrédulité damait le pion à l'ironie.

— Rien, laissez tomber !

Il ne s'attarda pas davantage et sortit sans un mot.

Spencer reparut en fin de matinée, alors que tout le monde s'apprêtait à sortir pour déjeuner. Il avait, en pénétrant dans l'entrepôt 17, une allure martiale à ce point accentuée que quiconque s'occupait à une affaire ordinaire l'arrêta aussitôt. Il tenait dans la main une feuille de papier qu'il brandit rageusement au-dessus de sa tête, lorsqu'il s'immobilisa au milieu du hangar.

— Messieurs, je l'ai ! dit-il d'un ton impérieux.

Tous le regardèrent sans émettre le moindre son. Franklin finit par s'approcher.

— Vous avez quoi, au juste ? demanda-t-il doucement.

— Comment ça, qu'est-ce que j'ai ? Mais Malhorne ! Je l'ai trouvé !

Franklin s'attendait à une nouvelle mauvaise plaisanterie de Spencer et ne s'emballa pas.

— Racontez-nous ça, se contenta-t-il de lui demander.

— C'est le coup des annuaires de tout à l'heure, commença-t-il. Je vous ai écouté comme ci, comme ça et mon regard revenait sans cesse vers les annuaires. Et, soudain, ça a fait tilt ! Idée. J'ai foncé dans mon bureau téléphoner à mon pote Striker. Il travaille au département des finances et je me suis dis qu'il aurait peut-être quelque chose pour nous. C'était une bien meilleure idée que l'annuaire, finalement.

— Et ?... questionna Stacey, impatient.

— Puisque nous avons deux statues séparées par plusieurs siècles et que nous devons nous attendre à en dénicher d'autres, je me suis dit qu'il existait une possibilité pour que l'une d'entre elles se trouve sur notre territoire.

— Alors ?

Spencer, le port altier, exhiba la feuille en tapant dessus du plat de la main.

— Louisiane, banlieue de la Nouvelle-Orléans. Les Finances possèdent la plus grande banque de données concernant les Américains et ils en conservent la trace, même si des décennies se sont écoulées. Si vous cherchiez des documents sur *Scarface*, ils les ont encore en stock. Vous voyez que ça remonte loin, près d'un siècle tout de même ! J'ai donc appelé Striker pour lui demander si par hasard il ne pourrait pas me trouver quelque chose sur des familles portant le nom de Malhorne. On ne sait jamais. Bref ! Trois heures à peine s'écoulent, pendant que je trie vos factures qui, je vous le dis en aparté, atteignent un montant colossal, que la sonnerie du téléphone retentit. Au bout du fil, Striker. *Écoute Spencer,* il me dit, *j'ai quelque chose pour toi. C'est pas un nom, mais une adresse. Une propriété Malhorne. Je ne sais pas si ça pourra t'intéresser parce que de notre côté, y a rien à dire. Un contribuable modèle. Le propriétaire est un certain Julian Stark.* Et il m'envoie le tout par fax. J'ai juste pris le temps de le lire et me voilà pour vous apprendre la nouvelle. On le tient, cet homme invisible.

— Vous n'avez pas l'impression de vous emballer un peu rapidement ? l'interrompit Brigham.

— Vous avez sans doute mieux à me proposer ? mordit Spencer. Nous avons un début de piste et vous jouez au prudent ?

— Je n'ai pas le désir de refroidir qui que ce soit, répondit-il. Mais nous avons été échaudés plus d'une fois déjà ! Et il me semble qu'une déception supplémentaire nuirait au bon esprit de l'équipe.

— Vous mettez le doigt sur votre problème crucial : vous partagez un seul esprit !

— Spencer, intervint Franklin. Vous avez la vanité des chanceux pour qui la réflexion n'est autre chose qu'une dépense inutile d'énergie.

Spencer émit une sorte de grognement qui rappelait vaguement le cri du phoque et aboya :

— Adamov, votre toute nouvelle qualité de membre de la Fondation Prométhée ne vous mettra pas à l'abri de vos responsabilités d'homme et avoir été choisi par M. Craig ne vous protégera pas de moi, alors je vous conseille prudemment d'adopter un profil un peu plus au niveau des pâquerettes.

— Ce Striker n'a pas trouvé d'autre mention sur Malhorne dans ses dossiers ? demanda Stacey pour couper court à la tension qui montait à vue d'œil.

— Non, c'est la seule référence qui soit sortie de l'ordinateur central, dit Spencer, se reprenant. D'ailleurs, nous partons vérifier demain à quoi ressemble ce M. Stark.

Lorsqu'ils prirent pied sur l'aéroport de la Nouvelle-Orléans, Franklin et Stacey n'y croyaient toujours pas. Ils avaient accepté de se rendre jusqu'à la propriété dite « Malhorne », davantage pour se changer les idées qu'avec le réel espoir de progresser dans leur enquête.

— C'est l'archéologie, notre boulot, nom de Dieu, avait juré Stacey. On cherche pas le gagnant de la loterie !

À la sortie de l'aéroport, deux voitures noires équipées de gardes du corps en costumes tout aussi sombres les attendaient. Spencer, toujours présent dans les grands jours, leur expliqua que pour des raisons de légalité, il avait dû faire appel aux autorités locales.

— Voilà pour le Grand-Guignol et la parade ! avait commenté Franklin.

Franklin et Stacey étaient montés dans la voiture de tête et Spencer fermait la route.

Leur parcours suivait une digue de béton qui barrait le chemin aux inondations. De temps à autre, l'axe s'éloignait de la rive du Mississipi pour contourner une propriété, où jadis avaient dû s'élever les plants de coton et le chant des esclaves.

— Qu'est-ce qu'on fout ici ? marmonna Stacey, penché au-dessus du mini-bar de la limousine.

— Je ne sais toujours pas ce qui vous a poussé à accepter le délire de Spencer, lui répondit Franklin. Maintenant que nous y sommes, profitons-en ! Cette partie de la Louisiane est une petite merveille. Admettons que, faute de mieux, la trouvaille de Spencer est bonne à prendre. Et vous imaginez ce qu'il peut m'en coûter de dire ça !

Stacey grogna une succession de sons incompréhensibles et referma le bar.

Le convoi ralentit et se rangea sur le bas-côté, le long d'une grille métallique qui débouchait sur un portail. Les cinq hommes descendirent de voiture. Franklin remarqua que, curieusement, les deux sbires en noir s'étaient rangés de part et d'autre de Spencer, un pas derrière lui.

Au fronton du portail, en lettres d'or sur fond noir, on pouvait lire le nom de la demeure : MALHORNE. Cette apparition fit chanceler les certitudes de Franklin quant à l'inintérêt de leur voyage. C'était la première fois qu'il pouvait ainsi voir ce patronyme tant recherché inscrit ailleurs que sur les statues.

Le lieu était désert et calme.

Derrière le portail, une route montait sur une éminence, puis disparaissait derrière, de telle sorte que, du bas-côté où ils se trouvaient, la propriété n'offrait à leurs regards qu'une grille et une maison de gardien.

— Je peux faire quelque chose pour vous ? demanda derrière eux une voix où chantait un drôle d'accent.

Comme un seul homme, les cinq visiteurs se retournèrent.

De l'autre côté de la route, un vieux bonhomme un peu hirsute surgit de derrière un arbre.

— Nous venons voir M. Stark, hurla Spencer pour être compris.

— Quand donc ? demanda le vieux en tendant l'oreille.

Spencer grogna et répéta sa question en articulant chaque syllabe.

— Non, moi, je suis Raymond, se contenta-t-il de répondre. Le vieux Raymond, comme on dit par ici.

Raymond finit par traverser la route et se planta devant Spencer.

Il le dépassait d'une tête, fort barbue, où deux petits yeux noirs pétillaient de malice. Ceci, ajouté à cette surdité exaspérante, devait chauffer à blanc la patience de Spencer.

Franklin eut aussitôt de la sympathie pour le bonhomme.

Spencer s'apprêtait à ouvrir la bouche pour réitérer la question quand Raymond lui coupa la parole.

— Moi, je suis le gardien de cette cabane, dit-il en montrant de la tête la maison derrière la grille. Et M. Stark n'est pas à la propriété aujourd'hui.

— Savez-vous où nous pourrions le trouver ? articula Spencer.

— Non, mon petit père, je l'ignore. Et c'est inutile d'aboyer comme ça, je ne suis pas sourd !

Spencer, sur le point d'exploser, passa le relais à Stacey d'un regard.

— Raymond, commença Stacey. J'imagine que vous avez un numéro de téléphone à nous donner ? M. Stark possède certainement un portable !

— Pas plus de portable que de ligne normale. M. Stark déteste ça.

— Et votre employeur vous a-t-il dit quand il comptait revenir ?

— Mon employeur, comme vous dites, n'a pas pointé son nez dans le coin depuis plus de dix ans. Alors, je pourrais très bien vous raconter qu'il sera là demain. Et je ne mentirais même pas puisque je n'en ai pas la plus petite idée, si vous voyez ce que je veux dire. Je me contente d'être Raymond, le gardien. Je m'intéresse pas aux affaires des autres et les autres en font autant. En tout cas en général, si vous me suivez bien. Je vis ici tout seul et je suis peinard. Maintenant, quand des gens viennent par ici, je les renseigne comme je peux et tout le monde est content. Mais, y faut pas me poser trop de questions parce que je n'en sais pas plus ! Et puis, j'ai du boulot. Faut que j'entretienne la propriété, au cas où le patron viendrait demain, justement. Et mon programme de la journée, c'est d'aller tondre les pelouses du parc. Croyez-moi, c'est grand. J'en ai bien pour deux jours. Alors, faut pas que je chôme. Messieurs, je vous salue bien !

Raymond fit un pas en direction de la grille d'entrée et fut aussitôt arrêté par les deux hommes en noir. L'un d'eux sortit de sa veste une carte qu'il exhiba sous ses yeux. Dans le mouvement, un reflet fugitif signala la présence d'une crosse de revolver.

— Nous avons autorité pour visiter cette propriété ! lui intima-t-il.

Le vieux Raymond obtempéra rapidement. Il avait l'habitude de chasser des gamins, pas des agents du FBI.

Sur les indications du gardien, les deux limousines pénétrèrent dans le parc, montèrent la petite côte et bientôt, tous se retrouvèrent sur le perron d'une vaste demeure coloniale.

Avant d'entrer dans la maison, Franklin prit Spencer à part.

— Qu'est-ce que ces types foutent ici ? questionna-t-il abruptement.

— Monsieur Adamov, ces types, comme vous dites, sont ce qu'il y a de mieux pour faire ouvrir n'importe quelle porte. C'est mon avis et c'est par-dessus le marché un ordre de M. Craig. Quoi qu'il en soit, ce n'est pas votre problème et je me fous éperdument de votre avis conclut-il en tournant les talons.

À l'intérieur de la demeure, les six hommes se divisèrent sans se concerter en deux équipes : Franklin, Stacey et Raymond d'un côté, Spencer et les deux agents de l'autre.

— Dites donc, ça ne s'arrange pas avec Spencer, avait commenté Stacey.

— C'est au-delà de l'épidermique, mon vieux. Il y a chez ce type quelque chose d'opportuniste et un je-ne-sais-quoi d'inacceptable qui dépasse les limites de mon savoir-vivre. Et puis, la présence de ces hommes du FBI ne me plaît pas beaucoup.

— Je suis de votre avis, Franklin. Mais laissez couler, on n'a pas d'autre choix.

Savoir qu'il appartenait à un camp calma les ardeurs de Franklin, du moins pour un temps.

La maison comprenait un grand nombre de pièces, réparties sur deux niveaux. Certaines étaient d'une taille imposante. Tout particulièrement deux salons au rez-de-chaussée, présentés par Raymond sous l'appellation de salle de bal qui, réunis par une double porte, avaient contenu jusqu'à deux cents personnes, à la Belle Époque.

Mais, si belle soit-elle, cette vieille propriété coloniale était restée figée deux siècles dans le passé. Le sol, régulièrement lessivé par Raymond, était lustré avec soin, mais les draps qui recouvraient l'ensemble du mobilier portaient les strates d'une décennie de poussière.

La maison formait un carré, qui tournait autour d'un jardin central. De façon surprenante, ce jardin ne comportait pas d'accès de plain-pied. Seules des fenêtres s'ouvraient dessus. Quant au jardin en lui-même, il avait autant sa place au milieu de cette demeure que Spencer aurait trouvé la sienne dans une bibliothèque d'incunables. Des blocs de rocher s'amoncelaient pour constituer une petite éminence sur laquelle poussaient, çà et là, quelques plantes grasses. Près du sommet de la butte, un arbuste desséché laissait pendre tristement une brassée de branches maigrichonnes. L'ensemble de ce décor offrait un aspect totalement factice.

Les deux trios usèrent de techniques d'investigation très différentes. Franklin et Stacey se contentèrent de prendre la température de la maison, menés par un Raymond transformé pour l'occasion en guide touristique, ravi de l'écoute qu'il obtenait. Les trois autres larrons, par contre, systématisèrent une tactique plus policière. Lorsque les deux groupes se rencontrèrent à l'intersection des deux ailes du bâtiment, leurs visages fermés ne laissaient pas la place au moindre commentaire.

Chacun pénétra alors dans la partie de la maison visitée à l'instant par l'autre équipe.

On entendit probablement hurler Raymond depuis l'entrée de la propriété, lorsqu'il découvrit le saccage perpétré par Spencer et ses acolytes. Tous les draps avaient été enlevés des meubles qu'ils protégeaient, les tiroirs avaient été ouverts et fouillés, les rayonnages des bibliothèques mis sens dessus dessous, les cadres décrochés.

L'exaction permit à Franklin et Stacey de découvrir un mobilier ancien somptueux, rare et très hétéroclite.

Franklin attrapa Raymond par la manche de sa chemise et l'attira vers l'escalier pour l'éloigner de ce spectacle. Le pauvre bougre soignait depuis dix ans cette maison dans l'attente du retour de son propriétaire et le saccage de Spencer était plus qu'il ne pouvait tolérer en une seule journée. Raymond se laissa entraîner sans mot dire et reprit le cours de la visite.

À l'étage, ils retrouvèrent la même sensation de calme séculaire qu'ils avaient ressentie au rez-de-chaussée. L'équipe des démineurs rôdait toujours en bas et ils savaient que ce répit ne serait que de courte durée.

Ils accélérèrent le pas et passèrent de pièce en pièce sans trop s'attarder. Le tour du carré de l'étage était presque bouclé lorsqu'ils entrèrent dans une petite bibliothèque où étaient accrochés les deux seuls tableaux visibles de la demeure.

Le premier cadre, qui occupait une place privilégiée dans la pièce, représentait une figure géométrique bariolée de couleurs pastel. Stacey compta sept côtés.

— Un heptagone ! Curieux ornement, non ?

Franklin hocha la tête et reporta son attention sur le second tableau. Celui-ci portait une inscription. En bas, dans un petit cartouche doré, une lettre M majuscule brillait dans la lumière, isolée et sans autre explication.

— Dites-moi, Franklin ? commenta Stacey. En ce qui concerne ce tout petit M de rien du tout, je ne voudrais pas vous exciter pour une broutille, mais changeons de tactique. Concluons directement à l'initiale de Malhorne, ça nous fera sans doute gagner du temps.

— O.K. Mais je ne perds pas de vue que nous sommes dans une propriété qui porte le bon patronyme, probablement sans avoir aucun lien avec nos recherches.

La vieille huile représentait un homme d'une quarantaine d'années, revêtu d'une armure sale et cabossée, sur un fond de décor onirique probablement inspiré des toiles de Léonard de Vinci. Le tableau était d'une excellente facture, mais curieusement, l'ensemble rendait une impression disgracieuse. L'auteur de cette toile semblait maîtriser les techniques et les gestes de la peinture mais pas le sens du cadre. Le soldat se tenait debout au centre du tableau, le visage légèrement tourné vers la droite, la main gauche posée sur la garde de son épée, rangée dans son fourreau. Derrière lui, le décor figurait, sur sa gauche, un lointain de collines où coulaient une multitude de cours d'eau et, sur sa droite, une plaine alluvionnaire marquée d'un fleuve sinueux. Tout au fond de la perspective, le fleuve se fractionnait en un large delta qui se jetait dans la mer.

— Eh bien, voilà toujours quelque chose à nous mettre sous la dent, dit Franklin, se tournant vers Raymond. Savez-vous de qui il s'agit ?

Raymond se frotta la barbe, geste qui devait être automatique lorsqu'il tentait de faire appel à ses souvenirs.

— Je ne sais pas au juste. M. Stark passait de longs moments devant ce tableau, c'est bien tout ce que je peux vous en dire. L'ancien propriétaire aussi, d'ailleurs.

Franklin et Stacey se regardèrent discrètement. Le fait même d'un changement de propriétaire confortait leurs doutes.

— Vous avez connu cet homme ? demanda Stacey à tout hasard.

— J'ai eu cet honneur !

— Vous souvenez-vous de son nom ?

— Il s'appelait Bringman. Pavlov Bringman.

— Vous étiez déjà ici ?

— Oui. J'étais tout jeune. Mon père était le gardien.

— C'est une affaire de famille, si je comprends bien, commenta Franklin.

— En quelque sorte, répondit Raymond en souriant. M. Bringman a sorti ma famille du bayou, il y a une cinquantaine d'années. Oh, ce n'est pas qu'on y était mal, mais ici, c'est quand même plus confortable et on y est tout aussi tranquille.

— C'est donc ça, votre drôle d'accent !

— Je suis cajun. Si vous trouvez que ça sonne drôle, c'est votre affaire.

— Ne le prenez pas mal, Raymond, s'excusa Franklin. Je ne connaissais pas l'accent du bayou.

— C'est égal, vous ne me semblez pas être un mauvais bougre !

— Dites-moi, Raymond, ces deux propriétaires avaient-ils un lien de parenté ?

— Je ne me souviens pas en avoir jamais entendu parler, dit-il, la main toujours occupée à fouiller sa barbe. M. Stark est arrivé ici tout jeune. Une vingtaine d'années après la disparition de M. Bringman, si je me rappelle bien. Une bien triste affaire d'ailleurs, mais bref, les loups mangent les loups, dit-on.

Raymond essuyait un pénible souvenir, à en croire le voile attristé qui marquait son regard. Un silence pesant s'installa, entrecoupé parfois des bruits du saccage qui montaient du rez-de-chaussée.

— Sacrés Acadiens ! reprit Franklin. Vous êtes des Latins et des sentimentaux.

— Ça vous fait un point en commun, railla Stacey. Dans le genre sentimental, vous me semblez assez réussi !

— J'ai une culture raffinée et mon horizon s'est ouvert aux autres continents. Voilà tout.

— Qui de vous deux est le chat ? les coupa Raymond. Et qui de vous deux est la musaraigne ?

— C'est lui ! répliquèrent-ils d'une même voix.

— Vous êtes amusants à voir. Surtout en comparaison avec vos collègues.

— Le terme est mal choisi pour qualifier Spencer et ses amis, précisa Stacey. Disons plutôt que nous sommes contraints de collaborer avec eux.

— C'est égal ! poursuivit Raymond. Je suppose que, vu les cartes de visite de ces messieurs, je serai moi aussi obligé de jouer leur jeu, et ça ne me plaît pas du tout. Je n'aime pas m'agenouiller devant un pouvoir quelconque. Ça doit me venir de Lafayette. J'ai l'insolence dans le sang.

— Comme je vous comprends, Raymond, l'assura Franklin. Nous n'avons malheureusement pas la même latitude que vous vis-à-vis de ce pouvoir.

— Si, vous l'avez. Mais peut-être ne savez-vous pas l'exploiter. Puisque bientôt ces messieurs viendront me demander des renseignements sur le propriétaire de ce lieu, je vais vous confier une parcelle de votre latitude. Ce que j'ai dit tout à l'heure est vrai. Je n'ai pas vu M. Stark depuis plus de dix ans et je ne saurais dire où il se trouve à l'heure qu'il est ! Mais il y a une chose que je sais, c'est le nom de la personne qui me paye. Je ne suis pas gardien de la propriété Malhorne pour la beauté de l'art.

— Nous aurions dû nous poser la question nous-mêmes, dit Franklin. Nous manquons d'à-propos, ces derniers temps. Vous ne trouvez pas, Stacey ?

Stacey sourit pensivement mais ne répondit pas.

— Mon employeur n'est pas Julian Stark, mais un cabinet d'avoués qui le représente. Ce cabinet est domicilié à New York. Il s'agit du cabinet Macare. Vous trouverez ses coordonnées dans l'annuaire. Avec ça, vous êtes parés pour la résistance.

— Je ne sais pas si nous en ferons quelque chose, mais merci pour le tuyau, Raymond l'assura Franklin.

Stacey contemplait le tableau, à la recherche d'un hypothétique code dans les rêveries du peintre, et Franklin s'était approché d'une fenêtre donnant sur le jardin intérieur. La perspective fuyante que lui donnait cette position surélevée modifiait l'aspect massif et écrasant du monticule de rochers.

Un détail en particulier attira l'œil de Franklin sans qu'il comprit tout d'abord pourquoi. Au sommet du monticule, il lui semblait distinguer l'amorce d'un évasement, l'ébauche d'un petit cratère.

— Qu'y a-t-il au sommet de la butte ? demanda-t-il à Raymond. J'ai l'impression qu'il y a une excavation.

— Je ne sais pas, répondit Raymond. L'accès au jardin m'a toujours été interdit. C'est d'ailleurs pour ça qu'il y pousse uniquement des plantes coriaces. L'eau du ciel et le soleil de Louisiane, c'est tout ce qu'il faut pour des cactus. Et puis un peu de terre, bien sûr.

— D'accord, mais au sommet, regardez ! insista Franklin. Il y a comme un trou.

Stacey, qui s'était approché de la fenêtre à son tour, émit la même hypothèse.

— Ouais, il y a quelque chose là-dessous.

Franklin et Stacey décidèrent sur-le-champ, et contre l'avis de Raymond, de redescendre illico au rez-de-chaussée pour passer dans le jardin en enjambant une fenêtre et se rendre compte sur place de la réalité de ce trou.

Malgré sa réticence, Raymond outrepassa l'interdit et les aida à gravir les rochers.

— C'est bien ce que je disais ! Il y a un puits ! cria Franklin lorsqu'il parvint en haut du monticule.

Le sommet était effectivement ouvert d'une excavation dont il ne distinguait pas le fond.

Stacey, plus gras que son équipier, hissa sa carcasse au pied du trou quelques instants plus tard.

— Restez-en donc à l'ethnologie, Franklin. Ceci n'est en aucun cas un puits.

— Et qu'est-ce donc, monsieur Je-sais-tout ? Une mine ? Un escalier ?

— Si c'est un escalier, il est à aller simple, vous ne croyez pas ? le railla Stacey. Non, regardez mieux. Ce puits n'est pas droit mais oblique. Vous vous imaginez remonter de l'eau depuis un puits oblique ?

— Et alors, selon vous, qu'est-ce que c'est ?

— Un puits ! O.K. sur le terme, mais pas pour l'alimentation en eau, comme vous devez le penser. Ceci est un puits d'aération ou de lumière.

— Et pourquoi un puits de lumière serait-il creusé en oblique ?

— Ça dépend des cas, mais j'ai déjà rencontré cette configuration un peu particulière. Un puits de lumière éclaire une pièce située en dessous. En l'occurrence, il peut s'agir d'une fabrication postérieure à la maison. Si cette pièce se trouve sous la maison, le puits émergera forcément à côté et donc, sera construit en oblique. De plus, dans certaines civilisations anciennes, il arrivait que des puits de lumière soient construits en oblique pour n'éclairer qu'à certaines heures de la journée. C.Q.F.D. ?

— C.Q.F.D. ! Bon, on y descend comment ?

— Je suppose qu'il doit exister un accès plus simple que celui-ci. On ne va tout de même pas s'encorder au risque de se rompre le cou.

— Je crains que si, messieurs, dit derrière eux la voix de Spencer.

Il se tenait debout sur un rocher proche du sommet et contemplait le puits avec une expression d'intense satisfaction sur le visage.

— Raymond, dit-il au gardien. Avez-vous de la corde quelque part ?

— Avant de jouer aux alpinistes, intervint Stacey, je propose que nous cherchions un accès plus indiqué. Comme une porte, si vous voyez ce à quoi je fais allusion.

Spencer acquiesça devant tant de bon sens, malgré le plaisir que lui aurait prodigué une descente en rappel.

— À la cave ! ordonna-t-il.

Dans un mouvement désordonné, ils redescendirent du monticule de rochers et, à la suite de Raymond, ils prirent le chemin des sous-sols.

Un escalier particulièrement raide, où Stacey manqua la chute de justesse, les mena sous la maison. Cet escalier donnait sur un très grand espace vide qui se trouvait logiquement sous le jardin, et desservait de nombreuses caves, de tailles plus conventionnelles. Certaines, ouvertes, laissaient entrevoir un extraordinaire capharnaüm d'affaires entassées, mais la plupart étaient fermées. Au milieu de la cave centrale, un pilier oblique entaillait l'espace vide d'une virgule incongrue, pour s'enfoncer plus profondément sous terre.

— Voici que ma théorie s'avère, dit Stacey en pointant de son index le pilier central.

— Probable, convint Franklin. Mais j'y mettrais un bémol. Rien ne nous indique si ce qui se situe sous nos pieds est antérieur ou postérieur à la construction de cette maison. Raymond, y a-t-il un autre escalier quelque part ?

— Messieurs, les coupa Spencer. Pour une fois, je vous serais reconnaissant de cesser vos grandes théories et d'utiliser mes méthodes. Gardons les équipes de tout à l'heure et investissons ces caves. Vous prendrez les portes de droite et moi, je m'occupe des portes de gauche. On les ouvre toutes, sans perdre de temps à fouiner à l'intérieur, et en toute logique, on devrait se retrouver au fond de cette pièce. Vu ?

— Ça roule, Spencer, ironisa Franklin. Réglons nos montres pour être synchrones !

Spencer ravala un compliment et commença méthodiquement à appliquer son plan de fouilles. Les vieilles serrures grincèrent les unes après les autres. Pour certaines, il fallut forcer sur le pêne, gêné par un agglomérat de rouille et de graisses séchées, mais toutes les portes s'ouvrirent, à l'exception d'une.

Ce fut Franklin qui, en qualité d'ouvreur de portes de son équipe, buta dessus.

— Je l'ai ! cria-t-il en bon petit soldat.

Spencer se rua vers eux et s'échina un instant sur la poignée. Elle résista.

Il s'empara négligemment de son automatique et tira sur la serrure à trois reprises. Le bruit des détonations résonna longuement entre les murs de la cave, comme s'ils ne parvenaient pas à absorber l'onde de la déflagration.

Une poussée du pied suffit ensuite à écarter l'insolente.

La porte s'ouvrit sur la gueule béante d'un couloir obscur. Une forte odeur d'humidité et de moisi saisit les six hommes, entêtante. Spencer passa la main sur les murs mais ne trouva pas d'interrupteur. Il fouilla l'une de ses poches et en sortit une lampe crayon. Ses sbires l'imitèrent et, munis de trois torches aux faisceaux étonnamment puissants, ils empruntèrent le couloir qui se transforma bientôt en un nouvel escalier.

La volée de marches déboucha sur une petite pièce voûtée. À première vue, elle était totalement vide et se prolongeait sur la droite par un autre escalier. Ils s'apprêtaient à poursuivre leurs recherches quand le faisceau de la lampe de Spencer accrocha un éclat doré. Dans un angle de la pièce, un objet métallique reposait sur un piédestal.

— Qu'est-ce que c'est que ce machin ? dit-il en revenant dessus.

— Je pense qu'à moins d'être vraiment tordu, on peut conclure que c'est un phallus lui répondit Stacey, sur un ton où l'ironie n'était pas même camouflée.

Franklin s'en approcha et en toucha les contours. La sculpture atteignait une cinquantaine de centimètres. Elle représentait effectivement un sexe en érection, finement coulé dans un métal qui paraissait être de l'or. L'énorme verge attendait le visiteur dans le noir, tournée vers l'escalier, comme un cerbère. Sa position y faisait beaucoup. Les testicules, plus bas que le gland, ressemblaient à deux cuisses puissantes. L'ensemble donnait l'impression d'une vigilance agressive, comme une bête sur le point de bondir.

— C'est de l'or, n'est-ce pas ? demanda Franklin, la main sur la sculpture.

— Je le pense aussi, lui répondit Stacey. Ce genre de reflets ne trompe pas.

— Il doit y en avoir dans les cinquante ou soixante kilos, estima Spencer, impressionné.

— C'est très beau, poursuivit Franklin sans prêter attention à la remarque de Spencer. Je n'ai jamais été particulièrement friand de ce style de manifestations artistiques, mais ici, dans le noir, aussi inattendu, je trouve ça très beau.

— Bon, inutile de nous attarder devant cette obscénité et poursuivons, lâcha Spencer. Je ne tiens pas à m'étendre sur vos commentaires de tapettes.

Franklin haussa les épaules. Cette brutalité virile ne l'étonnait pas mais le navrait.

— Je me demande ce que cela signifie, se dit-il à lui-même lorsqu'il emboîta le pas aux autres.

Le deuxième escalier s'enfonçait encore plus profondément dans le sous-sol de la propriété et les conduisit à une vingtaine de mètres au-dessous de la surface. Il se terminait dans le coude d'un tunnel, trop bas pour permettre aux hommes de se tenir debout. Le sol du tunnel était boueux et partait en pente douce. Ils décidèrent de le remonter.

La galerie souterraine tournait de telle sorte qu'ils ne pouvaient pas voir devant eux à plus de quelques mètres. Bientôt, le boyau s'élargit et ils purent marcher plus à leur aise quand ils sentirent, à l'écho de leurs pas qui ne leur revenait plus, qu'ils arrivaient devant un espace beaucoup plus grand. Le terrain montait à présent le long d'une pente abrupte sur laquelle ils progressèrent à quatre pattes, pour éviter de glisser.

Cette courte portion inconfortable franchie, ils purent se rétablir sur un sol plat.

— Éteignez vos torches ! intima Franklin lorsqu'il prit pied sur le plat.

Devant eux, une faible lumière descendait du plafond sur une forme indéfinissable. Ils sentaient autour d'eux des mouvements dans l'air et entendaient des bruits de gouttes d'eau, quelque part dans la direction de la lumière diffuse. L'obscurité environnante exacerbait leurs sens et améliorait leur qualité d'écoute.

Franklin rompit le silence.

— Spencer, passez-moi votre lampe, s'il vous plaît.

Il arracha plus qu'il ne prit la torche que lui tendait Spencer et partit d'un bon pas vers la source de lumière.

— Stacey, suivez-moi.

— Qu'est-ce qui vous prend, Franklin..., commença Stacey.

Comme Franklin ne lui répondait pas, il lui emboîta le pas, suivi par le reste de l'équipe.

Franklin s'arrêta au pied de la forme et élargit le faisceau de sa torche.

— Je l'aurais parié ! entendirent les autres sans comprendre.

La lumière diffuse qui tombait du plafond semblait lointaine. Elle provenait du puits dont l'orifice d'entrée s'ouvrait au sommet du monticule de rochers, là-haut, dans le jardin. La position du soleil ne devait probablement pas être idéale et la lumière rebondissait à de nombreuses reprises dans le puits, avant de toucher ce qui avait fait jurer Franklin.

— Spencer, vous êtes un devin, dit la voix de Stacey derrière Franklin.

Les trois faisceaux de lumière se concentrèrent sur la masse obscure qui gisait sous le puits, encore plus assombrie par l'effet de contre-jour.

D'abord sur une tête au front haut et aux mâchoires saillantes. Puis sur un torse large aux muscles finement ciselés. Enfin sur deux mains jointes autour de la poignée d'une épée, dont la lame se perdait dans la masse des jambes.

Franklin dirigea sa torche sur la garde de l'épée et lut à haute voix le mot gravé dans un petit cartouche de pierre.

— Malhorne !

La statue avait été sculptée à même la roche et faisait partie intégrante de la salle. À l'image d'une stalagmite, elle se dressait vers le puits, comme engendrée par la lumière qu'elle recevait. Autour du socle, qui la surélevait d'un demi-mètre, un bassin de réception des eaux de pluie reflétait la lumière du plafond et, lorsqu'à certaines heures, le soleil dardait des rayons parallèles à l'oblique du puits, la statue elle-même devait s'y réfléchir.

Pendant un long moment, les six hommes observèrent en silence cette troisième statue sœur. Dès lors, il ne s'agissait plus de jumelles, mais de triplées.

Stacey n'y tint plus.

— Bordel de merde, jura-t-il. C'est vraiment à y perdre son latin, son grec ancien et tout le pataquès !

— Allons, monsieur Revel, le calma Spencer. Maintenant au moins, nous avons une construction dont nous pouvons retracer l'histoire. Les États-Unis d'Amérique ne sont pas si anciens qu'ils sortent de la mémoire des hommes. Fouillons toute cette salle. Et trouvons une explication.

De son côté, Franklin avait déjà quitté l'aire de la statue et projetait le faisceau de sa torche au hasard des mouvements de son poignet.

La salle dans laquelle ils se trouvaient était très vaste. Le sol, de forme hémisphérique, culminait au niveau de la statue, puis redescendait doucement jusqu'à rencontrer la paroi rocheuse.

Du rayon de sa lampe, Franklin fouillait la haute voûte de la salle sans y déceler quoi que ce soit, quand son regard fut attiré par des reflets qui miroitaient depuis le sol. Il abaissa la torche. Au pied de la paroi, plusieurs objets, dont il ne distinguait pas bien la forme, lui renvoyaient mille éclats.

— Venez voir par ici, cria-t-il à ses équipiers.

Franklin n'identifia l'origine de ces reflets qu'une fois arrivé au pied des objets, tant ce qu'il découvrit lui parut extraordinaire.

Il y avait là, espacés de quelques mètres chacun, une vingtaine de cylindres de verre d'une facture ancienne.

Intrinsèquement, la présence de ces cylindres était incongrue. L'aspect particulièrement extravagant de sa découverte résidait dans les restes humains que renfermaient les longs tubes.

— Une nécropole ! émit-il dans un souffle.

La plupart des squelettes étaient intacts et certains portaient encore des vestiges de vêtements. Des bracelets, des bagues flottaient autour d'os blanchis par le temps. L'un des corps portait des fers aux pieds, des fers de prisonnier ou d'esclave.

Franklin avait tout d'abord pensé que les cylindres étaient posés à même le sol. En y regardant de plus près, il s'aperçut qu'ils étaient suspendus à la voûte par de fins cordages et rasaient le sol à quelques centimètres.

Stacey s'agenouilla pour en inspecter la finition.

— Ce sont des exemplaires faits à la main, dit-il en montrant à Franklin une bulle d'air dans la masse du verre. Je pense que le vide a été fait à l'intérieur.

La disposition des restes humains semblait répondre à un ordre particulier. Ils reposaient tout autour de la pièce et, d'un regard circulaire, on notait immédiatement une amélioration de l'état des squelettes. Mais Franklin nota surtout que les vêtements partaient d'une époque ancienne, qu'il estima médiévale, pour se terminer dans un style contemporain.

— Tout ça est vraiment incroyable, dit-il à mi-voix.

— Je n'aurais pas mieux dit, murmura Stacey à son oreille. Les corps couvrent la même période que les statues. Nous sommes en train de boucler la boucle, je crois. Et ces corps sont pour moi une mine d'informations. C'est très excitant !

— Je vous comprends, répliqua Franklin. Mais cette histoire manque douloureusement d'êtres de chair et de sang pour l'ethnologue que je suis.

Raymond, qui jusqu'à ce moment s'était tenu à l'écart, s'immisça dans leur conversation.

— Si j'avais su que je marchais au-dessus d'un cimetière, j'aurais fait beaucoup plus attention. La vie dans le bayou est peuplée d'histoires incroyables, mais celle-ci les dépasse toutes.

8

Une lumière douce, filtrée par deux larges baies de verre teinté, baignait agréablement la salle d'attente du cabinet Macare & Macare. Au dix-huitième étage d'une tour de verre, la vue sur les autres immeubles de Manhattan donnait une impression de mise en abîme. Franklin et Stacey contemplaient tour à tour cette image moderne de la cité, en parfait anachronisme avec la décoration début XXe de la salle d'attente.

— On aurait dû en parler à Spencer.

— Qu'on l'ait mis au courant ou pas n'aurait pas changé grand-chose !

— On verra bien…, poursuivit Stacey. C'est curieux, je me demande ce que nous faisons exactement ici mais je reste persuadé que nous avons raison d'y être.

— J'ai le même sentiment. Comme quelque chose de préétabli.

— Où nous n'avons pas d'autre choix que de laisser venir les événements.

— Oui ! Jusqu'à présent, on n'a pas eu beaucoup de mérite. Mis à part moi, bien sûr !

— Et pourquoi vous, s'il vous plaît ?

Franklin allait répondre lorsque la porte de la salle d'attente s'ouvrit sur une vieille secrétaire.

— Messieurs, si vous voulez vous donner la peine d'entrer, dit-elle d'une petite voix aiguë. M. Macare va vous recevoir.

Il y avait, dans sa façon de prononcer ce nom, une telle dévotion empreinte de respect que Franklin et Stacey s'attendirent à rencontrer Dieu le père en personne.

Ils traversèrent une pièce vide, puis l'antichambre du maître des lieux, pour se retrouver face à l'entrée du saint des saints. Le grand bureau était richement décoré. Une table de style Empire croulait sous le poids de dossiers, de livres anciens et de bibelots en tous genres. Mais pas de trace du M. Macare annoncé.

— Asseyez-vous, je vous en prie, retentit une voix derrière les dossiers.

Une petite silhouette en émergea, barbue et lunettée.

— Pardonnez-moi de vous avoir fait attendre, dit-il avec une énergie inattendue. Virgile Macare ! De Macare & Macare !

Il lut une courte note griffonnée sur une feuille volante puis les observa par-dessus ses lunettes.

— Vous avez discuté avec ma secrétaire, hier au téléphone. Je dois avouer que ce qu'elle m'a dit ne m'a pas entièrement éclairé sur l'objet de votre visite, n'est-ce pas. Voudriez-vous m'en dire un peu plus ? Un détail doit m'échapper.

— Et nous donc ! ne put s'empêcher de lâcher Stacey. C'est justement une succession de détails sans explication qui nous a conduits jusqu'à vous.

Franklin entreprit de relater au juriste l'enchaînement d'événements qui les avait menés chez lui, depuis la découverte de la première statue, jusqu'à la toute récente perquisition dans la propriété Malhorne.

— Nous sommes ici pour que vous nous parliez de votre client, dit-il en guise de conclusion.

Macare se racla la gorge avant de parler, comme s'il cherchait à gagner du temps.

— Je vois, je vois, se contenta-t-il de dire.

Il caressa sa barbe un long moment avant de poursuivre.

— Messieurs, vous me posez un sérieux problème déontologique. Vous n'êtes pas sans savoir le secret professionnel lié à ma charge ! Je suis, n'est-ce pas, très embarrassé par votre question.

— Si vous nous mettiez en rapport avec Julian Stark, vous n'auriez pas à enfreindre l'éthique qui vous honore, proposa Franklin.

— C'est bien là tout mon problème, monsieur Adamov ! La situation personnelle de M. Stark n'est pas aussi simple que vous semblez l'entendre. De plus, mon client n'est pas à proprement parler ce M. Stark.

— Que voulez-vous dire ? interrogea Stacey.

Macare poussa du doigt un vieil interrupteur qui marquait d'un point rouge un interphone vétuste.

— Mademoiselle ! hurla-t-il vers la grille poussiéreuse. Voudriez-vous nous apporter le dossier Malhorne. Charles a dû vous le faire préparer !

À l'énoncé de ce nom, Franklin ne put réprimer un frisson.

La secrétaire reparut une minute plus tard, en partie dissimulée sous un conséquent volume de dossiers.

— Je ne connais pas tous nos clients sur le bout des doigts, poursuivit Macare. Bien que celui-ci soit suffisamment peu orthodoxe pour retenir l'attention.

Il isola un feuillet dans la pile de dossiers et le parcourut en silence.

— Bien, bien ! N'est-ce pas ? ânonna-t-il d'un air entendu. C'est bien cela.

Franklin et Stacey subissaient patiemment la tension de l'attente. Franklin, plus impulsif que son collègue, en avait la bouche entrouverte et les muscles de ses cuisses se tendaient sous l'effort. Il allait parler lorsque Macare reprit.

— Cette affaire est un peu compliquée. Je ne vais pas me lancer dans un cours de droit qui serait pour vous aussi fastidieux qu'il me paraîtrait exaltant. Comment pourrais-je vous expliquer cela ?... Vous connaissez, je suppose, le principe de l'héritage d'après les lois de notre pays.

Macare les observa rapidement tour à tour avant de poursuivre.

— D'après notre Constitution, on peut coucher sur un testament à peu près ce que l'on veut. Un être humain, un chien, un oiseau ou un poisson rouge, si le cœur vous en dit. En tout cas, un être vivant, qui aura lui-même une fin et devra désigner son ou ses légataires. Bien sûr, dans le cas d'animaux, une clause précise la marche à suivre en cas de décès dudit animal. Vous me suivez ?

— Pour l'instant, pas de problème, l'encouragea Stacey.

— Bien ! S'il ne s'agit pas d'un légataire vivant, l'héritage peut se faire au profit d'une personne morale, une institution, une société, ou l'État. Dans le cas qui vous amène, le légataire n'est ni un être vivant, ni une personne morale.

— Que peut-il y avoir d'autre ? le coupa Stacey.

— Eh bien, ce serait une belle exception d'école, poursuivit lentement Macare. Le légataire de la propriété Malhorne n'est autre que la propriété Malhorne elle-même ! Aussi insensé que cela puisse vous paraître. Julian Stark n'a que l'usufruit de cette propriété et des biens qui vont avec.

— De quelle façon ? interrogea Franklin.

— Je ne peux malheureusement pas vous en dire davantage sans trahir le secret de ma profession. Le cabinet Macare & Macare gère les biens de cette propriété en bon père de famille et M. Stark jouit de cette gestion comme il l'entend. Ceci posé, il n'en profite plus depuis une dizaine d'années.

— Voulez-vous dire qu'il est mort ?

— Pas que je sache, non. Il est interné à la clinique psychiatrique Saint-Georges depuis le début de l'an 2000.

— Visible ?

— Oui ! Mais pas très bavard.

— Est-il, comment dire, très atteint ?

— M. Stark est en excellente santé, sur le plan physique. Pour le reste, je ne sais pas. Il ne communique plus.

— Je comprends, acquiesça Franklin. Le gardien de la propriété Malhorne a mentionné un certain Pavlov Bringman : M. Stark et M. Bringman avaient-ils un lien de parenté ?

— Non, aucun.

— M. Stark a-t-il acheté la propriété Malhorne ?

— Non, pas plus que M. Bringman.

Les deux scientifiques se regardèrent, visiblement décontenancés.

— Quelque chose m'échappe…, lâcha Stacey.

— Je ne peux malheureusement pas vous en dire davantage, reprit Macare. Essayez du côté de Julian Stark. Je ne pense pas qu'il vous parlera, mais c'est tout ce que je peux vous proposer.

Stacey et Franklin se levèrent pour prendre congé.

Sur le pas de la porte, Franklin s'arrêta sur le coup d'une idée subite.

— Une dernière question, monsieur Macare ! Qui aura la jouissance de la propriété à la mort de Julian Stark ?

— Je suis désolé, monsieur Adamov. À cette question non plus, il ne m'est pas permis de vous répondre.

— Entrez ! répondit une voix grave et peu aimable.

— Docteur Kibrov ? demanda Franklin.

— Vous êtes devant. Que puis-je pour vous, messieurs ?

— Franklin Adamov, et voici Stacey Revel ! Nous travaillons pour la fondation Prométhée et…

— Ah, c'est vous ! Très bien ! Installez-vous, je vous attendais.

Franklin et Stacey se regardèrent discrètement, sans trop comprendre.

Il y a du Spencer là-dessous ou je ne m'y connais pas ! Raymond a dû craquer, pensèrent-ils.

— Mais je ne vous attendais qu'à partir de demain ! Vous avez été très rapides.

— Nous avons fait au plus vite, l'assura Franklin.

— Il y a cependant une petite chose qui m'échappe. Ce n'est pas le nom de la personne que j'ai eue au téléphone ce matin. Voyons, comment était-ce ? Je l'ai noté quelque part !

Le docteur Kibrov commença à fouiller nerveusement les papiers épars qui jonchaient son bureau.

— Voyons ! Où l'ai-je fourré encore ?

— Ne serait-ce pas Karl Spencer ?

— C'est ça ! Spencer ! Une personne fort aimable.

— Eh bien, nous sommes les collaborateurs de M. Spencer. Il ne pouvait pas venir lui-même aujourd'hui, ni probablement dans les jours à venir. C'est pourquoi il nous a délégués. Cela ne posera pas de problème, je suppose.

— En effet. Je n'en vois pas plus que vous. L'en-tête du fax de votre patron m'incite à coopérer, d'autant plus que j'ai vérifié la source. Bien ! M. Spencer m'a exposé votre requête. Vous voudriez que je vous parle d'un de mes patients, de Julian Stark.

— C'est exactement cela.

Kibrov frotta le sommet de son crâne, qu'il avait entièrement chauve, et prit une attitude très professorale.

— Quelles sont vos spécialités professionnelles ?

— Je suis archéologue, et Franklin brille en ethnologie, lui répondit Stacey.

— Oh ! Très bien ! Entre professeurs, nous allons nous entendre ! Vous allez peut-être pouvoir m'éclairer sur le rapport entre mon patient et vos découvertes, dont M. Spencer m'a brièvement entretenu.

— Eh bien…, commença Stacey, embarrassé.

Franklin vint à son aide.

— Nous n'en savons rien, docteur ! Nous menons des investigations depuis plusieurs semaines. À partir d'un artefact que j'ai découvert lors d'un voyage d'étude. Or, il se trouve que nous avons mis la main sur le même objet dans la propriété de M. Stark, objet dont il ne peut pas ignorer l'existence, même s'il n'en connaît pas les origines. Notre conclusion toute logique est donc de rencontrer ce M. Stark.

— Je vois, je vois ! fit Kibrov. Tout cela est parfaitement raisonné, il me semble. Mais je crains malheureusement que votre déplacement jusqu'ici ne soit inutile. Julian Stark n'a pas émis le moindre mot depuis qu'il est arrivé chez nous. Non, j'exagère un peu ! Il n'a d'attention que pour un vieux chat qu'il héberge. Il l'appelle monsieur Pompon, je crois.

— Dans quelles circonstances est-il arrivé ici ? glissa Stacey.

— Une patrouille de police l'a découvert, gisant dans un fossé, le matin du 1er janvier 2000. Un accident de la route. Je me rappelle bien ce matin-là car j'étais de garde. Il est resté inconscient quelques jours. Il avait une jambe brisée en plusieurs endroits et quelques contusions sur le corps. Mais en ce qui me concerne directement, rien. Pas de traumatisme crano-facial. Aucune lésion qui puisse expliquer ce silence. Mon avis est que cet homme s'est sciemment replié derrière ce mutisme. Il ne prête attention à personne, si ce n'est à ce vieux matou.

— Je vais vous poser une question qui ne me regarde sans doute pas, reprit Franklin. Si l'attitude de Julian Stark est consciente, comme vous semblez le penser, pourquoi le gardez-vous ici ?

— En fait pour deux raisons, monsieur Adamov. La première est que, contrairement à ce que vous dites, il mérite sa place parmi nous. Bien que nous n'ayons pas décelé de lésion cérébrale, il présente les symptômes comportementaux d'un blocage psychologique post-traumatique. Et d'autre part, je vous rappelle que nous sommes une clinique privée. Le conseil d'administration de cet établissement décide chaque année de la reconduction de chaque patient. M. Stark, ou plutôt devrais-je parler de sa tutelle, est un excellent payeur. Je ne vois pas dans ce cas pourquoi nous ne le garderions pas. Nous nous efforçons ici de ramener vers un équilibre de vie plus ou moins cohérent des personnes qui errent dans un désarroi psychologique, mais nous ne sommes pas des philanthropes, si vous voyez ce que je veux dire.

— Parfaitement ! Il n'y a là rien d'inacceptable, l'assura Stacey. Docteur Kibrov, si j'ai bien compris votre exposé, Julian Stark possède intactes toutes les fonctions de la parole mais se refuse à les utiliser. C'est bien cela ?

— C'est exactement cela ! Parler d'autisme serait une pure erreur, mais l'image collerait au personnage malgré tout. Il occupe ses journées avec des lectures diverses. Son appartement dans la clinique est tapissé de bibliothèques remplies à craquer. Il s'adonne aussi à la musique. Il compose, voyez-vous. Sur un ordinateur. Si vous avez le temps, je vous emmènerai tout à l'heure y jeter un coup d'œil. Il ne doit pas s'y trouver à présent, c'est l'heure de sa promenade quotidienne.

— N'y a-t-il rien de plus que vous puissiez nous apprendre à son sujet ? Julian Stark est pour l'instant le seul lien vivant avec nos recherches. Peut-être est-il connecté au web. Il serait alors intéressant d'examiner un historique de ses recherches.

— Ma foi, je ne vois pas…, énonça-t-il lentement.

— Il correspond sans doute par e-mail, ajouta Stacey.

— À ma connaissance, il ne dispose pas d'une connexion. Toutefois, si. Il y a bien une chose que je pourrais vous montrer, si vous jugez cela utile…

— De quoi s'agit-il, docteur ?

— Eh bien, figurez-vous que notre Julian, non content d'être un lecteur invétéré, se passionne également pour l'écriture. J'ai ici un manuscrit qu'il a écrit pendant les cinq premières années de son séjour entre nos murs. Je vais vous chercher ça !

Kibrov s'en alla fouiller dans une grande armoire métallique et revint vers eux en brandissant d'une main sûre une épaisse chemise en carton.

— Voici sa prose ! s'exclama-t-il.

La chemise claqua sur le bureau. Kibrov s'échina à enlever les élastiques qui maintenaient la chemise fermée sans y parvenir. Le temps les avait rendus hors d'usage.

— Ce n'est pas un larcin de ma part, poursuivit-il. J'ai mis la main là-dessus un peu par hasard. En fait, Julian l'a posé en évidence sur une table. La première fois, j'ai jeté un œil, l'air de rien. Et puis je suis reparti. Chaque semaine, lors de ma visite, le manuscrit était toujours à la même place. Renseignements pris auprès des infirmiers, j'appris que Stark le rangeait soigneusement après chacune de mes visites pour ne le ressortir qu'avant la suivante. Si ce n'était pas un appel clair alors, je n'y connais rien.

— Quel en est le sujet ? lui demanda avec avidité Stacey, pour qui l'écrit revêtait la plus haute importance.

— C'est, comment dire ? C'est une compilation des pensées incontournables de M. Stark. Non, je ne suis pas honnête, vous auriez l'impression que je m'en moque. C'est assez bien rédigé, je dois dire. Et certains textes sont intéressants, pour ne pas dire pertinents. Vous savez, il est très fréquent que des patients en psychiatrie communiquent avec leur thérapeute par le biais de lettres ou de dessins, ou toute autre forme d'expression. Mais je n'ai rien pu apprendre de celui-ci au travers de cette centaine de pages. Ce sont des textes sensés et cohérents, le produit d'un cerveau structuré. En somme, une épreuve pour un psychiatre.

— Oui, un peu comme un ethnologue sur une terre dépeuplée, dit Franklin, le regard moqueur dirigé vers Stacey.

— C'est ça ! confirma Kibrov. Un ethnologue sur une terre dépeuplée ! Belle image. Jetez-y un œil si ça vous chante.

Stacey fut plus rapide que son collègue. Il s'empara du manuscrit et se plongea dans la lecture des pensées de Julian Stark.

Stark n'avait écrit qu'une seule lettre sur la page de couverture, un beau M majuscule très alambiqué. Au bas de chaque page, un petit heptagone, identique à celui retrouvé dans la propriété Malhorne, égayait de quelques couleurs les pages noircies de caractères.

— Pourquoi ce titre, *M* ? demanda Franklin.

— Je pense que je ne le saurai jamais. Je vous l'ai dit. Stark ne m'a jamais parlé. Le seul contact intellectuel que nous ayons jamais eu s'est fait au moyen de ces textes. Et il n'est pas question de parler de communication car en l'espèce, lui seul s'est exprimé. Notez que M. Stark avait glissé un mot à mon attention dans le manuscrit. Il me demandait d'expédier des photocopies dudit ouvrage à des éditeurs américains, mais aussi européens, asiatiques, etc. Bien entendu, je n'ai jamais donné suite. Je n'ai qu'une seule hypothèse sur ce titre. La lettre M est la treizième lettre de l'alphabet et le nombre treize a mauvaise réputation chez les superstitieux. C'est pauvre, mais je n'ai rien d'autre à vous proposer. Julian Stark considère peut-être que sa vie est équilibrée autour de la malchance qu'incarne cette lettre, par sa position dans l'alphabet.

— Moi, je trouve ce manuscrit très intéressant, lâcha soudain Stacey, resté jusque-là concentré dans la lecture.

— Si vous en désirez une copie, je n'y vois pas d'objection. Comme ça, vous ne serez pas venus pour rien.

— J'allais vous le demander, docteur Kibrov, répondit Stacey.

— C'est le moins que je puisse faire.

— Nous est-il possible de le rencontrer malgré tout, docteur, demanda Franklin. C'est important pour nous, ne serait-ce que de le voir, tout simplement.

— Si vous y tenez à ce point, c'est entendu, acquiesça Kibrov en se levant. Mais ne vous attendez pas à une manifestation de sa part, vous seriez déçus. Venez, suivez-moi !

En sortant du bureau, le docteur Kibrov remit le manuscrit à une infirmière.

— Faites-moi une copie de ceci, mademoiselle dit-il sur un ton qui ne souffrait pas de commentaire.

Puis, se retournant vers ses visiteurs :

— Je vais d'abord vous montrer la chambre de Julian Stark. C'est à l'autre bout de l'aile opposée à celle-ci.

Le trio traversa le bâtiment de part en part pour s'arrêter devant la porte, grande ouverte, de la chambre 101.

— Après vous, proposa Kibrov. Intéressant, n'est-ce pas ?

Pas un morceau des murs n'apparaissait, tant ils étaient recouverts de livres. Certaines étagères portaient des étiquettes indiquant le domaine abordé. Histoire des religions, physique nucléaire, histoire de la guerre, astronomie, etc. La bibliothèque couvrait la plupart des secteurs scientifiques et artistiques, mais à première vue, il n'y figurait pas un seul ouvrage de fiction.

— Il ne semble pas apprécier les romans, remarqua Stacey.

— Je ne l'ai jamais vu en lire un, lui répondit Kibrov.

— Eh bien, si tous les déments s'instruisent autant, je viendrais bien passer quelque temps chez vous. Et où se trouve l'ermite de cette caverne ?

— Dans le parc, probablement. Comme d'habitude à cette heure-ci, pronostiqua Kibrov. Allons le retrouver. Mais ce sera bref. Vous ne tiendrez pas longtemps devant un homme qui ne parle pas et qui utilise tous les artifices possibles pour vous montrer sans un mot que votre présence lui est désagréable.

Le parc s'ouvrait sur l'arrière de la clinique, ombragé et verdoyant. Des chemins serpentaient parmi les pelouses, où des statues d'albâtre trônaient sur de ridicules piédestaux. Un parfait morceau de paradis urbain.

Kibrov les mena tout droit vers un banc où s'était recroquevillée une forme blanche.

— C'est lui leur dit-il sans plus de commentaires.

L'homme en robe de chambre immaculée n'était pas recroquevillé, comme ils l'avaient pensé tout d'abord. Il embrassait doucement la tête d'un chat lové sur ses cuisses.

Pour un homme de quarante ans, il en paraissait trente de plus. Ses cheveux grisonnants et fort sales descendaient jusqu'au bas de son dos, où ils se rebellaient en boucles à moitié jaunies. Ses ongles démesurément longs se recourbaient à leurs extrémités et ses doigts avaient totalement perdu leur couleur naturelle, tant la nicotine y marquait son empreinte. Franklin et Stacey voyaient devant eux un homme au visage marqué, qui avait depuis longtemps capitulé devant les efforts quotidiens de la vie en société.

— Je vois que vous avez sorti monsieur Pompon aujourd'hui, Julian ! dit Kibrov, pour donner un peu de contenance à ce faux entretien. C'est bien, ça. C'est très bien ! J'ai avec moi deux messieurs qui sont venus vous voir. Franklin Adamov, qui est ethnologue, et Stacey Revel qui, lui, s'occupe d'archéologie. Voulez-vous discuter avec eux ? Je pense que vous pourriez avoir une conversation passionnante. Qu'en pensez-vous ?

Julian Stark ne fit aucune réponse, comme s'y attendait Kibrov.

— Monsieur Stark, commença Stacey. Si vous vous intéressez à la presse, vous avez peut-être lu quelque chose sur la découverte de Franklin Adamov en Amazonie. Ça date de quelque mois.

— Une statue moyenâgeuse au cœur du Brésil, ça a dû vous intriguer, précisa Kibrov.

— Nous avons accédé aux sous-sols de votre propriété. La même statue s'y trouve, sous le puits de lumière situé dans la cour.

Stacey parlait lentement, s'efforçant d'être le plus clair possible. Franklin ne quittait pas Stark des yeux. Si Kibrov disait vrai, son patient comprenait tout ce qu'il entendait.

— Nous travaillons ensemble sur le sens de ces statues, celle découverte en Amazonie, celle qui se trouve sous votre propriété, mais aussi une troisième, que nous avons isolée sur une île du Pacifique.

Stacey laissa traîner la fin de sa phrase.

— Nous aimerions connaître votre point de vue sur ces statues, monsieur Stark, surenchérit Franklin. Ou possédez-vous des éléments qui nous permettraient d'y voir plus clair ?

— Peut-être des archives y font-elles référence ?

Stark restait silencieux, les mains toujours occupées à fouiller la toison de son chat.

— Je vais leur donner une copie de votre manuscrit. Vous n'y voyez pas d'inconvénient ? annonça Kibrov.

— Je pense que nous ne devrions pas rester, docteur, intervint Franklin. Je n'aime pas l'idée d'infliger un supplice à ce pauvre bougre.

— Comme vous voudrez, conclut Kibrov. Repassons par mon bureau. La copie du manuscrit doit être terminée à présent. Au revoir, monsieur Stark ! Au revoir, monsieur Pompon !

— J'oubliais, dit soudain Franklin. Je dois vous transmettre le souvenir de Raymond, le gardien de votre maison. Il me l'a demandé. Si le goût pour les êtres humains vous revient, monsieur Stark, demandez mes coordonnées au docteur Kibrov. Je vais les lui donner à votre intention. Je vous le souhaite du fond du cœur.

Ils se retirèrent doucement, sans déranger davantage l'être privé de raison qui caressait son chat, les yeux emplis d'un ailleurs ou d'un hier inaccessibles.

Avant de quitter le parc, Franklin regarda dans la direction du banc et s'immobilisa soudain. L'homme en blanc l'observait fixement. Il avait dans les yeux un sentiment très dur. En comparaison avec le regard perdu du dément qu'il venait de quitter, Franklin avait du mal à croire qu'il s'agissait bien du même homme. Le doute n'était pourtant pas possible. Il soutint son regard une poignée de secondes et capitula devant la force qu'il imposait. Les yeux de Julian Stark étaient trop durs, trop incisifs, trop envahissants pour qu'il les supportât plus longtemps. Il retourna vers les autres, très ébranlé par cette vision.

— Tenez, voici une copie pour vous. Faites-en bon usage !

Franklin feuilleta pensivement le paquet de feuilles reliées.

— Il manque la deuxième page, remarqua-t-il.

— Montrez-moi ça, s'enquit le docteur Kibrov. Effectivement. Elle a dû glisser à l'intérieur du dossier. Je vais vous la chercher.

Kibrov retourna dans son bureau et, très rapidement, réapparut, porteur du feuillet manquant.

— La voici ! émit-il sur un ton triomphant. Elle avait effectivement glissé. Prenez-la !

— Vous n'en faites pas une photocopie ?

— Non. Pas la peine. J'en connais le contenu. C'est une partition musicale et je n'y entends rien. Je vous fais don de l'original. M. Stark a même gravé un CD sur son ordinateur. Je ne l'ai jamais écouté. Il vous amusera peut-être.

— Merci pour le temps que vous nous avez consacré.

— Je vous en prie, messieurs. Entre gens de qualité, il faut savoir s'entraider. Bien, je suis obligé de vous laisser à présent. Mes patients m'attendent. C'est l'heure du tour du patron !

Le ton sur lequel Kibrov avait prononcé ce mot était tellement empreint d'embonpoint buccal que Franklin ne put contenir un sourire.

Les deux hommes prirent congé du chef de service et se dirigèrent vers la sortie de la clinique. Dans le couloir qui menait au secrétariat central, Franklin s'arrêta un instant devant une des baies qui ouvraient sur le parc, dans l'espoir de croiser à nouveau ce regard qui l'avait si profondément perturbé. Il eut beau fouiller des yeux l'esplanade, elle était désespérément vide. Le tour du patron représentait dans l'esprit de chaque patient la possibilité d'un surcroît de médicaments, d'une multiplication de ces gélules qui marquaient les journées de façon rituelle et donnaient à chacun la faculté chimique de s'évader un peu plus loin. Franklin pensa sans trop y croire que Julian Stark faisait lui aussi partie de ces amateurs de prison médicamenteuse, malgré l'acuité et l'intelligence de son regard, qui démentaient une telle supposition.

9

— Avant d'en finir, je tiens à vous rappeler une petite clause du contrat que vous avez passé avec la Fondation Prométhée, hurlait Spencer. Cette clause stipule que vous ne devez en aucun cas cacher un élément qui pourrait, d'une façon ou d'une autre, mettre en péril ou simplement retarder nos investigations. Je pense que, dans vos esprits, il doit être clair pour vous que votre attitude représente une encoche sérieuse dans ce contrat. Ce n'est pas moi qui ai créé ce précédent, mais vous ! Et je n'en tolérerai pas un second. Ai-je été suffisamment explicite ?

Depuis plus d'une demi-heure, Stacey et Franklin supportaient sans broncher la tempête Spencer.

— Ceci posé, messieurs, nous n'allons pas perdre plus de temps à nous chamailler ! Du travail nous attend et, depuis notre visite de la propriété Malhorne, nous avons enfin des bases concrètes.

— À propos, dit enfin Stacey, trouvant là un bon prétexte pour reprendre l'échange, une réunion s'impose. Vous ne croyez pas ?

— Absolument ! Fixons-la à seize heures, cela permettra d'établir auparavant l'historique de la propriété.

— Je propose que nous nous réunissions dans le hangar 17. Nous pourrons exposer nos théories aux gars de l'informatique. Certains n'ont même pas encore vu les statues de près. Ça doit être une frustration pour eux…

— O.K. pour le hangar, conclut Spencer. Bon travail messieurs !

Spencer empoigna le téléphone, manifestant par ce geste la fin de la conversation.

— Monsieur Adamov ? se reprit-il avant que les deux hommes ne sortent.

— Autre chose ?

Spencer avança vers Franklin, une main tendue.

— Nous devons manifestement collaborer. Que cela nous plaise ou non. Je vous propose d'observer une trêve, nos rapports ont trop mal commencé…

Franklin regarda la main de Spencer, hésita une demi-seconde, puis il la serra.

— En effet, ça ne sera pas de trop. Ravi que cela vienne de vous, Spencer.

Sur quoi, ils sortirent de son bureau.

— Il a dû recevoir des ordres, confia-t-il à Stacey lorsqu'ils se furent éloignés dans le couloir.

— Ordre ou pas, Franklin, vos gamineries ne sont plus supportables. Des deux côtés, j'entends. Cette trêve est la bienvenue. On va enfin pouvoir souffler.

— Voilà le topo ! commença Spencer. La propriété Malhorne a successivement appartenu à une série de propriétaires qui n'ont aucun lien de parenté les uns avec les autres. Slauter, Dejean, Abraham, Bringman, et pour finir, Stark. Le dernier est toujours vivant. Nous savons, par l'intermédiaire de MM. Revel et Adamov, que cette propriété jouit d'un mode de transmission unique en son genre, sans pour autant savoir lequel.

Spencer jeta vers Franklin un regard où l'ethnologue ne sut s'il devait lire des reproches ou de la dérision.

— La construction de la propriété remonte à 1781. Nous partons de l'hypothèse que la statue date de la même époque, en attendant une datation plus certaine. Ce qui la place en troisième position par rapport à ses petites sœurs. Elle est précisément conforme aux deux autres, sans nous apporter un indice quelconque sur leur raison d'être. J'omettais un détail qui la différencie : son matériau de base. Mis à part cela, le reste correspond. Je vous laisse quelques minutes pour l'observer. Vous devez être, j'imagine, impatients de la découvrir !

Spencer laissa aux scientifiques quelques minutes pour détailler les trois statues monumentales, puis il poursuivit.

— Notre unique point de rencontre entre cette affaire remontant à une époque ancienne et la réalité actuelle se situe dans la personne de Julian Stark. MM. Adamov et Revel l'ont rencontré, sans succès. J'irai personnellement voir cet homme d'ici à deux jours. Nous verrons s'il est nécessaire de le ramener ici pour un interrogatoire plus approfondi. Si toutefois il se décide à parler. D'ici là, vous avez toute latitude pour examiner les documents rapportés de la clinique et rechercher s'ils ont un rapport quelconque avec notre affaire. Mais je doute que ce Stark ait quoi que ce soit à nous apprendre. Il faut lancer des recherches sur les précédents propriétaires de la résidence Malhorne.

Après la coupure du repas, Spencer, Stacey et Franklin se réunirent en petit comité pour approfondir les pièces ramenées de la clinique Saint-Georges.

— Je ne trouve rien à redire à ce texte ! commenta Franklin en reposant le manuscrit de Julian Stark. Certains passages sont particulièrement pertinents. On dirait du Marc Aurèle, adapté de nos jours…

— Oui. En fait une suite de pensées non liées les unes aux autres, précisa Stacey.

— Et en ce qui concerne la partition ? demanda Spencer. J'aimerais écouter l'enregistrement, l'avez-vous ?

— Il est dans ce dossier.

Spencer s'empara du CD et l'inséra dans un lecteur.

— Il semble que ce soit une musique originale ! commenta Stacey. La partition n'a pas été reconnue par le logiciel de recherche. Du moins, pas encore. J'ai pour ma part une connaissance musicale assez étendue et cette composition ne me dit rien.

— Et ce titre, *La Croisée des chemins* ? Une idée là-dessus ?

— Non, rien encore ! Ça n'aura du reste peut-être jamais de sens, hasarda Stacey.

— Ça ne nous avancera pas, mais ce titre me fait penser à la phrase sur les épées, intervint Franklin. Nous avons *Le trait d'union des mondes* d'un côté et *La Croisée des chemins* de l'autre. Il n'y a probablement aucun rapport entre les deux. Seulement une impression. Rien de très raisonné.

Spencer poussa le volume de la sono. La musique, de style baroque, résonna bientôt dans l'immeuble.

— C'est beau ! dit-il, apparemment réceptif.

— J'aime aussi, ajouta Franklin. C'est assez, comment dire, ethnique, si vous me suivez…

— Oui, on sent des inspirations folkloriques. D'un peu partout. Je ne saurais trop dire lesquelles d'ailleurs.

La sonnerie du téléphone vint interrompre ce concert improvisé.

— Vous discutez de musique maintenant, vous deux ? plaisanta Stacey, tandis que Spencer répondait. Vous n'allez pas tarder à vous inviter à dîner !

— Allez, n'en rajoutez pas ! se défendit Franklin. Je croyais que vous étiez heureux de cette réconciliation !

— Un peu forcée non ?

— Ma foi ! Peut-être sur certains points, mais j'apprécie réellement cette musique. Elle est très apaisante.

— N'est-ce pas le propre d'une composition de type classique ?

— Hélas ! Pas toujours ! Rappelez-vous ce que certains ont fait de Wagner…

Spencer acheva sa conversation et revint vers eux animé d'une vitalité renouvelée.

— Messieurs, je crois que nous touchons au but ! dit-il, un large sourire aux lèvres. Je ne peux pas vous dire grand-chose. Le mieux est de rejoindre Harry tout de suite.

Ils descendirent plus vite que jamais jusqu'aux sous-sols de l'immeuble où ils trouvèrent l'informaticien penché sur un monceau de feuilles.

— Franklin, apportez-moi les dernières, s'il vous plaît, dit-il en désignant une imprimante. Je dois encore entrer quelques données et ça va rouler…

Les trois hommes se tinrent en silence derrière les nombreux écrans qui couvraient un plan de travail. Harry frappait sur son clavier mais les séries de chiffres qui en résultaient échappaient totalement à leur compréhension.

— Je crois que je ne tiendrai pas longtemps s'il ne dit rien, chuchota Stacey.

Harry se mit à siffler *La Croisée des chemins* sans s'occuper d'eux. Puis il mit en route un programme et se retourna enfin, la mine réjouie.

— J'ai la clef ! dit-il de façon énigmatique.

Les disques durs montés en série crépitèrent quelques secondes puis un bip de fin de travail retentit.

— Qu'est-ce que j'aime cette bécane ! s'écria Harry en jetant un bref regard sur le résultat. Spencer ! Il faudra me rappeler de vous offrir un verre pour m'avoir laissé toute latitude sur le choix du matériel…

— Certes, je n'y manquerai certainement pas, mais si vous en veniez au fait, lâcha Spencer, ne tenant plus.

— J'y venais. Il s'agit justement de latitude. Laissez-moi tout de même savourer cet instant. Je travaille habituellement seul, alors lorsque j'ai un auditoire, je m'abandonne…

Spencer croisa les bras et releva légèrement le menton, signe que la tempête ne tarderait plus.

— Bien, bien, obtempéra Harry. Comme vous le savez, j'ai rentré dans mon bijou tout ce qui concerne Malhorne, de près ou de loin. Mais asseyez-vous donc, ça va prendre un peu de temps. Un café, peut-être ? Un thé, un jus d'orange ? Il y a tout ce qu'il faut au fond de la salle !

Stacey s'occupa de la tournée des rafraîchissements, sans perdre un mot de la conversation.

— Il m'a bien fallu me documenter sur certains sujets, on ne peut pas tout connaître. Notamment l'ethnologie, Franklin, ce n'est pas mon fort. À vivre en permanence face à un ordinateur, on en perd le sens du vivant. Mais j'ai finalement cerné, je crois, le caractère déplacé de la présence des Indiens Kayapos dans la portion de l'Amazonie où vous avez découvert la première statue.

— Félicitations ! l'encouragea Franklin. Nous ne sommes pas très nombreux à pouvoir nous en vanter.

— À vrai dire, je suis un touche-à-tout, poursuivit Harry. Ce qui ne saurait être contenu dans la qualification d'ingénieur en informatique.

— Bien. Et, en l'occurrence, où avez-vous excellé ? le taquina Stacey.

— Je me suis penché sur la partition que vous avez rapportée de la clinique.

— Je vois. Vous êtes aussi mélomane, ou pourquoi pas compositeur à vos heures perdues…

— Non, je ne suis pas ce que vous appelleriez un mélomane. Mon registre, c'est plutôt la pop-music. Tout ce qui va, qui vient. Bref. Par contre, à défaut d'être fin connaisseur de grande musique, je suis mathématicien. Et si les mathématiques ne sont pas de la musique, la musique, elle, peut s'observer sous un angle mathématique.

Les trois hommes se firent de plus en plus attentifs. Harry les emmenait dans une direction qui commençait à leur plaire.

— Une partition musicale est comparable à une page d'écriture, même si elle ne s'adresse pas aux mêmes sens, pas exactement. Un bon musicien entendra la musique en lisant la partition. Je me suis donc demandé si, comme peut le faire un texte, la partition recelait un message caché.

— Vous voulez dire codé ? le coupa Spencer.

— Précisément. La partition de ce M. Stark contenait-elle un sens ? Autre que mélodique bien sûr. Seulement voilà, à l'identique d'un texte, pour répondre à cette question, il fallait d'abord connaître le code qui crypte les notes. À partir d'un texte, la base du travail est simple. Ça se résume à vingt-six lettres. Avec de l'écriture musicale, ça se complique. Sept notes, je ne sais trop combien d'octaves, de symboles, de silences, etc. Les possibilités sont énormes. Pas illimitées, mais extrêmement nombreuses. J'ai donc fait appel à du gros matériel pour résoudre ce problème. J'ai pris la liberté d'utiliser Eyelight, le logiciel militaire de décodage. Étant donné qu'il sort des laboratoires Craig, je n'ai pas eu de mal à l'obtenir…

— Vous auriez dû malgré tout en passer par moi ! maugréa Spencer. Passons. Où avez-vous abouti ?

— À la solution. Et rapidement. Ce que j'ignorais, et qui posait le plus gros problème, c'était de savoir si la codification ouvrirait sur des chiffres, ou des lettres. Ou des couleurs. Ou s'il faisait référence à un manuel quelconque, comme c'est souvent le cas…

Les mains d'Harry virevoltaient devant ses yeux, tant son explication l'excitait. Sur un écran, la partition défila à grande vitesse, plusieurs fois. À chaque nouveau passage, le nombre de lignes diminuait pour se réduire finalement à quelques colonnes de notes.

— Première chose, donc, préciser une nomenclature. Par exemple, une ronde pouvait aussi bien représenter le chiffre 1 que la lettre A, ou 2 et B, etc. Ou encore définir l'emplacement d'un mot sur une ligne, dans une page d'écriture d'un livre précis. C'est à ce moment qu'intervient Eyelight. Seul, j'y aurais passé des mois, à moins d'un coup de chance… J'ai proposé au programme toutes les combinaisons qui me venaient à l'esprit, libre à lui d'en tester de nouvelles. Ensuite, je l'ai mis en rapport avec la totalité des informations que nous possédons sur Malhorne. La partition, le texte, les statues, leur poids, leurs dimensions, les pays où elles ont été découvertes, l'époque de leur fabrication, et ainsi de suite. Tout, quoi !

— Voilà pourquoi nous ne vous avons pas vu à la réunion de ce matin, supposa Spencer.

— J'ai eu une intuition, et ça ne pouvait pas attendre. Finalement, ce n'était pas un énorme travail, puisque j'avais déjà préparé la majeure partie pendant les semaines précédentes…

— Je craque, Harry ! le coupa Franklin. Vous nous expliquerez plus tard mais de grâce, qu'avez-vous trouvé ?

Harry les observa avec les yeux d'un enfant que l'on aurait sermonné.

— Ensuite, je suis parti déjeuner, répondit-il à Franklin. O.K. ! Je viens au fait. Lorsque je suis rentré, la solution était déjà partiellement mise au jour. Eyelight a établi une relation entre certaines notes de la partition de Julian Stark et les statues. Précisément avec les coordonnées géographiques des statues ! Voilà pour la nouvelle. J'aurais pu commencer par vous dire ça, mais où aurait été le plaisir ? Si vous pouviez voir vos têtes, vous me pardonneriez sans doute.

Franklin, Spencer et Stacey restaient bouche bée devant l'affirmation d'Harry. Ils ingurgitaient la nouvelle, ce qui n'allait pas de soi. D'autant plus qu'une foule de conséquences en découlait avec, en premier lieu, la certitude que Stark connaissait les tenants, et probablement les aboutissants, de la raison d'être des statues. Qui les avait réalisées, quand et, surtout, pourquoi.

— Vous voulez dire qu'en essayant un protocole d'encodage sur cette partition, vous avez ressorti les coordonnées des statues ? demanda Spencer.

— Exactement. Des trois que nous connaissons, et des autres ! affirma Harry avec, cette fois-ci, une note aiguë de fierté dans la voix.

— Mais bien sûr, les autres ! s'exclama Stacey. Elles m'étaient sorties de l'esprit.

— Pas du mien, Stacey. Je me suis souvenu de votre théorie des sept statues, relativement à l'angle des dos. De toutes façons, que je l'aie eue en mémoire ou pas, je suppose que mon bijou me l'aurait proposée.

— Où sont-elles ?

Harry retourna vers l'ordinateur.

— Une seconde. J'ai les coordonnées, mais je ne suis pas géographe. Il faut que je les transfère vers un autre logiciel.

— Il est bien ce petit, plaisanta Stacey tandis que l'informaticien promenait ses doigts sur le clavier.

— Quel est le principe de fonctionnement de ce code ? questionna Spencer.

— Il est assez simple en somme. Seul le premier symbole de chaque mesure doit être pris en considération. Je vous donne un exemple, ce sera plus simple. L'artefact découvert par Franklin en Amazonie se situait précisément par 5° 9' 10" de latitude sud et 73° 42' 44" de longitude ouest. Grâce au logiciel…

Harry débarrassa rapidement une table puis disposa les feuilles de la partition les unes à côté des autres.

— Visuellement, ce sera un jeu d'enfant, ajouta-t-il en entourant certaines notes à l'encre rouge. Les coordonnées de cette statue se trouvent réunies par ces dix signes musicaux. Dix mesures. Le silence correspond à un 0, une ronde au chiffre 1, une croche à 2, un triolet à 3, etc. L'ordinateur a calculé toute la matinée pour parvenir à dénicher le bon protocole. Lorsque vous l'avez sous les yeux, par contre, ça semble extrêmement simple. Tous les enfants inventent tôt ou tard un code semblable. Pas avec des notes de musique, je vous l'accorde, mais avec des lettres inversées, ou des chiffres, ou des symboles inventés. Le tout est de posséder le bon protocole de décodage. Sinon, bernique ! comme on dit.

— Je vous suis parfaitement pour ce qui est des chiffres, intervint Spencer. Mais comment avez-vous trouvé les directions cardinales ?

— Celui qui a écrit cette partition est un petit malin ! Avez-vous remarqué qu'il s'agit du seul document écrit à la main ? Le texte *M* est une sortie d'imprimante, le CD a été enregistré sur un ordinateur individuel, avec un logiciel adéquat.

Pourquoi, dans ce cas, avoir pris la peine d'écrire la partition ? Regardez-la de plus près.

Spencer se pencha au-dessus des feuillets remplis de symboles. La moue sceptique qui plissait son visage trahissait son incompréhension.

— Vous n'avez pas appris le solfège ? tenta Harry.

— Peu de souvenirs, en fait ! grogna Spencer.

— Remarquez les hampes des notes. D'ordinaire, on les place à droite. Observez attentivement, vous constaterez que les notes de certaines mesures ont les hampes placées à droite et que les autres sont à gauche. Même constatation dans le sens vertical. Il n'existe pas d'autre usage que celui de l'esthétique en cette matière. Là encore, au mépris des usages, l'orientation des hampes diffère à chaque changement de clef, soit toutes vers le haut, soit vers le bas, à gauche ou à droite ; ce qui crée un effet bizarre. J'ai supposé que cela indiquait les directions cardinales. Il m'a suffi de vérifier sur les coordonnées de nos statues et bingo ! Ça colle au poil.

— Parfait, soupira Spencer. Il ne reste plus qu'à aller les chercher. Où sont-elles au juste ?

Un planisphère s'afficha sur les écrans au même moment. Sept points clignotaient en divers endroits de la carte, matérialisant les probables lieux d'érection des statues.

— Voilà ! Vous voyez les trois statues que nous connaissons déjà, indiqua Harry du bout de son stylo. Quant aux autres, nous en avons une en France, une autre au Tibet, si je situe convenablement, la troisième en Irlande et la quatrième en Russie. Sauf erreur de saisie, bien entendu.

Il fut convenu que Harry s'envolerait le surlendemain pour l'Irlande, d'où il ramènerait la statue qui devait s'y trouver. Franklin partirait pour la Russie, Stacey pour la France et Malkovic, l'adjoint de Spencer, fut désigné pour rapatrier la dernière, située au Tibet. Le fait que cette province soit encore sous domination chinoise rendait plus difficile l'opération. L'emprunt serait discret et, si tout se passait bien, même pas remarqué.

Quant à Spencer, il ramènerait personnellement Julian Stark au sein de la Fondation, mais un peu plus tard. Il lui appartenait d'organiser les voyages de ses collaborateurs. Prévoir les problèmes faisait partie de ses compétences.

— Il y a dix ans, dites-vous, que ce Stark végète dans cet asile d'aliénés, commenta-t-il. Il patientera bien quatre jours supplémentaires !

10

L'été battait son plein sur la terre sibérienne. Vingt-deux degrés au compteur, la canicule. À quelques centaines de mètres, le lac Baïkal étalait ses eaux limpides. La région resplendissait de couleurs entre deux longs hivers. Très haut dans le ciel, un avion traçait en trajectoire rectiligne l'unique nuage de cette portion du monde.

Si Harry ne s'était pas trompé, la statue attendait quelque part, dans une portion de terrain de quelques dizaines d'hectares.

Un survol rapide avait permis aux hommes de la Fondation de repérer trois éminences rocheuses susceptibles de receler le but de leur voyage.

Lorsque les hélicos se posèrent, les appareils de navigation indiquaient exactement les coordonnées révélées par la partition de Stark : 55° 44' 18" de latitude nord par 109° 25' 8" de longitude est.

— Sur du velours, avait commenté le pilote. Messieurs, je vous souhaite une bonne pêche !

Retrouver la statue ne demanda pas longtemps.

Ils l'aperçurent même de loin, au détour d'un épaulement rocheux. Franklin constata immédiatement qu'à l'exemple de ses trois sœurs, celle-ci était tournée vers l'ouest. Ce détail, sans apporter la moindre explication, confirmait qu'une intention générale se cachait derrière l'ensemble architectural disséminé à travers la planète.

Pendant que les spécialistes tronçonnaient la base de la statue, Franklin détailla les alentours. Le sol était jonché de débris de la même pierre noire.

Il avança au hasard parmi les pierres. Parvenu à la base de l'épaulement rocheux, son regard fut attiré par un motif gravé sur la paroi. La neige et le vent en avaient en partie effacé les traits mais Franklin ne put douter une seule seconde de la nature du graffiti. L'heptagone qui croisait périodiquement sa route, depuis la découverte de la troisième statue, laissait encore une trace clairement visible. Franklin en réalisa plusieurs photographies puis il rejoignit l'équipe.

— Nous sommes prêts, monsieur Adamov, l'avertit un grand type au visage carré. Nous pouvons décoller dès que vous le désirerez.

— Partez dans le premier appareil, j'aimerais prendre quelques clichés de la manœuvre.

— Comme vous voudrez, répondit Gueule carrée en montant dans l'hélicoptère.

Les pales entrèrent en mouvement, provoquant un bruit assourdissant. La grosse machine s'éleva lentement. Deux hommes veillèrent à ce que le câble accroché sous l'appareil se déroule correctement, puis firent signe au pilote qu'il pouvait y aller. Le câble se tendit et la statue monta dans les airs.

J'ai la sensation d'avoir été convoqué à un rendez-vous ! pensa Franklin en regardant la masse de pierre noire quitter le sol. *Ça me donne la chair de poule.*

De retour à la Fondation, Franklin eut la mauvaise surprise de trouver son bureau fermé à double tour. La plaque portant son nom avait été retirée et une caisse contenant ses dossiers gisait sur le sol devant la porte.

Il repartait vers le hall d'accueil lorsque Stacey sortit de son bureau.

— Salut Franklin, je ne vous savais pas déjà de retour, dit-il.

L'archéologue semblait embarrassé.

— Qu'est-ce que ça veut dire ? demanda Franklin en indiquant la caisse du regard.

— Eh bien..., se tortilla-t-il.

— Non, ne me dites rien, le coupa Franklin. Il y a du Spencer là-dessous !

Stacey hocha piteusement la tête en signe d'acquiescement.

— Venez dans mon bureau ! dit-il en entraînant son ami par la manche de sa veste.

Franklin se laissa faire sans protester. Il avait beau réfléchir, aucun motif valable d'exclusion de la Fondation ne lui venait à l'esprit.

— Voilà, chuchota Stacey en refermant la porte de son bureau. Spencer s'est rendu à la clinique Saint-Georges...

— Oui, c'est ce qui était prévu. Et après ?

— Stark a disparu !

— Comment ça, disparu ?

— Envolé. Parti. Le surlendemain de notre visite, il a fait ses bagages et il est sorti par la grande porte !

— Mais, qu'est-ce que ça veut dire ? s'exclama Franklin. Personne ne l'en a empêché ?

— Eh non. Le docteur Kibrov a omis un détail concernant le cas de Stark. Un si petit détail. Stark n'était pas interné contre sa volonté dans cette clinique. Il a toujours été libre de sortir. C'est de lui-même qu'il y a passé plus de dix ans !

— Bien, se calma Franklin. Personne ne peut se cacher très longtemps si l'on met tout en œuvre pour le retrouver. Surtout avec son physique... Mais je ne vois toujours pas le rapport avec la caisse dans le couloir ?

— Vous savez que Spencer veut votre tête depuis votre arrivée ici ! Il en a aujourd'hui la possibilité, et l'accord de Craig, si ce qu'il m'a dit est vrai.

Franklin sortit du bureau de Stacey pour se rendre directement dans celui de Spencer. Il valait mieux, pensait-il, affronter l'ennemi, plutôt qu'il ne lui tombe dessus à l'improviste. Il y entra sans frapper.

Quitte à ce qu'il rage, au moins que j'y sois pour quelque chose, pensa Franklin sans perdre de vue ce que ce comportement pouvait avoir d'enfantin.

— Vous y êtes arrivé finalement, dit-il calmement.

— À quoi donc ? répondit Spencer sans même relever le nez des documents qui couvraient la moitié de son bureau.

— À me déposséder de ma découverte…

— Votre fauteuil à l'université de Baltimore est à peine froid ! Vous pourrez sans problème poursuivre vos recherches là-bas. Je n'en doute pas.

— Vous avez, je suppose, l'aval de Denis Craig ?

— Non seulement l'aval, mais encore la demande, répondit Spencer, relevant enfin la tête pour observer Franklin. J'ai déjà demandé à M. Craig la permission de vous éjecter du projet Malhorne, mais nous avions besoin de vous. J'ai dû prendre sur moi et tolérer votre présence. Tout a une fin, comme on dit. Et c'est aussi bien comme ça.

— Et elle justifie vos moyens…

— Tenez, poursuivit Spencer. Voici une attention de M. Craig qui vous dédommagera bien au-delà du préjudice causé. Cela n'aurait tenu qu'à moi seul, le chèque aurait été moins long à remplir.

— Vous êtes un drôle d'apôtre, Spencer. Si on me demandait de vous comparer à l'un des douze, un seul nom me viendrait en tête…

— Voyez-vous, monsieur Adamov, le coupa Spencer, je suis un fils de paysan. Et je connais bien la terre. Sans l'armée, j'aurais très certainement passé ma vie à faire pousser des plantes, et j'aurais eu une belle existence quand même.

Franklin se demandait où Spencer voulait en venir. Aussi le laissa-t-il poursuivre sans lui jeter au visage la rancœur accumulée depuis des semaines.

— Les plantes m'ont appris une chose : elles ne peuvent pas toutes se côtoyer. Certaines développent même des substances perçues par d'autres comme un véritable poison. C'est la loi de la préservation de l'espace vital. Je pense que cette logique des choses s'applique aux hommes. Non que nous n'ayons pas l'intelligence de vivre côte à côte, non. Mais si nous avons le choix, alors, libre à nous de déterminer ceux ou celles qui partageront notre espace vital. J'ai aujourd'hui ce choix, Denis Craig me l'a donné. Vous me considérez depuis notre première rencontre comme une brute, un de ces demeurés en uniforme. J'ai aujourd'hui le plaisir de vous signifier votre congé. Vous disposez de vingt-quatre heures !

11

Franklin rentra directement à son hôtel.

Il fit rapidement ses bagages puis descendit se décontracter au bar.

Lorsqu'il entra dans la salle, il ne fut pas très étonné d'y voir Stacey qui l'attendait, confortablement occupé à siroter un cocktail. Franklin commanda un verre et se vautra en face de l'archéologue.

— Je suis désolé mon vieux, dit Stacey. Tout ça n'aurait jamais dû vous arriver. En tout cas pas de cette façon ! Je me sens en partie responsable…

— Laisse tomber le protocole, tu veux ? le coupa Franklin. Vu les circonstances…

— Ma foi, répondit Stacey, tu m'enlèves les mots de la bouche. Mais tu ne me retireras pas de l'idée que j'aurais pu faire quelque chose.

— Pas la peine de t'en faire pour moi, Stacey, le rassura Franklin. Je ne supportais plus la vue de cet énorme connard. Il fallait que l'un de nous deux disparaisse de cette histoire. J'ai perdu. Remarque, le pronostic était facile.

— J'ai appris pour le chèque d'indemnité. Je trouve le geste élégant.

— Tu dis élégant ? C'est suicidaire, oui ! C'est précisément la somme nécessaire pour les traîner en justice !

— Tu comptes le faire ?

— Non, rien à foutre. Ce qui m'ennuie, c'est de perdre le contact avec les recherches. Et puis, engager un procès contre l'empire Craig, j'y gagnerais une barbe blanche.

— Écoute-moi, dit Stacey en baissant le ton. Dans la mesure de mes possibilités, je te tiendrai au courant de l'enquête, d'accord ?

— O.K., c'est gentil de ta part ! Mais ne mets pas ta situation à la Fondation en péril pour autant. Ça n'en vaut pas la peine, crois-moi !

— Je te dois bien ce minimum.

Ils burent quelques instants en silence. Les gorgées d'alcool chauffaient leurs corps et apaisaient leurs esprits.

— Que vas-tu faire maintenant ? demanda Stacey.

— Retourner à Baltimore et reprendre mes cours. Je n'ai que ça à faire, après tout. Et puis, avec ce chèque d'indemnité, je crois que je vais essayer de retourner auprès du chef Arinaou, pour un long voyage d'étude. Et si je suis chanceux, je trouverai le moyen d'en apprendre davantage sur Malhorne avant la Fondation.

— Ne te fais pas trop d'illusions là-dessus ! Nous sommes nombreux. Peut-être trop pour que tu puisses rivaliser.

— Va savoir. Je n'ai demandé l'aide de personne pour rencontrer la première statue. Qui te dit que la providence ne me sourira pas à nouveau ?

Ils burent d'autres verres jusqu'à une heure avancée de la nuit. Quand Stacey sentit qu'il avait son content d'alcool, il partit en titubant vers la sortie, manqua la marche et s'étala de tout son long. Franklin ne le vit pas s'affaler. Il était déjà arrivé à mi-parcours de l'ascenseur et ne maintenait son cap qu'au prix de toute son expérience de vieux bipède.

De fort bonne heure le lendemain, Franklin prit la direction de Baltimore, de son petit studio et de la routine des journées universitaires. Lorsqu'il fut lancé sur l'autoroute, il programma la vitesse de son véhicule et se laissa aller dans le siège, le volant calé entre les genoux.

Les paysages défilaient lentement, lui laissant tout loisir de repenser à sa situation. La veille, il avait menti à Stacey. Au fond de son cœur, il se sentait meurtri et furieux. Ce n'était pas tant l'éviction de la Fondation en elle-même qui le faisait bouillir à ce point, mais la façon de procéder de Spencer. Il avait été viré comme un malpropre.

Le simple fait d'avoir formulé son ressentiment l'apaisa. Il en profita pour se concentrer sur ses moyens de contre-attaquer. Les qualifier de minces tenait encore du superlatif. La Fondation l'avait dépouillé de toute possibilité d'action, de toute preuve qu'il aurait pu faire valoir ou à partir desquelles recommencer. Les statues, le manuscrit, les cylindres renfermant les ossements, tout avait été concentré dans un entrepôt, dont l'accès lui était dorénavant interdit. Son unique point de recommencement se trouvait en Louisiane, dans la propriété Malhorne. Bien sûr, Stacey le tiendrait informé des avancées de l'enquête, mais ce n'était pas pareil. Seule la quête comptait, à présent qu'il avait goûté à l'excitation de la découverte. Entendre un résumé des épisodes écoulés manquerait de sel. Il eut un instant l'envie de contacter Tara Steamway, la journaliste de l'*Independent*, pour obtenir le soutien d'un média, mais quelque chose l'en dissuada. Un sentiment plus qu'un raisonnement. Il sortit de l'autoroute avant d'atteindre Baltimore et prit la direction de l'aéroport, où il embarqua dans le premier avion pour la Nouvelle-Orléans.

Au pied de la grille d'entrée, accroupi dans la position du tailleur de rosiers, Raymond ressemblait à un nain de jardin. Seul le bruit métallique du sécateur en action indiquait à Franklin qu'il avait bien devant lui le vieux cajun. Il frappa avec sa clef de contact sur la grille pour attirer son attention.

— Va mon gars ! lui répondit le gardien en guise de salut. Eh ben, je m'attendais pas à vous revoir de sitôt. Quel bon vent vous amène dans ma campagne ?

— Le vent de l'oisiveté, mon gars, répondit Franklin. Comment vous portez-vous, Raymond ? Ça fait du bien de retrouver un être humain.

— Oh, vous ! Y a quelque chose qui cloche, me dites pas le contraire.

— Non, trois fois rien. Je voulais savoir si vous me laisseriez à nouveau visiter la maison ? Pour être honnête, je dois vous prévenir que cette fois, je n'ai plus la loi qui m'accompagne. Alors, ce sera à votre guise.

— Dans ce cas..., commença Raymond. Ce sera avec plaisir ! J'ai l'impression que le gros rougeaud de la dernière fois vous a fait des misères, je me trompe ?

— Vous n'êtes pas très loin de la vérité...

Raymond posa son outillage et entraîna Franklin par l'épaule.

— Je suis pas contre le fait que vous entriez dans la maison, mais il n'y a plus grand-chose à voir.

Ils descendirent directement dans la nécropole.

— Vous voyez, y a plus besoin de torche pour venir ici. Ils ont installé l'électricité. Mais si j'avais connu à l'avance le prix qu'ils m'en demanderaient, j'aurais essayé n'importe quoi pour les en empêcher. Salopards !

Le sol présentait de nombreuses traces de pas. La nécropole ne portait plus ce nom que par le souvenir. Les cylindres et la statue avaient disparu. La roche qui formait le socle de la sculpture avait été purement et simplement tronçonnée.

— Ils l'ont sortie par le puits au-dessus, précisa Raymond. Elle ne passait pas par le souterrain, alors ils s'y sont tous mis là-haut pour la hisser avec des cordes. Moi, je me suis installé sur une fenêtre du premier étage, avec une bière fraîche à la main. Les voir suer comme des cochons pendant une bonne heure, ça a été mon lot de consolation. Parce qu'après, côté nettoyage, ça a pas été de la tarte ! Vous voyez ce que je vous disais ? Y a plus rien à voir ici. Ils ont aussi emporté cette jolie petite chose en or sur laquelle on est tombés l'autre jour, et puis aussi les tableaux à l'étage.

Franklin semblait dépité. C'était un véritable carnage. Un forfait digne de pilleurs.

— Je vous offre une bière, ça vous remontera ! lui dit amicalement Raymond.

Ils retournèrent dans la maison de gardien. Le réfrigérateur devait avoir assuré cinquante ans de bons et loyaux services et vibrait à tout rompre lorsque son moteur se déclenchait. Pourtant, les bières étaient étonnamment fraîches.

— Vous avez réussi à retrouver la trace de M. Stark ? demanda soudain Raymond.

— Oui, en effet.

— Et ?

— Il est en cure de longue durée dans un hôpital psychiatrique de New York.

Raymond, soulagé de le savoir toujours en vie, accusa le coup malgré tout.

— Rassurez-vous, Raymond. Il est en bonne santé, et quelque chose me dit qu'il y reste parce qu'il le veut bien mentit Franklin, ne sachant pas si Stark viendrait dans sa propriété.

Il vida sa bière d'un trait et éructa discrètement.

— Je dois rentrer chez moi, dit-il d'un air abattu. Une longue route m'attend d'ici là.

— Et c'est où chez vous ?

— Là-haut. Baltimore.

— Ben dites-moi. Ça vous fait un bon détour pour une visite de courtoisie.

Raymond l'accompagna jusqu'à la grille d'entrée et lui serra longuement la main.

— Je ne vous dis pas au revoir, Raymond. Je doute que nos routes se recroisent jamais, mais allez savoir. Je vous remercie de m'avoir accueilli après ce qui s'est passé. Une dernière chose, attendez-vous à les voir d'ici peu. Ce serait assez logique qu'ils fourrent à nouveau leur nez dans le coin.

— Cette fois-ci, je les attends de pied ferme !

Franklin monta dans sa voiture de location et fit vrombir le moteur.

— Eh ! Attendez un instant, l'interpella Raymond. J'ai reçu cette carte hier matin et je ne la leur donnerai pas, alors si ça peut vous aider. Allez, bonne route et au plaisir. Comme vous dites, on ne sait jamais !

Franklin lui fit un signe de la main. Puis il reporta son attention sur la carte postale. Elle représentait une vue du bassin principal d'un parc aquatique de Tampa. Franklin retourna la carte, où deux lignes d'une belle écriture noircissaient le carton blanc.

« *Cher Julian,*
Les dauphins n'ont toujours pas livré le secret de leur langage.
Bien à toi,
Malhorne. »

La carte portait la date de l'avant-veille.

Franklin hocha la tête de contentement et partit d'un grand éclat de rire. Il ne connaissait pas ce Julian Stark mais, déjà, il nourrissait à son égard une estime peu commune. Ce type s'était laissé enfermer plus de dix ans dans un hôpital psychiatrique, inscrit sous son nom, au su de tous, et il avait choisi le jour où des dizaines d'hommes s'intéressaient à lui pour s'éclipser.

À vol d'oiseau, Tampa devait se trouver à moins de cinq cents kilomètres, de l'autre côté du golfe du Mexique. Par la route, l'aventure était sensiblement plus longue, trois fois la distance, à vue de nez. En comptant les arrêts et les limitations de vitesse, Franklin estima la durée du voyage à quelque vingt-quatre heures. Plus d'un se serait laissé tenter par l'avion, mais Franklin adorait la route, tout particulièrement la nuit. De fait, rien ne le pressait. Il était, avec Raymond, le seul homme au monde à savoir où se trouvait Julian Stark.

Franklin arriva en vue du parc aquatique le lendemain en milieu d'après-midi. La Ford Twister modèle 2009 l'avait mené à bon port sans aucun incident. Il se gara devant la porte principale du parc et se dégourdit les jambes quelques minutes. Puis il s'adressa à l'accueil.

— Désolé, monsieur. Nous allons fermer, lui annonça le guichetier.

— Mais ce ne sont pas les horaires que vous indiquez à l'entrée, protesta Franklin.

— Je vais être honnête avec vous, monsieur. Quand bien même je vous laisserais entrer, vous reviendriez me voir en me traitant de voleur.

— Que se passe-t-il ?

Derrière son comptoir, le guichetier soupira.

— Ça fait deux jours que nous n'avons pas d'exhibition à montrer à nos visiteurs. Les dauphins, les marsouins et les orques refusent de se plier au jeu. Il ne reste plus que les phoques pour amuser la galerie. Or, vous le savez ou vous ne le savez pas, mais en général, les gens viennent ici pour voir des dauphins sauter à travers des cerceaux. Ça peut vous sembler étrange, mais c'est ainsi !

— Ils ont des revendications précises ? plaisanta Franklin.

— Pas la moindre idée, mon bon monsieur ! répondit l'employé du parc, qui ne semblait pas pratiquer le même humour.

— Soyez chic, mon vieux ! insista Franklin. Je viens tout droit de la Nouvelle-Orléans pour visiter le parc.

— Non, désolé !

Franklin glissa discrètement un billet de cent dollars dans la main de l'employé, qui fixa un instant le billet vert, puis le fourra dans sa poche.

— Vous me sauvez la mise. Dieu vous le rendra !

— Ne dites pas de sottise. Dépêchez-vous avant que je ne change d'avis ! Vous avez une heure devant vous. Après quoi, je fais fermer les portes.

Franklin disparut derrière les portillons métalliques et suivit les flèches indiquant la direction du grand bassin.

Les allées du parc étaient quasiment désertes. Franklin scrutait attentivement les rares personnes qu'il croisait.

Le seul accès au bassin principal se faisait par des escaliers. Du sommet des gradins, Franklin reconnut la vue de la carte postale, mais les dauphins n'y jouaient pas le même rôle. Ils nageaient paisiblement par paires et ne manifestaient aucun désir de caracoler. Un couple de visiteurs venu admirer le spectacle se leva et remonta les gradins en direction de Franklin. Lorsqu'ils le croisèrent, le jeune homme lui adressa la parole :

— C'est cher payé pour voir nager des poissons, lui dit-il. Si vous voulez un conseil, ne restez pas, c'est tout ce qu'il y a à voir.

Franklin les regarda s'éloigner en souriant.

Il est vrai que payer pour voir ces bêtes douées d'une si vive intelligence singer de gentils toutous serait autrement plus excitant, songea-t-il.

Il descendit au bas des gradins pour admirer d'un peu plus près les gracieux animaux. De l'autre côté, un balayeur nettoyait les abords de la fosse. Trois dauphins l'accompagnaient de cris stridents et venaient à tour de rôle poser leur museau à ses pieds. Franklin les observa quelques instants, puis revint à sa préoccupation majeure.

Pas la moindre trace de Julian Stark !

Il s'assit au bord de l'eau, sur la première rangée de fauteuils, et prit son mal en patience.

Il régnait dans l'enceinte du bassin une atmosphère de profonde tranquillité, bercée par les cris des dauphins et le rythme régulier du frottement du balai sur le sol. Franklin, pour avoir trop longtemps conduit sans repos, s'assoupit en quelques minutes.

Il s'éveilla en sursaut, en proie à une attente lourde. La luminosité avait baissé et les bruits de frottements s'étaient tus. Franklin se redressa sur son siège et regarda autour de lui.

Le balayeur se tenait debout juste devant son fauteuil et l'observait fixement. Un sentiment de panique prit en une seconde possession de sa raison. Toute son attention, toute son intelligence fut happée par une paire d'yeux qui le transperçait, les yeux qu'il avait croisés à la clinique, les yeux noirs de Julian Stark.

Sans ce regard acéré, jamais Franklin n'aurait pu reconnaître celui qu'il cherchait dans ce balayeur en combinaison blanche. Stark n'avait plus ni ongles ni cheveux démesurément longs et son visage s'était empourpré de couleurs humaines.

Franklin ne fut pas capable d'émettre le moindre son. Ce fut Stark qui rompit le silence.

— Docteur Adamov, je présume, dit-il d'une voix profonde.

Franklin se souviendrait de cette rencontre le restant de son existence. Stark avait prononcé cette courte phrase, puis un très long moment s'était écoulé avant qu'il ne parle à nouveau. Pas plus d'une minute sans doute, mais Franklin en garda le souvenir d'un long supplice. Les yeux dans les yeux à un mètre de distance, Franklin eut l'impression que des doigts fouillaient à l'intérieur de son cerveau, à la recherche de ses pensées les plus intimes. Pétrifié sur son siège, il ne parvint pas à déterminer si ce balayage systématique de son psychisme était désagréable ou non. Une expérience extraordinaire en tous points. De cet examen minutieux, il ne garda qu'une seule pensée consciente : *Qu'ai-je bien pu faire de si dégueulasse que je ne pourrais pas lui cacher ?*

Ensuite, et c'était peut-être là ce qui l'étonna le plus, Stark lui avait pris la main.

— Que diriez-vous d'un bon hot dog ? Il y a deux jours que je traîne dans le coin. J'ai eu le temps de repérer le meilleur vendeur du quartier !

La situation était à ce point décalée que Franklin accepta sans discuter.

Ils sortirent du parc et marchèrent sur la route le long de la plage, jusqu'à ce qu'ils butent sur une baraque à frites.

— Eh bien, je vois que vous avez enfin retrouvé votre ami ! fit, derrière son comptoir, une mégère grasse des pieds à la tête.

— Tout arrive, mademoiselle ! lui répondit Stark, un sourire aux lèvres.

La même chose que ce matin mais en double, et à emporter, s'il vous plaît.

Un sac de papier kraft en main, ils descendirent sur la plage. L'après-midi touchait à sa fin et les derniers baigneurs repartaient vers une soirée plus habillée. Ils n'eurent aucune difficulté à trouver un coin tranquille.

Leur collation engloutie, ils admirèrent sans un mot le soleil qui disparaissait derrière la ligne convexe de l'océan, comme deux vieux amis qui repensent, chacun de son côté, à des souvenirs communs.

— Vous n'avez pas idée du mal que vous m'avez donné pour parvenir jusqu'à vous ! dit enfin Franklin qui cherchait à présent des réponses à ses questions innombrables.

Stark sourit doucement.

— Je m'en doute un peu, ça n'a pas dû être simple. Mais je peux vous retourner le compliment. Je crois que vous êtes loin d'imaginer le temps que, moi, je vous ai attendu.

— Vos réponses sont-elles toujours des énigmes, Julian ? poursuivit Franklin avec une pointe d'impatience dans la voix.

— Si la vérité se fait attendre, Franklin, c'est qu'elle se mérite peut-être. Commencez par m'appeler Malhorne et vous ferez un pas.

— Redites-moi ça ! s'exclama Franklin.

— Vous avez parfaitement entendu.

— C'est une boutade, je suppose.

— Comprenez ce que vous voulez. Si vous préférez y voir une boutade, allez dans ce sens, mais je doute que vous ayez accompli tout ce chemin pour entendre des plaisanteries.

— Je n'ai pas dit ça. Mais vous appeler Malhorne ne m'avance pas.

— Sauf si vous pensez autrement…

— Je ne vous suis pas.

— Avez-vous apprécié ma musique ?

— Assez, je dois dire.

— L'avez-vous interprétée… entièrement ?

— Un informaticien de notre équipe y est arrivé, pourquoi ?

— Eh bien, ce simple fait devrait vous aider à comprendre qu'il y a souvent plus à observer que les simples apparences.

Franklin commençait à se demander si le patient de la chambre 101 n'avait pas quitté prématurément la clinique.

— Je ne suis pas fou. Si c'est la question que vous vous posez, poursuivit Stark.

— Pourquoi avez-vous quitté la clinique après notre visite ?

— Toujours à cause de la musique et des apparences, Franklin. Nous tournons autour de ce que vous cherchez.

— Permettez-moi de vous interroger franchement.

— Je vous en prie, mais je ne vous garantis pas de répondre à toutes vos questions.

— Avez-vous écrit cette partition musicale ?

— Oui.

— Vous affirmez qu'elle est de votre main, qu'elle est une musique originale signée Julian Stark ?

— Malhorne ! Signée Malhorne.

— Admettons. Signée Malhorne. Dans ce cas, vous connaissez l'existence des sept statues et leurs emplacements géographiques ?

— Évidemment.

— Alors, que signifie tout ce mystère ?

— Plus tard, Franklin. Nous aborderons ce sujet plus tard, si vous me le permettez.

— Je préférerais pas. Mettez-vous à ma place, Julian…

— Appelez-moi Malhorne. Faites-moi cette fleur.

— Pourquoi pas ? Mettez-vous à ma place, Malhorne. J'ai découvert une statue en Amazonie il y a maintenant plusieurs mois. À mon retour, j'ai appris qu'il en existait une deuxième, puis une troisième et ainsi de suite, jusqu'à en réunir sept. Beaucoup trop pour laisser la moindre place au hasard. Dans votre propriété près de la Nouvelle-Orléans, nous avons découvert une nécropole, puis votre existence. Sans cette partition, vous seriez resté sans rapport avec nos recherches. Mais vous savez ! Alors, la seule question qui me brûle les lèvres, c'est : quel est votre rapport avec tout ça ?

— Malhorne. Le lien, le sens, le tenant et l'aboutissant, c'est Malhorne. *Le trait d'union des mondes,* si cela vous dit quelque chose. Il n'y a pour le moment rien à ajouter. Franchir trop d'étapes à la fois vous ferait douter de ma santé mentale.

— De ce côté, je ne franchis pas la limite trop rapidement, commença Franklin. Mon métier m'a habitué à étudier des comportements humains que l'on pourrait *a priori* taxer de déments.

— Pourtant, vous l'avez pensé tout à l'heure.

Stark s'allongea sur le sable, le regard perdu dans le ciel bleu nuit où des étoiles commençaient à briller.

Franklin en fit autant. Il avait besoin de réfléchir. Stark et Malhorne, une seule et même personne, cette idée répondrait à toutes ses questions mais le plongeait en même temps dans un abîme de réflexions. Et il devait bien s'avouer la peur primale qui commençait à remonter de son bas-ventre.

Cette solution faisait partie des hypothèses émises par Stacey et Franklin. Les statues pouvaient avoir été sculptées par un groupe d'hommes qui se transmettaient une tradition, un symbole ou un signe. Soit cette passation s'était faite dans la même ethnie, soit dans une même obédience, ou encore au sein d'une idéologie non religieuse… les possibilités étaient nombreuses. Et pour achever cette liste, Stacey avait proposé sur un ton désinvolte que la solution idéale, c'était qu'un seul homme soit l'auteur des sept. Réponse idéale, mais hélas impossible.

Une nuit sans lune descendit bientôt autour d'eux.

Au-dessus de leurs têtes, la Voie lactée déroulait ses bras neigeux. Une douce chaleur montait du sable et tempérait la fraîcheur du serein. Franklin pensa que Stark-Malhorne s'était assoupi, tant sa respiration était lente et régulière, mais il n'osa pas s'en assurer.

— Quel âge avez-vous, Franklin ? demanda soudain Malhorne.

— J'ai trente-huit ans. Pourquoi ?

Malhorne ne répondit pas immédiatement.

— Trente-huit ans..., apprécia-t-il, laissant sa phrase en suspens. C'est l'enfance de la vie. Imaginez que l'instant de votre naissance ait provoqué une étincelle de lumière. Cette étincelle voyage en ce moment aux alentours de l'étoile Arcturus, à trente-huit années-lumière de notre système. Si je m'applique la même comparaison, l'étincelle de ma naissance a dépassé depuis plus d'un demi-siècle l'étoile Mimosa, dans la constellation de la Croix du Sud.

— J'avoue mon ignorance dans le domaine de l'astronomie, lui répondit Franklin. Où se trouve cette étoile ?

— À cinq cent cinquante années-lumière de notre terre, approximativement.

Franklin ne répondit rien.

— Acceptez l'impossible ! ajouta Malhorne. Il n'existe pas d'autre explication qui tienne la route. Pensez-vous raisonnablement que des hommes se soient transmis à travers les âges la responsabilité de sculpter des statues identiques ?

— Ce ne serait pas la première fois qu'une tradition se perpétue.

— Autour du monde ? Parmi des cultures si différentes les unes des autres ? À des époques où les uns ne connaissaient pas l'existence des autres ?

— Il est vrai que je ne connais pas un tel exemple, mais ne pas connaître ne signifie pas que ce soit impossible.

— Et pourtant, c'est ainsi.

— Vous me demandez d'accepter l'invraisemblable.

— Faites-le ! Ce n'est qu'une question de point de vue.

Franklin tentait de s'y résoudre, mais sa culture occidentale faisait bloc contre cette idée dérangeante.

— J'envie cette perspective ! dit-il enfin.

— Oh ! Vous enviez. Ne dites pas ça trop vite. Je ne suis que le lien de deux mondes et je ne fais que subir ce privilège, si toutefois c'en est bien un. L'esprit du divin est en moi. Ni plus ni moins qu'en vous, mais je ne suis pas divin.

Franklin décida d'en rester là. Des dizaines de questions tournaient encore dans sa tête mais les réponses de Malhorne le déstabilisaient tant qu'il lui était nécessaire d'observer une pause pour en digérer le contenu.

Un sentiment l'envahissait peu à peu : le vertige. Franklin se compara aux hommes qui, du jour au lendemain, avaient dû se familiariser avec une terre ronde, inscrite dans un système, alors que tous leurs sens leur montraient une apparence autre. « *C'est une question de point de vue* », avait dit Malhorne. Ça avait l'air simple, si simple. Il suffisait de changer de point de vue.

— Que comptez-vous faire à présent ? reprit-il au bout d'un moment.

— Vous voulez parler de la Fondation Prométhée ?

— Comment êtes-vous au courant ? s'exclama Franklin.

— Le docteur Kibrov est un grand bavard, *a fortiori* lorsqu'il est le seul à parler. Il m'a suffi d'un regard pour lui délier la langue. En ce qui concerne la Fondation, je vais vous y accompagner !

— Pour quoi faire ?

— J'ai besoin de son concours.

— Qu'est-ce que ça va vous apporter ?

— Peut-être rien, peut-être ce que je recherche…

— Parce que vous recherchez quelque chose ? Excusez-moi, mais j'ai dû sauter une étape !

— En effet, plaisanta Malhorne. Votre problème est d'ordre digestif, je suppose.

— Moquez-vous mais ce sera votre seule arme si vous décidez d'aller là-bas. Ces hommes ont du pouvoir, plus que vous ne l'imaginez peut-être…

— De ce côté, je ne suis pas dépourvu. J'ai beaucoup d'imagination, Franklin.

— Le nom de Denis Craig vous dit quelque chose ?

— Il devrait ?

— La Fondation lui appartient.

— J'aurai dans ce cas le plaisir de le rencontrer…

— Ne plaisantez pas, le coupa Franklin. Denis Craig dirige un empire militaro-industriel. C'est un homme extrêmement puissant et, si vous voulez connaître le fond de ma pensée, je ne crois pas que l'on puisse fabriquer des armes avec des états d'âme.

— Plus la Fondation aura de pouvoir et plus elle me permettra d'arriver à mes fins.

— Vous cherchez quoi exactement ?

— À me faire connaître. La Fondation Prométhée me paraît être un bon moyen. Si je doutais encore, ce que vous me dites me conforte à présent dans ce choix.

— Écoutez-moi un instant, Julian. Pardon, Malhorne ! Je vais avoir du mal à vous appeler ainsi pendant quelque temps… Je ne pense pas avoir grand-chose à vous apprendre mais je ne partirai pas d'ici avant de vous l'avoir dit.

— Allez-y toujours.

— Ces types auxquels vous allez vous livrer, en quelque sorte. Eh bien, ce ne sont pas des enfants de chœur, loin de là. Pour savoir qui vous êtes, ou ce que vous êtes, ils seront prêts à pratiquer toutes les expériences possibles. À vous découper le crâne, à vous fouiller les tripes à la main s'il le faut ! Et peut-être même pire. Vous me comprenez ?

Malhorne se tut un instant. Les perspectives qu'envisageait Franklin, bien qu'exagérées, manquaient de séduction.

— Sans doute, sans doute ! lâcha-t-il pourtant. Bien que ce pire auquel vous faites allusion ne soit pas pour moi aussi terrible que vous semblez l'imaginer.

C'est l'appréhension de la première fois qui vous fait fantasmer, Franklin ! Je suis terriblement conscient de ce qui m'attend, mais je ne le redoute pas. J'ai préparé ce moment depuis tant d'années ! Ne vous inquiétez pas.

— Puisque c'est votre décision, je dois malgré moi m'incliner ! Mais j'ai collaboré avec eux depuis le début et cela n'a pas toujours été une mince affaire, poursuivit Franklin. Particulièrement avec l'un d'entre eux.

— Il s'appelle ?

— Karl Spencer. Un type carré dans tous les sens du terme.

— Un membre de la soldatesque ?

— Précisément. Un beau spécimen, par-dessus le marché !

De l'extrémité de l'index, Malhorne caressa la pulpe de sa lèvre inférieure.

— Franklin, reprit-il un instant après. Je note chez vous une certaine aigreur au sujet de cet homme. Il ne serait pas bon de laisser ce sentiment en l'état.

Malhorne n'en dit pas davantage. Son esprit était reparti dans les méandres d'une rêverie lointaine.

12

— Mon cher Spencer, articula lentement Franklin, tant il jouissait de cet instant. Je crains qu'il ne vous faille dorénavant composer avec moi. Vous possédez un amoncellement d'antiquités dont vous ne savez que faire. De mon côté, je suis accompagné par le seul homme qui puisse vous en expliquer l'existence.

Franklin entendit grogner à l'autre bout de la ligne. Spencer ne lui demanda pas d'explication inutile et se contenta de beugler :

— Vous proposez quoi ?

— Baissez d'un ton, s'il vous plaît. Vous comprenez bien qu'entre nous, il est inutile de vous égosiller ainsi.

Franklin estima que ce jeu avait suffisamment duré.

— Comment ça, qu'est-ce que je propose ? reprit-il. Mais je ne sais pas. Ce n'est pas moi l'organisateur.

— Voudriez-vous me le passer ? le coupa Malhorne.

— Bien volontiers.

— Monsieur Spencer ?

— Lui-même ! répondit la voix de Spencer, rendue rauque par la colère.

— Julian Stark ! Je crois savoir que vous êtes à ma recherche.

— Vous maniez l'euphémisme avec un certain talent, monsieur Stark.

— Effectivement. J'ai une longue expérience du langage. Mais je ne m'étendrai pas aujourd'hui sur ce point. Plus tard, sans doute. Je reviens sur vos soucis du moment. Vous cherchez à me rencontrer ? Vous êtes sur le point d'y parvenir, je m'y engage.

— À la bonne heure, lâcha Spencer, soulagé. Dites-moi où vous vous trouvez et je fais affréter un avion…

— Pas de précipitation ! le coupa Malhorne. Essayez de me comprendre. Je suis en train de déguster un magnifique plateau de fruits de mer en compagnie de Franklin Adamov. C'est un moment que je ne voudrais en aucun cas ternir par des tractations.

Spencer grogna à nouveau. Pour un homme qui n'envisageait les relations humaines que sous les angles de l'ordre et du contre-ordre, cette conversation virait au cauchemar. Il parvint pourtant à se maîtriser.

— Bien. Je suppose qu'il va me falloir vous attendre un peu.

— Au moins jusqu'à la fin du repas, en effet. Ensuite, je projette un court voyage d'agrément. Oh ! Pas très longtemps, trois ou quatre jours. Après dix années d'enfermement, j'ai envie de voir de nouveaux horizons. Admettez que ce n'est vraiment pas abuser de votre patience. Pour finir, M. Adamov me conduira à vous. Il connaît le chemin, si j'ai bien compris. Bien entendu, il faudra le réintégrer dans votre équipe. Il m'était sans doute inutile de le préciser, n'est-ce pas ?

À l'autre bout de la ligne, Spencer frôlait la crise d'apoplexie.

— Une dernière chose, monsieur Spencer. Je vous conseille de ne rien tenter pour nous intercepter. Si vous ratiez votre coup, croyez bien que plus jamais vous ne me reverriez !

Puis il raccrocha.

— Je devrais me débarrasser de mon portable, dit Franklin, réfléchissant à voix haute.

— Pourquoi donc ?

— Vous êtes resté trop longtemps coupé du monde. Spencer va pouvoir nous pister si je le garde. Je devrais au moins le déconnecter.

— N'en faites rien.

— C'est risqué…

— Sans doute, mais au moins devront-ils lutter contre la tentation.

Un taxi les déposa au pied d'un immense parking grillagé au milieu duquel trônait une bicoque aux allures de baraque de fête foraine.

Un commercial, costumé de circonstance, les accueillit comme des princes arabes, avec force sourires et courbettes.

Malhorne déclina tour à tour une dizaine de modèles de véhicules, pourtant récents et en parfait état de fonctionnement. Lassé, il abandonna Franklin aux mains du vendeur et partit flâner parmi les rangées de voitures.

Franklin s'apprêtait à signer un contrat de location quand Malhorne revint, le visage fendu d'un large sourire.

— J'ai trouvé exactement ce que je cherchais, dit-il, enthousiaste. La vieille Chevrolet rouge décapotable au fond du parking fera parfaitement l'affaire !

— Pourquoi celle-ci précisément ? C'est un véritable diplodocus de la route ! s'exclama Franklin.

— Disons qu'il s'agit d'un penchant sentimental pour les Chevrolet des années quatre-vingt. Je fermerai une boucle en terminant ce voyage avec.

— Si vous me permettez de me glisser dans votre conversation, intervint l'employé. Cette voiture n'est pas en location, mais à vendre !

— Dans ce cas…, commença Franklin.

— Achetons-la ! Je ne vois pas où est le problème ? le coupa Malhorne.

De toutes façons, je vous rembourserai. Alors, c'est d'accord ? Vous me devez bien un petit quelque chose pour me remercier de vous avoir embarqué dans une aussi passionnante aventure !

Le plus difficile pour Malhorne fut de maintenir le véhicule sur une trajectoire rectiligne. La Chevrolet chaloupait de droite et de gauche, frôlant parfois d'un cheveu la carrosserie d'une autre voiture. Seules de brusques embardées les sauvèrent du désastre.

Franklin lui avait abandonné le volant à contrecœur alors qu'ils atteignaient Savannah. Dix années sans pratique font oublier bien des réflexes et ils ne tardèrent pas à entendre s'élever derrière eux la sirène d'un motard.

Malhorne obtempéra aussitôt et se gara sur le bas-côté.

— Je suppose que vous n'avez ni permis de conduire ni papiers d'identité ! gémit Franklin.

— Tout juste Auguste ! clama Malhorne.

Le motard gara sa moto derrière eux et en descendit avec les gestes parfaits d'un flic de série B. Il ajusta ses lunettes de soleil, remonta son pantalon d'un mouvement de hanches et s'approcha de Malhorne, la main posée sur la crosse de son revolver.

— Nous n'avons que deux solutions, continua à se lamenter Franklin. La fuite, ou les menottes ! Remarquez, l'une ne ferait que retarder l'autre !

— Ou l'intoxication précisa Malhorne.

Franklin allait ouvrir la bouche pour se faire préciser de quel type d'intoxication il pouvait bien s'agir quand l'ombre du policier masqua le soleil au-dessus d'eux, comme le lourd présage d'un avenir incertain.

— Bonjour messieurs, fit la grosse voix de l'homme en uniforme. Je suis très curieux de savoir de quelle distillerie vous sortez !

— Monsieur l'agent..., tenta Franklin. Je suis certain qu'avec une courte explication, tout rentrera dans l'ordre ! Nous venons de...

— Papiers du véhicule et du conducteur, s'il vous plaît ! le coupa l'agent. Et puis, pendant que nous y sommes, donnez-moi donc les vôtres avec ! Ça nous fera gagner du temps.

Franklin donna ses papiers à Malhorne, qui les tendit au policier.

— Vous n'avez pas de papiers ? demanda le motard à Franklin. Notez qu'aucune loi n'oblige encore à posséder un permis de copilote. Pas encore, tout au moins.

— Mais, je viens de..., bredouilla Franklin, incrédule.

Le policier vérifia le permis de conduire, puis dévisagea longuement Malhorne.

— C'est bon. Tout est en règle, dit-il en rendant la carte. Vous pouvez y aller. Roulez bien à droite à partir de maintenant !

Malhorne fit tousser le moteur deux fois avant de réussir à démarrer et repartit prudemment. Franklin était abasourdi et restait silencieux. Au bout d'un moment, il vérifia dans le rétroviseur que le policier ne les suivait pas et se tourna vers Malhorne.

— Rangez-vous sur le bas-côté, dit-il d'un ton sec.

— À vos ordres.

Malhorne s'exécuta.

Le visage de Franklin était marqué par un tremblement de colère.

— Vous…, commença-t-il. Vous…

L'ethnologue ne parvenait pas à exprimer ce qu'il ressentait. Il ouvrit la portière et s'éloigna dans le sous-bois.

Malhorne l'entendit hurler son incompréhension. Il coupa le moteur de la Chevrolet et patienta.

Un quart d'heure passa.

Lassé d'attendre, Malhorne partit à la recherche de son compagnon. Il le trouva sans mal, assis sur un tronc d'arbre couché, le visage entre les mains.

— Tout ce que j'entends et vois depuis vingt-quatre heures me fout en l'air, dit-il sans relever la tête.

Malhorne s'installa sur le sol, en face de Franklin.

— Je ne me suis jamais préparé à ça.

Malhorne garda le silence.

Franklin frotta ses paupières et le fixa enfin.

— M'expliquerez-vous ce qu'il s'est passé tout à l'heure ?

— Que voulez-vous savoir au juste ?

— Arrêtez une minute de jouer avec moi, Malhorne. Je concentre toute ma bonne volonté pour ne pas dérailler, vous me suivez ? Alors, si vous voulez que je vous soutienne lorsque nous aurons rejoint la Fondation, il va falloir m'aider un peu.

— Je vous écoute.

— Vous avez fait quoi à ce flic ?

— Je l'ai persuadé que tout allait comme il faut.

— Comme ça ! Sans rien dire ?

Malhorne hocha la tête.

— C'est de la science-fiction, commenta Franklin.

— Ni l'une ni l'autre. C'est un bon usage de l'esprit.

— Vous prétendez que, sans un mot, vous avez amené cet homme à croire ce que vous vouliez ?

— C'est plus nuancé que ça. Disons que j'ai insinué ce sentiment dans sa cervelle.

— Ce n'est pas possible !

— Avez-vous une autre explication raisonnable ?

— Il n'y a rien de raisonnable avec vous.

— Alors ?

— Je ne suis pas encore parvenu au temps des conclusions. Je ne dispose pas d'un aussi bel esprit que le vôtre.

— Vous devenez amer, Franklin.

— Pour l'instant, je n'ai que ça à vous offrir.

Malhorne le regarda en souriant.

— Essayez. Je ne vous demande pas de tout prendre en bloc. Ce n'est pas si difficile.

— Vous me demandez de remettre en question l'ensemble de ma vision du monde. Laissez-moi au moins deux jours.

Malgré tout ce que lui hurlait son instinct, Franklin refusait d'y croire.

— Vous n'y arrivez pas ? Rappelez-vous notre rencontre à Tampa. N'avez-vous pas éprouvé un sentiment similaire à celui-ci ?

Franklin croisa les bras. Il n'aimait pas être manipulé.

— Vous faussez tous les rapports humains, Malhorne ! Vous devez vous sentir bien seul !

— Je ne suis pas seul parce que je manipule les gens. Je suis seul parce que mon cas m'oblige à rester seul. C'est très différent.

Franklin se leva et fit quelques pas vers la route. Puis il se retourna vers Malhorne.

— Je crois comprendre, dit-il avec un air grave.

— J'en doute ! Mais ne soyez pas désolé pour autant. C'est mon lot. Je ne lutte pas contre lui.

Malhorne commença à sourire tout seul, puis se mit à rire franchement.

— Et je peux savoir ce qui vous amuse tant ? lui demanda Franklin.

— Vous auriez dû voir votre tête quand le motard nous a laissés repartir !

La Chevrolet avala les kilomètres toute la nuit. À la tombée du jour, Franklin recapota la voiture et installa un lit de fortune sur la banquette arrière. Il s'attendait à tout de la part de son compagnon et l'absence de fatigue de Malhorne ne l'étonna pas.

Il dormit du sommeil du juste jusqu'au petit matin.

— Vous ne prendriez pas un café ? demanda-t-il en s'étirant.

— Je vous attendais justement. Qu'est-ce que vous dormez ! C'est un bonheur à voir.

Franklin scruta le paysage à travers le pare-brise. La bande d'asphalte se déroulait au milieu d'une forêt de conifères où une brume de chaleur inspirait des visions énigmatiques.

— On est loin des États du sud ?

— Caroline du Nord !

Franklin essaya de calculer les kilomètres parcourus au cours de la nuit mais n'y parvint pas. Il lui fallait un café avant de pouvoir faire fonctionner son cerveau.

— J'ai vu une pancarte, il n'y a pas très longtemps, reprit Malhorne. Nous trouverons un motel dans une vingtaine de bornes.

La journée s'annonçait splendide. Le soleil, déformé par l'épaisseur de l'atmosphère, montait au-dessus de la cime des arbres. Peu à peu, la brume se dissipait, rendant à l'environnement son aspect naturel.

— Vous n'avez pas du tout dormi ? demanda Franklin.

— Non, je m'en passe assez bien. Et, en plus, ça me donne l'air plus reposé que vous, lui répondit Malhorne en fixant les cernes foncés qui soulignaient durement les yeux de son compagnon. Regardez ! Nous sommes arrivés.

Malhorne rangea la Chevrolet devant le motel dans un nuage de poussière.

— Cette manie aussi de recouvrir les parkings avec ces cailloux blancs ! critiqua Malhorne. Je vois que rien ne change sous le soleil.

Le long comptoir en zinc sentait l'eau de Javel et la friture. Quelques mouches tournoyaient dans la lumière matinale et l'air, saturé de graisse, collait aux vêtements. Quelque part dans l'arrière-salle, une radio diffusait le bulletin météo de la journée.

Malhorne s'assit au comptoir et s'empara d'une carte.

— Ça vous plaît ? lui demanda Franklin.

— C'est on ne peut plus parfait ! répondit-il, enchanté par le lieu.

Une serveuse sortit de l'arrière-salle en se lissant les cheveux.

— Est-il possible de profiter de votre piscine, mademoiselle ? demanda poliment Franklin.

— C'est réservé aux clients du motel ! grogna-t-elle.

— Et nous n'en faisons pas partie, je suppose.

— Dans le mille ! Vous, vous êtes des clients du bar !

— Eh bien, qu'à cela ne tienne, intervint Malhorne. On va prendre une chambre pour la nuit.

— Une seule !

— Ma foi ! oui.

Le regard qu'elle leur envoya leur fit supposer les pires abominations.

— Bon, finit-elle par dire. C'est payable d'avance.

L'arrière du motel donnait sur des centaines de kilomètres carrés de forêt. Une grande piscine de carrelage bleu offrait ses eaux loin des regards indiscrets de la route, à moitié sous l'ombre des arbres.

— Vous voyez ! Finalement, elle n'a rien dit pour les caleçons.

Franklin sourit et recouvrit son caleçon d'une serviette de bain.

— Je suis peureux comme un gamin ! À mon âge !

— Mais vous êtes un gamin, lui rétorqua Malhorne. Et plus à mes yeux encore !

— Écoutez, poursuivit Franklin devenu tout à coup plus sérieux. J'ai bien compris que vous ne me parleriez pas à moi seul, mais il y a pourtant un détail qui me hante et…

— Allez-y, Franklin. Je peux bien faire une exception, le coupa Malhorne.

— Voilà, commença-t-il, ne sachant pas par quel bout prendre la question. Comme vous le savez, j'ai visité votre propriété à côté de la Nouvelle-Orléans. Et il y a là-bas, ou plutôt il y avait, comment dire… une représentation phallique en or dont je ne parviens pas à m'expliquer la raison.

— Ah ! Monsieur Thanatos. C'est une longue histoire. Pour simplifier, je dirais qu'il s'agit d'un moulage évolutif. J'y ai mis au début un peu d'or de ce qui a fait ma fortune il y a longtemps. C'était l'or des pauvres, des gueux de l'ancien temps. Ensuite, je l'ai refondu à plusieurs reprises. Et à chaque fois il augmentait en volume et en poids. Il y a dedans de l'or aztèque et de l'or nazi. Et aussi l'or du commerce de l'ébène.

— Le profit de l'horreur et de la mort, en somme, commenta Franklin.

— Monsieur Thanatos symbolise ce qu'il y a de plus sombre en chaque être humain. C'est une folie que j'ai pu me permettre d'élever à la gloire des hommes.

Le sujet laissa un voile de silence sur les deux compagnons. Seuls murmuraient encore le clapotis de la piscine et le léger sifflement du vent traversant les conifères.

— À mon tour de vous poser une question, reprit Malhorne au bout d'un moment. Qu'est-ce qui vous a mis sur ma route ?

— Le hasard ! Au cours d'un voyage d'étude dans la forêt amazonienne, je suis tombé sur une statue qui n'avait rien à y faire et le reste a suivi…

— Le hasard ! Comme c'est ironique. Remarquez, j'avais aussi compté sur son aide.

Ils reprirent la route en fin de journée. De temps à autre, un hélicoptère survolait leur voiture. Sans doute Spencer tenait-il à les surveiller, malgré la menace faite par Malhorne.

Lorsque l'aube pointa, ils firent halte dans un autre motel, à tel point semblable au précédent qu'il donnait une sensation de déjà vu. Comme si cette journée s'était bloquée dans le temps. La marque de sa fuite se matérialisa pourtant. Elle émergea de sous le comptoir, dans le corps d'un énorme Noir suant et dégoulinant.

Le café fut meilleur que celui de la veille et l'accueil, bien que rude là encore, ne fut pas entaché de soupçons.

Ils engloutirent une copieuse collation puis Franklin s'empara du téléphone poisseux qui traînait sur le comptoir. Il obtint d'abord le standard de la Fondation, puis la voix de Stacey retentit dans l'amplificateur du combiné.

— Écoute-moi, Franklin, le coupa Stacey. Le standard piste les appels…

— Je m'en doutais un peu, Stacey. Merci pour le geste. Quant aux types de la Fondation, si ça leur chante de nous servir d'escorte, laisse-les faire. Je n'avais pas imaginé une entrée en fanfare mais, tout compte fait, ça ne me déplaît pas.

— Tu veux dire que vous arrivez maintenant ?

— J'admire la constance de ton esprit de déduction, mon vieux. On sera là dans deux heures. J'aimerais que tu préviennes Denis Craig de notre arrivée.

— Il est déjà là. Lui et bien d'autres nouvelles têtes ! On dirait une ruche ici.

— Bon ! On verra tout à l'heure. Si tu avais l'amabilité de venir m'attendre à l'entrée, ça me faciliterait la tâche. Je te rappelle que ma carte d'accès ne fonctionne plus.

— De ce côté, tranquillise-toi. Tu seras accueilli, conclut Stacey.

Franklin retrouva Malhorne au comptoir, les yeux rivés sur une formation de mouches qui tournoyaient autour du plafonnier.

— Avez-vous constaté qu'elles tournent en général dans le sens inverse des aiguilles d'une montre ? lui demanda Malhorne à brûle-pourpoint.

— En effet ! Tout comme le sens d'écoulement des eaux dans l'hémisphère sud.

— Dans la baignoire ?

— Avec mes parents, quand j'étais gamin… Pardon, se reprit-il. Quand je suis gamin !

— Je constate que monsieur est un contemplatif !

— Je n'ai pas embrassé l'ethnologie par hasard.

Deux heures plus tard, la Chevrolet quittait la route nationale pour s'engager sur la voie sans issue qui menait à la Fondation. Les deux voitures qui les avaient pris en chasse depuis peu tournèrent également. Il n'était plus question de changer d'avis. Les dés étaient jetés.

Franklin avait repris le volant. À ses côtés, Malhorne ne disait plus un mot.

Au poste d'entrée, Stacey les attendait comme convenu, accompagné par une ribambelle d'hommes en noir, véritable parodie de film d'espionnage.

— Salut Stacey, lança Franklin en passant la barrière. Ça me fait plaisir de te revoir. D'autant plus que je ne pensais pas que cela arriverait si tôt.

— J'allais te dire la même chose, Franklin lui rétorqua-t-il.

Puis, s'adressant à Malhorne.

— Bonjour monsieur. Bienvenue à la Fondation.

Il fit un signe de tête interrogatif en direction de Franklin.

— Comment dois-je vous appeler ? Monsieur Stark ?

— J'ai plus d'un nom à vous proposer, répondit-il. Ce sera comme il vous plaira, dans un premier temps tout au moins.

Deux hommes vinrent se poster de part et d'autre de Malhorne.

— Franklin, j'ai eu grand plaisir à mener cette escapade en votre compagnie, dit-il en lui serrant le bras. Il y a longtemps que je ne m'étais pas amusé. Vous m'avez fait du bien.

— Ce plaisir a été partagé, je vous assure ! lui rétorqua Franklin, qui subodorait une suite moins drôle.

— Vous avez raison, poursuivit Malhorne, comme s'il lisait dans les pensées de son ami. Je vais devoir changer de personnage et endosser un habit qui leur conviendra davantage. Il me faut dorénavant les convaincre de ma réalité.

13

Le lendemain matin, la Fondation au grand complet tenait sa première réunion en compagnie de Stark, dans le bunker spécialement aménagé. Franklin y descendit une bonne heure en avance. Il tenait à découvrir seul les sept statues réunies.

Une enfilade de corridors, barrés de portes coupe-feu, le mena du studio dont il avait pris possession la veille aux anciens silos à missiles, puis au bunker à proprement parler.

La superficie souterraine couvrait probablement la totalité de la colline sur laquelle s'étendait la Fondation Prométhée. La salle principale avait des proportions de cathédrale et de nombreux couloirs y accédaient sur tous ses côtés. Au centre du hangar, les statues attendaient.

Franklin fit un tour de la salle. À en croire le matériel qu'ils avaient installé, la Fondation s'apprêtait à capter un concert. Des chaises de conférence sur une demi-douzaine de rangs se partageaient l'espace avec des caméras vidéo, un système d'enregistrement sonore et un terminal informatique. L'ensemble convergeait vers un gigantesque écran plaqué contre le mur du fond.

Lentement, Franklin fit plusieurs fois le tour du cercle des colosses. Dans le volume silencieux de ce vaste hangar, le bruit de ses talons claquait à rompre les tympans. Le silence était si absolu qu'il confinait au religieux. Il s'accroupit à une distance suffisante pour contempler le cercle dans sa totalité. Il aurait pu demeurer longtemps dans cette posture si Stacey ne l'avait pas rejoint.

— C'est un moment que j'attendais depuis des semaines, murmura Stacey, la voix remplie d'émotion. En fait, depuis que nous avons calculé l'angle des dos.

— À vrai dire, jamais je n'aurais imaginé voir ça un jour, lui rétorqua Franklin. Nous avons accompli notre mission, je crois.

— Oui, pour ce qui est des pièces du puzzle. Reste maintenant à l'expliquer. Et là, nos compétences n'y suffiront pas. Le diable seul sait ce qui se trouve dans la tête de ce Stark.

Franklin ne répondit pas aux interrogations de Stacey, l'heure de la réunion approchait et la salle commençait à se remplir.

Lorsque tous furent installés, Denis Craig monta sur une estrade placée au centre du bunker et prit place derrière un pupitre.

— Lumière, s'il vous plaît ! dit-il à l'intention d'un opérateur.

L'intensité de la lumière générale diminua jusqu'à plonger le hangar dans une semi-obscurité. Les lampes individuelles des fauteuils de conférence clignotèrent, puis se stabilisèrent. Enfin, des spots braqués depuis le plafond isolèrent par groupes les statues, les cylindres en verre et les divers objets regroupés par la Fondation. Sur les murs, des appliques éclairèrent d'une lumière douce des reproductions de la partition et des photos agrandies des parties essentielles des statues.

Derrière l'estrade, l'écran à plasma perdit de son opacité. Un montage de gros plans des statues et des ossements apparut.

— Bonjour messieurs ! dit Craig, d'une voix qu'il modulait à merveille. Nous allons commencer cette réunion par un bref rappel des événements. Ceci à l'intention de mes deux invités, MM. Erwin Mayer, du département de recherches spéciales du FBI et Keith Bankroft, conseiller à la Maison-Blanche. Je me dois de vous préciser qu'ils sont ici à titre personnel. Les institutions pour lesquelles ils travaillent ne seront tenues informées de ce qui se déroulera ici que le cas échéant. De toutes façons, un petit retour en arrière ne fera de mal à personne. Stacey, vous avez la parole !

L'archéologue sortit de l'anonymat de la pénombre et vint se placer sur l'estrade, tout près de Denis Craig. Il portait à bout de bras un dossier qu'il serrait à la façon d'un écolier timide.

— Merci, monsieur Craig, dit-il dans un souffle.

— Vous vous en sortirez très bien, Stacey l'encouragea Craig d'une tape dans le dos.

Craig disparut de la scène, livrant Stacey aux regards.

— Bien…, bredouilla-t-il. Je vais m'efforcer d'être bref.

Une volée d'applaudissements arriva à propos pour l'encourager.

— Je vous remercie pour ce soutien, dit-il, moins tendu. Permettez-moi de rafraîchir vos mémoires. Il y a un peu plus de trois mois, l'ethnologue Franklin Adamov, de l'université de Baltimore, a rapporté d'un voyage d'étude au Brésil les photographies et le moulage d'une très curieuse statue. Cette découverte a fait le tour de la presse nationale en raison de la polémique qu'elle aurait pu relancer quant aux dates réelles de la découverte du Nouveau Monde. Bref ! Je ne m'étendrai pas sur ce sujet. La presse s'est vite calmée, faute d'éléments. Au même moment, nous avons reçu du département des archives du Pentagone une quinzaine de vieux clichés représentant la même statue, dans un lieu différent. Si la statue trouvée par M. Adamov relevait à nos yeux d'un caractère « anecdotique », selon l'expression qu'il utilisait à l'époque, la découverte d'une jumelle faisait entrer précisément cette curiosité dans nos cordes. Je passe rapidement sur les détails qui ont suivi pour arriver au nœud de l'histoire.

Les premiers instants de flottement passés, Stacey appréciait maintenant la qualité de son exposé.

— L'équipe de la Fondation au grand complet s'est investie dans cette enquête, abandonnant pour certains des affaires en cours. Nous avons eu depuis le début une intuition d'extraordinaire. Et je crois que, quoi qu'il advienne à présent, cette énergie commune n'aura pas été vaine.

» Nous avons, à partir de l'inscription figurant sur les deux statues, fouillé le passé à la recherche d'un Malhorne. Nous avons lancé des investigations dans toutes les directions possibles. Et nous n'avons rien découvert qui puisse nous mettre sur une voie. Dans toutes les archives que nous avons consultées, il n'y a pas de trace d'un personnage, d'un groupe, ou d'un patronyme portant ce nom. L'affaire Malhorne a débuté par hasard, elle s'est poursuivie de même. Ou presque ! ajouta-t-il, après un regard vers Spencer. Sur une initiative du colonel Spencer, nous sommes remontés à l'unique point de départ existant. Une propriété du nom de Malhorne dans les environs de la Nouvelle-Orléans. C'est dans cette propriété que nous avons mis la main sur un certain nombre d'objets qui se trouvent autour de vous. La demeure nous a conduits vers son propriétaire, Julian Stark.

Stacey fouilla la pénombre du regard, à la recherche de l'opérateur lumière.

— Pouvez-vous éclairer davantage la reproduction de la partition ? demanda-t-il dans la direction qu'il estima correcte.

Sa demande à peine exécutée, il poursuivit.

— Vous voyez là une page d'écriture musicale qui illustre l'ouverture du recueil de pensées de Julian Stark. Comme tous les éléments qui ont ponctué cette affaire, cette partition et les pages qui suivent ont été rentrées dans l'ordinateur de la Fondation. Les trois logiciels de décryptage que nous utilisons sont tous parvenus à la même conclusion : les mesures de cette partition codent une série de coordonnées géographiques. Harry Thorpe, notre informaticien, a eu l'idée de comparer ces coordonnées avec les trois éléments que nous avions alors en notre possession, à savoir deux statues et une propriété en Louisiane.

» Elles correspondaient avec certaines mesures. Exactement, je veux dire, avec leurs coordonnées. La suite, vous l'imaginez sans mal. Il nous a suffi de lancer des équipes de recherche sur les sites indiqués par les autres mesures et c'est ainsi que nous avons réuni les quatre statues manquantes.

» Depuis le départ, nous avons supposé qu'il existait sept statues formant un cercle. Observez le dos très particulier de ces sculptures. Il forme un volume à base triangulaire. À partir de l'angle de ce triangle, qui se trouve être identique sur toutes les statues, nous avons déduit que sept pièces étaient nécessaires pour compléter l'œuvre intégrale. Nous avons émis cette supposition alors que nous n'avions que deux éléments en notre possession. Le postulat était bon.

Stacey les désigna l'une après l'autre.

— La plus récente a été trouvée près du lac Baïkal, cette autre à cinq mille mètres d'altitude dans la partie tibétaine de l'Himalaya, celle-ci en Irlande et la dernière en France.

» De cette manière, nous avons refermé le cercle. Quant à la signification de cette construction, nous l'ignorons toujours ! Vous avez devant vous sept éléments sculptés sur une période de cinq cents ans. Je reviendrai si vous le désirez sur leur datation. Pour les quatre que nous venons de ramener, le travail n'est pas encore achevé, mais je pense pouvoir avancer cette fourchette de cinq siècles sans une trop grande marge d'erreur. Début du XVIe siècle jusqu'au milieu du XXe. Cette partie de notre travail procède de méthodes scientifiques, de recoupements et de déductions. Un peu de patience donc !

» Quant à la signification de ces statues, nous sommes dans la plus profonde expectative, mais cela veut forcément dire quelque chose. La réponse à cette question se trouve dans la tête de Julian Stark, qui doit être le dépositaire d'une vieille tradition, en tout cas est-ce là ce que nous supposons.

Stacey acheva cette phrase sur un ton de conclusion. Il se racla la gorge, manifestant ainsi qu'il s'ouvrait aux questions de l'assemblée.

La main d'Erwin Mayer fut la plus prompte à se lever.

— Monsieur Revel. Avez-vous une hypothèse sur la nature de cette tradition ?

— Pas pour le moment. Voyez-vous, il me semble plus prudent d'attendre que les éléments que nous possédons donnent un début de piste. Si nous partons avec une ou des explications en tête, alors nous risquons de passer à côté de la vérité. C'est une règle en archéologie. Si vous partez en expédition pour trouver Héraklion, alors vous trouverez Héraklion. Mais vous serez peut-être seulement devant les faubourgs d'Alexandrie. Si vous me permettez cette comparaison.

— Je vais formuler ma question différemment, poursuivit Mayer. Je crois que devant l'énigme posée par ces statues, on doit avancer avec la plus grande prudence.

— En effet, l'encouragea Stacey.

— Dans ce cas, ne pensez-vous pas qu'il serait plus logique de rechercher une mystification ?

Stacey frotta ses mains l'une contre l'autre, il connaissait l'importance de cet instant. De sa réponse dépendrait en partie la collaboration des hommes présents dans la salle.

— Nous avons déjà pesé le pour et le contre de ce problème, monsieur Mayer. Notez bien que je n'ai tiré aucune conclusion lors de mon exposé. Comme vous l'avez tous entendu, je me suis borné à relater les faits, dans leur chronologie. Maintenant, pour répondre à votre question, je dirais que démêler l'authentique de la mystification est précisément le but de notre présence.

— Fort bien, reprit Mayer. Imaginons dans ce cas un scénario différent de celui qui vous a conduits ici. Nous savons que Julian Stark est un riche héritier et que, ce statut mis à part, il n'a pas de profession connue. Rien n'empêche cet homme de tuer l'ennui en parsemant la planète de sculptures identiques. Lorsqu'au début des années 2000, il se retrouve dans cet asile, il écrit sa littérature et tente de la transmettre par l'intermédiaire de son psychiatre, qui ne comprend pas le message et classe le dossier. Est-ce que ça fonctionne ou pas ?

— Rien dans son manuscrit ne peut mettre le lecteur sur la voie des statues, répondit Stacey. Vous en aurez chacun une copie et vous vous rendrez compte de son contenu. Une centaine de pages pour une centaine de textes. Établir un parallèle avec le manuel d'Épictète saute aux yeux. Stark y fait même référence plusieurs fois. Quant à décrypter la partition, encore faut-il en avoir l'intention. Je n'imagine pas un éditeur en train de chercher un message caché dans un texte qu'il aurait reçu par courrier. Encore moins dans une partition.

— O.K. pour ces deux éléments, accepta Mayer. Mais pour le reste, est-ce que ça fonctionne ? Stark a-t-il pu parsemer le globe de statues ?

— Non ! s'éleva une voix dans le dos de Mayer. Deux éléments s'y opposent.

Les regards convergèrent sur la tête ronde d'un petit homme au crâne chauve. Derrière des lunettes cerclées de métal, deux petits yeux noirs pétillaient d'intelligence.

— Lesquels, monsieur… ? le questionna Mayer.

— Bankroft ! Keith Bankroft. Tout d'abord les datations précises des statues. M. Revel me rectifiera si je me trompe, mais les datations ont certainement été effectuées à partir de pollens incrustés dans la pierre. Et à ma connaissance, personne au monde ne possède un stock de pollens vieux de cinq siècles, ce qui écarte définitivement votre théorie. Le deuxième argument, et celui qui me passionne le plus, c'est l'avancée technologique des Indiens Kayapos près desquels Franklin Adamov a découvert la première statue.

Bankroft se tourna vers Stacey.

— Pas uniquement à partir des pollens. Sur la statue trouvée sur les bords du lac Baïkal, nos investigations au microscope électronique nous ont permis de définir le matériau composant l'outil avec lequel le sculpteur a travaillé. Il s'agit d'un acier particulier qui provient d'une fonderie du groupe canadien Arvillon. Cet acier n'a été fabriqué qu'à partir de 1954.

— Cela ne prouve rien, contrecarra Mayer.

— Isolément non, poursuivit Stacey. Mais nous avons alors une idée assez précise de l'âge de cette statue. Entre 1954 et 2010. Et si nous voulons croire que Julian Stark en est l'auteur, alors cette fourchette se resserre davantage. Début des années quatre-vingt-dix, date à partir de laquelle il aurait atteint un âge décent pour aller jouer l'artiste en Sibérie et 2000, année de son internement. Nous avons une autre certitude : la statue amazonienne est beaucoup plus ancienne. Je vois mal Julian Stark en train de persuader la tribu Kayapo de monter une supercherie. Ça n'a pas de sens.

» Aux questions de Franklin Adamov, le chef Arinaou a répondu par une approximation. D'après lui, vingt générations d'hommes se sont écoulées depuis que la statue trône au-dessus de son village. Nos recherches confirment cette ancienneté. Cinq cents ans d'âge, à plus ou moins cinquante ans près. Nous sommes donc certains que cinq siècles séparent les deux statues. Ce qui invalide toute idée de supercherie. Ou alors, c'en serait une transmise à travers les siècles, de sculpteur en sculpteur. J'ai des difficultés à imaginer où cela nous mènerait.

— Le plus simple ne serait-il pas de poser la question directement à Julian Stark ?

— J'allais justement y venir, acquiesça Stacey. Pourriez-vous ajuster les écrans, s'il vous plaît ?

Michael, l'opérateur qui commandait de son pupitre l'ensemble du matériel audiovisuel, s'exécuta aussitôt. Derrière l'estrade, le montage de gros plans disparut lentement pour ne laisser qu'un mur de verre transparent, légèrement teinté. Ils découvrirent alors une pièce meublée en appartement où, allongé sur un divan, Julian Stark lisait un livre.

— Il ne nous voit pas, dit Denis Craig. Du moins, pas encore. L'écran diffuse de son côté un joli motif de papier peint. Si vous êtes prêts, je pense que nous allons pouvoir commencer. Michael, déclenchez les appareils d'enregistrement.

Plusieurs caméras se mirent en route automatiquement. Le feu croisé des angles de vues couvrait la totalité de l'espace. Sur un signe de tête de Craig, Michael commuta un interrupteur. À l'exception de la pièce où se trouvait Julian Stark, toutes les lumières du bunker s'éteignirent. La légère teinte de l'écran s'estompa.

Stark referma son livre et partit au fond de la pièce le poser sur un rayonnage. Puis il resta planté là, tournant ostensiblement le dos à l'écran, parcourant du regard les titres des autres ouvrages.

— C'est une délicate attention de m'avoir laissé en compagnie de tels auteurs, dit-il soudain. J'apprécie particulièrement !

L'audience restait silencieuse. Il se retourna et fixa son attention dans l'obscurité du bunker, au-delà de l'écran.

— Je ne suis ni un assassin ni une arme vivante, reprit-il sans attendre de commentaire. Je suppose avoir droit par cette double affirmation à un régime au moins égal, sinon supérieur, à celui qu'obtiendrait un prisonnier de droit commun.

Comme personne ne lui répondait, il poursuivit.

— Ayez l'obligeance de me montrer vos visages !

— Pardonnez-nous cette attitude, monsieur Stark, résonna la voix de Craig. Certains parmi nous sont habitués à travailler dans l'anonymat et je ne peux déroger à cette règle sans le consentement de chacun.

— Rien ne peut me contraindre à coopérer avec vous, monsieur dont j'ignore le nom ! Et si je peux me permettre un conseil, ne me braquez pas contre vous. Vous n'y gagneriez que mon mutisme. Pour vous en convaincre, demandez donc à ce brave docteur Kibrov. Je possède un temps dont vous n'avez pas idée. Un temps que vous n'avez pas !

À l'initiative de Craig, une rapide concertation s'établit entre les hommes installés de l'autre côté de l'écran. Personne ne vit d'objection à travailler à visage découvert. Michael ralluma les éclairages de la salle.

— Je vous remercie, dit Stark. Chaque pas que l'on fait vers l'autre est une victoire en soi.

Spencer, installé au premier rang, avait été désigné par Denis Craig pour mener l'interrogatoire. Il ouvrit un volumineux dossier et afficha l'attitude la plus sérieuse de sa palette de comportements types.

— Veuillez décliner votre identité, dit-il d'une voix virile.

— Pouvez-vous m'épargner votre questionnaire de routine ou sommes-nous contraints d'en passer par ce schéma fastidieux ? répondit Stark, un sourire aux lèvres.

— Répondez simplement à mes questions, reprit Spencer, imperturbable dans son rôle d'interrogateur. Veuillez décliner votre identité.

— Vous apprendrez vite, je pense, qu'en matière de simplicité, je ne suis pas l'homme qu'il vous faut. Vous voulez entendre mon nom alors que vous pensez le savoir. Je m'appelle Julian Stark. Mais on m'a connu sous d'autres patronymes. En réalité, je me nomme Malhorne. Et aussi Maoré. On m'a également connu sous le nom de Passegrain. Guillaume Passegrain. Et puis Jean l'Essart aussi. Puisque vous êtes allés sur Ko Jima, peut-être y avez-vous entendu parler de Seito Misushi ? Ailleurs de Nelson Harringby ? Kevin Slauter ? Jojo, ce bon Jojo ? Léni Abraham ? Pavlov Bringman ? Lequel est-ce donc ? Peut-être le dernier ! Vladimir Julianov Starkovitch. Oui. Ce doit être ça. Julian Stark ! Êtes-vous satisfait de votre question ?

Spencer afficha une mine décontenancée. Il tourna la tête vers son patron, à l'affût d'un conseil de sa part. Craig lui fit signe de poursuivre.

— Faites-vous partie d'une secte ou d'un groupement international ?

— Comment doit-on vous appeler ? l'interrompit Erwin Mayer.

— Appelez-moi Malhorne. C'est ce que j'ai toujours demandé à mes amis.

— Faites-vous partie d'une secte ou d'un groupement international ? répéta Spencer.

— Une secte ? dit-il, surpris par cette question. Pas un seul instant, non. Mais comment vous répondre de façon convaincante ? Pour être concis, je dirais selon votre langue que d'un point de vue biblique, je suis assimilable à un prophète.

— Monsieur Stark…, s'entêta Spencer.

— Malhorne ! l'interrompit l'intéressé.

— Monsieur Malhorne…, se reprit Spencer.

— Non ! Pas de monsieur ! Malhorne tout court.

Spencer soupira. Il se concentra pour rassembler ses maigres ressources en matière de médiation.

— Combien voyez-vous de doigts ? demanda-t-il en tendant une main ouverte.

— Cinq ! Comme de juste, lui répondit Malhorne qui ne cachait même plus son amusement. Me prendriez-vous pour un demeuré, monsieur Spencer ? Ou cherchez-vous à vous assurer qu'il existe effectivement un lien entre ma musique, ces statues et moi-même ?

Du pouce et du majeur, Spencer massa longuement ses tempes d'une lente pression rotative, puis il releva la tête vers Malhorne.

— Bien. Entrons tout de suite dans le vif du sujet ! souffla-t-il, vaincu. Nous avons retrouvé la trace de ces statues par le code de votre partition musicale, comme vous devez le savoir. La question qui nous intéresse donc en premier lieu est : que signifie pour vous toute cette mise en scène ?

Malhorne joignit ses mains, à l'image des statues, puis il répondit posément, articulant lentement chaque syllabe.

— Mystère et boule de gomme !

Puis il partit d'un éclat de rire si violent qu'il satura les capacités sonores des enceintes censées restituer sa voix dans la salle.

— Je peux connaître le motif de votre hilarité ? demanda Spencer quand enfin Malhorne se fut calmé.

— Vous ! Votre questionnaire ! Et vos attitudes de gamin sérieux. On se croirait à une fête de fin d'année d'adolescents boutonneux. Réagissez maintenant en homme d'intelligence, si vous êtes apte à remplir cette tâche, et adaptez-vous à la situation. Sinon, laissez-moi discuter avec des personnes plus à la hauteur !

Malhorne cessa de fixer uniquement Spencer et laissa son regard passer d'un visage à un autre.

— Je ne sais ce que vous cherchez exactement. Le nom de votre Fondation me laisse supposer que vous êtes en quête de Dieu, et je ne suis pas cela. Ce que je suis, me demandez-vous ? Vous possédez la réponse dans l'exposé que je viens d'entendre. Mais je crains que vos esprits ne se soient pervertis à traquer le complot n'importe où ! Vous vous êtes déshabitués à regarder simplement des évidences. Bien des fois les hommes se sont abusés à ne trouver en cherchant que ce qu'ils cherchaient à trouver. Il suffit de refuser de voir la vérité pour en inventer une autre. Un dépositaire je suis, comme l'un d'entre vous le disait tout à l'heure. Mais pas d'une tradition comme vous le supposez. Je suis un dépositaire bien malgré lui. Je ne suis pas en mesure de donner le feu aux hommes, mais je peux leur redonner foi en la vie. Je l'ai gravé sept fois sur sept statues et vous doutez. Voilà tout de même une marque de constance. Votre civilisation est pourtant habituée à croire en l'écrit. *« Les mots ne mentent pas »*, disait Paul Éluard. Mais il est fort possible qu'une encre cynique se soit glissée dans sa plume. Connaissez-vous Paul Éluard ?

Il acheva brutalement cette diatribe pour se contenter d'en observer les effets. Quelques secondes d'un silence dérangeant marquèrent le temps avant que Spencer ne revienne à la charge.

— Je constate qu'avec vous, c'est tout ou rien ! Mais je note également que vous n'avez pas répondu. Quel est le rapport entre ces statues et vous ?

— Mais bien sûr, reprit Malhorne. Comment n'y ai-je pas pensé ? À la question A vous attendez la réponse A. À la question B, la réponse B, et ainsi de suite. Excusez-moi, monsieur Spencer, de n'avoir pas réalisé cela plus tôt, nous nous serions épargné une inutile dépense d'énergie. Vous faites partie de ces hommes qui veulent tout contrôler, je me trompe ? Vous sentez-vous perdu lorsque vous n'y arrivez pas ? Je me le demande, monsieur Spencer… Recommençons depuis le début, si vous le voulez bien ! Mais tout d'abord, soyez aimable de me faire parvenir mon texte.

Décontenancé, Spencer ne savait plus quelle attitude adopter. Il regarda sans trop y croire le questionnaire en trois pages qui s'étalait devant lui. La réponse, de toute évidence, ne s'y trouvait pas. Les phalanges de sa main droite blanchissaient à vue d'œil et le stylo qu'elles enfermaient commençait à se tordre, puis cassa net. Il tourna un regard dépité vers Denis Craig qui lui ordonna de poursuivre.

Malhorne ne lui en laissa pas la possibilité.

— Votre petite mise en scène me fait penser à un théâtre, mais je ne suis pas persuadé que vous jugiez convenablement quel rôle chacun d'entre nous y interprète. Et surtout, qui en est le spectateur. Je crains que vous n'ayez pas apprécié ma composition dans son intégralité. Le puzzle que j'ai mis tant d'années à constituer n'est pas complet. Vous me pardonnerez, j'en suis sûr, cette exigence de l'artiste, mais il m'est impossible de poursuivre notre collaboration tant qu'il y manquera un élément.

Sur ce, Malhorne se leva et retourna détailler la bibliothèque, tournant sciemment le dos à l'assistance. Puis il s'empara d'un ouvrage et s'installa dans un fauteuil où il entama sa lecture.

— Et puis, pendant que vous cherchez, reprit-il sans même relever la tête, si vous pouviez faire un crochet par la clinique de New York récupérer monsieur Pompon, ça me réjouirait au plus haut point.

14

Des ondoiements vert vif se matérialisèrent au sommet de la résidence-colline de Denis Craig. Le soleil au zénith projeta l'ombre de son hélicoptère privé sur la croix blanche de l'aire d'atterrissage. L'appareil se posa doucement. Une porte coulissa, par laquelle Denis Craig sortit prestement. Puis il s'éloigna le dos courbé, attitude instinctive, bien qu'inutile au vu de la taille de l'hélicoptère, mais que toute personne sensée exécutait sous la menace de ce gigantesque sécateur. À distance respectable, il se retourna pour voir décoller le tout dernier modèle de la technologie CraigCopter. Il éprouva un sentiment de fierté lorsque le rotor accéléra et que les turbines se mirent à ronronner doucement. Le C22 était l'aboutissement de dix années de recherche, un bijou à l'état pur, le premier hélicoptère à franchir le mur du son. Invisible aux radars les plus sophistiqués, équipé d'un armement digne d'un croiseur, son ordinateur de bord était capable de vous ramener à bon port au travers d'une forêt ou d'une ville, à deux mètres du sol.

Le C22 disparut rapidement derrière l'horizon. Craig demeura immobile quelques instants. Tout ce qu'il embrassait du regard lui appartenait. Six mille hectares de collines boisées au milieu desquelles il avait posé sa maison, deux mille mètres carrés de marbre, de bois, de métal et de verre, encadrés par deux versants naturels et rafraîchis à la base par la Craig River. L'édifice reproduisait la forme d'une petite colline, percée d'une multitude de baies vitrées. Des arbres et des plantes variés couvraient ses pentes jusqu'au dernier quart de leur hauteur. La colline-résidence s'achevait à l'image de ses sœurs naturelles, par un tertre d'herbe épaisse où, seule marque humaine visible du ciel, une croix blanche indiquait l'aire d'atterrissage.

Son orgueil repu, Craig glissa une carte magnétique dans l'anfractuosité d'un rocher factice. Le contour d'une porte se dessina dans la masse puis, avec un bruit de succion, deux panneaux coulissèrent, dévoilant une petite cabine d'ascenseur. Craig descendit au deuxième sous-sol, dans l'abri antiatomique placé sous la rivière. Le luxueux bunker lui servait de bureau. Tout au moins en temps de paix, tant qu'aucune ogive destructrice ne sillonnait le ciel de la planète. Ce qui, pensait-il, n'était pas pour demain, malgré sa copieuse contribution à l'alourdissement du stock d'armes en tout genre.

Les portes de l'ascenseur coulissèrent à nouveau, au sous-sol cette fois, sans que Denis Craig pût réellement se rendre compte qu'il y ait eu un quelconque mouvement de la cabine, tant son mécanisme était doux. Les plafonniers s'allumèrent automatiquement dès qu'il esquissa un pas à l'intérieur de la pièce et le ronronnement familier de l'ordinateur parvint à ses oreilles.

— Bonjour Denis, dit au travers de la machine la voix reconstituée de Marlene Dietrich. Tu aurais dû me prévenir de ton arrivée, j'aurais passé une tenue plus aguichante.

Craig sourit de cet accueil programmé et attendu. Il aimait que les choses fussent comme elles devaient être. Comme il voulait qu'elles soient. Retrouver la voix de Dietrich en faisait partie. Il vouait une profonde admiration à cette prodigieuse actrice qui représentait l'un des rares fantasmes qu'il ne pourrait jamais s'offrir. Elle et Ava Gardner, dont les corps de déesse avaient hanté de rêveries érotiques les plus obscures de ses nuits. Au sein de ses nombreuses firmes, il avait repoussé bien au-delà des limites légales la technologie du clonage humain, mais les deux actrices étaient mortes trop tôt pour qu'il puisse en recueillir la moindre cellule vivante. Un regret qui le poursuivrait vraisemblablement jusqu'à la tombe.

Craig s'assit devant la console de l'ordinateur qui occupait le centre de la pièce. Il tapa sur le clavier une série de chiffres et patienta quelques instants. Le fin rayon d'un scanner affleura à la surface de sa pupille. Des rires d'enfants résonnèrent dans la pièce.

— Je n'avais aucun doute sur ton identité, Denis ! dit encore la voix de Marlene. Commande, et je t'obéirai !

Craig adorait cette illusion de totale soumission. Et encore plus l'impression de sincérité qui s'en dégageait.

— Rapport en mon absence ! intima-t-il.

Dans le fond de la pièce, les écrans d'un mur d'images s'allumèrent. L'ordinateur régla l'intensité des plafonniers en conséquence et entama son rapport. Rien de particulièrement notable. Une légère crue de la Craig River, stoppée par un pompage en amont, et l'arraisonnement d'un avion civil un peu trop insistant.

— Qui était-ce ? demanda Craig.

— Un certain Peter Yott, journaliste, accompagné d'un photographe. Ils ont tous les deux été raccompagnés aux limites du domaine par la force des armes.

— Rien d'autre ?

— Je te gardais le meilleur pour la fin. Tes nouveaux joujoux sont arrivés hier dans la matinée. Beaux spécimens, n'est-ce pas ?

Les visages tuméfiés des deux hôtes indésirables se fondirent dans de nouvelles images. On y voyait, en gros plans, trois paires de jambes descendre d'un hélicoptère et, empruntant le sentier de la colline-résidence, se diriger en de longues foulées élastiques vers les appartements du rez-de-chaussée, près de la piscine.

— Tu n'as rien de plus affriolant ? demanda Craig.

Un bref brouillard magnétique envahit l'image puis une vue de la piscine, où le trio féminin se prélassait, lui succéda. Les jeunes femmes étaient grandes, fines, sensuelles. Les lèvres épaisses et les seins lourds. Chacune d'origine ethnique différente mais correspondant aux canons esthétiques de Craig, au gré des dominances génétiques et des métissages hasardeux depuis le fond des âges. Trois superbes représentantes de leur genre, l'une africaine, l'autre eurasienne et la troisième slave.

Craig sentit un frisson remonter de son bas-ventre et irradier ses tripes et sa poitrine.

— Nous verrons ça plus tard, pensa-t-il. Où sont-elles actuellement ?

La voix de Marlene Dietrich se fit plus suave qu'à l'accoutumée.

— Ce que tu vois est le temps présent, Denis. Et je gage que tu vas encore préférer ces créatures à ta Marlene.

— Ne m'en veux pas, mon chou, mais j'ai parfois besoin de sentir le contact d'un corps ferme sous ma paume.

Fasciné par la grâce des trois corps parfaits, il laissa errer son regard sur le mur d'images, jusqu'à ce que Marlene le rappelle à la réalité en y substituant le logo de la Craig Incorporation.

— Retour sur terre, Denis, émit-elle d'une voix rieuse. Je suppose que tu n'es pas descendu me rendre visite uniquement pour jouer au voyeur ! Commande, et je t'obéirai !

— Tu as raison. Branche-toi sur le serveur personnel du père Fontorbe, en émission brouillée.

La communication via le réseau satellite fut établie immédiatement. L'image du père, vêtu d'une authentique soutane noire, remplaça le logo *Vatican.com.*

— Qui d'autre que vous peut bien me visiter sur mon e-mail en communication brouillée ? Comment allez-vous, Denis ?

— Bonjour mon père. Je vous remercie de vous soucier de ma santé. Je vais on ne peut mieux.

Le visage poupon du père Fontorbe se fendit d'un sourire généreux. Ce sourire devenu célèbre faisait croire à ses interlocuteurs qu'ils étaient à l'origine de cette joie bonhomme. C'était, venant après cette intelligence vive et froide qui l'animait, l'atout médiatique majeur dont le père usait avec largesse. Cette fausse joie communicative l'avait hissé au premier plan des responsabilités et des intrigues vaticanes, au poste de conseiller du Pape, attaché aux relations extérieures. Il suffisait de regarder le père Fontorbe sourire pour vous juger meilleur que nature et vous alléger le portefeuille de quelques dons aussitôt réinvestis pour le bien-être de votre âme. Le meilleur commercial de l'Église catholique romaine.

— En quoi puis-je vous être utile, mon cher Denis ? poursuivit-il sans se départir de ce sourire angélique.

— La Fondation Prométhée vient de lever un joli lièvre. Sans doute êtes-vous déjà au courant de l'affaire…

Le père hocha la tête, ce qui eut pour effet d'imprimer un mouvement de balancier au crucifix argenté qui ornait sa poitrine.

— C'est exact. La Congrégation des Pénitents Prieurs sur internet m'a rapporté les messages d'information et les avis de recherche que vous avez lancés. Mais je ne sais pour l'instant pas de quoi il s'agit. Vous ratissez large et de longue date. C'est la raison de votre appel, j'imagine.

— Tout juste, l'interrompit Craig. Votre business possède plus d'agences locales que les bureaux d'aide pour l'emploi du monde entier. S'il est une organisation ici-bas qui risque de posséder une trace de ce Malhorne, c'est bien la vôtre.

— Vous savez ce qu'on dit des voies du Seigneur…

— Je ne conteste pas la qualité d'impénétrabilité de votre patron, mais je n'en dirais pas autant en ce qui vous concerne… Sauf le respect que je vous dois…

Craig faisait allusion à certaines cassettes, enregistrées à l'insu du père, dans lesquelles il interprétait un rôle moins sacerdotal qu'à présent.

— Allons, allons, Denis. En arriverions-nous jamais à de telles extrémités ?

— Je ne le pense pas. Mais notez que c'est en partie entre vos mains, si vous me passez ce jeu de mots.

— J'y parviendrai, conclut-il en entremêlant ses doigts potelés. Je regrette de n'avoir pas été plus prudent ce jour-là.

— Il faut bien accumuler quelques erreurs pour ne pas garder la sensation d'une totale liberté en ce monde, mon père. Un peu de contrainte ne nuit pas, rajouta Craig sur un ton apaisant.

— Et pour en revenir à votre affaire ?

Craig se renversa au fond de son fauteuil, il touchait au but.

— Je veux que vous lanciez des recherches approfondies sur Malhorne dans vos archives, dans toutes les directions et dans le monde entier. De l'extrait de naissance ou de décès aux bans, en passant par les baptêmes et les communions. Je veux tout !

— Vous vous représentez la quantité d'hommes qu'il me faut pour un tel travail ? supplia presque le prêtre.

— Sans aucune difficulté ! Mais je n'ai pas la moindre crainte à ce sujet. Vous disposez d'une énorme troupe de bergers inemployés, faute de brebis nouvelles. Ça leur fera une saine occupation.

— Mais ce monde est vaste et l'humanité approche les huit milliards d'individus…

— Ils ne sont pas tous chrétiens, loin s'en faut. Je ne vous demande pas l'impossible, mon père. Contentez-vous de prospecter dans votre chapelle et je vous en serai reconnaissant.

— Il me faut plus d'informations pour que ces recherches soient rapides et je…

— Axez le début de vos recherches en Europe, XVe et XVIe siècle.

— C'est déjà beaucoup plus restreint, ironisa le père Fontorbe.

— C'est tout ce que je peux vous dire pour le moment. Vous en saurez davantage en temps voulu, soyez-en certain. Il y va également de mon intérêt que vous aboutissiez à quelque chose de tangible. À bientôt, père Fontorbe.

Craig coupa la communication alors que le père grognait un début de réponse, sans doute une protestation quelconque, mais il n'en connut jamais la teneur. Le logo de la Craig Incorporation avait remplacé l'image de l'homme d'Église.

— Ne te laisse pas trop tourner les sangs par ces créatures vieillissantes, Denis, lui dit la voix de Marlene alors qu'il quittait l'abri. Leur désir pour toi est factice.

Debout derrière une baie de verre teinté, Denis Craig se perdait dans la contemplation des trois jeunes femmes, allongées dans l'ombre à peine rafraîchissante d'un vieil acacia. Un vent chaud soufflait sur sa vallée, sans apporter le moindre réconfort aux corps. Cette chaleur devait provoquer une abondante sudation et ce n'était pas pour lui déplaire. De l'endroit où il se tenait, il ne pouvait pas le constater mais il savait que ces femmes à l'allure sophistiquée gagnaient en animalité par cette parure brillante, ce fin suaire de transpiration auquel il irait bientôt se mêler.

— Leur désir pour toi est factice se répéta-t-il.

Marlene faisait partie des ordinateurs à fonctionnement trinaire de la deuxième génération, reléguant au rang de vulgaires bouliers les computers de type binaire. Cette troisième possibilité d'écriture, assimilable à un hypothétique, avait décuplé la puissance et la rapidité de ces machines. Ce « peut-être » qu'elles maniaient dorénavant mieux qu'un enfant de dix ans, donnait ses lettres de noblesse à l'expression depuis longtemps usitée « d'intelligence artificielle ». Mais cela n'allait pas sans quelques perversions et Denis Craig se demanda si Marlene ne devenait pas réellement jalouse.

Et puis, tu te trompes. Leur désir n'est pas feint, il est conditionné, nuance ! pensa-t-il encore.

Et la nuance était de taille. Craig louait les services de ces jeunes femmes auprès d'agences spécialisées du monde entier. Elles se seraient de toutes façons prêtées au moindre de ses caprices, mais il voulait davantage que ce marchandage scabreux. Il voulait que ces femmes le désirent réellement.

Les agences de call-girls les *livraient* toujours au moins vingt-quatre heures avant son arrivée. Le temps nécessaire pour qu'agisse en profondeur un cocktail de chimie fine que le majordome additionnait à leurs repas. L'effet produit était invariablement réussi : chute des inhibitions comportementales et décuplement des pulsions sexuelles. Pour diriger leurs fantasmes exacerbés sur la personne de Craig, Marlene entrait en scène. L'ordinateur diffusait sur les innombrables écrans de la résidence des images subliminales de Craig dans des attitudes suggestives. Il lui suffisait alors de se montrer pour déclencher la liesse parmi ces femmes transformées en femelles surexcitées.

Il arrivait parfois que le plus grand de ses plaisirs soit justement de leur refuser l'objet de leur convoitise. Non pas l'argent qu'elles en retireraient, mais sa propre personne. Le plaisir malsain d'un homme trop puissant à qui rien n'était jamais refusé.

Craig pria le personnel de la résidence de se retirer et se déshabilla entièrement. Il plongea dans la piscine, la traversa en apnée pour en ressortir du côté où le trio se tenait allongé. Elles l'attendaient, les paupières mi-closes, engourdies par la chaleur et la profondeur de leurs rêves. Le corps ruisselant, il fit dégoutter de ses doigts écartés une pluie de perles transparentes sur les reins de l'Eurasienne, allongée au milieu. Son petit postérieur se convulsa à plusieurs reprises lorsqu'il étala de sa main fraîche les gouttes réunies dans le creux de sa cambrure. Craig s'agenouilla près d'elle et l'attira vers lui. Il n'eut pas à la forcer. D'elle-même, elle saisit son sexe déjà orgueilleux et l'engloutit à pleine bouche. Un musc enivrant montait de l'entrecuisse de la jeune femme, qui commençait à se trémousser de tout son corps. Craig se laissa tomber en arrière, attirant vers lui la femme noire dont les lèvres charnues rejoignirent aussitôt les siennes. La troisième call-girl ne se fit pas prier. Bientôt, les quatre corps n'en firent plus qu'un.

15

— Non, nous disposons de quatre-vingts mesures, dit Harry. Et chacune est déjà utilisée pour coder les statues. Ce n'est donc pas dans cette direction qu'il faut chercher.

— Il serait possible qu'il existe un deuxième code, proposa Stacey.

— Autant que tu en veux ! Seulement Eyelight ne l'a pas découvert.

— Recommençons, dans ce cas…

— C'est inutile ! Parfaitement inutile. Si nous ne donnons pas d'élément nouveau au logiciel, il déduira la même réponse… C'est d'une logique implacable.

— Pourtant, nous avons sans doute laissé échapper un détail…

— Peut-être dans la propriété de Stark. J'ai étudié les éléments que vous en avez rapportés mais je ne vois rien qui…

— Non, je ne pense pas comme toi, le coupa Stacey. Stark nous a dit que la réponse se trouvait sous nos yeux ! Ça signifie que nous ne voyons pas une évidence. S'il possède réellement la réponse à nos questions, alors tous les éléments doivent logiquement apparaître dans les documents que nous possédons.

— O.K. ! Partons de ce principe dans ce cas. Nous n'avons utilisé que la partition. Cherchons ailleurs.

— Le texte…, proposa Stacey.

Harry ne répondit pas, mais la triste mine qu'il offrait à Stacey en disait long sur les espoirs qu'il fondait sur cette proposition.

— Quoi ? Vous avez autre chose à vous mettre sous la dent peut-être ? râla Stacey, à court d'idées. Nous ne pouvons pas nous permettre de faire les difficiles… On dispose de sept statues, d'une partition musicale, d'un texte de cent pages et d'un type qui vient de passer les dix dernières années chez les fous. Les statues, c'est fait ! La partition, *idem.* Du côté de Stark, black out ! Il reste le texte…

— Stacey…, le coupa Harry.

— Quoi ?

— Le texte est dans ma bécane depuis le début. Ça n'a débouché sur rien.

— Ça ne signifie pas qu'il n'y ait rien à trouver. Je suis archéologue, moi ! Un homme de terrain. Tout ce travail exclusivement mené sur informatique commence à me lasser.

— Tu as sauté de joie comme tout le monde lorsque mon « informatique » a mis le doigt sur les statues. C'est un peu tard pour dénigrer ma bécane ! Et un peu énorme aussi !

— Mais oui !… s'exclama Franklin. C'est probablement ça.

Stacey et Harry se retournèrent vers l'ethnologue qui, jusqu'à cet instant, était resté en dehors de la conversation. Il scrutait un vaste planisphère mural sur lequel sept épingles figuraient les statues. Du doigt, il traça un trait imaginaire entre plusieurs épingles.

— Ça quoi ? interrogea Stacey.

Franklin se retourna pour leur faire face.

— Tu as oublié un détail dans la liste des éléments dont nous disposons…, dit-il à Stacey. Le titre !

— Le titre ? répéta l'archéologue sans comprendre.

— *La Croisée des chemins !* précisa Franklin.

— Je ne te suis toujours pas.

— Harry, tu te rappelles ce que tu disais à propos du code de la partition ?

— Excuse-moi, mais j'ai dit beaucoup de choses…

— Non, souviens-toi. Tu disais que n'importe quel enfant s'amusait à créer des codes. Et tu avais raison !

— Et après ? demanda Harry avec une moue d'incompréhension.

— Eh bien, cela nous indique que la simplicité doit nous servir de guide. Je suppose que vous allez trouver mon idée puérile, mais que penseriez-vous de tracer des lignes entre les différentes statues ? Il y aura forcément des points de rencontre. Et peut-être la solution avec !

Stacey se gratta le menton, tandis qu'Harry fronçait les sourcils.

— Bof ! commenta-t-il. Ça me semble un peu tiré par les cheveux.

— Nous n'avons rien à perdre à essayer, argumenta Stacey en faveur de Franklin. En plus, ça permettra de coller avec le titre de cette musique qui, soit dit en passant, n'a pour l'instant rien à voir avec la composition.

— Vous n'y avez pas encore réfléchi mais un sérieux problème va vite se poser ! critiqua Harry. C'est bien joli de jouer à la chasse au trésor mais, à partir de sept statues, ça va être coton.

— Comment ça ? demanda Franklin.

— Le « ça » se prénomme factoriel 7, mon cher. Il signifie qu'il existe 7 multiplié par 6 multiplié par 5 multiplié par 4 multiplié par 3 multiplié par 2 possibilités de relier les statues entre elles. Cinq mille quarante au total !

— Tous les chemins mènent à Rome ! Le titre est écrit au singulier. Attaquons la question de façon logique, le reste viendra avec.

— S'il n'existe qu'une possibilité correcte, c'est qu'elle répond au sens du temps, je suppose.

— À savoir ?

— Je suis d'accord avec toi. Le plus simple demeure la suite chronologique, n'est-ce pas ?

— Ou l'inverse. Essayons ! conclut Harry en s'installant devant un ordinateur. L'ordre chronologique des sculptures est : France, Amazonie, Ko Jima, Tibet, États-Unis, Irlande, Russie. Si bien sûr vous ne vous êtes pas trompés.

Un planisphère apparut sur l'écran. Les points de repère des statues, préenregistrés, clignotaient en sept endroits. Harry les relia selon l'ordre qu'il venait d'énoncer.

— Nous avons un point de rencontre. Les traits se croisent au-dessus des îles Canaries, dans l'Atlantique Nord.

— C'est la plus petite île de l'archipel. Alegranza, un caillou de vingt kilomètres carrés, précisa Stacey. J'y suis passé lorsque j'avais vingt ans.

— Tu as eu vingt ans, toi ! s'exclama Harry.

— Tu veux bien nous afficher toutes les possibilités, Harry, au lieu de torturer notre bon archéologue ? intervint Franklin.

— Étudier des fossiles ne force pas le mimétisme, poursuivit néanmoins Stacey. Rentrez-vous dans le crâne que ce passionnant métier se vit en bonne partie au grand air, en compagnie de personnes fort intéressantes. Cela vaut la compagnie de tous les ordinateurs du monde.

Harry concentra son attention sur son clavier. Il ne répondit pas à la provocation de Stacey mais ne put se retenir de sourire béatement.

— Mais regarde-le ! Il sourit à sa machine, acheva Stacey. Grand couillon. S'il est vrai que l'on ressemble à ce que l'on fait, eh bien je ne voudrais pas voir ta tête dans une dizaine d'années.

— Je peux comprendre que notre recherche ne vous intéresse pas plus que ça, messieurs, s'immisça Franklin. Il nous reste une formalité à accomplir, un petit rien du tout à retrouver. Je ne vous demande qu'une heure d'effort, ensuite je vous accorderai une récréation bien méritée.

Harry ravala son sourire avec peine et acheva son travail. Quelques instants plus tard, les écrans se couvrirent de petits planisphères striés de lignes.

— Puisque la partition s'appelle *La Croisée*, sélectionne maintenant toutes les possibilités avec un seul croisement. Peut-être que la bonne nous sautera aux yeux !

Harry s'exécuta aussitôt.

— Il y en a malgré tout une grosse quantité, soupira Stacey.

Ils observèrent attentivement les points de croisements. Il y en avait partout, dans les deux hémisphères, sur les cinq continents. Ceux, nombreux, qui apparaissaient à la surface des océans, furent éliminés.

— Il en reste vingt-deux, laissa tomber Harry. Même avec les moyens de la Fondation, ça va prendre du temps.

— Je ne pense pas qu'il sera nécessaire d'explorer chacun de ces endroits. La logique nous conduit vers cette option-là, pour commencer, dit Franklin en pointant la première carte, celle reliant les emplacements des statues par ordre chronologique.

— C'est la voix de la raison, affirma Stacey. De toute façon, on n'a pas de meilleure suggestion pour le moment. Eh bien voilà, on va l'avoir notre récréation. Et plus tôt que prévu encore !

— Un peu de patience ! Il faut encore convaincre Spencer du bien-fondé de notre théorie sinon, pas de repos avant d'avoir trouvé autre chose !

— Qu'allons-nous découvrir, à ton avis ? demanda Harry à Franklin tandis qu'ils se dirigeaient vers l'ascenseur.

— Je ne sais pas. Pas une autre statue en tout cas. Il n'y a plus de place. Peut-être quelque chose qui viendrait se poser au milieu des sept pour les solidariser.

— Puisque vous êtes devenus des potes, toi et Stark, tu veux pas passer lui demander si on a la bonne solution ? glissa Stacey.

— Il ne s'agit pas d'un jeu pour lui, Stacey, répondit Franklin. J'ignore de quoi il retourne au juste, mais je suis persuadé qu'il ne joue pas !

— Ça, j'ai cru le comprendre. Tant pis, j'aurais essayé quand même !

16

— Non, monsieur Craig. L'équipe que nous avons envoyée sur zone n'a rien trouvé ! déclara Spencer à son patron. Ils sont en ce moment même sur le chemin du retour.

Il raccrocha le combiné du téléphone et reporta son attention sur les membres de la Fondation.

Chacun venait de subir l'échec de Stacey comme une défaite personnelle. Le lieu où aurait dû se dresser la huitième pièce du puzzle était occupé par un complexe hôtelier. Stacey s'était rendu au cadastre de l'île pour fouiller le passé mais les registres ne lui avaient rien appris. Soit il n'y avait jamais eu quoi que ce soit à découvrir sur le site, soit les promoteurs du complexe avaient passé sous silence l'existence d'un artefact, soit l'équipe s'était trompée. Quelle que soit la solution, il fallait tout recommencer. Réfléchir différemment à partir des mêmes éléments. C'est pourquoi Spencer avait invité Erwin Mayer. Son regard plus neuf sur l'ensemble les aiderait peut-être à isoler le défaut dans leur analyse.

— Où avons-nous commis une erreur ? lui demanda-t-il.

— Et s'il n'y avait rien à trouver ! hasarda Erwin Mayer. Rien ne nous indique que Stark soit l'auteur de la partition. Encore moins du reste.

Spencer fit du regard un rapide tour de la salle. Il s'arrêta un instant sur les visages de Franklin et d'Harry qui, dans un mouvement commun, secouaient la tête en signe de dénégation.

— Nous avons définitivement écarté cette hypothèse, Erwin, dit Spencer en revenant sur lui. Car, même si elle s'avérait, toutes les pièces à conviction retrouvées dans la propriété Malhorne nous indiquent que Stark est au centre de cette énigme. Qu'il soit ou non l'auteur de la musique importe peu.

— J'ajouterai que le titre même de l'œuvre nous pousse dans le sens d'un huitième élément à découvrir, précisa Franklin. Sans oublier la forme des statues ! Lorsque Stacey Revel reviendra de son voyage aux îles Canaries, il vous expliquera cela en détail si, bien sûr, c'était nécessaire.

— Vous n'avez pas le sentiment que tout cela était trop simple ? reprit

Mayer. Des semaines à chercher sans résultat, et puis, tout à coup, Stark sort une partition codée de son chapeau et tout s'enchaîne… Ça pue le coup monté !

— Le plus difficile était de trouver le fil conducteur, le coupa Spencer. À partir de là, il suffit de le suivre. Quant à savoir s'il s'agit d'une opération organisée, cela ne fait pas l'ombre d'un doute… Ce qui nous réunit ici est précisément de comprendre dans quel but, mais chaque chose en son temps ! Seule la collaboration de Stark nous permettra d'avancer dans ce sens. Pour l'heure, nous devons nous plier à son petit caprice.

— Mais n'existe-t-il pas un moyen plus rapide de nous attacher sa collaboration ? questionna Mayer.

— À quoi pensez-vous ?

— Eh bien ! Nous connaissons tous certaines méthodes très efficaces pour obtenir des aveux…

— Je vous comprends parfaitement, Erwin ! lâcha rapidement Spencer. Cette décision ne tiendrait qu'à moi, il y a déjà longtemps que j'aurais tenté quelque chose. Ne serait-ce qu'une aide chimique, mais ce ne sont pas des méthodes utilisées par la Fondation Prométhée. Pas avant, du moins, que toutes les médiations aient échoué…

— Et elles n'échoueront pas si chacun y met du sien, intervint Franklin. La solution est devant nos yeux. Reprenons une par une chaque étape de cette affaire, et si une erreur a été commise, quelqu'un la verra tôt ou tard.

La cause de Franklin fut entendue. Tous les membres de la Fondation, exception faite de Stacey, passèrent la matinée à disséquer le plus petit événement survenu depuis la découverte de la première statue. La grande salle du bunker résonna des propositions les plus farfelues sous le regard amusé de Malhorne. Lorsque l'heure du déjeuner arriva, aucune hypothèse satisfaisante n'avait encore germé dans les cerveaux, pourtant nombreux. La seule solution, proposée par Harry, consistait à expédier des équipes sur chaque site sélectionné par l'ordinateur. Un véritable travail de fourmi qui prendrait beaucoup de temps mais, faute de mieux, ils pouvaient toujours se raccrocher à ce pis-aller.

— Pour le moment, nous ne voyons que des pierres, et les pierres ne parlent pas…, maugréa Spencer en lançant un regard noir dans la direction de Malhorne.

— Ignorer le sens d'un message n'implique pas que ce message n'existe pas, lui répondit celui-ci contre toute attente. La théorie d'Einstein ne s'applique qu'en cas de célérité absolue, monsieur Spencer. Reprenez votre ouvrage sous un nouveau jour, la vérité vous apparaîtra si simple.

Spencer en resta muet d'étonnement. Il s'était, malgré lui, trop vite habitué au silence contemplatif de Stark et, s'il jugeait capricieuse cette attitude, l'entendre à nouveau parler lui apparut comme une indécence.

— Qu'est-ce que c'est encore que ce charabia ! se reprit-il, cherchant à percer le sens de ces paroles obscures. Adamov ! Venez par ici un instant, il semblerait que notre pensionnaire sorte de son mutisme.

— Ce n'est pas du charabia, dit Harry. C'est un indice, qui me semble assez limpide d'ailleurs.

— Qu'a-t-il dit ? demanda Franklin.

— Eh bien, en clair, M. Stark suggère que nous nous penchions sur un problème de temporalité. Je me trompe ?

De l'autre côté de la paroi de verre, Malhorne avait repris la même attitude muette qu'auparavant.

— Une erreur dans les datations ? proposa Franklin.

— Je ne vois rien d'autre.

— Nous avons pourtant procédé à plusieurs vérifications sur les époques probables auxquelles elles correspondent.

— Tout est dans ce « probable », intervint Spencer. On va recommencer le travail depuis le départ. Les analyses scientifiques, les recoupements avec les archives, etc. Oubliez les déductions qui nous ont conduits à faire cette erreur. Au boulot ! Si Stark possède la réponse, laissons-le nous guider.

En fin de journée, comme ils en avaient pris l'habitude depuis plusieurs semaines, Franklin et Harry sirotaient un apéritif lorsque Stacey déboula, légèrement bronzé par son court séjour aux îles Canaries.

— Il faut recommencer la datation des statues ! leur assena-t-il sans même prendre le temps de les saluer. La source d'erreur ne peut provenir que de là. C'est déjà arrivé sur des sites et je me suis dit…

— Lorsque la cavalerie vous revient, elle marche sur des terres conquises, le coupa Franklin. Cette proposition est en cours de vérification depuis le début de l'après-midi.

Stacey ravala la fin de sa phrase et arrondit sa bouche de stupéfaction.

— Eh bien ça ! Voilà que vous vous débrouillez sans moi, maintenant. Qu'est-ce qui vous en a donné l'idée ?

— Malhorne lui-même ! Enfin, je veux dire Stark. Il a fait allusion au temps et à son absence de relativité au regard d'une vie humaine. La conséquence de cette phrase était assez simple à déduire ! De toute façon, nous serions fatalement arrivés à cette conclusion. Sans lui. Et même sans toi.

— Bien, bien, bredouilla Stacey, un peu déçu de se voir couper l'herbe sous le pied.

Dès le lendemain matin, Stacey consacra son temps à corriger les erreurs possibles dans la datation des statues. Sa spécialité le positionna tout naturellement à la tête du reste du groupe.

— France, Amazonie, Ko Jima, Tibet, États-Unis, Irlande, Russie, énuméra-t-il. Voici l'ordre chronologique qui nous a fourvoyés. Je propose de recommencer l'intégralité des analyses, de les élargir et de les systématiser.

— Tu entends quoi par « élargir les analyses » ? questionna Franklin.

— On a cherché les auteurs des deux premières statues par des cellules de peau qu'ils y ont laissés. Comme le résultat ne nous a pas appris grand-chose, on a laissé tomber cette recherche pour les autres. Il faut la reprendre.

— Je ne comprends pas pourquoi. Si c'était vain hier, au nom de quel miracle ça deviendrait intéressant aujourd'hui ?

— D'abord parce que rien n'est inutile et que, de surcroît, si on y retrouve l'ADN de Stark, on saura qu'il se moque de nous.

Franklin haussa les sourcils.

— Deuxième point, poursuivit Stacey. On recommence à zéro les analyses de pénétration de la pollution atmosphérique dans les roches. Avec la liste des éruptions volcaniques majeures recensées depuis le début du XVe siècle, on devrait arriver à quelques certitudes. Et puis si on veut aller au bout des choses, autant faire un lot avec les squelettes. Ça ne nous donnera pas des identités, mais avec un peu de chance…

Le laboratoire de chimie et de biologie de la Fondation fonctionna vingt-quatre heures sur vingt-quatre pendant une semaine. Des échantillons furent envoyés vers d'autres centres mieux équipés, pour y subir des tests plus fins. Pour ne rien laisser au hasard, des hommes partirent faire des recherches sur les lieux où avaient été découvertes les statues.

Huit jours après l'échec des îles Canaries, la Fondation se réunissait pour décider des nouvelles conclusions.

— Je pense que nous avons la bonne réponse cette fois-ci, affirma Stacey à son auditoire. Prenons les statues dans l'ordre chronologique. La première est sans aucun doute celle qui provient de France, retrouvée au pied des Pyrénées. Nous avons reçu l'information via une relation de Denis Craig au Vatican. Une lettre datée de 1524 adressée au comte de La Rochefoucauld par un questeur fait mention d'une curieuse statue perdue au milieu de la forêt. L'auteur de la lettre précise qu'il ne l'aurait jamais vue si le cerf qu'il poursuivait ne l'avait mis sur sa route. Bref, quels que soient les détails de la rencontre, la statue date au plus tard de 1524.

» En numéro deux, sa petite sœur amazonienne. Les charbons dont se sont servis les Indiens pour la décorer ont livré cette information. 1580, à plus ou moins vingt ans près.

» Pour l'instant, pas de changement.

» Numéro trois, Ko Jima.

» L'unique chapelle de l'île porte la date 1641. Les tractations avec le prêtre n'ont pas dû être simples. Bravo à Paul Malkovic. Il a ramené le journal de la paroisse que les pères se sont transmis depuis sa création. La statue occupe un court paragraphe, sans suite. Mais il nous est précieux car l'année 1673 y figure en marge. Les analyses du papier et de l'encre attestent cette ancienneté. Pas de faux possible donc. Le journal pourra repartir comme promis vers son dépositaire.

» En quatrième position, la statue tibétaine. Nous n'avons pas pu la dater avec précision. Elle était trop parfaitement protégée des intempéries et n'a pas subi les effets polluants d'une quelconque éruption volcanique. Cependant, un nouvel élément nous porte à croire qu'elle est bien la quatrième sur la liste. Je vous expliquerai ça plus tard.

» Nous pensions jusqu'à présent que la statue provenant de la propriété en Louisiane était la cinquième sur la liste. Faux ! Notre erreur est là. Nous l'avons supposée contemporaine de la construction de la demeure. Elle est plus récente de soixante ou soixante-dix ans. Je ne sais pas comment j'ai pu passer à côté d'un truc aussi énorme ! La statue de Louisiane ne porte pas les traces de l'éruption du Tambora.

» En 1815, ce volcan a explosé. Le nuage de poussière qu'il a engendré s'est fractionné en deux parties. L'une a stationné au-dessus de l'Europe, l'autre au-dessus des États-Unis. Si la statue avait été plus ancienne que cette date, elle aurait inévitablement contenu des particules de roches issues de l'explosion, vous me suivez ? Elle était certes dans un sous-sol, mais elle recevait les eaux de pluie et avec elles les poussières du Tambora. Or, on n'en a pas trouvé. La statue irlandaise par contre en contient. Très peu. Cela signifie qu'elle a été sculptée quelque temps après l'explosion. Je dirais une fourchette entre un et cinq ans. Donc Irlande cinq, États-Unis six.

» Pour finir, dernière position inchangée pour la Russie. La deuxième vague d'analyses a conclu à la même chose. Le sculpteur s'est servi d'outils faits d'un alliage découvert au début des années cinquante. Nous nous trouvons à présent devant une nouvelle liste. France, Amazonie, Ko Jima, Tibet, Irlande, États-Unis, Russie. Je crois que cette fois, on le tient !

— Je vous ai écouté sans broncher, intervint Spencer. Votre raisonnement me semble clair, à l'exception d'un point. Quel est cet élément nouveau que vous avez évoqué pour la statue tibétaine ?

— J'y venais. Vous savez que nous avons cherché des cellules de peau humaine sur toutes les statues ?

Spencer acquiesça sans rien dire.

— Parallèlement, la Fondation a envoyé des prélèvements des squelettes pour en isoler l'ADN.

— Et ?

— Certains sont identiques ! Dans deux cas pour être précis. On aurait dû commencer par là, mais j'étais loin d'imaginer…

— Tant pis pour les erreurs commises, intervint Franklin. Continue !

— Un seul et même homme a sculpté les statues sur Ko Jima et au Tibet. Comme l'ADN de cet homme présente des caractéristiques que l'on retrouve chez les habitants de l'île, j'ai supposé qu'il avait sculpté la première statue chez lui et qu'ensuite, il était parti réaliser la seconde. C'est logique.

— Ça se tient, l'encouragea Harry. Et le deuxième cas ?

— Vous ne me laisserez pas respirer, plaisanta Stacey. Le second cas correspond aux sculptures irlandaise et nord-américaine. L'ADN est le même pour les deux et provient d'un homme dont les restes ont été retrouvés dans la nécropole en Louisiane.

— C'est parfait, voulut conclure Spencer en se levant. Il ne reste plus qu'à définir où se situe le petit caprice de Stark.

— Une dernière chose, acheva Stacey. Il reste un détail.

Spencer reprit sa place.

— Allez-y.

— Cet homme présente une anomalie génétique embarrassante.

— De quoi s'agit-il ?

— Il était trisomique !

Pendant que ses collaborateurs essayaient de comprendre comment un homme atteint de trisomie pouvait être l'un des sculpteurs, Harry rentra les nouvelles données dans son ordinateur.

Lorsqu'il eut achevé ce travail, il rejoignit l'équipe dans la grande salle du bunker, une sortie d'imprimante en main. Les lignes tracées entre les sept statues s'y recoupaient en un seul lieu.

— Eh bien, si on avait su ça plus tôt, on aurait pu faire d'une pierre deux coups ! leur indiqua Harry. C'est à deux pas de la première statue, en France, dans les environs de Bordeaux.

Les personnes présentes se congratulèrent avec de chaudes poignées de main.

— Attendez un peu avant de vous réjouir, messieurs, les tempéra Spencer. Nous ne saurons vraiment que lorsqu'une équipe de recherche sera partie sur place. Et allez savoir ce que notre Petit Poucet aura laissé traîner cette fois-ci ! Notre ami peut se prendre à ce petit jeu indéfiniment et nous balader aux quatre coins de la planète tant que ça l'amusera.

Dans leur dos s'éleva une voix grave et profondément modulée. Mais s'ils furent surpris de l'entendre, leur étonnement se mua en stupéfaction lorsqu'ils tentèrent de déchiffrer ce que Malhorne disait :

« The seven have been sculptured to prepare the advent of a revelation.

Les sept n'ont de valeur et de sens que réunies, solidarisées par le huitième élément.

A hetek a hétszöget szimbolizàljàk, ami àlmomban jelent meg, egy igen tàvoli éjszakàn, màr majdnem öt évszàzada is megvan annak.

Questo ettagono che mi segue dall'alba della mia seconda vita, et che non ha mai avuto piú chaiarezza ne senso di quello che rappresenta per me.

Cuatro y tres, el cuaternario asociado a la trinidad, la materia al espíritu, los elementos a lo divino.

Я храитель этого разоблачения, окотором так сказать я ничего не зиаю.

حتى لو كان عدد سنين اكثر من ذلك هنا لا يعني أنني سوف
اعلم اكثر من ذلك

I am only the watchman, the hyphen between two worlds. With no purpose nor power.

Ich weiss nicht ob andere, sowie ich es tue, die Welt durchziehen, auf der Suche nach einem letzten Leben, diesem letztmöglichen Hinscheiden, wonach sich meine Seufzer schmachtend sehnen.

Я только хрантель, связь между мирами. Ъез намерения и без власти.

Kötöjel vagyok az emberek között.

私は天の啓示ではない。

Я связь между мирами.

Sum cohaerantia mondorum. »

La voix de Malhorne s'éteignit aussi soudainement qu'elle avait entamé ce discours incompréhensible. Son visage retomba dans cette expression d'attente sereine qu'il affichait depuis son arrivée à la Fondation.

Spencer, Franklin et Stacey restèrent quelques instants sans réaction.

— Qu'est-ce que c'est que ce salmigondis ? lâcha enfin Spencer.

— Je n'ai pas compris grand-chose, mais il y avait un paquet de langues différentes. Et pas des plus récentes !

— Latin pour une partie, hébreu et arabe je crois, encore que je ne puisse dire ça qu'aux sonorités… Italien et allemand aussi.

— Michael ! cria Spencer. J'espère que tout a été enregistré !

— C'est dans la boîte ! Comme le reste, répondit aussitôt l'opérateur.

— Il est possible de le réécouter ? implora Stacey.

— Pas de problème !

Michael envoya l'enregistrement dans les haut-parleurs. La voix égrena la même mélopée de langues diverses et pour la plupart insensées pour l'assistance.

— Ça va trop vite, se navra Stacey. Je ne comprends que « Sum cohaerentia mondorum ».

— C'est sans importance ! intervint Spencer. Nous aurons amplement le temps de rechercher des traducteurs plus tard ! D'abord, la huitième statue !

17

— Mon cher Stacey…, commença Denis Craig. J'ai enfin pu me libérer quelque temps, aussi vous serais-je reconnaissant de synthétiser pour moi vos dernières avancées.

— Bien volontiers, répondit Stacey. Le plus court sera le mieux, d'autant que je ne doute pas que le colonel Spencer vous ait amplement informé.

Craig sourit complaisamment et enjoignit Stacey de poursuivre.

— Nous avons procédé à de nouveaux examens des statues et des squelettes. Il en ressort que notre erreur a été d'intervertir deux d'entre elles. La statue irlandaise est en réalité plus ancienne que sa copie retrouvée en Louisiane. Spencer vous a-t-il mentionné les résultats des analyses ADN ?

— En effet, répondit Craig.

Il se tourna vers Franklin et Spencer.

— C'est fascinant, n'est-ce pas ?

— Mais ça nous pose un problème supplémentaire, répondit Franklin. Il est difficile d'imaginer qu'un trisomique soit le dépositaire d'une tradition.

— Il a pu sculpter les statues ?

— Rien ne s'y oppose.

— Dans ce cas, on peut supposer qu'il n'a pas agi seul.

— C'est une hypothèse.

— Où se situe le nouveau point de rencontre ? demanda Craig, qui cherchait à écourter la diatribe du scientifique.

— En France. Près de l'endroit où l'une des statues a été mise au jour. Malkovic est parti sur zone dès que nous avons pu la localiser, précisa Spencer. Il est maintenant sur le chemin du retour.

— Une autre statue ?

— Non. Cette fois, il s'agit d'une sorte de sphère. D'après la forme du dos des statues, nous aurions pu nous en douter. Mais lorsqu'une évidence vous colle aux yeux, il est facile de ne pas la voir…

— Parfait ! commenta Craig. Stark a-t-il été transféré selon mes instructions ?

— Affirmatif ! Il se trouve depuis quatre jours entre les mains du service de santé. Depuis ses dernières élucubrations, en fait…

— À propos d'élucubrations, les avez-vous fait traduire ? reprit Craig, sans écouter les commentaires de Spencer.

— C'est fait ! Et pour le moins curieux, lui répondit Franklin en sortant une feuille d'un dossier. Voyez vous-même…

Denis Craig prit la feuille dactylographiée des mains de Franklin et la lut à voix basse.

« Les sept ont été sculptées pour préparer l'avènement d'une révélation.

Les sept n'ont de valeur et de sens que réunies, solidarisées par le huitième élément.

Les sept représentent l'heptagone qui m'apparut en songe, lors d'une si lointaine nuit d'il y a près de cinq siècles.

Cet heptagone qui me suit depuis l'aube de ma seconde vie et n'a jamais eu pour moi plus de clarté ni de sens que ce qu'il représente.

Quatre et trois, le quaternaire associé à la trinité, la matière à l'esprit, les éléments au divin.

Je suis le gardien de cette révélation, dont je ne sais pour ainsi dire rien.

Mille fois plus grand aurait pu être le nombre des années, je n'en saurais toujours pas davantage.

Je ne suis que le gardien, le trait d'union des mondes. Sans intention ni pouvoir.

Je ne sais si, comme moi, d'autres maudits parcourent le monde à la recherche d'une dernière vie, cet ultime trépas après lequel mes soupirs languissent.

Je ne suis pas la révélation.

Je suis le trait d'union des mondes.

Je suis le trait d'union des mondes. »

— Ce sont là les paroles d'un fou, d'un conteur ou d'un illuminé, commenta Denis Craig.

— Je ne connais personne qui s'exprime dans autant de langues, monsieur Craig, précisa Stacey. Et encore avons-nous abrégé ! Il a répété la dernière phrase dans une vingtaine d'idiomes. Certains sont régionaux… Il faut avoir joliment bourlingué pour y parvenir, et encore ! Je ne m'explique pas un tel savoir.

— N'importe qui peut apprendre par cœur un texte en vingt langues différentes, ou plus encore ! contrecarra Spencer. Rien ne prouve que Stark les connaisse.

— Qu'en pensez-vous, Franklin ? questionna Craig. Vous qui avez passé du temps en sa compagnie, vous êtes peut-être le seul à prétendre avoir une idée là-dessus.

— Je n'ose pas même avoir l'audace de cette idée, répondit Franklin, quelque peu gêné par cette question soudaine. Je crois par contre que le temps de laisser parler Malhorne, ou Stark, est maintenant venu, n'est-ce pas ?

— Tout à fait d'accord ! le soutint Craig. Nous en avons fini avec les suppositions, s'il a réellement quelque chose à nous dire, il le fera aujourd'hui même. Sa présupposée œuvre est à présent complète, ou sur le point de l'être et, selon ses dires, plus rien ne l'empêche maintenant de collaborer avec nous.

La huitième pièce du système Malhorne, une sphère de près d'une tonne, taillée dans un bloc de calcaire, fut apportée par la route en début d'après-midi du même jour. Il fallut rouvrir de vieux accès souterrains pour la mener jusqu'à la grande salle du bunker où l'attendait le cercle des statues. Franklin et Stacey l'étudièrent minutieusement avant de laisser la grue la déposer au milieu des guetteurs de pierre.

— Elle s'adapte parfaitement dans le logement des dos ! admira Stacey. C'est un beau travail, si chaque élément a réellement été sculpté séparément !

— Comment peux-tu encore en douter, Stacey ? interrogea Franklin. Nous les avons toutes datées d'époques différentes. L'hypothèse d'une réalisation d'ensemble, éclatée par la suite, est définitivement caduque.

— Je sais, mais je n'arrive pas en à comprendre le sens. Ça m'échappe totalement. Sans parler des sculpteurs, qui ont dû se transmettre les cotes de génération en génération. Si tel est le cas, c'est probablement unique dans l'histoire des arts !

— Curieux tout de même que cette dernière pièce ne porte aucune inscription, poursuivit Franklin.

— Je ne sais pas. Elle n'incarne probablement pas la même chose. De deux conceptions l'une, soit elle symbolise une idée, soit elle n'a d'autre vertu que de maintenir les statues…

— Ne me dis pas qu'il traînerait dans cette affaire la moindre place pour le hasard.

À hauteur d'homme, la sphère formait au-dessus des statues un arc de pierre à peine visible, tant elle s'enfonçait profondément entre les sept hommes assis. L'ensemble constituait un mélange impressionnant d'immobilité, mêlée d'un sentiment de veille.

— Le hasard, marmonna Stacey. Que viendrait faire le hasard dans une construction cinq fois centenaire !

Denis Craig, Spencer et les autres membres entrèrent à cet instant dans le bunker, interrompant net les nombreuses questions laissées sans réponse qui tourbillonnaient en vertige autour des statues.

— Nous allons pouvoir commencer ! dit Denis Craig avec un large sourire. M. Stark nous rejoint dans quelques minutes. Je profite de ces derniers instants pour insister sur un point. Hormis la présence de ces statues, qui matérialisent la réalité du mystère qui nous occupe, nous n'avons qu'une seule et unique certitude : Stark sait quelque chose. Aussi vous demanderai-je d'user de patience, si nécessaire. Il se peut qu'il tourne autour du pot quelque temps, cela semble l'amuser, comme nous avons pu le constater. En contrepartie, n'oubliez jamais que nous maîtrisons le dénouement de cette histoire, pas lui.

Lorsque Malhorne arriva de l'infirmerie où, pendant les cinq derniers jours, les médecins de la Fondation avaient ausculté jusqu'à la plus petite parcelle de son individu, il portait dans ses bras le fidèle monsieur Pompon. Deux hommes du service de sécurité le firent passer par la grande salle pour rejoindre l'appartement cellule où il séjournerait dorénavant.

Il aperçut les statues, surmontées de la sphère, et s'arrêta net.

— Vous permettez ? demanda-t-il à Denis Craig en indiquant le cercle des sculptures d'un doigt tendu.

Craig acquiesça d'un signe de tête. Malhorne se dirigea lentement vers le centre de la salle. Ses yeux brillaient plus qu'à l'accoutumée. Il paraissait ému. Il passa doucement la main sur le visage de chaque statue. Ses doigts semblaient caresser quelques vieux souvenirs. Ses lèvres remuaient mais il murmurait si bas que personne ne parvint à comprendre de quoi il parlait.

Lorsqu'il eut réalisé le tour complet des géants de pierre, il revint vers ses gardiens.

— Je suis à vous, dit-il sur un ton engageant.

Puis il précéda ses gardiens et se dirigea de lui-même vers la porte d'accès à son appartement cellule.

— Monsieur Stark, commença Spencer, dès que les appareils d'enregistrement furent déclenchés. Voudriez-vous nous éclairer sur le sens de vos étranges paroles ? La traduction ne nous a pas davantage instruits que votre version originale…

— Je comprends votre embarras, mon bon Spencer, lui répondit-il. Et je vais vous éclairer, comme vous le dites si joliment. Mais laissez-moi vous demander une faveur, avant de commencer. Vous m'obligeriez en m'appelant Malhorne, une bonne fois pour toutes. Le rapport vous échappe et cela ne me surprend aucunement. Il m'échapperait à votre place. Appelez-moi ainsi, en aveugle pour commencer. Jamais personne ne m'a appelé Stark, ce n'est qu'un état civil de plus. Sommes-nous d'accord ?

Spencer acquiesça. La recommandation de Craig résonnait encore dans son crâne.

— Je vous le concède. Nous éclairerez-vous, à présent ?

— Ne suis-je pas ici précisément pour le faire ? Il m'est par contre impossible de vous faire comprendre ce que signifient ces statues, cette sphère et cette traduction, que vous tenez entre les mains, sans revenir quelque peu dans le passé. Pour que la fleur soit visible, il lui faut des racines, n'est-ce pas ? Sinon, elle se fane sans même avoir vécu.

Malhorne prit une profonde inspiration avant de reprendre ses explications.

— Mon œil est tout aussi vierge que les vôtres sur cet ensemble de sculptures. Je connais intimement chacune des parties mais l'ensemble, pour la première fois aujourd'hui, je le regarde… Zach fut de bon conseil, jamais je n'en ai douté ! La providence ou le hasard, je ne sais. L'un des deux s'est évertué à préserver ces statues des affronts du temps et de l'expansion des hommes sur cette terre. Avez-vous remarqué qu'aucune ne fut érigée aux abords d'un fleuve ? Je suppose que non. C'était pourtant courir un risque moindre. Il n'y a guère que les générations actuelles pour établir leur habitat loin des rivières. Aussi sculptais-je les sept loin de l'eau... Mais n'allons pas trop vite en besogne ! Même les évidences doivent être démontrées car, à trop vite découvrir un principe, on en vient à douter de sa véracité. Vous ne devez pas échapper à cette loi, tout scientifiques que vous êtes.

» Je vous regarde tour à tour, et je vois chez certains les premiers signes de l'irritation. Un beau sourcil qui se cabre en accent circonflexe est un indice qui ne trompe guère !

» Comment procéder ? J'ai fantasmé bien des fois sur le moment que nous vivons mais il me manquait vos visages... À discourir mentalement avec des masques sans vie, on atteint souvent le non-sens. Si mon aventure avait commencé plus récemment, j'aurais procédé de façon différente, mais le cours des événements en a décidé autrement. Vous appartenez à une époque qui, tout en reposant essentiellement sur le matériel, ne croit plus à ce qu'elle observe. C'est dire si mes efforts représentent peu de chose... Toutefois, il m'est aussi impossible qu'à vous de faire machine arrière. Vous devrez donc vous contenter de ces statues, et de ce que je pourrai vous en dire. Voir l'évidence n'est pas suffisant, il est aussi nécessaire de l'admettre et, mieux, de la comprendre ! Si, après m'avoir écouté, vous parvenez au premier stade, ce sera une si belle victoire pour nous tous que le second en sera induit.

» Soyez patients, messieurs ! Car mon histoire est un peu longue, mais si sa teneur vous séduit, vous aurez également le loisir d'en vérifier les détails. Point par point, si cela vous rassure...

18

« Si tu plonges longtemps ton regard dans l'abîme,
l'abîme te regarde aussi. »
FRIEDRICH NIETZSCHE

— Je suis mort le 25 août de l'an de grâce 1491.

» Je suis mort par excès d'orgueil, pour n'avoir pas à sa juste valeur estimé la qualité de mes ennemis.

Ainsi Malhorne entama-t-il la narration de son existence. Élucubrations d'un être halluciné pour certains, conte initiatique pour d'autres, l'auditoire réuni dans le bunker de la Fondation Prométhée s'était entendu sur un point : il laisserait s'exprimer cet homme sans tenter de l'interrompre. En premier lieu pour comprendre ce qui les avait tous menés là, mais aussi parce qu'ils se trouvaient dans une impasse. L'homme assis devant eux possédait peut-être la clé qui leur manquait. Aussi restèrent-il attentifs. Une atmosphère empreinte de sérénité régnait dans la salle, tandis qu'une lumière rouge clignotait à l'avant des caméras, et que Malhorne poursuivait.

— À treize ans, moi, Malhorne, né Guillaume Passegrain, j'embrassai le métier des armes et le funeste jour dont je vous parle, j'exerçais la noble tâche de chef des gardes de l'abbaye de Pierrefith.

L'abbaye de Pierrefith dressait son clocher à l'à-pic d'un promontoire calcaire, ceint par deux bras secondaires de la rivière Charente. Le terrain en pente douce s'étalait en terrasses ouvertes sur les vallées de l'Aquitaine où serpentait une route, des gués de la Tardoire aux portes de l'abbaye. Il y poussait des variétés d'agrumes que vous ne dégusterez jamais et surtout, et surtout, de la vigne… Ah, ces vignes de Charente, taillées à hauteur d'homme et feuillues comme vierges ! Je suis ému rien que d'en parler. Non qu'on en fît un vin réputé. Ce serait même plutôt le contraire. Abuser de cette pisse d'âne vous amenait sûrement vers les affres de l'ulcère. Non, ce n'est pas de vin dont je veux parler mais du cognac, son éther. Les chais de l'abbaye en étaient emplis jusqu'à la gueule. Combien d'heures ai-je pu passer à écouter la chanson des vieux fûts de chêne.

Au matin du 25 août donc, la rumeur de la présence de pillards dans les environs nous vint depuis La Rochefoucauld. C'est un muletier en commerce avec les moines qui nous rapporta l'affaire.

Une heure avant le début de ce qui devait se transformer en tragédie, un jeune gars dépêché en éclaireur nous revint, porteur de sinistres nouvelles. Nous apprîmes par sa bouche qu'en fait de pillards, la troupe qui vers nous convergeait, représentait un bel échantillon de la paysannerie alentour. Une jacquerie, en somme.

Notre éclaireur estima les forces à une grosse, environ cent quarante hommes, et j'eus la naïveté d'accréditer ses maigres capacités en arithmétique. Sinistre erreur ! Pressentant malgré tout la réalité d'un danger, je pris sur moi, et un peu en suivant les conseils du père abbé, de préserver le trésor des moines. J'ensevelis selon la procédure l'or et les reliques de l'abbaye qui se trouvaient, pour l'heure, augmentés d'une année de gabelle. Il me faut vous fournir un détail d'importance. Le tribunal inquisitorial demeurait en nos murs depuis une dizaine de jours, pour le jugement d'Ethen, un personnage réputé de la région, qui devait finir tôt ou tard sur le bûcher. Et comme il arrivait souvent, le questeur royal accompagnait l'Ordre, profitant de sa protection d'hommes en armes et de son aura auprès du peuple. J'ai ouï dire également que le cardinal Delapresle, le grand Inquisiteur de l'époque, ponctionnait personnellement une part de la gabelle. Un service en vaut un autre, comme on dit.

Moins d'une heure après le retour de mon éclaireur, je sortis des murs de l'abbaye, brave et inconscient du danger, à la tête des deux tiers de mes hommes, soit trente-cinq soldats, davantage initiés au maniement de la fourche qu'à l'art de la guerre. J'avais pour plan d'arrêter cette révolte avant qu'elle ne franchisse les gués de la Tardoire. Prétention d'orgueilleux.

Nous sortîmes en rang, caparaçonnés et cliquetant de dextre, alors même que sonnait la fin du procès d'Ethen. D'un bon pas, nous traversâmes les terres abbatiales, sans plus nous soucier du bûcher que d'un feu de la Saint-Jean. Aux gués, je laissai quatre hommes, pour stopper un éventuel débordement et gravis la colline aux capucins sur son versant nord. C'est à son sommet qu'eut lieu le combat. Je devrais plutôt parler de massacre, de notre massacre. En route pour l'abbaye, les révoltés avaient dû rameuter quelques gaillards des fermes isolées. Je reconnus aussi dans leurs rangs les païens des communautés de défrichement, de solides couillons taillés comme des chênes, à force d'en abattre à longueur de temps. De terribles manieurs de hache et plus inconscients du danger que des taureaux en rut. Un sale coup pour nous. Le rapport de force se montait à un contre dix.

Plus le loisir ni de réfléchir ni de leur fausser compagnie, je chargeai bille en tête, talonné par ma troupe. Le temps de rendre dur un œuf fraîchement pondu et nous étions décimés, encerclés, perdus. Les rares soldats encore vaillants et moi-même nous sommes assemblés en cercle, dos à dos, pour opposer une dernière résistance et peut-être y gagner quelques louanges. Vraisemblablement *ad patres*.

Cela ne tarda pas. Nous étions parvenus à repousser une première vague d'assaut, au cours de laquelle je brisai ma lame sur le crâne d'un gueux, lorsqu'un ordre retentit parmi les rangs de nos assaillants. La horde rivale s'écarta comme un seul homme, nous tenant en respect du piquant de leurs fourches, de leurs haches et de leurs faux. Je vis alors s'avancer vers nous le Rouquin, qui me toisa d'un sourire assassin.

— Maître Malhorne ! me dit-il, une rage joyeuse illuminant son visage. J'ai occupé quelques nuits à rêvasser de cet instant.

Un contentieux de longue date nous opposait, le Rouquin et moi. Pour être honnête, je dois apporter à sa décharge que la faute m'incombait entièrement, bien qu'à aucun moment je n'aie voulu l'admettre. J'avais, il est vrai, troussé sa jeune sœur au point de l'engrosser. Mais un bâtard de plus ou de moins n'aurait pas changé la face du monde et je ne voulais pas entendre parler de convolage. Mon attitude ne présentait aucun caractère exceptionnel pour l'époque mais pouvait revêtir certains à-côtés désagréables. Surtout si la délurée appartenait à une fratrie peu commode. J'aurais dû me méfier davantage mais cette gamine avait une manière de remuer la croupe à faire damner un évêque. Une fois les sens aguichés, l'homme n'a plus sa raison, n'est-ce pas ? Mais revenons à ce triste épisode.

— Donne-lui ton arme ! brailla le Rouquin à l'un de mes hommes.

Le duel n'était pas équitable. Le Rouquin était plus jeune, plus rapide et plus fort que moi, et je me sentais passablement épuisé par l'âpreté des combats. Le verdict ne fut pas long. Je manquai une passe pourtant simple et le fer entier de sa hache disparut dans ma chair, de l'épaule à l'aréole du sein, tranchant net clavicule, côtes et poumon. Je fus équarri comme on abat un porc. L'effet anesthésiant de la douleur trop grande m'insensibilisa un moment, jusqu'à ce que le Rouquin retire son arme. J'entendis alors les côtes tranchées net crisser sur l'acier et hurlai en m'effondrant.

Les assaillants cessèrent de s'intéresser à moi pour diriger leurs pas vers l'abbaye.

J'essayai de bouger mais la douleur me terrassait. De mon poitrail béant, je sentais sans le voir le flot visqueux de ma vie s'échapper et s'écouler dans l'herbe grasse qui me servirait de sépulture. D'un regard oblique, je parvenais à voir l'abbaye qui, de l'autre côté du val, se trouvait à une altitude identique à la mienne. Je vis le Rouquin et sa bande escalader le mur du verger et pénétrer dans l'enceinte. Certains périrent sous les rets de mes archers, mais le gros de la troupe passa. Bientôt, l'abbaye tomberait. Et malheur à tous ceux qui portaient soutane, glaive ou jupon.

Je vis aussi la fumée épaisse du bûcher monter dans le ciel limpide de cette belle journée de la fin du mois d'août. Des bruits de fers entrechoqués et des voix rauques m'apportèrent la preuve que le dispositif de défense n'était pas entièrement vain. Puis je fus l'objet d'une distorsion de la réalité. Était-ce l'imminence de la mort ou l'épaisseur du sang qui brouillait mon regard, je ne sais pas. Les formes se mirent à danser dans une lumière devenue trop crue. Les flammes sacrificielles s'élevèrent par-dessus le toit de la chapelle et j'entendis avec effroi un cri inhumain qui me glaça les sangs. Puis, l'air me manqua. Ma cage thoracique ne se soulevait plus, je m'asphyxiais. Sans que je le veuille, mes yeux revinrent au zénith, cherchant un point qu'ils ne trouvèrent jamais et le noir m'envahit.

Parvenu à ce point du récit, Malhorne se tut. Il ressemblait à un homme accablé par l'évocation d'un pénible souvenir.

Pas un bruit ne venait troubler la magie de cet instant.

De l'autre côté de la vitre, les hommes attendaient, sous le charme de ses qualités de conteur.

Malhorne se redressa et sembla rajeunir, comme libéré. Il poursuivit.

— Et un songe me visita, qui se transforma bientôt en une vision cauchemardesque. Je ne respirais plus, je n'entendais ni ne voyais plus rien et mon cerveau ne fonctionnait pas plus qu'un caillou. La mort ne paraissait pas plus effrayante que cela. L'absence de tout. Un indescriptible égarement privé de sensations. Et puis, en dehors de toute perception temporelle, quelque chose s'est peu à peu dessiné. Dans ce plus que noir où je me trouvais, un début de lueur m'est apparu. Un sentiment de quiétude, d'absolue protection, s'imposa à mon esprit. Après l'effroyable douleur que je venais de vivre, je me laissais glisser vers cet invraisemblable apaisement, plus généreux et altruiste que jamais au cours de mon existence. Je pensais toucher Dieu, moi, l'invétéré paillard. Et je me laissais délicieusement happer par son aura grandissante.

Tout, autour de moi, n'était que lumière, douce et vivante. D'abord privé de sons, ce nouveau monde s'anima d'un rythme binaire, comme le ferait une peau tendue et frappée. Les battements sourds, ouatés, d'un tambour divin. Je crois que cet état dura longtemps, et j'aurais voulu y rester éternellement. Mais toute chose se consume et se transforme.

Je ressentis soudain un sentiment d'urgence et une pression inouïe me comprima de toutes parts. La main de Dieu se refermait sur moi, implacable, usant d'une force au-delà de toute résistance.

Je suppliais pour que l'étau se desserre mais rien n'y fit. Notre Père à tous incarnait justice et miséricorde, mais aussi dureté envers les mécréants. C'est en tout cas ce que m'avait toujours seriné le père abbé. Et moi, Malhorne le pécheur, j'avais osé espérer monter directement à sa droite. Folie !

Je luttais désespérément. Pitoyable pantomime. Le ver de terre espère-t-il échapper au brochet qui le dévore ?

À nouveau je m'asphyxiais. La pression était telle qu'il me sembla sentir ma tête se déformer, s'allonger. Je devenais liquide.

Puis une ligne, d'abord ténue, sépara en deux parties mon univers lumineux. Une ligne sombre qui se dédoubla pour s'écarter lentement.

Mon corps, mû par une volonté extérieure, fut dirigé vers la fente. J'eus la sensation immonde d'être éjecté par cet orifice, indésirable en ce lieu.

Je fus expulsé en un éclair, littéralement excrété.

Je suis tombé, tête la première, dans une matière sèche et rêche. En s'aplatissant, mon dos s'enfonça dans une substance visqueuse et chaude qui me dégoûta. J'ouvris les yeux, pour m'apercevoir que rien n'allait comme il l'aurait fallu. L'univers était flou. Les côtés de mon champ visuel m'étaient interdits.

Tout de même, une forme bougea, si haute que je n'en percevais pas le sommet. J'y reconnus un bipède, à cette façon parfois risible qu'ont les hommes de se tenir debout. À la forme de ses mamelles, je sus qu'elle était femme. Elle fit un pas en avant et, alors qu'elle ne me tenait d'aucune façon, je la suivis, tiré par une corde qui me tordait les entrailles. La douleur que provoqua cette secousse me fit hurler, puis brailler, puis vagir. La femme se retourna pour me ramasser et m'emporta avec elle. Elle me portait sur son sein, aussi facilement que si j'avais été un chaton, et ce sein énorme barrait à lui seul tout l'univers visible. La femme sortit au grand jour et me brandit en riant. Une femme dont j'ignorais tout. Une femme courte et largement bâtie que je devrais, pendant bien des années, appeler maman.

Puis tout s'est à nouveau modifié. Je ne voyais pas réellement des images. Elles s'imposèrent à moi. Un tunnel d'innombrables images en mouvement, qui allaient s'accélérant. Des visages de très près. Des visages qui souriaient, grimaçaient ou se fâchaient. Des éternités passées contre un dos, collant de sueur ou trempé par la pluie. Et toujours cet énorme sein, sempiternel et nourricier.

Jamais un son, jamais une sensation tactile. Je n'éprouvais, au travers de ces images, que des sentiments. De joie primaire, mais surtout de frustration, d'incompréhension et d'absolue fragilité.

Des images d'apprentissage aussi. De la marche, de la parole, du danger, de la maladie et des autres. Apprentissage de mon corps et des coups, de la joie et des blessures, de la peur et du courage. L'apprentissage de la vie. Une initiation pour affronter le trépas.

Ces visions se succédaient comme un film muet terriblement réaliste. Je ne comprenais pas comment, alors que je ne connaissais ni les lieux ni les personnages, je les emmagasinais comme des souvenirs personnels.

Les visions ont ralenti, me sortant du tunnel. La dernière image était celle d'une jeune femme que j'allongeais dans la paille d'une grange pour me coucher sur elle. L'image a pris corps, odeurs et sensations réelles au moment précis où j'explosais en elle. Et avec elle sont revenus les sons, l'excitation du plaisir, de l'interdit, la chaleur d'un corps désiré, la sensation d'une terre sous mes pieds. La réalité.

La douleur aussi.

Et alors, j'ai compris.

La fille a hurlé et m'a repoussé. Elle m'a rejeté sur le côté où je suis resté étendu, le sexe et les bras en l'air, tétanisé dans l'exacte position où le coït et la folie m'avaient surpris. Elle, recroquevillée sur le foin, pleurait doucement en appelant quelqu'un.

— Jean, Jean…, chouinait-elle doucement.

Elle s'est vite enhardie et est venue tout contre moi, pour me caresser le front.

— Mon Jeannot disait-elle, mouillant mon visage de ses larmes salées.

Vus de l'extérieur, mes yeux révulsés exprimaient ma démence. Moi, je cherchais simplement à voir en dedans, le cerveau en berne. Je tentais de reconstruire le pont entre moi, Malhorne, et ce Jean sur lequel cette fille pleurait. Il m'aurait fallu être prestidigitateur, ce que je n'étais pas. Mes bras finirent par retomber, longtemps après que mon sexe apprenti eut retrouvé sa position d'enfant.

Plus tard, j'appris que mon premier amour s'était jeté dans la Charente, au confluent de la Touvre, à l'endroit où les eaux tourbillonnent tant. Jamais on ne retrouva son corps.

Je demeurai deux ans ainsi. Extatique ou profondément choqué, ni moi ni mon entourage n'aurions pu le dire de façon certaine. Réduit à l'état de légume, assurément !

Ma mère, puis mes sœurs à leur tour, s'occupèrent de moi. Comme on veille un vieillard sénile. Avec dévouement, mais sans entrain.

On essaya sur moi toutes sortes de thérapies. Plantes médicinales, élixirs de bonne femme, prières à la Vierge, etc. Il fallait bien se débrouiller avec les moyens du bord. On fit même venir d'Angoulême un prêtre exorciste qui, après avoir sué sang et eau bénite autour de ma paillasse, en conclut à la débilité profonde. Satan et ses serviteurs ne trempaient pas dans cette affaire.

L'incompétence de mon entourage pour traiter mon égarement n'avait d'égale en cette région que l'indescriptible chaos qui aveuglait ma raison. Pour résister psychologiquement au choc subi, je dus séparer les souvenirs de Malhorne des autres, ceux de Jean l'Essart, cet adolescent allongé et privé de raison que je venais de découvrir. En ce début de XVIe siècle, les esprits étaient autant pétris de la présence de Dieu que de celle du démon pour expliquer tout événement à caractère irrationnel, et je ne savais que faire ni de l'un ni de l'autre. La réponse se trouvait ailleurs et il me fallait la découvrir. Une question de survie, ou de mort.

Le temps passa et l'on se désintéressa de mon cas. Je fus relégué dans l'esprit de ma famille au statut de meuble, une bouche inutile qu'il fallait bien nourrir, en bons chrétiens qu'ils étaient. D'abord étendu près de l'âtre dans la pièce commune, je fus ensuite transféré à l'entrée de l'étable, dans la chaleur des bêtes de la ferme.

Deux années s'étirèrent ainsi. Ce fut ma sœur cadette qui, pour finir, se préoccupa le plus de ma santé vacillante. La petite Jeanne. Une adorable jeune fille qui détenait au fond de son cœur plus d'amour pour son prochain, fût-il son frère, que le village entier réuni. Elle me changeait une fois par jour, afin que je ne trempe pas trop longtemps dans les miasmes de mon corps et, par des mouvements exécutés quotidiennement, m'évita le danger des escarres.

Je revins à la conscience le jour de sa mort, le 12 avril 1507. La malheureuse succomba au grand mal de l'époque, la grippe.

Pendant dix jours entiers, Jeanne, en proie aux délires de la fièvre, n'avait pu remplir sa tâche à mon chevet. Lorsque ses occupations lui en laissaient le temps, ma mère passait me rafraîchir d'un seau du puits et de quelques quignons du pain sec qu'elle destinait ordinairement à ses poules.

Je dus la vie aux bêtes de notre ferme, plus exactement au fait que ma paillasse se trouvait près du passage des animaux et donc, à la vue de ceux qui, trois fois par jour, passaient pour les soigner.

Pour ma part, il fut entendu que si je ne remuais pas tout de suite, je rejoindrais Jeanne sous terre avant longtemps. La différence avec les deux années passées n'aurait pas été bien grande mais la vie a de ces étincelles qui vous titillent le cœur contre vents et marées. Je m'accrochai.

Au petit matin du 13 avril, je parvins à me lever. Mon corps si longtemps inactif se dérobait sous lui-même et je mourais de faim.

Je sortis de mon lit à quatre pattes. Une vache allongée me servit de repas. J'attrapai sa mamelle gonflée et m'en repus goulûment.

Ma famille me trouva dans cette position, à son retour du cimetière. Je m'étais endormi contre Grisemine, la vache dont je m'étais repu sauvagement.

— Ah, te voilà fainéant ! me dit mon père. Tu seras sur pied pour les semailles, je te le garantis.

Puis il repartit vers ses champs sans autre forme de retrouvailles. Ma mère manifesta plus de joie de me voir meilleure mine et m'installa à nouveau près de l'âtre où je pus reprendre des forces. La mort soudaine de ma sœur Jeanne se voyait rachetée par ma rémission, tout aussi inattendue. Je fus ce jour-là un onguent apaisant dans le cœur de ma mère.

Bien sûr, les semailles arrivèrent sans que je fusse encore capable d'exécuter la moindre tâche.

— Foi de Gaucelin, ou tu travailles pour les moissons, ou tu déguerpis, non mais ! m'avertit mon père.

Je promis d'y arriver.

Dès que les forces me revinrent assez, je profitai de ma convalescence pour vérifier deux ou trois points qui me permettraient peut-être de trancher entre la folie et l'impensable. Si tant est qu'une frontière réelle les sépare.

Les chaudes journées du mois de juin me virent sillonner les chemins, en quête du fantôme de Malhorne. Je poussais ces promenades par les collines et les vals alentour et, dans certains villages que je rencontrais, je m'aventurais à poser des questions sur un certain Guillaume Passegrain. Je restais sur moi-même le plus évasif possible, tout en sachant que tôt ou tard, le bruit reviendrait aux oreilles de mes parents qu'un l'Essart battait la campagne en posant des devinettes.

Mes pas me conduisirent jusqu'à l'abbaye de Pierrefith où m'attendaient la désolation et l'anéantissement. Il n'en restait pas pierre sur pierre. Entièrement détruite par le feu, la fière construction n'avait ensuite pas survécu aux paysans des alentours, qui s'en servaient de carrière. Seuls subsistaient quelques champs cultivés, au plus près des gués de la Tardoire.

Lorsque j'arrivai sur les lieux, une vieille paysanne à la peau tannée par le soleil et les ans m'alpagua.

— Qu'est-ce tu traînailles par là, malandrin !

À court de réplique, je lui désignai un tertre de la main, une éminence dont je n'avais aucun souvenir.

— Qu'est-ce qu'il y a là-dessous, la vieille ?

— La mort, mon gars ! La mort avec ses os qu'y a là.

Je détaillai son visage parcouru de tics et semé de verrues, quand nos regards se croisèrent. J'eus l'impression, en la détaillant mieux, que cette femme m'était connue.

— Tu serais pas la Grimbine, des fois ?

— La Grimbine ! Comment que tu peux savoir ça, le minot ? Ça fait belle lurette qu'on ne m'appelle plus comme ça.

Elle m'a regardé par en dessous, l'œil soupçonneux.

— La Grimboche, oui ! Mais la Grimbine, c'est fini. Qui que t'es donc ?

— Jean l'Essart, ma belle, je lui ai répondu. C'est quoi le tas de pierres ?

— Jamais entendu ce nom-là. D'où que tu viens comme ça ?

— Du côté du gave aux Loups, par là-bas, mentis-je en lui indiquant vaguement une direction. Bon, alors, c'est quoi ce tas de pierres ?

— C'est la mort, j' te dis, finit-elle par répondre. C'est les moines et leurs soldats qu'ont été mis là-dessous en vrac. Et pis ce diable de cardinal avec.

— Vous vous rappelez de Malhorne ?

— C'est pourtant bien vrai ! Et pis ?

— Est-ce qu'on l'y a mis avec ?

— Pour sûr qu'y est.

— Vous en êtes certaine ?

— Parbleu ! J'y étais quand on a mis la terre sur tous ces couillons. Même qu'il était pas beau à voir, le gars Malhorne, avec les tripes en pendouilles et la tête toute escabochée, ajouta-t-elle avec un vilain rictus à faire tourner du bon lait. Mais comment que tu sais qui je suis ? Vu que moi j' te connais pas ?

— Peut-être qu'on s'est vus il y a longtemps, lui répondis-je, l'air mystérieux.

— Tu pisses encore du lait et tu veux m'en apprendre. Tu sais rien du tout, oui ! T'as eu de la chance ou on t'a raconté, voilà tout.

— Si, j'en sais des choses. Par exemple, je sais que t'as une vilaine fistule à la fesse, la vieille. Et que tu savais lever la jambe du temps où t'étais pas cassée de partout. Je sais aussi qu'à Malhorne, tu lui as pas souvent refusé la botte ! Dis que c'est pas vrai, pour voir ?

— Et comment que tu peux savoir ça, morveux ?

— Parce que j'y ai mordu, pardi ! Mais t'avais la figure plus ronde alors. Et moins de verrues aussi.

La vieille pâlit et se signa. Pour achever sa peur, je singeai le démon en mimant des cornes sur ma tête et poussai un grand « rrha ! ». La vieille déguerpit à toutes jambes. Eût-elle réellement été coursée par le diable en personne qu'elle n'aurait pas couru plus vite.

Identifier cette vieille bonne femme ne prouvait rien sur mes origines. J'aurais tout aussi bien pu reconnaître la terre entière en doutant toujours de ma santé mentale. Par contre, partager l'un de ses secrets intimes représentait bien davantage et son attitude valait toutes les réponses du monde.

Fort de cette rencontre, je tranchai raisonnablement pour la déraison. Ce que je ressentais au fond de moi n'était pas digne d'un bon chrétien, mais qu'y pouvais-je ? Je ne me pensais ni fou ni possédé. Je vivrais avec les souvenirs cumulés de deux êtres en une seule tête. Le plus important de cette histoire incroyable, c'était de l'accepter, simplement, sans se torturer davantage les méninges. Toute autre conjecture ne valait pas plus que de la roupie de sansonnet.

Je me promenai quelque temps parmi les décombres. À l'emplacement de ce qui, jadis, avait été la chapelle, un trou sombre marquait un affaissement de la voûte des souterrains. De mémoire, je suivis le tracé des tunnels et m'aperçus qu'en de nombreux endroits, les galeries trahissaient leur présence. Une idée alléchante me vint à l'esprit. Se pouvait-il que l'or des moines ait échappé au pillage de l'abbaye ? Je trouvai bientôt un accès praticable et dégringolai les escaliers menant à la cave à sel. Les lieux familiers me revinrent en mémoire et c'est sans grande difficulté que j'arrivai jusqu'au coffre clos, aidé dans mon parcours par des rais de lumière diffusés depuis la voûte endommagée. La petite salle du trésor était toujours scellée par la dalle que j'avais moi-même fait descendre, seize ans plus tôt. Par terre, le sable indiquait des traces de piétinements nombreux. Sans doute étais-je le dernier vivant à connaître le secret de cette salle, ce qui faisait de moi un homme riche, si je parvenais jamais à l'ouvrir sans me rompre les os sous des tonnes de terre et de pierres maçonnées. La question méritait réflexion et le temps ne me manquait pas pour m'y atteler.

Je revins à la ferme de mes parents, le cœur plus léger que jamais. En chemin, je décidai de n'en parler à personne et de reprendre les travaux des champs. De toute façon, juillet approchait et j'avais promis.

Et puis, qui aurait pu me croire ?

Mes parents furent ravis de ma métamorphose. En un mois au grand air, je repris couleurs et santé plus rapidement qu'en six de la meilleure des convalescences en chambre. Le plus dur, au début, fut d'endurer les conseils et les remontrances de mon père, de quinze ans mon cadet.

L'avant-veille du début des moissons, il me trouva au saut du lit dans la cour, suant, malgré la fraîcheur matinale, au-dessus de la meule à eau. J'avais aligné contre un mur la totalité des outils de coupe dont nous aurions bientôt besoin. Déjà, une demi-douzaine de faux, de serpes et de serpettes avaient goûté à la meule et offraient leur fil à la lumière du jour naissant.

Je l'entendis hurler dans mon dos avant d'en avoir senti la présence.

— Qu'est-ce que tu fous là, couillon !

— J'affûte, dis-je, laconique.

— Ça, je le vois bien. Qui t'a permis de sagouiner mes outils ?

Déjà, sa main montait vers le ciel, signe qui indiquait généralement qu'elle ne tarderait pas à redescendre. Et la main de mon père ressemblait davantage à un battoir qu'à l'appendice muni de cinq doigts dont Dieu nous a tous pourvus.

Avant qu'elle ne retombe, je m'écartai prudemment de deux pas.

— Vérifie donc avant de cogner ! lui dis-je d'un ton ferme.

Tout en maugréant un mélange de patois et de blasphèmes, il ramassa la faux et l'ausculta longuement.

— Diable, grogna-t-il en expert. C'est pourtant du beau travail. À croire que t'as fait ça toute ta vie. Où qu' t'as appris à affûter, Jean ?

— Nulle part, le père, mentis-je. Ça m'est venu comme ça !

Il faut dire qu'en quinze ans de pratique, le métier des armes vous apprend plus d'un truc sur l'art de l'affûtage. Et le fil de l'épée est au soldat ce que la bible est au curé.

— J'aurais juste besoin d'un coup de main pour refroidir la pierre pendant que j'affûte.

Là, je poussais l'insolence un peu loin.

Contre toute attente, Gaucelin consentit à verser de l'eau sur la meule pendant que je reprenais mon travail. Davantage, je pense, par curiosité de me voir faire que pour m'aider vraiment.

Une estime mutuelle grandit peu à peu entre Gaucelin et moi. Nous étions tous les deux surpris par l'attitude de l'autre. Lui se félicitait de mes aptitudes au travail qui se manifestaient comme une génération spontanée et moi de son intelligence rustique de me laisser faire.

Le temps des moissons se présenta sous ces bons augures et avec eux les fêtes des récoltes. Débordant d'énergie, j'abattis le travail de deux hommes. Je me sentais bien dans mes peaux et deux ans d'inactivité avaient comprimé mes ressorts.

Nous faisions alors ces travaux en communautés agricoles. Cela n'a pas grand-chose à voir avec les coopératives d'aujourd'hui, le terme de communauté signifiait que plusieurs fermes voisines unissaient leurs bras et leur matériel le temps de la fauche et du battage. Depuis des lustres, nous le faisions avec les familles Boilevin et Méludère, nos collègues du Val d'Etoupes. Les trois familles réunies représentaient une cinquantaine d'individus des deux sexes et chacun gagnait son repas à la force de ses bras. Les hommes coupaient, puis charriaient ce que les femmes avaient sarclé. Les gamins, eux, ramassaient les épis tombés, la part du pauvre que nous ne laissions pas aux errants, comme nous aurions dû.

Mon père faisait grand feu de son étonnant garçon qui s'était réveillé d'un grand mal avec la sagesse d'un homme et meulait comme pas deux.

— Pour sûr qu'il est bon à marier ! rajoutait-il avec un clin d'œil.

Les filles des voisins ne se le laissaient pas conter deux fois, si j'en croyais les regards gourmands qu'elles me jetaient et les chuchotements qui ponctuaient mon passage. Je laissais faire ces jeux, assez flatté, je dois dire. Parmi ces gaudelurettes, j'en remarquai une qui portait le minois joli. C'était une fille Boilevin, la cadette, qui répondait au doux prénom d'Emma. Elle avait les yeux si clairs qu'ils en paraissaient délavés par les pluies de printemps. De temps à autre, au gré de nos occupations, il arrivait que nos chemins se croisent. Elle posait alors gentiment son regard dans le mien et sa figure s'illuminait d'un sourire, encadré sur les joues d'une rougeur adorable. Je sentais bien, à ce pincement qui me picotait le cœur, que la petite me plaisait fort.

— Fais attention, mon gars ! me disait Gaucelin en riant. Va pas encore t'esbicher la caboche dans les bras d'une sauterelle !

Mais je savais qu'il pensait le contraire. La petite Emma était une fille comme il faut et la ferme de son père jouxtait la nôtre. Quand l'amour et l'intérêt s'unissent dans le même sens, de quoi pourrait-on se plaindre ? Peut-être simplement qu'Emma était tout juste en âge d'être ma fille !

Les moissons s'étalèrent sur trois semaines et, le 24 août 1507, nous avions rentré le foin, nettoyé le matériel et stocké la récolte.

Depuis quarante-huit heures, les femmes avaient déserté les champs pour s'activer au-dessus des fourneaux. Deux jours suffisaient à peine pour préparer les énormes tourtes, tartes, gibiers, volailles, pains fourrés et galantines. Sans compter les deux cochons sacrifiés sur l'autel de nos réjouissances qui, cuisinés avec un savoir-faire ancestral, nous régaleraient de jambons, de pâtés, de grillons, de boudins, d'andouilles, de caillettes et de sanguines.

Le 25 août, en début de matinée, le chemin haut qui menait à notre ferme devint, l'espace d'une demi-heure, plus peuplé que la route de La Rochefoucauld. Les deux familles voisines convergeaient vers nous, lourdement chargées de corbeilles remplies ras la gueule. On entendit venir de loin l'équipage du père Méludère. Avec force claquements de fouet, il montait vers la ferme deux pleins tonneaux d'une piquette qui promettait l'ivresse et la goutte, mais possédait l'énorme avantage de pousser sur la même terre que nous. Au virage du Bas Lieu, il posa à l'arrière de sa carriole la vieille Boilevin, comme il aurait chargé une botte de paille, et poursuivit sa route. Les familles se rejoignirent au carrefour du bois Farroux, où veillait une vieille croix de pierre. Leurs rires et leurs chants joyeux nous parvinrent depuis la Saule, ce qui fait un bon kilomètre à vol d'oiseau.

Le curé de Puypéraux, sous le beau prétexte de bénir la récolte, arriva le dernier, comme il le faisait tous les ans, essoufflé et rougeaud de soleil et d'appétit.

Il remplit rapidement son office et tout le monde s'installa autour des tables, dressées à même le sol dans la cour de la ferme.

Des miches de pain, qui auraient pu servir de tabourets à des enfants, passaient par le fil des couteaux, avec ce geste sûr des hommes qui tenaient la lame entre quatre doigts et utilisaient le pouce comme un guide. Les belles et larges tranches d'un pain ambré circulaient de main en main tout autour de la tablée, figurant joliment un tableau rustique de la Cène. Ce repas fut précisément pour moi le dernier que je pris avec ma famille.

Son idée de noces faisant son petit bonhomme de chemin, Gaucelin avait placé Emma à mes côtés, se disant sans doute que l'occasion fait le larron. Pour parachever son stratagème, Sylviane, une fille Méludère fort laide, occupait ma gauche par ses bons soins. Et s'il est vrai qu'entre deux vins on choisit le meilleur, Gaucelin avait bien préparé son affaire.

Emma, pour n'être pas délurée, n'en était pas pour autant godiche. Tout au long du repas, ses regards en coin et ses longs éclats de rire, qui se terminaient bien souvent sur mon épaule, finirent par m'amadouer. Je ressemblais de plus en plus, aux yeux des deux familles, à un promis comme il faut. C'est vrai qu'Emma me plaisait bien, mais mon expérience me faisait redouter les femmes, je dois bien l'avouer. Deux ans dans les limbes me suffisaient amplement.

Le vin aidant, la demoiselle s'est enhardie jusqu'aux limites du convenable et c'est avec soulagement que je vis arriver les tartes. Sous le faux prétexte d'une envie pressante, je quittai la table pour m'isoler un moment derrière la grange à foin. Je commémorais ce jour même le seizième anniversaire de ma mort dans une ambiance de fête et cette pensée seule suffisait à m'étourdir.

Combien de temps suis-je resté là ? Je l'ignore. Il est vrai que depuis mon éveil, je passais de longs moments à méditer sur mon sort, parfois dans une solitude des sens proche de l'extase. Au début de l'été, j'avais répondu à la première question : qui étais-je ? Une autre me tarabustait l'esprit depuis : pourquoi ? L'une et l'autre devaient être liées, sans quoi jamais je ne résoudrais la seconde. Une seule certitude me hantait : ce n'était pas dans mon environnement quotidien que je trouverais la réponse. Tôt ou tard, je devrais partir. Et le plus tôt serait le mieux, sans doute.

— Alors Jean, on dirait que tu me fuis ! dit la petite voix d'Emma dans mon dos.

Perdu dans mes rêveries, je ne l'avais pas entendue s'approcher. Je me retournai vivement.

— Pas du tout, Emma. J'avais juste envie de me retrouver un peu seul ! Tu n'y es pour rien, je t'assure.

À voir la façon dont elle entortillait son jupon de ses mains timides, je pressentis que le moment devenait dangereux.

— Viens, ma belle ! lui dis-je en l'entraînant derrière moi. Tu as raison, je peux consacrer le restant de l'année à réfléchir, si je veux. Retournons nous amuser.

Les regards entendus qui nous accueillirent à notre retour en disaient long sur la bonne avancée supposée des projets de nos parents.

— Va peut-être falloir penser à ouvrir le bal, mon gars, me dit Gaucelin, un grand sourire aux lèvres. Choisis donc ta préférée !

Je n'eus pas le temps d'y réfléchir. Emma m'entraînait déjà au milieu de la cour.

Le soir même, je fis d'un drap un baluchon, pour envelopper mes maigres affaires et, dans le plus grand silence, je partis sans me retourner.

Une heure après mon départ, la forêt de la Braconne refermait sur mes pas son ombre emplie de mystères et, suivant le cours du Bandiat, je quittai le comté.

Le lendemain après-midi, je vis le clocher du village de Maillepasse à plus d'une lieue et l'évitai soigneusement. Il résidait là quelques personnes de lointaine connaissance dont je préférais éviter les ragots. Après un détour que j'agrandis volontairement pour faire taire les chiens du village, je passai les Eaux Vives à pied sec et m'enfonçai pour des siècles sur des terres inconnues.

J'avais, au départ, intentionnellement pris la direction du sud. Je voulais rallier Bordeaux où, pensais-je, devaient résider quelques savants pour qui mon petit problème de double naissance ne serait que devinette d'enfant. Maillepasse représentait pour moi le sud du monde. Ensuite, je confiai ma route aux étoiles et tournai ostensiblement le dos à la Grande Ourse. Comme j'ignorais crassement les distances sur le terrain, je laissai Bordeaux loin sur ma droite et poursuivis mon chemin plus au sud. Il m'aurait fallu obliquer vers l'ouest, mais l'inclinaison des collines me poussait sans que j'y puisse rien faire vers le sud-est.

J'avais glané jusqu'alors ma pitance au gré de ma route, me contentant de baies et de rapines. Novembre me prit sur les hauteurs du Marmandais où, las de me nourrir uniquement de noix, je fis une halte dans une ferme isolée, non loin de La Réole.

Le soir, après une longue journée de labeur, j'allais rôder du côté du monastère. Les bons moines détenaient-ils le savoir qui me faisait défaut ? Comme chaque soir je revenais embarrasser les portiers de mes questions détournées, je fus à la fin reçu par un père qui me donna ce conseil : Prends les chemins de Saint-Jacques, va à Compostelle. Là-bas tu trouveras la réponse à tes questions !

Nanti, non pas d'une réponse, mais d'un but, je rentrai à la ferme de mes hôtes, les Simonet, si ma mémoire est bonne, le cœur plus léger que depuis bien longtemps. Je passai une dernière nuit dans leur étable et, le lendemain, je les quittai dès l'aube, non sans avoir accepté de grand cœur leurs dons en retour de mon labeur.

Un hiver rude se profilait et une épaisseur de laine en plus ne serait pas de trop.

Et pour rude, l'hiver 1507 le fut !

Je franchis les multiples bras de la Garonne sitôt quittée La Réole et, profitant des sentiers entretenus par les pèlerins de Compostelle, je m'enfonçai dans les profondeurs des grandes forêts du sud-ouest.

Je marchai deux semaines sans rencontrer âme qui vive. Il est vrai que j'évitais soigneusement les villages. Et s'il arrivait qu'au plus profond des bois, une odeur de feu me vînt aux narines, je rebroussais chemin. Au prix d'un grand détour, je demeurais dans la solitude. Une solitude que je recherchais, pour n'avoir pas trouvé parmi les hommes le réconfort que j'y venais quérir.

À la mi-décembre, les premières neiges d'un hiver précoce firent leur apparition. J'étais alors sur les contreforts des Pyrénées, où le froid s'intensifiait avec l'altitude. Peu de temps auparavant, j'avais passé une nuit en compagnie de deux pèlerins en route, eux aussi, pour Saint-Jacques. Les fervents marcheurs m'avaient prévenu du péril dans lequel je me trouverais bientôt, si je restais seul dans ces contrées désertiques, sans rien à manger ni un toit pour me protéger.

— Et me protéger de qui, je vous le demande, si le pays est désertique ? avais-je dis, un tantinet moqueur.

Le plus âgé des deux s'était assombri pour me dire :

— Ne néglige pas les conseils d'un ami, jeune homme. Ici, sans le couvert d'une cahute, ton premier ennemi sera le froid. Et si l'on ne retrouve pas ton corps raidi par l'hiver et couvert de givre à la fonte des glaces, ce seront les loups qui te régleront ton compte !

J'écartai leur proposition de me joindre à eux contre la promesse de marcher au plus vite sur Pau ou Ortez, pour passer l'hiver.

Le conseil était bon mais il vint trop tard.

Ce furent les loups qui m'assaillirent.

Cela se passa deux jours après. Je m'étais arrêté à la nuit tombante dans une petite combe qui me protégerait du vent glacé. Le jour finissait très tôt et j'avais réuni plusieurs brassées de bois mort pour traverser vivant cette longue nuit grelottante. Mon trésor le plus précieux, un antique briquet à mèche, fit à nouveau merveille et, bientôt, je réchauffais mon corps transi à la lumière dorée des flammes. Ma besace presque vide m'offrit une dernière tranche de lard, un quignon de pain rassis par quinze jours de promenade et une demi-douzaine de noix. Le repas promettait une faim encore plus grande, mais c'était mieux que rien à se mettre sous la dent. Quant à l'eau, je n'avais pas à m'en préoccuper. Il me suffisait pour en avoir de me baisser, de remplir de neige mon gobelet, et ensuite de le tenir quelques minutes près du feu. Cette manière de me désaltérer ne manquait pas de certains désagréments gastriques mais au moins ne mourrais-je pas de soif.

Je pense que l'odeur du lard grillé les attira plus sûrement que la lueur de mon feu. Je les entendis fouiner près de moi bien avant d'en voir le museau. D'abord juste en face de ma position. Puis tout autour. Le combat se présentait de façon très inégale. J'étais pour eux une cible facile et clairement visible. Pour ma part, ébloui par le feu, je ne voyais pas loin dans l'obscurité environnante.

J'ignore ce qu'ils fricotaient exactement mais pendant dix bonnes minutes, je perçus le piétinement de leurs griffes sur la neige gelée. Puis, plus un bruit. Ce soudain silence, après le vacarme précédent, mit davantage mes sens en alerte, s'il était possible. D'une main je saisis un brandon enflammé et, de l'autre, je trouvai appui et réconfort auprès du tronc lisse d'un hêtre dans mon dos. La tête d'un loup apparut alors dans la lumière. Mais était-ce bien un loup ? Ce monstre semblait si énorme qu'il devait être mâtiné de dogue.

Il me flaira longuement, sans doute pour s'assurer de la nature de sa proie, puis poussa quelques grognements sourds. Un loup d'abord, puis deux, puis cinq, puis dix me firent front. Je représentais, pour cette meute carnivore, soixante-dix kilos de viande fraîche et d'os bien durs pour satisfaire canines et incisives.

Je n'étais pas de taille.

Le loup est un animal intelligent et fin stratège. Je devais m'attendre à tout moment à ce que l'un d'eux sorte de l'ombre pour se jeter sur moi sans que je puisse rien faire.

Avec un cri de rage, je jetai le brandon enflammé sur le plus gros de la meute et, juste à temps, j'attrapai une branche pour grimper dans l'arbre. Une mâchoire claqua très près de mon mollet. Trop près d'ailleurs pour mon pantalon qui y laissa une jambe. Miraculeusement sauf, je passai ce qui restait de la nuit accroché dans l'arbre.

Au petit matin, le feu fumait encore et les loups n'avaient pas bougé.

Ils m'attendaient. Tôt ou tard, je devrais descendre de mon perchoir. Ils le savaient.

Le jour entier passa sans qu'aucun signe du départ de la meute ne se manifeste. Avec la nuit revinrent le vent et la neige. Une neige drue dont je tentais de me désaltérer, sans y parvenir.

Le jour naissant me consterna. Les loups étaient encore plus nombreux que la veille. J'étais devenu l'attraction privilégiée de la gent poilue de cette partie de la forêt. De temps à autre, je braillais de pitoyables « au secours » à la cantonade, mais les bois étaient trop occupés pour me venir en aide. Au jour succéda la nuit, la troisième nuit depuis mon dernier repas.

Ma troisième matinée dans les airs était diablement entamée quand j'entendis s'élever non loin une grosse voix.

— *À la santé du roi de France*..., chantait-elle en cadence.

Les loups redressèrent immédiatement la tête et certains même s'éloignèrent, la queue basse.

Je lançai aussitôt à pleins poumons la plus belle plaidoirie dont je fus capable. Mes « *au secours* ! » ragaillardis d'« *à l'aide* » bien placés sonnèrent haut et clair dans l'air glacé.

— Où ça donc ? me répondit la voix tonitruante.

Je gueulai derechef pour diriger ses pas dans ma direction. En bas, il ne restait que les plus braves de mes assiégeants.

— Y a des loups ! Y a des loups ! criai-je à mon sauveur.

Si par malheur ce miraculeux promeneur venait à se faire dévorer, jamais la providence ne me tendrait une nouvelle fois la main. J'entendis ses pas piétiner les feuilles craquantes de gel, puis je le vis enfin. Et mes doutes se dissipèrent.

L'homme qui se proposait de me secourir s'arrêta au bord de la combe où j'étais prisonnier, probablement pour jauger la situation. Il ressemblait à s'y méprendre à une gravure de Gustave Doré. Très grand, très gros et très barbu, l'image exacte d'un ogre sorti d'un conte.

— Qu'avons-nous ici ? dit-il en se grattant la barbe. Un garçon parmi les loups, ou des loups qui veillent sur un garçon perdu ?

Il médita sa question un instant, puis se décida.

— Holà ! Fric, frac et canines ! cria-t-il avec force moulinets de bras. Dégagez d'ici avant que je ne me fâche. En voilà des chiens méchants !

Les loups, que j'avais crus si terrifiants, ne demandèrent pas leur reste et détalèrent comme de vulgaires lapins.

L'homme rajusta sa tunique et se tint sous moi, au pied de l'arbre.

— Descends donc de là, je ne te vois pas bien.

Tant bien que mal, je parvins jusqu'au sol, affaibli par trois jours de jeûne forcé et une jambe engourdie par le froid et les engelures.

— Alors mon garçon, on a peur des chiens errants ?

— Des chiens, dites-vous ?

— Appelle-les des loups si tu préfères. Moi, je dis les chiens. Qui a peur des chiens ? Pas moi ! Comme ça, je n'ai pas peur des loups. Tu comprends ?

Le raisonnement, bien que bancal, semblait lui convenir. On voyait bien qu'il n'était pas présent le soir de l'attaque. Aucun raisonnement, si habile soit-il, n'aurait pu repousser les assauts de la meute affamée. Je me gardai d'en rien dire, par politesse d'abord et puis, le gaillard était peut-être à lui seul plus redoutable que la meute entière.

Il posa sur mon épaule une main amicale.

— Tu me sembles mal en point, dit-il sur ce ton bourru que je devais apprendre à apprécier.

— J'ai faim…, répondis-je en chancelant.

Il me rattrapa d'une main vigoureuse et, de l'autre, m'en serra une.

— Allons, allons ! Je manque à mes devoirs. Une chance que je passais par là, n'est-ce pas ? Je suis le père Zach ! Et toi, qui es-tu ?

— Jean…, commençai-je.

Puis, me reprenant.

— Malhorne ! Je m'appelle Malhorne.

— Jean Malhorne ? reprit-il, le regard en coin.

— Non, Malhorne tout court !

— Allons bon ! Tu te nommes comme tu peux, ce n'est pas mon affaire, mais il ne sera pas dit que le père Zach aura délaissé un égaré. Viens, je t'emmène à la Macarine !

Sur ce, il ramassa ma besace et, me soutenant à moitié, m'entraîna loin de cette maudite combe.

— Et voilà toute l'histoire ! dis-je pour finir.

Un feu bienfaisant crépitait dans l'âtre. Le père Zach, assis face à moi, me regardait avaler un bol de bouillon d'un air tranquille. Je venais de lui narrer mes aventures depuis mon départ et maintenant, il méditait en silence.

— Pourquoi es-tu parti de chez toi ? me demanda-t-il soudain.

Il me posait la seule question à laquelle je ne désirais pas répondre.

— Je vous l'ai dit, mentis-je. Je me rends en pèlerinage à Compostelle !

Le regard qu'il me jeta alors était si pénétrant que je me crus perdu.

— Tu ne ressembles pas à ces crapauds de sacristie qui encombrent les chemins de Saint-Jacques. Toi, Malhorne, ou quel que soit ton véritable nom, tu es parti de ta terre pour une autre raison. Je me trompe ?

Je ne répondis rien.

— À ta guise ! Tu n'es pas là pour subir un interrogatoire. Mais quelque chose me dit que tu as une bonne raison.

Il se leva pour remettre une bûche dans le feu.

— Je vous dois la vérité, père Zach !

— Plus tard, Malhorne ! Plus tard. Rien ne t'y oblige. Et puis, la vérité a bien des visages.

On entendit alors des bruits de sabots cognés contre la porte, ce qui mit un terme à notre conversation.

— Voilà la mère et mon gars ! Viens que je te présente.

— Mais, père..., commençai-je.

— Tu vois bien que la vérité peut montrer plus d'un visage, me coupa-t-il en riant. Viens donc pour le moment. Je t'expliquerai le reste plus tard, si tu y tiens toujours.

Derrière le père Zach, je me levai et m'éloignai du feu à contrecœur. Dehors je découvris « la mère », une femme ronde, proportionnellement aussi dodue que son mari, accompagnée d'un jeune homme de mon âge, qui suivait visiblement la même pente que ses parents. Il portait sur le dos une hotte, remplie à ras bord d'animaux morts et de pièges endommagés.

— Nous avons de la visite, la mère, dit le père Zach en se tournant vers moi. J'ai trouvé cet oiseau-là tapi sur une branche du côté des ruines. Trois jours qu'il a passés là-haut.

La mère me contempla d'un air amusé. Puis elle m'entraîna dans la maison pour me réinstaller auprès de l'âtre.

— Assieds-toi, qu'on voie comment qu' tu te débrouilles au dépeçage !

Je fis ainsi la connaissance de la famille entière, les mains enfouies entre tripes et boyaux, les bras maculés de sang de lapin jusqu'aux coudes.

La mère se prénommait Honorine et faisait montre en permanence d'une belle joie de vivre, d'un optimisme inébranlable et communicatif. Leur fils, Gauthier, était une force de la nature et présentait en toutes disciplines manuelles des aptitudes remarquables. En revanche, ses capacités de raisonnement défaillaient proportionnellement à l'inverse de ce qu'il pouvait réaliser avec ses mains, au grand dam du père Zach. Gauthier passait le plus clair de son temps dehors, quelles que soient les conditions climatiques. Il parlait si peu qu'on l'eût dit muet si, de temps à autre, il n'avait ponctué les conversations d'un mot ou deux, qui jamais n'excédaient deux syllabes.

— Ne le juge pas sur ce qu'il n'est pas, me dit un jour le père Zach. Concentre plutôt ton attention sur ce qu'il sait faire, et vois comment il y excelle.

Il est vrai que Gauthier transformait à merveille tout ce qui passait entre ses mains. Il savait maçonner, charpenter, placer des pièges de façon sûre. Il taillait même la pierre plus que correctement et avait entrepris derrière la Macarine l'érection d'un Christ. De ce point de vue, Gauthier était surdoué, alors qu'il aurait été si simple de le considérer uniquement comme un idiot.

Le père Zach m'apprit au fil du temps à regarder différemment mon univers visible. Il fut l'instigateur de mon apprentissage de l'invisible. J'eus ensuite de nombreux maîtres, mais il reste dans mon cœur le fondateur bien-aimé de ce que je suis devenu.

Je suis resté trois années à la Macarine. Rien ne me pressait de poursuivre mon chemin et le père Zach s'employa à faire entrer dans ma cervelle les fruits de la civilisation. Il m'apprit à lire et à écrire, ce qu'il n'avait pas réussi avec son propre fils. Il m'enseigna les chiffres et les nombres et leur rapport avec le cosmos. Enfin, il parvint à asseoir dans ma mémoire un latin littéraire assez correct, ce qui me fut par la suite très utile.

Lorsque nous n'étions pas surchargés de travail, nous donnions la main à Gauthier, qui s'était lancé dans la construction d'une nouvelle Macarine, plus belle et plus grande que la précédente et, surtout, faite en pierre de taille. C'était là un privilège de possédant que de vivre dans pareille masure.

Gauthier y consacrait la majeure partie de ses journées, délaissant, grâce à mon arrivée, les tâches auxquelles il était habituellement astreint. Plus de dix heures par jour, il taillait et charriait seul des blocs de calcaire, qu'il adaptait ensuite sur place. Rarement, lorsque sa puissante musculature n'y suffisait pas, Gauthier venait nous trouver pour le seconder. Mais il n'aimait pas beaucoup ces moments-là, car le père Zach en profitait pour faire la sourde oreille tant que son fils n'avait pas explicitement articulé sa requête. En général, il dansait d'un pied sur l'autre une bonne dizaine de minutes avant de laisser échapper la phrase convenable. Ces moments étaient les seules sources de querelles entre le père Zach et Honorine, qui lui reprochait d'abuser de la situation.

— Va pas encore me l'embistouiller avec ta syntaxe. Réserve donc ça à Malhorne, disait-elle. Tu verras ce que j' te dis ! Avec Gauthier, la Macarine sera encore debout dans cent ans, et quand ta grosse bedaine gazouillera six pieds sous terre, elle fera de l'ombre sur ton tombeau. Donne à chacun la place qui lui revient et le troupeau sera bien gardé !

Toutes proportions respectées, Gauthier accomplit à lui seul une entreprise pharaonique.

Au printemps 1509, le père Zach eut des projets de voyage. Comme Honorine ne s'en plaignit pas, je conclus qu'il s'agissait là d'une habitude. Une tournée de printemps, en quelque sorte.

Un matin, alors que je m'apprêtais pour la carrière de pierre, il vint me trouver, vêtu d'une houppelande en peau de renard et coiffé d'un galure. Sur son épaule pendait négligemment une besace.

— Ça te dirait de m'accompagner en balade ?

— Ma foi, oui ! répondis-je, incrédule et sans trop savoir où je m'aventurais.

Derrière moi, Honorine avait failli en lâcher le contenu du faitout dans la cheminée.

— Ah ben, ça ! fut-elle seulement capable de déclarer.

— Tu sais, la mère, lui dit-il, un sourire au coin de l'œil. Le petit nous quittera un jour. Peut-être dans longtemps, peut-être bientôt, mais mon petit doigt me dit que c'est inéluctable. Avant que ce jour n'arrive, j'ai certaines curiosités à lui montrer.

Et lorsque le petit doigt du père Zach avait parlé, il n'existait pas de recours possible.

— Mais tu n'emmènes jamais personne avec toi, d'habitude, tenta malgré tout Honorine.

— Voilà donc l'exception qui convient ! répliqua-t-il d'un ton sans appel.

Puis il se retourna vers moi.

— Comment ? Ton baluchon n'est pas encore prêt ?

Et il franchit le seuil sans m'attendre.

Nous partîmes quinze jours. Le père Zach m'entraîna, par collines et vallons, sur les contreforts des Pyrénées. Il suivait un chemin connu de lui seul et jamais n'hésitait quand, de temps à autre, se présentait un croisement. Au début, nos conversations badinèrent sur des sujets anodins. Patient, j'attendais qu'il se dévoile, persuadé que son but n'était pas de parfaire mon éducation en matière de botanique.

Lorsqu'à la nuit tombée, nous faisions enfin halte, le père Zach se calait contre un arbre, bourrait sa pipe et berçait nos soirées d'histoires extraordinaires qui remplissaient le ciel de constellations. Je découvris ainsi les compagnes de la Grande Ourse, tout étonné d'apprendre que le chaos apparent qui, depuis toujours, surplombait ma tête, répondait en fait à un ordre connu des seuls initiés.

— Tout est là ! me disait-il en indiquant telle ou telle constellation. Il suffit de savoir lire et ensuite, ça va de soi. L'histoire est écrite dans les étoiles.

Je pensais *amen*, sans toujours comprendre de quoi il parlait au juste.

Un soir, alors que le soleil d'avril s'enhardissait de rouge dans sa chute par-delà les montagnes, Zach me dit :

— Nous nous installerons ici pour la nuit, l'endroit est propice à la réflexion.

Je regardai autour de nous et ne vis que ruines et désolation. Nous nous trouvions à la jonction de deux puissants escarpements rocheux, qui montaient de part et d'autre d'un plateau désertique. Ici et là, des fragments de murs témoignaient d'un ancien village.

— Cet endroit me donne la chair de poule, dis-je, jetant des regards inquiets par-dessus mon épaule.

— Évidemment, sinon, nous n'y serions pas.

Puis, sans plus de commentaires, il s'installa à l'abri du vent.

Le vestige d'un mur fort épais nous servit de dossier et, avec la chaleur du feu naissant, Zach sortit de ses pensées pour répondre à ma question.

— Il y avait ici un village…, commença-t-il. Tu te souviens de ce que je t'ai raconté à propos des forces vitales qui parcourent la terre ?

Sans un mot, j'acquiesçai d'un mouvement de tête.

— Ces courants telluriques sont puissants et nous pouvons les ressentir si l'on y met un tant soit peu du sien. Ils prodiguent force et vitalité à la nature qui les environne, aux animaux, aux plantes et aux hommes. Il existe autour de nous des endroits sains, et d'autres qui le sont moins. Leurs lieux de résurgence sont sanctifiés depuis les temps les plus anciens. Les vouivres en sont le meilleur exemple. Mais vois ici. Tout n'est que désert. Que m'as-tu dit en arrivant ?

C'est bien de chair de poule dont tu m'as parlé. Tu vois, tu le ressens aussi. Les deux racines de montagne qui entourent ce plateau renferment chacune en leurs entrailles le départ d'un courant terrestre. À droite, les eaux partent vers la Méditerranée, à gauche, les rus, les rivières et les fleuves prennent la direction de l'Atlantique. Nous nous trouvons au centre de ce déferlement. Oh ! Ne va pas t'imaginer que nous sommes dans un endroit malsain, il est simplement stérile. Nulle vie n'y éclôt. Cela doit remonter à deux siècles, des moines de Cîteaux se sont acharnés à ériger ici une abbaye. Les ruines de leurs espoirs insensés en témoignent encore. Bâtir un village était possible et les moines y sont parvenus, ce n'est pas la rocaille qui manque dans les parages. Seulement, une fois leur œuvre accomplie, ils n'ont pas sorti de terre le moindre épi ni la plus petite goutte d'eau. Pourtant, les puisatiers n'ont pas renâclé à la tâche. Ici, il n'y a pas d'eau ou alors on en trouverait après des siècles d'excavation, mais le temps nécessaire pour remonter le seau vous laisserait mort de soif. Ça ferait une belle attraction. Les moines ont persévéré dans leur erreur plus que de raison, mais ils finirent par capituler, interprétant ce refus de la nature comme un signe divin. Et peut-être en était-ce un, après tout. Ce que je voulais te montrer avec ce funeste exemple, c'est qu'il serait sans doute plus humble et modeste, mais aussi infiniment plus utile, d'observer l'univers avant de commettre des erreurs et de s'en décharger sur une décision divine.

Je ne fis pas de commentaires et laissai errer mon regard, fasciné par les flammes dansantes. Je me demandais si Zach tentait de me faire parvenir un message, au travers de cette histoire de moines, ou s'il ne s'agissait que d'un enseignement supplémentaire.

— Malhorne, me dit-il après un long silence. Où iras-tu ensuite ?

— Je vous ai entendu l'autre jour, mais je n'ai aucune intention de vous quitter.

Zach me regarda fixement, comme s'il cherchait à deviner mes pensées.

— Et pourtant, c'est bien ce que tu feras !

Je ne répondis rien, à quoi bon mentir davantage ?

— Il y a bien plus en toi que tu ne veux le laisser paraître, poursuivit-il alors. Je n'ai pas réussi à deviner quoi au juste mais rien au monde ne m'enlèvera ce sentiment.

À moitié dévoilé, je racontai enfin mon histoire au père Zach, sans omettre un détail. Ma conscience en fut tellement soulagée qu'à la fin, ce furent de gros sanglots qui achevèrent mon récit. L'anecdote de la Grimbine – devenue Grimboche – du temps de mon enfance, l'intéressa particulièrement. Puis il revint sur l'abbaye.

— J'ai entendu parler de cette suppliciée de Pierrefith, me dit-il. Et du chaos qui s'ensuivit. Vois-tu, Malhorne, si je me suis présenté à toi sous le nom de père Zach, ce n'était pas pour te tromper. J'ai été frère Zacharie. Pas à Pierrefith, mais dans une abbaye sœur. Différents événements m'ont fait quitter l'habit pour m'isoler dans ces forêts. Lorsque j'ai rencontré Honorine et qu'ensemble nous avons eu Gauthier, je ne pouvais décemment plus porter ce qualificatif d'appartenance à la fratrie du Christ. Et comme je ne peux me résoudre à rater un bon mot, je me suis appelé père Zach.

Le regard perdu dans les flammes, il souriait encore de cette note d'humour.

— Me croyez-vous ou pensez-vous, comme je l'ai tout d'abord cru, que la raison m'a quitté ?

— Ce serait en effet plus simple, me répondit Zach après un temps de réflexion. Mais cette simplicité couvrirait un refus du complexe. Je suis un vieil ours, Malhorne. Et ma vie religieuse m'a appris bien des choses. Un excès de crédulité est dangereux, mais trop de scepticisme nuit tout autant. Un homme raisonnable doit prendre sa part des deux s'il ne veut pas devenir rigide. Et puis, certaines bribes de nos conversations passées me reviennent en mémoire. Un soir où nous parlions de la rudesse particulière de l'hiver dernier, tu t'es esclaffé en disant que ce n'était pas grand-chose en comparaison avec l'hiver 1486, cet hiver si terrible où les loups venaient aux portes des maisons quêter un peu de chaleur.

— Cela prouve-t-il quoi que ce soit, dis-je.

— En soi, non ! Mais la formulation que tu as utilisée pour le dire m'a interloqué. Tu n'as pas évoqué l'hiver 86 comme d'un propos rapporté. Tu as dit *ça me rappelle l'hiver 86*. En connaissant ton histoire, cette remarque anodine prend un sens très différent. On ne parle pas des choses que l'on a vécues et de celles dont on a entendu parler de la même façon.

Nous n'en discutâmes pas davantage ce soir-là. La douceur du printemps n'était pas encore parvenue à cette altitude et les ruines que je devinais dans l'obscurité environnante me scellaient la langue.

Le lendemain, nous prîmes le chemin du retour par des lignes de crêtes voisines de notre parcours aller, si bien que je n'eus pas cette désagréable impression de revenir sur nos pas.

La veille de l'arrivée à la Macarine, nous eûmes au petit matin la surprise de découvrir dans nos pièges un lièvre d'une bonne quinzaine de livres et, le soir venu, nous fîmes halte avant l'heure habituelle pour nous préparer un bivouac plus convivial qu'à l'accoutumée.

Dans la journée, nous n'avions échangé que très peu de paroles, chacun voulant intensément profiter de cette dernière journée de solitude. L'intimité du foyer dans la nuit délia nos langues.

— Je partirai pour Saint-Jacques ! dis-je au père Zach sans qu'il m'ait demandé quoi que ce soit.

— Pourquoi pas Rome ? répondit-il laconiquement.

— Rome ne signifie rien pour moi. Compostelle, c'est autre chose, c'est un lieu magique !

— Ce lièvre est un délice, tu ne trouves pas ?

— Je ne vois pas le rapport !

— Il n'y en a pas, mais en tout cas, voilà une certitude.

— Vous ne semblez pas trouver mon idée très excitante, auriez-vous un conseil en cette occasion ?

— Un conseil, non. Plutôt un sentiment, rien de raisonné.

Comme il le faisait souvent, il ne poursuivit pas immédiatement son idée. Cela lui permettait de préparer sa réflexion et de ne jamais se laisser emporter par les courants tumultueux de la passion.

— Va à Compostelle si tu y tiens, mais n'en attends pas trop. Il n'y a pas plus de sages parmi les hommes d'Église que dans les rangs des laïcs. Et ces derniers n'ont pas l'outrecuidance de penser détenir la bonne parole. Mais va ! Et poursuis ta route, s'il est nécessaire.

— J'ai besoin d'une réponse, père Zach ! Ce que je vis ne peut pas être vain.

— Je n'ai jamais voulu dire ça, me répondit-il vivement. Je pense même exactement le contraire. S'il est une vie ici-bas qui porte une signification, c'est bien la tienne, ou les tiennes, si cela veut dire quelque chose. Tu portes en toi, par ton histoire, plus de divin que n'importe quelle autre créature vivante sur cette planète, parce que tu peux attester de la réalité d'un au-delà. Tu es sans doute le seul homme dans ce cas, bien qu'il soit possible qu'il en existe d'autres. Si c'est le cas, cherche-les, je ne sais pas comment, mais fais-le. Vous auriez plus de chance unis que séparés. Mais ne soit pas présomptueux ! Tu ignores si cette aventure se produira à nouveau. Et ta future disparition risque bien d'être définitive, comme il se doit.

— J'y ai déjà songé, mais cela me semble impensable.

— Pourquoi donc ?

— Parce que l'idée même de la mort est impensable. La disparition de tout est un concept qui m'échappe.

— La réponse à tes questions est probablement en toi et, surtout, dans ce que tu feras de ton existence. Comme chacun d'entre nous !

— Voilà pour une fois une réponse dont je me serais bien passé !

Dédaignant cette pique, il mordit à pleines dents dans un cuissot doré du lièvre pris le matin même.

— Écoute-moi bien, Malhorne, et en comprenant ce que je veux dire, tu plaisanteras peut-être moins. En ce qui concerne tes actes dans cette existence, il s'agit bien moins de morale et de probité que de marques tangibles de ton passage ici-bas dont je veux parler. Un jour viendra où tu voudras t'ouvrir aux hommes, et quel que soit le moment que tu choisiras, ces hommes ne voudront pas te croire. Ou ne le pourront pas. Ils auront toujours suffisamment d'orgueil intellectuel pour accepter d'évoluer sans étape. Ce jour-là, tu regretteras de ne pas avoir laissé derrière toi assez de preuves tangibles pour étayer ta réalité. Car il s'agira bien de cela. Pour attester d'une chose spirituelle, les hommes te demanderont ce qu'ils peuvent toucher pour te croire. C'est inouï, mais c'est ainsi. Et crois-moi, il est inutile de prendre à rebrousse-poil ce postulat stupide. Faute de quoi, tu ne seras jamais entendu. Réfléchis longuement à ce que tu dois faire aujourd'hui pour réaliser ton devenir. Et si tu ne sais par quel bout le prendre, tant la tâche peut sembler difficile, laisse-moi te donner ce conseil : commence par la fin, tu n'auras alors plus de doute sur les étapes qui t'y mèneront.

— Je n'avais pour l'instant jamais abordé la question sous cet angle, dis-je, quelque peu surpris par ses propos. Mes préoccupations se sont concentrées jusqu'à présent sur l'aspect spirituel de ma mésaventure…

— Et il faut qu'il en soit ainsi ! me coupa le père Zach. Mais n'oublie pas que tes préoccupations ne seront jamais entièrement celles des autres, aussi intime sois-tu avec ces autres. Tu devras prouver tes dires. Christ lui-même a dû le faire, et il est le Fils !

— Mais, père Zach, que voulez-vous que je laisse derrière moi si ce n'est des pierres tombales ?

— Eh bien ! Tu ne serais pas le premier à commencer par poser une pierre !

Nous vîmes les fumées des fourneaux d'Honorine s'élever au-dessus des chênes longtemps avant d'apercevoir les murs de la Macarine. L'air matinal résonnait des coups de burin portés par Gauthier contre la pierre qui, peu à peu, s'anoblissait d'une intention. Nous dévalâmes alors la colline pour nous arrêter net à son pied. Devant nous se dressait un spectacle qui nous laissa pantois. Les murs de la nouvelle Macarine étaient presque terminés.

— Par quel prodige !… balbutia le père Zach, qui en laissa tomber le bouquet de fleurs sauvages qu'il destinait à sa femme.

Perché sur un échafaudage, Gauthier s'affairait sur le quatrième et dernier moellon d'un œil-de-bœuf qui surmontait la porte d'entrée et donnait au bâtiment un drôle d'air inquisiteur. Lorsqu'il eut terminé de positionner la pierre, il descendit de son perchoir pour examiner le résultat.

Le père Zach s'approcha de lui et posa gravement une main sur son épaule.

— Énorme, mon gars ! articula-t-il lentement. C'est énorme !

Gauthier se retourna dans un sursaut de surprise. Il ne s'attendait apparemment pas à nous voir de retour si tôt. Il ouvrait et refermait la bouche sans qu'aucun son ne parvienne à s'en échapper. Il était si content de nous voir qu'il en perdait ses maigres moyens.

— Ce que tu as fait n'a pas besoin de parole, Gauthier ! dit le père Zach pour l'apaiser un peu. C'est prodigieux !

— Il préparait sa surprise depuis un bon moment déjà, émit la voix d'Honorine dans notre dos. Bien avant que vous ne partiez en goguette, en fait.

Elle portait sur le dos une lourde gerbe de bois mort qu'elle déposa négligemment.

— Salut, les voyageurs, ça fait quand même plaisir de vous revoir !

Le père Zach ramassa son bouquet et le lui tendit.

— Prends ça la mère, c'est pas tous les jours fête.

Perdu dans l'énorme poing du père Zach, le petit bouquet faisait figure de miniature. Le moment recelait un rien de ridicule et de touchant.

Honorine prit le bouquet à moitié écrasé et le considéra d'un œil amusé.

— Comme je dis toujours, contente-toi de peu, amuse-toi de tout ! Tu ne me feras pas mentir, c'était écrit.

— Comment a-t-il pu aller si vite ? demanda le père Zach.

Honorine adopta un air savant.

— Notre Gauthier est un cachottier. Ça fait des mois qu'il guette ton départ et n'apporte sur le chantier qu'une pierre sur deux. Vous aviez à peine disparu derrière la colline qu'il partait comme un dératé vers sa carrière, pour en revenir plus chargé qu'une mule. Le manège a duré deux jours pleins. J'ai jamais vu une telle hargne au travail. Si bien qu'ensuite, il n'avait plus qu'à les empiler pour bâtir les murs. C'est pas vilain, hein ?

Gauthier les fit pénétrer à l'intérieur de la bâtisse. La maçonnerie était remarquable. Les pierres, finement taillées, s'emboîtaient si bien les unes dans les autres que leur assemblage avait nécessité très peu de mortier, voire pas du tout en de nombreux endroits. Si elle ne subissait aucun sinistre exceptionnel, cette maison franchirait sans peine de nombreux siècles.

— Eh bien ! admira le père Zach. On va pouvoir y passer la Noël.

Le printemps 1509 fut exceptionnel. Jamais depuis lors je n'ai admiré un tel festival de couleurs ni ressenti un aussi vif élan de vie. La montée de sève en devenait presque bruissante.

Par un beau dimanche matin où je traînais au lit, comme il était toléré, Gauthier vint me trouver, la mine empreinte de cet air embarrassé qui précédait chez lui un usage de la parole impérieux et sans délai. Malgré tout, le temps nécessaire pour constituer une phrase étant plus long que la normale, il commença l'entretien par des secousses du poing sur mon épaule. Ma première réponse fut un grognement. J'étais peu désireux d'écourter cette grasse matinée avant sept heures.

Gauthier s'assit sur le rebord de ma paillasse, et n'en bougea plus. Je fus bien obligé de reporter ma flemme à la semaine suivante.

— Besoin de toi ! me dit-il sur un ton qui ne souffrait pas de refus.

L'effort valait une récompense. Je le suivis sans mot dire.

Gauthier m'entraîna à l'intérieur de la nouvelle Macarine et se figea devant la toute récente cheminée. Puis, de l'index, il m'en désigna le manteau.

— Écriture ! ânonna-t-il.

Plusieurs minutes d'efforts mutuels furent nécessaires pour atteindre la clarté de son idée. Gauthier voulait tout simplement rendre hommage à sa mère en gravant sur le manteau de la cheminée l'une de ses sentences favorites. Il s'était décidé pour *contente-toi de peu, amuse-toi de tout*, maxime de son cru qu'elle utilisait fréquemment. Seulement, Gauthier ne savait ni lire ni écrire. Il comptait sur moi pour lui prêter cette savante dextre qui lui faisait défaut.

Je pris quelques instants pour réfléchir et décidai d'allier sa proposition avec une idée qui, depuis notre retour des Pyrénées, trottait dans ma cervelle.

— Je suis d'accord, Gauthier, lui dis-je. Je vais t'aider. Je t'apprends à écrire, et tu pourras inscrire toi-même ce que tu veux sur la cheminée. De ton côté, tu m'apprends à sculpter.

Gauthier écarquillait les yeux comme un damné.

— Marché conclu ? lui demandai-je, une main tendue.

Il la serra.

L'apprentissage commença dès le lendemain. Nous profitions des longues soirées ensoleillées de la meilleure des saisons pour nous échapper, sitôt le dîner englouti. La carrière de pierre fut élue salle de classe pour une double raison : le matériau n'y manquait pas et ni le père Zach ni Honorine n'étaient autorisés à y pénétrer. Pendant que je m'échinais à réaliser des angles, des courbes et des plats sur la pierre, Gauthier griffonnait sur le sol des rangées d'alphabets. Ma première réalisation fut cette sphère qui solidarise les statues entre elles. Je suivais ainsi à la lettre le conseil du père Zach et commençais par la fin l'œuvre d'envergure qui m'était venue à l'esprit.

D'après les regards de mon professeur, je progressais vite.

Il n'en était pas de même en ce qui concernait mon élève. Il maîtrisait parfaitement l'alphabet et en isolait les lettres dans les mots que je lui proposais, mais il était par contre incapable d'écrire correctement. Je mis quelque temps à comprendre ce qui entravait ainsi le bon déroulement de son apprentissage.

Quoique légèrement asphyxié des méninges, Gauthier détenait sa part d'intelligence. Et si ses gribouillages restaient obscurs au lecteur conventionnel, c'est en raison d'une dyslexie entière et sans retour. Gauthier ne se contentait pas d'inverser certaines syllabes, il écrivait dans le mauvais sens.

Je rageais de n'avoir pas compris cela plus tôt, puis tentai de renverser son sens d'écriture.

En vain ! Toutes les explications d'une vie n'auraient pas suffi à corriger ce contrarié. Il comprenait ce qui n'allait pas mais ne pouvait malheureusement rien y faire.

Nous décidâmes ensemble de ne pas le torturer davantage. Après tout, Gauthier savait maintenant écrire. Il restait aux autres à apprendre à le lire.

Pendant que j'achevais ma sphère de calcaire, Gauthier en profita pour poser la toiture de la nouvelle Macarine. Nous approchions de Noël et notre vœu était de satisfaire la plaisanterie du père Zach.

Je voulais cette sphère parfaite. Pour y parvenir, je mis en pratique certains enseignements du père Zach. La corde à nœuds des bâtisseurs fut pour moi un guide sûr.

La veille de ce jour bénit, Gauthier grava sur le manteau de la cheminée la phrase qu'il dédiait à sa mère, non sans s'être assuré auprès de moi de la perfection de son orthographe. Ensuite, il recouvrit la pierre pour en cacher la vue.

Le 25 décembre 1509, à midi, la nouvelle Macarine fut inaugurée et bientôt, une belle flambée marqua l'âtre de sa première suie. La maison prenait vie. Le père Zach grava la date au-dessus du perron et Honorine suspendit des branches de gui un peu partout. Enfin, Gauthier nous amena devant la cheminée, dont il découvrit le manteau d'un geste solennel.

— Qu'est-ce que c'est que ce galimatias ? interrogea le père Zach après un instant de réflexion. On n'y comprend goutte !

J'intervins à temps pour éviter un drame.

— Eh bien, père Zach, on se laisse aveugler par le sens des convenances ?

— Si je t'écoute, il y a une astuce.

Il fourra son menton dans sa main et réfléchit. L'instant suivant, son visage s'illuminait.

— J'ai trouvé ! Il faut bien avouer que ce n'était pas sorcier. Qu'en penses-tu, Honorine ?

De son côté, la mère maugréait. Elle cherchait encore.

— Je ne vois pas, non…

— Mais ce n'est pourtant pas compliqué, voyons ! C'est écrit à l'envers, *contente-toi de peu, amuse-toi de tout*.

En effet, Gauthier avait gravé la phrase selon ses capacités, et pour les siècles à venir, on pourrait lire sur le manteau de la cheminée de la Macarine *tuot ed iot-esuma, uep ed iot-etnetnoc.*

En réalisant de quoi il s'agissait, le visage d'Honorine s'empourpra d'orgueil. Ce n'était pas tous les jours qu'on immortalisait sa philosophie du quotidien.

— Mais pourquoi l'écrire ainsi ? demanda alors le père Zach.

Je lui expliquai toute l'histoire, pendant que la mine de Gauthier se décomposait à vue d'œil.

— Mais enfin, intervint Honorine. Peu importe le sens pourvu qu'il sache le faire.

Et elle prit son grand fiston dans les bras.

— Je n'en reviens pas ! bredouillait le père Zach. Et moi qui pensais ne jamais pouvoir lui prêter un livre !

Puis il se joignit aux effusions de sa famille.

— J'ai aussi quelque chose à vous montrer, dis-je alors.

— Voilà ! déclarai-je fièrement en montrant la sphère du doigt. Chacun a rempli sa part du contrat. Gauthier sait écrire et je me débrouille tant bien que mal avec un ciseau et un burin.

Ils me félicitèrent mais je sentis bien qu'Honorine ne percevait pas le sens de ma sculpture.

Nous passâmes un très agréable Noël. Après un déjeuner pantagruélique, le père Zach m'entraîna dehors pour, comme il se plaisait souvent à dire, *faire péter la bombance.*

— C'était peut-être même un peu trop riche pour un repas de Noël ! dis-je, les mains calées sur un ventre rebondi.

— Pourquoi donc ? me demanda-t-il d'un air surpris.

— Je pense à la naissance du Christ et au dénuement dans lequel se trouvaient la Vierge et Joseph.

— Et ensuite ? Il faut savoir profiter d'un jour de repos. Et puis, Noël n'est pas que ça !

Je dus froncer les sourcils, à en croire la véhémence qui s'ensuivit.

— Noël est juste à la période du solstice, ça ne t'étonne pas ?

Je ne m'étais jamais posé la question. Pour moi, Noël représentait le jour de la naissance du Christ et pas autre chose.

— Eh bien, poursuivit-il. C'est précisément les certitudes de culture qu'il faut remettre en question. Prends du recul sur ce que l'on t'a inculqué et révise régulièrement tes certitudes.

Parfois, le regard du père Zach s'illuminait d'un éclat de démence. Cela arrivait lorsque ses propos découpaient le christianisme en rondelles.

— Malhorne ! Réfléchis et suis-moi bien. L'année chrétienne n'est qu'un raccourci symbolique de la vie de notre sauveur ! Tu es d'accord sur ce point, n'est-ce pas ?

Je secouai la tête mollement, sans trop savoir si je l'étais ou pas.

— Bien ! Je continue. Au sein de cette année, le clergé a placé les principales étapes de sa vie, mais pas au hasard, bien entendu. Le 25 décembre, naissance du Christ, est à la mi-chemin des équinoxes, c'est l'époque du renouveau ! C'est le moment de la renaissance pour l'ensemble du règne végétal, qui se prépare alors pour le printemps.

— Vous ne croyez donc plus dis-je, l'air grave.

Une fois n'est pas coutume, le père Zach s'emporta.

— Mais, Malhorne, ouvre grand ton esprit. Il ne s'agit pas ici de croyance, mais de symboles ! Oui, je crois en Jésus-Christ. Mais cela ne m'empêche pas de penser que le rythme annuel de nos fêtes n'est que symboles. Pour t'en persuader, dis-moi pour voir le nom de la fête principale à l'époque du printemps ?

— Pâques ! répondis-je avec entrain.

— Précisément ! Et qu'est-ce que Pâques ? La résurrection du Christ ! Qui coïncide avec la renaissance de la vie naturelle. Et sais-tu comment, chaque année, on fixe la date de Pâques ?

Mon regard sans expression lui suffit.

— On célèbre Pâques le premier dimanche suivant la pleine lune de l'équinoxe de printemps. Ne trouves-tu pas que les hasards sont heureux ? Tout n'est qu'affaire de symboles !

Le soir venu, alors que nous étions réunis auprès de l'âtre, je tentais d'expliquer mon projet au père Zach.

— Ça m'est venu en songe, quelque chose que je n'ai pas compris, et que je ne comprends toujours pas. Une forme à sept côtés. J'ai tenté de la dessiner mais je n'y arrivais pas, alors j'ai eu l'idée d'utiliser un carré et un triangle pour y parvenir.

Je m'emparai d'un morceau de charbon et dessinai sur le dallage immaculé une figure géométrique. Je traçai pour commencer un carré, forme simple, puis je superposai un triangle sur le carré, en prenant soin d'en laisser dépasser les angles. Puis, je reliai d'un trait les sept sommets. Lorsque j'eus achevé la figure, je pris soin d'effacer les lignes de construction qui parasitaient l'ensemble. Pour finir, je dessinai un cercle à l'intérieur du polygone. Ainsi réalisai-je approximativement la forme dont j'avais rêvé.

— Voilà ! dis-je. Ça donne à peu près ceci. Il me fallait un carré, un triangle et un cercle au centre. Mais la figure finale était trop biscornue, alors j'ai un peu triché. J'ai placé le cercle au centre d'une figure à sept côtés égaux.

— As-tu déjà vu cette figure ou est-ce une invention de ta part ? me demanda le père Zach.

— Je vous l'ai dit. Elle m'est revenue en songe de nombreuses nuits. Comme une piste qu'il me faudrait suivre. J'ai donc décidé de l'utiliser. Pour laisser une trace de mon passage, je n'ai pas découvert d'autre moyen que de sculpter la pierre. J'ignore qui sont les auteurs des menhirs que j'ai pu voir sur ma route mais, si les hommes ont disparu, leurs sculptures sont restées.

— Je comprends, dit le père Zach. Ce que tu viens de faire avec ce carré et ce triangle s'appelle un heptagone. Je ne sais pas ce que veut dire le cercle au centre, mais je connais bien la signification de l'heptagone. Pour le réaliser avec des figures simples, tu n'as pas d'autre choix que d'utiliser un carré, quatre, et un triangle, trois. Quatre et trois. Le quaternaire et le trinaire. En d'autres termes, les quatre éléments terrestres et la trinité, l'alliance du passé et du présent, les racines et la fleur. C'est une figure symboliquement puissante. Cela signifie l'union des croyances d'aujourd'hui et de celles d'hier. Et c'est considéré comme sulfureux par le clergé. Ne va surtout pas t'amuser à dessiner des heptagones partout, Malhorne. Ils te brûleraient pour moins que ça !

— Je n'en attendais pas tant, dis-je, amusé d'avoir rêvé juste.

— Et je ne t'ai pas tout dit ! poursuivit-il, excité. À mon sens, l'heptagone relie symboliquement l'homme à la terre, à sa source, mais aussi à l'air, au ciel. Il forme le tout. Comme la croix des celtes !

Je différai longuement mon départ. La vie à la Macarine berçait doucement mon cœur d'une joie de vivre peu banale et d'un esprit de famille généreux, sans arrière-pensée.

Un soir de mai 1510, je me décidai à déterminer une date et à en faire part à ma famille d'adoption.

— Je partirai à la prochaine lune leur dis-je sans autre commentaire.

La nouvelle pesa dans la pièce, plus glaciale que l'hiver qui m'y avait conduit.

— Mais, qu'est-ce qui t'y oblige ? dit Honorine pour finir. T'es pas bien ici ?

— Ne t'énerve pas, Honorine, intervint le père Zach. Tu vas nous faire un coup de sang. Le petit doit partir. Il a dû prendre sur lui pour nous dire ça. Ce serait une erreur de le retenir. Pour lui, et pour nous aussi.

— J'ai quelque chose d'important à faire, la mère, dis-je, malheureux de lui causer de la peine. J'ignore si je reviendrai un jour, mais si c'est possible, c'est au galop que je le ferai !

Le jour fixé arriva. Honorine s'était battue bec et ongles pour me préparer un baluchon et, pendant de nombreux jours, je ne manquerais de rien.

— Malhorne, tu ne m'as parlé que de la dernière pièce de ton idée. Que comptes-tu faire ensuite ? me demanda le père Zach.

— Je l'ignore pour le moment, père Zach. Ce dont je suis certain, c'est que la suite tournera autour. Il me reste une grande latitude, et j'ai le temps.

— As-tu emporté des cotes ou des repères pour continuer ? Lorsque tu seras parti au loin, tu ne pourras pas revenir pour vérifier la taille de ta sphère, et alors, *quid* de l'ensemble !

— Il me restera toujours le ciel et mes mains, père Zach. Et pas pour pleurer, je vous l'assure !

Deux étincelles pétillèrent dans son regard.

— C'est écrit dans les astres ? me suggéra-t-il d'un air malicieux.

— Oui, et mieux que ça ! C'est la Vierge qui m'indiquera la vérité.

Je lui expliquai alors comment, en me référant aux trois dernières étoiles de la constellation de la Vierge et en multipliant la mesure obtenue cinq fois, j'obtenais le rayon exact de la sphère.

— Mazette ! Voilà un bien brillant élève.

Sur le pas de la porte, Gauthier me regardait tristement et son visage à lui seul faillit me faire changer d'avis. Il s'approcha de moi et me tendit un poing serré. Je ne compris tout d'abord pas son geste, puis il ouvrit le poing et dévoila un minuscule heptagone, finement sculpté dans la pierre blanche de sa carrière. Dans le cercle central figurait un M majuscule et sur chaque tétraèdre, Gauthier avait ciselé une lettre de mon nom.

— Tu as trouvé la solution, Gauthier, dis-je, un trémolo dans la voix. Dans un cercle, il n'y a pas de sens de lecture.

Le cœur serré, je me retournai vers le père Zach.

— Dites-leur qui je suis. C'est important, car, si ce n'est dans cette vie, je jure devant tous les dieux que je reviendrai voir vos fils un jour. Racontez-leur mon histoire pour qu'ils puissent me reconnaître !

Je les embrassai encore et partis sans me retourner une seule fois. Devant moi, les abords de la Macarine étaient devenus flous et le sentier bordé de chênes se déformait dans l'ondoiement de mes larmes.

19

— Vous ne me ferez pas croire que vous donnez crédit aux élucubrations de ce type ! jura Spencer. C'est un conte à dormir debout, une histoire pour les enfants ! Et je n'y trouve pas ma place…

— Vous seriez prêt à classer cette affaire, alors ? lui demanda Denis Craig.

— Comment ça, classer l'affaire ?

— Nous avons mis nos meilleurs fouineurs sur ces mystérieuses statues. Sans le plus petit résultat. Je vous épargnerai le compte fastidieux des dépenses occasionnées par ces recherches, mais elles commencent à atteindre un joli montant ! De plus, nous ne pouvons raisonnablement nous permettre d'occulter le témoignage de notre hôte, ou ses élucubrations, si vous préférez. Son rapport avec l'ensemble est évident. Même s'il n'est pour le moment pas démontré. Le temps jouera en notre faveur, Malhorne collaborera, tôt ou tard !

— Me voici rassuré, monsieur Craig…, soupira Spencer. J'avais cru comprendre que vous vous laissiez entraîner dans ses délires mystiques.

— Ai-je jamais dit cela ?

— C'était une supposition de ma part…

— Et si vous supposiez bien ? Réagiriez-vous différemment ?

— Voudriez-vous dire que…

— Je ne veux rien dire du tout, Spencer ! Mais admettez que c'est tentant, non ? Nous aurions pour la première fois au monde une possibilité de démontrer l'existence de l'immatériel.

Spencer frotta ses tempes, tant le tour que prenait cette conversation le surprenait.

— Les recherches de la Fondation ne tendent pas nécessairement dans ce sens mais sa vocation serait en partie comblée si nous touchions ce but.

— Je me cantonnerai à en superviser l'organisation, se résigna Spencer. Je suis trop cartésien pour adhérer à de telles idées.

— N'est-ce pas là tout ce que je vous demande ? Vous êtes un saint Thomas ? Eh bien, restez-le ! Nous avons besoin de tous.

Craig accompagna cette remarque d'une main posée sur l'épaule du colonel.

— Spencer, ajouta-t-il chaleureusement. Vous êtes un homme de valeur, mais vous ne pouvez pas exceller dans tous les domaines. Et je ne vous en demande pas tant, croyez-moi. Personne ne le peut.

— Bien…, grogna Spencer, qui ne goûtait guère aux compliments. Nous devrions à présent rejoindre l'équipe médicale. Ils doivent nous attendre…

— Encore un instant, je vous prie ! le coupa Craig en l'entraînant dans le fond de son bureau. Vous n'êtes pas un grand lecteur, je le sais ! Aussi ne vous infligerai-je pas une punition trop longue. Mais, faites-moi plaisir, lisez ceci !

La main de Craig jaillit au milieu des rayonnages pour en retirer une vieille édition. L'état de l'ouvrage indiquait, par l'usure du dos et la multitude de pages cornées, combien il avait été consulté.

— De quoi s'agit-il ? s'enquit Spencer.

— Connaissez-vous Stephen Hawkins ?

— De nom, oui. Un astrophysicien, si je ne me trompe pas.

— Tout juste ! Je l'ai lu pour la première fois à l'âge de dix ans. Eh bien, ce que je vais vous dire vous étonnera certainement mais ce livre renferme les seules idées qui me fassent véritablement vibrer. Cent fois plus que le pouvoir ou l'argent. Mon groupe fabrique des armes, de la chimie, des produits financiers, de l'or, de l'agroalimentaire, et j'en passe… Mais rien de tout ça n'arrive à la cheville de ce que recèle le cerveau de cet homme. Ce n'est après tout qu'un passe-temps. Rien ne compte, Spencer. Aucun bien matériel n'a d'importance, en comparaison avec la faculté qu'a l'homme de projeter l'univers.

— Je ne connaissais pas cette facette de votre personnalité, convint Spencer.

— Il n'est pas bon d'afficher son penchant pour la rêverie, lorsque sur ses épaules repose une telle fortune. Mais le fait est ! La Fondation Prométhée est au centre de mes intérêts, même si cela ne paraît pas.

— Pourquoi, dans ce cas, avoir dépensé tant d'énergie pour constituer votre empire ? Si vous me permettez cette question.

— En premier lieu parce que j'aime ça. Particulièrement la réaction des gens face au pouvoir. C'est très excitant ! Et puis, je déteste recevoir des ordres. Pour éviter ça, il faut les donner soi-même. Vous le savez aussi bien que moi ! Ensuite, rien de tout ce qui nous entoure n'aurait pu exister sans cet empire financier. Cela seul suffit à expliquer une vie d'efforts.

— Je crois comprendre…, dit enfin Spencer. Et ce livre ?…

— *Une brève histoire du temps ?* C'est la piste d'envol ! s'enflamma Craig, qui tenait l'ouvrage contre sa poitrine. Lisez-le, je vous le prête volontiers. La dernière partie est particulièrement intéressante. Hawkins y expose en langage clair les théories de la mécanique quantique… C'est un scientifique. Un cartésien, et sûrement davantage… Mais, voyez-vous, cela vous paraîtra curieux au début… Ses théories portent à croire !

— La science rejoindrait la religion. C'est une théorie dont j'ai entendu parler. Non qu'elle me dérange dans mes convictions mais je ne vois pas l'importance de prouver la foi…

— Prenez-le malgré tout ! Ça n'engage à rien.

Spencer contempla la couverture du livre, où souriait un homme au corps diminué. Il fourra le volume dans la poche de sa veste et attendit la suite.

— Et cet exposé des toubibs ? le secoua Craig. Pour le coup, nous devons maintenant faire attendre tout le monde !

Les autres membres de la Fondation les attendaient effectivement, mais sans impatience. Un libre débat s'était improvisé dans le couloir d'accès à la grande salle du bunker, autour de la machine à café. Spencer et Craig furent accueillis par une cascade d'applaudissements.

— Prenez votre temps ! leur indiqua Stacey. Le professeur et sa compagnie ne sont pas encore arrivés…

— Eh bien, voilà qui ne sera plus à dire ! tonna une voix dans leur dos.

Stacey se retourna. Le docteur Van Kriegs, une force de la nature dotée d'une carrure exceptionnelle, s'avançait à grands pas, suivi par ses trois assistantes, qui couraient pratiquement derrière lui pour ne pas être à la traîne.

— Bonjour Denis ! poursuivit le docteur Van Kriegs. Cela fait un bon bout, n'est-ce pas ? J'attendais un dernier résultat d'analyse, mais nous sommes tout juste en retard, si je comprends bien.

— Bonjour Archi ! répondit Craig. Tu connais mes collaborateurs, Stacey Revel, Franklin Adamov, Karl Spencer…

— Nous nous sommes tous croisés au moins une fois, même si le temps a parfois manqué pour faire plus ample connaissance, précisa Van Kriegs, enveloppant chaque main tendue de son énorme paluche.

— Vous en aurez le loisir à présent, les informa Craig. J'aimerais que tu passes un peu de temps avec nous lors des interrogatoires de Malhorne. Ton concours peut nous être précieux !

— Précieux ? C'est de l'or, tu veux dire ! s'insurgea faussement Van Kriegs.

— De l'or ! Mais c'est ce que tu nous coûtes, mon cher. Il est loin, ce temps où le matériel du médecin se résumait à un stéthoscope et quelques poires à lavement. On dirait aujourd'hui que vous ne pouvez plus travailler avec moins d'un million de dollars de quincaillerie. Pour les plus démunis…

— Pour le prix d'un seul de tes petits hélicoptères de combat, on équipe une clinique en matériel de pointe. Ne viens pas me dire que c'est cher ! Vous l'entendez, Stacey ?

— Oh ! Je ne me bats plus contre des moulins depuis longtemps, se lamenta Stacey. Je me souviens d'une conversation que nous avons eue lorsqu'il m'a recruté. Pour le prix d'un escadron, je mettais au jour tous les sites de la Vallée des Rois. Ce n'était pas très cher payer le prix de la postérité… Savez-vous ce qu'il m'a répondu ?

— Qu'il fallait laisser quelques miettes aux générations d'archéologues à venir, se paraphrasa Craig.

— Certes ! Mais les miettes, c'est moi qui en hérite, rajouta Stacey. Vous connaissez beaucoup d'archéologues qui perdraient leur temps à répondre aux devinettes d'un homme qui se vante d'avoir plus de cinq cents ans ? Cela relève davantage de la psychiatrie que de mon art.

— Avouez que ça vous excite bien au-delà de ce que vous voulez admettre, le railla Craig.

— Et vous n'avez pas tout entendu à ce sujet ! surenchérit Van Kriegs.

— Nous sommes partis du dossier médical de Julian Stark. Dix années d'observation, ça ne se repousse pas ! Cependant..., dit Van Kriegs en faisant claquer sa langue sur la paroi de son palais, le docteur Kibrov ne m'apparaît pas comme un foudre de médecine... Je suppose même qu'il devait considérer son patient d'un aspect plus financier que médical. Son dossier n'a qu'un seul intérêt en fait. Il nous informe sur un point : Stark est sujet à des crises de catatonie profonde. En clair, cela signifie que pendant une période indéfinie, il ne répond plus aux stimuli extérieurs. Quelle que soit la nature de cette stimulation. En soi, cela n'a rien d'extravagant. Il n'est pas le seul à souffrir de cette pathologie. Ce qui l'est bien davantage, c'est qu'en dehors de ces crises, il jouit d'une personnalité cohérente, construite, structurée et, je dois dire pour ma part, tout à fait intéressante.

Van Kriegs se retourna vers la paroi vitrée qui le séparait de Malhorne. Craig l'avait assuré que son patient ne pouvait ni entendre ni voir ce qui se passait dans le bunker. Pourtant, il semblait écouter mot à mot l'exposé du praticien, hochant la tête de temps à autre et proposant des expressions de faciès qui oscillaient entre le désaccord et le contentement.

— Il est tout à fait attentif, pour quelqu'un qui ne peut pas entendre, commenta Van Kriegs.

— Il ne peut pourtant pas nous voir, je te l'assure..., lui répondit Craig. Vérifie ! Tu n'as qu'à passer cette porte...

— Cela n'a pas d'importance. Ce qui me gêne n'est pas qu'il m'entende, non. Par contre, il ne semble pas vouloir se résigner aux impossibilités physiques. C'est bien plus inquiétant...

Van Kriegs fit un signe de tête vers l'une de ses assistantes, qui se leva aussitôt, et commença à distribuer des documents sur les tablettes.

— Nous avons prélevé sur Malhorne tout ce qui peut se prélever sur et dans un homme, reprit Van Kriegs. Les résultats des analyses sont tout à fait banals. L'imagerie médicale aussi, à l'exception d'un domaine...

Van Kriegs laissa intentionnellement planer la fin de sa phrase. Il atteignait le seul point d'accroche de son discours et voulait en savourer l'attente dans les yeux de ses auditeurs.

— Au regard de la définition de l'espèce, Malhorne est un homme à part entière. Vingt-trois paires de chromosomes, autant que vous et moi. Il présente pourtant une caractéristique spécifique aux mammifères marins, et à eux seuls, du moins jusqu'à présent !

Des murmures de surprise s'élevèrent dans la salle. Van Kriegs poursuivit.

— Nous avons placé le sujet près de soixante-douze heures en observation sous IRM. Les documents que Maggi vous a distribués en sont les résultats. Je vous prie d'être attentifs, car ils s'étalent sur une centaine de pages et ne sont réellement attractifs que pour l'œil exercé d'un radiologue, et encore ! Vous distinguez trois colonnes. La première représente l'observation effectuée sur Malhorne, la seconde sur un sujet réputé normal, et la troisième colonne sur un dauphin. Chaque cliché a été pris à dix minutes d'intervalle, environ.

La plupart des membres de la Fondation feuilletaient le document sans rien y comprendre. Chaque page était couverte de radios en couleur du cerveau. Des abréviations annotaient chaque cliché mais le sens demeurait caché aux néophytes.

— Chaque période de vingt-quatre heures est habituellement dissociable en deux phases principales : la veille et le sommeil. Chaque phase est également fragmentée en plusieurs, dont il n'est pas utile ici de préciser le menu. La deuxième colonne de radios vous montre à quoi ressemblent les activités électriques de notre cerveau, pendant la veille puis, quelques pages plus loin, pendant le sommeil. Un protocole de couleurs met en valeur les parties du cerveau stimulées pendant chaque phase. Vous vous apercevez qu'un cerveau de jour ne ressemble pas à un cerveau de nuit. Maintenant, comparez les clichés normaux avec la séquence Malhorne. Les premières pages sont identiques, O.K. ! Lorsque le sujet lambda s'endort, Malhorne veille. Pour l'instant, rien de bien extraordinaire. Voilà, nous y sommes. Page dix-sept, Malhorne s'endort, il est trois heures du matin. Constatez ! Il ne dort pas réellement ! Il ne dort que d'un hémisphère, si l'on peut dire. Exactement comme le font les mammifères marins. Je ne sais pas si vous comprenez ce que cela a d'exceptionnel ? C'est inouï ! Unique à ma connaissance ! Si les dauphins utilisent ainsi leur cerveau, c'est pour se sauver de la noyade. Ils ont développé cette faculté de garder constamment une partie de leur cerveau en éveil pour remonter respirer à la surface, lorsque l'autre partie se repose.

L'auditoire comprenait l'importance de cette découverte, à en croire les conversations qui naissaient un peu partout.

— Ce qui est parfaitement explicable chez les mammifères marins est absolument incompréhensible chez un être humain ! Une mutation génétique peut-être, mais le fonctionnement du cerveau reste encore à découvrir et toutes nos recherches dans ce sens ne nous ont pas éclairés…

— Une mutation génétique d'une telle ampleur ne peut se faire sur une seule génération, lança Harry. Il en faut des centaines, au bas mot.

— Tout à fait exact, répondit Van Kriegs. Pour ma part, si j'avais une quelconque autorité dans cette Fondation, j'oublierai vos fichues statues pour consacrer l'ensemble de nos énergies sur ce point extraordinaire…

— Mais nous en avons terminé avec les statues, résonna la voix de Craig. Il nous reste à entendre le récit de Malhorne, car les statues, elles, sont au grand complet. Nous devrions discuter ensemble de la suite. Que diriez-vous de déjeuner avec moi ?

— Si mes assistantes acceptent de m'attendre, ce sera avec joie, Denis !

— Nous nous occuperons d'elles pour les chaperonner dans la Fondation ! les assura Stacey. Soyez sans inquiétude.

— Ce poisson est délicieux ! Je t'ai vraiment gâté, savoura Craig en triant les arêtes. Un cuistot français ! Ça ne se trouve pas dans n'importe quel restaurant d'entreprise.

— Ce n'est pas exactement le bagne, non. Mais il manque malgré tout une piscine, ça me détendrait de nager un peu.

— J'y penserai. Tu as toujours été insatisfait !

— Sais-tu qu'on atteint des records de chaleur dans la région ? ajouta Van Kriegs. Ton hélico t'emporte trop souvent loin d'ici pour que tu t'en rendes vraiment compte.

— Dans quelle direction peut nous diriger cette histoire de cerveau ? demanda Craig à brûle-pourpoint.

Van Kriegs avala une énorme bouchée de salade verte avant de répondre.

— Pour tout te dire, c'est vaste. N'as-tu jamais souffert du manque de temps, d'un agenda trop chargé, du nombre de choses laissées de côté par manque de temps ?

— Un bon milliard de fois, pourquoi ? lui répondit Craig.

— Voilà une réponse ! Que donnerais-tu pour avoir la possibilité physique d'être conscient vingt-quatre heures sur vingt-quatre, sans plus te fatiguer qu'aujourd'hui ?

— Beaucoup..., soupira Craig, le regard perdu dans les incalculables possibilités qu'offrirait cette opportunité.

— J'ai fait prélever le sperme de Malhorne ! lâcha Van Kriegs.

— Bien, se contenta de dire Craig.

— Trois femmes ont été inséminées.

— Les pseudo-assistantes ?

— Spencer m'a aidé à les recruter, répondit-il en acquiesçant de la tête. C'est une machine, ce type-là ! Un vrai chien d'arrêt. Très efficace. Ce sont trois volontaires...

— Et plutôt mignonnes. D'après ce que j'ai pu voir, commenta Craig.

— Nous en saurons davantage avec la descendance de Malhorne !

— Il se pourrait aussi que ces enfants nous soient utiles pour un autre projet..., laissa planer Craig.

— Que veux-tu dire ?

— Plus tard ! Mets-toi à fond sur cette affaire de cerveau. Dispose de Malhorne autant que te le permettront les autres membres. Je verrai ça avec Spencer.

20

« Un jour, en marchant dans la montagne j'ai vu une bête.
En m'approchant, je me suis aperçu que c'était un homme.
En arrivant près de lui, j'ai vu que c'était mon frère. »
PROVERBE TIBÉTAIN

– Deux jours après mon départ de la Macarine, alors que la lumière du soleil diminuait, je fis halte au cœur d'une vallée étroite. Sur les sages conseils du père Zach, je n'établis pas mon campement sur le bord du chemin, comme il aurait été plus simple, mais m'en éloignai suffisamment pour ne pas être visible. Les forêts de la fin du Moyen Âge n'étaient pas sûres. Les bandits et les gueux de tout poil y frayaient en sous-bois.

Je quittai donc le sentier pour m'enfoncer à travers les buissons et les ronces.

Je gravis une colline, qui se trouvait être fort haute, pour me retrouver au-dessus de la forêt, perché sur un éperon coincé entre deux vallées.

L'endroit était parfait. De ma position, j'embrassais d'un regard tout un arc de verdure. Le soleil, à moitié coupé par la barrière végétale, teintait d'or les variétés de verts. Quelque part dans ce paysage de début du monde, la Macarine dressait ses murs. Honorine, Gauthier et le père Zach se préparaient sans doute au sommeil et peut-être à cet instant précis pensaient-ils à moi.

Rempli d'amertume, je ne pris pas même la peine d'allumer un feu.

Je dînai chichement d'un quignon et de morceaux de lard avant de m'enrouler dans une couverture.

Le petit matin me trouva de meilleure humeur. Je m'apprêtais au départ lorsque je remarquai la forme de la roche contre laquelle j'avais dormi. Elle ressemblait indéniablement à un homme assis, le buste penché vers l'avant.

L'idée ne germa pas dans ma cervelle, elle y fut imposée par le hasard, l'érosion et la formation géologique du pliocène. Plus qu'un complot, en somme !

Pendant un mois, je m'employai à sculpter la roche, douze heures par jour, plus enragé à l'ouvrage qu'un forçat ne l'aurait été.

Mes débuts furent prudents. Chaque coup de burin revêtait un caractère définitif mais, peu à peu, une frappe plus sûre arma mon bras et la progression du travail s'en ressentit. Je m'attaquai pour commencer à la face de la statue. Bientôt, la silhouette fut dégrossie. La forme initiale du rocher m'aida grandement, autant qu'elle me contraignit par ses contours imposés. Avant d'affiner mon ébauche, il me fallut déterminer la forme définitive que prendrait son dos. Je ne pouvais pas avancer en aveugle. La statue et la sphère devaient former un ensemble cohérent, si un jour elles venaient à être réunies.

La nuit venue, je guettai la constellation de la Vierge sur le bord de l'horizon.

La Vierge ne monte pas dans le ciel, elle rase la courbure terrestre peu de temps avant l'apparition du soleil, et disparaît.

Comme je l'avais déjà fait pour sculpter la sphère, je reportai cinq fois la mesure pour obtenir le rayon, puis la doublai pour le diamètre. Sur le sol, je dessinai un cercle et notai minutieusement sur son pourtour l'emplacement qu'occuperait la statue.

Le rocher était trop large, si je l'avais laissé en l'état, six statues seulement se seraient tenues autour de la sphère. Et il m'en fallait sept pour que l'ensemble prenne une signification.

Je taillai donc dans la masse du dos, ne me souciant plus de sa vraisemblance, jusqu'à ce que j'obtienne l'angle souhaité. J'arrondis son sommet, ce qui permettrait à la sphère de prendre sa place et consacrai la dernière semaine à peaufiner les traits de mon personnage. Puis je signai de mon nom sur la garde de l'épée. Je pouvais dès lors repartir.

Le matin de mon départ, je me réveillai avec la pensée obsédante qu'il me fallait graver un texte sur la statue.

Sum cohaerentia mondorum me plut.

Je suis le trait d'union des mondes, pensai-je. *C'est bien, me voici prophète !*

Je préférais le latin à ma langue maternelle car c'était le mode d'expression des gens savants, dans l'ensemble de la chrétienté. Et je pensais que cela durerait toujours.

Avant de partir, je contemplai mon œuvre une dernière fois. La phrase gravée me heurta alors.

Ils vont me prendre pour un fou ! me dis-je. *Jamais personne ne prendra mon histoire au sérieux.*

Furieux de ne pas y avoir songé plus tôt, j'effaçai le texte en prenant grand soin de ne pas briser la lame. Puis je partis sur-le-champ, de crainte de ne pouvoir résister à de nouvelles velléités symboliques.

Une longue route m'attendait, que je ne devais pas faire attendre.

Je franchis les Pyrénées par le col de Roncevaux et quittai mon sol natal pour la première fois, sans savoir que je ne foulerais plus cette terre avant des siècles. Mon bâton de pénitent en main, je dévalai le versant sud, transformé, par une ligne de crête, en péninsule Ibérique.

Je fis une halte à Pampelune pour m'y reposer quelque temps. La montagne avait eu raison de mes chausses et mes pieds se couvraient tant de corne et de cors qu'il m'était devenu impossible de les plier.

Je trouvai sans problème de quoi me loger et changeai même de semelles sans bourse délier. On considérait alors les pèlerins comme de saints voyageurs, à qui oboles, couvert et gîte étaient généreusement offerts, contre la promesse d'une prière à saint Jacques.

Il me fallut un peu plus de quatre mois pour atteindre mon objectif. La canicule qui régna tout au long du mois d'août, dans les ravines des monts Cantabriques, faillit me laisser pour mort. Je n'avais jamais imaginé qu'une telle chaleur pût exister. Je délaissai la marche de jour pour lui préférer celle, plus fraîche mais aussi plus difficile, de la nuit. Et lorsque, la matinée à peine entamée, la chaleur redevenait par trop insupportable, un bosquet d'oliviers me protégeait de son ombre le jour entier.

Le pays paraissait alors se diluer doucement dans des brumes infernales et une torpeur moite m'envahissait jusqu'à la nuit. À plusieurs reprises, je me réveillai à la mi-journée du lendemain, trop tard pour reprendre la route, jurant tous les dieux qu'on ne m'y reprendrait pas.

À la fin de la première semaine de novembre 1510, j'aperçus enfin les tours de la cathédrale de Saint-Jacques. Le long voyage me laissait dans un piteux état vestimentaire et je refusai de pénétrer dans le saint lieu aussi couvert de crasse et de poussière que le dernier des mendiants. Je m'établis au pied de la Tambre, qui coulait en contrebas de ma route, et passai deux jours à décrasser mon corps et mes nippes, tant ils avaient accumulé couche sur couche de cette crasse épaisse, séchée sitôt suée par le soleil et le vent. Une vieille lame en fer, presque tout mon trésor, vint à bout des longues boucles brunes qui me couvraient les épaules. Ces ablutions terminées, je fus enfin présentable.

Dans une auberge du village, j'appris que devait se tenir une messe d'importance le dimanche suivant, une eucharistie dédiée au saint patron du lieu. Mon arrivée coïncidait avec un moment crucial de la vie de la cathédrale et les pèlerins arrivaient en grand nombre. Cette nouvelle me sembla de fort bon augure. Je décidai de patienter jusqu'à cette date dans l'étable de l'estaminet, qui se trouvait être payante et bien remplie.

Le jour du Maître arriva. Dès cinq heures, l'étable où je logeais se vida. Je rejoignis à la hâte mes nouveaux compagnons de ces trois récentes nuits et, ensemble, nous prîmes place au sein d'un incroyable cortège de pénitents qui montait en silence vers la cathédrale. La ruelle principale du village, tel un torrent à la fonte des neiges, charriait une populace innombrable dans la lumière grise du jour naissant. D'où sortaient-ils tous ? Je l'ignore encore à présent. Mais on aurait dit que chaque maison se vidait de la cave au grenier, jusqu'au plus petit placard et à la moindre alcôve.

Arrivé au sommet de l'éminence où s'élève la cathédrale, notre troupeau silencieux se figea devant le porche ouvert. À l'intérieur, la lumière de mille cierges scintillait sur les ors, les argents et les lustres de cette belle paroisse.

Nos rangs se pressaient à déborder, tandis qu'il en montait encore depuis le bas du village. Emprisonné au milieu de cette masse de plus en plus oppressante, je me trouvais sur le point de suffoquer quand un diacre donna le signal attendu. Comme un seul homme, nous pénétrâmes dans la cathédrale, chacun se signant rituellement.

Les rangs les plus proches de l'autel nous étant interdits, nous nous entassâmes tant bien que mal dans les autres rangées, pendant que le flot continuait à se déverser derrière nous.

Remplir la cathédrale nécessita une demi-heure. Après quoi, on ferma les portes au nez d'une foule encore plus grande, qui attendrait la deuxième messe à l'extérieur. Il devait être célébré ce jour-là cinq offices consécutifs.

J'assistai à tous.

Je restai d'abord attentif, curieux de tout ce qui se passait autour de moi. Mais il ne se passa rien. Rien d'autre qu'une messe ordinaire. À l'exception de ce simulacre un peu grotesque de l'arrivée de saint Jacques, portant sa tête entre ses mains.

La première célébration s'acheva sans que je vis le moindre signe. L'église se vida pour se remplir à nouveau. Il fallait aux deux marées humaines une bonne heure pour se croiser, se calmer et se taire.

La deuxième messe suivit son cours normal. Toujours rien.

Je demeurai agenouillé tout le temps que dura la troisième, les doigts crispés à hauteur du front. Je pensais qu'en l'y aidant un peu, l'extase viendrait peut-être.

À la fin de la quatrième messe, je m'endormis à même le dallage.

Le fracas des cloches me réveilla. Je me retrouvai dans un sanctuaire vidé de ses ouailles, sans avoir perçu le moindre indice en réponse à mes questions. Les grands vitraux ne laissaient plus filtrer que la triste lumière du jour sur le déclin. J'étais désespéré et, pire encore, désargenté pour avoir participé à quatre quêtes sur cinq. Ce lieu sacré m'avait habité pendant bien longtemps et me laissait sans but, hagard.

Mais après tout, qu'attendais-je ?

Était-ce de voir saint Jacques renaître de ses cendres pour venir me parler, à moi l'impie, le misérable trublion ?

Ou était-ce de voir l'évêque me désigner pour prendre sa place et prodiguer la bonne parole ?

Je m'aperçus à ce moment que le père Zach était éclairé dans ses conseils. Non seulement je ne trouverais rien en ce lieu, mais en plus, je n'avais pas même réfléchi à ce que je venais y chercher.

Je dois dire que je me sentais fort désemparé et quittai les lieux sur-le-champ, sans rien connaître de l'endroit où me guideraient mes pieds, puisque, faute de mieux, j'en étais réduit à prendre pour guide les extrémités de ma personne.

La géographie trancha à ma place. Sorti de la cathédrale, je redescendis la pente naturelle et me retrouvai bientôt devant l'auberge. En chemin, l'idée d'attenter à mes jours avait peu à peu envahi ma cervelle. Sans doute saurais-je de façon certaine ce qui m'arrivait si je venais à mourir maintenant, sur cette place. Cette perspective me répugnait mais je n'en voyais pas d'autre. Indécis, je passais et repassais devant l'auberge, en quête d'une idée lumineuse. Je me décidai soudain. La mort viendrait à moi sans que je fasse rien, ou presque. Je remontai vers la cathédrale d'une centaine de mètres et m'étendis au milieu de la rue, dans un virage. Tôt ou tard, un attelage viendrait à passer et ne pourrait ni me manquer ni s'arrêter à temps. Le manque de visibilité et l'obscurité feraient le reste.

Une heure passa sans que rien ne vînt. Le froid de la terre battue me glaçait les reins et je commençais à me demander si mon idée était vraiment bonne. Il était de plus possible, voire probable, que cette mort soit la dernière et les propos du père Zach à ce sujet me revenaient sans cesse.

— Mais, j'ai pourtant pas la berlue ! dit une voix au-dessus de moi. C'est l' gars de Malhorne qu'est étendu là !

Je reconnus l'un de mes voisins d'étable, un certain Tavel, surnommé le Goupil par ses compagnons.

— Qu'est-ce que tu fous par terre ? T'as glissé ou c'est la tête qu'a trinqué ?

Sa question m'embêtait diablement.

— Je suis fatigué, voilà tout ! dis-je à cet empêcheur.

Il m'aida à me remettre sur pied et m'entraîna vers l'étable.

— Je peux pas rester ici, dis-je d'un air pitoyable. Je n'ai plus de quoi payer ma paillasse.

Comme il insistait, je lui expliquai comment, au cours des cinq messes et des quatre quêtes de la journée, j'avais laissé toute ma fortune.

— Sacré couillon, tiens ! Ces arroseurs de bénitiers t'ont rincé.

Malgré mes réticences, le Goupil me fit entrer dans l'étable. Il me proposait de partager sa place gracieusement. Je me méfiais du bonhomme. Le célibat forcé des pèlerins en poussait parfois certains à pratiquer des attouchements contre nature qui ne me disaient vraiment rien.

— Mais viens donc ! Cet aubergiste est pire qu'un bandit de grand chemin. Le soulager d'une nuitée le forcera à une bonne action.

Je finis par le suivre, me disant qu'il serait toujours temps de retirer mes billes du jeu si la situation devenait embarrassante.

La paille de l'étable nous offrit un nid confortable et nous discutâmes jusqu'à une heure avancée de la nuit.

— Et ben ! Pour fervent, on peut dire que tu l'es, persifla le Goupil. Cinq messes à la suite ! J'en reviens pas. Faut-il que tu sois foutrement désemparé pour en arriver là.

Je ne répondis rien et me contentai d'écouter son verbiage incessant.

J'appris ainsi la raison de sa présence à Compostelle. Le pèlerinage n'était pas exactement son but, mais ça ne pouvait pas faire de mal, comme il disait.

Le Goupil faisait partie d'une compagnie de charpentiers qui descendait vers Lisbonne.

— Une coque de navire ou une nef d'église, c'est kif-kif, pour ainsi dire ! Sauf que ça ne se pose pas dans le même sens. Tu comprends ?

Avec un effort d'imagination, je suivais à peu près ses propos.

— Les gens de Lisbonne mettent sur pied tout un tas d'expéditions. Ils ont besoin de bateaux neufs, donc ils ont besoin de nous. Y a du boulot pour nous autres, les gars de la charpente, au pays des Portugais. Et si, mis à part t'allonger au milieu des routes, tu ne sais pas quoi faire de tes dix doigts, tu peux toujours nous accompagner. Si le cœur t'en dit, tu pourras même travailler avec moi.

L'idée me séduisit. J'acceptai son offre.

Le lendemain avant l'aube, toute sa compagnie se mit en route. Je quittai Saint-Jacques-de-Compostelle sans le moindre regret.

Nous avalâmes sans peine la centaine de lieues qui nous séparait de Lisbonne en un peu plus d'un mois.

Bien avant que nous y arrivions, les tours du fort de Lisbonne se découpèrent sur un ciel blanc nacré. Plus nous avancions, et plus elles me semblaient reculer. C'était à n'y rien comprendre.

— L'air de la mer est trompeur, m'expliqua Tavel. Tu ne dois pas te fier à tes yeux pour évaluer les distances. Je crois savoir que l'humidité fait loupe pour te faire voir des choses qui ne sont pas.

Aux yeux de merlan frit qui me mangeaient le visage, Tavel comprit que je n'entendais goutte à tout ce charabia.

— C'est que nous venons de Nantes, mon gars ! dit-il l'air important.

J'ignorais ce qu'était ce Nantes mais, pour ne pas paraître ignare à ses yeux, je singeai l'expression de l'homme instruit. Je ne sais si ce stratagème fonctionna. Toujours est-il que Tavel ne m'en raconta pas plus.

À mesure que nous approchions de Lisbonne, le sentier s'élargit pour devenir route, où notre troupe s'infiltra dans un flot important de voyageurs.

Des dizaines d'embarcations de toutes tailles naviguaient sur les eaux calmes de l'estuaire, montaient ou descendaient le courant au gré des marées. Dans le ciel retentissaient les cris stridents de grands oiseaux blancs que je ne connaissais pas.

Les faubourgs de Lisbonne traversés, la foule nous entraîna vers le centre économique de la ville, le port. À la première porte rencontrée, nous dûmes acquitter la taxe d'entrée. Tavel paya pour moi et me lança même une pièce de bronze.

— Prends donc ça ! me dit-il en riant. Un homme à la bourse vide n'est pas un homme honnête. Tu me le paieras à la sueur de ton front.

Quelque part dans la ville, une cloche sonna douze fois. La dernière journée de l'année 1510 voyait son trépas approcher.

Nous découvrîmes la rade au détour d'une rue assez large pour que deux carrioles se croisent.

— C'est donc ça l'océan ! dis-je en pointant du doigt les eaux sales du port.

— Ce que tu peux être couillon, alors ! ricana Tavel. C'est un marigot tout au plus. Si on a l'occasion, je te le montrerai, l'océan.

Ce mystérieux océan devait garder son secret pour quelque temps encore.

Il régnait sur le port une activité digne d'une ruche. Là se côtoyait la plus extravagante foule bigarrée qui soit. Des marins par centaines, des commerçants de tous négoces, des esclaves enchaînés, prêts à être vendus, des troupes de saltimbanques en costumes bariolés, des cracheurs de feu, des voleurs à l'étalage et des soldats, censés surveiller tout ce petit monde.

Les navires à quai m'émerveillèrent plus que le reste. Jamais je n'en avais vu et, pour une première fois, je les découvrais sur l'un des plus grands ports de cette époque.

J'étais perdu dans la contemplation de cet extraordinaire enchevêtrement de mâtures et de cordages quand retentit dans mon dos le bruit d'une cavalcade. Le roi et sa garde pénétraient sur la place dans un vacarme assourdissant qui ressemblait au roulement du tonnerre.

La troupe royale s'arrêta devant les chantiers de construction et, du carrosse encerclé de cavaliers, descendit un bonhomme bien petit pour faire un roi.

Je cherchais Tavel du regard pour lui demander ce qu'il se passait lorsque je m'aperçus que la troupe m'avait séparé de mes compagnons.

Il m'était impossible de les rejoindre. Non seulement on ne pouvait franchir le cordon de cavaliers, sous peine de s'exposer à quelques coups de bâton bien placés, mais pour renforcer cet obstacle, je me retrouvais comprimé au sein d'une multitude, accourue de toutes parts.

Après un temps qui me sembla très long, l'équipage quitta le port. La foule s'éparpilla enfin.

Mus par quelque mystérieux signal, tous vidèrent les lieux en même temps au profit des échoppes et tavernes des venelles environnantes, transformant la place du port en un lieu de silence.

Un fort sentiment de solitude me gagna.

Je me rendis sur les chantiers de construction, où mes compagnons se trouvaient certainement.

De nombreux ouvriers y prenaient leur repas, dans des gamelles de fortune, sans grande éducation. Il montait autour de moi des bribes de conversations. La plupart m'échappaient totalement mais je distinguais plusieurs idiomes dont cette curieuse langue basque que j'avais entendue dans les Pyrénées. Quand enfin me parvinrent des sonorités familières, je me crus sauvé. Je m'enquérais sans succès de l'arrivée d'un petit contingent de compagnons francs.

Isolé, la faim au ventre et riche d'une seule pièce de bronze, mon arrivée à Lisbonne se présentait sous les meilleurs augures !

Je décidai malgré tout de partir à leur recherche.

Perdu ! J'étais complètement perdu dans le dédale de cette ville sans repères.

Depuis le port, j'avais tout d'abord emprunté la voie principale, qui menait jusqu'au fort royal, dans les hauts de la ville. La position offrait une vue générale sur Lisbonne qui me permit de me rendre compte de sa taille et de ses principaux monuments. Je vis dans les quartiers sud un long et grand bâtiment en construction, qui ne manquerait pas, me dis-je, d'attirer une compagnie de charpentiers. Le plus rapide pour l'atteindre serait de couper à travers la ville, ce que je fis sans plus tarder. Il devait être trois heures après la mi-journée. Cela m'en laissait donc, au mieux, deux de clarté.

Bien souvent, les venelles que j'empruntais se terminaient en impasse. D'autres fois, elles correspondaient entre elles par d'étroits passages qui me renvoyaient de l'une à l'autre sans que je sache précisément dans laquelle j'émergeais. Il m'arriva aussi de repasser devant une fontaine ou un bâtiment, ce qui me poussait au comble de la nervosité. Après deux heures de cette errance, je n'avais plus aucun moyen de me situer.

La nuit tombait sur Lisbonne sans que le moindre éclairage ne tente de la chasser. Avec le jour disparurent les quelques points de repère qui me restaient. La nuit apporta un nouveau monde de sonorités et de bruissements, dans lequel je ne reconnaissais rien.

Éreinté et affamé, je m'assis sur les marches d'une fontaine.

Des rires s'envolaient par les fenêtres, des cris de disputes aussi. Sur ma gauche, je sentais les remugles d'une écurie toute proche. Des voix d'hommes retentirent à mes oreilles, mêlées à des rires gras de femmes de petite vertu.

Je partis dans cette direction et poussai bientôt la porte d'une taverne.

La porte en s'ouvrant fit un appel d'air qui m'enivra presque. Les odeurs étaient saturées à la fois de pourriture et de promesses de réjouissances. Les remugles de la bière et du tabac froid, de vieilles vomissures et de parfums capiteux se mélangeaient sans que je parvienne à les trouver désagréables. Mon premier réflexe fut de repartir sur-le-champ mais une vieille voix d'homme résonna entre mes tempes, une voix que je n'avais plus entendue depuis près de vingt ans. Ma prime voix m'intimait de demeurer et de prendre ce qui pouvait être pris, avec l'appétit de celui qui doit manger pour survivre.

Et bien sûr, je restai.

La taverne était vaste et fort achalandée. Du plafond pendait un candélabre, la principale source de lumière, rehaussée de ci, de là de quelques chandelles enracinées aux tables par des années de cire fondue.

La clientèle n'était pas ragoûtante. Des matelots en goguette pour la plupart, estimai-je d'après leur accoutrement, quelques putains plus ou moins laideronnes, qui usaient de leurs charmes contre monnaies sonnantes, et aussi des chats, beaucoup de chats vautrés dans la sciure.

J'avisai un recoin vide et m'y installai.

Une serveuse posa devant moi un pichet et un bol, sans que j'eus rien demandé, puis emporta ma pièce de bronze.

Derrière un semblant de comptoir, en fait une rangée de barriques serrées, un énorme bonhomme surveillait son petit monde et regardait d'un œil goguenard se remplir la caisse d'un tas de belles monnaies. Il avait le regard vitreux du soiffard et le front dégoulinant des gros à la besogne. Et, quand une serveuse passait lui remettre l'argent des commandes, il était rare que sa grosse main épaisse ne lui retombe pas sur le derrière.

Mon pichet se trouvait rempli d'un breuvage doucereux que je ne connaissais pas mais qui rencontra le plaisir sur mon palais. Ce devait être un vin de Porto, riche d'un alcool sucré débordant de soleil. Le premier pichet n'eut pas le loisir d'étancher ma soif. Toujours solvable, j'en commandai un deuxième, d'un geste à l'internationale compréhension, puisque bien incapable de m'exprimer en portugais. Ce pichet-là me rendit guilleret. Je commençais à contempler les rondeurs des serveuses et les outrances des catins avec l'œil plus sûr. Autour de moi, les autres clients s'avançaient également sur la pente de l'ivresse, à une rapidité plus ou moins grande, mais avec une précision d'archer quant à l'impact. Je conversais avec mes voisins comme si nous nous connaissions depuis toujours et, sans rien comprendre les uns des autres, nos plaisanteries grasses nous mettaient au comble de l'hilarité. Le troisième pichet fut de trop. L'excès de sucre en avait retardé les effets. La nausée monta d'un seul coup. L'air frais des ruelles de Lisbonne me manqua soudain et la puanteur de la salle devint subitement insupportable. Je visai soigneusement la porte. Arc-bouté sur les avant-bras, je réussis à me lever du premier coup. Il me restait à traverser la salle. Me répandre à l'extérieur, dans l'anonymat de la nuit, m'était égal, mais un semblant de dignité m'interdisait de me commettre à ce point devant un tel parterre de gentilshommes. Ma vision se divisait au-delà du dédoublement. Parler d'un kaléidoscope serait plus juste. Le candélabre, les barriques et les habitués du lieu tournaient à l'image d'un maelström. C'était purement vertigineux. D'abord un pas, puis un autre, et ainsi de suite, jusqu'à ce que l'apprentissage issu de l'enfance revienne peu à peu. Aux violentes embardées qui m'envoyaient cogner contre les barriques d'un côté et les ivrognes de l'autre, je comprenais que ma sortie n'avait rien de discret. Malgré tout, personne ne semblait se soucier de cette perte de contrôle momentanée. Alors que je maîtrisais de mieux en mieux la situation, un chat malveillant s'emmêla dans mes pattes et m'envoya rouler sous une table. Je n'ose me souvenir de cette matière visqueuse dans laquelle je dus mettre les mains pour me relever. Notez qu'à ce moment-là, je ne m'en souciais guère. Bref ! Bon gré, mal gré, et au prix de plusieurs bosses au front infligées par cette table qui, décidément, ne voulait rien comprendre, je sortis de ce faux pas à quatre pattes. J'hésitais mollement entre la position du chien et celle du bipède lorsqu'un cuistre buta contre moi et s'affala à mes pieds. Dans sa chute, il laissa tomber une dague, qui résonna de façon sinistre dans le silence soudain. Le maladroit, sitôt remis sur ses pieds, tenta de se jeter sur un homme, assis à la table dont je venais de m'extraire. Il fut reçu par dix fortes poignes qui le renvoyèrent à toute allure vers moi, toujours hésitant entre deux branches de l'évolution des espèces. J'en fus pour une nouvelle bosse. J'appris ensuite que j'avais, bien malgré moi, empêché un assassinat, anecdote fortuite qui se révélerait capitale. Le grand type à qui j'avais, par mégarde, sauvé la mise, était aussi fin saoul que moi. Il me releva d'une poigne robuste et baragouina quelque chose.

— Français, hoquetai-je, entre deux soubresauts de mon estomac révolté. Comprends rien !

Le visage rougeaud du robuste gaillard se fendit d'un large sourire qui exhiba une belle dentition.

— Un Français ? Voilà une veine ! Et comment se nomme mon brillant défenseur ?

— Malhorne..., fus-je encore capable d'émettre, une bave épaisse à la commissure des lèvres.

Le type me parla longuement, je crois. Je n'écoutais qu'à moitié, trop ivre pour me concentrer, mais je distinguais les mots océan et mascotte qui revenaient dans ses propos. L'océan ? Oui, je voulais voir l'océan, mais je ne comprenais pas le rapport.

— Oui, oui..., dis-je pour finir.

Puis je rendis tripes et boyaux dans la sciure, à la plus grande joie des chats qui accoururent de partout pour se repaître de cette immonde mixture.

Des bras m'aidèrent à sortir. Je me souviens d'une brève vision déformée de la fontaine et puis, plus rien.

Le trou noir de la gueule de bois.

— Ça bouge ! pensais-je, la tête irradiée par des élancements insupportables. Qu'est-ce qui peut bien bouger comme ça ?

Des coups à intervalles réguliers tintaient à côté de moi, quelque part dans l'obscurité.

Cling ! Cling !

— Il fait encore nuit noire. Je dois toujours être sous l'effet de cet alcool sucré.

Le goût du vin de Porto m'emplissait encore la bouche. Une soif intense me tiraillait la gorge et une langue épaisse collait à mon palais. Un vrai régal !

— Ah oui ! Lisbonne. La taverne. Je me souviens maintenant. Mais qu'est-ce que je fous ici ?

Et d'ailleurs, où étais-je précisément ? J'étais bien incapable de le dire.

Dans un recoin flou de ma mémoire, les bras de plusieurs hommes avaient laissé leur empreinte... L'air bienfaisant de la nuit sur mon visage maculé de sueur et de vomissures... Et rien d'autre. Rien qui puisse m'indiquer où je me trouvais.

Et toujours ce cliquetis régulier.

Cling ! Cling ! Cling !

— C'est horripilant et ça résonne salement dans mon crâne. Faut que je sorte d'ici !

Ouvrir les yeux ne me servait à rien, tant l'obscurité était totale. Je tendis les bras et avançai lentement.

Un mur ! Du bois, si je ne me trompe pas. Je dois être dans une chambre aveugle.

Je plaquai mes mains contre la paroi, jusqu'à ce qu'elles rencontrent ce que je cherchais.

La porte s'ouvrit sur un couloir très sombre. De part et d'autre de ce couloir donnaient une demi-douzaine de portes basses, toutes en arrondi sur leur partie haute.

— Ces maisons portugaises ont une curieuse architecture, me dis-je.

Des voix atténuées franchissaient les cloisons avec peine. Des voix autoritaires, comme des ordres donnés. Et puis des *han !* d'hommes sous l'effort.

Le couloir empestait le moisi, une odeur humide et salée, avec un soupçon de saumure.

— Je dois être dans un entrepôt de salaison.

L'odeur du sel exacerbait ma soif. Un flot de salive épaisse inonda ma bouche sans que je puisse l'avaler.

— À boire !

Une seule porte laissait filtrer par en dessous un trait de lumière. L'issue s'indiquait d'elle-même.

— Brr ! Pas chaud dans ce pays ! Et puis, cet air qui mouille, je ne m'y ferai pas.

La porte ouverte déversa un flot aveuglant de lumière qui provoqua à l'intérieur de mon crâne une douleur plus intense encore, s'il était possible. Je recouvrai un semblant de vision pour contempler un spectacle auquel je ne m'attendais pas. D'abord ces grands oiseaux blancs dont j'ignorais le nom. Des dizaines d'entre eux tournoyaient dans le ciel, dessinant de grands cercles autour d'un mât, barré d'une gigantesque voile. D'un regard circulaire, j'embrassai l'horizon. De l'eau, rien que de l'eau à perte de vue. Et puis le ciel aussi.

Le ciel et l'eau d'une même couleur gris sale avec, pour seule démarcation, une ligne ténue d'un gris un peu plus appuyé. De quoi forcer l'entrain !

En contrebas, des matelots s'affairaient sur le pont. Certains me jetaient de temps à autre des regards qui en disaient long sur ce qu'ils pensaient de mon utilité à bord.

— Maître Malhorne ! brailla une voix au-dessus de moi. C'est une joie de vous voir enfin !

Surpris, j'opérai un demi-tour rapide.

— Vous êtes pire qu'un loir ! Il faudra ici vous habituer au tord-boyaux avec lequel nous occupons nos soirées.

Le visage me disait vaguement quelque chose.

— Où sommes-nous ? articulai-je enfin.

— Bienvenue sur l'*Imago Mundi*, mon cher ! Et où sommes-nous, dites-vous ? Mais où voulez-vous que nous soyons ? Parbleu !

— L'océan !

— Parfaitement pensé ! renchérit le bonhomme. L'océan Atlantique. Du nom d'un peuple dont nous ne saurons jamais rien, j'en ai peur. Splendide extension de notre chère *mare nostrum*. J'incline du reste à penser qu'il s'agirait peut-être du contraire, n'en déplaise à nos ancêtres latins. Mais nous avons bien le temps pour que je vous fasse part de certaines de mes théories. Montez donc me rejoindre ! C'est, après la vigie, le plus beau panorama dont vous pourrez jouir sur ce navire !

Un court escalier me conduisit au pont supérieur.

L'homme portait une paire de bottes qui lui montaient à mi-cuisses et achevaient l'élégance de sa silhouette. Le bicorne qui le coiffait me sembla curieux mais pratique, car il barrait la moitié supérieure de son visage d'une ombre utile, pour qui ne voulait pas passer ses journées entières une main tendue au-dessus des yeux.

Il me présenta sa paume d'un geste vigoureux.

— Pedro Alvares Cabral ! Maître et commandant de ce noble bâtiment !

Trop occupé par un changement particulier dans les voilures, le commandant me délaissa sans m'expliquer ce que je fabriquais sur son navire. J'eus donc tout loisir de détailler pleinement mon infortune.

De cette position élevée, je pus vérifier ce que je pressentais déjà, l'horizon cernait également l'arrière du bateau. Nous étions en plein océan. Le regard n'accrochait rien, pas la plus petite arête de côte ou de brisant pour rassurer le terrien.

Cet horizon circulaire était un spectacle qui défiait mon bon sens. L'absence de point de repère annihilait la sensation de mouvement et il fallait se pencher par-dessus bord pour constater la réalité du sillage qui, à l'arrière, matérialisait notre progression. Nous nous trouvions sur une coque de bois, épicentre d'un cercle d'horizon. Si l'on se fiait au seul regard, le cercle avançait et entraînait avec lui le navire, mais pour le navire, point de mouvement.

J'étais embarqué sur une caraque de six cents tonneaux qui, pour être l'un des plus grands bateaux de son époque, faisait figure d'un bien frêle esquif face à l'immensité saline.

Les voiles enfin accordées à la force du vent, Cabral revint vers moi.

— Alors, mon ami, vous acclimatez-vous à la vie de forçat et à ses bons côtés que nous prodigue la mer ?

— De grâce, implorai-je. Expliquez-moi ce que je fais ici.

— Vous avez empêché le poignard d'un malfaisant de s'enfoncer entre mes chères côtes, maître Malhorne. Et vous avez fait de moi votre inamendable débiteur. Quant à ce que vous faites ici, figurez-vous, puisque vous ne semblez pas vous le rappeler, que vous vous êtes vous-même proposé de nous accompagner !

— Ai-je dit cela ?

Cabral m'indiqua les hommes de son équipage d'un large geste.

— J'ai ici certains témoins qui pourront corroborer mes dires. Voulez-vous que j'en mande un ?

— Grands dieux non ! Un brouillard trouble mes souvenirs sur la nuit dernière, voilà tout. Je n'ai aucune raison de mettre votre parole en doute. Je me demande seulement pourquoi vous vous êtes encombré d'une bouche inutile.

— Non point ! Ne vous dévalorisez pas ainsi. Une expédition telle que la nôtre ne saurait se surcharger d'un ventre affamé. Votre présence me sera fort agréable, à n'en pas douter.

— Où allons-nous ? demandai-je, ne sachant que poser question sur question.

— Par-delà l'océan ! Je ne puis vous en donner le nom car, à ma connaissance, personne n'a appelé cette terre que j'ai découverte il y a maintenant onze ans, et par hasard encore ! Ne me connaissez-vous donc pas ?

Cabral arrondissait des yeux ahuris. Il devait être célèbre en son pays mais sa notoriété, aussi grande fût-elle, n'avait pas passé les frontières. À sa décharge, je dois préciser en honnête homme que ma culture présentait de si grandes lacunes qu'il lui aurait été inutile de s'offusquer. Le roi lui-même se serait présenté devant moi, je ne l'aurais pas reconnu.

— Pardonnez mon ignorance, m'excusai-je. Je ne suis pas même dégrossi de ma campagne lointaine, je ne connais de célébrité que Gaucelin, mon père, qui peut à lui seul dévorer un demi-bœuf.

— Ne vous excusez pas, maître Malhorne. À vivre exclusivement dans son microcosme, on ne voit plus qu'à travers lui. De nous deux, je suis le plus blâmable !

Nous naviguions depuis trois semaines à bonne allure, aux dires de Cabral, car je ne distinguais toujours pas de changement dans notre paysage, lorsque le vent tomba. Les voiles, si fièrement gonflées jusqu'alors, se ratatinèrent pour pendre mollement comme des lambeaux de guimauve. Le roulis auquel j'avais eu tant de mal à m'habituer cessa peu après, lorsque les vagues tombèrent. Curieusement, ce tangage me manqua autant qu'il m'avait tout d'abord gêné. Je sentis poindre en moi l'attaque acide de l'angoisse de l'immobilité.

Je passais d'ordinaire de longues heures dans ma cabine, qui se trouvait à côté de celle de Cabral, à étudier les cartes ou à rêvasser sur mon devenir. Le silence et l'absence de mouvement qui régnèrent soudain m'en firent sortir plus sûrement que la faim.

Cabral, que j'appelais commandant ou Monsieur, comme le voulait l'étiquette, eut alors tout loisir de m'éclairer sur l'art de la mer.

— Nous ne connaissons pas bien ce phénomène, mais il semble qu'arrivé à un certain point dans le sud, le sens des vents s'inverse. C'est une drôle d'histoire, n'est-ce pas ?

— C'est en effet curieux dis-je, à court d'avis digne d'être exprimé.

Cabral ne sembla même pas m'avoir entendu.

— Je ne vous ai pas encore conté mon histoire, maître Malhorne ? Je navigue depuis ma naissance, pour ainsi dire ! Et j'ai écumé toutes les mers du monde. Du moins le pensais-je. Je ne sais ce que faisaient vos aïeux, Malhorne, mais les miens chiquaient déjà au début du siècle dernier. Je suis la cinquième génération de Cabral à traîner sa carcasse pour la couronne du Portugal et si Dieu me prête vie, ma descendance suivra mon exemple.

Le commandant se tut un instant. Il regardait fixement l'horizon, comme s'il y cherchait l'ombre de ses ancêtres pour l'encourager à poursuivre.

— Nous entrons dans le courant d'une époque révolutionnaire, mon cher. Savez-vous qu'il y a à peine vingt ans, Martin Behaim bouleversa les croyances en imaginant notre terre plus ronde qu'un œuf ? Personne ne l'a écouté, bien entendu. J'ai vu son *globe*, comme il l'appelle. Eh bien, figurez-vous qu'il y a inventé des mers immenses et des continents entiers que personne n'a jamais vus. Vous m'entendez bien, personne !

Le doigt qu'il tenait pointé vers le ciel augurait de la réalité de ces terres imaginaires. Pour ma part, j'essayais de me rattacher à ses convictions, sans choir trop douloureusement du haut des miennes. Ma terre était plate et toute idée de rotondité plus qu'extravagante.

— J'ai vu ces terres, affirma-t-il alors. L'initiation est venue de Vespucci et de Colomb, ces intrigants à la langue agile. Et toutes leurs découvertes n'ont été que chance et bienheureuse erreur de lecture. Martin Behaim s'est trompé lui aussi. Mais il est lui aussi un usurpateur… Ce n'est qu'un vulgaire copiste. J'ai pu voir les travaux de Ptolémée. Behaim s'est contenté de reproduire sa *Géographie* en changeant ici ou là quelques menus détails. Et bien sûr en se servant des précisions des cartographes actuels. Colomb n'était pas le visionnaire dont la popularité veut parler. C'était un habile parleur et un spéculateur. Il n'empêche ! Un jour, il suffit qu'un Behaim invente une terre nouvelle pour qu'un Colomb la découvre. J'ai vu cela et bien plus. J'ai vu dans la *Géographie* de Ptolémée un continent entier qu'il me faut rencontrer. Rendez-vous compte que cette vision de l'univers est connue depuis les Grecs anciens et nous, nous persistons à vivre sur une terre plate ! D'où Ptolémée tenait-il ses renseignements ? Voilà une question qui me ronge !

» Écoutez-moi bien, Malhorne. L'univers se dénudera devant celui qui, humble parmi les humbles, aura la force de croire à l'incroyable ! Voilà ce que j'affirme. Pensez différemment, et l'univers sera différent ! Croyez que des terres nouvelles existent quelque part à la proue de cette caraque et ces terres vous apparaîtront. Forcez votre intelligence à voir une terre ronde et cette terre le sera, aussi sûrement que nous sommes là, tous les deux, en train de discuter sur le château arrière de l'*Imago Mundi*.

Cabral m'entraîna dans sa cabine où il déroula fébrilement un monceau de cartes.

— Voyez par vous-même, me dit-il, en pointant sur une carte un continent séparé de l'Europe par une étendue bleutée. Vous vouliez savoir où nous allons ? Voilà votre réponse !

— Qu'est-ce que cette *Terra Incognita* ? dis-je en lisant la carte à voix haute.

— Le Nouveau Monde ! L'avenir.

— L'avez-vous réellement découverte ?

— Je ne sais si je suis le premier, et peu importe finalement. Il y a onze ans, en 1500 précisément, je suivis la route ouverte par mon maître Vasco de Gama.

— Comment avez-vous su avec certitude que vous n'étiez pas en Inde ? demandai-je, cherchant la faille de son délire.

— J'aime votre audace, maître Malhorne ! Figurez-vous que je me suis posé la même question. Les étoiles, mon cher. Toujours les étoiles. Que vous cheminiez en mer ou sur terre, il suffit de lever le nez pour acquérir l'évidence de votre direction cardinale. Et c'est toujours plus loin vers l'ouest que le vent nous poussa. J'ai voulu tromper la vigilance des alizés et pour cela, nous nous sommes laissés dériver. Mais un vent dominant s'est emparé de nous, un grand frais impossible à contrer qui nous a envoyés buter contre cette *Terra Incognita*. C'est précisément ce que nous allons faire à nouveau, pour la plus grande gloire de Manuel Ier, notre bon roi. Et nous y ferons du commerce avec les populations indigènes.

Là, il dépassait les bornes.

— Je ne puis vous croire, commandant. La Bible cite toutes les populations humaines et jamais je n'ai ouï dire qu'il y en aurait par-delà l'océan. C'est tout bonnement impossible.

— Je les ai vus ! Et certains de mes gaillards aussi ! affirma-t-il.

— Alors, c'est que vos yeux vous auront trompés. Il ne peut s'agir que de bêtes sauvages qui vous auront singés. Si elles se trouvaient à bonne distance, l'erreur est pardonnable.

Face à tant d'obscurantisme forcené, Cabral capitula.

— Soit ! conclut-il. Vous changerez d'avis le moment venu.

Nous dérivions depuis longtemps et devions être très loin des côtes africaines. Je m'attendais à tout instant à voir les eaux s'ouvrir devant nous pour nous engloutir à jamais, mais rien de tel ne se produisit. Nous avancions toujours, portés par des courants marins et chaque jour reculait l'inéluctable.

Un matin de février 1511, je sortis de ma cabine dans de bien sombres dispositions d'esprit, quand une odeur nouvelle me remplit d'un coup les narines et enflamma au cœur de mes tripes un entrain inaccoutumé. Le grand frais de sud-ouest gonflait les voiles d'une force nouvelle.

— Fini le temps du farniente, résonna au-dessus de moi la voix tonitruante de Cabral. Voilà que souffle le vent des découvertes ! Serez-vous de la partie, maître Malhorne ? Ou vous contenterez-vous de trembler dans votre cabine ?

Le grand frais de sud-ouest nous poussa jusqu'au bout sans fléchir. Toutes voilures à l'assaut des milles, l'*Imago Mundi* frôlait les dix nœuds en vitesse de croisière et, par rafales généreuses, Cabral espérait en atteindre quinze.

La nuit, le commandant faisait affaler les trois quarts de la voilure. Les eaux nous étaient inconnues. À la proue du navire, un guetteur renforçait la surveillance de la vigie et, même ainsi, un écueil aurait été difficile à éviter. Notre caraque résistait au courant marin sans dériver, en attendant fébrilement le lever du soleil pour à nouveau mordre les vagues. Au mieux ne perdions-nous pas, la nuit, les précieux milles que nous avions gagnés la veille.

Fin mars 1511, Cabral vint, un matin, me trouver au saut du lit.

— Il y a onze ans, me dit-il d'un air joyeux, nous avons touché terre après quatre mois de traversée. Nous arrivons maintenant à la fin de cette période et nous ne devrions guère tarder.

— La terre est-elle en vue ? m'écriai-je, à présent complètement réveillé.

— Comme vous voilà devenu pressé ! La peur des gouffres et des créatures infernales vous aurait-elle quitté ? Vous avez le temps de vous préparer. Je vous avise seulement de ranger vos affaires dans le coffre de votre cabine. Vous serez ainsi prêt dès l'ancre jetée.

À voir sa mine réjouie, la honte avait déjà dû empourprer mon visage déconfit.

Cabral mit un terme à ma gêne et sortit en riant de ma cabine.

Sur son conseil, je rangeai soigneusement mes maigres affaires dans un petit coffre en chêne renforcé de ferrures. Deux chemises de coton blanc, un pantalon en toile cirée, une pipe en écume, cadeau du commandant, et mon précieux heptagone, que je pris soin d'enrouler dans une double épaisseur de cuir et de tissu huilé.

Puis je cadenassai le coffre et gardai la clef pendue à mon cou.

Je passai les jours qui suivirent rivé à l'avant de l'*Imago Mundi*, les pieds calés contre la plus belle garce de l'Atlantique, notre sirène figure de proue. Elle offrait sa généreuse poitrine à la voracité écumeuse des déferlantes et nous ouvrait une route plus souriante. *Profunda*, ainsi l'avait surnommée l'équipage, était la seule femme à bord. Elle possédait tous les avantages rêvés pour notre équipée de célibataires forcenés.

Loin de ces considérations, j'attendais la terre.

L'équipage redoubla de travail. En surcroît des tâches liées à la navigation, un semblant d'ordre fut organisé dans les cales en vue d'un proche débarquement. On plaça les marchandises par ordre d'évacuation. En tête les cochons vivants et les poules qui, depuis quatre mois, survivaient dans l'espace confiné et insalubre de l'entrepont, puis les tonneaux de comestibles et enfin le matériel d'abattage et de terrassement. Enfin, on vérifia l'amarrage de l'ancre.

Toutes ces précautions prises, il monta parmi l'équipage une fébrilité identique à celle qui m'animait depuis peu. La température extérieure, de plus en plus clémente, jouait sans doute un rôle important dans ce tableau d'enthousiasme généralisé.

La veille du naufrage, car il fallait bien que tout cela se termine mal, le commandant Cabral fit donner un dîner sur le pont principal. Sous une voûte scintillante d'étoiles, l'équipage au grand complet, exception faite de la vigie et de l'officier de quart, festoya jusqu'à une heure tardive.

Nous profitâmes joyeusement d'une calme nuit tropicale en haute mer.

Le calme avant la tempête.

Le lendemain matin, je me réveillai bouffi de sommeil et d'excès pour découvrir qu'un ciel menaçant avait remplacé le beau fixe des jours précédents. Des nuages s'étalaient au-dessus de nos têtes en strates successives. Une longue houle agitait le bateau. D'abord talus, les vagues se firent collines, puis nous dûmes avancer par bonds, de montagne d'eau en montagne d'eau.

La journée s'étira sur ce ton de grisaille et la nuit survint sans que l'on s'en rendit vraiment compte.

Deux heures après le coucher du soleil, la pluie fit son apparition. Une pluie à ne pas sortir le bout du nez, tant elle fut violente dès les premières gouttes. Une pluie drue des mers du sud. Une pluie couvercle, comme animée d'une volonté meurtrière de nous envoyer par le fond.

En l'espace d'une demi-heure, la houle devint une légion de lames aux arêtes cassantes qui nous ballottèrent comme un fétu. La vigie qui, jusque-là, avait tenu bon, ne résista pas à l'assaut d'un rempart d'eau salée particulièrement gigantesque auquel la coque de l'*Imago Mundi* venait de se confronter. Il disparut sans un cri dans la noirceur obsédante de la tempête. Peut-être après tout cria-t-il ! Mais la tempête rugissait tellement qu'elle aurait pu couvrir les hurlements de mille hommes.

Il n'y avait pas de matelot disponible à bord pour le remplacer. Aussi décidai-je de m'en charger. Monter au sommet du grand mât ne fut pas une mince affaire. Tout était détrempé et le bois glissait sous la prise.

En haut, j'enroulai jambes et bras autour du mât puis m'efforçai de distinguer quelque chose au travers de la pluie qui me fouettait le visage. Sous l'éclairage fugace des nombreux éclairs qui tombaient de toutes parts, je vis des tableaux choquants de scènes apocalyptiques. Nous étions au centre d'un déferlement de violence naturelle. Une violence inouïe contre laquelle notre petite coque, pourtant fierté de son temps, était insignifiante. Les vagues montaient si haut que leurs sommets dépassaient de loin le faîte de notre mâture. Le roulis qui agitait la coque ne faisait que s'aggraver à mesure que l'on prenait de la hauteur. Au poste de vigie, le balancement prenait des proportions de fête foraine. C'était à vomir, ce que je fis bientôt. Ma place ne semblait pourtant pas la pire de toutes. Je voyais en bas de pauvres matafs jetés de bâbord à tribord comme de vulgaires mannequins d'osier. Certains, étourdis sous le choc, ne se relevaient pas immédiatement et repartaient dans l'autre sens au gré d'une nouvelle lame. D'autres tombaient dans l'abîme, entraînés par des baquets d'eau qui retournaient vers leur chaos originel.

Nous nous trouvions sur la pente descendante d'une lame colossale lorsque je vis l'inévitable. Deux rochers à peine émergés qui surgissaient dans la nuit, trop tardivement dévoilés par le déchirement blanc d'un éclair.

— Terre ! Terre ! hurlai-je immédiatement, bien que mes compagnons ne puissent pas m'entendre.

Je ne revis pas les rochers. La lame suivante nous fracassa dessus. Il me sembla que l'*Imago Mundi* se brisait en deux parties, qui ne tardèrent pas à glisser vers le fond, mais je n'eus pas le loisir de m'attarder dans la contemplation de ce détail.

À l'exception de quelques rares chanceux, dont je ne faisais pas partie, l'équipage dans son ensemble ignorait la pratique de la natation. Une fois dans l'eau, on ne devait sa sauvegarde qu'à la miséricorde, un morceau d'épave ou une barrique vide. Chacun pour soi et Dieu pour tous.

Le grand mât terminait sa désescalade vers la surface quand je visai sur ma gauche une planche suffisamment grande pour m'apporter le salut. Il n'était plus temps de réfléchir. Je sautai dans sa direction et barbotai vers elle, à la façon des chiots dans une mare. Je me cramponnai à la planche sans avoir coulé une seule fois. Le courant m'éloignait peu à peu de l'épave et des dangereux récifs quand deux autres mains s'agrippèrent à ma planche, puis deux autres encore. Partager mon embarcation ne m'offensait nullement mais les deux matelots fraîchement arrivés eurent l'idée saugrenue de monter dessus. Nous en fûmes tous pour un bouillon d'eau salée. Je leur braillai de cesser cette idiotie, qu'il suffisait de s'accrocher au rebord et de laisser aller mais rien n'y fit. Ils réitérèrent cette stupide tentative de se tenir hors de l'eau. L'instinct de survie est plus fort que la bienséance. Les cuistres en vinrent aux mains, et des mains prolongées de couteaux. Ce qui devait arriver arriva, l'un des deux matelots s'en alla visiter prématurément le fond, le cou entaillé d'une longue estafilade. Le vainqueur se tourna alors vers moi, toujours armé et le regard manifestement empli de sombres intentions. Entre une mort certaine et une noyade probable, je préférai la seconde et lâchai notre frêle esquif.

Je n'eus pas le loisir de margouiller bien longtemps dans la noirceur de ces eaux aspirantes. Je dépensai mes forces pour tenter de rester à la surface et bientôt, épuisé et à demi noyé, je capitulai et me laissai couler vers le fond.

Je me trouvais sur le point de réciter une dernière prière, enveloppé par cette eau qui, pour n'être pas glacée, avait malgré tout une fâcheuse tendance à engourdir les membres, lorsque ma main rencontra une matière chaude et remuante. Je m'y agrippai de toutes mes forces et parvins à remonter vers la surface. L'air et l'envie de vivre affluèrent en moi douloureusement. Mes mains empoignaient une croupe chaude et musclée dont les fessiers allaient et venaient au rythme de la nage. Je ne devais la vie à aucune sirène ou naïade mythique, mais au passage inespéré d'une truie qui avait pu s'échapper du naufrage. L'effort lui arrachait des couinements stridents qui auraient dû me faire rire, si ma situation n'avait pas été tellement désespérée. N'écoutant que son seul instinct pour se diriger dans la nuit, et peut-être son odorat gourmand l'y aida-t-elle aussi, ma truie aquatique marcha bientôt sur le fond sablonneux, offrant son ventre gras aux gerbes d'écume des vagues finissantes. Elle me hissa hors de l'eau et tenta de courir. Je ne la lâchai qu'une fois parvenu sur la plage et m'endormis aussitôt, épuisé par l'effort et la peur conjugués.

La douleur d'un pincement me réveilla. En portant une main à ma tête, j'arrachai de mon oreille un crabe qui semblait vouloir en faire ripaille. Un crabe inconnu, doté d'une pince surdimensionnée qui le faisait ressembler à un gladiateur. Je le jetai le plus loin possible, pensant à quelque monstruosité sortie de cette terre de fin du monde.

Il faisait à présent grand jour. Bien que toujours en mouvement, la mer s'était apaisée. Sur la plage traînaient d'innombrables débris de l'épave dont quelques-uns avaient échoué intacts. Mais aucun signe de survivants. Derrière moi, la truie fouillait le sable du groin et sa présence me réconforta. J'ouvris quelques tonneaux au hasard et fus chanceux dans mes recherches. Je trouvai de l'eau douce et m'en abreuvai longuement. Puis je rebouchai la barrique avec soin, conscient que cette eau représentait le plus grand des trésors. Je l'éloignai du rivage et, suivi de ma fidèle truie, je partis à la recherche d'éventuels compagnons miraculés.

En quête de nourriture, la truie me fut plus utile qu'un chien de chasse. Elle se ruait systématiquement sur les cadavres des malheureux matelots qui gisaient sur le sable, parfois recouverts d'un épais linceul d'algues.

La mer avait rendu la plupart des corps mais je m'entêtais à poursuivre mes recherches. Je ne parvenais pas à croire que la destinée m'avait fait seul survivant, échoué sur un continent vierge. Cela aurait été trop cynique. Moi qui recherchais justement des réponses, j'avais un tel besoin des hommes !

La plage s'étendait à perte de vue. Il était fort possible que certains aient dérivé bien plus loin que l'endroit où je m'étais retrouvé. Tous les corps que je retournais sur mon passage évoquaient un souvenir, mais celui que je redoutais de voir ne s'y trouvait pas. L'océan avait conservé le corps du commandant Cabral.

Je traînais ma carcasse sur ce rivage paradisiaque comme si je m'apprêtais à franchir le Styx. Serrer la poigne d'un humain, même du plus indécrottable des matelots de l'*Imago Mundi*, aurait été pour moi une joie sans pareille. Mais je désespérais. Pour finir, je m'assis auprès du dernier corps que mes pas croisèrent, lamentable et larmoyant sur un sort que je jugeais cruel.

La truie, que j'avais baptisée Virginie, se vautra à mes côtés pour se rouler sur le dos avec des petits couinements de contentement. Ah ! Si j'avais pu me satisfaire de si infimes plaisirs !

Puis, tout à coup, elle cessa son manège, renifla bruyamment et partit comme une flèche vers les arbres qui bordaient la plage. Je la suivis du regard et, lorsqu'elle disparut dans les buissons, je vis ce qu'elle avait senti : un mince filet de fumée s'élevait au-dessus de la frondaison.

Je me jetai aussitôt vers cette marque de civilisation.

Dans une combe sablonneuse cernée par quelques arbres, deux matelots discutaient à bâtons rompus autour d'un feu. Une paire de tonneaux récupérés sur la plage leur servaient de sièges, tandis qu'ils grillaient nonchalamment des morceaux de lard sortis d'un troisième.

— Dieu soit loué m'écriai-je à bout de souffle.

Les deux cuistres me regardèrent d'un œil rond, puis reprirent leur discussion. L'équipage de l'*Imago Mundi* ne m'avait jamais apprécié. La barrière de la langue d'un côté, mon inactivité à bord de l'autre et puis, des rires gras qui s'élevaient parfois sur mon passage et me laissaient perplexe quant à ce que les marins pouvaient imaginer de mes soirées avec le commandant. Mais brisons ! me dis-je. Je pouvais faire des efforts pour apprendre leur dialecte et chacun dorénavant aurait besoin de tous.

Je fis un pas vers le tonneau de lard mais ils s'interposèrent violemment. Nul besoin de maîtriser leur langue pour comprendre qu'ils ne désiraient pas ma présence. Leurs gestes étaient sans équivoque. Je ne me laissai pas démonter et me saisis d'un épais morceau de viande. La seule façon de s'imposer est parfois de tenir tête à ses adversaires.

Je reçus en guise de réponse un violent uppercut qui m'envoya rouler sur le sable. Les yeux et la bouche remplis de ce fin gravier, je sortis de la combe à quatre pattes pour reprendre mes esprits et adopter une nouvelle tactique d'approche.

Lorsque mes larmes eurent nettoyé un tant soit peu ma vue du sable qui la brouillait, ce que je vis me fit regretter de n'être pas resté sagement auprès de mon tonneau d'eau douce. Une bande de petits êtres mi-blancs, mi-nègres, mi-je ne sais trop quoi, nous entourait de toutes parts. À l'exception d'une courte étoffe qui leur cachait le sexe et de colliers qui pendaient en grappes de leurs cous, ces ostrogoths ne portaient pas plus de vêtements qu'Adam dans son paradis. Mais ces Adam-là me semblaient aussi amicaux que certains requins entraperçus du haut du navire.

Les matelots représentaient, en comparaison, un danger moindre. Je reculai lentement vers la combe et fus accueilli par une bordée d'injures en portugais, mais les deux soudards se turent dès qu'ils comprirent la raison de mon mutisme.

Les indigènes nous entourèrent et se figèrent un instant. Leur position supérieure nous conférait autant de capacité de résistance qu'un nouveau-né face à un tigre. Le marin le plus véhément s'empara d'un court sabre d'officier qu'il avait dû voler sur un corps.

Cela n'impressionna pas nos agresseurs. Le plus décoré de babioles de tous nous adressa la parole dans un sabir méprisant à ne pas y retrouver ses petits.

Lorsqu'il eut achevé ce court hommage funèbre, les autres indigènes embouchèrent ce que j'avais bien naïvement pris pour des instruments de musique. Les instruments sifflèrent et nos trois cœurs cessèrent de battre, bloqués par une gouttelette de curare pur.

Mes dernières perceptions furent une douleur atroce dans la poitrine, suivie d'une explosion dans le crâne et enfin, le groin de Virginie se glissant dans ma bouche, à la recherche de nourriture.

Ce devait être le 2 ou le 3 avril de l'an de grâce 1511, date à partir de laquelle je perdis le compte des ans.

Un voile de ténèbres ternit ma vue et je basculai dans l'oubli.

21

— Vous êtes certaine que tout va bien, Tara ? demanda le barman.

— Oui, oui, Max ! Ne vous inquiétez pas pour moi. Je suis juste un peu fatiguée, répondit-elle avec un sourire forcé.

Fallait-il qu'elle soit nerveuse pour que cela se voie à ce point, pensa-t-elle.

» *Tara, ma fille, reprends-toi, et vite !*

Elle commanda un deuxième scotch et alluma une cigarette. Lorsqu'elle « ramait » sur un dossier, Tara aimait venir dans ce bar. L'ambiance feutrée, deux ou trois verres d'alcool selon le cas et une salle pas trop remplie lui permettaient de faire le point. Elle inspira profondément la fumée. La nicotine la calmait. Le geste de fumer aussi, probablement.

La semaine n'avait pas été plus fameuse que les précédentes. Franklin Adamov s'était volatilisé, purement et simplement. Aucune trace de lui à l'université ni dans son appartement. Sa messagerie saturée ne prenait même plus un appel.

— Congé sans solde, ma petite dame ! lui avait-on répondu à l'université. Le professeur Adamov n'a pas encore indiqué la date de son retour. Repassez donc le mois prochain, on en saura peut-être davantage ! Je peux aussi vous mettre en rapport avec son remplaçant, s'il peut faire quelque chose pour vous.

C'est ça, ma cocotte ! Je n'ai que ça à faire ! avait pensé Tara.

Mais au lieu de le lui faire savoir, elle avait remercié la secrétaire chaleureusement, appuyant ses mots par un vrai beau sourire, et lui avait laissé sa carte de visite.

Règle numéro un : toujours faire croire à son interlocuteur qu'il est important.

Règle numéro deux : être sympathique, l'interlocuteur en question peut se révéler précieux, dans un jour, un mois ou un an. D'où l'importance de s'adapter le plus vite possible à l'image qu'il se fait de la sympathie.

— Porter l'habit du moine face à un moine est la meilleure approche pour recueillir des informations, mon petit ! répétait Axel Marcussen, son rédacteur en chef. Si tu considères ce principe comme le paroxysme de l'hypocrisie, change de métier ! Sinon, avec ta jolie petite gueule d'amour et une cervelle qui semble bien tourner, tu as de l'avenir dans mon journal !

Cette conversation datait de son arrivée à l'*Independent*, sept ans plus tôt. Tara avait rapidement reconnu en Marcussen le mentor dont elle avait besoin, elle, la jeune stagiaire.

Axel Marcussen s'exprimait par postulats. Vous étiez d'accord avec sa procédure et tout allait bien. Dans le cas contraire, les autres journaux ne manquaient pas. Certains à l'*Independent* le considéraient comme un despote, parfois à juste raison, mais c'était aussi un homme droit et un grand professionnel. Tara négligea ses mauvais côtés, au prix certains jours d'engueulades épicées, pour apprendre dans son sillage les ficelles du métier.

Lorsque Franklin Adamov avait rapporté d'Amazonie un récit qui sentait la chasse au trésor, Marcussen s'était empressé de lui confier ce dossier, à charge pour elle d'aboutir sur une belle série d'articles.

— Tu ne le lâches plus d'un pouce, c'est clair ! Et si tu dois pour ça coucher sur son paillasson, emporte un sac de couchage, mais fais-le ! lui avait dit son patron.

Et elle s'était exécutée. Seulement, pour des raisons qui lui échappaient encore, l'ethnologue ne donnait plus signe de vie.

Son appel à la Fondation Prométhée ne l'avait guère plus avancée.

— Je ne suis pas autorisé à communiquer le nom du personnel de la Fondation, mademoiselle, lui avait seriné son interlocuteur.

Impossible de laisser un message. Impossible, impossible…

Elle se heurtait sempiternellement à ce mot, et cela l'excitait et la déprimait en même temps.

Ils avaient pourtant passé un dîner très agréable. L'ethnologue lui avait même promis de la tenir au courant… Mais leur rencontre remontait à plusieurs mois.

Marcussen lui avait mis d'autres sujets en main, sans pour autant perdre de vue Adamov et sa découverte. Il ne supportait pas qu'un de ses journalistes tourne en rond.

— Ne lâche pas l'affaire ! lui répétait-il presque chaque semaine. S'il a disparu de la circulation, c'est que son histoire de statue est encore plus intéressante qu'on ne l'imagine, alors débrouille-toi pour le retrouver.

En général, Tara jaugeait assez bien ses contemporains. Elle avait cru déceler chez Adamov les traits du parfait honnête homme. Pourtant !… Quelque chose clochait, sans qu'elle parvienne à définir quoi.

Un homme vint s'asseoir au comptoir, juste à côté d'elle. Tara ne détourna pas la tête mais jura suffisamment fort.

— Alors, ma belle ! susurra-t-il. C'est pas bien de rester seule à votre âge.

Tara s'étrangla à moitié. La gorgée de scotch s'était perdue quelque part entre la trachée et l'œsophage.

— Allez, décoince ! Ce n'est que moi, s'excusa-t-il.

— Salut, Tony. Tu sais que tu as failli me tuer avec tes âneries ?

— On m'a dit à ton bureau que je te trouverais certainement ici ! Que se passe-t-il, tu nous fais un coup de déprime ?

— Ouais, un truc du genre. Tu as obtenu des informations sur ce que je t'ai demandé ?

— Eh bien ! Si je comprends, on verra plus tard pour les plaisanteries galantes. J'ai ce que tu voulais. Ou plutôt, je n'ai rien, mais c'est une réponse malgré tout !

Tara observa un temps d'arrêt. Elle s'attendait à un nouvel « impossible ».

— Raconte ! demanda-t-elle.

— Rien de plus facile. J'ai sorti tout ce qu'on possède au central sur ce Franklin Adamov. Mis à part un permis de conduire et des demandes de visa, c'est le noir complet. Il va de soi que je ne t'ai rien dit, comme d'habitude.

— Je ne m'attendais pas non plus à ce que tu me sortes le dossier d'un truand, dit-elle en se forçant à sourire.

— J'ai donc pris sur moi d'effectuer des recherches sur ses mouvements bancaires. J'espère que tu n'oublieras pas ce gros effort que j'ai fait pour toi. Figure-toi que ce petit contribuable a versé dernièrement pas moins de cent mille dollars sur son compte courant.

— Pas mal ! s'écria Tara. Et quoi d'autre ?

— Pendant une semaine après ce gros virement, il y a des traces en Floride, puis en Louisiane. Ensuite, motels et pleins d'essence jusqu'ici. Si tu veux mon avis, ton copain s'est offert des vacances.

Tara dédaigna la pique. Pour une fois, Tony avait eu une riche idée. Ce qui, chez le policier quadragénaire, relevait de l'acte rarissime.

— Autre chose, Tony ? demanda-t-elle sans montrer l'intérêt qui montait en elle.

— Non ! Depuis des semaines, plus la moindre trace. Pas même un retrait en espèces. Après sa virée, ton pote a dû se retirer du monde pour vivre une expérience extatique !

Et il ponctua sa plaisanterie par un gros rire plein de sous-entendus.

Tara lui offrit un verre, tout en réfléchissant aux implications de ses renseignements.

— Tony, rends-moi un autre service, tu seras un chou ! lui dit-elle, se forçant à adopter un ton plus câlin. Essaie de me trouver des informations sur la Fondation Prométhée. Tu te rappelleras ?

— N'aie crainte, ma belle, répondit-il sur un ton plus crâneur qu'authentique. Y en a là-dedans !

— Ça ! Je n'en doute pas, rit-elle en se levant. Excuse-moi, Tony. Je dois retourner au journal !

22

Fondation Prométhée
28 novembre 2010. 03 h 58 AM

Adamov : Pourquoi ne jamais être revenu sur vos pas ? Cela vous aurait grandement facilité la tâche. Vous auriez pu vous faire reconnaître par une bonne partie des descendants de vos anciens proches.

Malhorne : Et après ? En quoi cela aurait-il aidé la Fondation à me reconnaître ? Il n'est pas de plus absolu aveugle que celui qui ne désire pas voir. Les gens de cette Fondation ne voient pas ! Ils regardent.

De plus, j'ajouterai que la nécessité m'obligea longtemps à vivre parmi les miens, ceux de ma naissance, je veux dire. Je consacrais une grande partie de chacune de mes existences à connaître ma nation de renaissance. Voyez-vous, si l'humanité est un terme générique, être un humain ne signifie pas la même chose selon que vous naissez aux États-Unis ou au Kenya !

Vous êtes américain, Franklin ! Émigrez demain au Japon et restez-y jusqu'à la fin de vos jours, je vous parie que jamais vous ne penserez comme pense un Japonais d'origine ! Aussi longtemps vivrez-vous sur les terres du Soleil levant !

Adamov : Je le suppose, bien qu'il me soit à jamais impossible de le constater par moi-même. C'est malgré tout la base de ma profession, comprendre d'autres peuples.

Malhorne : Comprendre ! J'entends bien. Mais jamais au grand jamais vous ne réagirez comme eux ! Chacune de mes vies fut à ce titre une expérience unique. Et inoubliable ! Je suis français, je suis kayapo, je suis japonais, et américain, et russe, et kényan, et beaucoup plus. Si je suis tout cela, c'est parce que j'ai grandi parmi ces peuples, parce que j'ai éprouvé le sentiment d'être, d'appartenir à ces nations. De connaître et de ressentir leurs territoires, leurs langues, leurs drapeaux, leurs douleurs, leurs fiertés nationales, leurs histoires particulières…

Il faut une vie entière pour comprendre un peuple, ou tout au moins s'approcher de la compréhension. C'est au prix d'une vie d'attention que l'on y parvient. Et que l'on m'épargne les commentaires de cette catégorie d'imbéciles et d'orgueilleux qui séjournent quinze jours en vacances à l'étranger et qui reviennent victorieux aux cris de « *j'ai fait tel ou tel pays* ». J'ai fréquenté des tas d'imbéciles, depuis le temps... J'ai même eu énormément de tendresse pour une parfaite idiote, mais jamais je n'ai pu supporter les idiots orgueilleux. C'est épidermique...

Adamov : Je ne sais jamais dans quel camp me ranger avec vous... C'est parfois vexant !

Malhorne : Ne vous rangez nulle part, Franklin. Les autres s'en chargent sans votre permission. Mais entendez une fois pour toutes qu'en ce qui me concerne, vous trônerez éternellement au plus haut rang de mes amis.

FP 10/11/28
Archivage

23

« Affame ton ventre, assoiffe ton foie, dénude ton corps, afin que ton cœur puisse voir Dieu en ce monde. »
PROVERBE SOUFI (Xe siècle)

Voilà, ça a recommencé !

Je dis voilà, tout simplement, parce que cela se passe d'autre commentaire.

Un goût amer dans la bouche, peut-être le curare.

La douleur.

Et puis l'absence.

Fin des échanges chimiques du cerveau.

Je ne sais comment vous décrire cet état en dehors de la matière et des sens.

Peut-être avez-vous déjà fait ce rêve, à la limite de l'éveil, où l'on se sent vivant mais incapable de respirer. C'est très angoissant, paniquant même. Mes souvenirs de la mort sont toujours semblables. La panique de ne plus pouvoir respirer, comme dans les rêves, mais sans la sensation de vivre encore.

C'est proprement indescriptible.

Plus de sensations tactiles, plus de perceptions, même la plus infime. Rien d'autre qu'un sentiment d'égarement, conduit de l'extérieur.

Pas même une pensée ! C'est là que la compréhension du vivant décroche.

Je n'espérais même plus toucher Dieu. Ma première expérience du trépas m'avait rendu prudent.

Je sentais, je savais, que tout allait recommencer.

Et le néant s'est, comme la première fois, dissipé. Si la chose est possible !

Je percevais mieux les infimes changements qui s'opéraient dans mon inexistence. Ce que j'avais pris pour une lumière la première fois, je l'interprétais maintenant comme un environnement de chaleur. Une lumière-chaleur, en quelque sorte. Et cette lumière-chaleur me semblait parcourue d'un réseau de lignes plus sombres et palpitantes.

La vie forgeait ses racines dans les profondeurs de sa matrice.

Deux générations de souvenirs affluèrent de toutes parts, comme des sentiments revécus, sans l'altération du libre arbitre. Des joies, des déceptions et des insuffisances prises de plein fouet, sans que je puisse rien y faire, comme un paralytique recevrait une claque.

La vie de Guillaume Passegrain, et la vie de Jean l'Essart.

Les vies de Malhorne.

S'ajoutant à mes derniers souvenirs connus, de nouveaux, que j'acceptai pour miens, m'indiquèrent quel serait mon univers.

Je venais à nouveau de franchir l'impossible pont qui reliait ma mémoire entre deux vies, entre deux destins, entre deux corps.

J'accumulai une succession de sentiments-souvenirs quand le pont se brisa sous mon âme et je tombai une nouvelle fois dans les ténèbres.

Le pont dut se rompre une fois, deux fois, cinq fois, jusqu'à ce que la sixième tentative soit enfin la bonne. Six vies d'enfants pour qu'un adulte demeure. Cinq deuils. Il fallait que l'humanité soit utile à la création pour posséder un tel acharnement à procréer et une si belle capacité à rebondir.

Le plus souvent, je perdis la vie pour une bête absence d'antibiotiques. Mais j'eus aussi deux morts particulièrement détestables.

Je retrouvais avec horreur l'indicible sensation de ce corps froid et mouvant qui remontait vers mon visage. J'étais bien trop petit pour me défendre ou fuir. Deux mois peut-être. Tout au plus trois. Le mamba noir me mordit la joue avant de filer dans les herbes hautes. Alertés par mes vagissements, mes parents arrivèrent trop tard. Mon visage gonflait et noircissait déjà sous les toxines du venin. Un deuil de plus.

J'étais un petit homme quand un jaguar, cette fois-ci, me ravit l'existence. Il était beau, si beau que je n'en eus pas peur. Ses mâchoires se refermèrent sur ma gorge, qu'il déchiqueta en agitant la tête.

Le pont s'écroula dans un bruit de larynx écrasé.

Ces souvenirs passaient si vite que leurs entrecoupements ténébreux associés à la chaleur de la matrice faisaient figure de lumière stroboscopique. Mon petit corps bercé par les mains de six mères, nourri par leurs seins et lavé par leurs larmes. J'acceptais douloureusement un tel débordement d'amour qui se mutait ensuite en un immense déchirement.

Et ces sexes béants que j'avais pris pour la division de l'univers. Ils se dilataient, se fendaient, s'ouvraient et saignaient pour qu'enfin ma vie impie puisse éclore. Ah ! l'incomparable abnégation de toutes ces femmes ! L'extraordinaire générosité de ces entrailles nées pour souffrir et qui souffraient dans la joie de créer ! Je n'ai pour vous que respect et reconnaissance.

Ventres des femmes, vous êtes le berceau de l'humanité !

Puis, tout comme en ce temps lointain où je m'allongeai sur le ventre rose d'une jeune femme aux yeux clairs, le rythme des souvenirs se tempéra pour ressembler au tempo insensible de l'instant présent.

Les cognements sourds d'un cœur, qui se rapprochent.

Tam ! Tam !

Une pièce sombre où la lueur d'un maigre feu fabrique un ovale de ténèbres dans lequel le regard se perd.

Tam ! Tam !

Le corps cuivré d'une jeune Indienne qui se tend contre mes assauts et se donne enfin.

Tam ! Tam !

Mon être entier qui se projette en même temps que ma semence, par le méat-canon de ma verge guerrière.

Tam ! Tam !

Toutes les sensations de la vie, de l'amour et du plaisir qui retrouvent leur place légitime dans chaque parcelle d'un corps neuf et vigoureux.

Tam ! Tam !

Et soudain, un silence, plus assourdissant que les pires canonnades, s'installe entre la fille et moi, troisième partenaire de cette joute finissante. Elle ne dit rien, se contente de reprendre son souffle en me fixant d'un regard où, sans le comprendre, je lis une admiration absolue. Je me retire sans un mot de son sexe, le corps couvert d'une sueur qui se refroidit et m'apaise.

Je repris à cet instant pleine possession de moi-même. Il n'y eut pas de traumatisme comme dans ma vie précédente. Je me contentais de ressentir jusque dans ses fibres ce corps souple et bien fait dont j'avais hérité.

Un murmure très doux monta autour de moi sans s'élever suffisamment pour être compréhensible. J'en cherchais en vain la source dans l'obscurité.

À mes côtés, la fille s'était levée pour jeter du petit bois dans le feu, puis elle sortit de la pièce.

Des fagots secs et cassants monta bientôt une vive flambée. Je compris alors d'où provenait ce murmure.

Je me trouvais dans une hutte faite de branches et de terre mêlées, dont le toit était percé d'un puits d'aération. Au centre brûlait le feu auprès duquel la fille et moi venions de faire l'amour et, tout autour, assis en tailleur, une dizaine d'hommes, pour la plupart âgés, me contemplaient en murmurant une litanie.

— Bienvenue à toi, messager ! me dit le plus vieux de tous.

Je me surpris à traduire ses mots, alors qu'il utilisait ma langue maternelle. Ma deuxième langue maternelle.

— Tu me combles, Mahavé ! répondis-je à cet homme en qui je reconnaissais le plus vieux des sages de mon village. Je suis heureux d'être revenu parmi vous.

Les hommes hochèrent la tête. Ils attendaient ce moment depuis longtemps.

— Tu as manqué plusieurs fois le passage. Nous en avons été tristes.

— Je le sais, Mahavé. J'ai essayé mais je n'y pouvais rien. Cinq fois la vie m'a été retirée avant le moment de ma reconnaissance.

— C'est une grande joie pour nous que tu aies choisi notre peuple pour revenir sur le monde.

— Je n'ai pas choisi, grand-père. Ma naissance s'est imposée d'elle-même.

Mahavé haussa les sourcils en un double accent circonflexe d'incrédulité.

— Tout est bien à présent, finit-il par me dire en se levant. Nous nous verrons demain. Tu dois te reposer ! Gania ne s'est pas ménagée pour ton retour. Vos ébats m'ont rappelé ma jeunesse et je me souviens encore de la torpeur qui envahit le corps après.

Je restai seul à méditer sur la facilité avec laquelle ces hommes m'avaient accepté pour ce que j'étais. Eux voyaient en moi un messager et n'en demandaient pas plus. Le vieux Mahavé, en une seule phrase de bienvenue, résumait ce que je représentais pour son peuple, sans que j'aie eu à m'expliquer d'une quelconque manière. L'acceptation d'un phénomène mystérieux varie selon les peuples et leur sens du sacré. Je commençais à l'apprendre de la meilleure façon.

Mais, après tout, n'avaient-ils pas raison de voir à travers cette aventure un signe de la providence ? Qu'étais-je d'autre, si ce n'est cela, un signe, un symbole ? Je n'avais pas de message à leur communiquer mais cela importait peu. Un signe possède son propre sens, intrinsèquement. Il n'y a pas davantage à en dire.

Ce qui m'étonna le plus, au début de ma deuxième renaissance, fut de constater qu'une sorte de stratification de ma personnalité s'opérait sourdement. Sans que je puisse intervenir dans ce processus. Habitué à mon village depuis ma naissance, je le redécouvrais pourtant dix-sept ans plus tard, à travers les yeux de Malhorne, celui qui avait connu le père Zach, visité Compostelle et traversé l'Atlantique. Cela doit paraître inimaginable. Mon cerveau, mon âme, peu importe sous quel nom on le conçoit, échangeait des informations sur ses propres expériences afin de s'unifier au sein d'une seule tête. Le jeune Indien que j'étais s'émerveilla d'un monde qu'il n'avait jamais vu, quand ses frères aînés le lui montrèrent en souvenirs. Mes deux strates européennes se passionnèrent à leur tour pour le monde étonnamment différent du jeune Indien Kayapo. Le premier Malhorne se félicita des tendances libertines de cette société sans grand tabou, alors que Jean l'Essart, Malhorne le deuxième, admirait la jeunesse d'esprit de ce peuple généreux. Un Européen aurait eu tôt fait de les considérer comme des enfants, parce qu'ils riaient à longueur de temps et n'entreprenaient rien de considérable. Et, s'ils s'amusaient de tout et se contentaient de peu, comme aurait dit la mère Honorine, c'était grâce à une nature prodigue baignée par un climat chaud d'un bout à l'autre de l'année.

L'ennui crée le besoin de s'occuper et les Kayapos ne s'ennuyaient jamais. Aussi vivaient-ils dans des cases sans cloisons et se contentaient de pirogues rudimentaires pour pêcher en mer ou chasser le long des rivières. Ils avaient approfondi l'art de soigner à partir des plantes et excellaient à mélanger les cultures pour les rendre plus résistantes, chacune protégée et protégeant l'espèce voisine.

Les jours suivants, Mahavé me questionna sur mon passé. Il semblait très intrigué par cet autre monde où j'avais déjà vécu. Les Indiens Kayapos pensaient être les seuls humains sur la terre et n'intégraient que par diplomatie les autres ethnies indiennes contre lesquelles ils partaient régulièrement en guerre. Je tentai bien de le persuader du contraire, mais en vain.

Curieusement, ce qui l'étonna le plus n'était pas, comme j'aurais pu m'y attendre, l'avancée technique des Européens. Non. Il ne comprenait pas comment des hommes doués de raison parvenaient à vivre dans des maisons à étages.

— Ils sont certainement très malades, me dit-il d'un air sérieux. Comme une plante coupée de ses racines meurt, un humain ne doit pas vivre ailleurs que sur le sol.

Comme il était facile de qualifier Mahavé de grand naïf ! Mais ma petite voix indienne me chuchotait que le vieillard n'avait pas totalement tort.

— Sont-ils nombreux ? poursuivit-il, avide de connaissances.

Le terme million n'existait pas. Je dus faire appel à la gestuelle pour lui traduire une approximation.

— Tes hommes blancs sont des fourmis, me dit-il en secouant la tête. Il n'existe pas assez d'âmes pour tous.

Ainsi trancha-t-il la question. Les Européens ne recevraient pas ce jour-là le statut d'humains.

— Pourquoi les Yanomamis ne sont-ils pas humains ? demandai-je à mon tour.

Mon éducation kayapo ne m'expliquait pas ce que je savais de façon indéniable : les Yanomamis, nos voisins et souvent ennemis, n'étaient pas réellement humains.

Mahavé eut un air surpris, puis sa vieille figure tannée par le soleil et les ans grimaça de dégoût.

— Ils mangent la chair humaine ! Cela ne te suffit pas ?

— Je sais cela, et il n'y a pas pire abomination. Mais imagine un instant que je sois revenu parmi eux et non ici, au milieu des hommes. Que serais-je dans ce cas ?

Ma question le troubla. Un tic agitait sa bouche, comme souvent lorsqu'il se trouvait en proie à une vive réflexion.

— Cela ne se peut pas ! affirma-t-il de sa voix rauque. Non, cela ne se peut pas.

Et lorsque Mahavé affirmait quelque chose, la question était entendue définitivement.

— Veux-tu prendre un autre nom maintenant? me demanda-t-il ensuite. Nous t'avons donné un nom à ta naissance. Tu es en droit de le garder, ou d'en choisir un nouveau.

Je réfléchis un instant. Mon ancien nom ne signifiait rien dans la langue des Kayapos mais il représentait l'unique continuité dont je pouvais faire preuve à travers le temps.

— J'aimerais conserver mon ancien nom, celui que je portais avant de devenir un homme.

— Je savais que tu agirais ainsi. Quel est ce nom ?

— Malhorne, dis-je lentement pour qu'il enregistre les sonorités.

La cause fut entendue, je garderais ce nom. Mais la prononciation en était rendue difficile par un palais inadapté aux sonorités occidentales. Répété de bouche en bouche, cent fois transformé puis corrigé, on s'entendit finalement pour une prononciation à l'amérindienne, la plus proche possible de son origine. Toutes les nombreuses et heureuses décennies que je passais en compagnie de mes frères indiens, on m'appela Maoré.

Deux années après ma renaissance, je péris à nouveau au cours d'une guerre tribale. J'étais parti avec les hommes de mon village effacer par le sang un crime commis par ces Yanomamis dont je parlais plus tôt.

Les Yanomamis s'attendaient à notre visite et nous accueillirent par-derrière, alors que nous pensions les surprendre. Je reçus une flèche dans la gorge. La carotide sectionnée, je rendis mon âme en quelques minutes pour repartir vers un nouveau cycle.

Les années passèrent. Ma mémoire trouva un nouveau corps et une nouvelle jeunesse parmi les Yanomamis qui, tout comme mes frères kayapos, attendaient mon arrivée.

La venue d'un messager chez les « véritables êtres humains » – ainsi se qualifiaient les Yanomamis – fit grand bruit. La nouvelle traversa les frontières de leur territoire pour arriver jusqu'au cœur du village kayapo où j'étais né.

Cela les atterra. Il n'était pas possible que le messager, après une mort causée par leurs ennemis, renaisse chez ces anthropophages. Une guerre sérieuse était sur le point d'embraser notre petite région.

Avant que cette histoire ne devienne une réelle calamité, je me rendis chez les Kayapos. Je vins sans arme et le cœur en paix, aussi me laissèrent-ils en vie. J'appris la mort de Mahavé avec regret et demandai à parler avec son successeur au titre de garant du savoir.

— Tu n'avais pas de cheveux blancs, Traïmé, la dernière fois que je t'ai vu ! lui dis-je en le reconnaissant. Et ta vue était meilleure aussi !

Le vieux bonhomme me regarda attentivement, sans comprendre.

— Qui es-tu, jeune Yanomami ? Et que me veux-tu ?

— Je suis celui qui vient de par-delà les mers, comme tu le devines déjà. Celui qui était blanc et qui, pour vivre parmi les humains, est devenu doré. Ne me reconnais-tu pas, Traïmé ?

S'il avait pu blanchir, Traïmé l'aurait fait sans nul doute.

— Maoré, dis-je doucement pour rafraîchir davantage sa mémoire.

— Maoré ? balbutia Traïmé, incrédule. Maoré ! Maoré est revenu !

— Alléluia ! La vue lui est rendue me moquais-je en français.

Ses cris ameutèrent les habitants du village. Bientôt, je me présentai à tous, appelant par leur nom ceux que je reconnaissais et racontant, lorsque je le pouvais, quelques anecdotes vieilles de près de vingt ans.

— Tu es toujours aussi belle, Gania ! mentis-je à une créature qui n'avait plus grand-chose en commun avec cette jolie fille qui m'avait jadis aidé à renaître.

La bouche de Gania se fendit d'un sourire où ne branlaient plus que des vestiges de sa dentition. Elle vint tout contre moi et me prit la main.

— Maoré ! Tu es revenu, murmura-t-elle. Vas-tu rester parmi nous ?

— Je l'espère, ma belle. Je l'espère !

Dieu qu'elle était triste sa petite main ridée blottie dans la mienne ! Ma peau tendue aux reflets cuivrés, mes muscles trop souples et mes articulations sans arthrite ne pouvaient que lui rappeler notre intolérable différence. Elle avait vieilli, moi pas !

— C'était donc vrai ! Tu es revenu sur le monde parmi les Yanomamis, me dit Traïmé. Mais tu vois, Maoré. Tu n'as pas pu demeurer chez eux, ils ne sont pas des hommes.

Je lui expliquai alors que les Kayapos et les Yanomamis se trompaient tous.

— Vous êtes mes frères, dis-je alors, en m'adressant au village réuni. Et je suis revenu parmi vous, c'est vrai ! Mais je suis également né parmi le peuple yanomami et ils sont aussi mes frères. Les Yanomamis sont autant humains que vous tous et cette guerre que vous préparez est stupide. Je vous demande de vous interroger sur vos réelles motivations.

— Mais ils ne peuvent pas l'être ! me coupa Traïmé. Ils mangent la chair humaine ! Comme les animaux.

— Ce n'est qu'un rite. Ils mangent la chair de leurs adversaires pour devenir plus forts. À vous de leur faire comprendre que cela ne sert à rien.

Il y eut, à la suite de mon intervention, d'âpres discussions où chacun donna son avis sur tout et n'importe quoi. Une jolie pagaille anima le centre du village. Puis, lorsque arriva l'heure de dîner, les moins philosophes, c'est-à-dire la majorité, rentrèrent dans leurs pénates fêter le retour de Maoré. Seuls les vieux continuèrent le débat jusqu'à une heure avancée.

Le lendemain matin, il fut décrété un statut provisoire d'humanité pour les Yanomamis, statut qui prit sa forme définitive après qu'une délégation, envoyée auprès du village voisin pour constater mes dires, fut revenue et eut tranché définitivement la question.

Ce fait n'est relaté dans aucun manuel d'histoire, mais c'est pourtant ainsi qu'une guerre ethnique et culturelle s'acheva avant d'avoir commencé. La méfiance ancestrale qui prévalait aux relations des deux tribus se transforma peu à peu. Il y eut même, fait notable, plusieurs mariages intertribaux. Cela évita sans doute une plus grande dégradation de ces races par un enrichissement génétique. Mais ceci est une autre affaire, dont j'ignorais tout à cette époque.

Les Indiens de cette partie du monde, qui ne tarderait pas à devenir le Brésil, jouissaient d'une qualité de vie rare, même en comparaison avec aujourd'hui. Et je me plus parmi eux. D'abord, il est vrai, parce que j'étais un authentique Indien vivant au milieu des siens, mais aussi en raison du système de fonctionnement de leur société.

Les Kayapos ne connaissaient pas de hiérarchie, ni de police, ni de prison, ni de tribunal inquisitorial. Ils apprenaient les qualités de base indispensables à la vie en société dès la prime enfance, et s'ils cultivaient certains vices, ils le faisaient tous ensemble. Ils étaient voleurs, mais tous étaient voleurs. Ils renâclaient à la besogne, mais tous étaient fainéants. Ils se divertissaient en pugilats incessants et en bagarres parfois violentes, mais c'était pour le plus grand plaisir des spectateurs. Chaque membre du village participait aux débats concernant la collectivité, ce qui transformait en pièces tragi-comiques des assemblées autrement plus austères dans toute communauté occidentale. L'art de vivre des Kayapos prenait pour base le rire et la désinvolture. Ce que d'aucuns auraient pu considérer comme du je-m'en-foutisme abouti.

Malheureusement, nous en serions bientôt privés de ce paradis. Là où Cabral avait échoué, d'autres réussiraient.

J'étais persuadé que des bateaux viendraient un jour, accosteraient sur la terre des Indiens et se l'approprieraient, au nom d'un roi, d'un dieu, ou des deux à la fois.

J'en fis part à Traïmé au cours d'une réunion du village mais personne ne voulut me croire.

Je persuadai malgré tout le village de tenter au moins quelque chose et partis bientôt, accompagné par trois jeunes adultes, à la recherche de traces prouvant l'imminence du désastre. Je n'étais réellement sûr de rien mais je m'inquiétais qu'ils ne soient pas déjà revenus. Mon arrivée sur le sol indien remontait à une cinquantaine d'années, plus qu'il n'en fallait pour armer des centaines de flottilles.

Notre petit groupe s'en alla vers le sud, où Traïmé m'assurait que nous rencontrerions le grand fleuve. Mon instinct me chuchotait que si nous devions trouver des Portugais, ce serait aux abords du fleuve, à la pointe d'un confluent par exemple.

Rallier l'embouchure de l'Amazone nous prit douze jours. Douze jours occupés à fouler un littoral vierge de toute présence humaine. Douze jours en compagnie de l'océan avec, pour unique point de repère, un horizon qui ne se rapprochait pas.

Le voyage, bien que monotone, ne fut pas vain. Au moment même où la plage s'incurvait à l'intérieur des terres pour suivre la courbe naturelle de l'estuaire, nous vîmes une voile se dessiner à l'horizon et grossir lentement. Poussé par le vent du large, le bateau pénétra dans l'estuaire pour s'enfoncer dans les terres. Cachés sous l'épaisse végétation qui poussait au bord du fleuve, nous suivîmes l'embarcation sur près de deux lieues.

Le bateau accosta près d'une fortification sur pilotis, où attendait une foule d'Indiens enchaînés. La vision de ces constructions cubiques matérialisa mes craintes. La conquête du territoire indien était déjà bien avancée.

Au rythme des invectives et des brimades que leur lançaient quelques Portugais, les Indiens commencèrent à décharger les cales. Leur nombre compensait l'extrême maigreur de leurs corps décharnés.

Soucieux de ramener au village des renseignements complets, nous demeurâmes deux jours et deux nuits aux abords du port. C'est ainsi qu'au petit matin du deuxième jour, je vis un voilier de fort tonnage descendre le fleuve et s'amarrer au port. Il en descendit, non pas des marchandises, mais une cargaison d'hommes, de femmes et d'enfants, qui venaient grossir les réserves d'esclaves.

Leurs regards apeurés et leur mutisme confirmèrent mes compagnons dans leur résolution d'agir, plus sûrement que le plus brillant des orateurs.

Dès la fin du jour, notre escouade prit le chemin du retour dans une morne ambiance, où chacun ruminait ses rancœurs.

Au cours du voyage, une voile lointaine nous accompagna un temps le long de l'horizon, puis nous dépassa et nous la perdîmes de vue. Cet incident me renfrogna plus encore, s'il était possible, car il augurait un avenir plus sombre que je ne l'avais imaginé. Ce voilier se dirigeait probablement vers une autre base portuaire. En clair, cela signifiait que le cabotage avait déjà commencé le long de nos côtes.

— Faisons fi de notre fierté ! La sauvegarde des Kayapos réside dans la fuite, et non dans la bataille.

— On ne peut pas fuir indéfiniment, Maoré, répliqua Traïmé, encouragé par quelques-uns.

— C'est vrai ! Mais personne ne nous poursuivra si nous partons d'ici avant qu'ils arrivent. On ne recherche pas un trésor que l'on ignore !

La controverse qui nous divisait à présent se focalisait sur la conduite à tenir. Beaucoup pensaient que les choses resteraient en l'état et qu'il n'y avait décidément pas lieu de s'alarmer pour trois bateaux. D'autres étaient partisans d'une guerre immédiate et sans merci. Pour ma part, je défendais une autre alternative, la fuite. Malheureusement, mon avis ne rencontrait que des détracteurs. La décision fut remise à plus tard, si de nouveaux événements venaient à se produire. Je tentai bien de convaincre le village yanomami voisin, où je passais la moitié de mon temps, mais ses habitants m'opposèrent une attitude aussi butée que celle des Kayapos.

Il fallut attendre près d'une année, mais l'inéluctable se produisit.

Cela se passa à l'époque des pêches miraculeuses, ainsi appelions-nous le moment où le poisson remonte les cours d'eau pour frayer.

Le premier signe de l'arrivée des Portugais fut une fumée, épaisse et noire, qui s'éleva au-dessus de la forêt, en provenance du territoire yanomami. Nous pensâmes d'abord à un feu de culture, sans nous douter du pire. Puis, vers la fin de la journée, alors que nous nous régalions de centaines de poissons qu'il nous avait suffi de ramasser, des Indiens Yanomamis, plus semblables à des spectres qu'à des hommes, firent irruption dans notre village. Certains, trop épuisés pour parler, s'écroulèrent, tandis que d'autres nous racontèrent leur histoire.

Mes frères kayapos ne voulaient pas en croire leurs oreilles. Les Yanomamis leur dirent comment, le matin même, un gigantesque bateau était apparu sur la rivière, comme sortant directement des entrailles de la mer.

— Les sauvages blancs dont parle Maoré ont sauté du bateau pour encercler le village. Ensuite, un Indien habillé comme eux est venu nous parler. Il nous a ordonné de nous soumettre ou de mourir. Il a ajouté que si nous ne lui obéissions pas, les hommes blancs feraient agir leur magie. Nous, on l'a regardé et on a dit non.

— Et alors ? demandai-je au survivant, curieux de connaître la nature de cette magie.

— Alors..., alors on a dit à ce chien d'Indien d'aller voir ses maîtres et de leur dire de se préparer à nous servir de souper.

Il fit une pause avant de poursuivre pour ravaler ses larmes et sa honte.

— La magie des Blancs est grande. Elle tue à distance et sent mauvais. Très vite, ils ont tué beaucoup d'hommes et de femmes. J'en ai même vu certains égorger des enfants avec plaisir. Nous, qui avons réussi à nous échapper, nous nous trouvions dans la dernière case du village. On a pu gagner les bois avant que les Blancs ne parviennent jusqu'à nous et après, on ne sait plus rien...

Après l'audition du carnage, il n'y eut pas besoin de procéder à un vote pour connaître la décision du village. Chacun comptait sur moi pour les sortir indemnes du danger.

— Tu as été Blanc, me dit Traïmé pour appuyer sa confiance. Tu dois savoir ce qu'ils vont faire à présent.

J'avais eu tout le temps de réfléchir à ce qu'il faudrait faire dans une telle extrémité et j'organisai aussitôt les préparatifs. Moins d'une heure après, nous quittions le village, chacun emportant le strict nécessaire, pour rejoindre la rivière. Les villageois au grand complet s'entassèrent dans les pirogues, qui filèrent bientôt dans le courant.

Dans le malheur qui s'abattait sur nous, nous avions plus de chance que nos infortunés voisins. Par les caprices du relief, le cours d'eau le plus proche de notre village ne se jetait pas dans la mer, mais dessinait de nombreux méandres avant de rejoindre l'Amazone. Nous décidâmes donc de remonter très loin à l'intérieur des terres, pour laisser le plus de distance possible entre les esclavagistes et nous.

Et de la distance, nous en avons mis.

Sur notre route, nous avons essayé de prévenir les populations implantées le long du fleuve, mais il ne fut pas longtemps avant que la barrière des langues ne devienne insurmontable. Et puis, plus nous nous éloignions de notre terre, plus nous devenions des étrangers aux yeux des populations indigènes. D'indifférente, leur attitude vira à la méfiance, pour dériver vers une agressivité ouverte. Il nous fallut remonter le fleuve encore plus loin que nous ne le voulions avant de rencontrer une terre déserte, prête à nous accueillir.

C'est ainsi que nous avons fini par nous installer loin du fleuve, dans cette contrée dépourvue d'hommes, perdue au milieu des arbres et de l'eau où vous avez retrouvé ma trace.

J'y ai laissé soixante-dix belles années de cette vie-là. J'y ai aussi enfoui ma semence au creux de bien des femmes, et vu grandir et croître notre progéniture, jusqu'à ce que mon corps devienne frêle et courbé par le poids des ans. Mes frères indiens écoutaient mes paroles avec beaucoup de respect, à la limite de la vénération et même les plus jeunes buvaient mes conseils plus religieusement qu'une véritable eau-de-vie. J'étais devenu un sage. Celui que l'on consulte sans calcul mesquin.

Celui qui vit dans le souffle du grand serpent.

Voilà ce que je représentais pour mes semblables, une divinité réincarnée en homme. Mais moi, au plus profond de ma suffisance de vieillard cacochyme, j'avais vingt ans. Les vingt ans de Malhorne-l'Essard, les vingt ans de Malhorne le paillard, les vingt ans d'une possible jeunesse éternelle. Et je finis par me morfondre dans ce corps alangui et miné par l'arthrite.

Une pensée me hantait chaque nuit, au plus profond des noirceurs amazoniennes, au cœur de ces obscurités uniques que fabrique la forêt continent : quel était le sens de tout ça ?

Ne vivre qu'une seule existence et penser qu'elle n'a pas de sens intrinsèque, je le conçois sans peine. Du reste, telle était ma philosophie au cours de mon premier passage ici-bas. En revanche, revenir d'entre les morts apporte nécessairement une quête de sens. Revenir démontre que, s'il existe une terre de départ, je n'ai pas su, pas pu, pas voulu trouver la terre d'arrivée, ou cela m'a été refusé.

Cette question me revenait, et me revient toujours, sans cesse, brute et sans réponse. Ma seule issue, comme je le pensais depuis le début de mon infortune, résidait dans le mouvement. Traverser des terres et rencontrer des peuples, grandir au contact de leur culture, apprendre de chacun, telle était la seule direction envisageable.

Va vers l'ouest, les ombres les plus grandes se construisent du côté où le soleil se couche, me murmurait encore le père Zach à l'oreille.

Je fis mes adieux à mes frères kayapos le plus tard possible. Ils accueillirent cette nouvelle comme je m'y attendais, avec l'air abattu d'hommes foudroyés. Ils eurent beau supplier et geindre une lune entière, rien ne pouvait changer ma décision.

Il fut entendu qu'un jeune Indien m'accompagnerait une partie du voyage. Je choisis Mahito, un solide gaillard de dix-sept printemps, qui possédait une intelligence vive et une qualité que je chérissais parmi toutes, une propension naturelle pour le silence.

Le village entier m'accompagna jusqu'au fleuve, pourtant à plusieurs jours de marche, sans doute pour tenter une dernière fois de faire plier ma volonté.

— Vous n'avez pas besoin de moi pour gouverner vos vies, leur dis-je avant d'embarquer. Il y a autant de sagesse en moi qu'en chacun d'entre vous. Laissez l'expérience de vos anciens vous pénétrer, sans jamais pour autant devenir un guide aveuglément respecté.

Sur ces bonnes paroles un rien condescendantes, je pris place à l'avant d'une pirogue chargée de provisions et me laissai piloter par les bras vigoureux de Mahito.

Ce fut un long voyage, calme et reposant. Les eaux vertes et profondes de l'Amazone se laissaient ouvrir sans résistance, puis se refermaient silencieusement sur notre passage, comme une parenthèse déjà oubliée dans l'histoire sans parole de la rivière-océan.

Un voyage parfait pour le vieil homme que j'étais devenu. Je somnolais souvent, doucement bercé à l'avant de la pirogue par les coups de pagaie réguliers de Mahito. Parfois, je rêvais au cosmos de mes vies et toutes choses prenaient leur place dans un ordre immuable. La vouivre du père Zach, le dragon des chrétiens et le grand serpent de l'Amazonie. J'imaginais mes foulées dans l'avenir et voyais d'autres civilisations apparaître, d'autres couleurs refléter le soleil, d'autres langues chanter leur histoire, mais toujours, à la base des mythologies, revenait la bête qui souffle et initie. Et cet animal parfait se montrait à moi dans son ensemble. Là, au cœur du reflet que renvoyait son iris, je voyais l'heptagone. L'heptagone et son contraire, inversé dans ma propre pupille.

Peu à peu, le fleuve se rétrécit. De nombreux affluents aussi importants que l'Amazone se présentèrent, mais jamais je n'eus de doute sur notre direction. Je voulais remonter à la source du fleuve pour y contempler les eaux du commencement. Je voulais me désaltérer à la source du monde. Et si je ne doutais pas lorsque deux bras d'eaux vives s'offraient à notre étrave, c'est parce que je me laissais pénétrer par l'esprit du fleuve et guider vers son enfance.

Le gigantesque Amazone se fit fleuve, puis rivière. Puis ruisseau. Il nous fallut laisser la pirogue et continuer le voyage à pied. Mon corps si léger aidait le vieillard à avancer. Mahito me soutenait souvent et me porta même en de rares occasions, lorsque les eaux devenaient cascades.

De ruisseau, l'Amazone se fit torrent. Il rendait hommage aux sommets de la cordillère centrale en accomplissant d'infinies successions de bonds rapides par-dessus les os de la montagne. Nous arrivions à la fin du voyage.

L'Amazone ne pouvait pas aller plus loin. Nous étions parvenus au pied d'un à-pic formé par quatre sommets de plus de cinq mille mètres. Devant nous s'étalaient trois petits lacs qui se déversaient en cascade les uns dans les autres.

Quatre et trois, pensai-je.

Le lac supérieur, alimenté par de minuscules rus, formait une coupe de granit peu profonde. L'eau était si pure qu'elle empêchait toute vie. L'enfant n'est pas fécond et ici, l'Amazone naissait à peine. Ce lac était le nourrisson avide des torrents à venir. Il était nécessaire de toucher l'eau pour croire à son existence, tant la lumière du jour n'accrochait rien et revenait, intacte, former sur la rétine l'image du granit.

Nous passâmes le reste du jour au bord du lac.

La nuit tomba sur nous, figurant un diamant d'étoiles enchâssé sur quatre sommets. Le monde, à ces altitudes, paraissait pur.

Une aube aux couleurs délavées salua notre dernière journée en compagnie de l'Amazone. Puis le soleil perça l'horizon pour frapper de plein fouet le versant oriental de la cordillère.

Je quittai mes vêtements et me retrouvai aussi nu qu'à ma naissance. L'eau s'ouvrit pour me recevoir. Elle était glacée.

Je traversai le lac jusqu'à la falaise qui lui tenait lieu de dossier. Il y avait là, à moins d'un mètre au-dessus de la surface, une anfractuosité presque cylindrique d'où sortait un mince filet d'eau. Le trou n'était pas large mais mon corps usé et mince se glissa à l'intérieur sans problème. Une sorte de court tunnel faiblement éclairé partait horizontalement dans la roche, puis s'élargissait dans les ténèbres. Je me laissai tomber dans le noir où l'eau glacée m'accueillit à nouveau. Mes pieds glissèrent au contact d'une matière lisse qui semblait plus chaude, presque tiède. Des gouttes explosaient à la surface de l'onde invisible. La roche m'en renvoyait l'écho cristallin. Je me trouvais dans une caverne.

J'attendis l'heure miraculeuse dans un silence respectueux.

Lentement, le soleil vint se placer dans l'axe de l'anfractuosité. La lumière avançait doucement dans le tunnel d'accès. Je sentis son contact rassurant réchauffer ma peau parcourue de frissons. Puis elle s'enhardit et envoya un premier rayon percer l'eau. Le dard explosa en mille reflets mordorés.

Un feu brûlait sous l'eau pure.

L'astre monta et la caverne entière resplendit de ses faveurs lumineuses. Je dus fermer les paupières, tant la caverne irradiait une lumière vive. Mon cœur battait comme un forcené dans sa cage trop petite.

Lorsque je rouvris les yeux, la pièce d'eau où je baignais n'était plus qu'un feu vivant d'or pur. Mais un feu sans flamme, un feu-lumière projeté directement de la matière, qui en paraissait vivante. L'eau n'était plus glacée. Elle me réchauffait à présent le corps et l'esprit. Au contact du fleuve nouveau-né, je me sentis plus jeune que jamais encore. Je baignais dans une source aussi vieille que le monde et ma lassitude me quitta.

Le hasard avait fait en sorte que l'Amazone à sa source traversât un filon d'or. Mais pouvait-on sérieusement s'en remettre au hasard ?

Lentement, comme au ralenti, j'avançai la main vers la paroi. Elle vibrait sourdement, sans bruit pour l'oreille. Je l'écoutai avec mon cœur et ressentis nettement comme une sorte de pulsations régulières. La montagne se tendait sous l'effort de la nativité. Un accouchement continu, régulier, immémorial, dont j'étais un témoin privilégié.

J'ignore combien de temps s'écoula ainsi. Sans doute peu, car le soleil, dans sa course éternelle, quitta l'axe du tunnel. Dans la caverne, la lumière diminua graduellement, puis disparut. Les ténèbres envahirent à nouveau ce monde secret, et je sentis d'un coup l'eau glacée mordre mes chairs.

J'eus l'impression en ressortant qu'un siècle avait passé.

Mahito se tenait assis devant un feu. Il chantait doucement une comptine qui ne seyait pas à son âge. Peut-être devinait-il intuitivement qu'une naissance se déroulait auprès de lui.

— Nous resterons ici jusqu'à demain matin lui dis-je en le rejoignant.

Mahito acquiesça sans un mot. D'une main tendue, il me désigna la place qu'il m'avait préparée entre deux pierres plates, doucement tiédies par la chaleur de l'âtre.

— Repartons-nous vers le village, Maoré ? me demanda-t-il.

La question devait lui brûler la langue depuis bien des jours.

Je lui fis non de la tête.

— Alors, où veux-tu aller demain ?

— Vers le soleil couchant. De l'autre côté de la montagne.

Nous n'en parlâmes pas davantage. Mahito me laissa goûter à la sérénité du lieu sans me déranger et partit chasser notre dîner.

Le lendemain matin, un col haut nous conduisit sur le versant occidental de la cordillère. Un air sec et frais nous enveloppa, plus sain et plus vivifiant que dans notre pays de naissance. Une vague odeur familière s'insinuait dans mes narines, sans que je parvienne à en reconnaître l'origine. Des pentes vertigineuses faites de graviers et de roches en équilibre nous menèrent sur des plateaux, verdoyants malgré l'altitude.

Mahito marchait dans mes pas. La matrice de l'Amazone avait revigoré mon corps de forces nouvelles, probablement le dernier soubresaut d'énergie de ma vieillesse.

Les plateaux se succédèrent sur des dizaines de kilomètres, chacun se déversant sur le replat d'un autre moins élevé. Derrière nous, l'image floue des montagnes disparut tout à fait, remplacée par un ciel bleu zébré de stratus.

Le dernier plateau se désagrégeait sur la fin en une houle herbeuse de collines accidentées. Au loin, un miroitement appelait nos pas de ses reflets d'argent.

— Un nouvel océan ! criais-je à Mahito. Mais bien sûr ! C'était donc cela cette odeur. L'iode !

Mahito, trop jeune pour avoir connu son peuple vivant auprès de l'océan, me regarda avec un œil interrogateur. Il ne connaissait de l'iode que sa légendaire, et donc improbable, existence.

— Je ne sens rien, grand-père, me dit-il le nez en l'air.

— Attends un peu ! C'est pour le moment ténu, mais il n'y a pas de doute. Ça sent l'iode.

Nous avalâmes les collines en quelques jours. Chaque fois que nous parvenions au sommet de l'une d'elles, le miroitement se rapprochait. Mahito le voyait aussi bien que moi, et sans doute mieux car ses cristallins ne se voilaient pas de cette maudite cataracte, mais il ne comprenait pas ce qu'il voyait.

Il découvrit l'océan le premier et en resta stupéfait.

L'immensité saline s'offrit à nos regards avec l'orgueil inconscient d'une formidable puissance sans cesse renouvelée.

En chemin, la pensée d'une terre véritablement ronde m'était venue. Peut-être retrouvais-je l'océan Atlantique après avoir traversé le pays des Indiens.

Le premier regard vers cette eau bouillonnante me détrompa aussitôt. Bien sûr, je n'avais pas vu grand-chose de la côte portugaise, mais je m'étais suffisamment promené sur son pendant brésilien pour faire la différence.

Cette mer était puissante et dissipée, comme un enfant dans le corps d'un géant. Elle n'abordait pas le littoral, elle l'assaillait. Des vagues immenses se ramassaient au loin, concentrant leurs forces. Puis elles s'élevaient démesurément vers le ciel, comme d'infinies successions de remparts, prêtes à repousser quiconque aurait la témérité de les affronter. Enfin, à moins de vingt mètres de la plage, elles s'écrasaient dans un vacarme de tonnerre. Les sables pulvérisés par cette mâchoire infatigable étaient si fins qu'ils en devenaient poussière.

— Oh… ! fut tout ce que Mahito parvint à dire pendant un bon moment.

— Cela éveille en toi une fibre poétique, raillai-je. Nous nous installerons ici. De toute façon, on ne peut pas aller plus loin, n'est-ce pas ?

Le soir nous offrit les savantes colorations d'un somptueux coucher de soleil. Mahito l'admira dans sa totalité et demeura debout face aux vagues bien après que l'astre eut disparu derrière la mer. La forêt amazonienne, notre écosystème bienfaiteur et prodigue, lui avait caché ce déferlement de couleurs. Il contemplait là son premier coucher de soleil.

Dès le lendemain, Mahito se mit à l'ouvrage. Je lui avais confié la réalisation de deux pirogues sur lesquelles je comptais m'embarquer. Il coupa deux épais fûts et s'acharna des jours durant à les évider d'une main experte, malgré son jeune âge, guidée par des générations de gestes enfouis au plus profond de ses gènes. Lorsqu'il eut achevé cette première tâche, je l'aidai à rassembler le bois d'un grand feu devant lequel chaque pirogue sécha tour à tour.

À ma demande, Mahito relia les pirogues entre elles et planta un court mât au milieu. En travers de ce mât, il fixa une voile légère, tressée de feuilles d'une variété locale de papyrus. Mon frêle navire était terminé.

La veille de mon départ, nous partageâmes en silence un long poisson à la viande charnue.

— C'est une folie de t'embarquer sur la colère des dieux, me dit Mahito en jetant un regard inquiet vers l'océan.

— C'est ta jeunesse qui parle ! Et c'est bien ainsi. Seul celui qui possède quelque chose a peur de le perdre.

— Je ne te comprends pas bien, Maoré.

— Ma vie me quitte déjà. Regarde ce corps décharné ! Regarde la charpente des vivants saillir par-dessous ma chair. Cette vie qui t'est si précieuse, elle ne m'appartient plus. Que perdrais-je vraiment si je mourais tout de suite ? Deux ou trois lunes au plus ! Non, crois-moi, je sais ce que je fais, et je le fais sans peur.

— Où comptes-tu aller, grand-père Maoré ? me demanda Mahito d'une voix qui se voulait neutre.

— Il me reste bien des choses à voir, Mahito ! Le monde est vaste, beaucoup plus vaste que tu ne peux l'imaginer. Je vais aller là où le dieu du vent me poussera. Il n'est pas de meilleure destination, ni de meilleur guide.

La lune rasait encore l'horizon lorsque l'assemblage de pirogues toucha l'eau. Le reflux naissant tempérait l'océan. Les vagues se faisaient moins meurtrières. L'heure s'incarnait en départ.

Mahito m'aida à m'installer dans une pirogue, puis il disposa dans l'autre les fruits, les viandes séchées et les racines que nous avions préparés. Enfin, il regroupa à mes pieds les hameçons, les lignes, les pagaies et deux outres remplies d'eau.

— Attends un instant lui dis-je, alors qu'il s'apprêtait à me pousser vers le large.

Je défis de mon cou un petit heptagone en bois que j'avais sculpté à mes heures perdues et le lui tendis.

— Prends ça et rapporte-le au village ! Qu'il soit le signe de notre reconnaissance, pour ce jour bénit où je reviendrai vivre parmi le peuple de la forêt.

Mahito, avec d'infinies précautions, s'empara du talisman et le pendit autour de son cou.

— Allons maintenant ! Les sirènes m'attendent.

Il nagea derrière moi un long moment, puis il s'en retourna vers le rivage.

Je suppose qu'il demeura immobile et dégouttant jusqu'à ce que je disparaisse. Je le suppose car pas une fois je ne me retournai, toute ma volonté était tendue vers la ligne ténue de l'horizon, qui représentait à présent mon devenir.

24

Penché au-dessus d'une carte d'état-major, Spencer cherchait le site du naufrage de l'*Imago Mundi*. Sur la demande de Denis Craig, Malhorne avait donné des indications très précises. Baie de São Marcos, au nord-ouest de la ville d'Alcantara, un haut récif isolé à cinq cents mètres des côtes.

— Mais il se pourrait que notre mythomane ait dit vrai, dit Spencer en entourant une zone d'un kilomètre carré au marqueur rouge. La baie de São Marcos existe bel et bien !

Stacey s'approcha.

— Voilà la villégiature où votre petit protégé veut vous expédier, poursuivit Spencer. Je vous souhaite bien du plaisir.

— Ça ressemble à quoi ? s'enquit Stacey.

— À de l'eau. Que voulez-vous trouver à mille mètres des côtes, sinon de l'eau ? Je vais y tracer une croix, comme ça, nous n'aurons plus aucun doute.

— Il y a des récifs signalés ?

— Au centre de mon cercle. De toute façon, il faut bien qu'il y en ait, sinon comment voudriez-vous qu'un Malhorne puisse y faire naufrage ?

— Écoutez ce qu'il a à dire jusqu'au bout ! protesta Stacey. Ensuite, vous pourrez commenter autant qu'il vous plaira…

— C'est presque au-dessus de mes forces, répondit Spencer. Et que vous tous, Denis Craig compris, en redemandiez à chaque fois, voilà qui m'échappe ! Toute cette mascarade, c'est vraiment n'importe quoi. Il vous faudra des siècles pour trouver une épave. Et davantage pour en inventer une.

— La seule chose qui ne vous échappe pas, c'est ce que vous pouvez toucher du doigt, n'est-ce pas ? demanda Malhorne qui, une fois n'est pas coutume, se mêlait d'une conversation qui ne le concernait pas. Je peux aussi arrêter ici, immédiatement, toute collaboration !

Spencer eut un air embarrassé.

— Comme je peux vous démontrer que je suis davantage que vous ne pouvez toucher ! ajouta Malhorne.

Spencer profita de l'aubaine pour sortir de ce mauvais pas.

— Des tours de passe-passe. Chiche ! railla-t-il.

Malhorne soupira longuement et se leva.

— Mais enfin ! intervint Franklin. Arrêtez ce petit jeu, tous les deux. Ça ne vous mènera nulle part !

— Si, si ! Laissez-le faire ! le coupa Spencer. Il propose enfin quelque chose d'intéressant. Après sa pitoyable démonstration, nous aurons enfin la preuve qui nous manquait. Celle de la fanfaronnade…

Malhorne écarta le fauteuil de lecture, qui occupait la place centrale de sa chambre, et s'assit par terre, en tailleur. Son regard passa sur tous les visages, puis se perdit au fond de la pièce, dans l'obscurité du bunker.

— Nous attendons, maître Malhorne, ironisa Spencer, plus provocateur que jamais.

Les membres présents ce jour-là à l'interrogatoire de Malhorne se regardèrent, gênés mais tout de même curieux de la suite.

Monsieur Pompon fut le plus sensible des êtres vivants réunis dans le bunker. Le chat descendit du lit, sur lequel il dormait depuis le début de la matinée, et s'approcha de son maître. D'habitude, Malhorne se préoccupait des désirs de son chat sitôt qu'il s'approchait de lui. Cette fois-ci, il n'en fit rien. Le regard perdu dans le vague, il ne sembla pas même remarquer la présence de son compagnon de cellule. Monsieur Pompon se dressa sur les pattes antérieures et vint renifler le menton de Malhorne. Sa réaction surprit tout le monde. Le chat recula immédiatement en feulant, puis il miaula méchamment et lança une patte, toutes griffes dehors, vers le visage figé de Malhorne. Quatre sillons saignants entaillèrent la joue de ce dernier sans qu'il manifeste une quelconque réaction. Monsieur Pompon déguerpit et se réfugia sous le lit, en poussant des miaulements de détresse.

Franklin allait se lever et mettre fin à la scène quand Shannon, l'une des assistantes du docteur Van Kriegs, commença à manifester des signes étonnants. Elle se tordait le cou pour regarder quelque chose qui échappait à l'assistance et ses mains furent prises de tremblements.

Un rictus parcouru de spasmes enlaidit bientôt sa bouche, qu'elle déformait à la façon d'une gargouille.

— Oh non ! hurla-t-elle pour finir. Mais faites quelque chose… Vite !

Son visage se défigurait sous l'effet d'une peur panique, tandis que son bras se tendait pour indiquer le sol, quelque part derrière les statues. Des cris stridents montèrent péniblement de sa gorge serrée, puis elle souleva les jambes et se recroquevilla sur sa chaise.

Tous les regards se tournèrent dans cette direction, mais personne ne comprit ce qui l'effrayait tant.

Spencer réagit dans la seconde. Il se leva et contourna le cercle des statues par la droite, espérant surprendre le danger qui menaçait Shannon.

Il se retrouva bientôt derrière les blocs de pierre, caché à la vue par leur masse compacte. Son regard aguerri allait et venait rapidement. Même dans cette pénombre, il aurait dû distinguer la plus petite chose inhabituelle.

Il ne remarqua rien.

Spencer s'apprêtait à retourner vers les autres, lorsqu'un bruit, familier à sa mémoire, le mit en arrêt.

Est-ce possible ? se demanda-t-il.

Il venait d'entendre le bruit sec et métallique d'un chargeur de fusil claqué dans son logement.

D'où cela provenait-il exactement ?

De l'autre côté des statues, il l'aurait parié.

Il dégrafa doucement la lanière de son holster, sortit son pistolet automatique et l'arma sans un bruit. L'adrénaline qui se déversait dans ses veines faisait poindre sur son front une fine pellicule de sueur.

Il ferma les yeux et calma sa respiration, le front posé sur la paroi fraîche d'une statue.

Je manque d'entraînement, pensa-t-il.

Lorsqu'il les rouvrit, son environnement avait imperceptiblement changé. La roche granitique avait remplacé le calcaire et sa forme, brute et anguleuse, était retournée vers son aspect naturel. D'un regard jeté par-dessus l'épaule, il s'assura que son binôme protégeait ses arrières. Milson était là, tapi derrière des fourrés, son fusil-mitrailleur prêt à faire feu.

Bon vieux Milson ! On pouvait toujours compter sur lui !

Spencer sentit monter dans son crâne la jouissance de se sentir vivant, profondément épanoui dans son corps fabriqué pour l'action.

Que c'était bon !

Si bon que pas un instant il ne douta de sa santé mentale, qui vacillait déjà trop pour tenter un retour salvateur.

Milson avait péri en Afghanistan aux côtés de Spencer, au début des années 2000. Le colonel, alors lieutenant d'infanterie, lui avait lui-même fermé les yeux. La suite, il s'en souvenait trop bien. Une exfiltration, honteuse à son goût. Ils auraient pu vaincre, cette fois encore. Une volte-face des politiques vous transformait une belle troupe d'élite en mercenaires. La mort de Milson, et des autres, n'avait servi à rien.

Spencer braqua son pistolet en avant, le bras légèrement cassé pour conserver l'arme près du corps, et commença à contourner l'épaulement rocheux qui le séparait des troupes ennemies.

Il entendit le cri atroce d'une deuxième femme…

Shannon hurlait toujours.

Cela faisait une bonne minute que Spencer avait disparu derrière le cercle des statues lorsque Holly, la seconde assistante du docteur Van Kriegs, commença à trépigner sur sa chaise.

— Mais qu'est-ce qui se passe ? dit Stacey en se levant. Ils se mettent tous à débloquer, ou quoi ?

— Non, n'y va pas ! le retint Franklin. Il y a quelque chose de bizarre. Je ne saurais pas te dire quoi, mais je ne me sens pas très bien…

Harry, l'ingénieur en informatique habituellement si calme, empoigna soudain sa chaise et la projeta de toutes ses forces vers Malhorne qui, toujours assis en tailleur sur le sol, ne bougea pas d'un pouce. L'écran plasma se fendit sous le choc.

Stacey changea d'avis et se dirigea vers Harry. Franklin pensa un instant que l'archéologue allait tenter de s'interposer entre la furie soudaine d'Harry et Malhorne mais, contre toute logique, il rejoignit l'informaticien dans le même désir de violence. Les chaises volèrent de plus belle, détériorant chaque fois un peu plus la maigre protection dont jouissait Malhorne.

Anita, la troisième assistante du docteur Van Kriegs, grogna curieusement, puis se recroquevilla sous une table en émettant de petits cris. On eût dit un chiot terrorisé. Une flaque d'urine ne tarda pas à se répandre sur la dalle en ciment.

Franklin n'eut pas le loisir de contempler ce qu'il advenait des autres. Sa gorge se noua soudain. Il venait de se rendre compte qu'une eau noirâtre lui arrivait aux genoux et montait rapidement.

Comment ne s'en était-il pas aperçu plus tôt ? Ses chaussures et le bas de son pantalon étaient trempés.

Cette question lui effleura l'esprit un instant, aussitôt chassée par une considération plus immédiate : trouver un abri. Franklin détestait les eaux obscures. Depuis toujours. Aussi loin que remontait sa mémoire. Le problème se situait d'ailleurs là, dans ce qui pouvait remonter du fond de ces eaux…

Tapi derrière un rocher, Spencer observait la scène. Il voyait six ou sept hommes armés menacer un groupe de femmes. Les cris stridents mélangés aux rires gras des lascars ne laissaient pas de place au doute.

Il fit une série de gestes rapides en direction de Milson et se déplaça à pas feutrés vers un poste d'observation plus avancé. Puis il se posta, l'arme pointée vers les cibles, et attendit que Milson le rejoigne.

Il n'y aurait pas de tir de sommation. Il s'agissait d'une agression rapide et déterminée. Les tirs de sommation viendraient plus tard, s'il restait des survivants. À trente mètres, le pistolet automatique arrosait de manière un peu large, mais Spencer était certain de toucher au but. Même si ses tirs ne tuaient pas à coup sûr, ils mettraient les agresseurs hors d'état de nuire. Ce serait largement suffisant, dans un premier temps.

Milson le rejoignit. Spencer montra trois doigts à son binôme. Selon un protocole depuis longtemps convenu entre eux, cela signifiait que trois secondes plus tard, ils feraient feu en même temps.

Trois…

Milson, à gauche, viserait les hommes de gauche.

Deux…

Spencer se chargerait des autres.

Un…

Surtout, épargner les prisonnières.

Le percuteur frappa l'arrière de la cartouche, enflammant la poudre. La première balle sortit du canon à la vitesse de cinq cent trente mètres par seconde.

Lorsqu'il n'y eut plus une seule chaise à leur portée, Stacey et Harry joignirent leurs efforts pour envoyer des tables contre l'écran plasma. Ils dirent plus tard qu'ils ne supportaient pas l'immobilité de l'homme derrière la vitre.

Au-delà de tout raisonnement et de tout contrôle, Anita rampait d'abri en abri, à mesure que ceux-ci disparaissaient pour s'envoler vers Malhorne. Elle quitta la zone éclairée destinée aux interrogatoires pour gagner la pénombre du bunker. On la retrouva ainsi, blottie dans un angle de la salle, endormie à même le sol, où une torpeur pathologique l'avait envahie.

L'écran plasma céda enfin. Un extincteur eut raison de lui. Le verre, déjà très endommagé, explosa en une multitude de petits éclats tranchants, qui retombèrent en pluie scintillante sur Malhorne. Il en fut recouvert de la tête aux pieds.

Shannon et Holly avaient retourné leur terreur l'une contre l'autre. Elles roulaient à présent sur le sol, s'empoignant par toutes les prises possibles, au mépris des règles du fair-play.

Franklin, debout au sommet des statues, gardait les yeux tournés vers le plafond. Il ne bougeait plus. L'eau atteignait son menton. Bientôt, il ne pourrait plus respirer, et ce serait la fin. Il la souhaita rapide et sans douleur. L'état de panique dans lequel il errait le privait de ses moyens. Franklin nageait aussi bien que quiconque. Il restait pourtant là, tétanisé, attendant que la mort le prenne. L'eau dépassa son menton et vint mouiller sa lèvre inférieure quand une déflagration retentit.

Holly se releva enfin, victorieuse. Elle tenait dans la main une touffe des cheveux de Shannon, qu'elle brandit comme un trophée. Un cri vengeur monta dans sa gorge mais n'en sortit jamais. Ses yeux s'arrondirent tout à coup de stupéfaction. Du petit trou qui venait d'apparaître au milieu de son front s'échappa un mince filet de sang, qui dessina de curieux méandres en contournant l'arcade sourcilière. La balle de neuf millimètres ressortit par le haut du crâne et termina sa course dans les faux plafonds.

Spencer vida son chargeur en une poignée de secondes. La première balle atteignit Harry en pleine poitrine. La seconde manqua Stacey de peu. L'idée subite de ramasser ses lunettes le sauva. Spencer crut l'avoir touché et passa à la cible suivante. Malkovic ne comprit jamais ce qui l'avait plaqué contre un mur. Deux projectiles lui sectionnèrent la colonne vertébrale au niveau du cou. Son cerveau n'enregistra même pas les signaux de douleur.

La cinquième balle perfora le crâne de Holly, la sixième envoya le docteur Van Kriegs à l'hôpital pour un long moment, et la septième se perdit dans un mur.

L'arme de Spencer cessa d'aboyer par défaut de munitions. Il chercha dans sa poche un chargeur garni mais n'en trouva pas.

Spencer remarqua après coup que Milson n'avait pas tiré. Il se retourna pour comprendre ce qui avait bien pu arriver à son camarade lorsque l'univers normal reprit sa place. Toute trace de Milson disparut dans le néant et le souvenir de sa mort réintégra sa mémoire. De plus récents échanges de tirs aussi, mais brouillés par cette folie momentanée. Ses bras retombèrent le long de son corps. Le canon brûlant de son arme lui marqua la cuisse mais il n'y prit pas garde. Pour la première fois de son existence, Spencer demeura totalement hébété.

Denis Craig poussa la porte du bunker à cet instant précis et devait en garder la vision jusqu'à la fin de ses jours. Une chose était de fabriquer des armes de destruction massive, qui serviraient contre des inconnus, une autre était de voir les dépouilles mortelles et encore ruisselantes de collaborateurs ou d'amis.

— Mon Dieu !... fut son unique commentaire.

Les caméras enregistrèrent une autre voix, qui s'éleva grave et calme dans le silence du bunker.

— Cessez de l'implorer sitôt que la situation vous échappe ! Vous avez raté un édifiant spectacle !

Puis l'auteur de cette phrase se releva, essuya les débris de verre qui lui couvraient le visage, et s'allongea sur le lit.

— Vous voyez, mon bon Spencer, reprit-il sans se retourner. C'est une peur bleue qui vous gagne lorsque tout contrôle de la situation vous échappe. Brave soldat ! Oui, brave soldat !

25

— La Fondation doit prendre une semaine de repos, déclara Craig à Stacey. Au minimum. On ne peut pas revenir en arrière, mais il faut laisser à chacun le temps de comprendre ce qui s'est passé. Ou de le digérer. Faire un point. Si certains veulent laisser tomber, je ne m'y opposerai pas.

— Il faudra beaucoup plus de temps pour encaisser ce carnage.

— Probable. On pourra différer d'une quinzaine de jours mais pas davantage. Nous verrons ça en temps utile.

— Je suis tellement choqué pour Harry… Je ne connaissais pas Holly et très peu Paul Malkovic…

— Vous-même n'y avez échappé que de justesse, Stacey.

— J'ai eu de la chance.

— Que vous est-il arrivé ?

— Je n'arrive pas à le dire précisément. C'est très confus dans mon esprit. En visionnant les enregistrements vidéo, j'ai… On a tous été pris de panique, ou d'un sentiment proche.

— De quoi avez-vous eu peur ? l'encouragea Craig.

— Eh bien, justement. La confusion est là. Je ne parviens pas à définir si le danger venait de Malhorne, ou de moi-même…

— Pourquoi briser l'écran, si vous ne saviez pas ?

Stacey se réfugia dans le silence un instant. Il ne pouvait pas répondre avec des mots cohérents. La raison ne trouvait pas sa place dans cette expérience traumatisante.

— Comment va le docteur Van Kriegs ? reprit-il pour dévier le sujet.

— Ses jours ne sont pas en danger. Je pense qu'il sortira de l'hôpital dans une semaine.

— Et Spencer ?

— C'est plus délicat. Hier soir, je suis resté longtemps avec lui. Il ne comprend pas. L'hallucination ne fait pas partie de son vécu.

— Il se sent coupable ?

— Et victime en même temps, précisa Craig. Ça doit être difficile à avaler. Une pause lui est absolument nécessaire. Je l'envoie en Europe avec son épouse. Ils partent demain matin.

— J'ignorais qu'il existe une Mme Spencer.

— Depuis vingt ans. Il la cache bien.

— En effet !

— Que diriez-vous d'un petit voyage vous aussi ?

— Où ça ?

— Au Brésil. Pour chercher l'épave de l'*Imago Mundi*, par exemple.

— Quitter la Fondation me fera du bien, soupira Stacey. Me concentrer sur un chantier aussi.

— Je veux que vous rencontriez un psychologue avant de partir. C'est entendu.

Stacey acquiesça.

— Avez-vous aperçu Franklin ce matin ? demanda Craig.

— Il est resté dans sa chambre. Mais il m'a promis de venir nous retrouver.

— Choqué lui aussi ?

— Très sombre. Il ne doit plus savoir quoi penser de Malhorne.

Franklin pénétra sur la terrasse du bâtiment administratif et se dirigea vers la table occupée par Graig et Stacey. Il portait trois verres dans une main et une carafe pleine dans l'autre.

Sur son visage, un pauvre sourire marquait son abattement.

— Comment vous sentez-vous ? lui demanda Craig.

— J'ai connu des jours meilleurs. Un jus de fruit ?

— Volontiers. J'étais en train de dire à Stacey qu'un psychologue vient à la Fondation cet après-midi. Il me semble utile que vous le rencontriez, Franklin. Je le ferai aussi.

— Ça ne sera pas de trop, apprécia Franklin.

— Spencer part quelques jours et Stacey aussi. Voulez-vous les imiter ?

— Je ne sais pas, répondit Franklin, pensif. Je ferai peut-être un saut à Baltimore. Pour me changer les idées.

— Si ça n'est pas trop difficile, racontez-nous ce que vous avez ressenti hier, demanda Craig.

— C'est assez simple. J'ai vécu un cauchemar que je faisais jusqu'à la fin de mon adolescence. Ça m'était totalement sorti de la tête. Jusqu'à hier.

— Nous en direz-vous plus sur ce cauchemar ?

— Si vous y tenez. Je me suis soudainement retrouvé seul dans cet univers que je connais bien. Une sorte de plage en pleine nuit. Et l'eau a commencé à monter. Je me suis mis au sec sur les statues, que j'ai alors prises pour des rochers. L'eau a submergé les rochers, a continué sa progression, jusqu'à atteindre le niveau de mon menton.

— Vous n'avez pas fait le moindre geste qui ressemble de près ou de loin à la nage, commenta Craig. Est-ce normal ?

— J'étais terrorisé. Pétrifié. Quand j'étais petit, le rêve s'arrêtait au moment où j'ouvrais la bouche sous l'eau et qu'elle pénétrait dans mes poumons. Je me réveillais trempé de sueur, ne sachant pas trop si c'était la réalité ou non.

— Et hier ?

— Pareil. L'hallucination a pris fin au même moment.

— Et qu'est-ce qui vous alarme dans ce rêve ? L'eau ?

— Non ! Pas l'eau elle-même. Mais ce qu'il peut y avoir dedans.

— Je comprends, se contenta de dire Craig.

— Ce qui me donne la chair de poule, précisa Franklin, c'est que pour hier, je suis persuadé que j'aurais vraiment pu me noyer.

— Comment interprétez-vous ce qui vous est arrivé ?

— Je ne sais pas ce qu'en pense Stacey, répondit Franklin, mais j'ai le sentiment que Malhorne a provoqué une disparition momentanée de nos inhibitions. De façon délibérée et dirigée. J'entends par là que nous avons tous donné libre cours à une pulsion enfouie, ou à une peur. J'ignore comment il l'a fait, mais je ne vois pas d'autre explication.

Stacey hocha la tête doucement, l'air pensif.

— Ce que Franklin raconte me semble plausible, dit-il. Et ça m'ennuie d'autant plus que je ne sais toujours pas de qui exactement j'avais peur…

— Nous n'avons plus de scrupules à avoir vis-à-vis de Malhorne. Il n'est peut-être pas coupable. Ce n'est pas son doigt qui a pressé la gâchette, mais il est responsable. À mes yeux, ça ne fait guère de différence.

Franklin allait demander à Craig ce qu'il voulait dire lorsqu'une infirmière pénétra sur la terrasse. En quelques mots, ils comprirent que quelque chose d'anormal se passait dans l'appartement de Stark.

— Que s'est-il passé ? demanda Craig à l'infirmière lorsqu'ils furent arrivés sur place.

— Rien que je sache. Je lui ai moi-même apporté son plateau-repas hier soir. Tout allait bien.

— Quand l'avez-vous trouvé dans cet état ?

— Il y a une demi-heure à peine. J'ai d'abord alerté le remplaçant du docteur Van Kriegs. C'est lui qui a installé la perfusion.

— Où est-il à présent ?

— Il est parti chercher des instruments.

Malhorne gisait sur son lit, les yeux fermés et les traits creusés. Un drap recouvrait son corps jusqu'à la poitrine mais la finesse des fibres tissées laissait deviner sa nudité.

Craig souleva le drap doucement. Les mains, posées sur le ventre, étaient entrelacées comme celles d'un gisant. L'unique détail qui ôtait à l'observateur l'idée d'être face à un moribond était planté dans l'avant-bras de Malhorne. Une perfusion pénétrait dans une veine, libérant régulièrement quelques millimètres cubes de solution aqueuse.

— Il semblerait qu'il se soit lui-même mis en isolement…, hasarda Franklin. Le plus inaccessible de tous.

— Je ne comprends pas !

— Personne ne lui a placé les mains ainsi, poursuivit Franklin. On dirait qu'il a disposé son corps pour une scène morbide. C'est assez réussi d'ailleurs !

À ses côtés, le chat ronronnait doucement, la tête enfouie contre le cou de son maître.

— Il faudrait aérer cet endroit ! Ça sent la mort..., critiqua Craig, tout en sachant fort bien qu'aucune fenêtre n'ouvrait sur l'extérieur. Qu'y a-t-il dans cette perfusion ?

— De l'eau et du glucose pour l'hydrater, répondit l'infirmière, c'est tout. Son pouls est tombé à moins de vingt pulsations par minute et sa température a chuté de façon vertigineuse ! Ça ressemble au métabolisme des animaux en hibernation !

— A-t-on tenté de le sortir de cet état ? demanda Craig.

— Rappelez-vous son dossier médical, observa Stacey. Ce n'est pas la première fois qu'il sombre dans cet état. Kibrov comparait ça à des crises de catatonie.

— Le médecin s'est refusé à toute tentative avant de vous avoir vu, répondit l'infirmière.

— Il a bien fait, l'assura Craig. Peut-être cela signifie-t-il quelque chose... Quelqu'un a-t-il visionné les bandes d'enregistrement ?

— En votre absence, et celle de Spencer, personne n'est habilité à le faire...

— Allons-y dans ce cas ! La solution à notre problème s'y trouve peut-être.

Michael remonta le temps douze heures en arrière.

— Les caméras sont en mode « stand by » en permanence, expliqua-t-il. Si quoi que ce soit bouge dans leur champ de prise de vue, l'enregistrement se déclenche. *Idem* pour les sources sonores...

Au point d'entrée sélectionné, les images en mémoire montraient Malhorne allongé. Le chat venait de sauter sur le lit, déclenchant le système d'enregistrement.

— Saleté de matou ! jura Michael. Il me bouffe une quantité de mémoire incroyable...

Michael commanda une lecture arrière accélérée. Le chat virevoltait dans la pièce à toute allure. Puis ce fut au tour de Malhorne de bouger.

— Voilà ! Je remonte au début de l'action et je laisse filer.

Fondation Prométhée
2 décembre 2010. 21 h 54 PM

L'image ne montra rien d'extraordinaire. Malhorne s'était déshabillé pour se coucher. Il avait plié soigneusement ses vêtements, qu'il avait ensuite déposés sur une chaise. Puis il s'était occupé de son chat, longuement. La bande-son diffusait un feu d'artifice de ronronnements.

— Sois bien sage pendant quelque temps, monsieur Pompon ! avait dit Malhorne. Je dois rendre visite à de vieux amis...

Avant de se coucher, il avait bu deux grands verres d'eau, puis plus rien. L'image s'arrêtait là. La séquence suivante montrait l'infirmière lorsque, le lendemain matin, elle était arrivée dans la salle et avait découvert le corps inerte.

— Je dois rendre visite à de vieux amis..., répéta Craig. Vous avez une idée sur la signification de cette phrase ?

— Pas plus que vous, répondit Franklin. Mais, après la cruelle expérience que nous avons tous vécue, je m'attends à tout. Je ne prendrais en tout cas pas cette phrase à la légère...

— Sans doute, soupira Craig. Nous ne sommes pas au bout de nos surprises avec cet oiseau ! Je vais faire renforcer la garde aux abords de la Fondation.

26

— *Cafe i latte* ? demanda le serveur.

Spencer grogna l'un des seuls mots de la langue de Vinci qu'il connaissait et poussa le verre fumant devant sa femme. Puis il reporta son attention vers son journal.

Claudia savoura le café à petites gorgées. Seuls les Italiens connaissaient le secret d'un si merveilleux breuvage. Il ne suffisait pas d'acheter une marque italienne pour y parvenir. C'était autre chose qu'une pure affaire de produit. Comme s'il fallait l'air romain pour magnifier les grains torréfiés au rang d'élixir. Le lait, injecté sous pression, ressemblait davantage à de la crème, sans en être. Jamais Claudia n'était parvenue à ce résultat.

Elle en commanda un deuxième. Tant pis si elle ne parvenait pas à s'endormir. Ce plaisir valait bien un sacrifice.

— Que veux-tu faire cet après-midi, Karl ? demanda-t-elle.

Spencer ânonna sans relever les yeux. Il n'appréciait pas énormément les visites guidées et sa femme en raffolait. Piétiner devant des parterres de sépultures antiques le rassasiait vite et, depuis la fin de la première journée, il avait atteint le stade du gavage.

— J'ai un rendez-vous cet après-midi ! Tu continueras sans moi, dit-il enfin.

— Tu connais vraiment quelqu'un à Rome ? Ou tu inventes un prétexte pour éviter une visite supplémentaire ? s'exclama Claudia.

— Rien de tout ça. Un service pour Denis Craig. Je ne devrais pas en avoir pour très longtemps.

Claudia ne chercha pas à en savoir davantage. Elle avait épousé un homme absent et s'était très vite habituée à vivre une condition de quasi célibataire. Aussi sortit-elle son guide touristique sans broncher, pour organiser son programme en solo.

Son précédent séjour en Europe remontait à leur voyage de noces, vingt-deux ans plus tôt. Dire qu'elle savourait chaque instant de celui-ci aurait été très en dessous de la réalité.

— Il faut que j'y aille, dit Spencer en se levant. Nous nous retrouvons à l'hôtel. Disons, vers vingt et une heures…

— Entendu ! Et ne dors pas trop longtemps, tu risques de ne plus avoir de stock pour cette nuit…

Spencer ne releva pas le trait et partit d'un pas décidé à travers la foule. Que sa femme le croie ou non lui importait peu.

Restée seule, Claudia quitta du regard le dos carré de son mari, pour le reporter sur les étals du marché qui embaumaient la place.

Le campo dei Fiori était noir de monde, et ce que Claudia appréciait particulièrement dans cette foule dense et bruyante, c'était son aspect autochtone. Elle ne comprenait pas un traître mot des phrases qu'elle entendait au hasard des conversations, mais les sonorités chantaient, riaient tant et si bien qu'elles lui ôtaient toute velléité de récrimination envers son mari déserteur.

Déserteur ! Ce qualificatif ne lui plairait pas du tout !

Qu'il aille au diable ! se dit-elle.

Et elle n'y pensa plus.

La lumière du soleil sur l'ocre des façades romaines rendait une ambiance printanière, même en plein mois de décembre.

Une vraie lumière du quattrocento. Pas étonnant que l'art européen ait éclos sur cette terre. Avec une lumière pareille…

Spencer quitta le campo dei Fiori par des venelles sombres. Il marcha au hasard, tournant à l'instinct. Il traversa le corso Victor-Emmanuel et remonta la pente qui menait au Vatican. Se repérer dans Rome était vraiment chose facile, pour cet habitué des grandes métropoles. Le vieux centre de la ville tenait du quartier. Le Vatican d'un côté, la place Victor-Emmanuel de l'autre et le corso du même nom pour les relier. Le tout si bien entouré de collines que l'expansion de la ville avait dû être étouffée dans l'œuf.

C'est presque incroyable que notre monde soit issu de cette ville minuscule, songea-t-il, plein d'orgueil pour sa propre patrie.

Spencer ne monta pas jusqu'au Vatican. Il rencontra sur son chemin une place minuscule. Un vieux banc décrépit lui offrit une inconfortable hospitalité, qu'il accepta, malgré plusieurs planches vermoulues à la limite de la rupture.

Le rendez-vous qu'il avait pris pour le compte de Denis Craig n'arriverait pas avant deux heures, aussi le temps ne le pressait-il pas. Une demi-heure plus tôt, il avait ressenti un besoin suraigu de se retrouver seul, pour réfléchir, pour laisser couler… Tant pis pour Claudia ! Il la rejoindrait dans la soirée.

Elle parlait trop, de toute façon. Elle parlait et bougeait trop ! Voulait faire trop de choses à la fois, comme si elle pouvait rattraper le temps.

Pourquoi Denis Craig avait-il tenu à ce qu'il parte accompagné de sa femme ?

En une autre occasion, Spencer se serait accommodé du désir boulimique qu'elle avait de collectionner les tickets de musées, mais pas cette fois…

Pas après ce qui s'était passé à la Fondation…

Trois cadavres et quatre morts. Malkovic, Harry, Holly, et l'enfant qu'elle portait. Au cours de sa carrière, Spencer avait dû tuer à maintes reprises. Il s'était acquitté de la tâche sans état d'âme. Mais ces morts-là avaient toujours eu la tête qui convenait… C'était quelque chose de difficile à verbaliser, mais l'expression convenait pourtant. Des cadavres en treillis faisaient moins peur.

Si seulement il parvenait à comprendre ce qui s'était passé…

Les caméras du bunker ne couvraient pas l'arrière des statues. Spencer ne saurait jamais ce qui lui était arrivé. Pourtant, il aurait aimé voir, pour, au moins, admettre.

Claudia ignorait tout du drame. Aussi ne pouvait-il pas l'accabler.

Craig lui avait ordonné de partir au vert quelque temps et, contre toute attente, Spencer s'en était trouvé soulagé. Affronter le regard du personnel de la Fondation aurait été trop difficile.

Pour quelque temps.

Les billets open fournis par Craig le laissaient entièrement libre sur la date du retour. Un beau geste. Spencer appréciait.

Une bande de gamins entama une partie de ballon devant lui. À les voir faire de grands gestes dans sa direction, Spencer comprit qu'il s'était installé sur l'un des buts. Il quitta le banc et les regarda jouer quelques minutes, puis il se dirigea vers le lieu de son rendez-vous.

La nuit tomba sur Rome et ses toits couverts de tuiles. De vieux réverbères clignotaient de loin en loin, renforçant l'atmosphère de vétusté de la ville.

Au sortir d'une ruelle, Spencer pénétra sur la piazza Navona. Ses talons résonnaient sur le sol pavé de la place déserte.

Il se dirigea vers la lumière du bar qui faisait face à la fontaine et y pénétra. Au fond de la pièce, il visa l'homme en soutane qui l'attendait et s'assit face à lui.

— Bonsoir, père Fontorbe !

Le prêtre lui répondit par un signe de la tête, puis commanda deux verres de vin pétillant.

— Comment allez-vous, Karl ? Cela remonte à cinq ans, n'est-ce pas ?

— Pour votre cinquantième anniversaire, si je ne me trompe pas, précisa Spencer, un froid glacial dans la voix.

— Donnez-moi des nouvelles de Denis ! Ces derniers temps, nos contacts se sont limités au courrier électronique.

— Il se porte mieux qu'un charme, comme d'habitude.

— À la bonne heure ! s'exclama le prêtre. Il est bon d'entendre de bonnes nouvelles. Vous a-t-il précisé votre mission auprès de moi ?

— De la collecte d'informations, j'imagine. Il ne m'en a pas dit davantage. Je n'ignore pas la nature des recherches que vous menez pour nous. Même si leur intérêt m'échappe…

— Bien des entreprises peuvent sembler obscures, tant que les aboutissants ne sont pas clarifiés… Ni vous ni moi ne pouvons connaître l'issue des récentes découvertes de la Fondation Prométhée. Dieu seul se réserve ce pouvoir !

— Si Dieu est dans ce coup-là, alors il s'agit d'une mésalliance, mon père ! blasphéma Spencer de bon cœur.

— Vous êtes libre de vos paroles, mais pas de mon oreille. Denis m'a informé du récent drame dont vous fûtes victime en même temps que coupable. Je perçois l'égarement dans vos paroles et ne vous en tiendrai donc pas rigueur.

Coup bas pour coup bas. Le prêtre équilibrait les scores.

— Vous avez quelque chose à transmettre à M. Craig ? recentra Spencer, désireux de terminer cette conversation au plus vite.

— En effet, affirma le père Fontorbe, qui ne cherchait pas à cacher sa jubilation.

— À propos de Malhorne ? demanda Spencer.

— Pas exactement, non. Mais ce que nous avons retrouvé le touche de près. De trop près pour ma paroisse…

— Eh bien ! Éclairez-moi ! s'impatienta Spencer.

Le père Fontorbe jouissait trop de cet instant pour bâcler sa réponse. Il se lissa longuement les doigts avant de déclarer :

— Notre très sainte mère l'Église comptabilise tout, depuis ses origines. Qu'il s'agisse de ses actes sanctifiables, comme de ses rares égarements. Les archives du Pentagone ne représentent qu'une bibliothèque de quartier, mon cher Karl, en comparaison avec celles du Vatican. C'est pourquoi ce ne fut pas une tâche facile. Et cela prit du temps, mais j'ai pressenti depuis l'origine de cette affaire que nous possédions quelques clefs…

Il but une gorgée de vin avant de poursuivre. Au mouvement des mâchoires de Spencer, qui semblaient écraser un noyau, Fontorbe sut que son petit jeu devait prendre fin. À être prêtre, on n'en est pas moins homme, et la conscience du danger fait tout autant partie de l'habit.

— Deux mille ans d'archives chrétiennes, ce n'est pas rien ! Sans compter ce que nous avons amassé des cultures précédentes… Nous n'avons pas retrouvé ce Malhorne, non. Mais nous sommes remontés à sa source. En tout cas, d'après ce que raconte votre protégé…

— Quelle est donc cette prodigieuse découverte ? vociféra Spencer.

— Un procès établi par la sainte Inquisition, daté du 25 août 1491. Un fragment du procès, pour être exact. Selon les dires de votre homme, il serait mort ce jour-là, n'est-ce pas ? Il nomme les protagonistes du procès, le cardinal Delapresle et la malheureuse suppliciée, Ethen ! Ces personnages ont effectivement existé, si l'on en croit les vieux écrits, et votre Malhorne ne les a pas inventés.

— Cela n'infirme ni ne confirme rien, émit Spencer après un temps de réflexion.

— Je m'attendais à ce commentaire de votre part. Je n'ai pas dit que nous n'avions trouvé que ça ! Il s'agit là seulement du début.

— Dans ce cas, je vous écoute, consentit Spencer, de mauvais gré.

— Rapportez ces éléments à Denis ! Je viendrai personnellement exposer la suite à la Fondation. Disons, à la fin du mois prochain. Mon emploi du temps sera alors plus léger… Je suis persuadé que ces bribes les intéresseront énormément. Allez comprendre, les minutes de ce procès ne sont connues que de nous seuls…

27

Debout à la proue du navire, Stacey admirait la côte brésilienne qui défilait lentement sur sa droite. Les eaux boueuses de l'Amazone repoussaient inlassablement le croiseur léger et forçaient son capitaine à corriger sa route en permanence.

— Nous atteindrons bientôt la zone, monsieur Revel ! cria celui-ci de la cabine. Une demi-heure tout au plus.

Stacey se retourna vers le pilote et acquiesça sans un mot. Il n'était pas si pressé d'arriver. Cette escapade momentanée lui permettait de respirer un peu.

Le bateau s'extirpa des eaux du fleuve pour naviguer plus librement. De ce côté du courant, la différence de couleur était très nette. En quelques centaines de mètres, l'océan passait du marron sale au bleu insondable.

On lui avait demandé de faire vite.

— Ce voyage n'est pas à proprement parler une fouille archéologique, Stacey, avait précisé Craig. Nous cherchons des preuves, pas des pièces de musée !

Et des preuves, Stacey n'en attendait pas vraiment. Les statues, ça c'était du solide. Quelle qu'ait été leur raison d'être, elles existaient. Il ne pouvait pas en douter. Il avait lui-même contribué à leur découverte. Par contre, le bateau…

Malhorne avait donné son nom, l'*Imago Mundi*, la date de son départ de Lisbonne et le nom de son capitaine. Vérifications faites, tout était véridique. Et après ?…

Cela prouvait-il quelque chose ? Grâce à ses connaissances historiques, Stacey aurait lui aussi pu jouer au grand mystérieux, comme Malhorne le faisait. Il avait découvert là, entre Franklin et lui, un véritable point de différend. Le seul qui les séparât d'ailleurs. Stacey ne pouvait en aucun cas accepter de donner crédit aux dires de Malhorne. Il était cartésien, définitivement. Aurait-il vu de ses propres yeux le Christ ressortir vivant de son tombeau qu'il aurait immédiatement pensé à un jumeau caché.

S'il avait accepté de participer à cette fouille sous-marine, c'est d'abord et avant tout parce qu'il souffrait d'enfermement entre les murs de la Fondation.

Une secousse due au ralentissement du bateau le sortit de ses pensées.

— 0° 41' 55" de latitude sud par 48° 5' 7" de longitude ouest, lui annonça le capitaine. Si le renseignement est correct, nous n'avons qu'une petite zone à prospecter. Ce que vous voyez là-bas, c'est Alcantara. Le récif que nous recherchons doit se trouver dans les parages.

Stacey quitta la proue et passa dans la cabine de pilotage où il riva son attention sur le sonar.

— Celui-ci vérifie la profondeur, et l'autre se rapproche plutôt d'un scanner, lui indiqua le capitaine en désignant plusieurs écrans.

— À quelle profondeur se situe le fond ?

— Oh, en ce moment, pas grand-chose. Ça oscille entre vingt et vingt-cinq mètres. Plutôt arrangeant pour plonger, si on repère votre *Imago*, bien sûr. Regardez. Voici notre récif.

Amelino Bolivar, le capitaine, donna des ordres à son équipage pour que certains se tiennent prêts à plonger, puis il fit tourner le navire sur la droite et accéléra légèrement. De cette manière, en effectuant des cercles de plus en plus larges autour du point de coordonnées indiqué par Malhorne, il serait impossible de manquer le site du naufrage, si naufrage il y avait eu.

Stacey ne quittait pas les écrans de contrôle des yeux. Le premier recomposait une coupe du fond tandis que le second matérialisait à plat la nature de ce fond.

— Il y a beaucoup de bois là-dessous, mais rien qui ressemble de près ou de loin à une coque de navire.

— Effectivement, constata Stacey. Des troncs d'arbres charriés par l'Amazone. Ça va être un joyeux merdier de s'y retrouver là-dedans !

— Pas si sûr ! répondit Bolivar. Une structure de facture humaine vous sautera nécessairement aux yeux, même si vous ne savez pas précisément à quoi vous attendre !

Stacey grommela. La représentation du fond qui se matérialisait sur l'écran ressemblait trop à un jeu de mikado.

— Ouais ! Une chatte n'y retrouverait pas ses petits, dit-il en paraphrasant Malhorne.

Ils observèrent le fond marin sur plus d'un kilomètre carré, sans résultat. Si une vieille épave gisait dans les parages, elle leur était cachée par un enchevêtrement de troncs et de branches, vraisemblablement plus pourris les uns que les autres. Y plonger pour aller voir de plus près aurait été pure folie.

Lorsque le soleil se coucha, le moral de l'équipage disparaissait lui aussi derrière la ligne d'horizon. Le bateau fit demi-tour pour se diriger vers le port d'Alcantara.

— Ça peut durer des semaines et on sera toujours bredouilles, ragea Stacey. Et le pire, c'est que je ne suis pas du tout convaincu qu'il y ait une épave à trouver !

— Chaque problème a sa solution, monsieur Revel, le coupa Bolivar. J'ai contacté la Fondation Prométhée en milieu d'après-midi. Nous recevrons d'ici à deux jours un matériel plus adéquat !

— Quel genre ?

— Un détecteur de métaux. J'ai pensé qu'une épave du XVIe siècle devait obligatoirement posséder un accastillage en bronze et ça, malgré les années, le sel et les troncs d'arbres, on le verra !

Deux jours plus tard, le matériel attendu leur était livré. Les recherches reprirent. Bolivar organisa cette deuxième tentative avec la même rigueur que la première.

L'écran de contrôle du détecteur de métaux ne matérialisa tout d'abord qu'un brouillard de particules. Rien de très excitant pour Stacey, à en croire sa mine renfrognée. Puis, un opérateur procéda à certains réglages et l'image disparut totalement.

— Super ! s'exclama Stacey. Il n'y a plus rien à présent.

— C'est normal, l'informa l'opérateur. Ceci est la véritable image du détecteur. On ne voit rien parce qu'il n'y a pas de métal, logique !

— Et ça ! C'est quoi ?

Stacey désignait de vagues formes étirées, comme des croissants de lune fluorescents, qui apparaissaient faiblement sur l'écran noir.

— Probablement des dépôts de sédiments. À proximité de l'embouchure d'un grand fleuve, ce n'est pas étonnant.

— Si le détecteur passe au-dessus d'objets en métal, à quoi cela ressemblera-t-il sur l'écran ?

— Exactement à l'objet détecté ! Vous pouvez même faire des zooms dans l'image si la définition ne vous suffit pas.

— J'adore les militaires ! Vous avez toujours des jouets d'une rare sophistication. Capitaine Bolivar ? On remet ça ?

Arrivé sur zone, le bateau recommença à effectuer des ronds sur l'eau. Après une demi-heure de ce manège, le détecteur émit une série de bips stridents.

— Bingo ! s'exclama l'opérateur. Mon joujou a repéré quelque chose !

Le capitaine effectua une marche arrière puis coupa les gaz.

— Si c'est un navire que vous cherchez, eh bien, je vous le présente ! dit l'opérateur avec un soupçon de fierté dans la voix.

Stacey ne voyait pas à proprement parler une coque de navire sur l'écran. Plusieurs séries de points lumineux formaient deux demi-lunes accolées. Il devait probablement s'agir des restes du navire, d'anneaux de fixation ou de poulies. Il n'aurait trop su dire pourquoi mais, indéniablement, ce qu'il voyait là évoquait la forme d'une coque vue du dessus. Était-ce celle de l'*Imago Mundi* ou d'un autre navire, c'est ce qu'il restait à éclaircir.

— Notre position diffère de trois secondes par rapport aux coordonnées initialement indiquées. Si ce que vous me disiez est vrai, la personne qui vous a renseigné de mémoire a une sacrée maîtrise de la géographie. Chapeau ! *A fortiori* sur mer. Félicitez-le de ma part, si vous le revoyez !

— Je n'y manquerai pas, capitaine. Et je suis persuadé qu'il en sera très touché.

Cinq plongeurs partirent en exploration tandis que le reste de l'équipage s'affairait à des tâches précises. Bien que rompus à une exécution ultra-rapide des ordres, ces hommes libéraient autour d'eux un sentiment de fébrilité contenue auquel Stacey ne resta pas insensible. Bientôt, sans qu'il s'en aperçoive, il se retrouva plié en deux au-dessus de la rambarde, observant nerveusement les bulles des plongeurs crever la surface de l'Atlantique.

— Pas moyen d'y accéder, commenta laconiquement le premier des plongeurs à refaire surface.

Il fallut attendre qu'il soit remonté sur le bateau pour obtenir des informations plus précises.

— Il y a des centaines de troncs d'arbres en bas. Peut-être des milliers. Je pense sur trois mètres d'épaisseur au moins. Et dessous, pour ce que nous avons pu en voir, c'est de la vase ! Ça va pas être du velours.

Stacey et le capitaine Bolivar s'isolèrent dans le poste de pilotage pour discuter de la conduite à tenir.

— C'est à vous de décider, monsieur Revel. Vous êtes le maître d'œuvre ici.

— Je sais, et ça me chagrine. On me commande la rapidité tandis que mon expérience m'indique la manière douce.

— Quelle est-elle ?

— Assécher la zone ! C'est possible, j'ai déjà travaillé sur un tel chantier. Il faut bâtir à partir du fond une double rangée de murs en acier, ensuite, l'espace entre les deux murs est rempli de sable et lesté, de telle façon que la construction puisse résister à la pression. Après, il ne reste plus qu'à vider l'intérieur. C'est exactement comme un bocal à poissons, mais en inversant les données.

— Ça demanderait combien de temps ? se renseigna Bolivar.

— Six mois ! Cinq avec double effectif !

— Et nous n'avons pas ce temps, je présume.

— Malheureusement pas !

— Il nous reste la manière forte, dans ce cas.

— Je sais, mais elle risque de tout détruire.

— Pas nécessairement. Ayez confiance dans notre technologie. Je suis persuadé que nous pouvons déblayer l'épave sans l'abîmer. Nous avons à bord le matériel adéquat et les hommes compétents pour mener à bien cette mission. Avec une grue, une dragueuse et deux équipes de plongeurs à notre disposition, je nous donne une semaine pour remonter les premiers objets de cette épave !

Dans l'après-midi, une barge rejoignit le bâtiment principal depuis Belém. Elle servirait à entreposer les troncs tirés du fond de l'océan.

Deux équipes de plongeurs se relayèrent jusqu'à une heure avancée.

Le lendemain, en moins de dix heures, ils avaient dégagé la surface approximative de l'épave.

Mike, le plus gradé parmi les plongeurs, prit la tête des opérations sous-marines. Le filin de la grue s'enfonçait régulièrement dans les eaux devenues saumâtres et ressortait chargé d'un tronc noir et ruisselant.

Une troisième équipe s'attela à préparer le matériel pour les jours suivants. Le moteur d'une dragueuse fut monté sur le pont et raccordé au long tuyau qui servirait à aspirer la vase. Enfin, les hommes installèrent sur l'arrière du bateau un tamis roulant. Ainsi équipés, ils étaient certains de ne pas rejeter dans l'eau un objet précieux remonté par mégarde.

Près de trois jours furent nécessaires pour dégager une large zone autour de l'emplacement de l'*Imago Mundi.* L'enchevêtrement de troncs atteignait quatre mètres, aussi les plongeurs dégagèrent-ils l'aire de fouilles plus loin que nécessaire, pour garantir un maximum de sécurité. Même ralenti par l'eau, un éboulement aurait pu leur être fatal.

Puis la dragueuse remplaça la grue. Son moteur ronflait à ne pas s'entendre et il s'en dégageait une âpre odeur de gasoil brûlé. Cependant, cette machine si polluante leur permit de gagner un temps précieux. Le tuyau enfonça son extrémité dans la vase deux jours durant. Les sédiments arrachés du fond montaient vers la surface où ils tombaient sur le tamis roulant. Ce qui ne ruisselait pas vers l'arrière du navire était charrié vers la barge et s'accumulait en un tas marron sale. Il s'en dégagea rapidement une odeur pestilentielle de matières organiques en décomposition qui forçait le nez à apprécier les émanations de gasoil. Des centaines de mouettes virevoltaient au-dessus de la barge. Elles seules semblaient apprécier ce monceau puant de déchets naturels.

Stacey surveillait le tamis aussi fiévreusement qu'un orpailleur. Il ne pouvait se permettre de rater cette mission par manque d'attention.

— On arrive au bâti, monsieur Revel, annonça Mike dans la matinée du troisième jour.

— Comment ça se présente ?

— Eh bien, sous deux mètres de vase, si structure supérieure il y a eu, elle a disparu. Par contre, la coque est solide et le pont partiellement en état. Mais on n'y voit pas grand-chose en dessous.

— Arrêtez la pompe dans ce cas. Nous sommes pressés, O.K. ! Mais c'est pas une raison pour tout broyer dans la turbine. Ça suffit pour aujourd'hui, d'ailleurs ! Avec toute cette boue en suspension, il est inutile d'essayer quoi que ce soit pour le moment. On y verra plus clair demain.

La lumière du soleil perçait l'eau sur une dizaine de mètres. Au-delà, de nombreux éclairages artificiels prenaient le relais. En moins de vingt-quatre heures, le courant avait emporté toute la vase remuée par la dragueuse. L'océan était redevenu très clair mais le fond, de couleur sombre, absorbait la lumière sans en renvoyer beaucoup.

Tout d'abord, Stacey n'en crut pas ses yeux. Le fond de l'Atlantique ne pouvait pas ressembler à ça. Il gardait en mémoire les images des prospectus touristiques et la désolation qui s'étendait sous lui n'était pas en phase avec ces belles photos de sable blanc, de coraux et d'algues multicolores.

On aurait dit une vue de Verdun. Aussi loin que portait son regard, il ne subsistait pas une trace de vie végétale. Des troncs et de la vase. Uniquement des troncs et de la vase. L'idée du mikado lui revint, accompagné d'une forte note de putréfaction et de mort.

À côté de lui, Mike lui indiquait par signes les différentes parties de la coque. À sa façon de mimer des rondeurs sur sa poitrine, Stacey comprit que le chef des plongeurs le guidait vers la figure de proue.

Il descendit moins rapidement que ce scaphandrier chevronné. La profondeur de vingt-cinq mètres à laquelle gisait la caraque obligea Stacey à observer certains arrêts pour réduire le bourdonnement qui brouillait ses perceptions.

Lorsqu'il rejoignit Mike, Stacey découvrit le visage d'une femme qui émergeait de la vase. Un visage aux yeux vides, percés de deux trous qui avaient dû jadis accueillir chacun une perle de verre.

— Ainsi, voilà cette *Profunda* dont parlait Malhorne, pensa-t-il. Eh bien, mademoiselle, ce masque de beauté ne vous a pas si mal conservée.

Sur l'emplacement du château arrière, les planchers s'étaient effondrés les uns sur les autres. Il fallut retirer précautionneusement chaque strate de bois avant de mettre au jour ce qu'ils étaient venus chercher. Cela demanda plus de temps que prévu mais, au bout du compte, la cerise s'y trouvait bien. Elle reposait sous le gâteau, au lieu de l'inverse.

Stacey dut remonter à la surface avant le vieux coffre de bois cerclé de métal rouillé qui semblait l'attendre depuis des siècles. Ses bouteilles presque vides l'empêchèrent de procéder à l'enlèvement du colis.

De retour sur le pont, Stacey observa avec fébrilité la remontée du filin chargé des possibles pièces à conviction.

Une idée le dérangeait dans ses principes, sans qu'il pût lui opposer le moindre argument. Cet entassement de vase et de troncs d'arbres provenait de l'Amazone, il n'y avait aucun doute sur ce point. Ce qui le chagrinait, c'est le temps. Pour arriver à ce résultat, il fallait des siècles d'une lente accumulation. La nature faisait bien les choses, mais elle s'acquittait lentement, patiemment, de sa charge. L'archéologue savait cela. Jamais un homme, Malhorne ou un autre, n'aurait pu se glisser sous deux mètres de vase recouverts par trois ou quatre mètres de troncs pourris, pour y camoufler un objet, aussi petit soit-il. C'était tout bonnement impossible. D'autant plus que la vase, presque liquide en surface, s'épaississait, se tassait, pour devenir aussi compacte que de la glaise, au fur et à mesure que l'on s'enfonçait.

Ce phénomène expliquait sans doute l'état de conservation remarquable de l'épave. Ce milieu quasiment dépourvu d'oxygène avait empêché le pourrissement de la coque et de ce qu'elle contenait. Une chance inouïe !

Le palan se balança lentement au-dessus du pont, ruisselant d'une eau boueuse. Tous les hommes de l'équipage s'étaient réunis en cercle pour découvrir ce qui excitait tant Stacey.

— Qu'est-ce que c'est que ce chantier ? demanda l'un d'eux en regardant d'un œil déçu le tas de bois difforme.

— Que l'on apporte une caméra, capitaine ! hurla Stacey sans se soucier des remarques de l'équipage. Si l'intérieur se désagrège au contact de l'air, il nous faut un enregistrement !

Dès que la petite lumière rouge de la caméra clignota, Stacey procéda au démantèlement du vieux coffre. Seules les ferrures, passablement rouillées, donnaient encore à la structure un semblant de maintien.

Stacey connaissait par cœur le contenu de ce coffre ou, pour le moins, celui décrit par Malhorne. Il retint son souffle lorsque la dernière ferrure céda, libérant les parois d'un seul coup.

— Nom de Dieu ! s'exclama-t-il.

Un paquet difforme et boueux occupait la majeure partie du coffre. Si, étant donné l'état de cette chose dégoulinante, il ne pouvait en certifier l'origine, Stacey y reconnaissait formellement des fibres tissées. Il fouilla dans la boue à côté et en ressortit un petit fourneau de pipe en écume.

De plus en plus fébrile, Stacey souleva le paquet de fibres et regarda dessous. Comme il s'y attendait à présent, un objet s'y trouvait, enfermé dans une sorte de sac. L'emballage était si rongé par l'eau salée qu'il se désagrégea dès que Stacey s'en empara. Il ouvrit sa main doucement, comme s'il s'apprêtait à commettre un sacrilège. Blanche, d'un contact très doux, une petite pierre taillée en forme d'heptagone brillait au soleil.

Il était si ému par cette apparition à laquelle il ne croyait pas réellement que sa vue se brouilla un instant.

Sortis presque intacts de sa mémoire, les mots de Malhorne résonnèrent dans son crâne :

Sur les conseils de Cabral, je rangeai soigneusement mes maigres affaires dans un petit coffre en chêne renforcé de ferrures. Deux chemises de coton blanc, un pantalon en toile cirée, une pipe en écume, cadeau du commandant, et mon précieux heptagone, que je pris soin d'enrouler dans une double épaisseur de cuir et de tissu huilé.

28

Monsieur Pompon entendit le rythme du cœur de son maître s'accélérer rapidement. Depuis douze jours, il n'avait pratiquement pas quitté le lit, exception faite de quelques incursions nécessaires auprès de sa gamelle. Tout ce temps, il l'avait passé contre le corps bizarrement froid de Malhorne, pour tenter de le réchauffer.

Des hommes étaient venus au début. De leurs grosses mains inamicales, ils l'avaient forcé à descendre du lit pour pratiquer il ne savait trop quelle opération sur le seul être humain qu'il aima jamais. Lorsqu'ils étaient enfin repartis, le lit sentait le sang et une drôle d'odeur acide qui lui rappela sa précédente maison.

Habitué à beaucoup de sommeil, il avait forcé son talent plus que de coutume, car il ne se passait vraiment rien. Une femelle humaine venait régulièrement tripoter une chose transparente au-dessus du lit, puis repartait. Une fois, elle s'était permis de le caresser mais il avait grondé. Depuis, elle avait conservé entre eux une distance de sécurité respectable.

Mis à part ces courtes visites muettes, rien à se mettre sous la patte.

Le rythme cardiaque augmentait encore. Bientôt, Monsieur Pompon sentit une chaleur nouvelle envahir le lit. Son maître revenait.

Au bout d'une heure de cette amélioration brutale, Malhorne ouvrit les paupières. Il eut tout d'abord du mal à supporter la lumière artificielle du plafonnier. Sa main rencontra la fourrure épaisse de son chat. L'animal ronronnait et se frottait contre lui.

— Un peu amaigri, monsieur Pompon, non ?

Le chat se frotta plus fort en entendant son nom, puis il se roula sur le lit. Il comptabilisait douze jours de câlins et de grattouillages en retard, aussi entendait-il rentrer immédiatement dans son dû. Malhorne s'exécuta devant les exigences du chat puis alla se soulager.

— Que dirais-tu d'un petit tour ? Ça doit te démanger, depuis le temps ! dit-il à son retour.

Le chat ne comprit pas les mots mais l'intention ne lui échappa pas. Il sauta du lit et se frotta contre les jambes nues de son maître, la queue dressée et les moustaches aux aguets.

— Une minute, je dois m'asseoir. Je n'ai rien dans le ventre, moi !

Malgré toute la bonne volonté dont il pouvait être capable, l'eau additionnée de glucose qui courait dans ses veines ne suffisait pas à le maintenir debout.

— Viens, appela-t-il doucement lorsqu'il fut assis.

Le chat grimpa sur ses genoux. Il connaissait ce jeu, pour l'avoir pratiqué souvent, et il aimait ça.

Malhorne maintint la tête de l'animal dans sa paume et fixa les yeux ovales.

Monsieur Pompon miaula lorsque la volonté de son maître pénétra dans sa cervelle. C'était le moment qu'il aimait le moins. Pas vraiment désagréable et pas douloureux non plus. Non, c'était comparable aux mauvais rêves, ceux qu'un chat peut faire…

Va où ton instinct t'emporte…, intima-t-il.

Puis il ferma les yeux et se recoucha.

Le contact correctement établi, monsieur Pompon descendit du lit et courut droit devant lui. Il sortit de la chambre par le trou encore béant de l'écran plasma, qui n'avait pas été remplacé. Malhorne ressentait les sensations du chat en même temps que l'animal. La souplesse des muscles, la légèreté du toucher, l'envie de s'amuser d'un rien, la vision aiguë jusque dans l'obscurité et le curieux fonctionnement de la psyché de l'animal.

Monsieur Pompon s'amusa un temps entre les statues puis dressa la tête vivement. Des pas approchaient.

Derrière la porte ! lui commanda Malhorne.

Monsieur Pompon fila vers l'endroit indiqué, où il arriva juste à temps pour laisser passer l'infirmière de garde. Il se faufila derrière elle et s'enfuit dans le couloir.

Le chat fit un bond en arrière lorsque la première porte automatique qu'il rencontra coulissa. Une porte ne s'ouvrait pas seule, elle cachait forcément quelqu'un. Malhorne le rassura à distance. Monsieur Pompon se laissa persuader. Malhorne ne lui avait jamais fait de mal, au contraire. Il s'accommoda du fonctionnement étrange des portes et en éprouva même du plaisir au bout d'un moment. Ces parois qui s'ouvraient sur son passage flattaient l'orgueil de l'animal et l'amusaient en même temps.

Les couloirs se succédèrent un bon moment. Certaines portes, fermées, refusèrent de s'ouvrir. Au travers des yeux du chat, Malhorne vit les poignées et n'insista pas. Il ne pouvait pas demander n'importe quoi à monsieur Pompon. Les sorties de ce type, qu'il avait souvent pratiquées lors de son séjour à la clinique Saint-Georges, avaient leurs limites.

Une dernière enfilade de couloirs et de portes mena monsieur Pompon vers la sortie du bunker. Dehors, la nuit était bien avancée. Le gardien en faction dormait si bien qu'il ne vit pas ce curieux visiteur.

Malhorne laissa monsieur Pompon s'ébattre selon ses envies et ses besoins. Les odeurs lui parvenaient depuis le museau du chat. Des odeurs qu'il n'avait plus senties depuis longtemps. Trop longtemps.

Monsieur Pompon flaira le passage d'un mulot et suivit sa piste. Malhorne le laissa s'amuser avec le rongeur mais le retint avant le coup de grâce. Quelques années auparavant, il n'avait pas arrêté la mâchoire de l'animal et la nausée lui était montée, lorsqu'un goût de sang et de peur avait déferlé dans sa bouche. Il avait détesté cette sensation.

Cherche les hommes ! ordonna-t-il.

Monsieur Pompon comprit et partit en flèche.

À l'échelle d'un chat, la Fondation s'étendait sur un vaste territoire. Le long d'un bâtiment bas, Malhorne vit du linge en train de sécher. Il orienta la course du chat dans cette direction. Certaines fenêtres, entrebâillées, permirent à monsieur Pompon de s'y faufiler. Il regarda tour à tour les occupants dormir, attendant dans chaque chambre la décision de son maître. Malhorne commanda d'intervertir de menus objets d'une chambre vers une autre. Cela donnerait longuement à penser à leurs propriétaires respectifs.

Comme le chat paraissait y prendre du plaisir, Malhorne continua ce jeu jusqu'à ce que l'aube apparaisse.

Il fut alors temps de remplir l'objectif réel de cette sortie nocturne. Malhorne fit retourner son chat dans la chambre de Franklin.

Comme il ne pouvait rien demander d'exceptionnel à monsieur Pompon, Malhorne lui commanda de réaliser un tour de la chambre, en prenant soin de regarder tout ce qui y traînait. Une fois la perquisition accomplie, Malhorne donna ses ordres. Le chat sauta sur le bureau, se hissa contre le mur sur les pattes antérieures et, à l'aide de ses dents, arracha un dessin d'heptagone que Franklin avait punaisé. Puis, le dessin fermement maintenu dans la gueule, il sauta sur le lit, sans réveiller l'ethnologue.

Attends ici, jusqu'à ce qu'il se réveille ! commanda Malhorne.

Il te ramènera vers moi ensuite.

Monsieur Pompon se lova contre Franklin, le dessin étalé à ses côtés, et tâcha de s'endormir.

À sept heures trente, le radio-réveil diffusa à tue-tête le bulletin météorologique de la journée. De la neige était à prévoir…

La main de Franklin s'abattit sur l'appareil et lui coupa le sifflet. Il chercha ensuite à remonter la couverture sur ses épaules mais sa main rencontra la fourrure de monsieur Pompon. Franklin sursauta et se redressa d'un bond. Ce contact chaud et velu lui fit tout d'abord horreur, puis il s'aperçut de la nature de son visiteur.

— Monsieur Pompon ! s'écria-t-il, à peine revenu de sa surprise.

Le chat ferma les yeux, comme s'il répondait par l'affirmative à la question.

Franklin vit alors son dessin, à moitié recouvert par le corps du chat. Il regarda le matou d'un œil différent, s'attendant presque à ce qu'il parle.

— Malhorne…, bredouilla-t-il, incrédule, et pourtant sans autre choix possible.

Monsieur Pompon cligna à nouveau les yeux.

Pour en avoir le cœur net, Franklin essaya d'autres mots.

— Cheval…

Deux clignements de paupière.

— Il fait jour…, essaya Franklin.

Un clignement d'œil.

— Malhorne, vous êtes sorti de cette crise de catatonie ?

Monsieur Pompon répondit oui à sa façon et miaula gaiement.

Franklin caressa la tête du chat. Son esprit acceptait ce que ses yeux lui montraient.

— Je dois être en train de devenir fou pour croire à des trucs pareils ! dit-il en se levant. Ça y est, je verse dans le paranormal… Ou alors, je suis en train de rêver…

29

Fondation Prométhée
18 décembre 2010. 04 h 31 PM

Adamov : Vous vous heurtez ici à des esprits retors. J'ai peur de la conclusion de cette affaire…

Malhorne : Ne vous inquiétez pas, Franklin. La vérité est faite pour émerger, sinon elle n'a pas plus de raison d'être que les leurres. Je ne vois qu'une seule fin possible à tout ceci ! Je le savais avant même d'y arriver…

Adamov : Que voulez-vous dire ?

Malhorne : N'y pensez plus…

Adamov : Je crains que vous ne manipuliez trop la théorie, Malhorne, les gens de la trempe de Spencer ne seront jamais…

Malhorne : … influençables ? Est-ce ce que vous alliez dire ? Non ! Je suis sûr que non. Vous, Franklin, vous êtes un esprit ouvert. Mais c'est culturel. Votre éducation en est responsable, votre métier aussi. Vous avez été formé à l'ouverture. Tout le monde ne peut partager votre chance.

Adamov : Vous êtes le principal intéressé, ça vous regarde.

Malhorne : La Fondation lance des recherches sur le moindre détail de mon histoire. Je la livre à dessein, vous savez.

Adamov : Tout ce que nous sommes en train de raconter est enregistré, Malhorne…

Malhorne : Je ne l'ignore pas. Et cela pourra se révéler utile.

Adamov : Comment ça ?

Malhorne : Je ne sais pas encore, mais nous verrons bien. Ayez un peu plus confiance en vous-même, Franklin. Vous en valez la peine.

Adamov : Cela me touche, mais je ne vois pas en quoi je pourrais contribuer à votre reconnaissance…

Malhorne : En devenant un ami, par exemple. Ce que vous avez déjà commencé à faire, soit dit en passant.

Adamov : Si cela pouvait être aussi simple… Mais c'est un bon début.

Malhorne : La suite viendra d'elle-même.

Adamov : Il faudrait leur donner de nouveaux éléments pour confirmer la véracité de votre histoire.

Malhorne : Voyons, qu'ai-je en stock ? Vous savez, depuis mes origines, j'ai cru que les statues suffiraient.

Adamov : Elles ne prouvent pas vos réincarnations. Rien de matériel ne pourrait le faire, sauf votre mort, et ce qui s'ensuivrait.

Malhorne : C'est hélas vrai !

[...]

Si, j'ai bien laissé une petite trace, mais elle n'y est peut-être plus...

Adamov : Dites toujours !

Malhorne : Il faut aller voir sur place, c'est l'unique manière de s'en assurer. Voyez-vous, j'ai connu une prime amourette dont je ne vous ai pas parlé, dans les années 1750. Je me nommais alors Nelson Harringby et ignorais absolument tout de Malhorne. Comme, à l'époque, le monde se voyait romantique, je l'étais aussi. Je me souviens avoir gravé dans un grand cœur mon nom et celui de ma dulcinée. Estelle Asthington, je crois. Ou était-ce Asthimton ? Bref. Le chêne était jeune, il doit toujours s'y tenir.

Adamov : Où précisément ?

Malhorne : Dans Hyde Park. Si vous me montrez un plan, je vous indiquerai l'endroit. Mais ne cherchez pas à hauteur d'homme, le temps a passé. Le chêne a grandi.

Visionné par : D. Craig.
Commentaire : À toutes fins utiles, contacter J. Soresby à Londres.
FP 10/12/18
Archivage

30

Fondation Prométhée
19 décembre 2010. 02 h 17 AM

Revel : Je dois faire amende honorable…

Malhorne : Votre petite figure me dit la même chose, Stacey ! Quel est donc votre tracas ? Auriez-vous trouvé un sens ?

Revel : Pas loin !

Malhorne : Jamais assez, dit-on.

Revel : Je ne croyais pas à votre histoire jusqu'à…

Malhorne : … ce que vous mettiez la main sur le cadeau de Gauthier, n'est-ce pas ?

Revel :. C'est un peu ça.

Malhorne : Ça l'est ou ça ne l'est pas ! Pas de milieu pour une révélation.

Revel : Le mot est abusif ! Disons que le petit heptagone m'a porté à vous croire.

Malhorne : Ainsi une pierre aura convaincu un homme. C'est prodigieux et c'est un peu vexant en même temps…

Revel : Pourquoi vexant ?

Malhorne : Aucune de mes statues n'a su vous convaincre ! Et Gauthier, avec sa minuscule sculpture…

Revel : Il serait fier de lui, non ?

Malhorne : Sans aucun doute. La vérité vous est apparue alors que vous faisiez quelque chose d'habituel. C'était rassurant, je suppose…

Revel : Je réfléchis mieux les mains dans la terre, c'est vrai.

Malhorne : Le sens de votre existence ?

Revel : Jusqu'à ce que je vous rencontre, oui !

Malhorne : Navré de venir perturber vos certitudes. Si j'avais eu le choix, j'aurais laissé à un autre ce privilège…

Revel : L'avez-vous trouvé ?

Malhorne : Quoi donc ?

Revel : Le sens de la vie ?…

Malhorne : Je ne pense pas que nos vies aient un sens… mais c'est là une idée toute personnelle. Je n'ai jamais réussi à influer sur ma vie future. Sur un plan mental c'est différent ! Je progresse vie après vie. Je ne perds rien et c'est excellent ainsi. Mais je n'ai pas découvert le sens de la vie pour autant…

Je cherche depuis cinq cent cinquante ans quelque chose que vous cherchez tous aussi. Dépêchez-vous, vous disposez de beaucoup moins de temps…

Revel : Le cynisme n'est pas dans vos habitudes !

Malhorne : Je vous demande pardon, Stacey. Le sens de mes vies me hante depuis le début, comme vous, mais de façon décuplée…

Revel : Cela doit avoir un sens, même s'il nous est caché…

Malhorne : Peut-être.

Revel : Tout ce qui nous entoure n'est pas qu'illusion…

Malhorne : Le rêve d'un autre ? Allez savoir…

Revel : L'archéologie est un métier qui vous fait aimer les racines du temps.

Malhorne : Ça ne prouve pas leur existence…

Revel : Ça n'infirme rien pour autant !

Malhorne : Querelle d'école, Stacey ! Un simple point de vue en somme.

Revel : Vous dites n'avoir rien trouvé, mais le fait même d'avoir vécu si longtemps doit vous conduire vers une analyse plus fine de la chose ?

Malhorne : Ma réponse est une boutade…

Revel : Dites toujours !

Malhorne : Je pense que l'univers a créé la conscience humaine dans le seul but de se faire admirer !

FP 10/12/19
Archivage

31

« Il n'y a pas de chemin vers le bonheur,
le bonheur est le chemin. »
PROVERBE TIBÉTAIN

— Avant de poursuivre votre audition, entama Denis Craig, nous voulons revenir sur le tragique épisode qui a coûté la vie à trois d'entre nous.

— Quatre ! intervint Spencer. Il y avait aussi une vie en devenir. Ne l'oubliez pas.

— Nous voulons savoir comment vous vous y êtes pris, poursuivit Craig.

— Une démonstration vous intéresse ? répondit Malhorne. À votre place, je ne m'y risquerais pas de sitôt.

Craig indiqua à Malhorne une paroi de son appartement. Juste à côté du nouvel écran plasma se trouvait une grille de ventilation.

— Pour contrer un autre tour de votre part, j'ai fait percer ce conduit d'aération. Je ne garantis pas que vous aimerez le rafraîchissement.

— Me tuer ?

— Non, comme vous y allez ! Je tiens beaucoup trop à vous pour me permettre de vous perdre. C'est seulement un gaz soporifique. Mais je vous avertis que les effets secondaires ne sont pas très ragoûtants. C'est à vous de décider si nous en arriverons là. Je crains aussi que votre matou n'y survive pas, si j'en crois les recommandations de Spencer en matière de dosage. Spencer, Michael et moi-même possédons une télécommande. Ce serait bien le diable si aucun d'entre nous ne parvenait à la déclencher.

— Je vois, apprécia Malhorne. Œil pour œil, n'est-ce pas ?

— Au moins connaissons-nous tous les principes de la loi du talion. Plus de surprise. Ni d'un côté ni de l'autre. Ceci clarifié, nous exposerez-vous votre méthode en matière de… comment dire ? Le terme de capacité extra-sensorielle, ou paranormale, vous convient-il ?

— Vous avez été capables de recevoir les messages que j'envoyais. Je ne vois rien de paranormal là-dedans. Ou alors pouvons-nous tous être suspectés de posséder de telles capacités. Ce n'est qu'une affaire d'entraînement, de persuasion et de temps. C'est peut-être sur ce dernier point que le problème se pose. J'ai eu plus d'une existence pour m'exercer. Ce qui n'est pas votre cas.

— Comment faites-vous ?

— Je vais reprendre mon histoire au point où je m'étais arrêté. Le Pacifique, si je me souviens correctement. J'y arrivais de toute façon. Je pourrai vous expliquer dans les détails cette « méthode » dont vous parlez.

— Comme vous voudrez, accepta Craig. Si ça peut nous aider à comprendre, je n'y vois pas d'objection.

Les lumières du bunker faiblirent. Connaissant la longueur des narrations de Malhorne, chacun s'installa le plus confortablement possible dans son fauteuil.

Malhorne prit une profonde inspiration et entama son histoire.

— L'homme dont Maïko, mon père, m'avait parlé, se trouvait devant moi, agenouillé dans la pénombre. Il gardait les yeux fixés sur la statue d'une Vierge grossièrement sculptée. Les traits épais de son idole ne semblaient pas le gêner. En comparaison avec les bouddhas immenses qui parsemaient l'île, son dieu faisait figure de primate. Je savais que ce prêtre n'en avait cure, il ne se prosternait pas au pied d'une pierre mais devant ce qu'elle représentait.

Je me tins silencieux dans un coin sombre, le temps qu'il finisse ses dévotions.

— Jansan ! dis-je doucement, alors qu'il se signait.

Le père Jean se retourna vers moi. Son visage était baigné d'une douce lumière ocre que filtrait l'unique vitrail de la chapelle.

Il parut surpris de me voir. Voilà trente ans que le père Jean s'était fait soldat du Christ en terre japonaise. Trente ans qu'il déployait des efforts considérables pour nous amener vers l'Église romaine. Et toutes ces années pour si peu de résultats. La chapelle du malheureux père Jean restait tristement vide. Bien souvent, il célébrait l'office dominical pour les chiens errants et les oiseaux qui nichaient au creux des poutres de la toiture.

— Je vous souhaite le bonjour, Jansan, répétai-je.

— Bonjour, mon garçon, répondit le père Jean dans un japonais très approximatif. Quel bon vent t'amène ?

— Le vent de la curiosité, Jansan.

Il m'invita à poursuivre ma visite, qu'il accompagna d'explications surréalistes sur l'ornementation de la chapelle. Son manque de maîtrise de l'idiome local lui faisait commettre de telles erreurs qu'il frisait souvent le non-sens. À l'entendre mâchouiller le nippon, son dieu était maître de la pluie, la Vierge et l'Enfant des extraterrestres et le Saint-Esprit un feu follet. Il n'était pas très étonnant que son église restât vide si chacune de ses démarches prosélytes se soldait par un tel ramassis d'élucubrations.

Un tour de la pièce unique qui constituait la chapelle me permit d'apercevoir ce que j'étais venu quérir. En bon ouvrier, le père Jean avait daté la pose de la première pierre sur le dallage du semblant de nef.

1641, pouvait lire le premier venu. À condition, bien sûr, qu'il maîtrisât les chiffres arabes.

Le maigre mobilier se composait d'une demi-douzaine de bancs presque neufs, d'un lutrin simplement ouvragé, de l'indispensable autel surmonté d'un Christ en croix et de la petite niche où se tenait la Vierge. C'était une humble chapelle, pour une minuscule paroisse.

Le tour du domaine achevé, le père Jean m'entreprit de façon éhontée sur les bienfaits du christianisme.

— Je ne peux pas croire qu'un tel homme ait désiré mon bonheur, lui dis-je bientôt pour éviter une nouvelle mélopée.

— Pourquoi donc ? s'insurgea le père Jean.

Je lui indiquai le Christ au-dessus de l'autel.

— Il n'a pas les yeux de mon peuple !

— Si notre Seigneur ne t'intéresse pas, que veux-tu ?

— Je suis venu vous souhaiter une heureuse nouvelle année, Jansan !

Touché par cette intention, le père Jean afficha un large sourire. Puis sa figure se figea.

— Mais… Comment peux-tu le savoir ? bafouilla-t-il.

— Comment ? Mais le plus simplement du monde. J'ai vu en passant ce que vous avez accroché sur la porte !

Le père Jean paraissait dépassé par les événements.

— Que… Quoi… Qu'y a-t-il sur la porte ?

Trois pas me menèrent jusqu'au portail, que j'ouvris en grand.

— Au gui l'an neuf, mon père. Au gui l'an neuf ! lui dis-je dans le plus pur français, quoiqu'un peu nasillard.

Le père Jean n'avait pas entendu la moindre parole en français depuis son arrivée dans l'île vingt ans plus tôt. Entendre sa langue par ma bouche lui fut un choc. Il manqua tomber et se retint de justesse au lutrin.

— Admettez que c'est un bien drôle de gui tout de même ! lui assenai-je en riant.

Lui expliquer qui j'étais ne fut pas une mince affaire. Le pauvre chapelain se refusait à croire ce qu'il considérait comme un prodige et un ramassis d'âneries en même temps. S'ils avaient été plusieurs à m'écouter, je pense que je l'aurais payé de ma liberté. Mais voilà, le père Jean se trouvait seul en terre étrangère. Son libre arbitre était galvanisé par l'absence d'une confrérie fortement dogmatisée.

Plusieurs séances me furent nécessaires pour le convaincre, mais, à la fin, il consentit à m'écouter sans pousser de hauts cris ni feindre de pathétiques évanouissements.

Si je sentais le soufre, seul le volcan éteint qui couronnait Ko Jima pouvait en être responsable. Ni Lucifer ni Bouddha ne trempaient dans cette affaire. Mais je pense que, malgré tout, sa foi en fut fortement ébranlée. Non sa foi en Dieu, mais sa croyance dans le dogme papal.

Je lui racontai l'histoire de mes vies depuis Malhorne le premier, exactement comme je le fais aujourd'hui devant vous. S'il nia en bloc au début, ma maîtrise de la langue française – dans laquelle nous nous entretînmes dès lors – le dérouta suffisamment pour qu'il me prête attention. De sceptique il devint crédule, puis enthousiaste. N'était-ce pas là une preuve époustouflante de la puissance de son dieu, qui avait été le mien un temps.

— Arrêtez de tout rapporter à la religion ! lui dis-je un soir, éreinté par tant d'égocentrisme culturel. Ma quête n'est plus religieuse ! Elle est certes spirituelle et mystique, mais je ne recherche pas un dieu.

— Mais enfin, Malhorne ! Que serions-nous sans la volonté divine ?

— Des hommes, mon père ! Simplement des hommes.

Il se renfrogna, me traita de blasphémateur, mais finit par se taire.

Puis il poursuivit, animé d'une volonté plus positive.

— Admettons, mon fils, admettons ! Votre histoire me trouble grandement, mais il me faut être plus intelligent que borné pour admettre votre discours. Et ce n'est pas aussi simple qu'il y paraît. Poursuivez, je ne vous interromprai plus. Vous me disiez avoir quitté cette terre d'Amérique en pirogue et vous être aventuré seul sur le Pacifique. Comment diable avez-vous réussi à rejoindre cette côte ?

— Je ne pourrai pas en faire un récit très détaillé. La qualité de mes souvenirs dépend en partie de mon éveil, et il semblerait d'après mes expériences passées que je ne recouvre la mémoire qu'après mon premier acte charnel. J'ignore pourquoi, mais c'est ainsi !

— Donner la vie, c'est perdre un peu la sienne, n'est-ce pas ? Peut-être y a-t-il là quelque sens profond caché dans le maillage du réel.

— Effectivement, mais comment le comprendre ? Depuis le début, je ne peux émettre que des hypothèses. Pas la moindre trace d'indice ! Rien. Je ne sais ni pourquoi, ni comment, ni à cause de quoi ou de qui !

— Sur ce dernier point, j'ai bien ma petite idée..., tenta le père Jean.

— Non ! assenai-je immédiatement, peu désireux qu'il attribue un miracle supplémentaire à son Église. Dans son infinie bonté, Il m'aurait donné au moins une clef pour comprendre !

— Peut-être ne la voyez-vous simplement pas..., hasarda encore le père Jean.

Mon regard lassé le stoppa plus sûrement qu'une flopée d'injures.

— Hum ! Poursuivez, je vous prie...

— Bien. Au départ, j'ai ramé quelque temps pour échapper au mouvement des marées. Puis j'ai tendu mon unique voile au vent arrière. Je n'avais de toutes façons plus assez de forces pour continuer ce travail de galérien. Mes mains saignaient et le sel dévorait les chairs à vif. Plus que le vent, il me semble qu'un vaste courant marin m'a emporté vers l'ouest. L'ouest d'abord, le sud-ouest ensuite. De ce voyage, je ne garde pas grand souvenir car le délire me prit bientôt toute raison. Des jours, des nuits, des aubes si longues et si blafardes se sont succédé et dont j'ai perdu le compte. J'ai dû mourir d'épuisement, si un vieillard de plus de quatre-vingts ans peut mourir d'autre chose. Quelque part au milieu de cet océan sans nom. Et je n'ai repris conscience de moi-même qu'ici, sur cette île, de l'autre côté de l'océan. J'ai su alors comment j'y étais arrivé. De quelle façon la providence s'y est-elle prise pour me faire renaître sur cette lointaine terre de négritude, je l'ignore, mais je revois comme premier souvenir ce sein noir et généreux qui apaise ma faim et mes cris de nourrisson. Mes premiers pas dans les rites africains, les jeux dans la poussière des villages engourdis par la chaleur, les histoires initiatiques des griots, à l'ombre des grands arbres… La terre d'Afrique, belle, savante et sauvage, et aussi divisée, enracinée dans sa faiblesse par d'incessantes guerres tribales.

Je n'ai pas eu beaucoup de temps pour l'apprécier assez. J'avais une dizaine d'années quand des filets aux mailles épaisses se sont rabattus sur mon enfance africaine. Et sur la vie d'un grand nombre de mes compatriotes. Ensuite, l'existence se réduisit à la gueule béante d'une cale de navire. Des chaînes aux poignets et aux chevilles nous reliaient tous ensemble, vivants ou déjà morts. Parfois, une lanterne tenue par un poing blanc venait éclairer l'estomac de ce monstre de bois aux os recourbés. Des coups qui pleuvent comme par un temps d'orage, des cadavres laissés étendus des jours aux côtés des vivants, jusqu'à ce que l'odeur soit telle que le mouchoir imbibé de vinaigre de votre geôlier n'y suffise plus. Alors, on détache le corps. Parfois, le malheureux est mort dans une position si biscornue qu'il est impossible de lui enlever ses fers. Il faut lui casser les os pour le sortir, parfois l'amputer d'un ou deux membres, juste à côté de vous. Le sang ne coule pas, il a séché depuis longtemps. À sa place, c'est un jus noir et jaune qui suppure, ce qui fait dire aux assassins que les Noirs n'ont pas la couleur de sang qu'il faut. Et ils emportent votre frère, votre ami ou simplement votre compagnon de geôle avec des rires gras que vous souhaiteriez scrofuleux, pour qu'ils cessent. Une haine sans nom s'empare de votre esprit, une haine indomptable qui vous ronge et achève le travail de sape des futurs maîtres.

Je ne sais depuis combien de temps nous naviguions, ni quelle était notre destination, quand le bruit d'une bataille nous parvint depuis le pont. Je sentis l'odeur de la poudre pour la première fois à cette occasion.

Lorsque la pagaille cessa au-dessus de nos têtes, des hommes dévalèrent les escaliers de l'entrepont pour rejoindre les cales. Le saxon, que nous avions jusque-là entendu hurler, résonnait à présent différemment. De petits hommes à la peau jaune et au parler nasillard et sec fouillèrent les cales. Ils y prirent certaines marchandises, dont ceux d'entre nous qui tenaient encore sur leurs pieds, puis désertèrent le bateau qui coula bientôt. J'eus à peine le temps d'apercevoir le ciel et la lumière du jour. D'un fond de cale, nos nouveaux geôliers nous firent descendre vers un autre fond de cale. Cette fois, il n'y eut pas de chaînes, mais des gardiens en permanence.

Nos nouveaux maîtres furent arraisonnés quelque temps après par d'autres bandits de haute mer. Leur peau tendait vers un jaune similaire mais ils ne parlaient pas le même langage. Plus robustes aussi.

D'une centaine de captifs au départ des côtes africaines, une moitié seulement avait survécu au premier abordage. Le tri occasionné par le second réduisit notre groupe des deux tiers. La mort nous accompagnait fidèlement et, dans la maigre lueur de la cale ajourée où nous pourrissions, chacun de nous cherchait dans le regard des autres qui serait le prochain.

Trente-sept jours s'écoulèrent de cette façon. Chaque matin, un petit homme encadré par deux sbires descendait du pont supérieur pour nous ausculter. Contrairement à nos précédents tortionnaires, ceux-là nous accordaient une valeur marchande. Le petit homme nous tâtait les uns après les autres, sondait du regard l'œil de chacun, puis décidait qui devait continuer à vivre et qui recevrait le coup de grâce. Comme on sépare les fruits pourris de ceux restés sains.

C'est alors que les sbires entraient en action. Les gesticulations, les cris, les hurlements ou les plaintes ne servaient à rien. Celui ou ceux qui avaient été désignés par le chef étaient traînés dans l'escalier. Un *plouf*, suivi de rires, marquait la fin du malheureux.

La maladie, la malnutrition et, peut-être plus que le reste, le désespoir, eurent raison de mes compagnons. Ne vit pas longtemps celui qui a décidé d'en finir.

Un matin, on emporta inconscient mon dernier camarade d'infortune. La fièvre le hantait depuis la veille au soir et je crois qu'il ne se rendit compte de rien quand les eaux l'engloutirent. Je restais le dernier nègre vivant sur plus d'une centaine initialement capturés. À dix ans, c'est plus qu'il n'en faut pour vous secouer la cervelle, mais au fond de moi, quelque chose m'empêchait de lâcher la bride de ma raison.

Au trente-septième jour de mon décompte, le troisième bateau-prison fut à son tour la cible de ce que je pris tout d'abord pour de nouveaux flibustiers. Je portais sans doute la poisse à mes voleurs successifs car, cette fois encore, les assaillants eurent le dessus.

On me sauva *in extremis* de la noyade pour me hisser sur une jonque, beaucoup plus grosse que la précédente. Les matelots ne m'enfermèrent pas, ne me ligotèrent pas et ne me passèrent pas par-dessus bord. Il s'agissait de militaires car tous portaient un habit identique, à peu de détails près. Je le sais aujourd'hui, mais le petit Africain qui vécut cela jadis l'ignorait. On tenta de me soigner. Je me trouvais hélas au-delà de tout secours possible. Malgré ma résolution de rester en vie coûte que coûte, ces derniers mois de détention dans les conditions que vous savez m'avaient plus qu'affaibli. J'étais mourant.

La mort ne me prit pas avant d'avoir touché terre. Cette terre, c'était Ko Jima, à des milliers de kilomètres de mon sol natal. D'ailleurs, vous étiez déjà présent dans l'île à cette époque, mon père !

— En effet ! Je me souviens de cet événement, répondit-il. Ce jeune nègre fut à l'époque une curiosité pour les insulaires, qui n'en avaient jamais vu. Son corps a même été exposé aux visites ! Je m'étais insurgé contre une telle pratique, et j'en ai été pour un coup d'épée dans l'eau de plus. Les Japonais m'ont appris la patience.

— Ce peuple a plus d'une vertu mon père. Comme les autres.

— Sans doute... Ainsi vous êtes revenu, comment dire... enfin vous voilà de nouveau !

— Et dans la peau d'un Misushi ! Une enfance confortable ne constitue pas un rempart au mérite. Cela permet même un libre arbitre plus grand pour décider de son avenir.

La famille Misushi partageait l'île de Ko Jima avec trois autres familles régnantes. Armateurs, négociants, propriétaires terriens, les activités de ma famille rayonnaient à partir de notre petite île jusqu'en mer de Chine.

— Bien, maintenant que vous voilà de nouveau vous-même, quels sont vos projets ?

— Je n'en ai pas d'autre que de poursuivre ma quête. Mon père, vous n'êtes pas le premier homme de foi que je viens trouver. Bouddhiste de naissance, j'ai tout naturellement cherché le conseil auprès d'un moine de ma culture.

— Cela me semble aller de soi ! me confirma le père Jean. Vous a-t-il répondu quelque chose ?

— On considère une question selon son cœur et sa culture, mon père. Vous avez écouté mon histoire comme s'il s'agissait d'un conte, au début en tout cas. Kelsang, le moine que je suis allé trouver, croit en la parole du Bouddha. Renaissances et réincarnations font naturellement partie de sa cosmogonie.

— Et ?…

— Kelsang est un humble moine. À l'entendre, mon histoire dépasse sa sagesse. Il ne comprend pas le principe de mes réincarnations, cela n'aurait pas dû se passer. La réponse se trouve peut-être au pays des tulkus, le pays où vivent les réincarnés autour du dalaï-lama.

Le premier jour de la nouvelle année suivante, une année placée sous le signe du dragon, j'embarquai sur une jonque familiale en direction de l'océan Indien. Mon père, conscient des dangers qui sillonnaient cette mer, me procura une solide escorte. Je ressemblais à un prince de sang en route vers quelque royaume ami.

Ryushi, l'aîné de mes frères, me promit de veiller sur ma seule possession sur l'île et de lui prodiguer la protection nécessaire en cas de danger. Qu'il soit d'ordre sismique ou autre. C'est ainsi que la statue que vous avez trouvée sur Ko Jima fut préservée. Il déclara lieu interdit le sommet de l'île où trônait la troisième représentation de mon corps d'origine. Seuls quelques aigles eurent grâce à ses yeux, jusqu'à ce que les marines viennent y planter le drapeau américain.

Le vent gonfla les voiles et les matelots libérèrent les amarres. Lentement, la jonque sortit du port. Je restai à l'arrière, agitant mon bras en signe d'adieu, jusqu'au moment où mes yeux ne purent plus distinguer les silhouettes de ma famille parmi celles de la foule.

Après six mois de mer, nous pénétrâmes en Inde par le bras principal du Gange à son embouchure.

Loin d'en atteindre la puissance, ce delta me rappelait malgré tout le grand Amazone et cela me ragaillardit. Ce vaste et beau fleuve du sous-continent indien teintait ses eaux de jaune au contact des berges boueuses.

À l'approche des nombreux villages qui ponctuaient notre route, nous fûmes surpris par des colonnes de fumée qui s'élevaient lugubrement, emportant avec elles une poussière de suie fortement imprégnée d'une odeur de chair calcinée. Du centre du fleuve où nous voguions, nous apercevions des attroupements sur les rives. La plupart des gens ne nous voyaient même pas, trop affairés à bâtir d'immenses bûchers qui flambaient bientôt, mais lorsque quelques-uns se rendaient compte de notre présence, ils nous envoyaient de grands signes par trop évidents. Ils nous interdisaient d'accoster.

Selon la coutume hindoue, les morts étaient jetés dans le Gange après un rituel de purification par le feu. Il y en avait tant que le bois devait manquer car, bien souvent, des corps gonflés, sans trace de brûlure, venaient cogner contre la coque du navire et, parfois, nous suivaient quelque temps, happés par le sillage.

La face noircie de certains nous prévint du danger que nous encourions, si l'idée nous était venue de débarquer. Une épidémie de peste sévissait à terre.

Le même scénario se répéta jusqu'à la ville de Pabna, où devait me laisser la jonque. À cet endroit, le Gange s'élargissait au creux d'une vaste plaine, où il recevait les eaux d'un affluent descendu directement du Népal. Au milieu des eaux tourbillonnantes, plusieurs navires de toutes tailles avaient jeté l'ancre et déchargeaient leur cargaison. Afin d'éviter tout contact avec la population locale, les commerçants du fleuve avaient installé au-dessus de l'eau un système de va-et-vient auquel était attachée une barcasse.

Je persuadai le capitaine de me laisser monter sur le plus gros des bateaux, pour que je puisse débarquer à terre au moyen du va-et-vient.

— Ne buvez pas l'eau du fleuve, Seito San ! me dit-il au moment où j'allais partir. La mort vient par là.

Je voulus lui répondre que la mort ne m'inquiétait pas mais, par respect pour les malheureux pestiférés, je m'abstins.

— J'essaierai, me contentai-je de répondre. Partez maintenant. Moins vous resterez, moins vous risquerez de rapporter avec vous l'anéantissement qui rôde ici. Le voyage du retour sera une quarantaine plus que suffisante.

Je traversai une ville désolée sans m'arrêter. Les rues boueuses, déversant chacune un filet de miasmes, se rejoignaient en torrent pour descendre vers le fleuve.

Une indescriptible odeur de charogne et de misère flottait sur ce spectacle répugnant. Les maisons aux portes fermées laissaient échapper des bruits de deuil, des pleurs de femmes et des soupirs d'agonisants. La tentation était grande d'entrer dans l'une d'elles pour apporter un peu de réconfort à tous ces gens touchés dans leur chair. Je ne le fis pourtant pas. Pénétrer dans ces maisons signifiait côtoyer la mort, et peut-être l'attraper. Mourir représentait pour moi entre quinze et vingt ans de retard, vingt ans à attendre la réponse à mes questions. Je ne voulais pas me permettre ce luxe.

J'évitai avec soin les carrioles où s'entassaient des monceaux de cadavres et sortis de la ville.

Les campagnes adoucirent la noirceur de mon âme. Non que j'y visse des gens bien portants, mais l'absence de cadavres me soulagea le cœur.

Ma route était simple. Il me suffisait de suivre l'affluent du Gange, qui me conduirait sans erreur possible vers l'Himalaya.

Les trois premiers villages que je traversai étaient le théâtre des mêmes scènes morbides. La maladie courait à travers le pays comme une traînée de poudre. Je marchai ainsi deux jours entiers. D'un cimetière à ciel ouvert vers un autre.

Au matin du troisième jour, un comité de villageois me bloqua le passage par un jet de pierres. Armés de fourches et de piques, ils interdisaient à quiconque d'avancer sur leurs terres. D'ailleurs, je n'étais pas seul à être ainsi malvenu. À quelques mètres de là, plusieurs voyageurs et une famille entière attendaient dans les joncs, installés depuis plusieurs jours pour certains, arrivés le matin même pour d'autres. Sans insister davantage auprès des villageois, qui n'auraient de toute façon rien compris au japonais, je rejoignis le groupe des exclus. Un semblant d'abri fait de joncs entrelacés couvrait les femmes et les enfants échoués là et les protégeait des pluies battantes de la mousson. Le riche habit de soie que je portais et mes traits nippons les intriguèrent au plus haut point. Aux questions nombreuses qu'ils me posèrent, je ne pus répondre que par de vains mouvements de bras.

Les jours suivants, je me baignai dans le flot de leurs conversations et commençai à m'imprégner de cette langue. La maîtrise de quatre idiomes maternels et des rudiments de portugais me facilitaient l'écoute et favorisaient un apprentissage rapide de toute forme de langage nouveau.

Chaque matin, mes compagnons de hasard envoyaient un détachement en ambassade, jusqu'à la barricade élevée par les villageois.

Chaque matin, ils en revenaient couverts d'injures et de dénégations.

Notre communauté forcée semblait pourtant saine et la suspicion à notre égard nous apparut excessive.

Mais un premier bubon vint enlaidir la joue de l'un des nôtres. Le mal rôdait parmi nous.

Le malheureux porteur, un jeune enfant si je me souviens bien, fut jeté vivant dans la rivière. Ni les cris de sa mère ni les siens propres n'évitèrent cette abomination. Je ne tentai moi-même rien pour les arrêter. Ces pauvres diables essayaient de se préserver d'un mal invisible qui couvait déjà en eux.

Le soir venu, deux nouveaux malades furent écartés du groupe de la même façon. L'épidémie éclatait parmi nous.

Je vis disparaître les uns après les autres la plupart de ces malheureux dans les eaux boueuses. Malgré la promiscuité qui nous liait, je fus sauf. De notre groupe qui compta jusqu'à une trentaine de membres, un seul à part moi en réchappa. Je compris qu'il venait de Calcutta, où la peste tuait cinq habitants sur dix. Il avait lui aussi été malade mais, curieusement, en avait réchappé. Et il était notoire que la peste ne frappait pas deux fois au même endroit. Je dus peut-être mon salut aux conseils du capitaine car, à aucun moment je ne bus ni ne mangeai les mêmes aliments que les autres, me retenant malgré une faim aiguë. Les eaux abondantes de la mousson me désaltérèrent tout ce temps et je ne subsistai que grâce au produit de mes rapines dans les champs avoisinants. Bien souvent sous les jets de pierres des villageois.

La mousson faiblissant, les eaux se retirèrent peu à peu, découvrant de nouveaux chemins qui contournaient le village. Je repartis seul.

Ma lente remontée vers les montagnes traversait des contrées de moins en moins peuplées. Il s'en fallut de peu de jours de marche pour que la nouvelle même d'une épidémie soit inconnue des habitants des hauts.

La végétation se transforma rapidement. Des cultures en terrasses devinrent l'essentiel de mon environnement sur des dizaines de kilomètres. Du thé et des plantes à baies pour la plupart.

Par un col assez bas, relativement à cette gigantesque chaîne de montagnes, je longeai le Bouthan et laissai l'Inde derrière moi.

Le paysage changea de manière radicale. J'avais depuis peu rejoint la route de Lhassa et m'échinais sur sa rocaille. Elle serpentait en lacets aux longues courbes, permettant au voyageur de gravir doucement une déclivité qui semblait ne jamais devoir finir. Chaque col franchi laissait deviner le suivant, plus haut, plus raide, plus difficile que le précédent. Le Tibet ne s'offrait pas de lui-même, il fallait le mériter.

Je pris enfin pied sur ces hauts plateaux dont les Indiens m'avaient parlé en route. Un air frais et pur y courait. Un air si léger qu'il ne satisfaisait pas les poumons. La marche devenait lente et le cœur battait trop vite.

Je passai ma première nuit au Tibet sur l'un de ces plateaux, abrité du vent par un haut stupa de pierre. Un vent glacial souffla dès la fin du jour et, peu avant minuit, les premiers flocons tombèrent en silence. La violence du vent et la température en chute vertigineuse transformèrent bientôt la neige en petites billes de glace, dures et coupantes. Je m'emmitouflai dans les vêtements légers que je possédais sans parvenir à me réchauffer.

Je tentai d'allumer un feu avec un fagot que j'avais emporté de la plaine, sans succès. Mes mains gelées ne parvenaient pas à saisir ni à faire fonctionner mon briquet à mèche.

Au matin, je découvris un paysage désertique. Rien n'avait résisté à la tempête de neige. Plus de chemin, plus de repère. Même les pierres votives que les Tibétains entassaient les unes sur les autres avaient disparu jusqu'à la dernière. Le stupa émergeait encore un peu mais ne me servait à rien. Un seul repère n'indique pas un chemin.

Je ficelai mon baluchon, le lançai par-dessus mon épaule et tentai de sortir de cette soupe blanche dans laquelle je m'enfonçais jusqu'à mi-cuisses.

L'effort me réchauffa. Je réussis à atteindre une zone où le tapis de neige était moins profond. Le stupa contre lequel j'avais passé la nuit s'élevait au centre d'une dépression naturelle, de telle sorte que la neige s'y entassait plus qu'ailleurs.

La vallée principale où je me trouvais se ramifiait en amont en quatre plus petites et plus escarpées. Sans chemin pour me guider, je ne savais laquelle prendre. Inspiré par le seul hasard, je tranchai pour la vallée la plus orientale, qui possédait l'avantage d'être la moins élevée de toutes.

Le col franchi, je redescendis le cœur plus léger vers une autre vallée. Elle était beaucoup plus encaissée que la précédente et prenait la bonne direction, d'après ce que j'avais pu voir du chemin la veille. La neige s'y entassait tout autant mais l'orientation ouest de la vallée augurait une fonte rapide, si le temps se maintenait au beau.

Par des méandres invisibles depuis le col, la vallée tournait et retournait, si bien que je dus me retrouver au bas des cols que j'avais évités le matin même. Ces montagnes se jouaient de moi en me faisant tourner à leur pied.

Il me fallait agir rapidement car le soleil, alors au zénith, commençait à descendre vers le couchant. Je vis un passage entre deux à-pics et m'y engageai.

L'espace libre entre les deux parois ne devait pas excéder vingt mètres. Le ciel au-dessus de ma tête ne formait plus qu'un minuscule rectangle bleu pâle, à peine visible entre les falaises vertigineuses. De la roche irradiait un froid glacial et malsain. Je pressai le pas pour sortir au plus vite de ce guêpier minéral.

Ce canyon devait être un ancien lit de torrent. Je n'en ressortis qu'à la fin du jour, harassé. Ce qui m'attendait de l'autre côté me démoralisa.

Il n'y avait rien ! Ou plutôt, devrais-je dire, le vide.

À la sortie du couloir rocheux, un court plateau descendait doucement en escalier naturel, puis s'achevait brutalement sur une falaise d'une hauteur insensée.

Mon choix de la mi-journée se terminait en un splendide cul-de-sac. Le hasard me déposait sur ce promontoire. Je me fis une raison de cette circonstance, sans perdre patience. Juger de la réussite ou du succès d'une entreprise mérite réflexion. Bien souvent, les tenants et les aboutissants se succèdent en cascade, dont la pente tourmentée masque l'origine et la fin. Dans ma situation, j'étais bien incapable de dire si mon égarement se révélerait un bienfait ou une perte de temps.

Je m'installai dans un recoin du promontoire, le dos contre la paroi et le plus loin possible du couloir d'accès. J'ignorais si oui ou non un torrent de fonte des neiges y passait occasionnellement mais, dans le doute, il valait mieux rester prudent. De plus, le vent avait une fâcheuse tendance à s'y engouffrer.

À l'abri du vent, je parvins cette fois à allumer mon fagot, qui se consuma longuement, par petits morceaux. Il ne me servit pas tant à me réchauffer qu'à m'occuper l'esprit.

Le lendemain matin, le sentiment d'une présence à mes côtés me réveilla, avant le lever du soleil. Tout d'abord, je ne distinguai rien, puis les premières lueurs de l'aube mouillèrent de gris l'encre de la nuit pour me dévoiler un bien curieux personnage. Si je ne l'avais pas vu avant, c'est en raison d'une immobilité parfaite qui le faisait se fondre dans les ombres de la roche. Il se tenait assis en tailleur au bout du promontoire, dans une posture impossible qui le faisait ressembler à un insecte. Chacun de ses talons reposait sur le genou de la jambe opposée et la voûte de ses pieds recevait, comme un guide, ses avant-bras noueux, paumes des mains orientées vers le ciel. Il priait.

Ce qui me sembla curieux à ce moment-là, ce ne fut pas tant de voir cet homme en ce lieu, mais qu'il m'ait réveillé alors qu'un silence idéal emmitouflait l'aube.

Son corps était sec et pratiquement sans épaisseur. Nombre de ses os saillaient sous une peau tannée et ridée. Malgré son apparente vieillesse, il émanait de lui une force de concentration quasi palpable. Probablement l'origine de mon éveil prématuré.

Le disque rond et blanc du soleil apparut à l'autre bout de la vallée.

L'homme gardait les yeux fermés, le visage tourné vers la source de lumière. Lorsque le soleil fut entièrement apparu au-dessus des montagnes, il quitta sa position méditative et se tourna vers moi.

— Bienvenue à toi, vieil homme, me dit-il dans un hindi guttural.

Mes vingt-deux printemps étaient loin de faire de moi le vieillard dont il parlait. Je ne dis rien, le laissant se découvrir davantage.

Il joignit ses mains au niveau du plexus et s'inclina très bas.

— Nous t'attendons depuis longtemps ! Je suis bien heureux que cela arrive de mon vivant.

L'heure n'était pas aux présentations. L'homme entrait dans le vif de son sujet, je fis de même. Puisqu'il semblait me reconnaître, je n'allais pas le contredire.

— Je suis venu chercher la réponse, saint homme.

Ma phrase le fit sourire mais ne suscita pas de commentaire. Il se retourna et emprunta un étroit chemin de mule le long de la falaise. Avant de disparaître dans un tournant de la roche, il jeta un regard dans ma direction et m'invita à le suivre.

Le chemin n'allait pas très loin. Il tournait en épingle à cheveux pour monter en raidillon au-dessus du promontoire. Là s'ouvrait une grotte naturelle légèrement en retrait. J'y retrouvai le curieux bonhomme.

— Que fais-tu ici, saint homme ? lui demandai-je.

— J'assiste au bon déroulement des choses. Je suis un observateur, en somme !

Cela me sembla trop vague.

— Je ne comprends pas bien. À quoi peux-tu donc assister dans ce lieu désolé ?

Il secoua la tête longuement. À en croire sa longue mine dépitée, ma question ne devait pas être la bonne.

— La désolation est dans ton regard, pas dans le lieu que tu juges si vite ! Et quant à ce que j'observe, apprends ou souviens-toi, jeune attendu, qu'il n'est pas nécessaire de voir pour ressentir.

Mon visage dut demeurer interrogatif, car il poursuivit :

— Crois-tu que le soleil se lèverait si aucun homme n'était là pour le contempler ? Voilà trente-quatre cycles que je t'attends. Puis-je espérer connaître ton nom ?

Je me présentai sous mon appellation ancestrale, afin d'en perpétrer la trace au cœur de ces montagnes.

Le vieil homme répondait au titre de Rimpoché, et ne me donna jamais son autre nom, celui de sa naissance qui n'importait pas, selon ses dires.

— J'ai l'intention de partir pour Lhassa, Rimpoché. Je veux y rencontrer les tulkus. Eux seuls connaissent la réponse.

— Tu as hérité d'un pouvoir sans le connaître ni l'apprécier, me coupa-t-il. Partir pour Lhassa est une bonne idée mais tu n'y trouveras pas davantage que ce que tu quitteras en me laissant ici.

— Explique-moi enfin ce que tu connais de moi, Rimpoché. Tu parais en savoir sur mon compte plus que je ne saurais en dire moi-même !

— Je t'attendais ! Comme bien d'autres avant moi ont attendu ta venue. Nous sommes des gardiens, Malhorne. Les gardiens de la conscience du monde. Comprends ce que ta culture t'a déjà enseigné. Les hommes renaissent. Nous appartenons tous au cycle des renaissances. Tout être vit, meurt, et revient sous une forme différente. Rares sont les tulkus qui peuvent choisir la forme sous laquelle ils renaîtront.

— Je n'ai hélas pas choisi ! Revenir m'a été imposé.

— Je sais cela. Il y a longtemps que l'un d'entre nous a vécu en songe ta venue. Celle d'un réincarné malgré lui, d'un être prisonnier d'un destin au-dessus de lui, sans secours possible, condamné à revenir sans relâche et sans fuite possible vers l'oubli de la mort.

— Mais par qui suis-je condamné ? Et pour quel motif ? Qu'ai-je donc bien pu commettre de si terrible ?

— Il n'y a pas de qui, Malhorne ! Voilà une question bien curieuse qui te vient certainement d'ailleurs. Lorsque je dis condamné, je veux dire obligé. Le bien, le mal, ne sont pas des concepts cosmiques, mais terrestres et très enracinés. Ici, sur la tête du monde, il te faudra perdre ces amusements d'enfants.

— Et ce songe... ? hasardai-je. Qu'en est-il exactement ?

— En d'autres temps, mes prédécesseurs t'ont décrit différemment. Cela a toujours été un mystère pour nous. Celui que je remplace t'avait rêvé nu dans une caverne de lumière. Certains signes des songes nous sont inconnus. Il ne s'agit pas d'un livre ouvert mais d'une finesse d'âme. Plus la conscience du rêveur est pure et plus la clarté de ses songes est grande. Pour ma part, je t'ai vu une nuit. Tu n'étais alors qu'un petit enfant au bord d'un océan. Tu avais le visage des miens, ou peu s'en faut. Alors, j'ai espéré ton arrivée proche. Et te voilà !

Toutes les explications du Rimpoché me paraissaient très vagues mais je ne poussai pas mes investigations plus avant. Les quelques années passées sous influence bouddhiste m'avaient éloigné du matériel plus sûrement qu'un long emprisonnement. Je ne me contentai pas du contenu de ses réponses, mais pris sur moi de m'en satisfaire pour un temps. La réflexion appelle les questions justes.

Le Rimpoché me laissa là. Non qu'il ait eu d'urgentes affaires, mais son travail d'éveillé occupait la majeure partie de ses journées et de ses nuits.

Concentration, réflexion, recherche de perfection mentale et vision aiguisée du monde, voilà en mots simples à quoi il passait son temps.

Le lendemain de notre rencontre, je l'accompagnai sur le promontoire en contrebas pour assister au lever du soleil. L'astre monta majestueusement sur un fond de ciel limpide.

Le Rimpoché tarda un peu plus que la veille. Il ne se releva pas avant que le soleil soit haut dans le ciel. Lorsque enfin, il s'y décida, je me préparai à partir explorer le canyon qui m'avait conduit là.

— Je ne te conseille pas de t'en aller par là. Lorsque, comme aujourd'hui, le soleil réveille l'eau qui sommeille dans la neige, alors, le chemin que tu as pris hier se transforme en rivière. Et malheur à qui s'y trouve quand les eaux y déferlent.

Comme s'il commandait aux éléments, le mince filet d'eau qui coulait depuis la veille dans le couloir d'accès grossit soudain. Il ne s'agissait pas encore d'un torrent mais je gageai que les heures à venir se feraient un devoir de l'y amener.

— Mais que fais-tu de tes journées, dans ce cas ? lui demandai-je, surpris.

— Dans ce cas et dans tous les autres, rien d'apparent.

— Te nourris-tu du fruit de ta contemplation ?

— Cela dépend de l'acception de ce terme, Malhorne. Mais oui, dans un sens, je me repais de nourritures spirituelles. Quant à satisfaire les besoins de mon corps, les habitants de la vallée y pourvoient.

— Vivre sans rien faire ne me plaît pas. C'est un privilège anormal !

— Nous ne sommes pas une charge pour les gens qui nous nourrissent. Certains doivent travailler la terre, d'autres l'eau. Il est nécessaire de modeler tous les éléments pour que chaque graine germe. En oublier une seule et le monde sera bancal. Il en va de même pour les hommes. Nous sommes interdépendants, sans quoi il n'est pas de succès possible. Les hommes qui, comme moi, concentrent leurs efforts sur l'invisible sont nécessaires à la communauté. Et nous ne pouvons le faire qu'avec l'accord de tous. Chacun à notre tour, par le cycle des renaissances, nous devenons outils, matériaux ou modeleurs. Et nous passons par l'eau, la terre, l'air et le feu. Ainsi doit-il en être ! Jusqu'à ce que le monde change et évolue vers un niveau supérieur de conscience. Tu es peut-être l'un des modeleurs, Malhorne. C'est à toi d'en décider.

Comme je ronchonnais, il poursuivit.

— L'esprit anime le corps, reprit-il. Si tu l'y entraînes, l'esprit peut aussi animer la matière. Dedans ou dehors, c'est à chacun de décider. L'univers entier n'est qu'une extension de l'esprit, ce n'est qu'une affaire de point de vue et d'énergie pour y parvenir.

— Quelle sorte d'énergie utilises-tu ? Je n'en connais qu'une seule, celle de la sueur.

— Faire avec ses propres moyens n'est pas honteux, Malhorne. Mais se contenter de cela éternellement n'est pas une fin en soi. Tu dois sans cesse progresser, ou mourir.

— De ce côté, j'ai déjà réussi. Et pour le reste ?

— L'amour, Malhorne ! L'amour est l'unique source d'énergie dans laquelle nous puissions puiser. La seule qui dure et, surtout, la seule qui renvoie quelque chose.

À fréquenter des Asiatiques, on apprend la patience. Posez une question à un Asiatique et partez vous occuper de votre jardin. Peut-être pouvez-vous espérer obtenir une réponse à votre retour. Ma courte et récente éducation nippone m'y avait préparé mais le Rimpoché surpassait en la matière un grand nombre de ses contemporains.

Pourtant, comme pour me contredire, il poursuivit sa démonstration.

— Vois ! Et médite ! L'air est matière. Entre ce galet et moi, il n'y a pas rien, comme tu l'imagines pourtant. Il suffit de le décider !

Le Rimpoché avança la main vers un petit galet qui traînait sur le sol.

— Maintenant ! précisa-t-il.

Au même instant, le galet bougea, sans qu'il pût y avoir la moindre tricherie, comme mû par la volonté propre de ce morceau de roche inanimée.

— Par quel prodige..., balbutiai-je.

— Pas de prodige là-dedans ! Pas de mystère ni de sorciers non plus. De la volonté. De la volonté et de la concentration. L'amour est cela ! Tu dois apprendre.

Alors j'appris.

Que vous dire de plus sur ces années passées en compagnie du Rimpoché ? Si, faute de matière, elles ne peuvent être résumées, elles constituèrent pourtant l'étape la plus passionnante de mon existence. Et c'est précisément la matière qui occupa mon temps d'alors. La matière et l'énergie du mental. S'éloigner du matériel pour mieux retrouver la matière et son essence.

Chaque jour ressemblait à la veille. Et le lendemain au jour présent. Pas d'autre surprise que la neige, la pluie ou le vent.

Chaque jour, je progressais un peu plus. Le Rimpoché s'employa à chasser certaines idées parasites de ma tête, trop peuplée d'images et d'*a priori* culturels. Il m'enseigna les paroles de Bouddha et surtout, il m'en facilita la compréhension.

Peu à peu, je pénétrais des territoires qui n'étaient pour moi jusque-là que des mots. La contemplation, la vacuité, l'amour devinrent plus que des compagnons.

Cette vacuité si chère aux esprits asiatiques est un concept ardu, mal définissable. C'est une expérience qu'il faut vivre et non pas raconter. En résumé, très appauvri de sens, c'est pénétrer le vide sans que ce vide se remplisse. C'est être et ne pas être à la fois. Une réponse orientale à la question de Shakespeare.

Tous les matins, nous unissions nos consciences pour accueillir le soleil. Cela peut paraître anodin à qui survit dans le monde essoufflé d'aujourd'hui, mais la renaissance quotidienne de la lumière revêt une importance essentielle, *a fortiori* lorsque vous vivez au fond d'une caverne. La lumière ne vient pas seule. Avec elle se profilent les ombres de la connaissance.

Si chaque jour je pouvais constater des progrès, aussi infimes soient-il, des années passèrent avant que je maîtrise quoi que ce soit.

Déplacer un caillou par l'énergie de la volonté n'est pas une fin. Ce n'est qu'un exercice, et son apprentissage est fastidieux. Bien des fois je crus renoncer. Sans doute les parois de l'Himalaya résonnent encore de mes braillements de rage. Un écho si infime que plus personne ne peut l'entendre, mais néanmoins présent. Rien ne meurt vraiment, ce sont les apparences qui changent.

Pourtant, un beau jour, mon petit caillou blanc glissa presque imperceptiblement sur le sol lisse. Mais il glissa ! Un millimètre, c'est beaucoup en même temps que rien. Ce jour-là, ce fut un énorme millimètre.

Au comble de la joie, j'allai trouver le Rimpoché pour l'informer de mon succès. La nouvelle le laissa froid.

— Sous ton caillou se trouve la montagne, Malhorne, me dit-il d'un air distrait. Recommence avec la montagne et alors viens me trouver.

Il y a des jours où les sages rendent nerveux.

Avant de m'attaquer à cette montagne, je décidai qu'un millimètre était finalement bien peu. Je redoublai d'efforts pour maîtriser le caillou.

Quelque temps après mon arrivée, j'avais dû creuser ma propre caverne. Aux dires du Rimpoché, la condition d'ermite se devait de respecter la solitude. En clair, il me fallait trouver un autre nid. Je crois en fait que le vieux bonhomme, depuis trop longtemps habitué à son isolement, envisageait d'un mauvais œil l'arrivée d'un deuxième larron dans son univers immédiat. Car après tout, ne m'attendait-il pas depuis toujours ?

La paroi qui surplombait le promontoire, et dans laquelle se trouvait la grotte de mon maître, recelait de nombreuses anfractuosités susceptibles de me recevoir, après certains aménagements. Je repris donc le statut de tailleur de pierre. Le bruit engendré par la naissance de mon habitat me valut quantité de regards noirs de la part du Rimpoché, qui perdait ce calme chéri si assidûment recherché.

À partir du seuil de sa grotte, je taillai des escaliers le long de la paroi, sur une trentaine de mètres, jusqu'à atteindre le site que j'avais repéré du promontoire. À cet endroit, la roche esquissait un repli, lui-même engendrant un surplomb. Je jugeai cette base de travail idéale à mes projets et mis en pratique les lointains conseils de Gauthier. Pour commencer, je taillai dans la roche deux couloirs en V, dont la pointe naissait à l'extérieur. Le V achevé, je le transformai en triangle en reliant ses deux extrémités.

Le gros du travail était terminé. Je m'attaquai alors à la décoration de mon petit intérieur. Ma pièce, unique et, admettez-le, peu pratique, se composait de trois couloirs, axés autour d'un pilier central. J'eus vite fait de le transformer en statue. La seule difficulté que je rencontrai fut de retrouver la constellation étalon. La couronne de montagnes qui entourait le promontoire me voilait la portion de ciel où venait rôder la Vierge, si bien qu'il me fallut grimper sur le sommet de l'une d'entre elles.

J'inaugurai ma nouvelle demeure par une pendaison de crémaillère, comme il se doit. Mon seul voisin admira la qualité de la construction mais sembla tiquer lorsqu'il découvrit la statue.

— Tu es un réincarné en errance et cette particularité vaut bien une entaille dans la règle ! Va pour la statue. Mais ne t'embarque pas plus loin. Pas de bestiaire sur la falaise.

Je remisai mes outils et me consacrai corps et âme à l'éveil de ma conscience.

Mon caillou apprenait à bouger et la terre à tourner. J'apprenais de mon côté à prendre ma place dans le mouvement général.

À chaque nouvelle lune, j'empruntais le canyon pour aller chercher la nourriture que les habitants de la vallée déposaient pour nous. C'était ma seule distraction et j'en étais venu à l'attendre.

Je partais en général le matin de bonne heure et revenais pour le coucher du soleil. Dix à douze heures de marche. Je rentrais épuisé, mais heureux, un sac de toile rempli de galettes de tsampa et de pots de laitage.

En une occasion pourtant, je décidai de partir deux jours entiers. J'avais repéré dans le canyon principal de nombreux embranchements, plus petits, qui piquaient ma curiosité. Je prévins le Rimpoché de mon projet et partis, décidé à explorer les gorges sur le chemin du retour.

Je découvris au cours de cette incursion dans le monde minéral de véritables splendeurs géologiques. Année après année depuis le début du monde, les eaux de ruissellement avaient magnifié la roche, la portant sans conteste au rang de chef-d'œuvre. J'étais en comparaison un bien piètre sculpteur. Par des hasards de l'attraction et de la porosité des différentes roches, la pierre se tordait, se retournait, s'incurvait en vagues immobiles pour former des rouleaux cristallins. À certains endroits, le roc avait entièrement disparu. Ne subsistaient plus que les précieuses gemmes de quartz dont certaines, intactes, conservaient la structure arborescente de leur genèse. Un délice pour le regard ! Une journée durant, j'admirai ces splendeurs.

Les gorges communiquaient par un réseau de siphons et de cascades. Ce labyrinthe naturel aurait facilement pu se transformer en piège s'il n'avait indiqué de lui-même la direction de la sortie : le sens de la pente.

Gavé de merveilles pour longtemps, je pris le chemin du retour.

Inhabituellement fatigué ou encore trop fasciné par ce spectacle incomparable, je manquai une escalade et tombai. À m'écouter, vous pourriez croire que je tombe encore. Ma dégringolade n'avait pourtant rien de catastrophique. Deux ou trois mètres, pas davantage. Un petit saut de rien du tout.

L'un de mes fémurs ne ressentit pas la même chose, lorsqu'il se brisa sur l'arête d'un rocher. L'angle droit qu'offrit aussitôt ma cuisse au regard et la violente douleur qui m'aveugla un instant me firent comprendre la tournure tragique que prenait mon expédition.

Le Rimpoché ne se trouvait pas très loin de là mais pourtant hors de portée. De voix comme de main.

Il n'était pas question de paniquer. J'étais certes amoindri et dans l'impossibilité de bouger, mais je ne manquais pas d'atouts pour me sortir de là. Pour la première fois, mon apprentissage auprès du Rimpoché allait me servir concrètement.

Tout d'abord, je devais me débarrasser des sensations parasites que m'envoyait ma cuisse. La douleur resterait bien réelle, mais elle serait bloquée au niveau de l'émetteur.

Ce simple exercice exécuté, je concentrai mon énergie mentale sur l'image de mon maître. D'abord doucement, puis de plus en plus violemment, répétant ainsi nos innombrables séances d'entraînement. L'esprit du Rimpoché se laissa pénétrer tout de suite, comme s'il attendait mon appel au secours.

À peine deux heures plus tard, il me retrouvait et m'aidait à regagner le promontoire.

De cet accident, je gardai une jambe en forme de virgule et une foi rajeunie dans le pouvoir de l'esprit.

La force vient en l'exerçant. Je repris l'entraînement. Comme un athlète se prépare à concourir.

Mon caillou obéissait à présent à mes moindres désirs, et je cherchais sans y parvenir à obtenir de la montagne les mêmes réactions.

— C'est impossible, finis-je par conclure.

— L'impossibilité réside dans ton esprit, Malhorne, me répondit le Rimpoché. Ce que tu sais faire avec ton caillou, tu peux aussi le réaliser avec n'importe quoi ! Le poids est une préoccupation des sens, pas de l'esprit.

Facile à dire !

Je repris pourtant mon travail avec méthode, mais sans grande confiance.

Le Rimpoché s'en rendit compte et vint me trouver.

— Après le lever du soleil, demain matin, je te montrerai ce que tu ne veux pas croire !

À l'heure dite, je le retrouvai sur le promontoire. Passé le moment des prières, le Rimpoché m'entraîna sur le bord de la falaise. Il s'assit en tailleur auprès des gravats charriés par les eaux et des blocs de roche que j'avais extraits de la falaise pour creuser ma grotte.

— Maintenant, accepte ce que tu vois et reproduis-le. Puisqu'il te faut des preuves, je vais t'en donner.

Le Rimpoché se concentra quelques instants et commença la démonstration.

Tour à tour, il bougea une petite pierre, puis une plus grosse, et ainsi de suite. À mes yeux, déplacer un bloc de plusieurs tonnes, ne serait-ce que d'un centimètre, relevait du prodige. Mais le Rimpoché ne s'arrêta pas là.

Il relâcha une seconde la tension qui l'animait puis se concentra à nouveau. Cette fois, les pierres se soulevèrent du sol les unes après les autres et restèrent en l'air.

— Voilà, maintenant, tu sais que c'est possible. Alors fais-le et ne brouille plus ton esprit pour réaliser ce dont ton corps n'est pas capable !

Une fois de plus, je me remis à l'ouvrage. C'est en années qu'il faut compter mes efforts pour y parvenir. Je me suis exercé sur des objets de plus en plus volumineux et, tout comme mon maître, je parvins à les soulever par un simple mécanisme de concentration. Chaque réussite abaissait graduellement mes réticences. De telle sorte qu'un jour, je me sentis prêt à soulever la montagne.

Et, aussi incroyable que cela paraisse, j'y parvins !

Concrètement, la montagne ne bougea pas. Il n'y eut aucun mouvement de la masse gigantesque qui constituait mon univers. Par contre, mon corps se souleva à une dizaine de centimètres au-dessus du sol. Plus, mentalement, j'exerçais une pression sur la roche, plus je prenais d'altitude. Tant et si bien que j'en fus pour une bosse. Le plafond de mon ermitage me ramena à la dure réalité de la matière.

Pour utiliser un terme occidental, j'étais parvenu à léviter. Mais c'est une notion mal comprise en général, car léviter ne signifie pas s'élever dans les airs. C'est autre chose, d'infiniment plus complexe.

On ne lévite pas, c'est la matière qui se retire devant l'esprit.

Le Rimpoché mourut de vieillesse par un tranquille matin d'hiver.

Il attendait cet événement depuis plusieurs jours et s'y était préparé par un jeûne purificateur. Toute sa vie avait tendu vers cet acte de passage.

Nous veillâmes sa dernière nuit terrestre ensemble. Il semblait apaisé et prêt à partir. Au matin, je fermai ses paupières et murai l'entrée de sa grotte.

Vingt-sept années s'étaient écoulées depuis mon arrivée. En disparaissant, il m'enlevait son amitié et sa présence me manqua. Pourtant, je n'en éprouvai aucun chagrin. Son être repartait se fondre dans l'unité du monde. Il n'y avait pas là sujet à tristesse, mais plutôt à la fête.

Sept ans passèrent.

Un collège de moines vint un jour me trouver. Ils accompagnaient un jeune tulku sur son lieu de vie précédente, lieu qu'il avait lui-même désigné, comme le veut l'usage. Le collège procéda alors à l'identification formelle du jeune garçon. Ils l'installèrent devant un parterre d'objets, dont certains avaient appartenu au Rimpoché, et observèrent ses gestes. J'y avais ajouté mon caillou de travail.

Sans une hésitation, le garçon s'empara du moulin à prières du Rimpoché. Le vieux moulin traînait au milieu d'autres, plus neufs et plus brillants. Il prit ensuite l'écuelle usée de mon ami et maître, puis hésita entre deux clochettes en bronze.

Les moines se félicitèrent de ses choix et l'accueillirent en tant que réincarné. Le garçon me regarda alors, le visage éclairé d'un sourire désarmant.

— Reprenez votre fétiche, mon maître, dit-il en me tendant le caillou. J'en trouverai certainement un autre !

Les moines repartirent en laissant l'enfant sous mon autorité. Il n'est pas de meilleur professeur que celui choisi par son élève. Et j'avais indubitablement été désigné comme tel.

Le Rimpoché s'installa dans ma grotte les premiers temps. Il découvrait d'un œil neuf tout ce qui l'entourait. La statue l'intrigua longuement. Le *long nez* de mon modèle le fit beaucoup rire.

— Ça ne se peut pas, me disait-il. Un homme affublé d'un tel appendice ne pourrait pas respirer.

Ah ! La naïveté de la jeunesse !

D'élève, je changeai pour le rôle de professeur.

Le Rimpoché fit montre d'un éveil peu commun, eu égard à ma connaissance limitée des enfants. Mais aussi doué fût-il, la somme de ses connaissances passées s'était enfuie au moment de sa mort, ou de sa naissance. Tout était à réapprendre et je savais pour y être passé avant lui qu'une trentaine d'années, au minimum, seraient nécessaires à asseoir la base de ce qu'il avait été jadis.

Le Rimpoché quitta la terre de l'enfance, puis celle de l'adolescence. Il conserva adulte ce tempérament enjoué, et ses rires ensoleillèrent magnifiquement la vieillesse qui me gagnait.

Et puis vint le temps du départ. Toutes ces années d'enseignement passées au service de mon unique élève m'avaient comblé. Je n'étais pourtant nullement immortel et la mort s'annonçait. Ce genre de rendez-vous ne se diffère malheureusement pas.

— Tu reviendras et je t'enseignerai ce que tu m'as appris, maître Malhorne, me dit-il, après que je lui eus annoncé la nouvelle.

Comme je ne répondais rien, le Rimpoché devint grave.

— Ton service en ce monde n'est pas de revenir au même endroit, reprit-il enfin. Va, mon ami, et ne désespère jamais. Ce qui n'est pas clairement lisible arrivera pourtant. Adieu, Malhorne. Adieu, mon maître ! Puisse ta roue tourner éternellement !

Je partis par une belle et froide matinée. Mon vieux corps ne tiendrait pas plus de deux ou trois jours, j'en avais la certitude. Aussi agrandis-je mes pas pour forcer mon allure incertaine. Malgré tous mes efforts, je ne ressortis du canyon qu'à la fin du jour.

Le lendemain me mena au stupa qui, soixante ans plus tôt, m'avait protégé du vent en même temps que menacé du gel. Je me contentai de quelques gorgées d'eau fraîche et m'endormis au pied de l'édifice.

La rosée me réveilla très tôt. Une rosée givrante et vigoureuse, apportée par les ailes du printemps sur le point de naître. Une belle journée commençait.

Ma dernière journée sur la terre tibétaine.

Je rejoignis aussi vite que possible le col de basse altitude qui ouvrait l'Himalaya sur les vallées indiennes. Lorsque j'y parvins, le spectacle me coupa le souffle. Cela faisait si longtemps que je n'avais pas vu autant de vert. C'était splendide. J'entendais autour de moi le bruit de nombreux torrents de montagne couler vers leur devenir. En bas, ils s'unissaient en rivière et fécondaient la vallée.

L'endroit me parut bon. Je quittai le chemin et pris la ligne de crête, qui montait fort heureusement très doucement. J'avais marché une heure à peine lorsque je vis en contrebas une haute pierre, dressée comme un menhir. Elle me servirait de dossier, et probablement de tombe.

J'y gravai maladroitement un heptagone et ne pus m'empêcher d'y ajouter une croix, sans doute par superstition. Ensuite, à bout de forces, je m'assis contre elle et me laissai enfin aller. L'heure approchait. Le soleil en fin de course basculait derrière la terre dans une immense gerbe de couleurs délavées. Cela aussi, il y avait soixante ans que je ne l'avais pas vu.

Malgré mes multiples expériences de ce moment, la mort réussit encore à me faire peur. Mon cœur battait la chamade et sans doute cela accéléra-t-il le processus.

Le soleil disparut dans les brumes qui rasaient l'horizon. Mon cerveau enregistra cette dernière image mais ma vieille poitrine ne se soulevait plus.

La vie passe ainsi.

Les jours s'écoulent comme des grains de poussière à travers l'entonnoir du sablier.

Au début, ils sont tellement nombreux qu'on s'imagine éternel. Alors, les gaspiller n'est rien.

Et puis on prend de la bouteille et il est temps de s'apercevoir que la vie est précieuse, que les jours sont comptés.

Parfois, on se prend à regretter, mais il est déjà trop tard et tout retour devenu impossible. La carcasse s'étiole, comme les vents d'automne emportent les feuilles vers la morsure de l'hiver. On aspire au repos et la braise d'antan devient un piètre feu, qui couve à peine.

Alors il est temps de mourir…

32

Gönpo descendit les rues du village à toute allure, manquant de peu l'une des plus belles pirouettes de sa jeune existence. Au bas de la rue principale, la route virait à angle droit au pied des eaux, puis longeait l'onde jusqu'au pont, cent mètres plus loin. Il ne ralentit pas pour autant. Emporté par la descente, il dérapa sur la poussière du chemin et ne se rattrapa qu'*in extremis* aux tiges basses d'un saule.

Gönpo évita un bain forcé dans la rivière Kabbani mais son sac n'eut pas cette chance. Son trésor d'écolier coula très vite dans les eaux profondes de la Kabbani, où un courant tumultueux l'emporta hors d'atteinte.

Gönpo ne prit pas même la peine d'essayer de le rattraper. Une affaire urgente le retenait. Une affaire si importante qu'en comparaison, tous les cahiers du monde valaient bien peu de chose.

Gönpo n'avait pas encore fêté ses dix ans mais cela ne l'empêchait pas de distinguer une hiérarchie dans les événements du quotidien. Et ce qui se tramait ce jour-là relevait de l'exceptionnel : l'école bouddhiste de la colonie tibétaine de Kollegal n'avait plus de professeur.

Gönpo lâcha les tiges du saule et se massa les mains. Le frottement trop rapide des fibres végétales lui avait entaillé les paumes assez profondément pour que du sang apparaisse.

Il négligea ce détail et se remit à courir jusqu'au dispensaire de la Croix-Rouge, où il s'engouffra comme un diable.

— Docteur Anita ! Docteur Anita ! cria-t-il en entrant dans la pièce vide. Vite ! Docteur Anita !

Désemparé par l'absence du médecin, Gönpo tourna dans le dispensaire comme une âme en peine, à la recherche d'un indice. Sur une table, il trouva un morceau de coton qui sentait encore fortement l'éther. Le médecin ne devait pas être loin.

Il emprunta la porte de derrière, qui donnait sur un jardin, et aperçut un morceau de blouse blanche entre deux bosquets.

— Docteur Anita, vite, il faut venir ! se remit-il à brailler.

La blouse se retourna. Le jeune docteur Anita Espino qui, à ses heures perdues, endossait la panoplie de vétérinaire, acheva d'administrer un vaccin au bélier d'un villageois.

Son visage s'encadra entre deux ramures.

— Minute, mon bonhomme ! Dis-moi d'abord ce qui se passe. Ensuite nous aviserons.

— Le Rimpoché est malade, docteur Anita !

— Malade comment ?

Le garçon pencha la tête sur le côté, en signe d'ignorance.

— Que t'a-t-il dit exactement ? poursuivit-elle.

— Rien.

— Comment sais-tu qu'il est malade, alors ?

— Parce qu'il est étendu par terre et qu'il ne bouge plus !

— Bon sang ! Tu ne pouvais pas me dire ça plus tôt ! Où est-il ?

— Au temple ! Comme nous l'attendions pour la classe, je suis allé à sa rencontre. Jusqu'au temple. Et je l'ai trouvé !

— Bon, reprit le médecin. Va chercher Techung et rejoignez-moi ! Il faudra probablement le transporter.

Elle trouva le Rimpoché étendu derrière un grand bouddha en terre cuite. Le vieux religieux reposait sur sa robe de couleur safran et ne portait en tout et pour tout qu'un linge enroulé autour des hanches. Son teint très pâle inquiéta aussitôt la jeune praticienne. Le vieux moine arborait habituellement une mine tannée par le soleil et le masque présent ressemblait trop à celui de la mort.

Le docteur Espino s'agenouilla au chevet du vieil homme pour lui prendre le pouls. Elle ne sentit tout d'abord rien et pressa davantage l'intérieur de son poignet. L'artère vibra contre son pouce. Anita soupira et attendit une seconde pulsation. Celle-ci ne se produisit qu'après cinq à six secondes. Inimaginable !

Le cœur battait. C'était indéniable. Mais probablement pas à plus de dix pulsations par minute.

Pour s'assurer de l'authenticité du phénomène, Anita laissa la trotteuse de sa montre-bracelet accomplir une révolution complète autour de son axe.

Dix pulsations ! À peine.

Elle n'en revenait pas.

Des pas résonnèrent dans son dos, sur le sol dallé du temple.

Gönpo arriva auprès d'elle le premier, bientôt suivi par Techung, plus âgé et plus essoufflé.

À l'aide d'une table de l'école toute proche, ils improvisèrent un brancard, grâce auquel ils descendirent le vieux moine jusqu'au dispensaire.

Le Rimpoché demeura dans cet état deux journées entières.

Anita n'aurait trop su dire de quel état il s'agissait précisément. Les bras et les jambes du vieillard restèrent froids tout ce temps. Cela ressemblait, pensait-elle sans rien y comprendre, à certains naufragés que l'on ressort d'une eau glacée. Le corps, dans certaines conditions exceptionnelles, recentre son énergie sur les organes vitaux, au détriment des périphériques. Mais là, le cas du Rimpoché dépassait ses compétences. Aux alentours du temple de la colonie de Kollegal, bien malin celui qui aurait pu trouver de la glace. Ou même de l'eau glacée.

Au matin du troisième jour, le premier geste qu'elle accomplit fut d'aller voir comment se portait son unique malade. Elle trouva les draps froissés et le lit vide. Le Rimpoché avait disparu.

Anita eut l'impression que son univers basculait, mais un fumet vint lui caresser les narines. Elle le suivit et sortit dans le jardin.

Sous la tonnelle, elle trouva le Rimpoché, assis sur une marche, qui finissait un bol de cacao.

— Je ne voulais pas vous effrayer, aussi ai-je attendu votre réveil avant de partir, docteur Espino ! Je vous remercie de vous être occupée de moi, bien que cela ne fût pas nécessaire, lui dit-il calmement.

— …, tenta-t-elle de dire sans que rien ne puisse sortir.

— Il reste du lait chaud, si vous aimez !

— Comment vous sentez-vous ? réussit-elle à articuler.

— Aussi serein qu'un matin de printemps, docteur. Ne vous inquiétez plus pour moi. Je n'étais pas malade, ajouta-t-il en se levant.

— Laissez-moi au moins vous ausculter !

— Ce sera pour une autre fois, docteur Espino. J'ai une très longue journée devant moi. Mais c'est promis. Dès que j'aurai accompli ce que j'ai à faire, vous pourrez prendre soin de moi. Pas avant.

Anita regarda le lama s'en aller. Voilà trois ans qu'elle travaillait pour la Croix-Rouge dans cette colonie tibétaine du sud de l'Inde. À maintes reprises, elle avait eu l'occasion de le rencontrer mais elle n'était jamais parvenue à se faire une idée sur cet homme. Il pouvait avoir soixante-dix ans, ou quatre-vingts, ou cinquante. Son visage semblait narguer le temps.

Sa peau renvoyait une image de terre cuite, ridée, tannée, et pourtant, il s'en dégageait une telle expression de jeunesse que son système de relation aspect-âge se perdait en conjectures. La réponse aurait dû se lire dans son regard, mais ses yeux ne se laissaient pas sonder. Par contre, ses deux billes noires d'un éclat brillant vous pénétraient au-delà de vos propres barrières. Anita avait une nature pudique et pourtant les incursions du Rimpoché ne l'avaient jamais dérangée. Sans doute parce qu'elle n'y avait jamais lu la moindre intention mauvaise.

Tandis qu'elle l'observait s'éloigner sur le chemin du temple, Anita se rendit compte que sa présence rendait l'air plus respirable, comme si le Rimpoché dégageait, au premier sens de ce terme, un flux d'énergie positive.

Elle se promit qu'à l'avenir, il faudrait lui consacrer beaucoup plus de temps et d'écoute. Les paroles de cet homme de foi ne pourraient que l'aider à progresser sur son propre chemin.

Le Rimpoché descendit du wagon en même temps qu'un flot de voyageurs dans la petite ville de Dagora, dans l'extrême nord de l'Inde. Après quatre jours et quatre nuits rythmés par le staccato des roues martelant les rails, il fut heureux de retrouver une assise convenable sur la terre ferme.

Dharamsala, la ville capitale des Tibétains en exil, ne se trouvait plus qu'à deux heures d'autocar. Le Rimpoché était sur le point d'atteindre son but. Son premier but.

Il prit une collation auprès d'un vendeur ambulant devant la gare, puis attendit l'heure de départ du car. Plusieurs moines en robe safran étaient déjà installés dans l'abri réservé aux voyageurs en attente. Le Rimpoché se mit à l'aise à même le sol, auprès d'un jeune apprenti moine qui ne devait pas avoir plus de sept ans. Le garçon l'étudia un instant, puis reprit tranquillement son jeu sous le regard de son aîné.

Le Rimpoché en profita pour organiser ses idées pour le prochain discours qu'il devrait tenir devant le plus haut personnage de sa religion. Il disposerait de peu de temps, même s'il connaissait bien le dalaï-lama, et la plus grande clarté lui serait nécessaire.

Il aperçut les toits de Dharamsala par le pare-brise du car en fin de journée, alors que le soleil se cachait derrière les montagnes. Un hôtel miteux lui servit de logis pour la nuit et les deux suivantes. Le dalaï-lama ne pouvait pas le recevoir avant quarante-huit heures. Ce qui, somme toute, était un délai très court.

Le Rimpoché se présenta donc, le matin du troisième jour après son arrivée en ville, au siège du gouvernement tibétain en exil, où il attendit d'être introduit auprès de Sa Sainteté.

D'un geste de la main, le dalaï-lama signifia à son entourage de quitter la pièce. Lorsque la porte de l'antichambre se referma, le Vénérable descendit de son haut siège et se pencha vers son visiteur.

— Relève-toi, Sonam, mon ami, dit-il de sa voix profonde. Que de lunes ont passé depuis le temps où nous courions sur les terrasses du Potala !

Le vénérable chef spirituel des Tibétains se racla la gorge de plaisir au souvenir de son enfance révolue.

— Tu n'as pas parcouru ce long chemin pour parler de notre jeunesse !

— Je dois répondre à un appel, Votre Sainteté, dit alors le Rimpoché. Un tulku m'est venu en songe. Un tulku qui n'est pas bouddhiste et que j'ai bien connu autrefois.

— Qu'attends-tu de moi, Sonam ? Accours à la rencontre de l'ami qui t'appelle ! Tu n'as pas besoin de mon conseil. C'est autre chose, non ?

— Cet homme pourrait aussi bien être pris pour le Messie des juifs que pour le plus grand des mécréants.

— Est-il un tulku ou non ? Il ne peut être les deux à la fois.

— Il l'est, Votre Sainteté. Et plus et moins en même temps ! C'est un réincarné, mais il ne l'a jamais décidé. Il n'est pas le résultat d'un patient travail. C'est un réincarné malgré lui, si l'expression est correcte.

— Pourquoi pas, il est parfois nécessaire de faire avancer notre vocabulaire.

— Il a été mon élève et puis devint mon maître…

Le Rimpoché raconta tout ce qu'il connaissait de Malhorne au dalaï-lama. Leur vie commune dans un lointain passé, dans l'isolement du Tibet libre d'alors. Après une heure de conversation passionnée, le dalaï-lama entraîna le Rimpoché dans les jardins.

— Il est dit qu'un tel homme se manifesterait peut-être un jour, Sonam. Mais tu ne l'ignores pas et, en écoutant ton histoire, j'apprends que tu en sais plus long que moi sur ce sujet. Apprendre offre une belle journée.

— Malhorne peut être une chance de révélation pour tous les humains et je sais qu'il est en grand besoin d'entourage amical.

— Je ne peux malheureusement pas t'accompagner. Cela poserait d'inévitables problèmes diplomatiques. Mais ne souffre pas de délai pour répondre à cet appel. Et si le besoin venait, tu pourras compter sur le soutien de notre communauté de New York.

— J'agirai selon Votre volonté, en accord avec mon cœur.

— Ne pars pas seul. Emmène avec toi quelques compagnons. Ce voyage leur apprendra beaucoup en même temps qu'ils te seront un soutien utile.

Trois jours plus tard, le Rimpoché s'envolait de New Delhi en compagnie de deux jeunes moines de l'Institut bouddhiste de Dharamsala. Pendant que les passagers endormis rêvaient à leurs vacances ou à leur voyage d'affaires à venir, le Rimpoché tendit sa conscience vers Malhorne, prêt à se laisser investir de nouveau. Il sentit une volonté plus forte encore que la première fois, plus proche…

Le Rimpoché ne douta pas un seul instant. Il se dirigeait dans la bonne direction.

33

Fondation Prométhée
25 décembre 2010. 05 h 02 AM

Malhorne : Je me souviens de la première fois comme si c'était hier.

J'étais fort alors ! Et sot. Et vaniteux. Malhorne le braillard, Malhorne le soudard ! Malhorne le gagneur des concours de boissons.

Savez-vous seulement d'où me vient ce surnom ? Vous êtes-vous jamais demandé s'il recelait un sens caché ?

Les linguistes ne sont pas précisément la tasse de thé de cette prométhéenne fondation, n'est-ce pas ?

Sur ma terre de première naissance, on appelait orne un frêne à fleurs blanches, mais aussi le petit fossé qui sépare deux ceps de vigne. Vous voyez ce que c'est ?

De quelle définition croyez-vous que je tire mon surnom ?

J'avais tant l'habitude de rouler sous la table, les soirs de grande beuverie, qu'on me railla vite pour cette fâcheuse tendance.

Va encore s'esbicher d'un mal pas dans l'orne, le gars Passegrain, entendais-je siffler lorsque après un bon jéroboam de vinasse, les rougeurs me montaient sous les yeux.

La contraction fut vite trouvée et Malhorne vit le jour.

J'avais de plus le vin mauvais et je cherchais querelle à tout ce qui portait barbe sitôt mon content d'alcool atteint.

Ce surnom visait juste à plus d'un titre.

Nul dans les environs de ce temps-là ne me battait à la lutte.

Je n'avais peur de rien et le criais bien haut. Pour que tout le monde entende ma fierté. Et si ma voix avait pu porter jusqu'aux cieux, eh bien j'aurais souhaité que Dieu, les anges et Lucifer avec, écoutent mes péroraisons !

Moi, Guillaume Passegrain, si joliment prédestiné à porter ce surnom de Malhorne, je croque dans ce que la vie peut m'offrir. Vinasse et laideronnes, passes d'armes et souillons, banquets et pucelles…

Toutes ces joies terrestres n'ont-elles pas été données aux hommes pour qu'ils en profitent, et en abusent un peu ?

Ne serait-il pas un tantinet comique, s'il fallait croire les grenouilles de bénitiers, que ce paradis d'ici-bas n'existe que pour nous tenter, exciter la bête qui sommeille et voir qui gagnera ?

La bête ou l'esthète ?

L'homme d'alors trancha.

Les deux, mon capitaine ! La bête et l'esthète. À quoi bon, sinon…

Croquer, se moquer, pérorer… et peut-être réfléchir ! Si j'ai le temps, ou l'envie. Ce qui n'arriva guère.

Lorsque le Rouquin m'entailla si bien que je compris sur-le-champ que l'espoir de vivre encore me quittait, mes folles illusions s'éparpillèrent en même temps.

Parties les envolées lyriques sur l'art du bon vivant. Terminés les coups de tête au destin, la nique au bon Dieu. Salut mes inepties vaines d'ignare orgueilleux.

Passegrain regarde son sang couler. La terre se délecte et lui se pisse dessus. Est-ce le principe des vases communicants mais il lui monte des envies de pleurer, comme un nouveau-né, comme une drôlesse après qui l'on court un soir d'été, à la sortie d'une taverne.

L'angoisse qui s'ensuit n'est pas feinte. Elle se nourrit d'elle-même et enfle, se gonfle et se dilate si bien que des vomissements de bile vous montent à la gorge, acides et détestables. Si la providence se met en tête de vous torturer un court temps, alors une et une seule certitude vous fracasse l'esprit : Je ne veux pas mourir ! Mon Dieu, faites que je ne meure pas !

Vous êtes prêt à supplier, à jurer, à parjurer, à implorer au nom de tous les saints qu'un surcroît d'attention des cieux vous donnera la possibilité de vous amender.

Il vous vient l'envie de faire le bien, de partager, de donner…

Entendez-vous ce que je dis, monsieur Craig ? Le moment venu, il vous viendra l'envie de donner ! Votre empire contre un jour de plus. Pour grappiller quelques heures pitoyables, goûter un peu plus au plus extraordinairement simple des plaisirs : celui de respirer.

Mais il est trop tard, et vous le savez. C'est probablement la raison qui vous pousse à prier, parfois pour la première fois de votre vie.

Comme des milliards d'êtres avant vous, la réponse vous attend derrière ce battement de paupières. Allez ! Un dernier effort !

La mort n'est après tout qu'une expérience banale.

Chaque vie qui depuis passa m'a apporté son lot de vérités, de réponses, de certitudes… de mensonges, de questions et de doutes aussi.

Il faut que la balance s'équilibre, et peut-être alors commence à briller la lueur de la sagesse.

Si souvent j'ai souhaité mourir mais n'ai pu qu'assister à la disparition des autres.

Il y eut aussi des occasions où je désirais rester mais n'ai pu me battre contre la mort.

On ne se bat pas contre elle. C'est un combat perdu d'avance.

Pour une raison bien simple, d'ailleurs.

La mort n'existe pas. Pas vraiment. Pas sous sa représentation populaire.

Au moment critique de votre dernière heure, nul ange ne viendra recueillir votre ultime souffle. Aucune femelle hideuse drapée d'une cape et maniant la faux ne se présentera pour encaisser l'addition.

Comme ils voient naître, croître puis disparaître tout ce qui les entoure, les hommes ont déduit qu'avant la naissance et après la mort physique, il n'existait rien. Seule comptait l'existence.

Une théorie développe l'idée selon laquelle l'univers n'existe qu'à condition de l'observer. Plus les moyens d'observation modernes se perfectionnent et plus l'univers s'agrandit et vieillit, en quelque sorte.

J'avoue mon admiration devant une telle manifestation d'orgueil. C'est en tous points énorme !

Mais voilà ! Cela résume assez bien la position de l'homme devant la mort. De l'homme occidental, bien sûr. Mais n'est-ce pas là l'unique façon de bien penser ?

Les humains se sont globalement enracinés à la chair car ils ressentent par ce biais. Ils souffrent et jouissent, exultent et se mortifient au cœur de leur intimité charnelle.

Voilà quatre millions d'années que nous réagissons de la sorte. La matière prime sur l'esprit. Encore et encore.

Quatre millions d'années d'apprentissage me semblent plus que suffisant, non ? Il serait sans doute opportun d'envisager un stade supérieur. Ne serait-ce pas dans le cours naturel de la vie que d'évoluer, nous aussi ?

De l'inerte à la vie.

Du simple au complexe, toujours plus complexe. L'ordre provient du chaos. Nous évoluons, c'est inévitable.

Quel sera le prochain stade ? Voilà la question !

La matière nous a conduits vers la conscience. C'est inouï, mais indiscutable.

Dans quelle direction nous emportera la conscience ?

Le corps est un vecteur de l'âme.

Le corps n'est qu'un vecteur de l'âme.

Visionné par : D. Craig.

Commentaire : Le sujet montre qu'il connaît pertinemment la surveillance dont il fait l'objet.

D'inconvénient, faire en sorte que ce détail nous serve.

FP 10/12/25 (projeter cette bande aux autres membres)

Archivage

34

« Qu'importent les pierres du chemin, si tu trouves la voie. »
PROVERBE TIBÉTAIN

Fermer les paupières sur une vallée indienne et les rouvrir l'instant suivant entre les seins d'une blonde, ça a de quoi surprendre, même si je pouvais m'attendre à ce genre de surprise. Soixante ans d'abstinence brisés sous les assauts d'une bonne délurée, c'est à la limite du déplacé. Cette pauvre fille se demanda longtemps pourquoi ses ardeurs me firent éclater de rire.

Mon âme moribonde avait élu domicile dans les entrailles d'une jeune Anglaise venue retrouver son mari en Inde.

Je revis la lumière du jour à Calcutta au printemps 1733 et rentrai avec mes nouveaux parents en Europe, aux frais de la Compagnie des Indes.

Une éducation tout à fait comme il faut, un nid douillet dans le Sussex et des activités de plein air avaient fait de moi un jeune homme très fréquentable. La fierté de ma mère, Emma Harringby.

Elle devait bientôt déchanter.

Dès ma virginité perdue, mon tempérament, si avenant d'ordinaire, changea de manière radicale. Emma chercha dans mes relations qui pouvait bien être responsable de la déplorable métamorphose de son fils chéri. Elle passa au crible de ses questions incisives tout ce qui dans notre maison portait jupon, ma sœur Susan et notre vieille nourrice exceptées. Ma mère, comme nombre de femmes, savait pousser à l'extrême l'art de prêcher le faux pour obtenir ce qu'elle désirait. La pauvre femme de chambre ne tint pas une minute devant le cuirassé Harringby. Elle s'effondra en larmes et fut aussitôt renvoyée.

J'appris les méandres de cette histoire par des indiscrétions de Susan, mais trop tard pour réconforter la donzelle.

Ma mère et moi eûmes une fameuse conversation. Emma sortit les charmes les plus ravageurs dont elle pouvait user avec son fils et joua même la scène du dernier acte, mais ni ses larmes, ni ses reproches, ni ses câlins maternels ne parvinrent à me faire fléchir.

— Nelson, me dit-elle. Si ton but est de voir couler le sang de ta mère, tu parviendras à tes fins !

Après les larmes, le chantage. Emma épuisait son stock d'armes.

— Mère ! Je veux juste voir un peu de pays. Il n'y a pas de mal à ça. Et puis, cette récente mésaventure me laisse déboussolé. Je ne souhaitais pas que vous chassiez notre femme de chambre.

Pour être honnête, je dois avouer que le sort de la bonne ne m'intéressait pas autant que je le lui fis croire. Les bonnes manières de la grande bourgeoisie, ses idées bien pensantes pétries d'une rare hypocrisie culturelle me repoussaient aussi radicalement qu'un vermifuge vient à bout du ténia. Je gardais sur le feu, depuis quelques siècles, des affaires bien plus importantes que la bonne façon de tenir sa cuillère.

La menace du retour de mon père ne fonctionnant pas non plus, Emma frôla l'hystérie, sa dernière arme. Puis elle capitula.

Le jeune homme de deux cent quatre-vingt-sept ans que j'étais alors supportait mal le discours moralisateur de cette femme à peine sortie de l'adolescence.

Je proposai à ma mère un compromis acceptable. Sous le couvert d'un penchant pour l'aventure, tout à fait compréhensible au vu de mon âge apparent, je m'engageai à rejoindre mon oncle Mortimer, frère de mon père, et surtout négociant installé à Bordeaux.

Retrouver le sol de ma première naissance m'était une douce pensée et, par-dessus tout, je tenais à honorer ma promesse à la famille du père Zach. Même si, comme je devais m'y attendre, plus personne aux alentours de la Macarine ne se souvenait de moi.

Je débarquai à Bordeaux à la mi-juillet de l'an de grâce 1751. L'oncle Mortimer ne vit jamais le bout de mon nez. Je partis sitôt le bateau amarré.

En quelques jours, je marchai dans les pas qui, deux siècles plus tôt, m'avaient conduit dans les bras du père Zach. Çà et là, je reconnus certains croisements et calvaires, qui m'aidèrent dans le choix des directions. À la fin d'un après-midi exceptionnellement ensoleillé, je fis une halte dans la combe aux loups, me persuadant qu'un événement ne se produit pas deux fois au même endroit. J'y passai une nuit sans rêves, et sans loups. Le jeune hêtre qui me sauva jadis s'était magnifiquement développé. Il lançait sa frondaison si loin que la combe ne se distinguait qu'à grand-peine. Comme le temps semblait vouloir demeurer beau, je musardai la matinée entière, enroulé dans une couverture de laine. À vrai dire, je tournais et retournais une question sans me décider vraiment. Comment allais-je aborder les descendants du père Zach, si toutefois il s'en trouvait encore ?

Je ne pouvais pas me contenter de frapper à la porte de la Macarine et dire : *Salut, je suis Malborne et me voilà de retour !*

Je laissai la question sans réponse et m'en remis aux aléas du hasard.

Mon cœur se serra lorsqu'en arrivant j'aperçus un mince filet de fumée s'échapper par-dessus le toit de la Macarine. Descendant du père Zach ou pas, quelqu'un se préparait à déjeuner.

Il y avait en retrait de la maison une grosse pierre que je ne connaissais pas. Je m'assis dessus en attendant que quelqu'un vienne. Cela ne tarda pas. J'entendis la porte s'ouvrir et une voix crier :

— Malhorne ! Viens manger !

Vous imaginez ma surprise, bien que ce mot ne convienne pas exactement à la situation. Je crus littéralement défaillir.

Je n'eus pourtant pas le temps de me remettre. Un jeune homme déboula à toutes jambes de la forêt et s'apprêtait à rentrer lorsqu'il me vit.

— Eh bien, que faites-vous ici ? me demanda-t-il sur un ton qui ne cherchait pas à connaître le but de ma visite.

— Ma foi, répondis-je poliment, je cherchais un peu de repos sur ma route, rien de plus.

— La forêt est suffisamment grande pour que vous trouviez votre bonheur plus loin, monsieur !

Sur ces bonnes paroles, il me tourna gentiment le dos et fit mine de rentrer.

— Vous n'êtes pas encore parti ?

— Vous ne m'en avez guère laissé le temps. Pour vous obéir, il me faudrait être plus rapide que l'éclair.

— À qui parles-tu ? demanda une voix féminine provenant de la maison.

— Reste à l'intérieur, Morgane, je m'en occupe !

Ladite Morgane pointa pourtant son nez à la porte.

— Que se passe-t-il, Malhorne ? On te croirait transformé en chien de garde !

— Il y a…, répondit-il, que ce monsieur rêvasse à je ne sais quoi sur le pas de notre porte et que je n'aime pas ça !

— Eh bien ! Tu n'as qu'à le faire entrer et il n'y aura plus de problème.

C'était d'une logique implacable et le jeune Malhorne ne sut que répondre. C'est de cette manière que je me retrouvai attablé à l'intérieur de la Macarine, en compagnie de ces deux jeunes gens dont la filiation avec le père Zach ne pouvait être mise en doute.

— Pardonnez le comportement de mon frère, me dit Morgane, qui semblait être l'aînée. Nous vivons isolés. La méfiance est pour nous un réflexe.

— C'est oublié ! À sa place, peut-être aurais-je agi de même. Permettez-moi de me présenter. Nelson Harringby !

— Vous n'êtes pas d'ici, monsieur Harringby, et vous portez un curieux prénom ! Et l'on n'a pas l'habitude de croiser pareille toison, dans notre Gascogne ! Seriez-vous un prince des royaumes du nord ?

Le sang de Guillaume le Conquérant marquait mon hérédité d'une blondeur normande, aussi farouchement pâle que mes hôtes étaient bruns.

— Ni prince ni franchement nordique, répondis-je. Je viens de Bordeaux. Et avant cela, de la lointaine Albion.

— Nous sommes les enfants Macare, les habitants de la Macarine, intervint Morgane, en réponse à mon regard.

Puis elle retira d'un chaudron une soupe odorante et fumante qu'elle nous servit copieusement.

— Vous avez là une fort jolie demeure ! m'exclamai-je.

— Je gage, vu votre habit, que vous devez vivre dans une maison bien plus grande que celle-ci.

Il est vrai que je portais une pittoresque chemise de soie pour un lieu si rustique. Fort sale, je l'admets ! Voilà une quinzaine qu'elle n'avait goûté à l'eau de lavage, mais elle dégageait tout de même un parfum de bourse bien remplie. Au cœur des landes de Gascogne, on ne pouvait apercevoir de la soie que sur le corps d'improbables nobles, au hasard d'une chasse à courre ou d'une équipée royale en route vers une province.

— C'est pourtant vrai, mais c'est terminé. Je n'ai dorénavant plus de toit.

— Seriez-vous survivant d'une sombre histoire ? questionna Morgane.

— Si l'on peut dire, oui. Mais brisons pour le moment, voulez-vous ? Je vous ai entendu appeler votre frère il y a quelques instants. Est-ce bien Malhorne ?

— Exactement ! Pourquoi cette question ? me demanda-t-il, soudain plus attentif.

— J'ai connu un Malhorne, il y a bien longtemps !

— Vu votre minois, cela ne peut pas faire aussi longtemps que vous le dites ! me dit Morgane en riant.

— Jeune fille, ne vous fiez pas uniquement à ce que votre regard vous dicte ! C'est parfois source d'erreur.

Devant l'absurdité apparente de ma réponse, ils se lancèrent un regard interrogatif.

— Je dois vous sembler bien sentencieux, repris-je en m'excusant. Mais ce que je dis est véridique. Par exemple, je sais qu'il y a ici plus qu'il n'y paraît.

Le jeune Malhorne se leva d'un bond et me fit face.

— Cette fois expliquez-vous ! Qui êtes-vous et que voulez-vous ?

— Asseyez-vous donc, le calmai-je. Et rassurez-vous par la même occasion. Je ne vous veux aucun mal. Mais je prends les choses à l'envers, comme la phrase gravée sur votre cheminée.

Instinctivement, ils regardèrent le linteau de la cheminée, mais le texte était recouvert d'un linge en train de sécher.

— Comment le savez-vous…, balbutia Morgane.

— Tais-toi ! lui ordonna son frère. Ce monsieur va nous éclairer sur-le-champ.

— Interrogez-vous, jeunes gens ! Éliminez les solutions impossibles et il vous restera la seule envisageable. Savez-vous, jeune homme, pourquoi vous portez ce prénom inusité ?

— Oui, j'en connais la raison. Mais je ne vois pas en quoi cela peut bien vous concerner.

— On va arrêter ce petit jeu ! dis-je, un ton plus haut. Pour le moment, je pose les questions et vous répondez. Ensuite, on renversera les rôles et je vous éclairerai, comme vous le disiez si bien, toute la nuit s'il le faut !

— Et pourquoi ferions-nous cela ?

— Admettez que votre curiosité est piquée au vif, n'est-ce pas ?

Ils ne répondirent rien.

— Laissez parler votre légende familiale. Alors, répondez à ma question !

Le jeune homme fixa longuement sa soupe, espérant sans doute y trouver la réponse. En fin de compte, Morgane vint à son secours.

— Dans notre famille, dit-elle, l'usage veut que le premier enfant mâle s'appelle Malhorne.

— Savez-vous pourquoi ?

— C'est en mémoire d'un ami de notre famille, il y a longtemps.

— Je suis cet ami, lâchai-je enfin, me demandant bien comment ils allaient prendre la nouvelle. Je sais que ce qui est gravé sur la cheminée doit être lu à l'envers. Et je sais aussi pourquoi. J'ai connu vos parents d'il y a huit générations. Je suis ce Malhorne. Le premier !

Imaginez quelqu'un se présentant chez vous pour vous apprendre que Jésus-Christ est votre cousin et qu'il vous en donne la preuve. Mes paroles ne leur firent pas moins d'effet, mais ils finirent par admettre l'impossible vérité. Plus vite que vous ne le ferez jamais sans doute. À cette époque, les gens croyaient encore aux vouivres, aux miracles et aux fantômes, alors pourquoi pas aux revenants de mon acabit.

Quatre mois après cette première rencontre, nous nous approchions ensemble de l'abbaye de Pierrefith.

J'avais persuadé Morgane et Malhorne de m'accompagner sur les lieux de ma première vie ici-bas. L'extraordinaire apparition d'un personnage quasi légendaire avait contribué à les convaincre. L'espoir d'un avenir qui vaille la peine aussi. Et je pense que la description que je leur fis des sous-sols de l'abbaye eut raison de leurs derniers doutes.

Ils fermèrent la Macarine à regret et nous prîmes les chemins du nord.

La route consomma l'automne jusqu'à sa lie, si bien que Pierrefith nous accueillit dans les froids de décembre.

J'avais craint une reconstruction du site, par quelques bandes de moines désœuvrés, mais toutes mes peurs s'envolèrent à partir des gués de la Tardoire. Les champs avaient disparu sous une couverture d'arbres et même le chemin pavé, qui montait autrefois à l'abbaye, disparaissait à présent sous un enchevêtrement de feuilles et de racines. En de nombreuses occasions, j'avais constaté des changements sur notre parcours. La plupart du temps, la civilisation avançait, les villages devenaient bourgs, les chemins de terre s'étaient recouverts de pavés carrossables, les hommes avaient prospéré. Mais ici, plus de marques humaines. Les seigneurs du comté s'étaient désintéressés de ce lieu où tant de sang marquait encore la terre.

Des murs de l'abbaye, il ne demeurait que la marque sur le sol. Seule la chapelle dessinait encore, sur le ciel grisâtre de la fin de journée, un semblant d'architecture.

— Au moins, nous ne serons pas dérangés dans nos fouilles, dis-je en posant ma besace.

— Quoi ! C'est ici ? me demanda Malhorne, incrédule. Je ne vois pas trace d'abbaye.

— Regarde mieux, dans ce cas !

Lorsqu'ils furent enfin persuadés de la réalité du lieu, nous nous installâmes dans la chapelle, unique rempart contre la bise que nous pûmes trouver.

Les fouilles commencèrent dès le lendemain matin. Je voulais qu'elles se déroulent le plus rapidement possible. En premier lieu parce que le climat ne poussait pas au farniente et puis, tout se sait à la campagne, et plus vite qu'on ne le croit. Je ne tenais pas à ce qu'un malandrin vienne nous demander des comptes, au moment où nous ressortirions du trou, les mains chargées d'or.

Un bref tour de ce qui fut l'abbaye de Pierrefith me conforta dans mon idée première : l'accès aux souterrains ne pouvait plus se faire par les escaliers prévus à l'origine. Emprunter les voûtes, partiellement écroulées, représentait un risque trop grand et le seul accès praticable pénétrait sous terre à l'opposé de la salle du trésor. J'avais déjà fait cette visite deux cent cinquante ans plus tôt mais l'usure du temps, invisible et sourde, n'avait épargné aucune pierre. Certaines galeries, entièrement effondrées, ne permettaient pas même de s'y glisser. Quant aux autres, le salpêtre qui blanchissait le contour de la plupart des moellons ne me disait rien qui vaille.

Mieux valait s'attaquer aux soubassements par l'extérieur. Dans mon souvenir, la salle du trésor se trouvait derrière un croisement des souterrains, lui-même situé au-dessous de la chapelle. Précisément sous l'autel.

Armés d'une pioche et d'un piolet, nous nous attaquâmes aux dalles du saint lieu et, le soir venu, nous avions dégagé une zone suffisamment large pour descendre. Nous pûmes, cette nuit et les suivantes, dormir dans le relatif confort du souterrain, à l'abri du vent et du gel.

La suite du plan était simple. Nous devions nous mesurer à un monolithe d'un mètre d'épaisseur, et le tour serait joué.

La pierre nous résista quatre jours.

À tour de rôle et quinze heures par jour, nous enfonçâmes le burin dans le roc, qui ne se livrait que par petits éclats. À la fin de ce travail harassant, nous avions ouvert dans la pierre un étroit passage, si étroit qu'il ne servit d'ouverture qu'à force de reptations et seule Morgane parvint à s'y glisser. Mais nos efforts furent récompensés plus que leur réelle valeur. La salle du trésor, inviolée depuis deux siècles, nous propulsa dans les bras de la fortune.

D'authentiques écus d'or et d'argent attendaient la lumière tremblante de nos flambeaux pour revenir à la vie. Dix mille, vingt mille, peut-être davantage.

Trop pour perdre du temps dans des comptes fastidieux.

Cette monnaie n'avait plus cours, aussi la fondîmes-nous en lingots, en même temps que les crucifix et les calices, tous faits du même précieux métal.

— Qu'allons-nous faire de tout cet or, maintenant ? me demanda Morgane. Nous n'avons pas le parler qui convient. On nous prendra pour des voleurs et on nous pourchassera bientôt.

J'avais une idée depuis mon départ d'Angleterre mais jamais encore nous n'avions abordé ce sujet.

— Ma foi, dis-je sur un ton enjoué, ce qui fut une bonne idée doit toujours l'être, n'est-ce pas ?

— Ça dépend de qui elle provient à l'origine ! précisa Malhorne.

— Nous allons suivre le vieux conseil de votre aïeul, le père Zach.

— Et quel est-il ? me pressa Morgane.

— L'ouest ! Toujours vers l'ouest !

Ils me jetèrent un regard perplexe.

— Et puis après ? commenta Malhorne, visiblement déçu par ma réponse. À l'ouest, nous trouverons la mer, et ça ne changera rien au problème.

— Tu te trompes, mon jeune ami. À l'ouest, nous trouverons l'Amérique !

Un trois-mâts dont le nom s'est égaré dans le passé nous mena vers les nouvelles frontières du monde civilisé. La Nouvelle-Angoulême, rebaptisée plus tard New York, sortait à peine de terre. C'était en réalité une bourgade faite de masures en bois et de palissades délimitant des rues. Une population cosmopolite y grouillait, parlant toutes sortes de langues européennes, avec tout de même une dominante anglo-saxonne. Notre premier domicile fut un hôtel, où nous ménageâmes à trois. Morgane et son frère ne s'y plurent pas. Trop froid l'hiver !

En 1755, les colons acadiens descendirent vers la Louisiane depuis le Canada, chassés de leurs terres par les Britanniques. La fratrie Macare me persuada de les suivre vers le sud où, disait-on, on devenait propriétaire du simple fait d'être sur place.

— À quoi bon ramasser ce qui ne coûte rien puisque nous sommes riches à millions ?

Mais leur cause fut entendue. Les enfants Macare mouraient d'envie de retourner vivre auprès des leurs et ces Acadiens incarnaient sur le sol américain ce qui approchait au plus près le bouillon culturel de leurs origines.

La Nouvelle-Angoulême n'était pas réellement une ville, mais la Nouvelle-Orléans, en comparaison, ressemblait à un village.

Nous y fîmes construire une maison, en plein cœur du bourg, puis Malhorne ouvrit un saloon et Morgane une banque. De mon côté, je ne fis rien. Je n'avais pas vraiment le cœur à commercer. Par contre, la région n'eut bientôt plus de secret pour moi.

Leurs affaires prospéraient. La Nouvelle-Orléans grandissait, au rythme des bateaux venus du nord ou d'Europe. Les nouveaux colons fraîchement débarqués avaient besoin de trois choses : boire un verre dans une taverne, déposer dans un coffre leurs valeurs et chercher un coin où s'installer. Depuis qu'ils avaient achevé la construction d'un hôtel, mes petits Macare pourvoyaient aux trois sans rechigner.

Malhorne se maria le premier. Le saloon servit de salle de fête, où toute la ville s'entassa. Le whisky coula à gogo. Il y eut quelques échauffourées, vite réglées. Morgane ne voulut danser qu'avec moi et je sentis bien, aux drôles de regards qu'elle me jetait, un certain attachement pour ma personne.

Elle était jolie fille et possédait tout ce qu'un homme pouvait désirer chez une femme. Elle faisait montre d'un caractère enjoué et son intelligence vive flirtait souvent avec le registre de l'impertinence. Charmante, amusante, vive d'esprit, Morgane rassemblait tout ce que je pouvais rechercher chez une compagne.

Mais allez savoir pourquoi, l'idée de renverser l'arrière-arrière-arrière-petite-fille du père Zach me gênait.

Je réussis à mourir au bon moment, pour une fois.

Sitôt le banquet terminé, je remis le derrière en croupe et m'éloignai dans le soir tombant. Puis, délaissant mon cheval, je pris les voies du bayou, où je traînais souvent.

Je passai la nuit sur une île et c'est le lendemain que ma vie tourna court. Un mauvais mouvement pour accoster et je versai dans l'eau saumâtre. Il y grouille tout un tas de saletés à écailles contre lesquelles la lutte est inégale. J'ai senti des dents goûter ma chair avec appétit. Ma bouche, poussée par un cri, s'est ouverte, et l'eau a pénétré par baquets.

Et puis quelqu'un a éteint la lumière.

35

Le douzième coup de minuit venait de sonner à l'horloge monumentale qui ornait le grand salon-véranda de la résidence Craig. Des mains s'empoignèrent, parfois avec chaleur, souvent par conformisme. Les effusions furent somme toute raisonnables. La soirée paraissait désespérément dépeuplée, tant les proportions de cette maison tenaient du gigantesque. Franklin ne s'y sentait pas à son aise. Il rejoignit Stacey qui, à l'autre extrémité de la salle, manifestait la plénitude réjouie de son tempérament jovial en compagnie de Claudia Spencer.

— Ça me fait penser à mes cahiers d'écolier avec une certaine nostalgie, dit-il à Franklin, dès que celui-ci fut entré dans son champ de vision. Je me souviens encore de la date, marquée en haut à gauche, sous mon nom et celui de ma classe… Particulièrement d'une rentrée scolaire… Le 18 septembre 1974. On portait encore des culottes courtes, en ce temps-là !

— Tu es vraiment intarissable, Stacey, lui répondit Franklin. *A fortiori* lorsque tu n'as pas à courir après le champagne…

— Mauvaise langue ! rétorqua Stacey. Tu croyais, toi, quand tu usais les bancs de ton école, qu'un jour tu fêterais le 1er janvier 2011 ? Eh bien, figure-toi que moi, j'imaginais célébrer ce jour appuyé sur une canne et lissant d'une vieille main tavelée ma longue barbe blanche !

— Les progrès de la médecine…, plaisanta Franklin.

— Mais je suis un jeune homme, rabat-joie ! Un jeune « ex », jeune homme, pour être plus franc.

— Ne l'écoutez pas, madame Spencer. Il est capable de faire avaler n'importe quoi aux plus coriaces.

— Appelez-moi Claudia, je vous en prie. Ce « madame » me rappelle trop la fuite du temps…

— Vous voyez ce que je disais ! la coupa Stacey. Cet énergumène vous inventerait des cheveux blancs, rien qu'en vous regardant. Mais n'y prenez pas garde. Je veillerai à contrer ses coups bas…

— Mon mari m'a glissé deux ou trois mots vous concernant, le coupa-t-elle à son tour. Mais rien sur votre irrésistible duo !

— Il n'a probablement pas dû fonctionner sur lui…, tenta Franklin.

— Et voilà qu'il remet ça. Sacré farceur ! Tu…

Le tintement répété d'un objet métallique sur la surface d'un verre coupa Stacey dans son élan verbal.

— Je lève mon verre à la réussite de notre entreprise ! clama Denis Craig. À notre entreprise, et à ce que nous saurons en faire !

Les verres se levèrent, s'entrechoquèrent et se vidèrent en un instant, puis les conversations reprirent au point où Craig les avait interrompues.

— J'admire ta propension à t'adapter en toutes circonstances, glissa Franklin à l'oreille de son camarade. C'est fou ce que je m'ennuie…

— Prends-toi une cuite, mon vieux, lui répondit-il. Au champagne, c'est plus léger.

La suggestion n'était peut-être pas si mauvaise et Franklin l'adopta pour sienne. Il s'avança vers le bar, attrapa une bouteille de champagne et l'emporta sur la terrasse.

Une demi-heure plus tard, la bouteille rendait l'âme et Franklin, probablement grisé par les bulles de dioxyde de carbone, s'inventait des désirs inouïs de contacts humains. Il retourna dans le salon-véranda, où la fête battait son plein, et croisa Spencer sur le pas de la porte. Le colonel se trouvait accompagné d'une jeune femme aux atours sympathiques, qui ne ressemblait, ni de près ni de loin, à Claudia.

— J'ai fait la connaissance de votre épouse, elle est vraiment charmante, lui glissa-t-il sur un ton badin. Vous nous aviez caché jusqu'à son existence, mais voilà qui est réparé.

— J'en suis ravi, grogna Spencer, dont l'humeur, apparemment libertine, semblait virer à l'orage à la simple vue de Franklin.

— Vous avez raison de faire visiter la propriété à mademoiselle, poursuivit-il sur le même ton désinvolte. Les reflets de la lune sur le lac sont du plus bel effet. Très romantique !

Franklin n'entendit pas la réponse de Spencer. Le brouhaha de la fête l'enveloppait déjà. Il supposa une pique particulièrement venimeuse, mais il s'en moqua. Il fondit vers le bar, où l'attendait une deuxième courtisane de sa soif.

Pendant son absence, les convives, chauffés par la musique et les liqueurs, avaient su trouver le tempo de la soirée. Un attroupement se dandinait à présent au milieu du salon, sur des rythmes chaotiques qu'optimisait une lumière adéquate. De petits salons, séparés du principal par d'astucieux assemblages de paravents, étaient le théâtre de discussions passionnées ou d'amours naissantes.

Denis Craig, qui jusqu'à présent n'avait eu de cesse de s'occuper du bien-être de chacun, se prélassait maintenant sur un sofa, entouré d'un côté par Claudia Spencer et de l'autre par Stacey. D'autres personnes, dont Franklin ignorait jusqu'au nom, leur faisaient face.

— Vous reste-t-il une petite place pour moi ? glissa-t-il entre deux éclats de rire du petit groupe. J'ai apporté des munitions !

— Venez ici ! Vous serez au chaud ! s'exclama une jeune femme à la poitrine rebondie, qu'elle offrait généreusement au regard.

Stacey lui envoya un clin d'œil de connivence.

Tu vois ! C'était pas si compliqué ! semblait-il dire.

Franklin répondit par un franc sourire et se cala confortablement contre les coussins épais du divan.

— Je suis heureux de voir que vous vous plaisez chez moi ! lui confia Denis Craig.

— Je ne suis, en général, pas très friand de ce genre de soirées, mais je dois admettre que vous avez fort bien réussi la vôtre.

— Vous ai-je présenté à Pearl ? Non, je ne crois pas. Vous pourrez constater qu'elle est très sociable, si vous le désirez..., insinua Craig.

Franklin eut le loisir de vérifier cette thèse sans même avoir le besoin de le demander. La dite Pearl faisait partie de la catégorie des « palpeuses ». Pour discuter avec Franklin, elle ne pouvait s'empêcher de coller pratiquement sa bouche contre son oreille et le moindre éclat de rire projetait sa main sur la sienne, ou sur sa cuisse. Le type même de femme qu'un célibataire aviné juge sympathique dès le premier abord.

Claudia Spencer, qui jusqu'à ce moment avait conservé une attitude réservée, voire gênée parfois, éprouva soudain le besoin d'enlever sa veste de tailleur. Puis elle dégrafa son chemisier au-delà des limites de la bienséance.

Cette attitude surprit Denis Craig. Il fronça les sourcils mais laissa faire. Il connaissait bien la femme de Spencer, et cela ne lui ressemblait pas. Elle avait malgré tout le droit d'avoir chaud.

— Dieu qu'il fait lourd ! s'exclama-t-elle alors, comme répétant à voix haute les pensées muettes de Craig. Cette musique a le diable...

Claudia se leva et fit voler ses escarpins par-dessus les têtes. Elle enleva la barrette métallique qui lui maintenait les cheveux et éclata de rire. Son corps entier commença à onduler au rythme des basses. Ses mains glissèrent le long de son tailleur, descendant et remontant en vagues successives.

— Claudia ? intervint Denis Craig. Êtes-vous certaine que tout va bien ?

— Mmmhh, répondit-elle.

Les pupilles dilatées, les mains maintenant enfouies dans ses cheveux épais, Claudia présentait tous les signes de l'ivresse. Craig savait que cette femme faisait toujours preuve d'une grande sobriété, en toute occasion, mais il n'osa pas intervenir.

La prudence l'y força pourtant, lorsque Claudia enleva son chemisier et s'attaqua aux boutons de sa jupe. Il partit chercher Spencer, pour éviter un drame trop grand.

Il le trouva sur la terrasse, en grandes confidences avec l'une de ses invitées. Un bref descriptif de la situation suffit à ramener Spencer dans le droit chemin de l'hyménée. Il sprinta vers sa femme, Craig sur les talons.

En soutien-gorge, porte-jarretelles et petite culotte de dentelle, Claudia focalisait les regards de l'ensemble des convives. Elle dansait au milieu d'un attroupement, principalement masculin, et son visage reflétait un plaisir intense. D'autres femmes s'étaient jointes à elle, sans pour autant la suivre dans sa tenue d'Ève moderne.

Spencer écarta sans ménagement les rangs serrés des voyeurs et s'immobilisa devant sa femme. Dans un premier temps, il eut du mal à croire ce qu'il voyait. Sa bouche fit un « O » de stupeur non feinte et les bras lui en tombèrent.

— Claudia ! Qu'est-ce que tu f… ! aboya-t-il, toutes dents dehors.

Sa femme ne sembla pas même s'apercevoir de sa présence. Elle continua à se trémousser avec langueur. Ses mains épousaient la courbure de ses seins, palpaient les tétons qui saillaient sous la dentelle et lui tiraient des gémissements, que l'on devinait aux mouvements de ses lèvres.

La réaction de Spencer fut immédiate. Il lui décocha une gifle magistrale, qui l'envoya rouler sur le divan.

— Tu vas me faire le plaisir de te rhabiller, Claudia ! cria-t-il.

Il ramassa lui-même les vêtements épars de sa femme et lui jeta le tout en pleine figure. Claudia se releva et se dirigea vers son mari. Sa joue portait l'empreinte des doigts de Spencer mais elle ne semblait pas en souffrir.

— Qu'as-tu dit, Karl ? dit-elle sur un ton étonnamment neutre.

Spencer esquissa une réponse mais ses lèvres remuèrent sans qu'aucun son ne passe la barrière de ses cordes vocales. Une rage trop grande le paralysait.

Claudia riait de bon cœur. Puis ce rire se fit dément.

— Tu as définitivement une peur bleue de ce qui n'est pas sous ton contrôle, mon brave Spencer, poursuivit-elle sur le même ton anodin, lorsque les spasmes de cette étrange hilarité furent éteints. Mon bras est infiniment plus long que tes pires craintes. Le lien qui relie les deux mondes ne peut pas être un enfant de chœur ! Tu l'apprendras…

À la fin de cette phrase, Claudia s'évanouit. Elle tomba dans les bras de Franklin qui, à présent dégrisé, avait suivi cette scène l'esprit empli d'une gêne grandissante.

36

Fondation Prométhée
01 janvier 2011. 10 h 12 AM

Malhorne : Je me rappelle une histoire qui défraya la chronique dans la première partie du XIXe siècle. Vous ne pouvez pas réellement vous représenter le scandale qui s'ensuivit.

Ça se passait en Autriche, je crois. À moins que ce ne fût en Prusse… Je ne sais plus précisément. Et c'est sans importance.

Cette histoire porte un nom, celui de son malheureux héros, si l'on peut dire. C'est l'histoire de Kaspar Hauser.

Ça vous dit quelque chose, non ?…

Le jeune Kaspar Hauser fut découvert par les services d'hygiène, alors qu'il vivait enfermé dans les combles de la demeure familiale, depuis sa naissance.

Il végétait, livré à lui-même et dans le plus simple appareil, dans une obscurité absolue, exception faite du mince rai de lumière que laissait filtrer la porte de sa geôle.

Sa pièce de vie mesurait approximativement quatre mètres sur cinq et était haute d'environ deux mètres.

Le seul contact qu'il eut jamais, avant l'irruption des docteurs, se résuma à celui de sa mère, s'il est possible d'employer ce terme pour qualifier un tel monstre, qui lui montait une fois par jour un seau de nourriture et d'eau.

Kaspar, dans son isolement particulièrement odieux, n'en éprouvait pas pour autant de haine vis-à-vis de sa maman. À défaut de connaître une autre expérience de la vie, il jugeait sans doute qu'elle se comportait avec lui d'une manière tout ce qu'il y a de plus normal. Toutes les mamans du monde devaient en faire autant, si toutefois il pouvait imaginer qu'il existât quelqu'un d'autre. Les docteurs qui s'occupèrent de lui prirent beaucoup de notes et étudièrent son comportement. Kaspar vivait les yeux fermés, laissant à ses mains le soin de tenir le rôle d'organe de la vision. Il connaissait parfaitement son univers et le contrôlait chaque jour avec la plus grande minutie. C'est-à-dire qu'il palpait l'intégralité de la pièce de la pulpe de ses doigts pour savoir si un détail avait changé. Les docteurs n'auraient pas pu laisser traîner un grain de riz par terre sans que Kaspar le sache bientôt. Ce qu'ils tentèrent, du reste.

Ils l'observèrent ainsi pendant plusieurs jours, à l'intérieur même de son odieuse cellule, afin de ne pas influer sur son comportement. Lorsqu'ils furent satisfaits de leurs observations, ils décidèrent de le confier à un hôpital. Ces bonnes âmes voulaient le ramener vers la civilisation, faire de lui l'être humain auquel il ne ressemblait guère.

Le jour de sa libération arriva mais il fallut faire appel à la force publique pour l'extraire des combles où il survivait.

L'arracher à sa mère fut un supplice. Kaspar hurla et pleura toutes les larmes de son corps lorsqu'il se vit séparé de sa génitrice.

Kaspar ne savait ni lire, ni écrire, ni compter et, plus dramatique encore pour un rejeton de notre espèce, il ne savait pas non plus parler. Personne ne lui avait appris. Il prononçait bien un mot : son nom.

Vraiment, les docteurs pensaient bien faire en l'extirpant de son univers. Mais voilà, une suite de conséquences leur était sortie de l'esprit. Kaspar connaissait un seul endroit : sa chambre ; et un seul être humain hormis lui-même : sa mère. Tant et si bien qu'il imaginait que la pièce dans laquelle il vivait représentait l'univers et que lui et sa mère étaient l'humanité. Il devait le ressentir en fait, et non pas le verbaliser comme je le fais à présent.

Or, quand on le conduisit à l'hôpital, il découvrit les autres pièces de la maison, ou tout au moins un escalier et un couloir. Il se rendit alors compte que son univers n'était qu'une partie d'un autre, plus grand. Puis, coup de grâce, on le sortit dans la rue.

Personne unique dans un univers clos, presque un dieu, par rapport à la taille de cette pièce qu'il connaissait et maîtrisait dans les moindres détails, Kaspar rencontra la terre des hommes, comme un obus percute sa cible. De cette position somme toute idéale, Kaspar apprit, l'espace d'un clignement de paupière, sa fragilité, sa misérable et minuscule importance et, surtout, l'étendue du mensonge dans lequel sa mère l'avait « élevé ». Il ne vit rien du trajet jusqu'à l'hôpital, mais entendit probablement les sons inconnus de la vie extérieure. Il demeura tout ce temps recroquevillé sous une banquette, d'où il ne ressortit que deux jours plus tard, la faim au ventre et le nez attiré par un appât judicieusement placé à sa portée. Il mangea, à même l'écuelle, comme mangent les bêtes, et retrouva aussitôt sa position de refus absolu du monde extérieur. Position qu'il ne quitta pas jusqu'à sa mort.

Voilà l'inique histoire du malheureux Kaspar Hauser.

Pourquoi je vous raconte ça ? Une vieille histoire de près de deux siècles dont certains d'entre vous se moquent éperdument ? Vous devez bien vous le demander, non ?

Voyez-vous, pour moi, Kaspar Hauser est une splendide métaphore de la faculté que l'homme possède pour appréhender son univers. Changez tout à coup un élément important, et arrivent à coup sûr les angoisses, les peurs, les jérémiades et l'affolement.

C'est invariablement le même scénario. On commence par refuser en bloc, voire menacer les gens en avance sur leur temps. Puis le doute s'insinue dans le crâne des plus critiques. Enfin, on finira par enseigner la révolution dans les manuels.

Mais lentement, si lentement !…

De ces hommes, je ne puis en citer que certains.

Galilée dut se rétracter pour échapper au bûcher. Cela n'empêcha pas la terre d'être ronde.

Einstein a découvert que le temps n'est pas une valeur absolue. Il est, à l'heure actuelle, réellement compris par, je vais être large, dix mille personnes sur cette terre.

Freud nous a éclairés sur la complexité de notre personnalité. Il a mis en lumière un inconscient intimement lié à la maîtrise de soi. Cette découverte aurait déjà dû nous faire tous progresser sur notre propre connaissance de nous-même. Qu'en est-il en vérité ? Parlez-en autour de vous ! C'est consternant.

Toute une foule de femmes et d'hommes remarquables ont consacré leurs vies pour qu'avance leur espèce, jusqu'à moi !

Oh ! je ne suis en rien un homme remarquable, je vous le concède. Jamais un choix ne m'a été offert, sinon, je ne serais sans doute pas ici.

Mais, car il subsiste toujours un mais !

Ne suis-je pas, comme je l'ai gravé sept fois, un trait d'union, une preuve vivante qui relie deux mondes jugés jusqu'à présent opposés ? La matière et l'esprit !

Ne puis-je pas, après cinq cent cinquante années d'errance, bénéficier de votre écoute, au moins ouverte ?

Je suis la possibilité offerte à l'humanité de donner un sens à chaque existence. À partir de son origine !

Cela vous ferait-il peur ? Ou, et je le crains, cela contrarierait-il vos projets ?

Je suis, que vous l'acceptiez ou non, que cela soit révélé de votre temps ou non, je suis une chance offerte à ceux de mon espèce d'accomplir une vie qui ait une signification ! Et non pas la misérable existence contingentée par deux murs opposés : la naissance et la mort, en dehors desquels toute mémoire se dissout.

Je suis ! Moi, Malhorne !

Visionné par : D. Craig.
Commentaire : Envoyer copie père Fontorbe.
FP 11/01/01
Archivage

37

— Pourquoi ? avait hurlé Spencer, si fort qu'il en garderait quelque temps une altération de la voix.

Malhorne, plongé dans la lecture de textes anciens, n'avait pas même semblé s'apercevoir de la présence du colonel.

— Je vous ai posé une question ! Ce qui implique une réponse de votre part.

— Avez-vous tenté de le faire vous-même, monsieur Spencer ? Je vous assure que si vous y réfléchissiez honnêtement, votre existence en serait allégée !

— Mais de quoi parlez-vous, bordel de Dieu ?

Malhorne posa enfin son livre et regarda Spencer dont la figure, rouge de colère mal contenue, semblait sur le point d'exploser.

— Vous avez définitivement une peur bleue de ce qui n'est pas sous votre contrôle, Karl Spencer !

Spencer serra les poings. Il ne parvenait à se maîtriser qu'au prix d'un effort proche de la rupture.

— À votre place, je ne ferais pas ça, dit calmement Malhorne. Vous êtes de la race des prédateurs. Ce qui, pour vous, doit être un compliment, n'est-ce pas ?

Spencer entendait les paroles de Malhorne sans s'appesantir sur leur sens. Il cherchait à cet instant précis la meilleure manière pour se débarrasser de lui.

— Votre femme est encore très jolie, monsieur Spencer. Pas très intelligente, je le crains, mais infiniment douce. Et c'est suffisant pour mériter mon respect. Ce fut un véritable délice de partager l'intimité de sa boîte crânienne l'espace de cette courte soirée !

— Vous estimez que ce que vous l'avez forcée à faire, c'est la respecter ! J'appelle ça de la manipulation, moi ! Pratiquement un viol ! Et je…

— Comme c'est arrangeant de votre part, le coupa Malhorne. Il faudra être plus rusé avec moi, à l'avenir. Premièrement, apprenez que je ne l'ai en rien contrainte à se déshabiller. Je l'ai aidée à libérer une pulsion. N'imaginez pas Claudia comme une sainte, ça lui ferait le plus grand bien. Et puis, n'était-ce pas votre désir de voir cette grande blonde faire de même ? Ce qui est valable pour une call-girl ne l'est pas pour votre épouse, n'est-ce pas ? Votre point de vue m'amuse, monsieur Spencer. Banal, mais amusant.

— Laissez-moi vous apprendre quelque chose, Malhorne ! dit Spencer sans desserrer les dents. Un jour viendra, proche ou lointain, peu m'importe, où M. Craig n'aura plus besoin de votre concours. Ce jour-là, je me ferai un plaisir de m'occuper de vous. Vous regretterez alors tous vos traits ironiques.

— Grands dieux ! Iriez-vous jusqu'à me tuer ? lui demanda Malhorne en éclatant d'un rire fou. Salopard grotesque. Vous vous comportez en permanence comme si vous viviez sur un champ de bataille.

— Je connais le genre de gauchistes auquel vous appartenez, hurla Spencer. Pour les gens comme vous, tout ce qui porte ou a porté un uniforme est assimilable à un automate privé de cervelle. Ce qui me met en rogne, c'est de m'être battu pour pacifier des pays afin que des gens comme vous puissent y vivre.

— Mais l'armée n'a rien à voir là-dedans ! Auriez-vous été comptable que je n'aurais rien modifié à mon comportement. Comme je vous le disais à l'instant, vous êtes un prédateur. Vous considérez votre univers à travers le prisme de la possession. Ce que vous avez, vous le négligez. Un territoire conquis n'est plus tentant, n'est-ce pas. Par contre, ce que vous désirez déclenche en vous une alchimie hormonale qui finit par vous gouverner. Vous ne pensez pas, Spencer, vous réagissez. Dans l'armée, cette attitude instinctive peut vous sauver la vie. En dehors de cette institution, c'est à voir ! Vous êtes de confession catholique, n'est-ce pas ?

— Le rapport m'échappe.

— J'y viens pourtant. Les catholiques ont pour pierre de base la vie du Christ, si mes souvenirs sont corrects.

Spencer écoutait sans broncher. Il cherchait la relation entre leur conversation et ce sujet nouveau.

— Vous-même, vous croyez en cet homme, ce fils de Dieu descendu sur terre pour racheter jusqu'à vos propres fautes ? C'est bien cela ?

— Je ne vois toujours pas en quoi ma religion peut…

— Si le Christ revenait sur terre… Imaginez cette scène. S'il revenait et frappait à votre porte ! Que feriez-vous ?

— Vous commencez à me les briser !

— Juste un effort, insista Malhorne. Vous allez comprendre.

— C'est bien ce que j'essaie de faire, marmonna Spencer sur un ton plus calme.

— Représentez-vous le tableau. Jésus est à votre porte. Il est tout seul. Pas de fanfare céleste. Rien que vous et lui. Que faites-vous ?

— Je ne sais pas… je commencerais par le faire entrer, je suppose.

— Erreur, Karl Spencer ! Erreur. Si le Christ frappait à votre porte en disant *En vérité Spencer, je te le dis…*, vous lui botteriez le cul. Je vous en fiche mon billet. Vous ne verriez en lui qu'un jeune paumé de plus, un chevelu, un fumeur de haschisch, probablement ! Peut-être qu'en bon citoyen, vous l'emmèneriez même au commissariat le plus proche. Qu'en pensez-vous, Spencer ? Votre pseudo-ferveur religieuse repose sur la personnalité d'un homme pour qui vous n'éprouvez que mépris !

Spencer ne trouva pas de réplique. Les propos de Malhorne le décontenançaient. Ils visaient si juste que…

Spencer secoua la tête. Non ! Malhorne était un intrigant, un embrouilleur. Et lui, Spencer, n'avait jamais été très doué dans les joutes orales. Ses qualités, il les connaissait, mais sans action, elles ne prenaient pas toute leur valeur. Quant à sa foi catholique, il lui faisait confiance.

Il tourna les talons, décidant que rencontrer Malhorne seul à seul se révélait plus dangereux qu'il l'avait supposé.

— Spencer ? appela Malhorne alors que le colonel s'apprêtait à sortir.

— Je n'ai plus rien à entendre, répondit-il sans se retourner mais s'arrêtant pourtant.

— Vous avez oublié quelque chose !

— Je ne vois pas…

— Vous n'êtes pas venu me voir pour discuter, n'est-ce pas ? Vous aviez une question à me poser. « Pourquoi », si je me souviens bien.

Spencer se retourna. Il avait oublié ce détail.

— En effet ! se reprit-il en toussant pour se redonner de la contenance.

— Bonne nuit, Spencer ! Faites de beaux rêves, conclut Malhorne.

Puis il reprit le cours de sa lecture sans plus s'occuper de son visiteur dont le visage rougissait à nouveau.

38

« Il y a plus de choses sur la terre et dans le ciel,
Horatio, que n'en rêvèrent nos philosophes. »
WILLIAM SHAKESPEARE, *Hamlet*

— Doucement, petit ! On n'est pas au stand de tir !

La bouche de la prostituée se déformait selon un angle curieux. Sans doute un sourire particulier.

Je n'eus pas le temps de m'attarder devant son rictus. Trois cents ans de souvenirs déferlaient dans ma mémoire, si bien que j'éjaculai sans trop y penser. Depuis la première fois, j'avais acquis un bon entraînement dans ce type d'exercice. En l'occurrence, je veux parler du retour de ma mémoire ! Je secouai la tête pour évacuer la griserie du voyage et regardai à nouveau le monde avec mes yeux d'antan.

Je me trouvais dans une chambre d'hôtel miteux en compagnie d'un reste de fille de joie. Charmant pour un retour !

Une couverture crasseuse traînait par terre et le lit défoncé couinait au moindre mouvement. Je n'avais pas même pris le temps de baisser entièrement mon pantalon et mes bottes marquaient le matelas. Derrière moi, la femme rajustait ses jupons avec une élégance contenue. Elle fit claquer l'élastique d'une jarretière et laissa échapper un pet tonitruant.

— Au temps pour moi ! me dit-elle en se retournant.

Et le ciel me tomba sur la tête !

— Morgane ?

Le visage de la prostituée se décomposa.

— Qui la demande ?

Je n'en revenais pas.

— Morgane ! C'est moi. Malhorne !

Elle blêmit. Jamais je n'avais vu un visage pâlir à ce point. Son corps se mit à trembler et elle dut s'asseoir sur le lit.

— Mon Dieu…, gémit-elle. Ce n'est pas possible.

Il était trop tard pour prendre des gants et me rappeler à son souvenir en douceur.

— Écoute-moi, Morgane ! *Contente-toi de peu et amuse-toi de tout.* Je suis le seul à savoir ça.

Elle pleurait à présent. Échouée sur mon épaule, Morgane sanglotait, le corps secoué de spasmes.

Lorsque après une bonne demi-heure de chaudes larmes, elle put enfin parler, ce fut pour m'apprendre le parcours de sa déchéance. Morgane avait désespéré après ma disparition.

Elle et son frère avaient longtemps attendu mon retour, mais jamais on n'avait retrouvé mon corps.

Un mariage malheureux l'avait dépossédée de tout. Légalement, elle demeurait propriétaire de la banque. En pratique, la famille de son mari se l'était appropriée. Du vivant de son époux, elle recevait encore un minimum de considération mais, à sa mort, la belle-famille l'expulsa radicalement. Alors la chute fut brutale.

— Mais ton frère ! N'a-t-il rien fait pour te venir en aide ?

— Il n'était pas là à cette époque. Il naviguait entre la frontière canadienne et ici, toujours à la recherche de nouveaux investissements. Tu n'as pas à t'en faire en ce qui concerne ton avenir, Malhorne ! Ton or a fructifié grâce à lui.

— Superbe ! Mais ensuite, il a bien fini par revenir ? Pourquoi ne l'as-tu pas attendu ?

— Tu es plein d'humour, Malhorne. Toi tu étais mort ! Et sans doute les morts ne mangent-ils pas ! Il m'a fallu gagner de l'argent et je ne savais rien faire. Qu'est-ce qu'une jeune femme seule peut bien faire pour gagner sa vie dans ce monde, d'après toi ?

— Je comprends, Morgane. Mais ensuite ?

— Je n'avais plus d'honneur, Malhorne. Mon frère a bien tenté de m'arracher à cette vie mais j'ai refusé. *Putain un jour, putain toujours*, dit-on. J'ai tristement vérifié cet adage.

— Je suis désolé, Morgane. Je ne voulais pas t'accabler.

Dieu que l'on peut avoir des considérations différentes selon que l'on revient d'entre les morts, ou que l'on tente de poursuivre sa vie.

— Nous allons tout recommencer, rien n'est perdu ! lui dis-je soudain, la prenant par les épaules.

— Ne me prends pas en pitié, répondit-elle tristement. Ce serait pire que ton absence.

— Tu n'as plus ta fraîcheur d'antan, mais tu as conservé la beauté, Morgane.

— Mais regarde-moi, je suis vieille !

— Oh ! L'âge est une affaire de point de vue. En comparaison avec moi, tu n'es qu'une enfant.

Mon père, ce fanfaron de Tom Slauter, m'attendait au saloon en compagnie des deux plus jolies garces de la maison.

— Poussez-vous, les filles, voilà mon gars qui revient ! cria-t-il en me regardant descendre l'escalier. T'en as mis du temps, saligaud ! Faut croire qu't'avais de l'entrain.

Morgane apparut sur le palier. Elle prit une profonde inspiration et descendit à son tour. Les traces de ses pleurs avaient disparu mais ses yeux marqués de cernes accusaient une nette fatigue.

— Eh, la Morgue ! J't'avais bien dit que c'était un pur-sang mon fiston, lança Tom. T'aurais pas des fois un peu de rab pour le vieux Tom ? Fais-moi ça gratis, toi, la plus riche putain de Louisiane !

La main baladeuse de mon père glissa sous sa jupe.

— Arrête ça, tu veux ! Morgane est fatiguée.

— Dis donc ! J'y ai goûté à la Morgue avant que tu saches pisser tout seul ! Alors viens pas m'en apprendre.

Comme sa main vicieuse continuait de fouiller sous les jupons de Morgane, je l'obligeai à la retirer, doucement mais fermement.

— Disons que tu n'en auras plus l'occasion ! Et à partir d'aujourd'hui, tu l'appelleras Madame, et tu enlèveras ton chapeau pour la saluer, c'est compris ?

— Dis donc, p'tit con ! C'est pas pa'ce que t'as tiré un coup qu'il faut prendre des airs avec moi !

— Tom, je ne te l'ai jamais dit avant parce qu'il me restait un soupçon d'éducation, mais tu n'es qu'un pauvre type ! Pas méchant dans le fond, mais trop mal dégrossi pour mériter ne serait-ce qu'un seul regard de Morgane.

— Mais..., essaya-t-il.

— Il n'y a pas de mais. Ça suffit ! Tu vas dire adieu à ces dames et rentrer gentiment auprès de ta femme.

Tom ne sut que balbutier des mots incompréhensibles et finit par partir.

Une semaine plus tard, j'épousai Morgane dans la petite église de la Nouvelle-Orléans.

Tom vint accompagné de sa femme, je veux dire ma mère, et se comporta tout au long de la soirée le plus respectablement du monde. Puis, au moment de partir, il m'écarta un instant des convives.

— Allez, fiston ! Tu peux bien te confier à ton vieux père. Tu vises la banque ? C'est pas vrai, des fois ?

— Cette banque m'a toujours appartenu, Tom ! On ne peut posséder deux fois la même chose.

Je pense qu'il médita cette phrase jusqu'à sa tombe et je parie que jamais il n'y comprit goutte.

Morgane et moi fîmes construire une vaste demeure sur une hauteur, le long du Mississipi, celle-là même où vous avez découvert l'une des statues. J'en choisis moi-même l'emplacement, en raison des cavités naturelles du terrain, car l'idée de constituer une nécropole me trottait déjà dans la tête.

Nous y avons passé quelques bonnes années. Malhorne venait de temps à autre nous rejoindre mais, le plus souvent, il perdait son temps à investir et récolter les bénéfices. D'autant plus facilement que la période s'y prêtait allégrement. De colonie française, la Louisiane venait tour à tour de passer dans les mains de l'Espagne, puis de l'Angleterre. Les jeux de cadastre permettaient de s'approprier des domaines aux superficies invraisemblables. Tromper l'administration occupait la majeure partie du temps de Malhorne. Ce pays neuf aux dimensions si vastes dépassait les compétences des administrateurs de l'ancien monde. Malhorne se contentait de rajouter quelques milliers d'hectares à mes biens fonciers, chaque fois que l'occasion se présentait.

— Il serait temps de faire des enfants, lui dis-je un jour. Tu n'es pas éternel et moi si ! Mais éternel ne signifie pas immortel. Tôt ou tard, je partirai encore. À mon retour, je ne veux pas m'occuper de questions matérielles.

Ma cause fut entendue. Malhorne se mit à l'ouvrage et tout ce petit monde vint bientôt s'installer dans la propriété du même nom. Morgane se consola ainsi de n'avoir pas eu d'enfants. Nous nous employâmes tous à élever les petits Macare.

C'est à cette époque que nous avons mis au point un protocole de reconnaissance entre mes futurs corps d'accueil et les gérants de ma fortune. La famille Macare devint par la même occasion propriétaire de la moitié des bénéfices qu'elle développerait dans l'avenir, histoire de motiver les troupes. Je n'émis qu'une seule réserve sur l'utilisation de l'argent, je ne voulais pas de spéculation hasardeuse. L'immobilier me semblait beaucoup plus sûr. La crise de 1929 allait me donner raison.

Ce fut une douce période. Quand les layettes et les hochets ne rythmaient pas nos journées, Morgane choisissait une destination et ensemble nous partions à l'aventure, le plus souvent à cheval. Ou en carriole. L'Amérique ressemblait à un paradis vierge où notre couple trouvait un bonheur simple.

Le temps passa.

Morgane vieillissait et je commençais à peine à mûrir. Nos chevauchées se firent moins longues, puis moins fréquentes. Comme elle aspirait au repos, je passais beaucoup de temps à la Nouvelle-Orléans. La ville était restée aux mains des Français, et nulle part dans la région on ne trouvait meilleure table. Morgane m'accompagnait parfois mais le plus souvent je dînais seul.

Un soir où je m'attardai plus longtemps que d'habitude dans les parages alcoolisés d'une bonne taverne, la ville entière devint le théâtre d'une agitation soudaine. Deux bateaux en provenance de France avaient accosté en fin de journée. En règle générale, ces navires apportaient des nouvelles fraîches d'Europe. Il suffisait pour en savoir plus d'inviter un ou deux matelots à boire et vous ressortiez presque plus saoul de paroles que des effets du bordeaux.

Ce soir-là, c'était différent. Les hommes en uniforme qui investissaient la grand-rue ne ressemblaient pas à des troupes royales. Je sortis de la taverne un peu éméché pour observer le spectacle.

— Bonsoir citoyen ! me héla l'un d'eux.

— Qui diable êtes-vous donc ? demandai-je à cet hurluberlu.

— Nous sommes venus faire appliquer ici la Constitution de la République.

Comme je n'entendais rien à ce charabia, je l'invitai à entrechoquer deux ou trois pintes.

J'appris ce dont vous vous doutez. Le peuple français venait de se libérer du joug royal. Louis XVI et l'Autrichienne ne tarderaient pas à goûter aux geôles qu'ils avaient fait construire et les bourgeois tentaient de faire naître dans les consciences une idée nouvelle : la démocratie.

Ça sentait le progrès.

Je me souviens de cette nuit comme si c'était hier. J'étais très enthousiaste et décidai de partir le plus tôt possible pour la France. Nous étions le 10 septembre 1789 et les restes de la Bastille fumaient encore.

Morgane ne fit pas trop de difficultés. Au maximum, mon absence durerait deux ans. Nous nous retrouverions bientôt. Et quelle joie ce serait alors !

Les troubles politiques qui secouaient l'Europe m'empêchèrent de partir aussi vite que je l'aurais voulu. Aucun navire en provenance de France n'accosta à la Nouvelle-Orléans. La monarchie agonisante se préoccupait peu de ses colonies.

J'embarquai à la fin de l'année 1790 pour Londres et ralliai Calais au début de l'année suivante. J'eus au cours du voyage de plus amples informations sur cette révolution naissante. Aux dires des officiers de bord anglais, l'ordre divin de la monarchie avait cédé la place au chaos le plus total. Il se tramait outre-Manche une odieuse chasse aux *sangs bleus.* Bien des nobles français, menacés dans leur vie, avaient trouvé refuge en Angleterre et en Prusse. Un lieutenant originaire d'Écosse me confia un jour qu'une armée se levait depuis peu pour mettre un terme à cette jacquerie généralisée. La terre des Capétiens serait bientôt expurgée des gueux insolents.

— Nous ne pouvons pas tolérer ce désordre des choses immuables, me confia-t-il. Cela risquerait de donner des idées à nos paysans !

Les hommes du rang ne partageaient pas tous cet avis optimiste.

Certains Irlandais de l'équipage nourrissaient en secret le désir de rejoindre les révolutionnaires et de goûter au spectacle de la guillotine.

Harold Mac Conkey, le cuisinier des gradés, avec qui je passais de bons moments, proposait d'étendre le modèle français à toute l'Europe.

— Je me chargerais volontiers du rôle de ce Sanson avec les Hanovre ! me dit-il, alors qu'il s'affairait sur le fil de sa batterie d'ustensiles. J'ai en réserve certaines astuces pour rendre un hachoir très efficace.

Après quoi, il m'en fit une brillante démonstration sur le cou déplumé d'une demi-douzaine de volailles.

— Vois-tu, Malhorne, la chair n'abîme pas le fil du hachoir. Ce sont les plumes qui saccagent le travail. Il faut donc les arracher avant d'œuvrer. Va dire aux sans-culottes de faire de même avec les chemises des marquis !

— Et si tu venais avec moi leur transmettre cette information de la plus haute importance ? lui proposai-je. Le bourreau, je n'en doute pas, ne refusera pas une aide si précieuse.

Harold ne réfléchit pas une seconde. Il me tendit sa main joyeusement.

— Tape là, citoyen !

À Calais, nous fûmes obligés de nous faufiler entre un méli-mélo de soldatesque royale acculée à la mer et des bandes d'insurgés appuyées par la population.

Le théâtre principal des décisions révolutionnaires se déroulait à Paris, aussi prîmes-nous au plus vite le chemin de la capitale.

Nous nous installâmes dans une auberge au bord de la Seine, sur l'île du bon roi Louis IX. Le choix de notre hôtel relevait d'une fine stratégie car il se situait à un jet de pierre de la place de Grève, où régulièrement tombait la lame de la guillotine. Harold ne voulait pas perdre une miette de la curée.

— Serait-ce là ta seule préoccupation ? lui demandai-je alors que nous soupions non loin du Louvre.

— Non pas ! Mais ce hachoir-là me fait bougrement saliver ! Et puis, j'ai dans l'idée de repartir ensuite en Irlande appliquer les recettes françaises.

— Allons bon ! Toi, de la graine de révolutionnaire ? me moquai-je.

Harold serra le poing sur mon bras.

— Tu ne connais pas l'Irlande, Malhorne ! Et tu ne sais pas non plus ce que les Anglais font subir à mes frères !

Le lendemain matin, le ventre rempli d'une pesante livre de charcuterie lyonnaise, nous emboîtâmes le pas au peuple parisien pour nous rendre au spectacle. L'appel du sang résonnait dans chaque ruelle de la ville. Il n'était pas une maison, une échoppe ou un estaminet, qui ne livrât son comptant d'assoiffés.

La place de Grève, noircie par une foule attentive, ressemblait davantage à une foire qu'à un chapitre de l'histoire. Tandis que, à titre d'exercice, s'abattait le couperet sur le cou fibreux d'un mannequin de paille, les vendeurs ambulants installaient leurs échoppes de fortune. Point de solennité en ce lieu où se vendaient en même temps la mort et les marrons grillés.

Nous nous approchâmes au plus près de l'échafaud.

Malgré de réguliers lessivages, le bois du plancher avait pris la couleur d'une barrique de vin et empuantissait l'air de l'odeur âcre du vieux sang. Cela sentait l'étal d'un boucher au plus chaud d'un après-midi d'été.

Je fus déçu par cette ambiance de fête foraine. Loin de l'image cérémonieuse véhiculée par les manuels, la place de Grève vous secouait l'estomac des spasmes précurseurs des vomissements.

De son côté, Harold paraissait jouir du plus pur bonheur. Il est vrai que ce cuisinier, fils de paysan, côtoyait la viande fraîche tant par plaisir que par métier, et l'odeur du sang trouvait chez cet épicurien un réceptacle énamouré. Il se frottait les mains pour contenir son excitation et hurlait sans rien y comprendre, en réponse aux encouragements de la foule.

Puis soudain, la meute se tut.

Un grand gaillard monta sur l'échafaud et d'une voix rude et gouailleuse, lut lentement les chefs d'accusation. Sur les trente-deux inculpés des procès de la veille, le tribunal avait prononcé vingt-cinq condamnations à mort immédiates, quatre bannissements et trois emprisonnements à perpétuité. Le peuple de Paris entassé sur la place se régala longuement de la sentence, tout en regrettant un peu la clémence du tribunal.

Il déclina ensuite les noms des condamnés à mort. À chacune des identités énoncées, la foule répondait par un grondement de satisfaction. Harold grognait aussi, bien que jamais auparavant il n'ait entendu parler des coupables.

Le gaillard roula le procès-verbal et descendit de l'échafaud. La peau des tambours de la garde vibra sous les coups de baguettes et Sanson, suivi par trois aides, fit une apparition grandiloquente, sous les vivats de la foule.

Sur la rive gauche de la Seine s'élevait un tonnerre de cris, qui se rapprochait. Les condamnés du jour quittaient la Conciergerie pour se diriger au-devant de leur inéluctable destin.

Le cortège des suppliciés, fortement entouré par des gardes révolutionnaires, déboucha sur la place. Cette entrée attendue déclencha aussitôt parmi la foule une vindicte quotidiennement répétée. Si le moment n'avait pas été si tragique, on aurait facilement pu estimer la popularité des condamnés aux quantités de quolibets que chacun recevait.

Un premier condamné monta sur l'échafaud.

Il fut monté plus qu'il ne monta, et c'était peine à voir. On ne garde pas en toutes occasions la dignité de son rang. C'était un jeune homme à l'allure peureuse, aux mains tremblantes. Je me demande quel crime abominable ce malheureux garçon avait pu commettre pour justifier un tel sort. Il n'était probablement que trop bien né, mais à la mauvaise période.

Il brailla fort quand les aides de Sanson ligotèrent ses mains et le poussèrent jusqu'à la table de la guillotine. Selon un judicieux mécanisme, la table bascula vers sa position horizontale, de telle sorte que le cou du jeune homme se retrouva fort bien placé. Le bourreau s'approcha du chef convoité, mais jugea que les sangles d'attache ne serraient pas suffisamment le corps pour le maintenir convenablement en place. Ses adjoints recommencèrent la manœuvre, ce qui prit une bonne minute. À la mare qui s'étalait sous la table, on pouvait aisément comprendre le malaise dans lequel se trouvait le malheureux.

La table bascula à nouveau et, cette fois, Sanson fut satisfait. Sur un geste du bourreau, les tambours vibrèrent. Sanson rabattit la partie haute de la lunette et libéra la corde qui maintenait le couperet.

Tchac ! Et la foule hurla.

La tête tomba lourdement dans un panier. Le cœur, privé de raison, continua à battre pour un temps et des artères du cou gicla un sang carmin jusqu'aux premiers rangs des spectateurs. J'en fus pour une douche et la nausée me vint.

Sanson laissa le cadavre se défaire des ultimes soubresauts de la vie puis il ordonna au prêtre de passer au suivant de ces messieurs dames. Pendant ce temps, on nettoya la table d'un seau rempli d'eau, on la releva dans sa position verticale et le couperet rejoignit son dangereux emplacement.

Dès la fin de la première exécution, je proposai à Harold de quitter la place de Grève pour de plus enrichissantes occupations, mais ce têtu d'Irlandais insista pour assister à l'ensemble de ce fameux spectacle. Je tentai en vain de lui expliquer qu'elles se ressembleraient toutes, mais nenni. Rien à faire ! Si les Irlandais sont des têtes de bois, celui-ci fut sculpté dans de l'ébène. Le comble de l'histoire, c'est qu'il parvint à me convaincre de rester aussi.

Je n'avais eu depuis le début que peu de cœur à regarder ce massacre mais, bientôt, la lassitude me gagna. Le couperet tombait, et tombait, et retombait encore.

À la quinzième exécution, le panier se retrouva tant rempli de têtes qu'il en débordait, si bien que les suivantes roulaient à terre. Mais personne n'eut l'idée d'en placer un autre.

Une tête glissa même jusqu'à mes pieds. Je la regardai bêtement, fasciné par la fixité du regard perdu et la netteté de la coupe.

— Du beau travail ! me certifia Harold.

En deux heures de temps, l'affaire fut entendue. Les vingt-cinq cadavres décapités, jetés pêle-mêle dans le tombereau d'un bougnat, partirent pour l'anonymat de la fosse commune, tandis que les têtes resteraient exposées jusqu'au soir.

Couvert de sang et sur le point de vomir, je rentrai à l'hôtel sans plus attendre Harold, fermement décidé à ne plus jamais revenir sur cette maudite place.

J'attendis Harold attablé dans la taverne de notre hôtel. Le bougre ne pointa le bout du nez qu'en fin d'après midi, si bien qu'il me trouva plus gris que lucide.

— On fête tout seul la fin des privilèges ? me dit-il en lorgnant sur la rangée de bocks qui encombrait la table. Pas gentil, ça !

— Je suis déçu par cette révolution de bouchers, l'informai-je. C'est la foire d'empoigne. Rien de ce que j'imaginais en venant ici.

— On ne révolutionne pas sans casser des œufs !

— Des œufs à peine sortis de l'adolescence, ne l'oublie pas. Ça me donne envie de vomir !

— Je suppose qu'il faut en passer par là, me dit Harold, soudain plus philosophe. Allez, ne te fais pas du mauvais sang, c'est ma tournée !

Je laissai de côté ce trait d'humour déplacé et me changeai les idées au fond d'une nouvelle série de pintes ambrées.

Au cours de la soirée, nous fîmes la rencontre de Mangin Desfontaisnes, crieur public de son métier et grand amateur de bières. Il sympathisa immédiatement avec ce bon Harold, malgré la barrière du langage, quelque peu amoindrie par l'éthylisme de mon compagnon.

— Alors comme ça, vous êtes allés admirer le travail de la veuve ce tantôt ! nous dit Mangin. Bel ouvrage, n'est-ce pas ?

— Joli surnom ! lui répondis-je après un court instant de réflexion.

— Je ne sais pas qui l'a trouvé mais il sonne bien, c'est vrai. Et puis, qu'une femme soit à l'origine du renouveau, c'est ça le progrès. Vous ne semblez pas être du coin ! D'où venez-vous ?

Étant donné les accents de ce braillard d'Harold, la déduction de Mangin ne relevait pas d'une réflexion intense. Je lui expliquai brièvement notre rencontre en haute mer et ce qui s'ensuivit.

— Ainsi vous faites une sorte de tourisme politique, reprit-il.

— On peut voir les choses ainsi !

— Vous ne seriez pas des espions à la solde de l'étranger, des fois ?

— Et quand bien même nous le serions, vous imaginez qu'on le crierait dans cette salle ?

Mangin nous regarda par en dessous, si l'on peut dire.

— Certains ont goûté à la morsure de la veuve pour moins que ça, alors baissez d'un ton !

— Merci du conseil, Mangin, mais nous sommes blancs comme neige.

— Soyez plutôt rouges, cette couleur est plus à la mode !

À la fin de la soirée, Harold et Mangin étaient devenus d'inséparables compagnons. Leur goût commun pour tout ce qui touchait à la chair les réunissait davantage, je pense, que des idéaux quelconques. C'est ainsi que, sur les talons de Mangin, nous découvrîmes tour à tour les charmes de Paris. Des luxueux bordels aux fêtes quasi champêtres, nous n'en manquâmes pas un.

Une année entière passa le temps d'un éclair. Les fins de matinée, nous assistions au rituel de la guillotine puis nous déjeunions. L'après-midi, repos. En début de soirée, Mangin passait nous prendre et, tous les trois, nous partions en goguette.

Au bout d'une année, lassé par cette vie répétitive, je décidai de m'installer seul dans le petit village de Montmartre.

De temps à autre, Harold et Mangin y montaient, grappiller la maigre fortune qui me restait encore. Surtout Mangin, car je suis certain qu'Harold nourrissait à mon égard une amitié véritable. Nous dînions à la terrasse d'une charmante auberge, le *Cheval blanc*, unique table de Montmartre à proposer des tripes de cette qualité. On les servait accompagnées d'un petit vin du pays, une piquette du bassin parisien qui excitait les papilles et faisait rougir les jeunes femmes. Je jouissais alors d'une vie douce, calme et agréable, véritable repos précédant la tempête.

En de multiples occasions, l'alcool aidant à remplir les heures creuses de la nuit, je tentais d'expliquer à Harold qui j'étais réellement. Mais il ne me crut jamais, reléguant mes aveux dans le placard des élucubrations éthyliques.

Au matin du 3 septembre 1792, Mangin, inhabituellement matinal, vint me chercher au saut du lit.

— Malhorne, me dit-il, très satisfait de sa personne. Tu ne viens plus aux exécutions publiques, tu ne participes pas non plus aux débats du soir, mais j'ai dans l'idée que tu ne pourras pas refuser ce que je viens t'annoncer.

— Et de quoi s'agit-il ? marmonnai-je, la bouche à moitié remplie de pain beurré.

— D'un procès ! Un joli procès en bonne et due forme. Ça devrait te plaire, je me trompe ?

— Tout dépend du coupable.

J'avais en mémoire les échos de certains procès dont la seule utilité avait été de mettre une forme républicaine sur une condamnation connue par avance.

— On juge cet après-midi la princesse de Lamballe !

À l'air guilleret de Mangin, je déduisis qu'il devait être question d'une haute personnalité.

— Et qui est-ce donc que cette Lamballe ?...

— Mais foutre Dieu ! beugla-t-il. Tu ne connais donc rien à rien ? C'est la surintendante de la maison de la reine. C'est elle qui organisait les orgies de l'Autrichienne du temps révolu où l'on laissait courir n'importe qui dans les rues.

J'ai assisté ce jour-là à la manifestation de ce qu'il y a de plus vil en l'homme. Une douzaine de prétendus juges, tous oscillant entre la trentaine et la quarantaine, se partageaient le rôle d'accusateur dans un simulacre de procès.

Des bouteilles de vin officiaient dans le rôle de maillet de la justice et la solennité coutumière du lieu avait cédé la place à la plus invraisemblable gabegie qui soit.

La malheureuse princesse de Lamballe tremblait de tous ses membres, maladroitement enrubannée de guenilles puantes.

Plus de faim et de fatigue que de peur.

Malgré tout, elle conserva jusqu'à la fin une dignité affectée, et exacerba par cette simple attitude la vindicte des jurés.

Ou juges, ou vengeurs, ou encore démons. Je ne sais toujours pas comment nommer les hommes avinés qui tranchèrent sur son sort, au propre comme au figuré.

La question posée par le tribunal méritait à peine de s'y arrêter, à mon idée en tout cas. La princesse sauverait sa vie en reniant le roi, la reine et leurs enfants. Tout ce pour quoi elle avait vécu, en somme.

Elle refusa net.

Une première fois.

Le président des malandrins, qui répondait au nom de Centerre, reformula la problématique sous un aspect plus cru.

La Lamballe, comme ils se plaisaient à la nommer, maintint sa position, rehaussée de ce dédain si caractéristique de la noblesse d'alors.

— Tout ce qu'on te demande, salope, c'est que tu craches sur ton pitoyable Louis ! Sa femelle et leurs rejetons sans titre !

— Faites de moi ce que bon vous semble. Cela m'est égal, ajouta-t-elle, comme pour donner le signal de départ.

Les hommes ne manquent jamais de répondre à un signal, surtout s'il est donné par une femme.

Les douze juges descendirent de leur haute position et se ruèrent sur la princesse.

À force de coups de poing, de pied, de piques et de lacérations diverses, ils démembrèrent cette coupable idéale.

Certains parmi le public participèrent au massacre.

Mangin s'en approcha sans oser vraiment mettre la main à la pâte. Comme ces lâches, ces esprits veules qui n'osent jamais rien mais toujours aboient, quand la meute retourne auprès du maître quérir quelques caresses.

Les bras et les jambes de la malheureuse partirent aux quatre coins de Paris, portés par un peuple triomphant de victoire et d'alcool, vers d'anonymes sépultures.

Sur l'ordre de Centerre, on amena une hache et le corps mutilé de la princesse de Lamballe fut décapité.

Les bandits fichèrent au bout d'une longue pique la tête sanglante et sortirent du tribunal. Sous le morbide étendard, un défilé braillard s'organisa à l'improviste.

Comme, sur leur passage, les gens s'interrogeaient sur l'identité du crâne, Centerre fit arrêter la troupe devant l'échoppe d'un barbier.

— Repoudre-moi ça, citoyen ! commanda-t-il à l'infortuné commerçant.

Le barbier s'exécuta. Un refus aurait immédiatement été traduit en arrestation. Il poudra la face livide, en essuya les injures, puis ébaucha un maquillage acceptable.

La chevelure de la princesse, devenue une sorte d'amalgame de crasse, de sang coagulé et de poussière mêlés, ne ressemblait en rien aux coiffures habituelles des nobles. Cela gâchait l'effet.

Centerre ordonna au barbier de laver, sécher et friser les cheveux de la défunte. Lorsque ces différentes opérations furent effectuées, la tête fichée sur sa pique ressemblait, il est vrai, à sa malheureuse propriétaire.

Centerre ressortit de l'échoppe équipé du nouvel étendard, qu'il portait haut, fièrement, comme s'il se fût agi des couleurs de la nation.

— Au palais ! hurla-t-il en sortant.

Puis il partit d'un bon pas, sous les applaudissements de la troupe. Sur son passage, le peuple parisien reconnaissait bien la princesse, à la plus grande fierté du barbier venu constater lui-même le résultat de son travail.

Quand un vent de folie vous frôle, il a de grandes chances de vous emporter dans son tourbillon. Le barbier, certains badauds et jusqu'à une partie de moi-même, n'y échappèrent pas. Tous marchaient comme un seul homme dans les pas de Centerre. Jusqu'à ce que ce bougre d'homme, trop rempli de mauvais vin pour maîtriser son esprit, ne s'arrête à nouveau sur le perron d'une taverne pour trinquer avec la princesse à la grandeur de la révolution.

Le spectacle était si répugnant que beaucoup s'indignèrent et quittèrent la curée.

En vain.

Centerre et ses sbires avalèrent chacun un bon litre de vin. Tandis que, dernier affront s'il en est, la tête de la princesse de Lamballe trinquait d'une gorgée à chaque nouvelle tournée. Le vin s'écoulait par l'œsophage apparent d'où, mêlé de sang et de glaires, il dégoulinait sur le bois de la pique jusqu'au sol.

Ragaillardie par cette halte alcoolisée, la troupe reprit le chemin du palais du Louvre, plus enhardie et braillarde que jamais.

Au palais, on ne voulut pas les laisser entrer. Les théoriciens de la révolution n'avaient que faire d'une bande d'assassins soiffards et seule leur qualité d'hommes de main leur valait l'impunité outrancière dont ils jouissaient.

Bloqué aux portes du palais, Centerre passa sa colère sur ses hommes. Sur son bras droit pour commencer, puis sur les autres. Le bras droit se vengea sur son subalterne, et ainsi de suite. Si bien que le défilé triomphant tourna rapidement au pugilat.

Je regardais d'un œil amusé ce beau déballage de colères fratricides en cascade lorsque l'idée me prit d'intervenir. Assez sottement, je dois dire.

— Vos belles idées ne sont qu'un fallacieux prétexte pour couvrir vos pulsions bestiales, messieurs ! Je ne vous cache pas mon profond dégoût de ces agissements, m'entendis-je dire lorsqu'ils furent enfin apaisés.

Si j'avais souhaité un accompagnement volontaire pour me suicider, je n'aurais pas mieux agi. La colère du groupe se retourna contre moi. D'innombrables mains m'empoignèrent, dont celles de Mangin, j'en jurerais. Centerre hurla un ordre, et depuis le parvis du Louvre, je fus porté jusqu'à la Conciergerie. Mais non pas en triomphe, comme l'aurait rêvé tout un chacun, cette chaotique traversée de la Seine me conduisait vers mon trépas.

Centerre connaissait l'un des gardiens de la grande porte de la prison royale. M'y faire accepter en tant que royaliste convaincu fut pour lui un jeu d'enfant.

Le porche de la Conciergerie passé, je rejoignis bientôt la grande salle des gardes, transformée depuis le début de la révolution en prison de transit.

Je dégringolai lourdement les marches pour me retrouver vautré dans une position invraisemblable au milieu de cent personnes.

Nul ne vint me relever. Les autres prisonniers se serrèrent les uns contre les autres, créant au contraire un cercle de vide autour de moi. Si leur réaction d'abord m'étonna, je la compris par la suite. L'arrivée d'un nouveau prisonnier déclenchait systématiquement ce type de réaction, qu'il soit connu de certains ou pas. Elle rappelait à chacun sa propre arrestation, son propre internement, et plongeait l'assemblée dans de bien sombres pensées.

Je me relevai donc seul, écorché aux coudes et aux genoux.

Du silence provoqué par mon arrivée, des plaintes s'élevèrent. D'abord ténues, les voix s'enhardirent et, bientôt, de la salle obscure montèrent des litanies douloureuses. La peur m'environnait d'une façon presque tangible.

Rapidement, mes yeux s'accoutumèrent. Des flambeaux à la lueur tremblotante accrochaient un peu de matière et, de loin en loin, cernaient l'espace.

Deux cheminées aux dimensions extravagantes ouvraient en vis-à-vis leurs gueules béantes et laissaient couler un peu d'air frais. Le seul en fait à rafraîchir chichement l'atmosphère plombée de la salle des gardes. La pièce sentait l'urine et la vieille sueur. Un coin sombre puait encore plus que le reste. Là, quelques seaux débordants recueillaient les maigres étrons de la noblesse française.

De temps à autre, un cri, ou était-ce un rire, si glacial qu'il en paraissait animal, montait parmi les colonnes, lugubre et lancinant. Et systématiquement, du côté libre des grilles, les soudards en faction entonnaient :

— Je te plumerai la tête, et la tête, alouette…

S'ensuivaient de lourds rires bestiaux.

Je me trouvai un petit coin tranquille, contre un pilier, et m'apprêtais à dormir lorsqu'un homme vint me trouver. À en croire la soutane maculée qu'il portait, je devais m'attendre à un sermon.

— Je ne crois pas en ton dieu, mon père, mais n'en prends pas ombrage, lui dis-je, afin qu'il me laisse seul. Mon cœur est tranquille. Je suis prêt pour le passage, j'en ai l'habitude.

— Malheureux ! La peur te fait perdre la raison. Quel est ton nom ? s'enquit le prêtre.

— Malhorne.

— Écoute-moi, Malhorne ! Notre heure est proche, pour tous. Confesse-toi. Ensuite, je te le promets, tu te sentiras apaisé.

— Je ne puis que t'assurer de la survivance de ton âme, curé ! Laisse donc la mienne tranquille. Il n'est pas un homme qui puisse lui venir en aide ! Elle n'en a pas besoin.

J'inversais les rôles et le prêtre ne s'attendait pas à cela. Il demeura coi, sans un geste ni une parole.

— D'où viens-tu, curé ?

— Je suis l'abbé Delapresle. Tout le monde me connaît ici.

— Delapresle ? Laisse-moi deviner. N'as-tu pas eu un illustre ancêtre cardinal, du temps de l'Inquisition ?

— Si fait ! J'ai cet honneur. Nous connaîtrions-nous par famille interposée ?

— Non pas, curé. Mais j'ai personnellement fréquenté le cardinal. Oh, pas très longtemps, j'en ai peur. Mais suffisamment pour en être mort bien vite. Cet homme était un triste et sanguinaire soldat du Christ !

— Que racontes-tu là ? Le délire te prend.

— Braille-moi donc un *vade retro* et laisse-moi en paix, curé ! Je dois me préparer à mourir et le temps nous manque pour discuter du bon vieux temps. Fais-en autant ! Cela vaudra toujours mieux que de te mêler ainsi de mon salut.

Abasourdi, interloqué ou choqué, je ne sus trop comment interpréter sa face bouffie de sentiments contradictoires. Il recula de trois pas, heurtant au passage un groupe de prisonniers, puis disparut dans la foule.

Pendant les trois jours que dura ma détention, je ne revis pas le bout de la soutane.

Au matin du quatrième jour, je fus conduit au tribunal, en compagnie d'une vingtaine d'infortunés compagnons de cellule. Le trajet nous prit à peine cinq minutes car la salle du tribunal occupait l'étage situé au-dessus de notre geôle.

On nous jugea à la louche. À l'appel de son nom, chacun faisait un pas en avant du groupe, pour entendre en même temps inculpation, réquisitoire et sentence.

Je fus, pour ma part, accusé d'avoir volontairement tenté d'empêcher la bonne marche d'une troupe révolutionnaire et de complot contre la nation. Des témoins, dont le méprisable Mangin en première ligne, furent entendus par le tribunal. En dix minutes, on décida de ma décollation. Il n'y eu ni défense, ni possibilité de me défendre moi-même, ni délibération.

L'après-midi du même jour, une charrette nous emporta depuis la Conciergerie jusqu'à l'échafaud dressé sur la place de Grève.

La troupe qui nous entourait nous plaça en file indienne au pied des planches. Une foule compacte noircissait la place avec, aux premiers rangs, les enfants de Paris, tenus d'assister au massacre à titre d'éducation civique. En vain je cherchais Harold, pour un dernier regard. Le bougre avait dû festoyer toute la nuit et dormait encore.

Je savais que ce moment allait être fulgurant, mais je n'en menais pas large en montant vers la guillotine. Malgré mes précédentes expériences du dernier souffle, il y a des moments où toute idée de fanfaronnade vous quitte. Plus je cumulais de trépas et moins je goûtais à la douleur. On ne se refait pas ! Quand on naît douillet, on le reste pour toute la vie. Dût-elle durer éternellement !

La table maculée de sang bascula, de sorte que je me retrouvai le nez au-dessus d'un panier débordant de têtes anonymes.

Je sentis la lunette se refermer sur mon cou un peu trop gras.

La foule et les tambours vibrèrent.

Puis le hachoir tomba en sifflant.

39

Le père Fontorbe faisait tourner dans sa main une petite pierre cristalline, au travers de laquelle passait la lumière des plafonniers.

— Le cardinal Delapresle n'est pas mort dans le saccage de l'abbaye de Pierrefith ! Il en réchappa de justesse, grâce aux rapides destriers de sa garde.

À l'occasion de la venue du prêtre, une grande table ovale avait été dressée à l'intérieur du bunker. Les membres de la Fondation échangèrent de rapides coups d'œil. Ce que venait de déclarer le prêtre paraissait presque indécent.

— Avez-vous trouvé la trace de Malhorne, père Fontorbe ? s'enquit aussitôt Denis Craig qui, selon son habitude, présidait aux débats.

— Non ! Aucune mention de cet homme ne figure dans les archives du Vatican. Aucun acte de baptême, ni de décès. J'ai entrepris des recherches à ce sujet auprès de la communauté catholique française, sans résultat. Vous n'ignorez pas les dégâts que causèrent les révolutionnaires dans ce pays ! Rares sont les états civils et religieux qui y ont survécu.

— Vos dires corroborent le récit de Malhorne mais ne nous apportent malheureusement aucune preuve quant à sa véracité, précisa Craig, qui semblait déçu.

— La prudence doit gouverner l'esprit de l'homme, lorsque celui-ci remonte le temps à la recherche de preuves de son présent, articula le père Fontorbe sur un ton sentencieux. Ai-je jamais dit n'avoir que cela à vous raconter ?

Il contempla son auditoire d'un œil vif et, semblait-il, habitué à s'exprimer devant une assistance.

— L'inquisiteur s'échappa donc ! Il rejoignit l'évêché et poursuivit pendant bien des années son sacerdoce. Des années plus tard, il nota de mémoire le récit du saccage de l'abbaye. Les minutes du procès de la sorcière de Pierrefith n'avaient pas échappé aux flammes.

— Ainsi donc, Ethen aurait existé ?

— Autant que vous et moi ! Si l'on se réfère aux écrits du cardinal. Mais laissez-moi vous raconter l'histoire de ce document, cela vous permettra d'en apprécier l'importance. Le cardinal Delapresle termina sa vie à Angoulême, sous la protection du duc de l'époque. À sa mort, ses papiers et biens furent transmis par héritage à sa famille ; à son neveu, qu'il avait désigné comme successeur. Ce neveu mena une existence obscure. Nous ne savons de lui que peu de choses. Il embrassa la carrière religieuse, comme souvent à l'époque, et termina sa vie dans le sud de la France, précisément entre les murs de la chartreuse de Valbonne.

» Pourquoi emporta-t-il les papiers de son oncle dans sa dernière demeure, nul ne le sait. Toujours est-il que ce document y fut conservé, jusqu'à la Révolution française. Sous la menace des révolutionnaires, les Chartreux furent contraints de quitter l'abbaye. Ils s'expatrièrent à Saragosse, où l'ordre avait un important monastère. Ces moines étaient en leur temps des hommes avisés et prévoyants. Leur fuite, préparée depuis plusieurs mois, ne fut pas précipitée. Ils emportèrent la quasi-totalité de leurs biens. Les écrits du cardinal Delapresle arrivèrent donc en Espagne, à la fin du XVIIIe siècle, et y restèrent jusqu'au début du XXe. En 1911, un prélat originaire du monastère de Saragosse emporta au Vatican une partie des archives des chartreux. Parmi ces documents se trouve celui-ci.

Le père Fontorbe remit une pile de photocopies à son voisin, qui les déposa au centre de la table.

— La narration du cardinal exploite davantage le pillage de l'abbaye que le procès d'Ethen, comme vous le découvrirez. Il en mentionne toutefois les principaux aspects. Cette femme fut condamnée par le tribunal inquisitorial à périr par les flammes. Elle était accusée de commercer avec le diable et, plus grave encore, d'organiser des sabbats. Delapresle décrit un peu plus loin les propos hystériques qui valurent à Ethen la reconnaissance de sa sorcellerie. Elle prétendait accomplir des cercles de révélations. De quelles révélations s'agissait-il, Delapresle ne le mentionne pas. Son ton est maladif, anxieux. En tout cas est-ce ce que je comprends au travers de ses lignes. Lorsque la plume gonflée d'encre entaille la surface du papier, le cardinal doute, j'en jurerais.

— Qu'est-ce qui vous porte à croire cela ? intervint Franklin. Cette narration me paraît, non pas objective, mais au moins linéaire. Partisane sans aucun doute mais non entachée de scrupules ou de remords d'aucune sorte.

— Par trop nombreux se comptent les *Pater noster*, marqués en marge ainsi qu'en préambule. Je suis habitué aux textes anciens, monsieur Adamov, et je puis vous assurer qu'il n'était pas usuel d'en appeler à notre Seigneur pour relater une banale affaire juridique. Ethen nommait ses ascendants jusqu'à des temps fort reculés. Elle prétendait aussi être partie et totalité de ceux-ci. Cette portion du texte m'aurait semblé totalement obscure il y a quelque temps... Delapresle fait ensuite mention du site de Stonehenge, dont Ethen prétend connaître la signification, et propose de le démontrer, si les moines l'y accompagnent. Le site n'est pas nommément mentionné. Le cardinal parle du grand cercle de pierres à l'ouest du royaume, au pays des Saxons et des Gaëls. La suite du texte est trop alambiquée pour livrer le moindre fragment de réalité...

Vous comprenez à présent combien ce texte peut receler de points de repère, en comparaison avec ce que nous savons déjà !

— Ce document aurait-il pu parvenir à la connaissance de Julian Stark ? demanda Stacey.

— Justement non. Et c'est là le point capital ! Depuis 1911, personne, exception faite de l'employé du Vatican qui, dans les années quatre-vingt, a reporté ces pages sur microfilms, n'a pu en prendre connaissance. Avant cette période, et ce Stark n'était donc pas encore né, loin s'en faut, les écrits du cardinal Delapresle reposaient dans la poussière des combles du monastère de Saragosse. Remontons plus loin. Avant Saragosse, la chartreuse de Valbonne. De 1540 à 1790 environ. Imaginez-vous un seul instant un homme de cette époque conserver la trace de ce témoignage dans le seul but de se livrer, par génération interposée, à une supercherie digne d'un roman noir ? Ce n'est pas sérieux. Malhorne connaît l'existence d'Ethen par un autre moyen. Reste à définir lequel !

— La fuite peut provenir de l'employé du Vatican, proposa Craig. Savez-vous de qui il s'agit ?

— En effet. Chaque microfilm porte des initiales, une date et le sujet. Celui qui nous intéresse porte les initiales P.L.D. Ce sont celles du père Lorenzo Deogracia.

— L'avez-vous interrogé ?

— Il est mort en 1982. Stark avait alors quatre ans. Quoi qu'il en soit, la quantité d'archives à sauvegarder sur microfilms était telle que les bibliothécaires n'avaient pas le temps de lire ce qu'ils photographiaient.

— Que connaissez-vous de Malhorne, mon père ? demanda Stacey à l'homme en soutane.

— Ce que je lui ai communiqué, intervint Denis Craig. Ni plus ni moins. Et ce n'est pas le sujet. Nous devons aujourd'hui statuer sur l'intérêt de cette découverte. Peu importe quelle chapelle en ressortira…

— Ce point me paraît pourtant à propos, monsieur Craig, sauf votre respect, répondit Stacey, opiniâtre. Selon la connaissance qu'aura le père Fontorbe de notre sujet, nous progresserons tous d'un minuscule, ou d'un grand pas…

— J'en sais bien assez ! s'exclama le père Fontorbe. Denis Craig m'a fourni, je crois, tous les éléments susceptibles de trouver en moi la résonance qu'il cherchait. À ma charge d'en tirer les conclusions qui conviennent… Mais je ne doute pas qu'avant longtemps, les éclaircissements qui me manquent viendront ici, d'eux-mêmes, se loger à leur place.

— Je le pense aussi, déclara Denis Craig. Je veillerai après cette réunion à vous montrer les autres pièces du puzzle. À commencer par Malhorne lui-même, que vous ne connaissez pas encore. J'ai tenu à ce qu'il n'assiste pas à nos débats, mais nos nouvelles trouvailles l'intéresseront fort, je le prévois. Pour le moment, j'aimerais que nous en terminions avec ce document. Pouvons-nous, oui ou non, rapprocher le récit de Malhorne avec le témoignage du cardinal ?

Toutes sortes de commentaires fusèrent autour de la table.

— Je possède un dernier élément à ajouter à mon histoire, lâcha le père

Fontorbe, stoppant net toutes les conversations. Un élément qui ne se trouve pas dans les lignes que vous avez parcourues.

Le prêtre leva sa main au-dessus de la table. Au bout d'une longue chaînette de métal doré, une pierre cristalline se balançait comme un pendule. Cette pierre aurait pu sembler banale, si de fins entrelacs d'or, sertis dans la masse, n'y avaient dessiné de curieuses courbes.

— Je suis un vieux renard. Pardonnez-moi ces effets de manche. Ils sont pour moi une intarissable source de plaisirs… Cette pierre, que je manipule depuis le début de notre conversation, accompagnait les écrits du cardinal Delapresle. Je la soumets à votre jugement. Il en fait mention comme étant le pendentif de la sorcière, qu'il subtilisa à la suppliciée avant qu'elle ne subisse son châtiment.

La pierre passa de main en main. Chacun eut le loisir de l'examiner longuement.

— C'est une tectite, déclara Stacey au premier coup d'œil.

— Tu veux bien préciser l'appellation, cher maître ? plaisanta Franklin.

— Les tectites sont le résultat d'une vulcanisation. Cela t'éclaire ? ironisa Stacey. Certaines roches portées à de très hautes températures donnent ce résultat. On en trouve principalement dans les cratères de météorite. C'est assez rare mais pas rarissime.

— Peut-on déterminer de quel cratère provient celle-ci ? demanda Denis Craig. Ce serait un point de départ.

— Difficile. Pour ne pas dire impossible. Il y en a des milliers à la surface de notre globe. De plus, préciser son origine ne nous avancerait pas beaucoup. Les tectites étaient considérées comme des joyaux. Essayez de suivre le parcours d'un diamant à travers le temps, vous m'en direz des nouvelles ! Il passe de main en main au fil des fortunes des hommes, sans laisser d'adresse ni de facture !

— Un très beau travail d'orfèvre ! apprécia Denis Craig, l'œil rivé sur la pierre. Père Fontorbe, avez-vous procédé à une estimation de son ancienneté ?

— Cinquième siècle avant Jésus-Christ ! Peut-être avant. Nous pensons que l'or a été travaillé en Perse.

— Ça ne date pas d'hier. Que représentent les incrustations de métal ?

— Ça semble purement décoratif…, émit Franklin.

— Erreur ! le coupa le père Fontorbe. Leur signification m'a été donnée par vos recherches sur internet. Précisons à votre décharge que cet objet traîne sur mon bureau depuis un bon mois.

Le père Fontorbe éleva la pierre au-dessus de la table, puis descendit la main lentement.

— Son sens apparaît dans la lumière. Vous voyez, les lignes de métal tournent en spirale autour du globe et se rejoignent aux deux pôles. C'est apparemment une décoration anodine… Maintenant, je place le bijou sous la lumière de la lampe. Vous voyez ce que la lumière m'a révélé ?

Les yeux, rivés sur la main du père, virent la matière cristalline s'illuminer de l'intérieur sous le rayon de la lampe.

— Je comprends ! s'exclama Stacey. L'ombre…

La main du père Fontorbe se rapprocha de la table, précisant l'ombre portée du bijou. À quelques centimètres au-dessus de la surface plane, l'ombre dessinait nettement un cercle renfermant sept croissants identiques. Cela ressemblait au diaphragme d'un appareil photographique.

— Une rosace à sept lobes. En quelque sorte, le négatif de l'heptagone de Malhorne..., bredouilla Stacey.

— Eh bien, messieurs ! déclara Denis Craig. Le père Fontorbe répond à notre question. Nous ne pouvons raisonnablement pas imputer cette découverte au seul hasard.

40

Fondation Prométhée
22 janvier 2011. 12 h 54 AM

Malhorne : Éternel, pas immortel !

Si vous ne voyez pas la nuance, elle est pourtant de taille.

Si, par un malheur encore plus grand, l'immortalité m'était échue à la place de cet inévitable retour, je ne crois pas que j'aurais eu la volonté de parcourir le monde en tous sens.

L'immortalité est faite pour les dieux, pour qui, en fait, est animé par un vaste projet. Ce n'est pas mon cas. Je ne suis ni Dieu ni son Fils. Encore moins une émanation éthérée de sa puissance.

Touchez donc, et constatez ma réalité !

Je n'ai aucune certitude en cette matière, mais je suppose que je n'aurais rien fait. C'est uniquement parce que les jours nous sont comptés que nous tentons de les remplir et de leur donner un sens. Devenez immortel et vous verrez !

Ce qui me fait encore espérer, dites-vous ?

Mais n'avez-vous rien écouté ?

J'espère et je vais de l'avant, tout comme vous tous, parce qu'au bout de ma vie se dresse une barrière dont je ne connais rien.

Bien sûr, je reviendrai peut-être.

Mais ce « peut-être » est mon unique salut ! Ce qui fait désespérer certains d'entre vous, cette mort inéluctable, n'a pour moi qu'un seul intérêt : qu'elle soit la dernière.

FP 11/01/22
Archivage

41

Franklin s'avança dans les sous-bois qui cernaient la Fondation d'un pas volontairement lent. Il tournait et retournait la situation dans sa tête, sans parvenir à se décider sur la meilleure façon de l'aborder.

Le vieil homme assis en tailleur, qu'il voyait à présent, gardait les yeux fermés.

Au contact de Malhorne, Franklin s'était peu à peu familiarisé avec l'inattendu. Mais il trouvait malgré tout étrange l'apparition de cet homme vêtu d'une robe safran. Découvrir un moine bouddhiste, assis dans la position du lotus, au milieu d'une forêt du massif des Appalaches, relevait quasiment du surnaturel. Quoi qu'il ait pu voir ou entendre auparavant.

Dans le silence environnant, le bruit de ses pas équivalait pratiquement à un blasphème. La scène semblait trop parfaite.

Beaucoup plus tôt dans la matinée, Peter Lee, l'un des gardiens du portail d'entrée de la Fondation avait rapporté deux événements sortant de la routine. Vers cinq heures du matin, il avait aperçu un mince filet de fumée qui s'élevait au-dessus de la cime des arbres. Par chance, la nuit avait été très claire, aussi la fumée se découpait-elle nettement sur le ciel. Une demi-heure plus tard, il avait cru voir bouger quelque chose dans les sous-bois faisant immédiatement face à son poste d'observation. Aussitôt, il avait alerté le centre de vidéosurveillance.

— T'emballe pas, Peter, lui avait répondu Ramirez, le surveillant en poste. On n'a pas de retour ici. Aucune caméra extérieure ne s'est déclenchée. On enverra quelqu'un dans la matinée. Te fais pas de bile, il n'y a que des chevreuils dans le coin…

Spencer fut informé de ce rapport dès son réveil.

— Tas de salopards inaptes ! fut son unique commentaire.

Il se rendit au centre de vidéosurveillance pour s'occuper lui-même de cette affaire.

— Il n'y en a pas un seul qui ait eu l'idée de déclencher ces foutues caméras ? Vous comptez que l'électronique fasse le travail à votre place ? C'est ça ? Et si elle tombait en panne ? Quelqu'un y a pensé ?

Un ange de belle envergure plana au-dessus des têtes de l'équipe de jour.

— Passez-moi les bandes de la matinée ! ordonna Spencer.

— Je les ai déjà visionnées, colonel, répondit Ramirez. Les caméras ne se sont pas déclenchées. Il n'y a rien à voir.

— Avez-vous tenté un déclenchement manuel ?

— J'allais le faire, lorsque vous êtes arrivé et…

— Vous attendez un ordre écrit ? Au boulot, Ramirez !

Ramirez s'exécuta sans broncher. Il s'attabla devant une console et commuta les unes après les autres toutes les caméras de surveillance placées à l'extérieur du périmètre de la Fondation.

— Voilà ! C'est celle-ci. Non ! Revenez en arrière ! ordonna Spencer. C'est un peu loin, on n'y voit pas grand-chose. Faites un zoom dans l'image.

— Aucun problème, répondit Ramirez.

— Qu'est-ce que c'est que ce guignol ? marmonna Spencer en découvrant le plan resserré.

Dans la lumière diffuse du matin, un homme à moitié vêtu d'une robe de couleur safran se recueillait à même le sol, dans une position qui évoquait pour Spencer certains films d'arts martiaux. Derrière l'homme, un feu couvait au centre d'une petite clairière, de telle sorte que la frondaison faisait office de conduit de cheminée.

— Pourquoi les caméras à détecteur de mouvements ne se sont-elles pas déclenchées, Ramirez ? jura Spencer.

— Ça m'échappe, colonel ! Je ne vois pas d'autre explication qu'une défaillance technique.

— Ce n'est pourtant pas un fantôme ! On dépense des fortunes pour dormir tranquille et le jour où ce matériel est censé servir, il vous claque entre les doigts.

Spencer n'attendit pas d'éclaircissements. Les questions de sécurité lui incombaient, à lui seul. Il passa le sas du bunker aussi discrètement que possible, emprunta le long couloir qui menait à la salle de conférence et observa à travers une porte vitrée.

Il pouvait voir Malhorne à l'intérieur de son appartement. Le « phénomène de foire », comme il se plaisait à le dénommer, était assis dans la même position que l'inconnu des sous-bois.

— Ils sont tous barges ! pensa-t-il en secouant la tête.

Après les événements tragiques survenus à la Fondation, de la main même de Spencer, Denis Craig lui avait fermement recommandé d'adopter un comportement moins énergique.

Spencer avait compris par là : « Ferme ta gueule jusqu'à nouvel ordre. » Aussi jugea-t-il préférable d'envoyer sur place quelqu'un de plus apte à gérer une situation pour le moment non conflictuelle.

Conscient du caractère inattendu de cette requête auprès de l'ethnologue, Spencer se fit tout miel pour la lui présenter, à la surprise de Franklin. Il lui en coûtait de demander ce service mais le métier d'Adamov n'était-il pas de côtoyer des hommes de tous horizons et de chercher à décortiquer leur mode de fonctionnement ?

Franklin avait aussitôt accepté.

Spencer l'accompagna jusqu'au portail d'entrée, puis il regagna rapidement le centre de vidéosurveillance. Assister à la scène par caméra interposée, même muette, valait infiniment mieux qu'un rapport oral d'Adamov, en qui il ne mettrait décidément jamais sa confiance.

— Que la grâce de ce jour vous comble, monsieur Adamov, dit le drôle de bonhomme avec un fort accent.

Va répondre quelque chose d'intelligent ! pensa Franklin.

Il ne s'étonna pas d'entendre son nom dans la bouche de l'inconnu.

Il chercha quelques instants une réponse appropriée mais n'en trouva pas.

— Je suis le premier, n'est-ce pas ? poursuivit le moine.

— Ou vous êtes le premier à vous manifester, répondit Franklin sans trop savoir de qui le moine voulait parler.

— Une promesse faite à un vivant ne peut pas s'annuler, dussiez-vous attendre trois siècles. Je dois vous paraître obscur, n'est-ce pas ?

— Un peu, je dois l'avouer. Mais Malhorne a parlé de vous, ou de quelqu'un vous ressemblant. Il nous a parlé du Rimpoché, son maître. Il y a longtemps…

— Le temps ne sert pas à la répétition, monsieur Adamov, et sa mesure diffère selon l'importance qu'il occupe au cœur de vos angoisses. Je sens autour de vous un parfum de sincérité. Vous portez sur votre visage l'amitié de Malhorne. Est-ce que je me trompe ?

— Je pense avoir cet honneur.

— Cultivez-la, dans ce cas !

— Les dirigeants de la Fondation devant laquelle vous vous trouvez ne vous laisseront pas entrer, je le crains…

— Ne craignez plus. Je ne suis pas venu les voir.

— Je ne comprends pas. Qu'attendez-vous alors ?

— J'ai répondu à l'appel d'un vieil ami. Maintenant, j'attends qu'il me précise ce qu'il veut de moi. Cela viendra. Il n'y a sur ce point aucun doute.

Franklin ne comprenait pas les certitudes du moine. D'après ses connaissances de la réincarnation chez les bouddhistes et ce que lui en avait dit Malhorne, cet homme n'aurait pas dû se souvenir de cette façon, pas si précisément.

— Quelle mémoire avez-vous de Malhorne, cela m'échappe ? lui demanda-t-il.

Le moine sourit en entendant cette question.

— Vous avez de belles interrogations, monsieur Adamov, répondit-il. Cela n'est pas si fréquent. Avec quelle précision je me souviens de mon maître, dites-vous ?

Franklin acquiesça d'un mouvement de tête.

— Aucune ! affirma le moine. Je ne me souviens pas de Malhorne. Aussi étrange cela puisse-t-il vous paraître.

Devant les yeux arrondis d'étonnement de Franklin, le moine poursuivit :

— Après le départ de Malhorne, le Rimpoché écrivit une drôle d'histoire. L'histoire extraordinaire d'un tulku malgré lui, et qui plus est, d'un Parfait ! L'histoire d'une mémoire absolue, transmutée de corps en corps, au fil des destins. À chacune de mes réincarnations, j'ai pris connaissance de ce parchemin si phénoménal. Depuis, j'ai attendu que me revienne mon vieil ami, qui fut mon élève et mon maître. Et voilà que je me trouve enfin à portée de vue de lui, ou presque.

— Avez-vous ce parchemin ? Sa datation pourrait aider Malhorne.

— Doutez-vous de lui ?

— Je ne suis pas le seul à convaincre.

— Prenez-le. Mais la matière n'apporte rien aux questions sur le temps, affirma le Rimpoché, un sourire de malice accroché au coin de l'œil. Par contre, l'inverse est plus probable.

Il glissa la main dans la manche ample de sa robe et en retira un étui en cuir qu'il tendit à Franklin.

— J'ai apporté autre chose. Mais cela n'intéressera que Malhorne... Pouvez-vous lui remettre ce petit présent ? Je suis sûr qu'il s'en souviendra. On n'oublie pas un objet sur lequel l'attention s'est concentrée des années durant.

Il ouvrit la main. Franklin découvrit, rose sur sa paume ridée, un petit caillou poli qui reflétait la lumière du jour.

— Qu'est-ce donc ? demanda-t-il, intrigué.

— Le moindre des objets, monsieur Adamov, ou devrais-je dire, le moindre des cailloux. Mais à ses yeux, cela prendra la matière d'un bien vieux souvenir...

Franklin n'en demanda pas plus.

Il fourra le caillou dans la poche de son pantalon et sortit des sous-bois. Pas question d'en parler à Spencer ou qui que ce soit.

42

« Accomplis chaque acte de ta vie
comme s'il devait être le dernier. »
MARC AURÈLE, *Pensées* (IIe siècle)

Ce fut une horreur indescriptible.

L'acier froid s'est enfoncé à la base de ma nuque.

Tchac !

La foule entassée sur le parvis hurle.

Peut-être Harold est-il là, quelque part dans cette liesse, invisible et anonyme.

Je me souviendrai de ce bruit sec tout au long de mes existences à venir.

La veuve emporte dans sa chute le poids de mon corps, sectionne la moelle, découvre les tendons et la colonne.

À mon tour d'éclabousser les premiers rangs de mon sang devenu source jaillissante.

Hélas ! La vie ne s'évanouit pas tout de suite.

Il demeure dans le cerveau suffisamment de sang frais, suffisamment d'oxygène.

Une dernière fois mes paupières chassent la poussière de Paris de la surface déjà vitreuse de mes cristallins inutiles.

Ma tête rebondit une première fois sur le panier trop plein.

Puis sur le bois de l'échafaud.

C'est invraisemblable mais je le ressens parfaitement.

Sur l'échafaud, ma tête privée de bras et de jambes tourne comme une toupie, affolée.

Un défaut entre deux lattes de plancher et la voilà qui s'en va rejoindre le public. Ça fait rire les habitués et crier les enfants. Quelqu'un surgit derrière et envoie ce qui reste de moi voltiger dans les airs, d'un violent coup de pied.

Dernière douleur.

Depuis combien de temps cela dure-t-il ?

Une minute, deux minutes peut-être ? Sans doute pas davantage.

Le ciel s'obscurcit, mes oreilles se fanent. Je ne ressens plus la froidure du pavé.

Je ne ressens plus rien du tout. Mes sens se sont éteints. Il ne demeure plus de l'étincelle de la conscience que la perception d'être.

Un cerveau enfermé dans un crâne insensible, sourd, aveugle et muet.

Bientôt, jamais assez, mon sang coule dans le caniveau, ma vie part rejoindre les égouts…

Ce que j'aime bien quand il neige, c'est de rester dehors pour gober des flocons. Ça n'a pas de goût, mais c'est rigolo. Si vous mangez une poignée de neige, vous avez l'impression d'étouffer, et puis plus rien, disparu, comme ça !

Je comprends pas pourquoi, alors je recommence toujours. Jusqu'à ce que maman sorte et me crie dessus.

Elle dit comme ça :

— Jojo, arrête tout de suite sinon tu vas encore avoir la diarrhée !

Alors, j'arrête. Et puis le lendemain je recommence.

Et lorsqu'en été, le vent tiède murmure au travers du feuillage, j'entends le chant des bois. Alors je suis vraiment heureux. Je lève les yeux au ciel et je ris. Je ris si fort que la terre paraît trembler, si fort que ma mère me gronde.

— Jojo, elle me dit. Va pas encore t'esbicher à tourner comme un fou. Tu es trop grand pour jouer à ça !

Elle ne comprend pas, maman. C'est bon de se saouler de rire sous les arbres du pré.

Mais elle est si gentille, alors, je lui dis rien. C'est pas comme certains ! Ils me traitent de débile. Enfin, les plus braves.

Pour d'autres, je suis un monstre. Les femmes enceintes me fuient. Elles ont peur que je les contamine. Une fois, j'ai même reçu des cailloux parce qu'une vache du village voisin avait mis bas un veau comme moi.

Et puis, il y a mon père. Lui aussi il est méchant avec moi. Aussi avec ma mère ! Souvent, il lui dit comme ça qu'elle a le ventre endiablé à cause de moi. Du coup, moi, je suis le fils du diable alors ! Des fois, quand les gens m'embêtent, je leur dis. Ça ne rate jamais quand je leur parle de mon père à cornes. Ils se signent et s'en vont bien vite. Et moi dans mon coin, je rigole.

Souvent, je pleure aussi. Parce qu'ils sont méchants. Et puis j'oublie.

J'oublie vite, alors c'est pas si grave.

J'aime bien les papillons aussi ! C'est tout léger et c'est très beau. Je me rappelle d'une fois où j'en avais attrapé plusieurs pour les mettre dans une boîte. J'étais très content, mais le lendemain, ils étaient tous morts. Si bien que, finalement, j'étais très triste.

Maman m'a expliqué que les papillons, ça ne vit qu'une seule journée. Depuis, je n'ai plus jamais recommencé. C'est marrant mais il y a des choses dont je me rappelle et d'autres pas.

Les papillons, je préfère les regarder voler tout seuls, comme ça ils peuvent avoir des fiancées.

Moi aussi j'ai une fiancée !

Il n'y a pas bien longtemps, mais c'est fait.

Elle s'appelle Hélène. Elle habite à Mantes, c'est un village à côté. Les gens disent qu'elle aussi elle est pas normale, mais pas autant que moi. Souvent elle reste debout, immobile et les yeux dans le vague, la bouche légèrement entrouverte, parfois des heures entières. La plupart du temps, elle s'amuse à faire voler son mouchoir dans le vent et je ne comprends pas pourquoi les autres se moquent d'elle.

Moi, je la trouve très belle. Et j'aime bien la regarder.

Je l'ai même embrassée. J'ai trouvé ça bizarre mais il fallait le faire. C'est à ça qu'on voit si on est fiancé ou pas, quand on s'embrasse.

Avant-hier, on a même essayé de faire autre chose mais je n'y suis pas arrivé. Tant pis, on recommencera.

Et on a recommencé !

C'était mouillé et chaud, avec une odeur un peu écœurante en plus. Et comme Hélène riait aux anges, j'ai fait pareil. Finalement, ça a été très agréable. Alors, on l'a refait parce que moi, je sentais bien qu'il devait se passer quelque chose d'autre. C'est arrivé au bout de trois fois ! Tout à coup, j'ai eu l'impression de me vider en elle. Et en même temps, je volais comme les oiseaux, c'était divin.

— Jojo, t'as l'air bizarre ! elle m'a dit juste après.

Malhorne se réveillait. Ça devait se voir dans les yeux de Jojo.

Je me suis doucement retiré d'Hélène et puis je l'ai fixée intensément.

Elle était vraiment très jolie. Pour ça, les gars des villages alentour prenaient un point. Mais elle n'était pas que cela. Ce petit bout de femme totalement écervelée recelait tant de douceur, de générosité et d'innocence qu'elle en devenait lumineuse, et sa beauté plastique devenait secondaire. Mes vies précédentes m'avaient appris à ne pas m'arrêter aux apparences. Ni à ses reflets.

Je suis sorti de l'abri pour bestiaux, dans lequel nous avions établi notre nid d'amour, pendant qu'Hélène se laissait glisser vers le sommeil.

Dehors, le soleil déclinait dans des variantes rouge-orangé. Le pré où paissaient des charolaises descendait doucement vers la Seine, dessinant au bord de l'eau une sorte de plage de pelouse grasse. La pente du terrain guida mes pas vers l'onde. Le courant massif et lent emporta mon regard vers une quête de cohérence.

Pour la deuxième fois de mon histoire, je ne digérais pas immédiatement mon retour. Jojo était choqué de se savoir si important et Malhorne tentait d'incorporer à sa statue intérieure la curieuse humanité d'un mongolien.

Jojo regardait le monde au travers d'un regard neuf, plein d'une intention poétique, sans cesse habité d'une inégalable joie de vivre. Sans doute était-ce cela qui clochait. Cet optimisme invétéré contre lequel les vents et les marées de la terre entière se seraient brisés sans résultat. Mais ce qui se transformait chez Jojo en naïveté, immanquablement utilisée par les autres, devait m'apporter l'allant qui parfois m'avait manqué par le passé. Je renaissais avec la volonté de faire.

Mon regard revint du lointain à contre-courant. Sans doute avait-il goûté aux premiers effluves salés de l'océan, car l'image de Morgane s'imposa à mon esprit sans que j'en sus la cause. Bien des années nous séparaient, mais j'avais la certitude aveugle qu'elle vivait toujours. Là-bas, au bout de ce fleuve, dans les lointaines Amériques.

Je tournai le dos à l'onde pour remonter vers Hélène lorsque j'entendis ses appels, à moitié étouffés par la déclivité.

— T'étais où, Jojo ? me dit-elle en se jetant dans mes bras. Tu dois pas partir comme ça ! Tu dois dire d'abord !

Avec d'infinies précautions, je la repoussai pour la regarder.

— Écoute-moi, Hélène, lui dis-je sur un ton qu'elle ne reconnut pas. Tu as confiance en moi, n'est-ce pas ?

— Mais qu'est-ce qui t'arrive, Jojo ? On dirait que c'est pas toi.

— C'est moi, je t'assure !

— Qu'est-ce t'es allé faire en bas ? ajouta-t-elle en lançant vers le fleuve un regard suspicieux.

— Réponds-moi Hélène, c'est important ! As-tu confiance en moi ?

Elle hocha la tête, comme une petite fille de vingt-quatre ou vingt-cinq ans.

— Je vais partir d'ici. Aujourd'hui même ! Veux-tu venir avec moi ?

— Tu veux aller où ?

— Loin d'ici ! Très loin d'ici !

— Et tu reviendras pas ? Hein ?

— Exactement, je ne reviendrai sans doute jamais. Alors, tu viens ?

Hélène regarda ses pieds quelques instants, le visage fermé par un effort de réflexion. Puis, comme si ses souliers lui avaient soufflé la réponse, elle releva la tête

— D'accord ! Mais d'abord, on retourne dans la cabane !

Deux jours plus tard, nous arrivions à Paris, par les chemins de halage qui longent la Seine. Je m'enquis aussitôt des bateaux en partance, de leurs destinations et de leurs tarifs. Cela ne fut pas chose facile. Aux yeux de beaucoup, je n'avais pas un aspect convenable. Je réussis malgré tout à obtenir l'information voulue et rejoignis Hélène, sous une pluie de quolibets imbéciles. Le *Soleil d'Austerlitz*, prochain navire à destination d'outre-Atlantique, appareillait sous un mois. Ce qui nous laissait sans doute le temps de gagner le prix de deux billets, aller simple.

Bien sûr, je ne dénichais que des travaux de manutentionnaire. Fût-il moine bouddhiste, compagnon de Saint-Jacques ou vénérable chaman kayapo, quelle brillante occupation pourrait-on confier à un trisomique ? Si ce n'est de soulever des charges ! Mais n'allez pas leur jeter la pierre, elle risquerait de vous revenir !

M'auriez-vous pris au sérieux si à ma place se tenait un bonhomme à la langue trop épaisse pour articuler correctement, aux bras trapus et trop courts, au faciès obtus, à la bouche jamais assez fermée pour retenir un trop-plein de salive ? Auriez-vous ainsi dépensé sans compter pour enregistrer chacun de mes faits et gestes, la moindre de mes paroles et jusqu'au plus inintelligible de mes grognements ?

Hélène gagna son pain dans une blanchisserie. Elle me retrouvait le soir, éreintée, les mains déformées par l'eau et le savon, méconnaissables tant les chairs blanchies et gonflées unissaient les doigts en une boule informe et peu ragoûtante.

À nous deux, nous pouvions espérer réunir la somme nécessaire en peu de temps. À la condition de prendre un autre bateau et surtout, en ne louant une chambre meublée qu'une fois par semaine, pour s'assurer de temps à autre une vraie nuit confortable. Aussi dormions-nous où nous pouvions. La paille infestée de parasites des relais de poste nous accueillait parfois et les bancs des églises nous cassaient les reins plus souvent que nous ne le goûtions. Mais la majeure partie de nos nuits, nous les passâmes sous les ponts de Paris, en compagnie des gueux, des boiteux et des estropiés des guerres européennes.

De cette façon, en un mois, nous avions réuni suffisamment d'argent pour acheter deux sauf-conduits pour la Louisiane. Dix jours nous séparaient encore du départ. Nous travaillâmes donc un peu moins et mîmes à profit le temps restant pour nous distraire.

C'est ainsi qu'au fil des conversations glanées au hasard des bistrots, je comblais peu à peu le trou de mémoire de Jojo. Cet heureux homme n'avait jamais rien entendu aux nouvelles de Paris. Il ne se préoccupait que des fleurs et des papillons.

J'appris donc la fin du roi Louis le seizième, avec un frisson dans l'échine, souvenir mordant de mon dernier trépas, et dus me persuader du bon fonctionnement de mes oreilles lorsque deux anciens grognards s'empoignèrent sur les qualités de stratège de leur empereur Napoléon.

Cela m'amena bien des réflexions sur la versatilité des hommes.

Un soir, alors que ma journée de labeur s'achevait par un bénéfice substantiel, j'emmenai Hélène à la fête des Loges, afin qu'à notre tour, nous participions à un jeu de massacre. En qualité de massacreur, pour une fois.

Hélène voulut visiter le stand des monstres de foire.

— Tu ne crains pas qu'ils nous gardent ? lui demandai-je en riant.

— Pourquoi Jojo ? chouina-t-elle, avec une telle expression de candeur qu'elle ne pouvait être feinte.

— Parce que nous sommes trop beaux, peut-être, mentis-je gentiment. Va pour les monstres de foire. Alors, qu'avons-nous là ?

Sur des panneaux en bois peint s'étalaient les représentations grossières d'êtres monstrueux, promesses plus ou moins attractives de ce que l'on pouvait découvrir à l'intérieur. Une femme à deux têtes, un homme gorille et son contingent d'homologues à poils et à plumes, les incontournables siamois et les avaleurs de sabres.

Hélène se décida pour l'homme gorille. Elle piétinait sur place. À croire que la promesse de voir une extravagante pilosité l'excitait terriblement. J'optai pour ma part pour le sorcier fossile. L'appellation ne me disait trop rien, et cela justement titillait ma curiosité.

Comme nous étions sur le point d'entrer, le taulier nous barra le chemin.

— Allez donc voir plus loin si vous trouvez pas vot' bonheur. Vous me feriez fuir les clients, ma parole !

Et là-dessus, il s'apprêta à me botter l'arrière-train.

Je ne répondis rien mais ouvris une main, découvrant une belle pièce d'argent.

— Si tu me prends par les sentiments, alors !

Hélène pénétra tout de suite dans la galerie des monstres, qui se visitait en masse, tandis que je patientais devant la porte accédant au sorcier fossile, qui ne recevait qu'une personne à la fois.

La porte s'ouvrit bientôt sur le passage d'une femme rondelette qui ouvrait des yeux étonnés en grommelant des mots incompréhensibles.

— Entre ! m'invita une voix. Oublie le malheur de ta naissance, homme déformé, et viens connaître ton devenir.

Le taulier, ou l'un de ses sbires, avait certainement prévenu ce fameux sorcier de mon apparence pour m'épater ou me troubler d'entrée de jeu.

Cela commençait à m'amuser, alors je rentrai dans la pièce avec sur le visage un petit rictus de peur religieuse.

Il traînait dans l'air des volutes d'encens bleu-gris qui renforçaient l'impression de calme créée par l'absence d'ouverture et la lumière tamisée d'une lampe à pétrole. Des tapis recouvraient la pièce du sol au plafond et quelques couteaux tarabiscotés, aux lames drôlement incurvées, faisaient office de décoration.

Assis par terre devant une table basse d'inspiration orientale, un être poilu, entièrement roux, concentrait son attention sur un jeu de tarot égyptien. Apparemment, il ne portait pas de vêtements, et n'en avait nul besoin car cheveux et barbe mêlés descendaient si bien le long de son buste qu'ils en couvraient la totalité. À l'exception de la bouche, du nez et du pourtour des yeux, on ne voyait pas davantage de peau sur cet homme que sur un lévrier afghan. Son appellation de sorcier fossile lui venait probablement de cette pilosité hirsute, car il ressemblait à l'image de l'homme des cavernes qui courait à cette époque.

D'un geste, qui révéla un bras dénudé, il m'invita à m'asseoir face à lui.

— Qu'es-tu venu chercher ici ? Serait-ce la cause de ta difformité ? me demanda-t-il sans même relever la tête. Je connais les réponses, petit homme ! La science du tarot est l'écriture des sages, qu'il faut apprendre à décrypter.

Il réunit les cartes en un tas, tout en baragouinant dans un mélange d'anglais un peu guttural, de latin et de gaélique une série d'incantations, sans doute apprises par cœur.

Par la mémoire de Morgane et le sang de Merlin, cartes sacrées, montrez-moi le Graal de cet homme, répétait-il dans ce mélange absurde d'idiomes que je connaissais fort bien.

À court d'idées, car en somme, je n'attendais aucune révélation de cet imposteur, je m'entendis lui répondre :

— Demande à tes cartes le secret de la vie !

Il releva la tête vivement, et je découvris une paire d'yeux malins tapis derrière d'épais sourcils, tout autant broussailleux que le reste.

Grands dieux, me dis-je. *Mais, ce regard !...*

Avant que je puisse dire quoi que ce soit, le sorcier se leva pour fouiller dans un petit coffre que je n'avais pas vu. Quand je dis « se leva », c'est à défaut de connaître l'expression qui aurait davantage convenu à cette façon unique de se déplacer. Le gaillard était cul-de-jatte, si bien qu'il marchait sur les mains en se servant de son buste comme d'un balancier.

Je retins un cri de surprise, puis un sourire, car là encore, on ne voyait que des poils, et ce buste chevelu, dodelinant sur deux bras couverts de taches de rousseur, avait quelque chose de comique.

— Le secret de la vie, rien que ça ! Je t'en ficherai moi, du secret de la vie ! dit-il en se « rasseyant ».

Il fit alors trois tas de cartes qu'il disposa devant moi, puis me demanda d'en retourner autant que je le voulais, à concurrence de neuf. Je m'exécutai sans quitter ses yeux du regard, pour m'assurer que je n'avais pas eu la berlue.

Lorsque j'eus terminé de retourner les cartes, je n'avais plus aucun doute sur l'identité de mon interlocuteur.

— Bien. Pose-moi ta première question !

Toi, mon gaillard, tu ne vas pas être déçu du voyage ! pensai-je, me forçant à rester sérieux.

— On t'aurait guillotiné à l'envers, Harold ? demandai-je alors. Mais tu n'as pas perdu ta tête !

Ce fut à son tour d'ouvrir des yeux ronds.

— Qui es-tu, vaurien ?

— Serait-ce à moi de répondre aux questions, maudit Irlandais ? Tu dois pourtant avoir de l'expérience avec le jeu des devinettes. Et puis, maintenant que tu es un sorcier, tu n'auras peut-être plus de mal à croire ce que tu dénigrais hier !

Il arrondit une bouche stupéfaite, mais aucun son n'en sortit.

— Qu'est devenu Mangin, ce saligaud qui m'a vendu à la veuve ? Et ces gueuletons qu'on se payait au *Cheval blanc* ! Tu ne vas pas me dire que tu as oublié les meilleures tripes de Montmartre ?

— Mais, que..., se crut-il intelligent de préciser.

Il lui fallait un électrochoc et je me proposais de le lui servir.

— Je t'ai dit il y a une bonne vingtaine d'années que je n'étais pas seulement ce que je laissais paraître. Sacré nom de Dieu ! Il y a du granit dans cette caboche-là ! Je ne suis pas uniquement le baveux que tu vois, Harold Mac Conkey ! Je suis Malhorne, de retour. Dans un corps que je n'ai pas choisi, pas plus que les précédents, du reste. Et si tu veux mon avis, au moins, avec la trogne que j'ai cette fois-ci, on me fout une paix royale !

Harold écarquilla les yeux, ouvrit encore plus grand sa bouche, où ne traînaient plus que de rares chicots jaunâtres et tomba, inanimé, à la renverse.

Le taulier du petit théâtre des monstres fit irruption dans la pièce au moment précis ou la tête d'Harold heurtait le tapis.

— Foutredieu ! hurla-t-il. Qu'est-ce qui m'a foutu un merdier pareil ?

Il était temps de jouer mon rôle de trisomique. En tout cas, celui auquel s'attendait ce taulier ventripotent.

— Pas moi ! Pas moi ! criai-je en bavouillant un peu. Pas le bâton !

Ma réaction pitoyable déstabilisa le forain un moment. Il se contenta de rugir. Mais la tête d'Hélène apparut dans l'encadrement de la porte, bientôt rejointe par d'autres, anonymes. C'en était trop pour le taulier.

— Allez, ouste les deux débiles ! Du vent !

S'il ne s'était adressé qu'à moi seul, passe encore. Mais, traiter Hélène de débile, même si c'était indéniable, était plus que je ne pouvais tolérer.

Je ne ressemblais peut-être pas à grand-chose, mais ma carrure et mes poings serrés pouvaient, s'il le fallait, impressionner un adversaire.

— J' vas vous envoyer la maréchaussée, moi ! cria le taulier sur un ton plus haut. On va bien voir si deux débiles vont faire la loi chez moi !

Et il disparut bien vite, sitôt sa phrase achevée.

— Quoi n'y passe, Jojo ? tinta la voix d'Hélène.

— Laisse ! Attends-moi dehors !

Je devais agir rapidement. Le taulier reviendrait à coup sûr accompagné par deux gendarmes.

En trois enjambées, je me trouvais au-dessus d'Harold, toujours évanoui.

— Réveille-toi, cossard ! lui dis-je rudement, accompagnant la parole de quelques gifles bien senties. T'es toujours aussi fainéant. Dès qu'on a besoin de toi, tu te défiles.

Comme, faute de place, je le giflais à même la barbe, je ne pus constater si des couleurs lui revenaient. Harold ouvrit à moitié un œil, puis l'autre.

— Alors, les Muses t'ont-elles bien conseillé ?

— Bo..., bo..., bégaya-t-il enfin.

— Bo quoi ? le pressai-je. Bonjour ? C'est tout ce que tu trouves à me dire ? Pas très original, après une aussi longue absence !

— Non, pas bonjour. Bo..., bonne année !

Et, satisfait de lui, Harold conclut sa phrase par un sourire benoît.

Sans lui demander son avis, je l'emportai dans mes bras et sortis rejoindre Hélène. Puis nous nous mélangeâmes à la foule sans apercevoir la tête du taulier ni la cape du moindre policier.

Comme c'était un dimanche, nous partîmes tous les trois dans la petite chambre meublée que nous avions l'habitude de louer.

Harold ne cessait de jacasser. Il approchait de la cinquantaine et sa voix, rendue rauque par des années de tabac, déversait un flot ininterrompu de phrases plus ou moins compréhensibles, régulièrement ponctuées de rots tonitruants et de borborygmes.

En faisant le tri nécessaire, je parvins à comprendre que ses jambes étaient restées dans les environs de Vienne, emportées par un shrapnel lors de la bataille de Wagram.

— Six juillet 1809. On a mis sa pâtée à l'archiduc ! Crois-moi ! C'était pas une répétition.

— J'ai bien l'impression que tu y as laissé ta part, mon vieux, si tu me passes cette expression ! lui dis-je, dans l'espoir qu'il se taise un peu.

— Oh, mais c'est qu'on prend des airs ! brailla-t-il alors. J'ai dans l'idée que tu ne serais pas revenu entier non plus, mon gars Malhorne ! Sacré farceur ! Ferme ta bouche, on dirait que tu vas gober une mouche !

Quelque chose me disait que la Grande Armée n'avait pas uniquement gardé ses jambes. Au travers de son discours, la raison d'Harold vacillait ostensiblement entre deux pôles antagonistes.

Hélène restait silencieuse dans un coin. La présence de l'Irlandais semblait l'intimider. De temps à autre, elle lançait dans ma direction un *Ben ça alors, mon Jojo, t'en as des relations !* puis se réfugiait dans ce mutisme habituel qui lui seyait davantage.

— Bon ! Et quels sont vos projets immédiats ? reprit Harold.

Hélène sauta de sa chaise où elle ruminait tranquillement des idées sans histoire en criant :

— On va en Mérique !

Harold eut un regard qui trahissait une incompréhension totale.

— Où ça perche cette affaire ?

— On part en Louisiane.

Et sans y avoir été invité de près ou de loin, il me répondit :

— J'en suis !

Puis il se lova sur un fauteuil pour attaquer un somme qui le mena jusqu'aux premières lueurs de l'aube.

À force de jérémiades, Harold nous persuada de transiter par l'Irlande, avant de franchir l'océan Atlantique.

— Comment reverrai-je jamais les miens si tu ne me sers pas de jambes ? Allez ! Sois chic ! Ça nous rallongera pas de plus d'une quinzaine. C'est quoi, quinze jours face à l'éternité ?

Somme toute raisonnable, son argumentaire était magistralement secondé par des regards canins et des cascades de trémolos dans la voix.

— Bon. C'est d'accord ! finis-je par lui répondre. Mais pas plus de quinze jours !

Malgré les regards d'Hélène où je lisais une totale désapprobation, je ne trouvai pas le cœur de refuser un service à cette demi-portion chevelue.

Et, puisqu'il possédait suffisamment d'argent pour nous payer à tous ce petit détour, j'acceptai.

Nous cessâmes de travailler. Harold ponctionna avec largesse dix années d'économies pour nous vêtir correctement et nous régaler des plaisirs de Paris. Il fit tailler à ses mesures un costume trois-pièces unique en son genre et consentit même à ramener sa chevelure épaisse à des proportions plus courantes. Mais jamais il ne daigna couper ne serait-ce qu'un seul poil de sa barbe rousse, qui descendait jusqu'à terre lorsqu'il se déplaçait sur les mains.

— Nul ne touchera à mon cache-sexe ! braillait-il en brandissant un poing, dès que la conversation dérivait vers son appendice broussailleux.

Et, mis à part lui, personne n'y toucha.

La veille du départ, Harold tint absolument à montrer la cathédrale de Paris à Hélène. Nous nous dépêchâmes donc en un curieux cortège qui ne passa pas inaperçu à travers la ville. Les gens s'arrêtaient tant et si bien sur notre passage, pour contempler notre trio digne de Barnum, que nous dûmes marcher au milieu de la rue. Nous calâmes notre circuit au cul d'une carriole, puis en changions lorsque notre destination variait de celle de notre guide. Ainsi nous réussîmes à approcher du parvis de Notre-Dame. Harold, qui pérorait sur mon dos, les bras passés autour de mon cou, m'intima de le poser à terre.

— Cette noble bâtisse mérite bien quelques efforts ! me dit-il d'un air très sérieux. Venez, Hélène. Prenons du recul pour ne pas nous tordre le cou.

Je les regardai s'éloigner en grognant sur le compte d'Harold. Non mais ! Qu'est-ce qui m'avait saucissonné un couillu pareil ! Je lui en ficherai des « venez Hélène » !

J'en étais encore à vitupérer *in petto* contre Harold, mais aussi contre Hélène, qui s'esclaffait à la moindre ânerie de l'Irlandais, lorsque je vis débouler sur la place un cavalier qui, manifestement, ne maîtrisait pas sa monture. Le cheval, en effet, cabriolait plus qu'il ne galopait, et ce curieux équipage se dirigeait à une fort vive allure en direction de mes amis. Hélène riait si fort qu'elle couvrait le bruit de la cavalcade et ces deux amoureux de l'art ne pouvaient voir le danger dans lequel ils se trouvaient, trop occupés à lorgner les gargouilles des tours de Notre-Dame. Juste à temps, je me précipitai vers eux et, sans ménagement aucun, parvins à les coucher sur le sol après une courte glissade.

J'entendis plus que je ne vis ce qu'il advint du cavalier. Son cheval hennit douloureusement, ses fers crissèrent sur le pavé et un bruit mat résonna derrière moi.

Au moment où, tout danger semblant écarté, je tournai la tête, le cavalier se relevait déjà et marchait vers nous.

— Vous n'avez aucun dommage, j'espère ? dit-il en me tendant la main. Quasimodo s'est emballé sans que je puisse rien y faire !

— Qui donc ?

— Mon cheval. C'est son nom. Mais là n'est pas la question, je suppose… Comment vous sentez-vous ?

Je me relevai sans mal et portai secours à Hélène, qui ne comprenait pas encore ce qui s'était passé. Harold tentait de se remettre seul sur ses mains, mais sa barbe coincée sous l'une d'entre elles l'en empêchait. La hargne de se sentir ridicule, plus que la douleur je pense, lui faisait sortir de la gorge des cris stridents. Le cavalier jeta un regard incrédule vers Harold et arrondit des yeux stupéfaits.

— Oh ! Grands dieux ! gémit-il. Je…

— Ne vous méprenez pas, monsieur ! l'informai-je aussitôt, comprenant sa méprise. Ce n'est pas à Quasimodo que mon ami doit cette diminution, mais à Napoléon Bonaparte !

L'homme me dévisageait curieusement. Il ne devait pas comprendre comment un être à l'allure aussi stupide pouvait s'exprimer d'une manière somme toute très convenable. Harold achevait de se relever tandis qu'Hélène replaçait ses cheveux en bon ordre. Le cavalier les scruta tour à tour, puis ramena son attention sur moi. Il avait un beau visage où brillait une intelligence vive. Une barbe courte lui cernait la bouche et l'implantation haute de ses cheveux lui sculptait un front magnifique. Rarement, j'avais rencontré une telle expression de vivacité d'esprit.

— Bien ! Puisque tout mal est à présent écarté, je vais aller fatiguer cette vieille rosse de Quasimodo ! dit-il en nous saluant avec élégance.

Remis de cette émotion, nous nous dirigeâmes vers le porche de la cathédrale. Avant d'y pénétrer, je me retournai vers la place et remarquai le cavalier qui, toujours immobile en son centre, nous accompagnait du regard.

— Partir à pied ! Tu te moques de moi ou t'as de vieux restes de ton passé débile ? m'injuria Harold, mi-sérieux mi-moqueur.

— Ni l'un ni l'autre, demi-portion ! Je te servirai de monture.

Il faut dire que j'avais alors un corps puissant, fort comme deux Turcs gaillardement bâtis. Et puis, Harold pesait à peine plus lourd que son ombre. Cela ne me serait donc pas difficile.

— Mais Hélène a des pieds si délicats ! poursuivit cet hypocrite à court d'argument.

— Que peux-tu donc bien savoir des pieds de ma belle, tordu ? Pour couper court à cette conversation inutile, je te rappellerai qu'Hélène, hormis sa condition de paysanne, est en outre fort robuste. Elle supportera très bien ce voyage !

Harold maugréa un temps, puis se renferma dans un silence inhabituellement long.

Le bateau sur lequel nous comptions embarquer avait inopinément disparu dans les eaux fangeuses de la Seine, lors d'un récent incendie sur les quais. Le plus proche départ restait hypothétiquement situé quelque part dans l'avenir, à deux ou trois mois près.

— Faut aller à Rouen pour embarquer, mon gars ! m'avait renseigné le malheureux capitaine du navire abîmé. Si tu restes là à attendre une sortie de radoub, tu vas servir d'épouvantail à moineaux pendant encore des lustres ! J' t'aurais prévenu !

Aussi décidai-je pour la troupe que nous userions nos souliers sur les chemins de halage.

Dès le lendemain, nous quittions Paris d'un bon pas, une fois de plus vers l'ouest, le cœur léger et le sourire aux lèvres. Hélène trottinait à mes côtés, tandis qu'Harold, du haut de mes épaules, annonçait aux derniers passants que « l'infernal trio » s'en allait outre-Atlantique promouvoir les tripes à la mode de Caen. À la tombée de la nuit, une maison d'éclusier nous offrit sa table et son toit, en échange de quelque menue monnaie.

Tout au long du jour, Harold avait tant et si bien râlé, à propos du mal de mer dont il souffrait à rester perché au sommet de ma personne, que je ne fus pas surpris par son subterfuge du lendemain.

— Hé ! Malhorne ! cria-t-il, alors que nous nous apprêtions. Ce gaillard-là nous propose gentiment de nous embarquer jusqu'à Rouen. C'est pas une bonne surprise, ça ?

Je jetai un rapide coup d'œil vers la péniche amarrée près de l'écluse. Dans la pénombre de la cabine, le capitaine vérifiait attentivement la paume de sa main. Je me trouvais trop loin pour voir de quoi il s'agissait mais il n'y avait pas à tergiverser sur l'objet de son attention.

S'il y avait une bonne surprise, c'est au marinier qu'elle revenait.

Nous embarquâmes ainsi sur la *Marguerite*, qui n'avait de champêtre que le nom car, outre son état de vétusté avancé, la vieille péniche transportait du fumier ras la gueule.

Après trois jours de navigation, passés essentiellement à la proue du navire pour échapper aux relents fétides qui montaient de la cale, nous découvrîmes au loin les clochers des églises de Rouen.

Sitôt débarqués, nous nous mîmes en quête d'un bateau pour l'Irlande.

Le *Lady of Shannon* quitta la ville le surlendemain, nous emportant vers la noble terre gaélique.

Après quarante-huit heures d'une mer houleuse dont Hélène ne vit rien, tant sa tête s'enfonçait profondément dans un seau d'aisance, nous entrions dans l'estuaire du Shannon. Puis, changement d'embarcation pour remonter le fleuve jusqu'à Limerick. Fin du voyage à la voile. La dernière partie se ferait à pied.

Lorsqu'il s'aperçut qu'une fumée bleutée s'élevait au-dessus du toit de chaume de sa maison familiale, Harold me demanda de le descendre à terre.

— Je veux terminer ce voyage par mes propres moyens !

Je le déposai donc sur le sol et retins Hélène d'une main. Harold ne s'aperçut pas de mon geste et partit seul en avant, semblant sur le point de tomber à chaque nouvelle brassée. Il avança cahin-caha jusqu'à la porte de la bâtisse trapue et tambourina dessus à coups d'épaule. Une tête, aussi hirsute qu'Harold l'avait été, apparut dans l'entrebâillement. Il y eut une effusion, que nous devinions joyeuse, et la porte se referma.

Une heure plus tard, Harold, accompagné de ses vieux parents, ressortit pour nous appeler. Dawn et Stuart vinrent même nous accueillir dans la cour, signe de grande hospitalité pour des Irlandais.

Des quinze jours initialement prévus, notre séjour dans la famille Mac Conkey se prolongea six mois. Dawn et Stuart, d'adorables petits vieux, nous avaient tant et si bien adoptés que, chaque semaine, nous repoussions notre départ. Bientôt, Hélène les appela maman et papa et regarda Harold de plus en plus affectueusement. Si au début elle me pressait de partir, il n'en fut alors plus question. Tout en se familiarisant peu à peu avec l'idiome local, Hélène suppléa Dawn dans la corvée des travaux ménagers. Pour la remplacer complètement en quelques semaines. Je crois qu'elle appréciait fort ces gens simples qui ne la jugeaient pas et qui, faute de bien la comprendre, ne pouvaient pas se rendre compte de l'étendue de sa stupidité.

Pour ma part, je partageais mon temps entre la visite des environs et la réfection de la maison Mac Conkey, qui nécessitait de toute urgence les soins les plus attentifs.

Je tombai très vite sous le charme de la campagne irlandaise. Des murets insensés couraient à perte de vue sur les pentes pierreuses, encerclant le promeneur d'un dédale mystérieux. Le chemin se répétait presque à l'infini quand soudain, au détour d'un bois, un plateau aride sortait de terre, sans que rien ne l'ait annoncé ni laissé prévoir. L'Irlande néolithique s'offrait alors au regard, sans pour autant dévoiler ses secrets. De prodigieuses pierres dressées, dont certaines, couchées, attestaient du vandalisme des chrétiens, obscurcissaient le paysage de leur masse de granit gris. L'atmosphère de ces hauts lieux de paganisme, jamais ailleurs je ne l'ai retrouvée.

C'est pourquoi j'y érigeai moi aussi une pierre, une pierre anthropomorphe tenant entre ses mains une large épée portant mon nom.

Alors, vint le moment de partir. Je pensais de temps à autre à Morgane en me disant qu'avec un peu de chance, elle vivait encore. Mais il valait mieux ne pas tenter le diable et rentrer au plus tôt.

J'annonçai ma décision un soir, dans l'éclairage d'une belle flambée. Cela jeta tout d'abord un froid dans la communauté puis, à les voir tous se regrouper face à moi, je compris qu'il me faudrait m'en aller seul. Oh, je n'en fus pas surpris outre mesure, la scission se tramait à mi-mots depuis plusieurs semaines. Les quitter m'attrista tout simplement.

— Souvent femme varie, avait dit François Ier. Et c'était sans doute mieux ainsi. Je ne pouvais pas offrir de famille à Hélène et je savais qu'ici, elle recevrait tout l'amour possible. Je lui prodiguais au mieux de la tendresse, mais rien de plus.

À Cork, je trouvai un bateau pour New York. Le billet me coûta jusqu'à mon dernier penny, de telle sorte qu'en débarquant sur le sol américain, je dus travailler trois mois sur les quais new-yorkais pour payer mon passage vers la Louisiane.

De diligence en diligence, parfois à pied, parfois à l'arrière d'une charrette, je descendis lentement vers le sud.

Au printemps 1822, je retrouvais enfin la Nouvelle-Orléans, après trente-deux ans d'absence. La bourgade que j'avais connue, grossie par les arrivages quotidiens d'émigrants, se donnait des airs de ville à part entière. Dans la grand-rue, qui justifiait à présent son nom, je reconnus le saloon où Tom Slauter m'avait emmené. Sa façade fraîchement repeinte et les notes de piano qui sortaient par sa porte béante lui donnaient un aspect clinquant de nouveauté.

Plus loin, la banque des Macare étalait sa devanture sur plus de vingt mètres. De belles et hautes lettres dorées brillaient sur les vitrines, où se reflétaient au passage les robes compliquées des dames de la bonne société.

Je traversai la Nouvelle-Orléans en une demi-heure et remontai le cours du Mississipi.

Une diligence de la poste me déposa à moins de deux kilomètres de chez moi, si bien qu'il faisait encore grand jour lorsque j'y arrivai. Je ne reconnus pas les lieux immédiatement. Un mur ceinturait la propriété, trop haut pour ma courte taille. Une grille de fer permettait d'entrer, mais elle était fermée à double tour. Je dus faire le mur, dans ma propre maison.

Les arbres du parc avaient grandi. La bâtisse, fidèle à mon souvenir, était impeccablement tenue. J'entrai par la porte principale et commençai mes investigations. Un couloir, où je ne m'attardai pas, proposait une enfilade de tableaux médiocres. Je reconnus Morgane, plus âgée que dans mes souvenirs, ainsi que son frère Malhorne et sa femme. D'autres montraient des enfants et des jeunes gens élégants, sans doute les petits Macare à différents stades de leur évolution.

Voyons, où peut-elle bien être ? Certainement pas dans les champs ou en promenade ! À quatre-vingt-dix ans, elle doit aspirer au repos !

Cela indiquait deux lieux possibles : le salon ou la chambre.

Une brève visite du salon m'envoya au premier étage où, malgré d'infinies précautions, le parquet trahissait chacun de mes pas. Le palier desservait cinq portes et deux couloirs. Un mince courant d'air glissait à un mètre du sol depuis le couloir de droite. Je concentrai mon attention sur lui. Une petite voix étouffée chantonnait dessus, atténuée par la distance. Une petite voix d'enfant, ou de vieillard.

Je m'arrêtai devant la seule porte entrebâillée du couloir. La voix, plus forte, cessa d'ânonner la *Complainte de Mandrin.* Doucement, je poussai la porte, qui pivota sur ses gonds sans un bruit. Une vieille femme, assise devant une coiffeuse, lissait ses cheveux blanchis par les ans. Elle me présentait son dos recourbé, mais ses yeux me cherchaient au travers du miroir.

— Rose ? Est-ce toi ? balbutia-t-elle d'une voix tremblotante.

Je restai immobile et silencieux, pétrifié devant cette vision de Morgane racornie par l'insidieux agissement du temps. Dans la continuité de ma mémoire, cinq années seulement s'étaient écoulées depuis mon départ. J'avais encore un souvenir très précis de Morgane, du temps où elle vendait ses charmes. La retrouver dans un tel état de décrépitude physique me choqua. Bien sûr, l'expérience n'était pas nouvelle. Bien des fois, j'avais retrouvé sous ma nouvelle apparence des connaissances d'outre-tombe, mais jamais encore cette sorte de retrouvailles ne m'avait à ce point heurté. Tard, bien trop tard, je me rendais compte que mon cœur saignait pour cette vieille femme. Un sentiment d'impuissance mêlé de regrets m'envahit sans que je puisse le repousser.

— Je ne repartirai plus jamais, Morgane, dis-je sur un ton où je percevais mon propre désespoir.

Sur la surface neutre du miroir, le visage de Morgane se figea. Ses yeux voilés d'une cataracte, où je lisais à présent la cécité, brillèrent tant qu'une larme s'en échappa.

— Malhorne ? murmura-t-elle. Malhorne ! Enfin !

Comme je ne parvenais pas à formuler le moindre mot, je m'approchai d'elle pour lui caresser doucement la joue, de ma grosse main épaisse.

— Ton odeur a changé, Malhorne, me dit-elle après une pause. Serais-tu mort à nouveau ou est-ce ma mémoire qui défaille au point d'oublier le goût de ta chair ?

Je ne trouvais rien à dire, rien à répondre. Tout ce qui me venait à l'esprit semblait creux et misérable.

— Eh bien ! Serais-tu devenu muet ou la vie t'aurait-elle privé de repartie ?

Elle tendit les mains vers mon visage pour découvrir ce que ses yeux morts lui interdisaient de voir. Elle palpa mes traits du bout des doigts avec une tension sourde, presque de l'avidité.

— Je suis une vieille femme à présent. Et fort laide, si j'en crois ma solitude, mais mes rides sont la rançon d'une vie bien remplie. C'est dans l'ordre des choses. Les rouages du hasard ne t'ont pas servi comme il le faudrait, mon pauvre Malhorne ! Je ne sais pas très exactement à quoi tu ressembles, mais ça ne doit pas être beau à regarder.

— Peu m'importe, puisque tu es aveugle ! lui répondis-je entre deux sanglots. Ce que je suis à l'intérieur n'a pas changé.

— Si le visage est bien le miroir de l'âme, alors tu as dû beaucoup souffrir.

Lentement, sans volonté apparente, mon corps se plia. Je me retrouvai à genoux devant Morgane et, aussi naturellement qu'un enfant l'aurait fait, je déposai ma tête sur ses cuisses.

Morgane berça longtemps cet enfant trop grand, ou ce trop vieil amant, tellement et tellement attendu. Seul, le silence apaisait nos questions. Aussi la nuit tomba-t-elle sans qu'un seul mot fut échangé.

Malhorne, le fils de Malhorne le jeune, nous découvrit ainsi prostrés et fut diablement plus long à convaincre que sa tante sur ma réelle identité. Il me fallut énoncer mot pour mot notre protocole de retour pour qu'enfin il me saisisse à bras-le-corps et me soulève de son enthousiasme sincère.

Nous dînâmes de fort bonne humeur en compagnie de Maude, ma nièce par alliance. Leurs enfants ne résidaient pas sur place. Les études occupaient l'aîné à New York, quant à la fille, elle convolait depuis peu avec le fils prometteur d'un propriétaire terrien basé dans l'Arkansas. Le frère cadet de Morgane, Malhorne le jeune, était passé de vie à trépas onze ans plus tôt, entre les bras voluptueux d'une trop fraîche fille de bar. Son cœur septuagénaire n'avait pas résisté aux formes aphrodisiaques de cette jolie putain.

Belle mort que celle-là, pensai-je sans rien dire, car la salive des bonnes gens avait coulé bon train sur cet incident somme toute banal. Tant et si bien que sa femme en mourut de chagrin et de déshonneur une année plus tard.

Cinq années coulèrent doucement en compagnie de Morgane et de sa famille. Pendant tout ce temps, je ne quittai guère la propriété. Trop de sujets m'y retenaient. Morgane en premier lieu, mais aussi le repos auquel j'aspirais alors. Depuis deux siècles, je n'avais cessé d'aller et venir sur les routes du monde. Aussi fut-ce un réel plaisir que d'accompagner Morgane vers ses derniers jours.

Je lus avec passion des milliers d'ouvrages, dont certains à voix haute, pour Morgane. Dans les sous-sols de la propriété, je sculptai la sixième preuve de mon passage ici-bas tandis que des artisans réalisaient les cylindres en verre qui, un jour, recueilleraient mes nombreux restes. Je troquai mes vêtements contre une tenue de jardinier et concentrai mes connaissances en botanique sur la réalisation d'une roseraie. Après bien des tentatives plus ou moins heureuses, des centaines de bouturages et de croisements, parfois hasardeux, le printemps 1825 apporta ma première réussite : une petite rose blanche frangée de pourpre. Nacrée sous la lumière du soleil, elle accrochait si bien les reflets de la lune qu'on l'eût pensée phosphorescente.

En secret, je la baptisai Morgane.

Peu à peu, je repris possession des enseignements du Rimpoché. Une nourriture plus légère que les tripes à la parisienne, associée au temps de concentration nécessaire réveillèrent rapidement des réflexes en sommeil.

Mon esprit entra à nouveau en résonance avec la matière.

L'idée me vint alors d'élargir mon champ d'expérimentation sur les êtres vivants. Ce ne serait pas en harmonie avec les préceptes du Rimpoché mais je jugeais utile la possibilité d'agir sur mes contemporains.

Des décennies plus tôt, l'esprit du lama m'avait répondu lors de ce stupide accident. *Ce qui a réussi une fois doit pouvoir se répéter*, me dis-je.

Satisfait de ce postulat, je me mis à l'ouvrage, sans trop savoir par quel bout le prendre.

Je me préparais longuement, assis sur le parquet de ma chambre, dans une obscurité totale. Je voyageais par le souvenir dans la maison et ses abords, à la recherche de ses occupants. Les couloirs, les chambres, le jardin se matérialisaient comme dans un rêve. J'y traquais l'esprit de Morgane, de Malhorne ou de sa femme.

Ce manège dura des jours. La projection que j'obtenais de mon univers s'améliorait. Je me surpris même en découvrant des objets auxquels je n'avais pas cru prêter la moindre attention. Mais ce fut tout. La pensée de mes amis me restait inaccessible.

Une phrase de Traïmé me revint alors en mémoire.

Comme une plante coupée de ses racines meurt, un humain ne doit pas vivre ailleurs que sur la terre, avait-il observé après que je lui avais expliqué le mode de vie des Européens.

Ce devait être la raison de mon échec. La terre. Il fallait être relié à la terre.

Je repris le travail à zéro, au sous-sol, entièrement dénudé au pied de la statue.

En quelques heures, j'obtins un résultat. Maigre, mais malgré tout probant.

Je ne sais trop comment le décrire ou le nommer. Je captais un léger écho de l'enveloppe spirituelle des personnes présentes dans la maison, au-dessus de moi.

La communication n'était pas très claire. Au mieux pouvais-je savoir l'humeur dans laquelle se trouvait mon hôte. Mais ses pensées m'étaient interdites. Quant à agir sur lui, bernique !

Je recommençai chaque jour, changeai d'approche, d'hôte, d'heure ou de lieu. Au beau milieu de la nuit, je me levais pour concentrer mes efforts sur les dormeurs, supposant qu'un rêveur dressait moins de barrières qu'une personne éveillée.

Tant et si bien que mon visage se creusa de fatigue.

En désespoir de cause, je pratiquais mes investigations sur une poule, pensant que si l'animal possédait une psyché, elle devait se laisser pénétrer plus facilement.

La poule paniqua tellement de cette drôle de caresse mentale qu'elle ne pondit pas pendant des mois. Je suppose qu'elle ressentit mon intrusion, mais elle ne se laissa pas plus pénétrer que les humains.

La solution du problème se trouvait ailleurs. Malheureusement, sans maître pour me diriger, je ne savais plus quoi tenter.

La nature s'employa à parfaire mon éducation.

Une nuit où j'étais à m'user les méninges au pied de la statue, un orage déferla sur la Louisiane. La vasque placée sous le puits se remplit rapidement et déborda. L'eau imbiba la terre. Je reculai pour demeurer à l'abri mais l'orage grondait toujours. Il me sembla même qu'il grossissait encore. Bientôt, il n'y eut plus une parcelle de terre sèche.

Déconcentré, je faillis arrêter, puis décidai qu'il faudrait aux cieux plus d'une intempérie pour me faire renoncer.

Je me réinstallai au pied de la vasque, qui débordait de plus belle. Les rêves de Morgane déferlèrent en moi dès que j'eus fermé les paupières. C'était difficile à suivre. Les images, moitié souvenirs, moitié fantasmes, se succédaient à une vitesse vertigineuse, sans logique. Je me vis souvent, sous mon ancienne apparence ou celle, plus disgracieuse, que j'avais alors. Ce n'était du reste pas vraiment de mon visage dont rêvait Morgane, mais de la représentation qu'elle s'en faisait par l'intermédiaire de ses doigts.

L'orage m'avait apporté un succès entier.

Le conducteur n'était pas la terre, mais l'eau. Et plus cette eau était pure, mieux le contact s'établissait. Lisible, rapide, qu'il soit proche ou éloigné.

Pendant des mois, je consacrai les nuits à peaufiner mon apprentissage. La seule contrainte qui me resta bientôt fut de toujours veiller à avoir auprès de moi une bonne quantité d'eau. Ce détail n'était pas un problème en soi mais il m'empêchait de pratiquer mon art à l'improviste.

Peu à peu, je réduisis le volume d'eau nécessaire au contenu d'une fiole, que je portais en permanence. Je progressais. Souvent je sentis que quelque chose d'autre se cachait dans cet univers spirituel. Quelque chose d'énorme et de puissant, tapi là à la limite de ma perception et dont je n'ai jamais rien découvert.

La phase finale me vint en songe. Comme cela arrivait souvent, je m'étais endormi au cours de mes pérégrinations dans les rêves d'autrui, quand une vision m'assaillit. Une vision qui m'avait déjà hanté des siècles plus tôt.

La vouivre du père Zach, le dragon des chrétiens et le grand serpent de l'Amazonie s'y unissaient en un immense déferlement aquatique. Je me trouvais au centre de ce déluge en même temps qu'autour. Il était moi. J'étais lui. Nous formions un.

Je me réveillai couvert de sueur, une certitude en tête : *l'eau est en moi.*

Je n'ai depuis lors plus jamais eu recours à la fiole. Je disposais sans le savoir de bien plus, en permanence. Soixante-dix pour cent de mes corps me fournissaient cette eau dont je ne pouvais me passer.

La fiole doit encore se trouver en Louisiane, dans l'armoire où je l'ai remisée.

Morgane me parlait souvent de la vieillesse et de la mort. De la peur provoquée par cette dernière mais aussi du soulagement qu'elle apporte sans doute.

— Voici un point dont je ne puis me targuer, Morgane, lui dis-je un soir. J'aimerais moi aussi voir approcher le dénouement que tu redoutes. Trop de fois déjà elle m'a souri sans pour autant m'emporter tout à fait. Si mon destin pouvait servir quelqu'un, Morgane, que ce soit toi ! Je suis la preuve que demeurera vivant l'essentiel. Tu n'as pas à t'en effrayer. Si ta fin est douce, tu ne souffriras pas. Cela m'est déjà arrivé ! On ne ressent qu'une angoisse bien excusable. Exactement la même angoisse que celle ressentie par l'enfant sur le point de naître. On change de milieu ambiant, et cela fait un peu peur.

— Lorsque je serai disparue, tu fouleras une terre où je ne serai plus. Tu es bien plus à plaindre que moi.

— Il me suffit de penser que tu y as vécu pour apaiser un peu mon tourment. Cette terre demeurera à jamais belle, Morgane, grâce à toi !

— Tu es un flagorneur, Malhorne, mais un doux flagorneur, me dit-elle. Si ce n'était déjà fait, je penserais que tu vises mon héritage ! Laisse-moi, à présent. Je me sens si fatiguée. Dans une semaine, ce sera mon anniversaire et je voudrais être d'attaque. Le dernier, j'en ai peur. Je ne pourrai pas aller plus loin, c'est déjà inouï d'avoir tenu si longtemps. Va t'amuser un peu avec les autres, tu m'as assez supportée pour un seul jour !

La semaine suivante marqua le quatre-vingt-dix-septième anniversaire de Morgane. La famille Macare au grand complet se trouva réunie pour célébrer l'événement.

Morgane, vêtue d'une jolie robe en dentelle, qui la faisait ressembler à une poupée fanée, reçut de nombreux cadeaux, dont le plus utile, un fauteuil roulant, fut immédiatement mis à contribution. Après un déjeuner gargantuesque, les hommes partirent au salon somnoler autour d'une bouteille de brandy tandis que les femmes entraînaient les enfants vers une sieste obligatoire.

J'invitai Morgane à se promener dans les allées de la propriété.

— Cela fait longtemps que tu n'as pas vu le parc, Morgane, lui dis-je en poussant d'autorité son fauteuil vers la roseraie.

— Ce n'est pas très chic de ta part de te moquer d'une vieille infirme, Malhorne, me répondit-elle en souriant. À ton âge, je t'aurais cru moins impertinent. De ce parc, je n'emporterai que le souvenir des beautés d'autrefois et des senteurs d'aujourd'hui. Mais plus jamais le contraire.

— J'ai pourtant une surprise pour toi. Laisse-moi te guider vers ton cadeau d'anniversaire.

La tiédeur de l'air et l'inclinaison des rayons du soleil rendaient le moment idéal. La roseraie, parfaitement illuminée, dégageait un si capiteux parfum qu'à vingt mètres de distance, nous le percevions déjà.

J'arrêtai le fauteuil au beau milieu des roses, à l'ombre d'une tonnelle recouverte de glycine.

— Je ne me souvenais pas qu'il y ait eu tant de roses dans le jardin. Est-ce un tour de ta part ?

— Appelle ces fleurs un tour si ça te chante, j'y vois de mon côté le cadeau d'un amant pour sa belle.

— Décidément, tu manies aujourd'hui la flagornerie plus qu'à l'accoutumée ! Mais continue un peu, c'est loin d'être désagréable.

— Pense très fort à moi, Morgane ! lui intimai-je.

— Que prépares-tu ? Ces choses-là ne sont plus de mon âge !

— Eh bien, Morgane ! La moindre occasion est bonne à ce que je vois. Tu es loin d'avoir tout perdu. Mais renonce, au moins pour cette fois, et concentre ton esprit sur moi.

Elle s'exécuta sans plus de commentaires. L'effort de concentration plissa son visage de quelques rides supplémentaires et allongea ses lèvres d'une moue de petite fille capricieuse.

— Joyeux anniversaire, Morgane, dis-je lorsque je fus prêt.

Son cerveau ne résista pour ainsi dire pas. Je ressentis le flot de mes pensées couler en elle si facilement que je crus un instant avoir échoué. Mais en regardant son visage se détendre et prendre une expression de surprise intense, je mesurai l'ampleur de la réussite. Morgane voyait à présent au travers de mes propres yeux. Je laissai errer mon regard sur la roseraie, puis bifurquai sur la glycine et le parc, pour achever ce voyage sur son visage étonné.

— Oh ! Mon Dieu…, gémit-elle tout bas. Je ne saurais dire si je suis divinement comblée ou meurtrie, Malhorne. Quel est ce prodige ?

— Ces roses sont le fruit de quatre années de travail. Elles n'existent nulle part ailleurs ! Et elles sont pour toi. Cette nouvelle variété de roses porte ton nom.

— C'est si… délicat.

Des larmes coulaient à présent sur ses joues, mais je fus certain à cet instant que seul un bonheur trop grand les forçaient à jaillir de ses yeux éteints.

— Cesse de me regarder, s'il te plaît. Retourne sur les roses, elles valent infiniment mieux !

Le soir venu, Morgane tint à ce que je reste auprès d'elle jusqu'à ce qu'elle s'endorme.

— J'ai voulu qu'il y ait beaucoup de miroirs dans ma chambre. Ainsi, si je ne vois plus, mes reflets, eux, en donnent l'illusion. Ne vois là qu'une coquetterie de vieille dame, point de symbole dans ma caboche. Non, point de symbole, je te laisse l'usage de ces choses compliquées.

— Ne dis pas cela, ma belle. Je suis par rapport à toi un agneau de simplicité. En toute franchise, tu m'as surpris beaucoup plus souvent que tu ne le crois.

Son sourire de connivence me força au silence. Morgane laissa passer l'ange avec courtoisie, puis elle poursuivit.

— Il n'y aura pas de quatre-vingt-dix-huitième anniversaire, Malhorne ! N'est-ce pas ?

— Je ne crois pas, en effet.

— Bien, reprit-elle. J'apprécie ton honnêteté. Et je préfère que cela se passe ainsi. Je suis encore valide et pour rien au monde je n'aurais supporté que tu me voies redescendre vers l'enfance des vieux. Elle est beaucoup trop misérable.

— Tu n'auras pas à la vivre, je te le promets.

— J'ai eu une belle vie, Malhorne. Bien remplie, malgré tout. Et grâce à toi, je n'ai plus peur de l'achever.

Je sais que nous nous reverrons là-haut, si tu daignes un jour t'y attarder quelque temps.

— Je l'espère aussi, Morgane. Si cela plaît à la providence !

Le lendemain matin, la femme de chambre trouva Morgane immobile dans son lit. Elle tenait dans une main la rose que je lui avais coupée. Ses longs cheveux blancs dénoués s'étalaient impeccablement sur le traversin. Son visage reflétait une expression de paix profonde, à la limite du sourire. Jamais, je crois, on ne lui avait vu une telle sérénité.

Son corps fut porté en terre au milieu de la roseraie. Sur la pierre tombale, je fis graver l'adage d'Honorine Macare, sa lointaine parente. Quiconque y passe peut encore lire aujourd'hui : *Contente-toi de peu, amuse-toi de tout.* Peut-être ce passant repart-il le cœur plus léger. Peut-être a-t-il su lire au travers de cette phrase que sa fin est inéluctable, qu'il lui faut profiter d'aujourd'hui et ne pas se remplir uniquement d'espoir.

La disparition de Morgane me laissa désemparé. J'escomptais quelques mois encore, au pire quelques semaines.

Jamais je n'avais imaginé que sa perte me viderait à ce point. Maude fut la seule à s'apercevoir du désarroi dans lequel je me trouvais. Elle alla demander l'aide de son mari et lui intima de me porter assistance.

Nous discutâmes longuement sur la meilleure façon d'utiliser mon temps et je promis d'y réfléchir. Un mois passa sans qu'aucun changement ne survienne. Malhorne revint me voir, cette fois équipé d'une panoplie de journaux de toutes provenances.

— L'Europe se prend d'orientalisme ! me dit-il, enthousiaste. Connais-tu l'Égypte, mon oncle ?

— Ma foi non, répondis-je, plus laconique que je ne l'aurais voulu. Je n'y suis jamais mort.

Je me parais rarement derrière la protection du cynisme, aussi Malhorne en perdit-il toute contenance.

— Mais enfin ! s'emporta-t-il. Tu ne ramèneras pas Morgane en t'apitoyant sur toi-même. Tu ne peux pas…

— Stop ! le coupai-je net. Je suis un imbécile, nous sommes d'accord ! Ton idée est excellente et mérite de s'y arrêter. Pour quand le prochain départ ?

Quelque temps plus tard, j'embarquai pour Lisbonne. Revoir cette ville me fit du bien. Ses venelles étaient hantées par les fantômes de connaissances depuis si longtemps disparues qu'ils me permettaient de relativiser la mort de Morgane. Mon lot était-il autre que de poursuivre mon chemin ? C'était certes infiniment plus difficile quand j'avais aimé mais, dans mon malheur, je n'avais souffert qu'une seule fois en près de quatre siècles. Plutôt que de larmoyer, je remerciai la providence de m'avoir à ce point épargné.

Après Lisbonne, un second courrier m'emporta vers Alexandrie, au fin fond de la Méditerranée. Jamais depuis lors je n'ai connu de pires conditions de navigation. Sitôt passé le détroit de Gibraltar, les creux roulèrent le bateau comme un fétu. Et le ciel déversa sur nos têtes le trop-plein d'une décennie de sécheresse. Tapi au fond d'une cabine, je remplissais les seaux d'aisance les uns après les autres. J'étais si manifestement misérable que le personnel oublia bientôt le chemin de ma cabine. Ces laquais ne désiraient pas trop s'embarrasser avec le débile de la neuf.

Mon corps se déshydrata bien vite.

Indisposés par la puanteur qui se dégageait de mon antre, des clients se plaignirent et cela faillit me sauver, car le médecin du bord tenta l'impossible pour raviver ma santé moribonde.

Il en fut quitte pour un patient de moins.

Je rendis l'âme alors que notre bateau entrait dans le port d'Alexandrie.

43

La gomme du train de roues arrière marqua la piste de l'unique aérodrome de l'île de Ko Jima d'une empreinte noirâtre. Une fumée aux relents de caoutchouc brûlé s'en échappa un instant, aussitôt dissipée dans l'air, puis le train avant toucha le sol.

En bout de piste, le jet vira sur sa droite et vint se ranger aux abords des hangars, près d'une limousine. La porte latérale de l'avion glissa, trois marches se déplièrent automatiquement jusqu'au sol et la silhouette d'un homme se dessina dans la lumière du jour.

Le chauffeur de la limousine sortit prestement pour ouvrir la porte arrière à l'unique passager du jet, qui s'engouffra dans le véhicule sans un mot.

— Vous avez effectué un bon voyage, Kenji San ? interrogea le chauffeur en démarrant.

— Excellent ! Excellent ! répondit-il, un accent de nervosité dans la voix.

— Nos avions sont très confortables, c'est certain ! poursuivit le chauffeur sur un ton anodin.

Kenji tourna lentement son regard vers le rétroviseur intérieur. Un serviteur n'était pas censé importuner ainsi son employeur. Il s'apprêtait à le rappeler à l'ordre lorsque leurs regards se croisèrent sur la surface du miroir.

— Tu devrais davantage surveiller tes environs immédiats, mon frère ! Si j'avais été envoyée par la concurrence, tu ne serais déjà plus de ce monde.

— Kinuyo ?

Le chauffeur enleva sa casquette, libérant une épaisse chevelure sombre.

— Pour te servir, Kenji San. Bien entendu, père n'est pas au courant de ma venue. Il me suppose à l'annexe, en train d'enseigner aux jeunes filles de l'île l'art de la tresse, ou quelque chose de ce genre.

Kenji ébouriffa énergiquement les cheveux de sa sœur.

— Ne le contrarie pas trop tout de même. Père est un vieil homme à présent. Il fait partie de cette dernière génération à moins considérer ses filles que ses fils. C'est culturel, il ne faut pas lui en vouloir…

— Tu dis ça parce que, justement, tu es un fils, non ?

— Un peu… Peut-être ! Il doit être plus difficile en ce moment, non ?

— Je n'ai rien pu savoir de lui. Mais c'est exact ! Tu arrives à point.

— Plus que tu ne le crois, sœurette ! Mais nous verrons cela plus tard.

— Serais-tu heureux de me voir, ou vas-tu me donner une pièce de monnaie à la fin de mon service ? ironisa Kinuyo pour changer de sujet.

— Pardonne-moi. Bien sûr ! D'autant qu'il y a longtemps, près de six mois au moins…

— Neuf mois et dix-huit jours, pour être précise ! Le temps s'étire différemment selon ses occupations, dit-on ! C'était à l'anniversaire de père.

— Neuf mois…, hésita Kenji. Je t'ai délaissée ! Pardonne-moi…

— Oh ! ne te culpabilise pas. J'ai tant de choses à faire ici ! La maison, père, les domestiques, et j'en oublie… C'est à se demander à quoi peut bien me servir mon diplôme en physique nucléaire.

— Aux proportions de la vinaigrette, petite sœur. Pour commencer !

La limousine quitta la route principale pour s'engager sur une voie secondaire. Puis elle bifurqua vers une longue allée privée bordée d'arbres. Sur un ordre électronique lancé depuis la voiture, un majestueux portail en métal s'ouvrit. La voiture pénétra dans le parc de la propriété ancestrale de la famille Misushi.

— Ne te présente pas dans cet accoutrement devant notre père, Kinuyo, dit Kenji alors que la maison était encore loin. Il n'y survivrait sans doute pas.

— Ne t'inquiète pas, Kenji. Devant la maison, laisse-moi t'ouvrir la portière, après quoi, je disparaîtrai vers les garages.

Après le dîner, qu'ils prirent tous les trois de façon traditionnelle, Takashi entraîna ses enfants dans le jardin central autour duquel s'articulait la maison.

Ils marchèrent côte à côte. Kinuyo brûlait de poser les questions qui l'auraient enfin éclairée sur les obscures allusions du dîner, mais elle attendit patiemment que son père rompe le silence. Pour être une jeune femme moderne, elle n'en respectait pas moins les us et coutumes de son pays. Aussi attendit-elle que l'aîné des hommes prenne la parole.

— J'ai pris une décision ! déclara enfin Takashi. Toi, ma fille, tu représenteras notre famille. Tu iras aux États-Unis nous rendre compte de ce qui s'y passe. J'ai dit !

Kenji arrondit des yeux étonnés, tandis que Kinuyo, au contraire, les plissait d'attention.

— Nous devrions en discuter avec Kinuyo pour connaître son avis, père, intervint Kenji, qui doutait du bien-fondé de cette décision, sans vouloir heurter son père de front.

— Je suis d'accord ! le coupa Kinuyo, très excitée de trouver là un moyen de couper à la monotonie de la vie sur l'île. Je ne sais pas avec quoi je suis d'accord, mais mon choix est irrévocable.

— Tant mieux, reprit Takashi pour la modérer. Tu es irréfléchie, ma fille. Et impétueuse ! Comme l'était ta mère. Mais cela va dans le bon sens, pour une fois.

Kinuyo esquissa un sourire satisfait et fit un clin d'œil à son frère.

— Oh ! Ne te réjouis pas trop vite, Kinuyo, la prévint-il. Tu n'as pas idée de ce qui t'attend. Pas plus que nous d'ailleurs…

— Explique-lui, Kenji ! le coupa Takashi.

— Fort bien, père, se résolut-il. Écoute-moi bien, Kinuyo ! Cette affaire relève des plus sérieuses. Il y a plus de quatre mois, la page d'ouverture du serveur America On Line diffusait une demande de renseignements particulière. Dans le monde entier, chaque utilisateur d'internet lisait obligatoirement ce message…

— Je connais internet, Kenji. Je suis allée à l'université, rappelle-toi… Qu'y avait-il dans ce message ?

Kenji leur proposa de s'asseoir sur un banc avant de poursuivre.

— Pour le reste du monde, j'ignore qui cela a pu intéresser. Par contre, en ce qui nous concerne, la demande de renseignements était on ne peut plus troublante… Elle portait sur le nom de Malhorne.

L'intérêt de Kinuyo redoubla. Dans une famille de renom, on connaît généralement sa lignée sur une longue période. Les Japonais, qui cultivent le souvenir des ancêtres, surpassent bien des peuples dans la connaissance des racines familiales. Le nom de Malhorne évoqua immédiatement dans la mémoire de Kinuyo un ancêtre précis, une époque, et surtout, une légende.

— Se pourrait-il qu'il s'agisse du même Malhorne qui vécut ici parmi nous ? demanda-t-elle, fébrile.

— Je l'ignore encore ! répondit Kenji. Mais les recherches que j'ai fait mener sur ce sujet ne nous conduisent à rien. Excepté notre ancêtre, qui ne figure nulle part. Nous avons donc cherché à connaître le commanditaire de cette demande de renseignements.

— Et… ?

— Et nous sommes remontés jusqu'à une institution basée aux États-Unis. Une fondation, pour être précis. Pendant une période de deux mois, j'ai employé un technicien de notre département informatique uniquement sur cette fondation. Il a suivi depuis Tokyo toutes leurs investigations. Les membres de cet établissement, dont je ne connais toujours pas les intentions, ont lancé des recherches dans tous les sens possibles. Ils sont en relation avec les universités du monde entier, les fichiers d'état civil de toute la planète, les bibliothèques virtuelles et même le Vatican. Nous savons aussi où se trouve physiquement cette fondation. Mon informaticien est assez doué, je dois dire. Pour comprendre, il faut maintenant se déplacer jusqu'à eux. Cet événement est très important ! Tu n'ignores pas qui est Malhorne !

Kinuyo observa le silence. Elle apprenait beaucoup de nouvelles en une seule fois, il lui fallait réfléchir.

— Si l'Amérique découvre les traces effectives d'un réincarné, une nouvelle ère commencera peut-être, affirma Kenji sans toutefois trop y croire.

— Un autre événement nous indique qu'un changement approche, intervint Takashi.

— Lequel, père ?

— Notre île a perdu son guetteur. La statue a été enlevée.

— Par qui ?

— Des Américains ! Ceux que tu dois rechercher !

— Pourquoi n'en ai-je rien su ? s'insurgea Kinuyo.

— Personne ne l'a su, à part moi ! répondit Takashi sèchement. Personne, à part moi, ne monte plus au sommet du volcan pour se recueillir aux pieds de nos ancêtres. Il est vrai que je suis plus proche que vous du grand voyage, mais tout de même.

— N'as-tu rien pu faire pour éviter ce vol ?

— Cela nous aurait desservi, Kinuyo. Nous savons à présent où se trouve la statue. Précisément au sein de cette fondation américaine. Voilà la preuve qu'il nous fallait. Les recherches lancées sur internet et notre ancêtre concernent une seule et unique personne.

— Bien ! Je pense avoir cerné le sujet, déclara Kinuyo. Maintenant, permettez-moi de vous poser une question.

— Il faut bien qu'il y en ait une, plaisanta Kenji.

— Ce serait trop beau, s'il n'y en avait qu'une, répliqua-t-elle du tac au tac. Nous disposons de tous les hommes de confiance et plus au sein du groupe. Il y a aussi Kenji… Pourquoi m'envoyer moi ?

— Il faut que ce soit quelqu'un de notre sang, Kinuyo, lui expliqua Takashi. Je ne peux plus y aller. Malheureusement, l'âge m'immobilise. Kenji, ton frère, est trop connu pour se promener en touriste dans un pays occidental. *A fortiori* aux États-Unis. Il ne ferait pas un pas sans être accosté. Et puis, il dirige un groupe qui emploie près de quatre-vingt mille personnes à travers le monde. Cela laisse peu de temps libre. Il ne reste que toi. Tu ne diriges pas nos affaires, ton visage, en tant que riche héritière, n'est connu que d'un cercle très restreint de financiers et d'industriels. Cela te facilitera grandement la tâche.

— J'avais de toute façon déjà accepté, père ! Il s'agissait de pure curiosité de ma part.

— Et tu ne te plaindras plus à l'avenir de ne jamais recevoir de mission de confiance, la railla gentiment Takashi. J'ai autant d'estime pour toi que pour Kenji, mais il fallait bien un aîné à deux enfants, non ?

Kinuyo Misushi, seconde sur la liste des héritiers du groupe Misushi après son frère aîné Kenji, s'envola pour New York deux jours plus tard, à bord d'un 737 de la compagnie familiale. Elle ne partit pas seule. Machiko Naruse, la plus redoutable des gardes du corps de l'équipe de protection rapprochée de la Misushi & Co, prit place à ses côtés. Toutes les deux avaient un visa de tourisme.

Confortablement installées en classe affaires, elles passaient facilement pour des touristes et, à les observer, il est vrai qu'elles semblaient bien s'entendre.

Sur place, personne ne les remarquerait.

44

— Ainsi, vous vous êtes entendus derrière mon dos ! gronda Marcussen, une virgule de malice accrochée au coin d'un œil. J'ai fondé l'*Independent* voilà vingt ans, avec pour objectif de ne travailler que dans des relations de confiance. Il m'a fallu compter sur la nouvelle génération pour m'apprendre à vivre !

De l'autre côté de l'imposant bureau du rédacteur en chef, Tara Steamway et Steven Prinsley jouaient le jeu. Ils affichaient une mine contrite de jeunes écoliers sermonnés.

— Trêve de plaisanteries, conclut Marcussen. Que m'apportez-vous d'irréfutable ?

— Nous sommes encore loin d'avoir la matière d'une parution, Axel ! commença Tara.

— Cette réunion serait-elle prématurée ? C'est pourtant vous qui me l'avez demandée.

— En effet ! J'ai besoin de votre conseil…, argumenta la jeune femme.

— Tara m'a pratiquement supplié de l'assister pour traquer des correspondances via internet, la coupa Steven.

— Je me demande bien ce qui a pu vous faire flancher, Steven, ironisa Marcussen. Nos ordinateurs vous occupent déjà à cent dix pour cent…

— Un splendide QI ! Si vous me passez cette expression triviale.

Tara jeta un regard noir vers Steven.

— Je plaisante, évidemment, se rétracta-t-il aussitôt. Tara m'a exposé le sujet de son enquête et disons que je le trouve peu banal !

— Et où votre duo d'intellectuels vous a-t-il entraînés ? recentra le rédacteur.

— Partout ! Et c'est là que le bât blesse ! Impossible de suivre toutes les correspondances que nous avons espionnées.

— Quelles sont les plus intéressantes ?

— La Fondation Prométhée a organisé une vaste campagne de recherches d'informations concernant la statue Malhorne. Les sites visités sont vastes. Fichiers centraux d'états civils américains et étrangers, instituts d'histoire, d'art ancien, d'architecture. Les sectes ont été passées au crible, les archevêchés d'Europe aussi, nous avons même découvert des traces de contact entre la Fondation et le Vatican. Ils mettent vraiment le paquet !

— Vous en avez tiré quelque chose de tangible ? demanda Marcussen.

— Une déduction, en fait ! Nous avons constaté que la Fondation concentrait ses efforts de recherche auprès des banques de données de six ou sept pays. Depuis peu, ils ont rétréci leur champ d'investigation.

— Autre chose ?

— Oui. J'ai effectué quelques recherches sur la Floride et la Louisiane et..., précisa Tara.

— Une documentation pour de prochaines vacances ? la coupa Marcussen.

— La confession d'un informateur ! J'ai découvert qu'une propriété privée située près de la Nouvelle-Orléans porte le nom de Malhorne ! Ça valait le coup d'aller voir...

— Et vous vous demandez si le journal vous offrira un billet pour le sud ?

— J'y ai déjà renoncé ! Je connais votre politique d'austérité en ce qui concerne les déplacements de vos collaborateurs. Par contre, j'ai là-bas quelques amis, dont un qui me devait un vieux service. Il s'est rendu sur place. Figurez-vous que la maison est gardée jour et nuit par des membres du Bureau...

— Ne vous avais-je pas dit que cette affaire valait de l'or ! s'exclama Marcussen en sortant d'un tiroir un splendide Cohiba. Vous n'êtes tout de même pas venue me demander quoi faire ?

— Eh bien, justement..., avoua Tara, piteuse.

— Voyez-vous, mon petit, assena Marcussen, sur le ton ampoulé le plus redouté de tous ses collaborateurs. Vous m'avez habitué à cet esprit indépendant que j'apprécie comme la plus grande qualité chez un journaliste, et parfois aussi son plus grand défaut...

— La CIA et le Pentagone sont aussi acteurs de cette affaire ! le coupa Tara. Il s'agit pour le journal de ne pas commettre d'impair, c'est pourquoi j'ai jugé plus prudent de vous en parler.

— Saviez-vous que la Fondation Prométhée appartient à la Craig Corporation ? lâcha Marcussen sur un ton anodin. Qu'un fabricant d'armes s'aide de ses clients privilégiés ne m'étonne qu'à moitié.

— Vous connaissez ce détail depuis longtemps ? s'exclama Tara, criant à moitié malgré elle.

— Assez pour patienter ! répondit Marcussen, qui regardait d'un œil amusé le visage de Tara se décomposer.

— Et merde ! émit Steven. Je sens que ça va tourner au vinaigre.

— Vous avez bien travaillé, tous les deux, tempéra Marcussen. Sincèrement. Mais un vieux renard comme moi possède d'autres ficelles... Vous les connaîtrez toutes un jour. Et vous regretterez votre visage d'aujourd'hui...

Tara bouillait sur son fauteuil. Son patron aimait tester ses employés. Il jubilait lorsqu'il parvenait, sur une simple réflexion, à défaire des journées entières de travail. Ce trait de caractère relevait du sadisme. Mais le point qui exaspérait le plus la jeune femme, c'est que son patron avait raison.

— Vous allez me dire quoi faire, dans ce cas ! grinça-t-elle, ne maîtrisant qu'à peine sa colère montante.

Marcussen tira longuement sur son cigare et joua avec la fumée bleutée du havane avant de répondre :

— Allez-y ! Vous êtes journaliste, sur le sol américain. Personne ne peut vous empêcher d'aller sonner à la porte de cette Fondation pour mener votre enquête.

— Étant donné la liste des intervenants sur cette affaire, on ne me laissera jamais entrer ! geignit Tara.

— Si vous partez perdante, je peux vous faire remplacer tout de suite ! vitupéra Marcussen. Mais avec votre jolie petite gueule d'amour, je ne connais pas un gardien qui ne vous laisserait passer… Allez, au travail !

Steven et Tara se levèrent et prirent congé.

— Il me le paiera ! maugréa-t-elle en sortant du bureau. Ce type est le plus orgueilleux macho que j'aie jamais rencontré !

45

Fondation Prométhée
02 février 2011. 01 h 12 AM

Adamov : Vous collectionnez les pierres ?

Malhorne : Un complément d'information ne serait pas de trop. Pourquoi me dites-vous ça ?

Adamov : Tenez ! Un vieil homme m'a dit que vous sauriez quoi en faire…

Malhorne : Diable ! Mon pousse-pousse ! Je n'aurais pas cru le revoir un jour…

[…]

Le Rimpoché est plus porté sur le matériel qu'autrefois !

Adamov : J'ai une nouvelle, Malhorne…

Malhorne : Si c'est ce que je crois, je la connais déjà !

Adamov : Ethen…

Malhorne : Denis Craig est venu m'en parler hier soir…

Adamov : Et… ?

Malhorne : Douche froide !…

Adamov : Comment ça ?

Malhorne : J'ai passé cinq cents ans à chercher si j'étais le seul… Et il semblerait que oui…

Adamov : L'histoire du père Fontorbe ne le prouve pas.

Malhorne : Hélas si ! Nous sommes morts, elle et moi, le même jour. Ethen a disparu, je pense.

Adamov : Qu'est-ce qui vous porte à le croire ?…

Malhorne : Ma mémoire commence là ! Je pense que le fardeau a été transmis…

[…]

Le fardeau m'a été transmis. Ce que je ne comprends pas encore, c'est comment le transmettre à mon tour…

Adamov : Le feu peut-être…

Malhorne : Je ne pense pas. Je suis mort de bien des façons déjà. Jamais brûlé vif mais ce n'est pas le pire…

Adamov : Une volonté précise au moment de mourir ?

Malhorne : J'ai déjà essayé. Je crois que c'est autre chose… Je n'ai pas choisi de renaître…, je ne choisirai pas non plus la fin !

Adamov : Nous cherchons des traces d'Ethen, ça vous aidera peut-être. Stacey y travaille…

Malhorne : La Fondation ne me laissera pas le temps, je le crains…

FP 11/02/02
Archivage

46

– Passez un agréable voyage, monsieur Mac Conkey ! récita l'hôtesse en tendant le billet.

Stuart Mac Conkey rajusta le haut de sa soutane, remercia l'hôtesse et disparut dans la salle d'embarquement.

Des dizaines de regards convergèrent vers lui lorsqu'il y pénétra. Avec le temps, Stuart avait fini par s'y habituer. Être un beau jeune homme et un prêtre en même temps heurtait les *a priori* d'une grande partie de la population.

Surtout sur cette terre d'Irlande où bien des jeunes et jolies protestantes rêvaient de débaucher un représentant de l'autre culte.

Quel gâchis ! avait-il souvent lu dans leurs yeux.

Sa sexualité, Stuart Mac Conkey en avait fait don à Dieu. Il y avait renoncé à l'âge de dix-huit ans, lorsqu'il était entré au séminaire, et l'avait préservée jusqu'à cette date, qu'il considérait comme une seconde naissance. Ce qui passait aux yeux des autres pour un record d'héroïsme relevait pour lui de l'acte de foi. Son corps le lançait, il ne pouvait le nier mais, sans tentation, ce choix difficile n'aurait pas revêtu la même signification.

Aussi, pour éviter de trop nombreuses situations embarrassantes, il portait au quotidien une soutane, noire, austère et parfaitement identifiable dès le premier coup d'œil. Et pour les rares créatures du beau sexe qui se seraient imaginé qu'il s'agissait d'une originalité vestimentaire, il gardait accroché sur la poitrine un crucifix rutilant, affiché avec beaucoup d'ostentation.

Malgré tous ses efforts, il arrivait parfois que certaines, plus cruelles ou plus hardies que d'autres, l'abordent quand même. Face à ces envoûteuses, l'humour restait sa seule arme.

Stuart trouva un siège vide et s'y installa. Les regards se détournèrent bientôt. Il retrouva l'absence d'intérêt que prodiguait l'anonymat et s'en trouva fort bien.

On annonça le début de l'embarquement pour le vol 667 à destination de New York et la foule des passagers se rua vers la zone de contrôle. Stuart regarda son billet d'un air amusé. À une unité près, ce numéro de vol l'aurait dissuadé de s'embarquer. Ce n'était pas à proprement parler une affaire de superstition, encore que nul n'y échappât vraiment, mais la raison de sa présence sur ce vol pour New York relevait tant de la science-fiction qu'il doutait encore d'y être.

Il avait répondu à un appel. Quelque chose de spirituel, quelque chose qu'il n'avait jamais ressenti de façon aussi tangible. Si toutefois les notions de spirituel et de tangible pouvaient faire bon ménage.

Ça s'était passé un samedi soir, moins d'une semaine auparavant. Après le dîner, il s'était acquitté des tâches ménagères dans sa petite église de Killaloe, comme il le faisait tous les samedis. Passer le balai, lustrer les cuivres et épousseter la statuaire faisait partie de son sacerdoce et, tout compte fait, ne représentait pas vraiment une corvée. Il aimait cette église, plongée dans l'obscurité, chichement éclairée par quelques cierges. La lumière chaude formait dans la nuit des halos tremblotants qui lui inspiraient une image de la sagesse à travers le monde. Toujours trop ténue, mais toujours présente.

Le ménage achevé, il était resté pour prier, se ressourcer. La nuit, la solitude, le sentiment d'une partie de son devoir accompli…

C'est là, agenouillé devant la Vierge, qu'il avait entendu l'appel. Au début, à l'exemple de Saül de Tarse, il était tombé à la renverse, stupéfait.

Tout prêtre qu'il était, il n'avait jamais cru aux voix. Pour lui, parler avec Dieu signifiait parler avec les hommes. Dieu incarnait la vie, chaque être humain détenait une parcelle du sacré, etc.

Cette vision de la foi tranchait nettement vis-à-vis du dogme romain et attirait nombre de regards sévères de ses supérieurs et de certains de ses pairs, mais elle entrait en résonance avec la nouvelle génération de prêtres, pour qui croire signifiait partager, comprendre et surtout éviter de juger.

Mais cette fois, il ne pouvait douter de l'immixtion d'une pensée extérieure dans sa propre tête. Cette expérience inouïe était proprement bouleversante.

Il n'aurait trop su dire s'il avait entendu des mots où s'il se les était formulés plus tard mais, en substance, la pensée disait ceci :

« Écoute-moi, jeune Mac Conkey !

Je suis l'ami de ton aïeul. Je suis celui qui a sculpté la statue qui t'intriguait tant, près de ton village natal. Je suis Malhorne…

Et j'ai besoin de toi ! »

C'était arrivé une seule fois et pourtant Stuart avait tout plaqué pour répondre à cet appel. Jamais il n'avait commis d'acte véritablement déraisonnable. Pour une première, il plaçait la barre très haut.

Aux yeux de quiconque, certainement.

Pas aux siens.

Son cœur était en paix, et cela seul comptait.

Il connaissait Malhorne. Cet homme faisait partie de son histoire familiale, il y tenait une place importante même. Et, par-dessus tout, ce nom était gravé sur l'épée de la statue des hauts plateaux, là-bas, près des monts Silvermine…

Deux jours après cet événement, Stuart avait rejoint la vieille maison de ses grands-parents. Il voulait en avoir le cœur net. Il avait pris la route à l'aube, pensant rentrer vers quatorze heures. Son arrière-grand-mère vivait encore là-haut mais il ne passa pas la voir. Elle n'aurait pas pu comprendre pourquoi il ne restait pas déjeuner.

Il gara sa voiture dans le bas du village et poursuivit à pied, par les petits chemins de son enfance qu'il connaissait par cœur.

Parvenu sur le plateau où se dressaient plusieurs rangées de menhirs, Stuart avait ressenti un tressaillement au creux de sa poitrine. Pourquoi était-il venu jusqu'ici ? Aucune réponse ne viendrait des pierres.

Il traversa le replat rocheux jusqu'à…

La statue n'y était plus. La roche avait été sciée, tout simplement.

Stuart comprit qu'il n'avait pas vécu une simple hallucination. Quelque chose se tramait, et Malhorne en était le centre.

Son numéro d'appel arriva. Stuart se leva et franchit la passerelle. Une hôtesse lui indiqua son fauteuil et le pria d'attacher sa ceinture.

L'avion fit mouvement vers sa piste d'envol, choisissant la bonne parmi un dédale dont le plan paraissait fou.

Les hôtesses mimèrent de façon assez grotesque les consignes de sécurité en cas de sinistre et le symbole « interdiction de fumer » s'alluma.

Stuart se cala dans son fauteuil et ferma les yeux.

J'espère être sur le bon chemin, se dit-il, tandis que les réacteurs rugissaient.

Au moment où Stuart Mac Conkey marchait sur les chemins d'Irlande en direction de la statue de son enfance, Acil n'Kabo refermait la classe de brousse de son village. Refermer la classe signifiait essuyer le tableau noir et ranger les craies dans un lieu sec, à l'abri de l'humidité. Aucun mur ni aucune porte ne venait ici entraver le regard des élèves. Le soleil d'Afrique orientale y pénétrait généreusement, dessinant sur le sol des ombres très marquées qui matérialisaient la course du temps. Lorsque, selon l'avancée de la journée, le vent soufflait à travers la classe, il portait sur ses ailes des nouvelles d'Orient ou d'Occident. Des nouvelles de la savane, chaudes, chargées de poussières et de pollens, riches de senteurs musquées qui, depuis la nuit des temps, indiquaient aux aïeux d'Acil les mouvements des troupeaux sauvages. Les vents d'est, plus frais, plus volontaires, opposaient au musc de l'Afrique primitive la puissance iodée de l'océan Indien. Ces vents-là n'altéraient jamais le cœur des hommes tant ils étaient chargés d'humidité et de sel. Ils portaient l'espoir des pluies et des récoltes à venir. Ils incarnaient dans le cœur de chacun l'assurance d'un lendemain fertile. Sous sa revigorante caresse, nul ne défaillait.

Acil laissa un mot à l'attention du maître auxiliaire qui le remplacerait dès le lendemain et s'éloigna de sa classe d'un pas léger et déterminé.

Avant de se rendre, pour une dernière visite, auprès du grand-père du village, il fit un crochet par son domicile, remplit une valise des maigres affaires qu'il tenait à emporter et ressortit sans plus s'attarder. Une fois la décision prise, il n'est plus utile de tergiverser sur son bien-fondé. Trop de réflexion nuit à l'action.

Il trouva le grand-père au pied du vieil arbre à pain, au centre du village. Acil n'avait pas eu à chercher. Le grand-père passait la moitié de son temps sous l'auvent de sa case, et l'autre moitié à l'ombre de l'arbre, calé à même le sol entre deux énormes racines.

— Vous vous ressemblez tous les deux, commença Acil d'une voix où se mélangeaient le respect et la plaisanterie. Son écorce se ride autant que la tienne. Puisses-tu vivre aussi longtemps que lui.

Le grand-père observa Acil longuement.

— Je ne le souhaiterais pas, si cela m'était donné, dit-il doucement. Ta jeunesse te donne des envies d'éternité… Attends quelques décennies. Nous en reparlerons !

— Je pars cet après-midi, grand-père. Je suis venu te dire au revoir.

— Ou peut-être adieu, Acil ! Ton chemin sera long, je le pressens, et mes jours diminuent au fur et à mesure que raccourcissent les ombres de l'année. Je ne sais si nous nous reverrons.

— Je t'ai toujours connu…

— Et je ne suis pas immuable pour autant. Si elle survient à mon grand âge, la mort n'est rien Acil. Ni tristesse ni réjouissance. Seulement une évolution.

Grand-père porta les mains à son cou. Il dégrafa un collier chargé d'un lourd pendentif en bois et le tendit à Acil.

— Emporte ce collier. Les rêves me l'ont enseigné. Je l'ai sculpté dans le bois de l'arbre à pain. Il te sera utile.

— J'ai vu cette forme, sans en comprendre le sens. Et puis j'ai réfléchi, peut-être pas en vain…

— Raconte-moi tes conclusions, Acil.

— L'eau, la terre, l'air et le feu…

— C'est un bon début mais il en manque. Cela ne fait que quatre ! Connais-tu la réponse aux trois dernières ?

— Les trois dimensions, je suppose.

— Ce qui nous fait sept ! Je te félicite Acil. Et la figure du centre ?

— Je ne sais pas, grand-père. Elle n'est peut-être là que pour unir les autres.

— Elle est précisément là pour les unir ! Mais elle n'est pas prétexte. Les symboles ne connaissent pas le hasard, réfléchis !

— Je ne sais pas…, répondit finalement Acil au bout de quelques secondes.

— Qu'est-ce qui existe depuis l'origine du monde sans pour autant relever de la matière, qui ne peut s'attraper ni se soustraire, auquel personne n'échappe ?

— … Le temps…

— Nous y sommes ! Le temps, cet on ne sait quoi inaltérable que personne n'a jamais vu mais dont tout le monde constate les effets. De cet arbre à ma vieille figure. Dans la terre, à la surface rouillée des carcasses de voitures, dans l'onde, le sable et la course des étoiles.

— Ce symbole rassemble le cosmos. Peux-tu expliquer notre rêve commun, grand-père ?

— Nous ne pouvons que pressentir, ou interpréter. En aucun cas expliquer. Les jeunes tentent d'expliquer les signes, les vieux se contentent de s'en réjouir, ou de s'y préparer, s'ils sont mauvais.

Du bout de sa canne, grand-père dessina lentement sur le sol un heptagone.

— Peut-être pour ressembler au soleil…, marmonna-t-il lorsqu'il eut terminé.

— Pardon ? demanda Acil.

— J'aimerais comprendre la forme ! Il y avait tant de possibilités pour exprimer ce symbole et pourtant, tous les habitants du village ont fait le même rêve. Même si tous ne s'en souviennent pas.

— Les enfants de ma classe me l'ont décrit. Ce qui nous indique qu'il ne s'agit pas d'une interprétation personnelle mais d'un message extérieur !

Le vieillard crispa sa figure ridée. Il n'avait pas oublié le temps où il aurait pu afficher de telles certitudes. Il se souvenait, mais ne le vivait plus au quotidien. Sa crispation mimait la souffrance d'entendre les allégations de son jeune ami.

— Je trouverai peut-être une réponse en y allant, poursuivit Acil. Et si ce voyage est très long, je te l'enverrai.

— As-tu vu autre chose dans ton sommeil ?

— Non, et ce n'était pas nécessaire ! Mais ce n'était pas un rêve. Cela m'a assailli, sans que je puisse y opposer une quelconque résistance. J'ai vu cette forme géométrique à sept côtés, qui m'attirait dans la nuit. Comme un aimant, très fort et pourtant très loin. Je me suis levé et, sans prendre le temps de m'habiller, je suis sorti. L'aube pointait lorsque je me suis entièrement réveillé, à plus de dix kilomètres du village, en caleçon et pieds nus. Mais je t'ai déjà raconté cette histoire ! As-tu vu autre chose, grand-père, dont tu ne m'aurais pas parlé la première fois ?

— Oui, Acil. J'ai vu autre chose. Et je me demande bien pourquoi seul moi l'ai rêvé.

— Me le diras-tu, grand-père ?

— J'ai vu un enfant. Un tout petit enfant. Et cet enfant représentait ce qu'il y a de plus sacré sur terre et dans les cieux. C'est très étrange qu'il ne se soit pas manifesté à toi. Le grand esprit qui gouverne les éléments ne devrait pas faire de différence entre les uns et les autres.

— Laissons le temps nous répondre, grand-père ! Lui seul est assez patient pour nous enseigner la fin.

— Va, Acil, ou tu deviendras plus sage que moi, commenta le vieux en tordant son visage d'un sourire édenté. Notre terre d'Afrique nous sollicite curieusement à l'autre bout de la planète. La sagesse de ce qui a toujours été nous échappe. Va témoigner de notre fidélité et agis si besoin.

— Prends soin de toi, grand-père, et attends mon retour. Pour une fois, tu devras m'écouter, ce sera moi le griot.

— À la bonne heure, fils ! Laisse-moi maintenant, j'ai besoin de me reposer.

Acil laissa le grand-père dans les creux de l'arbre et le ressac de ses souvenirs. Puis il partit d'un pas décidé vers la sortie du village, sa vieille valise métallique à la main, jusqu'à l'arrêt du bus, chichement matérialisé par une borne en pierre à demi enfouie sous des branchages.

Depuis deux heures, un paysage de savane défilait à travers la vitre poussiéreuse du bus de brousse. Même s'il s'était muni d'une demi-douzaine de livres, Acil ne se lassait pas de regarder cette terre d'Afrique. Sa terre, comme il se plaisait à la définir lorsqu'il y pensait.

Le soleil se couchait, lorsque le bus entra dans les premiers faubourgs de Mombasa, embrasant la terre d'un rouge apocalyptique. À cette vision du disque solaire se superposa l'onirique heptagone de leur rêve commun.

Acil se frotta les yeux. La fatigue de ces derniers jours l'abusait sans doute. Il les rouvrit sans que rien n'ait changé. Un heptagone se couchait au loin, à la place du soleil. Il sombrait lentement derrière l'horizon sans que personne dans le bus n'y prenne garde, à part lui.

C'est bien une vision, en conclut-il. Les éléments me confortent dans ma décision, ou quelque chose du genre.

Acil contempla l'heptagone-soleil jusqu'à ce qu'il ait entièrement disparu derrière la courbure de la terre, fasciné et heureux de ce spectacle unique.

À guichets fermés pour moi tout seul ! pensa-t-il, soudain plus confiant dans l'avenir que jamais.

L'aéroport de Mombasa se trouvait encore loin, de l'autre côté de la ville, à une heure environ, si la circulation se maintenait aussi fluide qu'à présent. Il ouvrit sa valise pour choisir un livre approprié et tomba sur un guide touristique des États du Nord-Est américain. Il jugea nécessaire de se familiariser avec cette partie des États-Unis dont il ne connaissait pour ainsi dire rien, et se plongea dans la lecture du manuel.

Dès sa descente du bus, Acil se présenta au comptoir d'American Airlines. Si tout s'était normalement déroulé, un billet offert par la société d'ethnologie de Washington devait l'y attendre. Un billet dont Acil avait longuement différé l'emploi et qui, aujourd'hui, lui permettait de réaliser les vœux de grand-père et les siens propres. À sa charge tout de même de présenter à la société savante l'ouvrage d'ethnologie sur le devenir des griots en Afrique orientale qu'il avait écrit l'année précédente. Cela se résumerait probablement à un exposé de cinq ou six heures sur la tradition orale, suivi d'un cocktail mondain. Ensuite, il serait libre de ses mouvements et pourrait se consacrer à la véritable raison de son voyage.

— Nous n'avons pas reçu le billet, monsieur n'Kabo…, l'informa une hôtesse. Mais nous en avons la confirmation sur ordinateur. Je vous l'édite tout de suite, c'est l'affaire d'une minute.

Acil enregistra son bagage et partit vers la salle d'embarquement.

La pièce était remplie de touristes occidentaux, repus de safaris-photos et chargés de souvenirs pseudo-authentiques de la mythique Afrique ancestrale.

Il y avait aussi quelques hommes d'affaires de tous horizons et des Kenyans, en famille ou solitaires, qui partaient vers des vacances américaines.

La folie a dû me prendre, se dit-il une fois installé au milieu de cette foule. *Je pars à la rencontre d'une forme géométrique dans un pays que je ne connais pas, avec pour seules certitudes que cela se passe là, quelque part dans les environs de New York, et que je dois m'y trouver !*

47

« 21 février 1933, je suis dans ma trente-troisième année. Trente-deux fois j'ai passé le jour et l'heure de ma mort, comme on passe devant la porte d'une maison qu'on habitera un jour et qu'on ne pense même pas à regarder. »

JULIEN GREEN, *Journal*

Les branches, recouvertes de givre, craquaient sous l'action du froid. La récente alternance de gel et de redoux était pire qu'un hiver sec. Il gelait à pierre fendre. Parfois, de la forêt voisine parvenait un craquement puissant qui ressemblait à un coup de feu. Ce son, si familier pour l'oreille aguerrie du colonel Dupray, lui faisait à peine relever les yeux des quotidiens étalés sur sa table de travail. Le vieux soldat savait différencier le bruit de la poudre de celui d'un tronc d'arbre pourri ou d'une pierre, anéanti par la dilatation de la glace.

— Si cela continue, les rosiers vont geler sur pied, rumina-t-il. Paul doit s'occuper du jardin aujourd'hui même. Ce garçon ne prend aucune sorte d'initiative.

Un second craquement, plus puissant celui-là, résonna depuis le village. Cette explosion, figurant une pièce d'artillerie lourde, fut suivie d'un bruit de cascade. Une canalisation venait de rendre l'âme. L'hiver marquait un point supplémentaire.

C'est la guerre des saisons, pensa-t-il. *Point de salut dans cette campagne-là ! Qui veut vaincre doit éviter le combat. Prévenir plutôt que guérir.*

Le colonel Dupray soupira et reprit le cours de sa lecture.

Chaque jour, le dimanche excepté, Charles Dupray, colonel en retraite, abordait la matinée comme la meilleure partie de la journée. Une cafetière bien remplie, deux cigares moyens et trois ou quatre journaux, selon les arrivages, transformaient ce paisible retraité en homme informé du temps qu'il traverse. Confortablement calé au fond d'un fauteuil, le colonel pensait qu'il n'était pas nécessaire de bouger pour se croire en mouvement. La pensée de l'homme conscient pallie les insuffisances de son corps vieillissant, pensait-il en se félicitant d'être né doté d'une tête si bien remplie.

« Le préfet Haussmann entame la troisième section du nouveau plan de Paris. »

Terminées, les barricades ! pensa le colonel. *N'en déplaise au sieur Hugo, notre bon Haussmann libérera la capitale du danger anarchiste ! Une ville carrée empêchera les gauchistes de penser, la géométrie n'est pas dans leur nature.*

« L'empereur Napoléon III en visite au Cambodge. »

Bien, ça. L'Empire tournera bientôt tout autour de la planète. Vive la France !

Et il l'aimait la France, le colonel Dupray. Sa France !

Trente-sept années de carrière à l'ombre de la grande muette, au sein d'une douzaine de régiments différents, sous toutes les latitudes. Une glorieuse fin de carrière menée de main de maître à Djibouti, summum de sa fierté.

Ah ! Il en avait maté quelques-uns, là-bas ! De ces nègres paresseux et indisciplinés, dont les rares qualités étaient en fait leurs moindres défauts.

On le redoutait, le colonel Dupray, à Djibouti. Ça filait droit quand il passait inspecter la garnison. En gants blancs, la revue d'inspection ! Et pas de crassusseur à l'infirmerie ! Tous les hommes valides en ordre serré dans les rangs ! Les autres, ouste ! Au gnouf !

Sous les ordres de Dupray, on est toujours prêt !

Non mais ! Je t'en ficherai, moi, de l'infirmerie !

Il était en train d'évoquer ces doux souvenirs quand on frappa à la porte.

— Monsieur ?

— Oui, Yvonne ! Que se passe-t-il ?

— Il y a que notre Malhorne est au plus mal et qu'il vous demande.

— Le docteur Guntz est-il arrivé ?

— Si fait, monsieur ! Il est encore au chevet du malade.

— Bien ! Merci, Yvonne. Je vais monter.

Le colonel délaissa à regret ses lectures et sortit de son bureau en maugréant contre la bonne. Il ne supportait pas qu'il subsiste dans le parler de ses domestiques la moindre parcelle de terre. Ce « si fait » revenait tellement souvent dans la bouche de sa femme de chambre qu'il avait fini par cesser de la reprendre, tant cette locution s'ancrait profondément dans la matière grise de cette écervelée.

La glaise est pire que la chienlit, elle ne vous lâche pas un seul jour de votre existence, rumina le colonel en montant à l'étage.

Dans l'escalier qui menait aux chambres, il croisa le docteur Guntz. Son air sombre ne présageait rien de bon.

— Pouvons-nous discuter un moment, colonel ? proposa Guntz.

— Je vous en prie ! Venez dans mon bureau, nous y serons mieux installés.

— Je suis très soucieux pour ce jeune homme, commença le docteur, dès qu'ils furent entrés. Je connais sa pathologie, mais je ne puis malheureusement rien pour le sauver.

— Vous pensez donc qu'il va mourir ?

— Cela ne fait aucun doute, j'en ai peur.

— Diable ! C'est bien fâcheux ! Ce bougre est pourtant gaillard. Il en a vu d'autres. De quoi souffre-t-il, au juste ?

— De la grippe !

Le colonel eut un hoquet de surprise.

— Plaît-il ? Vous ne sauriez pas le guérir de la grippe ? Quel genre de médecin êtes-vous donc ?

Le docteur Guntz ne releva pas l'attaque et poursuivit.

— Il s'agit d'une grippe maligne, colonel. Feriez-vous appel aux plus éminents spécialistes que cela ne servirait à rien. On ne sait pas soigner cette forme particulièrement virulente de la grippe.

— Soit ! Mais n'y a-t-il pas tout de même quelque chose à tenter ?

— J'ai déjà informé votre bonne mais il est aussi bien que vous soyez également au fait. Faites-le boire énormément, s'il y arrive. La fièvre le déshydrate. Et donnez-lui des décoctions. J'ai apporté des sachets.

— Bien, bien ! Voilà un remède de cheval, ou je ne m'y connais pas, ironisa le vieux militaire.

— Il serait également bon de réconforter son âme, colonel ! Et sans trop tarder.

— Mais j'y serais tout naturellement disposé, seulement, nous avons un problème ! Je n'ai pas la plus petite idée sur sa religion, s'il en possède une.

— En effet, cela complique les choses. Dites-moi, colonel. Pardonnez ma curiosité mais je ne puis tenir. Qui est ce Malhorne ? Serait-ce l'un de vos anciens soldats ?

— Foutre non ! Il ne l'est pas !

— Qui est-il dans ce cas ? Il est manifestement étranger mais s'exprime parfaitement dans notre langue. J'avoue que cela m'intrigue.

— Je le crois égyptien. Ou peut-être libyen, je n'en ai jamais été absolument certain.

— Il demeure pourtant chez vous…

— En effet ! Mais qu'y puis-je. J'ai rencontré Malhorne… Pour plus de clarté, je dois sans doute vous exposer les faits plus clairement. Mais asseyez-vous, je vous en prie.

Lorsque le colonel Dupray se sentait écouté, il retrouvait son éloquence d'autrefois, celle du temps où il exposait un plan de manœuvres à ses subalternes avant de mener une expédition.

— Mon cher Guntz…, commença-t-il. Figurez-vous que ce Malhorne est à lui seul une énigme vivante, dont je ne sais précisément que des bribes. Je ne vous apprends rien en vous disant que ma carrière s'acheva à Djibouti, assez brillamment je dois dire.

— Certes, mais…, tenta vainement Guntz, peu désireux de subir un exposé sur l'Afrique orientale.

— Nous avions à l'époque beaucoup de travail tant sur la côte qu'à l'intérieur des terres. Voyez-vous, les nègres ne s'entendent pas entre eux et l'Afrique pourrait s'observer comme une constellation de tribus, en guerre les unes contre les autres. C'est d'ailleurs en jouant sur ce point que nous parvenions à maintenir un semblant de paix civile, mais là n'est pas mon propos. Nous tenions, à seulement trois régiments, la côte française des Somalis, avec, en plus, la surveillance du détroit de Bab el-Mandeb. Vous voyez que nous ne chômions pas. Aussi étais-je bien plus souvent en campagne que dans mes appartements de garnison.

» Lors d'une de ces expéditions, où quatre compagnies de mon régiment sur sept restaient à surveiller la base, j'ai eu maille à partir avec une bande d'indigènes, fort heureusement maigrement appareillés. Mes compagnies se sont immédiatement postées en formation de combat, face à ces imbéciles de macaques qui nous chargèrent en colonne. Le résultat fut plus réjouissant qu'au stand de tir. Je participai d'ailleurs moi-même à l'aubaine car il n'est pas si courant de pouvoir s'exercer sur cible mobile. Bref ! Nous fîmes un carton.

» La poudre fumait encore de nos canons surchauffés lorsqu'un hurluberlu apparut loin devant nous, à la limite de notre champ de vision. Puisqu'il semblait seul, j'ordonnai un cessez-le-feu et le laissai s'approcher. L'énergumène était aussi nu qu'Adam et braillait des vocalises, aussi claires pour moi que cette grippe maligne l'est pour vous. Je dépêchai une poignée de soldats, qui l'interpellèrent sans mal. L'instant d'après, il se trouvait devant moi, suant comme un bœuf et roulant des yeux où la démence se lisait clairement.

» Mes respects mon général, me dit cet apôtre. Notre roi Louis vient d'être arrêté à Varennes ! Il faut immédiatement lui porter secours !

» La troupe entière partit d'un grand rire, ce qui sembla le calmer.

» L'homme n'était pas de la région. Son type, loin des signes désignant la négritude, portait un nez fin et des cheveux raides. Mais il était suffisamment noir pour n'appartenir à aucune race européenne. Il parlait un français impeccable, quoique, de temps à autre, certains anglicismes échappés d'on ne sait où obscurcissaient la clarté de son discours. Nous le ramenâmes à Djibouti, où le service de santé s'occupa de son cas.

» C'est notre médecin major qui m'apporta certains éclaircissements sur notre lascar. Je n'avais pour ma part que trop peu de temps libre, en dehors de mon commandement, pour en accorder beaucoup à un seul homme.

» Le gaillard délirait fort. Selon le médecin, sa cervelle, trop longuement exposée sous le soleil, avait à jamais conquis les territoires abscons de la démence. Il s'exprimait soit en français, soit en anglais. Mais dans certains cas, on avait cru reconnaître du portugais, de l'espagnol, de l'arabe et même du tamoul, ou une langue apparentée. Bref, cet homme semblait être à lui seul une véritable tour de Babel.

» Lorsqu'il fut hors de danger, le bougre ne voulut plus quitter la caserne. Il s'arrangea avec le médecin major pour trouver une place d'infirmier. J'accordai bien volontiers cette faveur à notre toubib, qui manquait cruellement d'assistance. Le jeune homme, qui se faisait appeler Malhorne, se tira fort bien de sa nouvelle charge et se révéla d'une compagnie tout à fait soignée, hormis bien entendu la proximité de la folie, dont il ne se départit jamais.

» Nous l'appréciions tous grandement. Malhorne faisait montre d'une culture très large et discourait de tout, en toute occasion, à l'exception de ses origines. Il ne daigna jamais nous éclairer. Ne serait-ce qu'en mentionnant le nom d'une ville, ou d'un pays.

» Lorsque l'heure de la quille sonna pour votre serviteur, Malhorne vint me trouver. Il me demanda s'il me serait possible de le ranger dans mes bagages, pour qu'il rejoigne sa patrie, selon ses propres dires. Fût-ce une faiblesse ou de la nostalgie anticipée, je l'ignore encore. J'acceptai.

» Malhorne s'installa ici, dans cette vieille maison familiale où je suis venu passer une retraite confortable. À ma grande joie, je dois avouer, car sa présence m'est devenue précieuse.

» Voilà, vous savez tout ce que je puis vous en dire. Ni plus ni moins que moi. À peu de chose près.

Le docteur Guntz se leva. Son visage affichait un air songeur.

— Me voilà plus intrigué encore, colonel, dit-il en partant. Cela m'apprendra à être curieux.

— Vous y teniez ! Et je n'ai rien à cacher. Ne vous inquiétez pas pour cette grippe maligne. J'ai moi-même eu bien des mystères à résoudre au cours de ma carrière et bon nombre d'entre eux n'ont jamais trouvé de réponse.

Contrairement à son habitude, le colonel raccompagna son visiteur jusqu'à la porte et ne la referma pas avant de s'être assuré que ce dernier avait définitivement filé.

— Ça m'apprendra à être curieux, mima-t-il à voix haute. Foutriquet !

Puis il retourna dans son bureau où, après avoir rajouté deux bûches dans l'âtre, il troqua ses souliers de ville contre une plus confortable paire de charentaises.

— Yvonne ! hurla-t-il dans le hall. Descendez nous préparer du thé et une décoction du docteur Guntz !

Il attendit que les souliers de la bonne martèlent le carrelage de la cuisine pour s'engager dans l'escalier, jusqu'à la chambre d'amis où reposait Malhorne.

— Eh bien, on m'apprend que tu n'as pas plus qu'une vulgaire grippe à dix sous !

Malhorne, étendu sur un lit défait, ouvrit un œil fiévreux.

— Morgane ? Fiche-moi la paix !

Le colonel s'installa le plus confortablement possible au chevet du malade, certain qu'il passerait là les heures à venir.

— Elle n'est pas encore arrivée, mentit le retraité. Tu n'as plus qu'une chose à faire ! Te reposer pour être dispos lorsqu'elle arrivera.

Par habitude, le colonel savait qu'il ne servait à rien de contredire Malhorne lorsque le délire le prenait. *A fortiori* si une mauvaise fièvre se greffait sur l'insolation définitive que ce malheureux avait subie.

Malhorne s'endormit. Avec une délicatesse quasi maternelle, le colonel remonta les draps et les couvertures sur le corps luisant de sueur. Puis il se plongea dans la lecture d'un de ses romans favoris.

De temps à autre, Malhorne parlait dans son sommeil, mais ce qu'il racontait alors prenait des accents de cauchemars, ou ne signifiait rien de compréhensible. Le prénom d'une certaine Morgane revenait souvent. Mais bien d'autres aussi. Malheureusement, mis bout à bout, les monologues de Malhorne ressemblaient trop à un tissu d'incohérences, si bien que le colonel n'y prenait plus garde.

Yvonne apporta le thé, accompagné de petits gâteaux secs, et signifia au colonel qu'elle prenait son après-midi.

— Je serai là pour dix-huit heures, expliqua-t-elle. Ma sœur habite Taverny. C'est à deux pas !

— C'est parfait, ronchonna-t-il. Le temps de me l'expliquer et vous y seriez déjà ! Allez, filez !

Il rajusta ses besicles et se plongea à nouveau dans son roman.

Un quart d'heure à peine était passé qu'il ronflait doucement, le menton appuyé sur la poitrine.

Le colonel Dupray fut réveillé par un râle. Il ne comprit pas immédiatement où il se trouvait, mais le corps de Malhorne gisant sur le sol lui ramena très vite la mémoire.

— Allons, mon garçon ! Demande-moi si tu veux quelque chose !

Aidé par le colonel, Malhorne retrouva la chaleur de son lit.

— Merci, Charles ! répondit-il.

Le colonel le regarda, stupéfait. Bien différente des accents hallucinés habituels, la voix de Malhorne gardait un ton clair et sûr.

— Eh bien ! Il semblerait que les décoctions du docteur Guntz relèvent de la poudre miraculeuse ! Je ne me souviens pas t'avoir jamais entendu parler ainsi.

— Écoutez-moi, Charles. Je veux que vous entendiez ce que j'ai à vous dire avant que la nuit ne chasse le jour.

— Allons bon ! Et que nous vaut un tel empressement ?

Malhorne eut un geste de lassitude.

— Vous penserez ce que vous voudrez. Et bien entendu, je suppose que vous conclurez au délire d'un dément !

— Repose-toi, rien ne presse à ce point !

— Je reviens de loin, mais ma destination l'est encore davantage. J'imagine que vous n'entendez rien à ce que je vous dis là, mais croyez-moi sur parole, je vis en ce moment mon premier instant de lucidité depuis des lustres !

— Je te suis parfaitement.

— Comme vous voudrez ! Voyez-vous, je suis depuis si longtemps habitué à la mort que je la sens lorsqu'elle s'approche. En comptant les bébés qui moururent, ou les très petits enfants, cette fois-ci, ce sera peut-être la vingtième ou la trentième répétition du grand acte. Pas de quoi fouetter un chat ! Ce qui est étonnant, c'est la façon avec laquelle le hasard me balade sur les continents. Je suis mort il y a trente ans à Alexandrie et demain, je renaîtrai dans le corps d'un petit garçon des environs. Mais où ? Dans quelle famille, de quel village ? Voilà bien ma seule interrogation.

— Veux-tu la présence d'un prêtre ? le coupa le colonel.

— Un prêtre, dites-vous ? Mais vous déraisonnez, Charles. Je suis musulman. Aujourd'hui en tout cas. Demain, il est bien possible qu'un prêtre se présente pour me baptiser. Pour l'instant, je ne veux rien.

Le colonel Dupray esquissa un geste d'impuissance, puis se rassit au fond du siège. Il s'attendait à une longue tirade. Par égard pour son ami quasi moribond, il se tut jusqu'au bout.

— Peu importe la façon dont cela se passa, je ne pourrais d'ailleurs pas vous l'expliquer rationnellement, je recouvrai la mémoire sur le ventre d'une gazelle d'Orient, une très belle jeune Égyptienne pour qui j'aurais fait n'importe quoi. Elle s'appelait Salima et s'était toujours refusée à moi.

» De la théorie à la pratique, je franchis le pas. Je fis n'importe quoi.

» Un soir, alors que je rentrais du souk vers le port, où habitaient mes parents, je la croisai dans une ruelle près de la jetée. Elle portait un long vêtement damassé qui lui serrait la ceinture et laissait deviner la courbure de ses hanches. Cette fille me faisait tourner les sangs. Je lui proposai de marcher ensemble et elle ne se méfia pas. Elle accepta.

» Je jure devant Dieu que je n'avais rien prémédité. Et puis, à ce moment-là, j'ignorais ce qui m'arriverait.

» Comme le font tous les jeunes gens, nous nous sommes taquinés. Sentir sa chair, sa chaleur et son parfum si proche. C'était plus que je ne pouvais endurer. Une venelle s'est ouverte sur notre parcours et je l'y ai poussée. Malgré elle, bien entendu. Salima a commencé à s'inquiéter de mon comportement. Ça se voyait à sa pilosité qui se hérissait légèrement, et à ses pupilles aussi. Et puis, ses lèvres ont commencé à briller, alors, je n'ai plus tenu. Je l'ai violée. Par terre, contre des casiers de pêche. Ça sentait le poisson tourné, mais je m'en foutais bien ! Je ne sentais que son parfum et l'odeur de son sexe.

» D'une main je lui fermai la bouche, et de l'autre, je lui ôtai ses vêtements pour la pénétrer. Je ne me suis aperçu de mon acte qu'au moment où j'éjaculai. Tout est revenu en bloc, comme d'habitude. J'avais encore dans le cœur l'arrachement du deuil, celui de Morgane, et sur la bouche le goût de cette pauvre fille.

» Salima pleurait. Elle avait un rictus sur le visage où je lisais la plus indicible horreur qui soit. Et l'être responsable, c'était moi ! Pas besoin de chercher autre chose.

» Je suis resté prostré dans la ruelle. Salima est partie et je ne m'en suis pas même rendu compte. Mon corps, mes mains, mon sexe, tout me dégoûtait. Je ne pouvais plus supporter de vivre dans cette peau-là. Mais puisqu'on n'a guère le choix, je ne savais que faire. Les événements ont décidé à ma place.

» J'ai entendu des cris provenant du port. Des cris d'hommes mêlés à celui, plus strident, d'une femme.

» Des lueurs lointaines se sont rapprochées, jetant sur les murs des ombres démesurées. Les mâles de la famille de Salima, toutes torches sorties, couraient après ma trace. Ils se dirigeaient droit vers moi, je n'avais pas bougé. Lorsqu'ils furent assez près pour que je voie de l'écume friser au coin de leurs lèvres, je compris que leur intention n'était pas juste de me corriger.

» L'instinct a parlé, plutôt que la raison. Mon corps était jeune, il voulait vivre. J'ai pris mes jambes à mon cou et j'ai couru, aussi vite que je le pouvais, dans le dédale des ruelles d'Alexandrie.

» De temps à autre je les entendais m'appeler.

» Akim ! résonnait dans la nuit de façon bien lugubre…

— Akim ! Ainsi voilà votre véritable prénom ! Il correspond davantage à votre aspect, l'interrompit le colonel.

— C'est exact ! Mais c'est sans intérêt. Il arriva un moment où je n'entendis plus rien. Mes poursuivants s'étaient lassés. Je continuai pourtant à courir jusqu'au petit matin. Alexandrie se trouvait à des dizaines de kilomètres derrière moi. Alexandrie, mon identité et mes problèmes.

» L'ombre d'un rocher m'offrit un abri. Je m'y écroulai comme une masse inerte, épuisé mais vivant.

— Vous voilà sorti de cette mauvaise passe, Malhorne, s'enquit le colonel. Qu'avez-vous fait ensuite ?

— J'y venais, Charles. J'ai tenté tout au long de la journée de tourner autour du rocher en même temps que son ombre, mais l'épuisement dans lequel je me trouvais me fut fatal. La course de la veille n'avait rien à envier à un véritable marathon. Sans eau, sous un soleil de plomb, ma cervelle a brûlé dans la journée.

» Les années qui suivent relèvent autant du souvenir que de l'hallucination. J'ai omis de vous dire que je suis chrétien à l'origine. Aussi tournai-je mes pas vers la Galilée. Je cherchais le chemin des pénitents, et je pense l'avoir trouvé. Je dois avoir expié.

» Mes pieds nus ont gratté la Terre sainte, le sol de Jérusalem, de Bethléem et de Nazareth. J'ai lavé mon corps impur dans les eaux du lac de Tibériade, puis de la mer Morte. Et je crois qu'à force d'arpenter les routes sous ce soleil implacable, chaque jour m'entraînait vers une folie encore plus grande. De simplement dérangée, ma pensée devenait homérique dans sa démesure.

» Le hasard d'une piste me poussa vers Pétra, puis vers La Mecque. Cela fait un bon bout de chemin pour un seul homme, n'est-ce pas ? Je ne sais pas comment je parvins à survivre au régime de privations et d'efforts auquel je m'astreignis.

» Dans le saint lieu, j'approchai la Kaaba, puis me retirai.

» Toujours plus au sud, je poursuivis ma route. Jusqu'à ce que la mer m'arrête. À l'ouest, loin, très loin, une côte dessinait ses contours. Je traversai à la nage.

— Vous ne me ferez pas croire que vous avez traversé le détroit de Bab el-Mandeb à la force de vos bras ! s'exclama le colonel. Je connais bien cet endroit, il y a plus de quarante kilomètres à vol d'oiseau. Sans parler de ses eaux poissonneuses, et du plus gros calibre encore !

— Pourtant, je le fis. Sur la côte africaine, j'ai dû tourner en rond, jusqu'à notre rencontre. La suite, vous la connaissez.

Le colonel demeura silencieux. Il subodorait que dans ce fatras d'inepties devait se trouver une partie de la vérité.

Oui, mais où ? Bien malin celui qui aurait pu le dire.

— Tout cela est très instructif, mon cher ! Je vais à présent vous laisser, il faut vous reposer.

Il rangea son fauteuil contre le mur et s'apprêta à sortir.

— Gardez-vous bien de répéter à quiconque ce que vous venez d'entendre, Charles, car, tout colonel que vous soyez, il ne serait pas longtemps avant qu'on ne vous fasse enfermer, lui dit Malhorne avant qu'il ne referme la porte.

— Bien sûr, Malhorne, le rassura-t-il. Je n'en soufflerai mot. Dormez maintenant, nous reparlerons de cela demain.

Évidemment, le colonel ne crut pas une bribe de cette histoire abracadabrante. Qui pourrait l'en blâmer ?

Malhorne s'éteignit dans la nuit, à l'heure où l'aube, sur le point de se lever, fait résonner dans la campagne les premiers chants des oiseaux.

C'était, je crois, le 18 décembre 1859.

48

De retour à l'hôtel, Acil souffla enfin. Ces deux derniers jours l'avaient épuisé. Une conférence, trois cocktails mondains à différents endroits de Washington et une invitation chez le président de la société d'ethnologie le laissaient exsangue. Il y avait aussi eu ces discours incessants, ces conversations menées à bâtons rompus, ces sollicitations permanentes et parfois même ces jacasseries stériles. Acil s'étonnait encore de la propension des gens à parler pour ne rien dire, simplement pour combler un vide, ce vide qui les effrayait tant.

Le bruit, plus que le reste, semblait être la cause de sa fatigue. Une fatigue psychique, la pire de toutes, qui serait longue à expulser.

Acil se rendit compte à cet instant combien l'harmonie de sa brousse lui manquait, combien elle contribuait à l'équilibre de sa personnalité. Comme la ville, la nature ne connaissait jamais le silence, mais le fourmillement sonore qui animait la brousse possédait un sens intrinsèque. Chaque bruit, chaque frottement, chaque cri avait une origine connue et enseignait à l'oreille avertie la cause, et parfois même la conséquence. Tout simplement, cela avait un sens.

Acil se coucha sur le couvre-lit à fleurs sans même défaire les draps. L'air de la chambre, trop chauffé, trop sec, ne lui convenait pas. La climatisation desséchait sa bouche.

Il éteignit la lampe de chevet et resta immobile dans le noir, l'œil rivé sur l'écran opaque du téléviseur. Les lumières de la rue striaient le mur d'une multitude de rais parallèles. Il tourna la tête, face contre l'oreiller, et s'endormit.

Libéré de ses obligations vis-à-vis de la société d'ethnologie de Washington, Acil put enfin se consacrer à l'objet réel de son séjour aux États-Unis. Il boucla sa valise, rendit la clef de sa chambre à la réception et se retrouva sur le trottoir, devant l'hôtel. Il chercha la première direction à prendre, d'instinct, le nez au vent.

Et rien ! Pas la moindre intuition à laquelle emboîter le pas. Il eut beau fermer les yeux, respirer à fond l'air vicié de la ville, reformer en pensée l'heptagone qui l'avait mené là, rien.

La ville doit parasiter les songes, pensa-t-il.

Il se rendit dans une gare routière et sortit de Washington plein nord, en direction du lac Ontario.

Il descendit à mi-chemin des Grands Lacs, dans une petite bourgade des environs de Harrisburg. Il avait décidé en route de passer quelque temps dans la campagne environnante. Malgré un froid piquant, auquel il n'était pas habitué, il pensait pouvoir retrouver ses sensations plus facilement qu'en ville.

Il troqua sa valise contre un sac de randonnée et partit en balade. Les lanières du sac lui mordirent vite les épaules, tant il était chargé de conserves et d'aliments déshydratés, mais Acil aimait l'effort, sa part de souffrances comprise. Quelques affaires de rechange le surchargeaient et, dans la partie supérieure du sac, Acil avait soigneusement plié et rangé son boubou, qui ne l'avait pas quitté depuis son départ.

Habitué à la marche sur les grandes étendues africaines, Acil avala les kilomètres avec une hargne libératrice. Se dépenser lui faisait du bien. L'échauffement de sa musculature permettait à sa tête de se vider. Une nouvelle vision viendrait d'elle-même. Il ne pouvait pas la provoquer.

Acil ne connaissait rien à ce terrain mais il réagissait correctement, d'instinct. Pendant une semaine, il arpenta la terre américaine. Il percevait les mêmes vibrations que chez lui, ces courants telluriques qui parcouraient le monde au mépris des frontières. Tout ce temps, il longea une rivière dont il ignorait le nom, mais qui le conduirait quelque part. Les rivières ont toujours attiré les hommes, quelle que soit leur nationalité. Les garder près de son chemin est l'assurance de croiser tôt ou tard une implantation humaine. Aucun randonneur n'ignore ce principe.

Acil passa la huitième nuit sur les hauteurs qui dominent Sunbury, dans l'État de Pennsylvanie. Il dévora sa dernière conserve de corned-beef et s'endormit très tôt du sommeil du juste. Pour la deuxième fois de sa vie, Acil rêva du grand heptagone, mais cette fois-ci, à la différence de son premier rêve, la forme se présenta à lui sous l'aspect d'une grande roue de feu. La grande roue qui faisait tourner l'univers, dans sa cosmogonie personnelle.

À son réveil, il eut la conviction de presque toucher au but, sans en connaître vraiment l'éloignement. Il se décida pour un passage en ville, au moins le temps de refaire des provisions. De façon symbolique, il passa son boubou traditionnel par-dessus les vêtements chauds qu'il portait et descendit vers Sunbury.

L'agglomération était calme et banale. Acil en fit rapidement le tour et jeta son dévolu sur un bar qui jouxtait une petite gare routière. Il pourrait ainsi, tout en se restaurant, s'informer sur les prochains cars en partance.

Il commanda un monceau de saucisses, d'œufs et de crudités. Une semaine au régime conserves lui donnait une incontrôlable envie de produits frais. La serveuse lui remplit à ras bord plusieurs tasses de café sans qu'il demandât rien. Enfin repu, il regarda les informations locales. Peut-être y trouverait-il un indice sur sa destination, au hasard des reportages.

Acil tenta vainement de s'y intéresser mais les problèmes d'enneigement sur les voies rapides ou les allocutions du chef de la police du district ne parvinrent pas à le renseigner. Il décrocha rapidement et sortit après avoir réglé sa note.

Un car en provenance de New York s'immobilisait sur le trottoir d'en face au moment où Acil sortit du bar. Quatre personnes en descendirent : un jeune couple, les bras chargés de paquets, une grand-mère, qui parvint à toucher terre sans accident, et un prêtre en soutane.

Les rares passagers pour Cleveland montèrent rapidement et le bus repartit.

Acil traversa la rue et se planta devant le panneau des horaires. La ville ne se trouvait visiblement pas sur le parcours de lignes importantes. Tout ce qu'il put tirer des panneaux se résumait à trois destinations principales : Cleveland, New York et Washington DC. Hormis cela, il fallait emprunter des correspondances.

Comme il ignorait encore sa destination, il finit par s'asseoir sur un banc, dans l'abri destiné aux voyageurs en attente. Le prêtre descendu du bus de New York vint bientôt s'asseoir en face de lui.

Quelques minutes silencieuses passèrent lentement, pendant lesquelles chacun des deux hommes tenta d'éviter le regard de l'autre, tout en essayant, à l'aide de brefs coups d'œil, de dévisager son vis-à-vis.

Acil se racla la gorge et rompit le silence.

Les deux hommes discutèrent un moment, de tout et de rien, comme il est d'usage lorsque deux inconnus se rencontrent.

— Que faites-vous par ici ? demanda Acil au bout d'un moment.

— Je suis à la recherche d'un ami, répondit Stuart.

— Pas d'adresse précise ?

— Non ! Juste une direction.

Acil regarda le prêtre d'un air perplexe.

— Nous voilà armés d'un point commun, poursuivit-il après un moment.

— Vous cherchez vous aussi un ami ?

— Non, une direction.

Ce fut au tour de Stuart de s'étonner.

Serait-il possible que nous cheminions vers le même but ? pensa-t-il.

— Vous n'avez pas l'accent du coin, mon père, reprit Acil. D'où venez-vous ?

— Vous avez l'oreille musicale. Encore que nombre d'Irlandais se soient installés dans ce secteur depuis la constitution des États-Unis. Mais vous avez raison. J'arrive tout juste d'Irlande.

— Grande paroisse, plaisanta Acil.

— Mon sacerdoce pourrait s'épanouir n'importe où sur la terre, mais ça ne facilitera pas les choses pour l'office de demain matin.

— Vous pourriez célébrer la messe sur le Net, non ?

— Les voies du sacré ont quelque chose d'électronique ces dernières années…, répondit Stuart en souriant. Je préfère pour ma part en rester à des usages, comment dire, plus conventionnels. Mais, et vous-même, une direction n'est pas un but défini ? Qu'y a-t-il au bout ?

— Je suppose que vous pouvez comprendre ça, commença Acil, soudain plus tendu. Ma démarche est mystique, en quelque sorte.

— Nous partageons donc plus d'un point commun… Et d'où venez-vous ? Il est rare de porter un habit africain dans ces contrées. Au cœur des métropoles, je ne dis pas, mais ici, vous avez dû vous faire remarquer.

— C'est vrai. J'occuperai les conversations quelque temps, je suppose. Je suis kenyan.

Stuart siffla d'étonnement.

— Une longue quête, si je comprends bien ! admira-t-il. Arrêtez-moi si je suis indiscret, mais quel en est l'objet ?

— Je vais passer pour un fou si je vous le dis, dit Acil, visiblement gêné.

— N'en dites rien dans ce cas, le rassura Stuart. Certaines vues de l'esprit ne se partagent pas. J'ai maintes fois été confronté à ce genre de débats avec mes supérieurs. Il n'en est jamais ressorti que de l'incompréhension.

— Vous paraissez en avoir souffert, mon père !

— Appelez-moi Stuart, si vous le voulez bien. Que vous soyez chrétien ou non, je vous donne une dispense personnelle. Cette appellation m'a toujours paru être une barrière et je n'en vois aucune justification.

— Va pour Stuart. Mais dans ce cas, je vivrais mal que vous ne m'appeliez pas Acil. Acil n'Kabo ! ajouta-t-il en tendant sa main vers le prêtre.

Stuart la serra vigoureusement.

— Nous voici deux apatrides. Un point commun est plus qu'il n'en faut pour se serrer les coudes ! Alors, deux. Ça fait de nous des frères en errance.

— Je suis content de vous rencontrer, Stuart. Ça fait une semaine que je radote seul dans les collines. Pour un peu, je rebroussais chemin, par excès de lucidité.

— Le sommes-nous jamais assez ? Vous m'intriguez, Acil. Quelle quête mystique peut faire accomplir tout ce chemin à un homme ?

— Il existe des aéroports en Afrique, vous savez ! Pas autant qu'ici, ou en Europe, mais quelques-uns malgré tout. Puisque vous insistez, je vais vous le dire. Dans mon village, il y a un très vieil homme, un griot. Eh bien, lui et moi avons rêvé la même chose, le même soir. Nous n'avons aucun lien de parenté ni quoi que ce soit en commun, mis à part notre appartenance au même village. Nous avons pourtant partagé un songe. La nuit suivante, c'est toute notre petite communauté qui a rêvé la même chose.

Stuart ressentit un étrange tressaillement le long de son échine. Se pouvait-il qu'Acil soit lui aussi à la recherche de Malhorne ?

— Quelle est votre position de prêtre face aux rêves, Stuart ? poursuivit Acil.

— Eh bien ! Je ne saurais trop dissocier mon avis d'homme de celui de ma charge…, répondit Stuart en réfléchissant. Je les crois de bon conseil, si l'on parvient à les interpréter. Ils peuvent guérir les plaies de la veille, ou les amplifier, cela dépend…

— Suivriez-vous l'appel d'un songe ?

— Je crois comprendre ce dont vous voulez parler. Sans doute. Mais il faudrait pour cela que l'appel résonne comme une menace, si je ne bougeais pas…

— Ou un espoir ! le coupa Acil. L'espoir d'enfin mieux comprendre ce qui vous intrigue et vous fascine dans l'alchimie du monde.

— Le Graal, en quelque sorte ?

— Exactement, Stuart ! Le Graal.

Stuart brûlait de savoir ce qui se cachait derrière ce rêve, qu'Acil ne lui avait laissé qu'entrevoir. Il se retint un instant, puis jugea qu'un excès de prudence n'était pas de mise.

— Acil ? Est-ce que le nom de Malhorne évoque quelque chose pour vous ? dit-il enfin dans un souffle.

Acil le regarda longuement, cherchant à comprendre.

— Non, rien !

Puis il sortit de son sac à dos un carnet et un stylo. Il réalisa sommairement un heptagone et le tendit à Stuart.

— Même question. Vous connaissez ?

Stuart prit la feuille et l'observa attentivement.

— Si c'est là votre Graal, le mien n'y ressemble pas. Je ne sais d'ailleurs pas à quoi il ressemble précisément, mais je ne doute pas de le reconnaître le temps venu.

Ils furent tour à tour déçus de ne pas rencontrer chez ce nouveau compagnon un écho à leur propre excitation. Un silence tomba entre les deux hommes.

Après un court moment, Stuart se leva et empoigna son sac de voyage.

— Mes maigres moyens ne me permettent pas de vous inviter mais j'aurais plaisir à poursuivre notre conversation, si dormir dans une auberge de jeunesse ne vous déplaît pas.

Acil accepta de bonne grâce. L'idée de repartir le jour même ne le séduisait pas et la compagnie du prêtre lui réchauffait le cœur.

— Mon départ attendra bien jusqu'à demain. Je suis de toute façon trop fatigué pour continuer aujourd'hui. Et puis, je vais vous avouer un détail, je compte sur les rêves de cette nuit pour m'indiquer où j'irai demain !

49

Fondation Prométhée
24 mars 2011. 11 h 23 PM

Craig : Donner, donner ! On ne peut pas donner comme ça. À tort et à travers ! Le système planétaire fonctionne sur le principe du marché global. Donner ne fait pas partie de nos lois.

Malhorne : Vous voyez, lorsque je vous parle de donner, vous n'avez que l'argent en tête !

Craig : Que voulez-vous donc que je donne d'autre ?

Malhorne : Votre temps, vos organes, votre sang, un peu de votre énergie, votre amour… Vous voyez bien que vous avez beaucoup à donner, et qui ne vous coûterait rien.

Craig : Mon cher Malhorne, vous êtes un doux rêveur.

FP 11/03/24
Archivage

50

— Le parchemin du lama est authentique, déclara Stacey. La matière, l'encre utilisée, le rouleau de cuir, tout remonte à deux cents ou deux cent cinquante ans.

— Que raconte-t-il ? demanda Denis Craig.

— Ce que le lama a dit à Franklin.

— Voici une preuve supplémentaire, apprécia Craig.

— En avions-nous besoin ?

— Peut-être pas, mais ça ne peut pas nuire.

— Le texte s'achève par ce que Malhorne appelle la révélation, poursuivit Stacey.

— Ce qu'il a dit en plusieurs langues ?

— Oui. En l'occurrence, c'est écrit en une seule, mais ça relate la même chose. À l'exception du nombre de siècles écoulés.

— C'est assez troublant, commenta Franklin.

— Pas si sûr, intervint Spencer. L'existence de ce texte nous indique où Stark a pu l'apprendre.

— Pourquoi pas, en effet, acquiesça Craig. Mais le reste va dans le bon sens. Nous trancherons sur son utilité plus tard. Pour le moment, Stacey, montrez-nous l'objet de votre enthousiasme.

Stacey se leva aussitôt et distribua des visiocasques.

— Je suis navré, mais nous ne disposons que de trois casques, s'excusa-t-il. J'organiserai une autre séance pour vous, Spencer.

— Stacey ? s'éleva la voix de Franklin dans le dos de l'archéologue. Tu vas encore me traiter de barbare, mais je ne sais pas comment le mettre…

— Tu !… grogna-t-il en se retournant… l'as mis à l'envers. Si tu veux effectuer la visite dans le mauvais sens, à ta guise ! Mais à ta place, j'inverserais la manœuvre.

Franklin obtempéra. Il retourna les lanières du visiocasque et s'installa dans le fauteuil vacant, aux côtés de Denis Craig.

— J'ai téléchargé ce programme ce matin, précisa Stacey. Vous allez voir, c'est une véritable merveille de réalisme. Et surtout, ce qui est plus important encore, chaque détail du site de Stonehenge que vous allez observer est la stricte reproduction de l'original. Vous êtes prêts ?

— Allez-y ! répondit Craig.

Franklin, qui supposait une quelconque malfaçon, tapota le bord de son casque.

— T'énerve pas, Franklin, le sermonna Stacey. C'est normal que tu ne voies rien encore.

Un texte informatif apparut d'abord.

— Vous connaissez tous Stonehenge, je suppose. Ou à défaut, ce nom vous évoque quelque chose, poursuivit Stacey. J'ai la chance de l'avoir visité. Même étudié pendant mes jeunes années.

Sur la paroi frontale des casques s'incrusta une vue aérienne de la campagne anglaise. Des champs à perte de vue, parfois rayés de routes sinueuses, s'étalaient en camaïeux de verts.

— Voici Stonehenge qui apparaît à droite de vos écrans.

Près d'une route, un parking prolongé d'un vaste enclos venait briser la monotonie des parcelles. Au milieu de l'enclos, un fossé circulaire délimitait le site à proprement parler. À cette altitude, les visionautes ne pouvaient distinguer qu'un cercle de pierres, au milieu duquel en gisaient d'autres, couchées à même le sol, et parfois brisées.

— Le site mégalithique de Stonehenge date d'environ trois mille cinq cents ans. Pour sa partie visible, en tout cas. Il est aujourd'hui généralement considéré par les spécialistes comme les vestiges d'un temple païen.

La terre se précipita à la rencontre des observateurs qui, d'aériens, évoluaient à présent à hauteur d'homme.

— Stonehenge est constitué de quatre cercles de pierres dressées avec, en son milieu, un supposé autel. Si l'on compte le fossé externe et les trous comblés qui le bordent, cela nous fait six cercles, eux-mêmes entourant une table, peut-être sacrificielle. Pendant mes études, je n'avais pas comptabilisé ainsi les vestiges mais au regard de nos travaux actuels, je ne peux pas m'empêcher de voir le chiffre sept, une fois de plus.

— Cette vidéo est très impressionnante ! s'exclama Franklin, qui était peu habitué aux images tridimensionnelles.

— Ce n'est pas exactement une vidéo, mon cher Franklin, le reprit Denis Craig. Mes laboratoires en produisent d'encore plus réussies. Je vous les ferai découvrir à l'occasion.

La perception de fouler la terre en moins, le casque communiquait une reproduction parfaite de la vision humaine. Il suffisait d'un infime mouvement de tête pour avancer, arrêter ou faire pivoter l'axe de vision.

— Je vous ai amenés ici pour vous montrer un détail de Stonehenge qui, jusqu'à ce jour, n'avait éveillé en moi, ainsi que chez mes confrères, qu'un intérêt anecdotique. Approchez-vous du cercle interne, celui où certaines pierres sont couvertes d'un linteau…

Stacey vérifia sur son écran la position de ses « élèves ». Denis Craig, matérialisé par un visiteur virtuel de couleur bleue, se trouvait à ses côtés. Par contre, Franklin traînait encore loin derrière eux. Le nez en l'air, il cherchait les fameux linteaux mais ne pouvait voir que le bleu du ciel.

— Par ici, Franklin ! le héla Stacey en réprimant un fou rire. Tu es le genre de personnage à avoir donné du fil à retordre à ses parents, j'imagine. Combien de fois t'ont-ils perdu, au supermarché ou sur la plage ?

Le visiteur virtuel qui représentait Franklin se mit à courir dans leur direction, passant même au travers des monolithes pour rejoindre les autres.

— Excusez-moi, je flânais..., bredouilla-t-il.

— Il n'y a pas de mal. Bien, puisque tout le monde est là, je reprends. Regardez l'assemblage de trois mégalithes qui se trouve tout de suite sur votre droite... À hauteur d'homme, vous voyez ?

Sur la pierre dressée, une curieuse épée d'à peine trente centimètres de longueur avait été gravée.

— Cela ne ressemble pas vraiment à une épée celte, ou à quelque chose de ce genre..., hésita Franklin.

— Précisément ! le félicita Stacey. Cette épée, qui fut découverte dans les années vingt, est une réplique quasiment parfaite d'une autre, sculptée sur une pierre tombale à des milliers de kilomètres de là. Précisément en Grèce, aux alentours du temple de Mycènes.

— Reste à définir laquelle est la réplique de l'autre !... commenta Denis Craig. Il n'y a pas d'autre inscription de ce genre ?

— Des haches, de facture locale. Mais revenons un instant, je vous prie, sur cette épée. Sur le pourtour du tombeau dont je vous parlais, une fresque partiellement conservée raconte l'histoire du propriétaire de l'épée. Je ne me souviens pas de tout, mais je peux vous dire que le guerrier venait de l'actuelle Syrie. Nous ne sommes pas très loin du lieu de fabrication du joyau d'Ethen.

Au travers des casques, Stacey ne pouvait pas voir les visages de ses compagnons. Il perçut malgré tout les réticences provoquées par ses propos.

— Je sais ! Je sais, s'excusa-t-il à moitié. C'est aller un peu vite en besogne. Mais je tire une conclusion à laquelle vous adhérerez bientôt...

— Que voulez-vous dire ? demanda Craig en retirant son casque. Ethen et Malhorne seraient les incarnations d'une seule et unique entité ?

— Pourquoi pas en effet ! abonda Stacey. Mais j'avais une autre hypothèse. Ethen serait le précurseur de Malhorne.

— Comment ne serait-il pas au courant, dans ce cas ? intervint Franklin. Il va de son intérêt de nous parler de tout ce qu'il sait.

— Je ne suis pas persuadé qu'il dise tout, répondit Craig. Il a dû garder quelques cartes en main pour continuer à jouer.

— Et peut-être ne le sait-il pas ! Le plus grand cercle de pierres de Stonehenge s'appelle le cercle de Sarcen. Savez-vous ce que signifie ce mot en vieux saxon ?

Les mines dépitées de Franklin et Craig lui valurent un sésame.

— En vieux saxon, *Sarcen* signifie Sarrazin !

51

Fondation Prométhée
03 avril 2011. 06 h 24 PM

Père Fontorbe : Avez-vous une quelconque idée sur la façon dont se passent vos transferts ?

Malhorne : Mes transferts ? Rechigneriez-vous à utiliser le terme de réincarnation ?

Père Fontorbe : Il n'a pas une connotation suffisamment catholique à mon goût !

Malhorne : Je n'ai pas la moindre idée à ce sujet ! Je meurs… et je renais. C'est tout ce que j'en sais…

Père Fontorbe : Vous avez parlé de lumière, de quelque chose de merveilleusement attirant…

Malhorne : Je vous vois venir ! Mais ce n'est pas cela. Ce que j'ai naïvement pris au début pour une lumière n'était en quelque sorte pas autre chose que le seuil du vagin de mes mères !

Père Fontorbe : …

Malhorne : Ne soyez donc pas chochotte ! D'où pensez-vous venir ?

Père Fontorbe : Mais je…

Malhorne : Attention ! Le petit oiseau va sortir ! Relaxez-vous, père Fontorbe. J'ignore tout du procédé. J'ai pu constater une chose. Mon corps de renaissance s'est toujours trouvé à l'ouest de mon cadavre. Ça ne fait pas un principe, mais c'est mieux que rien, non ?

Père Fontorbe : Le vecteur de l'âme suivrait la rotation de la terre !…

Malhorne : Ou alors elle reste immobile ! Dans ce cas, c'est l'enfant qui vient à moi… C'est lui qui me choisit, et non le contraire !

FP 11/04/03
Archivage

52

La clairière où le Rimpoché avait élu domicile ressemblait à présent davantage à une aire de camping qu'à un ermitage. Plusieurs tentes de couleurs vives s'y dressaient et les arbres, qui délimitaient le pourtour de la clairière, servaient de tuteurs naturels pour tendre des cordes à linge.

En fin d'après-midi, une neige fine, tardive pour la saison, s'était abattue sur la région, précipitant le niveau de mercure en dessous de zéro.

Un feu brûlait joyeusement, projetant des gerbes d'étincelles vers la frondaison naissante. Des rondins de bois, disposés en cercle autour du foyer, servaient de sièges à la plus hétéroclite assemblée que l'on puisse imaginer.

— Ainsi, c'était vous, le joyeux équipage qui nous a dépassés vers midi en véhicule tout-terrain, dit Stuart Mac Conkey. Vous avez manqué de peu nous renverser.

— Si seulement nous avions su que vous veniez ici, nous nous serions arrêtées, lui rétorqua Kinuyo, visiblement désolée. Cela vous aurait évité une pénible marche de plus de vingt-cinq kilomètres.

— La marche n'est rien pour celui qui connaît son but, gronda la voix gutturale du Rimpoché.

— Nous n'en savions rien, rétorqua Stuart. Nous ne supposions qu'une chose, Acil et moi, c'est que nous n'en étions plus très éloignés…

Stuart n'osa pas poursuivre sa pensée plus avant. Arrivé en fin de journée dans la clairière, en compagnie d'Acil, ils avaient été accueillis sans réserve. Mais sans question ni éclaircissement non plus. Il ignorait d'ailleurs pourquoi exactement Acil et lui avaient marché de conserve, bifurquant sur les mêmes routes sans se concerter.

Pas une seule fois le nom de Malhorne n'avait été évoqué entre eux. Il n'était certain que de deux choses : Malhorne ne se trouvait pas loin et il pouvait compter sur ces récents compagnons comme sur des amis. Comment le savait-il ? Aucune importance à ses yeux, il le savait. C'était suffisant. Depuis cette étrange nuit où il avait entendu l'appel, Stuart se fiait moins à sa raison qu'à son cœur.

— J'ai une question qui me brûle les lèvres ! dit-il sans autre préambule. Pardonnez-moi mais je ne tiens plus. Notre rencontre est trop surréaliste pour conserver un quelconque protocole… Qu'est-ce que chacun d'entre vous fait ici ? Je veux dire, qu'est-ce que trois moines bouddhistes, un prêtre catholique, un enseignant kenyan et deux Japonaises peuvent avoir en commun pour partager cette nuit ?

Un frisson parcourut l'assemblée. Cette question, aussi attendue que redoutée, occupait les esprits depuis l'arrivée de chacun, exception faite du Rimpoché.

— Puisque je pose la question, je vais moi-même y répondre ! résonna à nouveau la voix du prêtre. Je suis venu pour répondre à l'appel de ma foi ! Ainsi qu'à l'image d'un ancêtre… Je suis venu aider Malhorne !

À l'évocation de ce nom, un soupir de soulagement passa sur la petite assemblée.

Assis aux côtés de Stuart, le Rimpoché prit la parole.

— Il est bon d'ouvrir nos esprits les uns aux autres. Notre prêtre a raison ! Jigmé et Tubten m'ont accompagné pour une raison analogue. À une différence près. Malhorne n'est pas un de mes ancêtres, Malhorne est un ami de longue date. De très longue date !

Kinuyo se racla la gorge. Les regards se braquèrent sur elle.

— Mon amie Machiko et moi sommes mandatées par notre famille, dit-elle d'une voix douce. Le culte des anciens fait durer la mémoire des générations. Malhorne est l'un des nôtres !

— Je n'ai jamais entendu parler de cet homme, émit timidement Acil, lorsque arriva son tour de parole.

Tous les regards convergèrent vers lui. Sa réponse résonnait dans l'air du soir avec l'incongruité du blasphème.

— Un songe m'a guidé jusqu'ici, bredouilla-t-il. L'esprit de mes ancêtres, ou la force de ma terre natale… C'est difficile à préciser. Je n'ai…

Acil n'acheva pas cette phrase. Conscient de la difficulté de faire admettre à son auditoire la raison de sa présence en ce lieu, à des milliers de kilomètres de son village, il extirpa un brandon du feu et entreprit de dessiner une figure dans la cendre mêlée de boue.

Après avoir terminé son travail, il l'éclaira du faisceau d'une lampe torche.

— La rencontre de l'esprit avec la matière, comme dit le vieux sage de mon village. Une figure géométrique… Un heptagone renfermant un cercle ! Ceci doit vous sembler obscur…

— Un même symbole est gravé sur la tombe d'un esclave affranchi, sur mon île ! intervint Kinuyo. Une tombe très ancienne que nous honorons à l'égal des nôtres !

— Les sept font partie de l'énigme, articula lentement le Rimpoché sans préciser davantage.

Acil se détendit alors. Même si la matérialisation de sa vision ne ressemblait pas à celle des autres, il savait à présent qu'un but unique les réunissait.

Une foule de questions se pressaient dans sa tête. Acil ignorait tout de ce Malhorne et voulait comprendre. Il s'apprêtait à parler lorsqu'un bruit provenant de la forêt les fit se retourner.

Une petite tête poilue, où deux yeux brillaient comme des billes transparentes dans la nuit, se détacha à la limite de la lumière dansante du foyer. Au centre de la fourrure, une tache blanche en forme de point d'exclamation séparait le crâne en deux parties sombres.

Le chat avança vers le groupe et poussa un miaulement joyeux.

Il grimpa sur les genoux du Rimpoché et se frotta contre le menton du moine. Puis il répéta cet affectueux manège avec chacun.

Lorsqu'il eut accompli le tour de l'assistance, il s'avança prudemment vers le feu et s'installa confortablement au centre de l'heptagone dessiné par Acil, à quelques centimètres des flammes. Du poitrail du chat s'éleva alors un extraordinaire ronronnement de bonheur animal.

— Tout est maintenant pour le mieux ! conclut le Rimpoché. Il sait que nous sommes réunis…

53

« Il faut planter un arbre au profit d'un autre âge. »
CAECILIUS STATIUS (IIe siècle av. J.-C.)

— Grands dieux ! s'exclama Mireille. Vous êtes drôlement bien bâti. La nature vous a doté d'un terrible engin.

— Si vous vouliez bien laisser la nature de côté et vous consacrer à faire de moi un homme, je vous en serais reconnaissant, répondit Thomas, avec un léger trémolo dans la voix.

— Diable ! Comme vous voilà pressé, se moqua-t-elle. Il est vrai qu'une première fois est toujours un peu stressante. Allongez-vous donc, mon tout beau, et laissez-moi faire.

Thomas s'exécuta de bonne grâce. La somme rondelette qu'il avait donnée à la jolie veuve en échange d'un dépucelage en bonne et due forme valait bien qu'ils prennent un peu de temps et, pourquoi pas, du plaisir.

Mireille avait passé une nuisette en soie qui collait si finement à ses seins et ses hanches qu'elle paraissait lui tenir lieu de deuxième peau. Ce n'était pas pour déplaire au jeune Thomas. Il montra, sitôt son pantalon retiré, un si beau renflement en l'honneur de la veuve qu'elle s'exclama derechef.

— Du calme ! Du calme. Petit oiseau deviendra grand.

Seigneur ! pensa-t-il. *Elle ne va pas me chanter une berceuse, par-dessus le marché !*

Ce que Thomas craignait se traduisit par une courte succession de bruits de succion émanant de la région de son entrejambe. Puis la tête de Mireille réapparut par-dessus les draps et, d'une voix rendue plus rauque par l'excitation, elle murmura :

— Je vais vous chevaucher jusqu'au ciel !

De la parole au geste, elle enfourcha Thomas qui, de bienheureux, parvint bien vite à l'extase.

— Oh ! non. Pas déjà ! se plaignit-elle, tandis que Thomas se couvrait la tête d'un oreiller.

— Laisse-moi ! J'ai besoin de réfléchir.

Où est le colonel ? Qui est cette fille ? Je dois être en train de rêver.

Je vais rouvrir les yeux, et le vieux Dupray ou Yvonne seront là.

Ou alors, tout n'est qu'un rêve. Je suis en train de mourir. Le Rouquin va revenir pour m'achever. À moins que le bon père abbé ne me porte secours…

— Dis plutôt que tu as peur de me regarder en face !

Aussitôt, Thomas dégagea l'oreiller. Il jeta à Mireille un regard si noir qu'elle s'écarta sans un mot.

Peut-être Zach alors, ou Honorine…

— En quelle année sommes-nous ? demandai-je à mon rêve.

— Comment ça, en quelle année sommes-nous ? On peut dire que ça te fait un drôle d'effet, toi !

— Réponds-moi !

— Nous sommes en 1881, récita-t-elle. Ça te va, Thomas ? Tu es content ? Tu ne veux pas me demander aussi en quelle saison on est ? Ni où on habite ?

1881 ! Dieu que le temps passe ! Déjà quatre cent onze années !

— Je sais parfaitement où nous sommes ! Je voulais juste être certain de ne pas rêver.

— Eh bien, on m'y reprendra à rendre service ! couina Mireille dans un coin de la pièce. Allez, Thomas, sois chic ! Fais-moi un câlin.

— Arrête de m'appeler Thomas, s'il te plaît !

— C'est pas parce que tu viens de goûter au paradis que tu dois jouer les gros bras, tu sais ! Hein, Thomas ! Thomas ! Thomas !

Pour que je ressente un tel agacement, il ne peut s'agir d'un rêve ! Cette fille a tous les toupets !

— Approche ! dis-je à cette insolente. Pour commencer, tu me chevauches comme une guenon. Laisse-moi te montrer quelques tours…

Je l'attrapai aussitôt et l'entraînai sous les couvertures. Cette garce-là avait besoin d'en apprendre un peu.

— Oh ! Mais monsieur Malhorne est un expert ! s'extasia Mireille lorsque nos assauts cessèrent. Si tu n'avais pas été si balourd au début, je jurerais que tu m'as trompée !

— Oui et non, précisai-je. Oui, tu es la première, non, tu es la dix millième.

— Tu ne serais pas dans le genre prétentieux, toi ?

— Non, mais je n'ai pas le temps de t'expliquer ! Je dois m'en aller.

Le surlendemain, je me réveillai légèrement fiévreux et surtout gêné par une terrible brûlure à la miction. Mes études de médecine m'aidèrent à poser un diagnostic immédiat : blennorragie.

La maladie honteuse. Nul doute sur son origine. Un joli cadeau de Mireille.

Prudemment, je retournai me coucher et demandai à ma mère de mander notre médecin de famille. Bien entendu, j'omis négligemment de lui faire part de mes soupçons.

En fin de matinée, je reconnus depuis ma chambre la façon si caractéristique qu'avait notre docteur de s'essuyer les pieds sur le paillasson. Qu'il pleuve, qu'il vente, qu'il neige ou que le temps soit au beau, ce toubib essuyait ses souliers. À croire qu'il tentait de laisser les microbes au-dehors.

— Bonjour, docteur Gachet, entendis-je dire ma mère. C'est toujours une joie de vous voir. Vous devriez passer un dimanche, que nous puissions parler d'autre chose que de maladies.

— C'est bien aimable à vous. Je ne manquerai pas de le faire. Thomas est dans sa chambre ?

Et patati, et patata... Toujours la même rengaine depuis des années.

Maintenant, je suis sûr qu'elle va monter avec le toubib, pour voir son fils chéri à l'agonie. Le docteur la regardera, elle comprendra qu'il faut nous laisser seuls et elle partira en boudant un peu. Je me suis toujours demandé si les mères ne suivaient pas les mêmes cours par correspondance...

Le bruit des pas s'approcha, puis diminua sur le tapis du couloir, et la silhouette immuable du docteur à sacoche noire fit irruption dans l'encadrement de la porte.

— Une légère fièvre, me dit ta mère ! Ce n'est pourtant pas le moment. Les vacances sont faites pour s'amuser, pas pour paresser au lit. Voyons voir. Retire ton pyjama.

Il déposa sa sacoche sur un guéridon puis se dirigea vers la porte. Ma mère fit mine de ne pas s'en apercevoir et resta au milieu de la pièce, sans but précis.

— Madame Dejean ?...

Elle se retourna d'un coup et, la tête haute, sortit en disant :

— Bien, je vais vous laisser ! Entre futurs confrères, vous devez avoir des secrets d'initiés à vous raconter.

Il ferma la porte et quand il revint vers moi, son visage arborait un sourire de connivence qui me plut beaucoup.

— Ton année universitaire s'est bien passée ?

— Excellemment ! En tous points.

— Ah, je t'envie ! Non que les patients ne soient pas intéressants, mais les années d'études, tout de même. Quelle extase. Pas vraiment pour les études elles-mêmes, d'ailleurs.

— C'est vrai. La faculté de Paris est excitante dans bien des domaines !

— Bien, tout ça ! Alors, ce pyjama, tu te décides à le retirer ?

— Écoutez, docteur, commençai-je, un peu hésitant. Il faut que je vous dise quelque chose. Je sais parfaitement de quoi je souffre, mais sans vous, je ne pourrai pas me procurer le produit adéquat. Voyez-vous, il y a deux jours, j'ai rendu une visite, comment dire... galante. Et aujourd'hui, le passage des urines est un enfer. Conclusion ?

— Je vois ce que c'est, mais vérifions quand même la qualité de ton diagnostic.

À contrecœur, je baissai mon pantalon et laissai le docteur s'intéresser à mon entrejambe.

— Tu passes ton examen haut la main ! Si tu me pardonnes cette expression. Voilà une belle chaude-pisse, ou je ne m'y connais pas !

— Je vous l'avais dit.

— Disons que deux avis valent mieux qu'un seul. Je te prépare deux ordonnances. Une pour ta mère, et une pour le pharmacien. Que dirais-tu d'une petite diarrhée ? Ça lui plairait à ta mère, une petite diarrhée. Comme ça, tu n'auras pas besoin de garder le lit, mais il faudra que tu joues le jeu. Un jour ou deux, d'accord ?

— Pas de problème ! Merci, docteur Gachet.

— Comme dit ta mère, entre confrères…

Il s'apprêta à sortir.

— Avant que vous partiez, connaissez-vous un colonel Dupray, dans les environs de Taverny ?

— Je l'ai connu, en effet. Mais ce vieux briscard est mort depuis une bonne dizaine d'années, au moins. Pourquoi me poses-tu cette question ?

— Pour rien. J'en ai entendu parler, alors je me demandais si par hasard…

— Trop tard pour les récits de bataille. Ce bonhomme était intarissable dès qu'il s'agissait des colonies. Au fait, pendant que j'y pense, passe me voir un soir à mon cabinet, je voudrais te présenter un artiste peintre du coin, enfin, si l'on peut dire. Ce type est un phénomène. Ça peut occuper une partie de tes vacances, si tu es en demande.

— Entendu, je viendrai.

À la lecture de l'ordonnance, ma mère fut au comble du bonheur. Elle allait pouvoir s'occuper de son chérubin pendant les prochaines quarante-huit heures. Que son rejeton soit apprenti médecin ou pas, rien ne saurait remplacer l'amour et le savoir-faire d'une mère. Je m'inclinai de bonne grâce. Après tout, la rançon de mon escapade ne pesait pas si lourd. Il n'en résulta qu'une constipation passagère, due à l'ingestion de médicaments inutiles.

Un soir après le dîner, que nous prenions fort tôt, j'enfourchai mon vélo pour me rendre à Auvers-sur-Oise, le village voisin, où se trouvait le cabinet de ville du docteur Gachet.

Je le trouvai sur son perron, en train de fermer ses volets.

— Alors, cette diarrhée, me demanda-t-il, un sourire au coin des yeux. Elle court toujours ?

— Comme le feu ! Bien malin celui qui saura l'éteindre.

— Dis donc, Thomas, tu tombes à pic ! Je me rends justement à l'auberge des *Trois Faisans*. Il y aura quelques notables du coin. Ils se décoincent un peu autour d'un cognac, tu verras. Et puis il y aura sûrement notre artiste local. M'accompagnes-tu ?

— Croyez-vous un instant que je passais dans le coin par hasard ?

— On ne sait jamais. Il paraît que tu cours les rues, ces temps derniers !

Aux *Trois Faisans*, après avoir traversé la triste salle d'hiver, Gachet me fit découvrir la terrasse d'été. Une belle ombre rafraîchissante jetait sous une tonnelle comme un havre de printemps sur la chaleur estivale. Les notables du coin y sirotaient de l'anis. Les plus jeunes s'enhardissaient dans les humeurs de l'absinthe tandis que d'autres, accompagnés de leurs femmes, ménageaient leur dignité sous les auréoles humides que laissaient les pintes sur les tables en bois. Le tout Auvers-sur-Oise, en somme.

Isolé dans un recoin, un homme parcouru de tics, la tête coiffée d'un chapeau de paille, une vieille pipe jaunie par les ans à la main, mâchonnait la tige d'une marguerite. Ses yeux vides laissaient penser qu'il voyageait au long cours, sur le fleuve intime de ses souvenirs personnels.

Le docteur Gachet me pressa dans sa direction.

— Vincent ? Je te présente un jeune ami et futur confrère. Voici Thomas Dejean.

Le bonhomme à la mine mâchée me tendit une main où un tremblement visible trahissait son attachement pour les boissons de quatrième catégorie.

— Appelez-moi Malhorne ! lui dis-je en stoppant sa tremblote d'une poigne volontairement forte.

Le docteur Gachet me regarda curieusement. Au léger plissement de ses arcades sourcilières, je compris qu'il tentait de retenir un souvenir trop ténu.

— Vincent Van Gogh, articula-t-il, le palais encombré par un très fort accent. Vous me désaltérerez bien d'une absinthe, n'est-ce pas ?

— La semaine a été pauvre en rebondissements pécuniaires, à ce que je vois, dit Gachet en prenant un siège. Je ne laisserai pas un ami au bord de la déshydratation. Particulièrement en cette saison. Que prendras-tuThomas-Malhorne ?

— Je ne céderai pas à l'absinthe. Ce breuvage a une trop profonde incompatibilité avec la fonction du raisonnement. Pour moi, ce sera une bière légère.

— Raison ! Raison ! Quoi faire de ce mot ? dit Vincent. Crois-tu le monde être raisonnable ? Une double absinthe pour le petit. Il doit voir son univers à travers les yeux du sorcier.

La serveuse nous apporta bientôt une pleine bouteille d'absinthe, une grande carafe d'eau fraîche, un pain de sucre et trois verres.

La pratique de cet alcool nécessitait un cérémonial compliqué. La boisson, avant de rejoindre le verre, devait transiter par le pain de sucre où, lentement chargée de cristaux, elle perdait de son amertume. La main tremblotante de Vincent se raffermit dès qu'elle empoigna le goulot et c'est avec des gestes sûrs, marqués par une grande habitude de la chose, qu'il mena l'affaire à bien.

— Prosit ! déclara-t-il en choquant nos verres.

— Cul sec ! proposa Gachet.

L'effet attendu fut quasi immédiat. J'eus pour ma part la sensation qu'une main se saisissait de mon cerveau pour l'agiter copieusement. Vincent ferma les yeux. Son visage, secoué de tics en tous sens, grimaça une dernière fois puis redevint apparemment normal.

— Yah ! Rodfrudôm ! grogna-t-il en secouant la tête. Pardonnez mon langage. Cette boisson être le seul médicament efficace contre ce que j'ai !

Le mal par le mal, pensai-je. *La technique a fait ses preuves.*

Les verres se succédèrent et l'œil du sorcier, ainsi Vincent appelait-il les troubles hallucinogènes causés par l'absinthe, me vint.

Lorsqu'à mi-bouteille, mon corps inexpérimenté cria grâce, Vincent nous proposa d'aller critiquer ses dernières créations. Je n'avais pas pour la peinture un goût particulièrement développé mais le prétexte me sauvait du *delirium*. Aussi m'exclamai-je faussement :

— On m'a parlé de vos peintures, Vincent. Seriez-vous la relève de Delacroix ?

La remarque était idiote, j'en conviens, mais la grimace qu'elle provoqua sur le visage du peintre m'en dit long sur son rejet de tout académisme. Nous n'étions pas entre bourgeois, je ravalai mes inepties pour d'autres occasions et suivis mes deux compères d'un soir en silence.

Vincent logeait au dernier étage d'une grosse maison du bourg. Sa chambre, meublée sommairement, aurait pu être banale si elle n'avait été jonchée de toiles, de dessins et de petit matériel de peinture. Au milieu de la pièce, entre la porte et le lit, un étroit chemin permettait d'aller de l'une à l'autre sans trop de difficultés. Pourtant, çà et là, des toiles défoncées matérialisaient d'anciens points de chutes.

Vincent fouilla dans un coin de la pièce parmi un monceau d'objets divers et en extirpa un chevalet qui, si son ancienneté s'estimait au nombre de couches de peinture sèches, devait frôler le demi-siècle.

— Voici ma dernière croûte. Réussie, non ?

Je ne savais trop s'il fallait rire ou rester sérieux.

— Arh ! Je plaisante ! La voici, s'exclama-t-il en saisissant une toile dressée contre le mur. C'est un peu plus rangé qu'aujourd'hui. Il fallait bien !

La peinture représentait la chambre de l'artiste. Les coloris frappaient l'œil comme un coup de poing. Pourtant, malgré cette débauche de couleurs entières, je ne parvenais pas à y voir de la gaieté. L'angoisse fut le seul mot qui me vint à l'esprit. Pas une petite angoisse d'adolescent. Une angoisse venue du tréfonds de l'homme, pleine, entière, viscérale.

— Alors, toubib, me demanda Vincent. Combien aimez-vous mes dessins ?

Était-ce les effets de l'absinthe ou une technique dans les touches de peinture, je l'ignorais alors, mais le dessin semblait se mouvoir, comme animé d'une volonté propre.

— C'est… intime, dis-je enfin. Cette toile vous ressemble. Je ne sais pas si je dis ça convenablement, mais elle est un bout de vous-même.

Vincent m'attrapa par les épaules et, avec un air très cérémonieux, procéda à une accolade.

— Tu me plais, toi, petit docteur !

Juillet, août et septembre passèrent aux côtés de Vincent. Je contribuais le soir à la destruction de son foie, tandis que, dans la journée, il s'appliquait à m'enseigner sa technique. Comme je possédais de sérieuses bases en dessin, cela fut grandement facilité. Gachet nous rejoignait souvent, après sa tournée. Il nous réjouissait des anecdotes du canton, les problèmes gynécologiques de Mme Untel ou la dithyrambique diarrhée d'un notable. Jamais il ne prononçait le moindre nom. Sa déontologie le lui interdisait, mais dans une petite ville de province…

À la fin de l'été, je copiais assez bien le style Van Gogh. Suffisamment pour que Gachet n'y voie goutte.

Mes études de médecine achevées, j'ouvris un cabinet à Paris, au 43, rue de Rivoli. Les fenêtres du premier étage, où mon lieu de travail jouxtait un appartement cossu, donnaient joliment sur les jardins des Tuileries.

La fin du siècle multiplia les prouesses technologiques. Les lignes de train se construisaient par milliers de kilomètres, l'électricité et le gaz envahissaient les grandes villes et, plus extraordinaire encore que tout cela, l'homme volait.

De temps à autre, il m'arrivait de correspondre avec la famille Macare, les survivants de mon passé et les nouvelles générations, que je ne connaissais pas. Je ne désirais pas quitter Paris pour les rejoindre mais il était bon qu'ils me sachent toujours de ce monde.

Cette ville me tenait par un charme indéfinissable. J'y avais déjà vécu tant de choses. À mon âge, comprenez-vous, il est bon de sentir sous ses pieds le plancher ligneux de ses racines.

J'accomplissais mon serment fait à Hippocrate avec un zèle proche de l'acte de foi. Venir en aide aux plus démunis parmi mes congénères me semblait être une honorable mission pour guider mes pas dans cette présente existence.

Aux alentours de la fin janvier 1887, le bruit mat d'un coup de pioche résonna quelque part dans les friches du Champ-de-Mars.

Deux ans, deux mois et cinq jours plus tard surgissait au-dessus des toits parisiens ce que certains considéraient comme une monstruosité défigurant à jamais leur si jolie capitale. La tour Eiffel commençait à faire couler encre et salive, pour un bon bout de temps.

La même année mourut mon père biologique. Mme Dejean vint tout naturellement s'installer chez son fils, sans même lui demander son avis.

Le siècle passa.

L'archiduc François-Ferdinand tira lui aussi sa révérence et l'Europe s'enlisa dans l'horreur d'un conflit global.

Si la Première Guerre mondiale eut un effet bénéfique, ce fut de me tirer de la monotonie carcérale d'une vie rangée avec ma mère vieillissante. Je partis au milieu de l'année 1916 soigner les poilus, ces misérables marionnettes jetées en pâture dans les jeux de cartes des états- majors.

J'ai vu défiler des corps amoindris, au cours de deux années passées en arrière du front et parfois dans les tranchées. Des centaines de blessés, des milliers sans doute. J'ai amputé nombre de ces corps, à peine anesthésiés d'une gorgée de gnôle, par défaut de produit plus adapté. À quelle hauteur s'élèverait le tas de viande humaine, de bras et de jambes sectionnés ? J'y pensais souvent, quand la nausée me venait de trop entendre crier les malheureux. J'avais alors devant les yeux une hallucination bienvenue. Le blessé perdait de son humanité pour rejoindre dans mon esprit la file des animaux, ceux qui attendent devant la grille béante de l'abattoir. Je n'étais plus médecin. Je devenais boucher. Un boucher qui tranchait dans la viande, indifférent aux cris de la bête. Lorsqu'un acte, un geste, est quotidiennement répété, douze à quinze heures par jour, il perd de sa particularité, il devient anodin. Quel que soit cet acte, fût-il des plus odieux.

1919 me laissa hagard, sans but. Je ne pouvais plus retourner vers une vie de médecin de ville, soigner les aigreurs et les rhumatismes à coups de potions et d'onguents.

Je vendis cabinet de travail et appartement à un confrère de Marseille désireux de s'installer à Paris et renvoyai ma mère à Auvers-sur-Oise. Ses cris, ses menaces, ses supplications, rien ne put infléchir le cœur d'un homme sans illusions. Je voulais fuir cette Europe en reconstruction où je ne trouvais plus ma place.

Une compagnie ferroviaire m'offrit l'opportunité que je recherchais. Le Comptoir français pour la modernité et la construction cherchait de toute urgence un médecin apte aux climats tropicaux.

Mon *curriculum vitae* leur convint et, malgré un âge mûr – j'achevais alors la cinquantaine –, j'embarquai sur le *Lisboa* vers la mi-juin 1920.

Trois semaines plus tard, je débarquai à Léopoldville, en plein cœur de l'Afrique subéquatoriale. Sur le quai, dans le fouillis humain de cette ville très vivante, un homme tout de blanc vêtu attendait visiblement quelqu'un. Ce ne pouvait être que moi.

— Thomas Dejean, monsieur ?...

L'homme, un tantinet dans la lune, sursauta.

— Toutes mes excuses, je ne vous avais pas aperçu. Alexandre Buffet. Mais comment diable m'avez-vous reconnu ?

— Une déduction. Rien de plus extraordinaire. Vous êtes, comment dire, visible dans cet environnement.

Le dénommé Buffet sourit en voyant mon regard se porter sur la population alentour.

— Je vois en effet, dit-il en m'entraînant vers une voiture. Êtes-vous fin observateur ou suis-je très distrait, c'est une affaire de point de vue. Nous partons pour le campement. Vos malles suivront plus tard.

Le soir même, je dînais au cœur de la brousse, sous une tente dressée à même le sol, quelque part sur le trajet de la future ligne ferroviaire qui relierait Brazzaville à Pointe-Noire.

Alexandre Buffet, ingénieur en chef des travaux, me fut immédiatement sympathique. Le reste de l'équipe « blanche » était composé d'une demi-douzaine d'ingénieurs et de mécaniciens, des colons dans le plus pur esprit du XIXe siècle.

— Nous avons peu de problèmes de santé au sein de l'équipe, m'exposa Buffet. Nous jouissons ici davantage d'une villégiature que d'un camp de travaux forcés, en ce qui concerne les conditions de travail. Le seul problème qui se pose à l'équipe regarde chacun d'entre nous. Voyez-vous, il faut ici choisir si l'on estime la chaleur tropicale compatible avec le bourbon, ou pas. J'appartiens au deuxième camp mais certains ne voient pas le danger qu'ils encourent à siroter de la même façon qu'en métropole.

— La cirrhose ne les guette pas tout de suite, commentai-je. Mais il est vrai que la chaleur alliée à l'hygrométrie accélère grandement le processus.

— J'aime vous l'entendre dire, mais ces bougres-là rigolent sitôt que j'évoque ce cas. Le précédent médecin taquinait sérieusement du litron, alors... Ne partez donc pas en croisade ! Vous y dépenseriez de l'énergie en vain. Non, votre travail ici consistera plutôt à vous occuper de nos manœuvres. Ils sont tous noirs, indigènes je veux dire.

— De quelle ethnie sont-ils issus ?

— Des Batékés ! Pour la plupart ! Encore prenons-nous grand soin de ne pas mélanger des peuplades antagonistes. Connaissez-vous les Africains, monsieur Dejean ?

Je passai sous silence mon passage deux siècles plus tôt sur ce continent et me contentai de répondre :

— Je ne pourrais pas me définir comme un expert mais je ne suis pas non plus novice. Pourquoi cette question ?

— Voyez-vous, l'objectif principal de la compagnie qui nous emploie est de terminer dans les temps la liaison Brazzaville-Pointe-Noire. C'est une question d'engagement avec l'État français. Donc d'argent, en somme. Contrairement à ce que l'on pense couramment en métropole, notre main-d'œuvre n'est pas remplaçable à volonté, loin s'en faut. Le chantier nécessite la présence au quotidien de quatre cents hommes, plus cent cinquante de provision, en cas de besoin. Ce pays est en guerre, monsieur Dejean. Cette peuplade est en guerre, pour être plus précis. Régulièrement, leur chef vient me voir pour organiser la prochaine bataille. Cela signifie en clair que nous nous arrangeons sur le nombre d'hommes qui doit impérativement rester pour travailler. Ce qui explique la réserve de cent cinquante hommes.

» Lorsque nous parvenons à un accord, ils partent, assez mystérieusement dois-je avouer, pour ne revenir que deux ou trois jours plus tard. Nous déplorons rarement des victimes. Un ou deux tout au plus ne reviennent pas, mais je ne pourrais certifier s'ils sont tombés au combat ou tout simplement restés auprès de leur famille.

» Ceux qui nous reviennent sont dans leur grande majorité indemnes et vaillants. Un petit nombre, hélas, nous arrivent blessés, estropiés, ou que sais-je, mais le plus fort, c'est qu'ils comptent sur notre médecine pour les remettre d'aplomb. J'ai lu dans votre dossier que vous avez servi dans la grande muette entre 1916 et 1918. Si vous veniez ici pour tirer un trait sur les victimes de guerre, c'est raté ! Encore les Africains sont-ils de piètres combattants. Pour leur plus grand bien, n'est-ce pas ! Voilà donc votre mission, je suppose que la Compagnie ne vous l'avait pas exposée dans ces termes.

— Ma foi non ! répondis-je. Mais c'est sans importance.

Son discours, qu'il avait voulu purement démonstratif, n'avait en aucun cas porté de jugement sur les indigènes, comme on en entendait trop souvent dans la bouche des colons. Cela me plut.

Une nouvelle monotonie s'installa. On ne peut y échapper. Mais à la différence des deux années passées au fond des tranchées boueuses, celle-ci se tournait résolument vers la paix, le calme de la brousse. Cet univers naturel, totalement ignorant du drame qui s'était joué en Europe, continuait à vivre comme si de rien n'était au rythme binaire des révolutions terrestres. Cela faisait un bien fou ! Même s'il m'arrivait parfois de douter ici de la réalité de mon passé chaotique.

Le soir, après une journée de labeur bien remplie, je passais encore du temps avec les nègres du chantier. Tant et si bien qu'en trois mois d'écoute assidue, je parlais le batéké aussi bien qu'un natif, avec un léger accent, aux dires de certains. Aussi pris-je de plus en plus d'importance aux yeux de la population locale. Ils me nommaient entre eux « Djambalaé », ce qui peut se traduire par « l'éclairé ». Un grand hommage pour une simple capacité à comprendre deux idiomes.

Avec l'avancement de la ligne ferroviaire, nous nous installâmes bientôt dans la ville de Mvouti, où de belles résidences coloniales remplacèrent les tentes de brousse.

Le chantier rentrait dans les cent derniers kilomètres de voie à construire. Une paille en regard des travaux déjà accomplis.

Buffet décida d'accélérer les choses. Une deuxième équipe de travail, des artificiers pour la plupart, partit pour Pointe-Noire déblayer le terrain avant notre arrivée. Il espérait ainsi réduire d'une année les trois initialement prévues.

Enfin, au début de 1924, les deux équipes se rejoignirent. Les terrassiers avaient abattu depuis Pointe-Noire un travail de forçats. Il ne restait plus qu'à poser les traverses et ouvrir les billetteries. Mais curieusement, le rythme des manutentionnaires ralentit, alors qu'il aurait dû au contraire s'accélérer.

— Il y a quelque chose qui cloche, me dit Buffet un soir où nous dînions ensemble. Les hommes renâclent ces derniers temps. Ils commettent bourde sur bourde. On dirait qu'ils sabotent le travail.

— Je sais. Ils veulent conjurer le maléfice des locomotives.

— Pardon ? Je ne vous suis pas très bien.

— Jusqu'à présent, les locomotives les ont suivis sur le chantier pour apporter les matériaux. Ça les aidait, mais lorsque la voie sera terminée, les Blancs lanceront ces mécaniques à toute vapeur dans la brousse. Vous savez que les Batékés sont très croyants ?

— Ils sont comme tous les Africains, je suppose. Et après ?

— La brousse est peuplée d'esprits, selon les Batékés. Tant que les locomotives les aidaient dans leur travail, tout allait bien. Maintenant, vous allez contrarier les esprits, c'est pourquoi ils retardent autant qu'ils le peuvent la fin des travaux.

— Vous êtes sérieux ?

— Autant que possible !

Buffet observa un temps de réflexion.

— Vous savez ça depuis longtemps ?

— Depuis mon arrivée, à peu de chose près.

— Pourquoi n'êtes-vous pas venu m'en parler plus tôt dans ce cas ?

— Tant qu'il n'y avait pas de preuves, m'auriez-vous écouté ?

— Ma foi, vous avez sans doute raison, admit-il. Et selon vous, quelle attitude devons-nous adopter ?

— La seule raisonnable à mon sens, ce sera la voie diplomatique. Ils veulent organiser une cérémonie de désenvoûtement, lorsque tout sera terminé. Vous n'avez qu'à leur proposer de la faire. S'ils vous savent d'ores et déjà d'accord, vous verrez que les cadences de travail reprendront comme avant.

De l'intention de bien faire à la voie de la sagesse, il n'y a pas plus d'un pas, que Buffet fit le lendemain même de notre conversation.

La veille de l'inauguration de la ligne, par les huiles locales et même un ministre venu tout spécialement, nos Batékés accomplirent les rites de désenvoûtement chers à leur croyance.

Buffet m'accompagna sur les lieux. Les autres colons n'avaient pas jugé utile de donner suite à l'invitation des Batékés. Ils préféraient siroter du pastis en attendant la tombée de la nuit, plutôt que d'assister à ce qu'ils prenaient pour une mascarade, presque un outrage à leur qualité d'Européens.

Une locomotive flambant neuve nous emporta sur la ligne, aux abords de la rivière Kioulou, à mi-chemin entre Pointe-Noire et Brazzaville. Max, le conducteur, et Bassa, un robuste Batéké promu au rang de chauffeur, nous ouvrirent la voie.

À l'heure où le chien se fait ombre du loup, la Pacific modèle 1921 fendait l'éther africain d'une traînée de vapeur d'eau gris-bleu. La lune, depuis longtemps levée, faisait scintiller les rails devant nous sur une centaine de mètres. Déjà, quelques constellations apparaissaient dans le ciel encore clair. L'étendue de brousse que nous traversions s'étalait sur une si vaste superficie qu'elle annulait la sensation de déplacement, malgré une belle vitesse de près de quatre-vingt-dix kilomètres à l'heure.

— Écoutez-moi ce bruit de mécanique, nous dit Max. On dirait un cœur qui bat, vous ne trouvez pas ?

En disant cela, il caressait le métal renforcé de l'habitacle avec une douceur infinie, presque maternelle.

— C'est un beau bébé ! criai-je pour couvrir le ronflement de la chaudière.

Je n'aurais pas pu mieux répondre, à en croire le sourire radieux qui lui fendit le visage d'une oreille à l'autre.

Au loin, nous aperçûmes bientôt la lueur d'un grand feu. Max réduisit la vitesse et Bassa cessa d'alimenter la chaudière. Nous arrivions au point de rendez-vous.

De lueur dans les lointains, le feu se fit brasier au fur et à mesure que nous nous en approchions. La locomotive stoppa à sa hauteur et nous mîmes pied à terre. Nos Batékés, invisibles jusqu'alors, sortirent de l'ombre pour venir à notre rencontre.

Le spectacle était impressionnant. Imaginez cinq ou six cents hommes, simplement vêtus de franges de raphia accrochées par une ficelle à la taille, armés de lances et de boucliers rudimentaires, noirs et muets, se découpant à peine sur fond de nuit, sombre et silencieuse. Je me crus un instant revenu aux temps heureux de mes incarnations amazoniennes.

Certains portaient des masques d'animaux, probablement des représentations d'esprits. Ceux-là avaient le corps entièrement peint de rouge et d'ocre.

Un mouvement s'organisa dans cette masse humaine. Les simples guerriers se répartirent en un large cercle autour du feu tandis que les guerriers-esprits restaient au centre, objets de tous les regards. Le rythme syncopé de dizaines de tam-tams palpita dans l'ombre et les corps rouge sang furent aussitôt pris de frissons. Un chant rituel, inlassable répétition d'une phrase monotone, s'éleva du cercle humain, bientôt répété par des centaines de bouches.

Derrière le feu, la rivière Kioulou charriait des eaux boueuses, des eaux devenues métalliques sous l'éclairage de la lune. Les quatre éléments primaires étaient réunis près de la locomotive. L'eau de la rivière, le feu des Batékés, la terre martelée par les pieds des danseurs et l'air qui emplissait nos poumons.

Le père Zach aurait été content !

La cérémonie dura jusqu'aux premières lueurs de l'aube.

Le train pouvait maintenant traverser la plaine sans plus déranger le moindre des esprits.

— Qu'allez-vous faire, à présent que le chantier est terminé ? me demanda Buffet après l'inauguration.

— Ma foi, je n'en sais rien. Je me plaisais bien ici, mais tout a une fin, n'est-ce pas ?

— C'est inévitable ! La compagnie m'a demandé un rapport sur chacun des membres de l'équipe et je dois avouer qu'en trente-cinq ans de carrière, jamais encore je n'avais fait l'éloge de quiconque. Ça commence avec vous.

— Diable ! Qu'ai-je pu faire de si extraordinaire pour mériter vos éloges ?

— Rien de plus ni de moins que la finesse de votre jugement. Vous ne l'avez pas fait exprès, en somme. Si nous avons terminé plus tôt que prévu, c'est en partie grâce à vous. Ceci mérite une suite. Je pars dans le mois courant pour Alger. La Compagnie entame là-bas une nouvelle voie, vers le sud. Que diriez-vous de rester des nôtres ? Une durée de trois ans, par exemple. Renouvelable ?...

— Alger, dites-vous ? marmonnai-je. Saviez-vous que je parle l'arabe couramment ? Ça faciliterait les rapports de la Compagnie avec les populations locales !

— En effet ! s'exclama Buffet. Il se cache en vous bien des ressources. N'avez-vous rien d'autre à m'apprendre dans ce genre ?

— Pas immédiatement, non...

— On m'a autorisé à doubler votre salaire ! Alors ?...

— Topez là ! dis-je en tendant la main. On m'a souvent vanté les beautés de l'Algérie. Ça mérite sûrement de s'y attarder trois ans ! Renouvelables !

À la fin du mois de mai 1924, nous montions à bord d'un trimoteur de la compagnie Alger-Congo, des frères Latécoère.

Le monoplan de couleur gris métallisé était splendide, ce que l'on faisait de mieux à l'époque. Trois membres d'équipage pour douze passagers. Je n'avais jamais embarqué dans un avion, aussi étais-je aussi excité qu'angoissé. Le décollage, particulièrement mouvementé pour des raisons de piste à la limite du carrossable, se déroula en deux rebonds. Au dernier moment, le lourd appareil s'éleva suffisamment pour frôler dangereusement des baobabs, malencontreusement laissés en bout de piste. Les roues passèrent à un poil près. Fasciné par le spectacle, je regardais l'Afrique grandir sous mes pieds un long moment, jusqu'à ce que la monotonie due à l'altitude m'assoupisse.

La fin du voyage fut encore plus pénible, si vous me passez cet euphémisme. Le silence soudain des moteurs éteints me réveilla plus sûrement qu'une fanfare. Par le hublot, je ne vis que sable et pierrailles avec, de loin en loin, quelques villages. Buffet, qui se cramponnait aux accoudoirs de son siège, m'informa que nous avions une panne, sans doute une fuite du réservoir.

— Ce n'est rien, nous allons atterrir en douceur quelque part dans ce désert.

— J'aimerais être aussi optimiste que vous, me répondit-il. Sans moteur, ces avions tombent comme des pierres !

L'avion prit une inclinaison de plus en plus forte. Au loin, le bleu de la mer se mélangeait à celui, plus clair, du ciel maghrébin. Nous devions nous trouver à quelques encablures d'Alger. Si près du but !

Le pilote tenta de redresser le nez de l'appareil, en vain.

Le choc fut net, effroyable et définitif. Passer de plus de deux cents à zéro kilomètre à l'heure en un quart de seconde vous remonte tripes et boyaux vers la dure-mère. Voire plus loin, vers l'extérieur.

Je n'en sus jamais davantage…

54

Tara arrêta sa voiture sur le bas-côté de la route nationale, bien avant le croisement du chemin semi-carrossable qui menait à la Fondation Prométhée. Du coffre arrière, elle sortit un sac à dos, une paire de jumelles et une carte d'état-major de la région, qu'elle étala sur le capot.

— Voyons voir ! Où es-tu mon mignon ? dit-elle à voix haute, un doigt pointé sur la carte.

Quinze jours plus tôt, elle avait fait livrer un paquet à l'intention de Franklin Adamov. Le reçu, signé de la main de l'ethnologue, l'avait assurée de sa présence.

Tara n'avait pas voulu se prêter au jeu proposé par Marcussen. Se présenter au poste de sécurité de la Fondation en tenue légère, pour charmer les gardiens, lui semblait être la plus stupide des attitudes. C'était bien là l'idée que son patron se faisait des femmes. Et par conséquent des hommes. Un monde peuplé de stupides mal dégrossis qui ne fonctionnaient qu'à coup d'hormones. Charmant !

— Je te tiens ! continua-t-elle.

Elle entoura sa position d'un trait de marqueur puis suivit du doigt le sentier de randonnée qui serpentait dans la montagne. À la façon dont les courbes de niveau se serraient les unes contre les autres, Tara ne douta pas qu'elle allait en baver. Elle serra les lacets de ses rangers, condamna les portes de sa voiture et partit en sifflotant un air léger sur le sentier forestier.

Trois heures plus tard, trempée de sueur, Tara s'arrêta enfin. Le sentier longeait un promontoire qui dominait la vallée, puis repartait en pente raide vers le sommet. À une centaine de mètres en contrebas, la Fondation étalait ses bâtiments. Tara s'accorda quelques minutes de répit, puis ajusta ses jumelles. Ces petites merveilles d'électronique lui avaient coûté un bon prix, mais elle ne regrettait pas cet achat, même si Marcussen refuserait de les lui rembourser au titre de frais professionnels.

Le grossissement par cent était idéal.

Les yeux rivés sur les lentilles, Tara détailla les abords de la Fondation. Elle constata rapidement que toute tentative d'incursion par les côtés, ou l'arrière, était compromise par une double rangée de grillage. Sans point de repère, il était difficile d'en estimer la hauteur, mais elle jaugea la taille de la clôture entre quatre et cinq mètres. Il faudrait trouver autre chose.

Des caméras surveillaient le périmètre, sous tous les angles. Impossible de s'y introduire sans être immédiatement repérée.

En venant, Tara n'avait pas d'idée précise sur ce qu'elle pouvait chercher. Encore moins trouver, mais ses échecs répétés lui soufflaient de tenter quelque chose, ne serait-ce que de jouer au voyeur.

Elle suivit des yeux une voiture, du poste d'entrée jusqu'au bâtiment le plus moderne du site. Un personnage râblé en descendit, chargé d'un paquet anonyme. Il pénétra dans le bâtiment. Les portes battantes lui renvoyèrent un vague reflet de l'intérieur, trop fugace pour qu'elle détaille vraiment.

Une minute à peine après être entré, le type ressortit, suivit par un deuxième, plus grand et plus fin.

— Franklin Adamov ! siffla Tara. Vous êtes donc bien toujours des nôtres…

Les deux hommes montèrent dans la voiture et se dirigèrent vers l'extrémité ouest de la Fondation. Tara les perdit de vue plusieurs fois, au gré des bâtiments devant lesquels le véhicule circulait, mais elle finit par les rattraper, à la lisière du grillage d'enceinte. La voiture stoppa à nouveau, devant ce que Tara estima être un drôle de dôme en béton, dans lequel les deux hommes disparurent.

Il n'y eut ensuite plus aucun mouvement.

Tara se fatigua en vain les yeux pendant un temps, puis décida de rentrer. C'est en se levant pour repartir qu'elle aperçut un mince filet de fumée qui s'élevait au-dessus des arbres, à un jet de pierre de la Fondation. Elle décida que cela valait la peine d'aller se rendre compte sur place et quitta le promontoire.

Ils se font un petit Woodstock ou quoi ? pensa Tara en découvrant de loin la clairière.

Cachée derrière un tronc d'arbre rugueux, elle observait d'étranges résidents, sans parvenir à comprendre leur manège. Cinq d'entre eux étaient assis sur le sol, jonché des feuilles du précédent automne, dans une position qui évoquait le lotus des bouddhistes. Un sixième se recueillait à part et un septième, plus pragmatique, alimentait le feu de camp.

En y regardant de plus près, Tara se rendit compte que trois des cinq personnes assises portaient des robes safran de moine bouddhiste, et que l'homme isolé devait être un prêtre.

— Des moines, un prêtre, deux nanas et un Black en boubou, balbutia-t-elle en sourdine. On nage en plein délire…

Tara resta immobile derrière l'arbre pendant de longues minutes. Il ne se passait rien. Seul l'homme noir s'affairait un peu, et ce qu'il faisait n'avait rien d'excitant. Il disparut bientôt de son champ de vision.

Corvée de bois, supposa-t-elle.

Bientôt, des fourmillements montèrent le long de ses jambes. D'abord légers, ils devinrent rapidement insupportables. Elle tenta de changer sa position mais l'épais tapis de feuilles sèches sur lequel elle se trouvait l'en dissuada.

— Je peux savoir ce que vous observez ? lui demanda la grosse voix d'un homme qu'elle n'avait pas vu venir.

Surprise dans cette posture, Tara se sentit plus ridicule qu'effrayée.

— Vous n'êtes pas du coin ? répondit-elle, à court d'idées plus pertinentes.

— Vous non plus ! rétorqua l'homme aussitôt. On n'a pas idée de s'asperger d'une telle dose de parfum pour se balader en forêt.

Tara se releva et sautilla sur place. La sensation de fourmillements dépassait son seuil de tolérance.

— Je me baladais, effectivement, reprit-elle enfin. Et vous m'avez semblé, comment dire ça… curieux.

Elle jeta un regard vers le groupe assis pour indiquer le sujet de son étonnement.

— Vous n'avez jamais vu quelqu'un prier, mademoiselle ?…

— Tara ! souffla-t-elle.

— Mademoiselle Tara, cette forêt est un bon endroit pour se recueillir.

— Vous ne priez pas vous-même ?

— Je n'en ressens pas le besoin. Pas de cette façon, en tout cas. La prière ne nécessite pas une position particulière.

— Mais pourquoi ici ? Si vous me permettez de vous poser cette question.

— Bien entendu ! Nous nous sommes retrouvés dans ce lieu car il dégage la meilleure vibration.

Tara pensa qu'elle avait affaire à une bande d'allumés de premier choix et commençait à regretter son détour.

Opération de repli immédiat ! pensa-t-elle.

Mais la curiosité l'emporta.

— De quel ordre, ces vibrations ? ne put-elle s'empêcher de demander.

— Malhorne, mademoiselle. Malhorne ! répondit l'homme sur un ton grave.

Puis il tourna les talons et ne s'occupa plus d'elle.

Tara ne parvint pas à partir immédiatement. Le spectacle de ces six personnes en prière était fascinant. Elle essaya de tourner la réponse de cet homme dans tous les sens possibles mais, quelle que soit l'option choisie, cela n'avait aucun sens. Bien sûr, elle se souvenait de ce nom gravé sur la statue qu'Adamov avait rapportée d'Amazonie. Et alors ? Quel rapport y avait-il entre ces prieurs, la statue, Adamov et la Fondation Prométhée ?

Comme la lumière faiblissait, elle prit le chemin du retour.

En redescendant le raidillon qui menait à sa voiture, Tara décida qu'elle ne pouvait passer sous silence ce qu'elle venait de découvrir.

— Je vais pondre un article qui sera aussi énigmatique pour les lecteurs que ces gens-là le sont pour moi, décida-t-elle en montant dans sa voiture.

Elle délaça ses rangers pour masser ses orteils, meurtris par le cuir trop rigide. Puis elle démarra en trombe et disparut sur la route nationale.

55

Fondation Prométhée
19 avril 2011. 11 h 43 AM

Malhorne : Avons-nous des visiteurs imprévus, monsieur Craig ?

Craig : Est-ce une question ?

Malhorne : Oui et non, mais cela mérite une réponse, n'est-ce pas ?

Craig : Si vous n'y voyez pas d'inconvénient, je m'abstiendrai de vous communiquer la moindre information sur ce qui se passe à l'extérieur de la Fondation.

Malhorne : Dois-je comprendre que vous me dites tout ce qui se déroule à l'intérieur ?

Craig : Vos questions n'en ont que le ton, mon cher Malhorne.

Malhorne : Vos réponses également.

Craig : À la bonne heure ! Nous jouons à armes égales.

Malhorne : Vous jouez ! Et nos armes diffèrent plus que vous ne pouvez l'imaginer. Mais trêve de civilités. Nous avons effectivement des visiteurs inattendus. Pour vous en tout cas ! Sont-ils bien installés ?

Craig : Je me doutais bien qu'ils avaient un rapport avec vous. L'une de vos démonstrations extra-sensorielles, je suppose ?

Malhorne : Vous supposez on ne peut mieux.

Craig : Vous comptez réunir devant le portail une armée de civils en robe ?

Malhorne : Une armée ? Certes non ! C'est votre jouet, pas le mien. Ces gens, je préférerais dire mes amis, mais peu importe, ces gens donc, sont venus à mon appel. Ils ne vous menaceront pas, cela ne fait pas partie de leurs coutumes.

Craig : Que pouvons-nous en attendre ? J'avoue que la raison de leur présence m'échappe.

Malhorne : Je prévoyais cette réponse. Nous allons jouer à une devinette avec mes amis, si vous voulez bien vous prêter à cet exercice.

Craig : Pourquoi pas, ça nous détendra.

Malhorne : Fort bien. Indiquez-moi deux chiffres entre 1 et 1000.

Craig : 231 et 456. La suite ?

Malhorne : Multipliez-les !

Craig : Vous en avez de bonnes. Attendez que je prenne un stylo. [...] 105 336, sauf erreur.

Malhorne : Exact.

Craig : Et maintenant ?

Malhorne : Maintenant ! Appelez l'un de vos cerbères de la grille d'entrée. Dites-lui de sortir voir le prêtre, celui en soutane noire. Qu'il lui demande le résultat.

[...]

Craig : Oui, j'attends !

Malhorne : Je pourrais monter un numéro de music-hall, n'est-ce pas ?

Craig : Allô ! Oui, qu'a-t-il répondu ?

Garde : 105 336, monsieur Craig. Voulez-vous autre chose ?

Craig : Non, merci, soldat !

Malhorne : La communication était-elle bonne ?

Craig : Cette devinette frise la puérilité mais je constate qu'elle est efficace. À force de nous démontrer vos talents, nous finirons bien par vous ouvrir le crâne, Malhorne, histoire d'en comprendre le fonctionnement !

FP 11/04/19
Archivage

56

« Prends donc garde que la lumière qui est en toi ne soit ténèbres. »
SAINT LUC (XI, 35)

Une pelletée de plus, juste une.

Une seule idée en tête, toujours la même, à longueur de journée.

Mon esprit entier braqué sur cette idée, sur cette pelletée de chaux vive.

Ne pas penser à la finalité du geste. Ne pas regarder les yeux des malheureux qui, parfois, semblent m'observer, du fond de leur tombe. Les pelletées retombent sans que je comprenne comment je parviens encore à les soulever. Mon corps n'est guère plus épais que ces corps moribonds. Bientôt, certainement, je les rejoindrai, enseveli sous les pelletées d'un autre presque mort, comme moi.

À moins que, *a contrario* de mes frères squelettes, je ne décide du moment. C'est là sans doute ma seule victoire possible sur l'engeance vert-de-gris. D'autant qu'ils ne s'attendent pas à ce que l'un d'entre nous bouge. Nous sommes les moutons qui bêlons en troupeau sur le chemin de l'enfer. Car l'enfer a pris corps et matière sur cette terre, ici, quelque part en Pologne.

Mais pas avant cette nuit, surtout pas. Je veux revoir Sonia, avant de tenter l'impossible. Je veux revoir ma belle, cette moins qu'adulte et bien plus qu'enfant. Revoir celle par qui je suis revenu d'entre les morts, pour mieux les côtoyer. Lui dire que cette horreur présente peut être en partie rachetée. Lui dire que la mort libère sans détruire l'essentiel. Elle doit croire au moins à cela, sinon les vert-de-gris l'auront vaincue complètement.

Ceux qui sortiront d'ici vivants auront acquis à jamais le droit de vivre, et de laisser vivre.

Ça s'est passé hier.

Depuis quelques jours, j'avais repéré le manège d'une jeune fille des baraquements d'en face. Elle guettait mon passage, lorsqu'à la nuit tombée, je rentrais enfin des fosses. Je sentais son regard me fixer intensément jusqu'à ce que je disparaisse dans ma baraque. Ensuite, elle restait là, une minute ou deux, pour voir si je ne ressortais pas. Comme j'étais alors plus timide qu'une biche, je n'osais rien faire. Seulement la regarder à travers la vitre, à moitié caché dans l'ombre de la pièce. Ses yeux restaient braqués dans ma direction, mais je ne crois pas qu'elle parvenait à me voir. Elle devinait ma présence. Les femmes possèdent un sixième sens, paraît-il. On dit la même chose des chats, du coup, je ne sais pas trop s'il faut y croire.

Elle s'appelle Sonia. Sonia Rifenthal. Elle travaille à la récupération de l'or et…

Je ne dormais pas. Je n'arrivais pas à sombrer dans l'oubli du sommeil, pas plus que la veille ni dans les siècles à venir.

La peur et l'abandon gouvernaient les hommes et les femmes qui m'entouraient ici. Ils avaient perdu tout espoir de rébellion et cheminaient vers la mort, sans que leurs tortionnaires aient réellement besoin de les pousser.

Plus d'espoir ! Pouvez-vous imaginer ce que cela signifie, lorsqu'une machine implacable s'est refermée sur vous et que le moindre de ses caprices peut se traduire par votre anéantissement. Selon un code privé de loi.

En retard à l'appel, la mort.

Avoir caché de la nourriture, la mort.

Réagir avec lenteur à un ordre, parce que vous êtes à bout de forces, la mort.

Prendre une initiative, la mort.

Ne pas baisser la tête devant un officier, la mort.

Avoir baissé la tête, la mort aussi, parfois.

Et si votre instinct vous dicte la bonne conduite à tenir, l'agacement ou le plaisir de l'un de vos gardes peut se déchaîner sur vous, parce que vous êtes là, au moment où il ne fallait pas. La mort !

De toute façon, quelle que soit votre attitude, vous savez qu'être ici, juif ou non, signifiera la mort. Il ne subsiste qu'une seule inconnue dans les plans de vos assassins : le délai.

Pendant une heure, j'ai écouté les toux, les gémissements et les râles de mes frères de baraque.

Je ne sais pas comment l'homme peut continuer à vivre dans cette extrémité impensable. Je crois plutôt qu'il y survit. Son instinct, ses gènes l'y poussent sans qu'il ait à y réfléchir. De mon côté, je savais que ma mort prochaine serait un moyen de fuir cette incarnation de l'enfer. Mais les autres…

Je me suis relevé. Ça laisserait un peu de place à Joshua, avec qui je partageais une paillasse.

Des ombres furtives rôdaient le long des baraquements. Des plaintes, des gémissements hantaient l'air du camp, parfois interrompus par un aboiement ou le martèlement des talons d'une patrouille.

Une belle nuit de juillet, dans n'importe quelle autre partie du monde libre.

Assis sur la plus haute des trois marches grinçantes d'un semblant d'escalier, je suivais des yeux le vol des chauves-souris. Et j'enviais leurs ailes.

Sortir la nuit était bien sûr interdit. À rajouter à la longue liste des interdits, qui s'allongeait chaque jour.

Le baraquement K, celui des filles de joie, des filles de peine, résonnait des rires gras des soldats et des officiers.

Une porte claquait parfois. Un bruit sec qui faisait sursauter la colonie entière, jusqu'aux plus profondément endormis. Sur ma droite, anthracite sur fond bleu-noir, je devinais le guet d'un soldat en faction. À plus de quinze mètres sur son mirador, il dominait le camp et pouvait voir de l'autre côté des barbelés. Un privilège rare ici, qui, dans les moments de doute, m'apportait la certitude qu'un ailleurs existait toujours. Sinon, à quoi bon poser des barbelés ?

La porte du baraquement d'en face s'est ouverte doucement, sans un bruit. Une frêle silhouette blanchâtre s'est assise sur les marches. L'image donnait l'impression d'un reflet de moi-même.

Comme l'image faisait des gestes tandis que je restais immobile, je dus me résoudre à la prendre pour ce qu'elle était : quelqu'un d'autre. Au geste succéda la parole. La silhouette murmurait mon nom.

— Léni ! disait-elle. Léni ! Viens là !

Sans l'avoir jamais entendue que de loin, je reconnus la voix de Sonia. Mon cœur fit des sauts de carpe dans ma poitrine, soudain trop étroite. De peur ou d'émotion, je faillis retourner dans mon lit.

Une rencontre privée. Ce n'était pas fréquent, dans cet endroit surpeuplé.

Je m'avançai doucement, prenant soin de ne pas attirer l'attention d'un garde.

— C'est toi, Sonia ? dis-je bêtement, ne trouvant rien de plus perspicace à raconter.

— Évidemment, nigaud ! rit-elle. Qui veux-tu que ce soit ! Ainsi, c'est toi Léni Abraham ! Tu n'es pas si beau qu'on a voulu me le faire croire.

— Qu'est-ce que tu racontes ? rétorquai-je, vexé. Tu crois peut-être que tu ressembles à Greta Garbo ?

— Voyez-vous ça ! Mais il serait impertinent, surenchérit Sonia en se rapprochant de moi. Montre-toi mieux, que je puisse juger !

Elle tenait son visage à quelques centimètres du mien. Je pouvais sentir l'odeur de son haleine et la chaleur de son corps. Tout près, si près ! Mon corps se raidit comme un morceau de bois. J'étais tétanisé.

— Mais non, c'est juste un peu de crasse.

Du bout de la langue, elle humecta un mouchoir et entreprit de me nettoyer la figure.

— Tu en as mis du temps à venir me retrouver, Léni Abraham ! J'ai cru que je ne te plaisais pas.

— Mais non, je…, balbutiai-je.

Elle n'écouta pas plus ma piètre repartie et écrasa ses lèvres contre les miennes. Je sentis sa langue forcer ma bouche inexpérimentée, qui résista un temps puis s'abandonna. Sans parler, tant nous agissions sous le coup d'une fébrilité incontrôlable, nous nous sommes abrités des regards dans un petit appentis réservé aux ordures. Nous avons fait l'amour par terre, sans prendre le temps de nous déshabiller entièrement, au milieu d'immondices dont la puanteur nous gêna à peine.

Nous nous sommes tenus longtemps serrés l'un contre l'autre. Sans dire une parole. Sans ressentir le besoin de nous expliquer notre empressement. Ni pendant, ni après.

Aux premières lueurs de l'aube, Sonia est partie rejoindre sa paillasse. Au regard qu'elle me jeta avant de disparaître, je compris qu'elle me donnait rendez-vous.

L'heure de l'appel ne tarderait plus.

Léni Abraham était sorti du baraquement.

Ce fut Malhorne qui y rentra.

Le lendemain, conditionné par cinq mois de travail inhumain, je repris machinalement mon poste, au pied des fosses d'ensevelissement. La journée durant, je dus décharger des brouettes de corps décharnés, puis les recouvrir d'une couche de chaux vive. Parfois, certains des malheureux qui gisaient à mes pieds bougeaient encore un peu. La vie ne semblait pas vouloir les quitter. Personne ne s'en souciait. Les yeux de mes camarades de travail ne reflétaient plus la vie. L'étincelle, qui avait dû pétiller autrefois, ne brillait plus à présent que pour eux-mêmes, à l'intérieur.

Une pelletée de plus ! Juste une.

Tandis que mes bras accomplissaient ces gestes mécaniques, je revoyais en pensée les souvenirs de Léni.

Comment diable m'étais-je retrouvé là ?

Le sol qui se rapproche… La main de Buffet crispée sur mon bras… Des cris dans la cabine… Le choc, effroyable… Plus rien.

Fin des émissions, disaient les speakers de la radio.

Noir.

Je remonte aux premiers souvenirs de Léni.

Une enfance joyeuse dans les ruelles d'Alger.

Salima, Fathia, Roger, le gros Samuel et les autres enfants du quartier…

Une enfance dorée sous le soleil de la Méditerranée.

Changement d'horizon. Le sable jaune et l'azur éternellement bleu se transforment. Des formes aux contours incertains se précisent. Des toits d'ardoise et de zinc s'étalent à l'infini.

Montmartre. Au loin, la tour Eiffel veille encore sur Paris. Et dire qu'elle ne devait durer que le temps de l'Exposition.

Ma mère, très fière de son grand appartement et de son époux promu au ministère. C'est donc ça ! Mon père, fonctionnaire, quitte les colonies pour Paris. Une brillante carrière !

C'est sans compter avec l'étau qui se prépare à l'est, dans l'indifférence générale.

Au mauvais endroit, au mauvais moment.

1940, la débâcle.

Les restrictions, l'Occupation, les premières lois antisémites…

Juillet 1942, on nous rassemble au Vélodrome d'Hiver.

Le camp de Drancy…

Mes parents partent par un convoi en août, je ne les reverrai plus.

Je reste à Drancy cinq mois. La vie y est dure mais j'ai dix-sept ans.

Décembre 1942, juste avant Noël, le convoi s'ébranle sur les rails recouverts de neige. Vers l'est.

Vers ici…

Même dans mes propres souvenirs, cette horreur semble irréelle. Des jours sans fin en compagnie de la mort. Je suis un pion entre les mains de mes assassins. Je suis utile à ma propre destruction. Cela dépasse mon entendement. Ils comptent sur mon instinct de survie pour me faire obéir.

Et j'obéis.

Léni veut vivre. Il n'a pas dix-huit ans. Il n'a rien connu de la vie, rien su, et il veut savoir.

Pas moi. Mourir n'est rien pour qui se sert de la mort comme d'un moyen de leur échapper. Je suis le seul à pouvoir penser de la sorte.

Mais pas avant d'avoir revu Sonia. Pas avant de lui avoir dit où réside son espoir.

Un coup de sifflet retentit. C'est le signal. Chacun se rue à toute vitesse vers le point de ralliement. Dans la précipitation générale, certains tombent, se relèvent et recommencent à courir.

Les trois derniers arrivés seront abattus. On sait tous ça. C'est une des règles du camp. C'est aussi le jeu favori des officiers vert-de-gris. Grâce à cette règle, même la fin de journée est attendue avec angoisse. Courir plus vite que son meilleur ami devient une obsession. On en vient à se détester entre nous, et le meilleur de tous n'hésiterait pas, s'il le fallait, à faire trébucher le quatrième, pour prendre sa place. Pour vivre.

Ils nous ont transformés en bêtes. Pour leur plaisir, puisque la fin de chacun d'entre nous est connue. Simplement pour le plaisir.

Au point de ralliement, on se range en colonnes. Et puis on ferme les yeux, pour ne pas savoir qui a perdu.

Quand, à la nuit tombée, j'entrouvris la porte de mon baraquement, je vis que Sonia était déjà là. J'allais sortir quand un bruit de bottes se rapprocha. La seconde d'après, la silhouette massive d'un garde vert-de-gris se tenait devant elle. De mon poste d'observation, je ne pouvais pas entendre ce qu'il disait mais la scène ne présageait rien de bon.

De toute façon, on ne pouvait s'attendre à rien de bon de la part de cette vermine.

Comme nous tous, Sonia avait les cheveux rasés mais, malgré cela, elle restait très attirante. Son corps tentait trop ce porc crasseux pour que cela finisse bien.

Léni n'aurait peut-être rien fait et serait resté tapi dans l'ombre, furieux mais pétrifié.

Malhorne ne douta pas une seconde de la conduite à tenir.

Je retournai dans l'ombre de la pièce commune et, à tâtons, je mis la main sur la pique à charbon.

Armé de cette épée de fortune, je sortis sans un bruit et, pas à pas, je regardai grandir le dos de mon adversaire. Toutes ces précautions furent inutiles, car le garde respirait trop bruyamment pour me prêter attention.

À presque le toucher, je me campai le plus solidement possible sur mes jambes flageolantes et, de toutes mes forces, j'enfonçai le fer dans sa nuque. Cela fit le bruit d'un ortolan croqué. Le garde s'effondra mollement sur le sol, comme un sac de farine que l'on aurait jeté de trop haut.

Sonia, incrédule, continuait de fixer le vert-de-gris avec des yeux terrorisés. Elle balbutiait une série de sons incompréhensibles.

— Toi, tu rentres, Sonia ! lui ordonnai-je. Personne ne pourra savoir que tu étais là !

— Mais, Léni, que…

— Ce n'est pas le moment de discuter. Rentre ! On verra plus tard !

Elle finit par s'exécuter mais resta sur le pas de la porte.

— Arrête de pleurer, lui dis-je en prenant à bras-le-corps le cadavre du garde. C'est notre première victoire ! Recommence à sourire.

Mon plan était simple en apparence, bien qu'infiniment risqué. Je voulais traverser le camp jusqu'aux fosses, pour y ensevelir le corps parmi les autres cadavres. Une fois déshabillé, quoi de plus anonyme qu'un mort parmi des milliers d'autres ?

Tout cela bien sûr en comptant sur la chance.

Il me fallait éviter les guetteurs des miradors, les rondes de soldats et, surtout, le flair de leurs chiens.

Quoi qu'il advienne, je ne pouvais pas le laisser traîner auprès de nos baraquements. Cela aurait signifié notre fin à tous dès le matin.

En le traînant, j'aurais laissé des traces trop évidentes sur mon parcours. Pour éviter ces indices dramatiques, je le chargeai sur une épaule et partis, à moitié chancelant. L'effort faillit m'arracher un cri et ma respiration devait s'entendre à des kilomètres. Tant pis pour la discrétion. Que la Providence me vienne en aide et les chiens feront avec.

J'ai failli réussir.

Les fosses ne se trouvaient plus très loin lorsque des aboiements retentirent sur ma droite. Immédiatement, des faisceaux de torches électriques fouillèrent la nuit, à ma recherche. J'entendis des ordres lancés dans la langue de Goethe, suivis du bruit caractéristique de fusils que l'on arme.

Un premier faisceau m'accrocha dans l'obscurité. Je lâchai mon fardeau et déguerpis sans demander mon reste, mais trop tard. Le projecteur d'un mirador m'avait pris en chasse et, sur ce terrain plat, je ne pouvais compter sur aucun relief pour me cacher.

Une rafale de fusil-mitrailleur siffla dans la poussière, à deux mètres à peine de mes pieds. Je courais tout droit, vers les barbelés, je le savais. Mais que faire d'autre, sinon courir ?

La respiration courte des chiens se rapprochait de mon dos, tandis que les balles sifflaient partout. L'une d'elles me déchira la main, puis une autre traversa mon épaule et m'envoya me planter dans les barbelés.

Un « Halte ! » retentit au moment même où les projectiles de métal me pénétraient le corps. La garde avait sans doute buté sur le cadavre et me réservait une mort lente, dans d'abominables souffrances.

Trop tard pour me prendre vivant, pensai-je avant de perdre la vie. *Vous n'aurez pas eu ce plaisir !*

57

— Quelqu'un connaît-il une certaine Tara Steamway ? demanda Denis Craig, avec dans la voix une pointe d'agacement.

Spencer croisa les mains sur son ventre et s'enfonça dans son fauteuil. En aucun cas cette question ne pouvait le concerner.

Stacey secoua la tête de façon négative.

— Jamais entendu parler…, dit-il, les yeux au ciel. Qui est-ce ?

Franklin ressentait de manière quasiment palpable le doigt imaginaire qui l'accablait, sous la forme de la parfaite tête du coupable.

— Moi ! Je la connais…, se désigna-t-il enfin. Enfin, un peu…

— Depuis quand êtes-vous en contact avec cette journaliste ?

— À vrai dire, je n'ai jamais réellement été en contact avec elle. Je l'ai vue en tout et pour tout deux fois. La première, il y a près d'un an, à l'occasion d'une conférence de presse. Où Karl Spencer se trouvait également. Et la seconde, quelques jours après. Nous avons dîné ensemble…

— Rien depuis ? le coupa Spencer sèchement.

— Je vous rappelle que nous sommes confinés ici ! s'énerva Franklin, agacé par le ton de la conversation. Nous ne pouvons téléphoner vers l'extérieur que sous le contrôle du standard.

— Alors, comment expliquez-vous ceci ? brailla Craig en jetant un journal devant Franklin. La Fondation a pris toutes les mesures de précaution possibles pour que l'existence de Malhorne demeure secrète, et cette Tara quelque chose sort un article dans la presse grand public…

— De quoi s'agit-il ? intervint Stacey. Mentionne-t-elle Malhorne ?

— Lisez, vous vous rendrez compte !

Stacey prit le journal des mains de Franklin, qui tentait de calmer la fureur sourde qu'il sentait poindre dans le bout de ses doigts.

… Et du lien possible entre une insolite statue, découverte il y a un an par l'ethnologue Franklin Adamov, et de cette plus qu'étonnante assemblée. Des gens, que rien apparemment ne rassemble, campent en ce moment même au sud du parc fédéral de Sand Bridge…

Stacey releva les yeux.

— Il est vrai que cela n'arrange pas nos affaires...

— Non seulement ça ne les arrange pas, mais je vous parie que d'ici peu, on verra débarquer une bande d'allumés dans le parc, argumenta Denis Craig. Le bouddhisme fait recette ces temps derniers ! Mlle Steamway parle de trois lamas tibétains, elle va faire sensation.

— Si cela se produit, je pourrai m'arranger pour qu'il se passe quelque chose dans la nuit..., annonça Spencer. Une manifestation effrayante pour ces gugusses... Tout à fait anonymement, bien entendu ! Et dont nous ne pourrons être tenus responsables...

— Nous en arriverons le plus tard possible à cette extrémité, le coupa Craig. Pour le moment, la Fondation n'est pas menacée. Et le secret sur notre hôte non plus... Par contre, j'aimerais savoir comment cette journaliste a pu remonter jusqu'ici si, comme vous le dites, vous ne l'avez pas revue !

— C'est très simple, répliqua Franklin, enfin apaisé. Lorsque Mlle Steamway et moi avons dîné ensemble, la Fondation m'avait déjà fait son offre de collaboration. Je lui en ai tout simplement parlé. Sans penser à mal le moins du monde, vous pouvez me croire.

— Oublions cela ! Nous n'y pouvons plus rien, de toute façon.

— Ce ne sera pas un problème, monsieur Craig, confirma Spencer. Je vous le certifie !

— Je tenais à vous voir tous ensemble pour une autre raison, reprit Craig, sur un ton qu'il voulut plus affable. Le père Fontorbe arrive demain après-midi, sur ma demande. Le docteur Van Kriegs aussi. Sa convalescence prend fin et je souhaite qu'il assiste à une réunion d'importance qui se tiendra d'ici à quarante-huit heures. Nous recevrons aussi deux autres personnes, qui suivent de loin nos recherches et que vous connaissez déjà.

Craig frotta lentement ses paumes l'une contre l'autre. Il paraissait chercher ses mots, ce qui ne lui ressemblait pas.

— Nous ne tarderons plus, je le pense, à avoir épuisé les recherches d'éléments qui attestent, ou infirment, l'authenticité des dires de Malhorne... L'heure approche où nous devrons statuer sur son devenir au sein de la Fondation. Ou ailleurs... Je vous demande d'y réfléchir. C'est une décision que nous ne pouvons prendre à la légère et...

— Je ne comprends pas bien le sens de votre phrase ! intervint Franklin. Que voudriez-vous donc que nous fassions de Malhorne ?

— C'est justement le sujet qui nous occupera au cours de cette réunion. Je vous souhaite, d'ici là, bonne réflexion !

Craig quitta la salle sans autre commentaire, laissant Franklin et les autres dans une atmosphère de perplexité grandissante.

58

Fondation Prométhée
29 avril 2011. 04 h 12 AM

Malhorne : Si ça vous arrivait à vous, j'aimerais bien voir si, tout à coup, parce que vous avez été choisi, vous vous transformeriez soudain en quelqu'un de formidable. C'est dans les films américains qu'un citoyen lambda se retrouve embringué dans une histoire extravagante et se transforme brutalement en superhéros.

Quand ça m'est tombé dessus, j'étais un salopard.

Les vies ne m'ont pas épargné. Je suis revenu dans des peaux pas toujours ragoûtantes. J'ai été un assassin, un violeur. J'ai abandonné presque toutes mes familles, sans aucune espèce de remords… Je suis resté longtemps un salopard. Allez savoir, d'ailleurs, si je n'en conserve pas quelques traces…

FP 11/04/29
Archivage

59

Le lendemain de la parution dans l'*Independent* de l'article de Tara, une cinquantaine de véhicules stationnaient le long de la route nationale. Des marginaux pour la plupart, mais aussi tout simplement des curieux, investirent les abords de la Fondation, à la recherche des lamas.

Le surlendemain, les bas-côtés de la route disparaissaient sur cinq cents mètres sans discontinuer. Aux premiers visiteurs s'ajoutaient les membres d'une association écologique, qui s'implanta autour de la clairière à grand renfort de tentes et de barbecues.

La nouvelle du rassemblement fut reprise par des radios locales, qui amplifièrent le phénomène. Les effets recherchés par le court article de Tara touchèrent le public au-delà de ses plus folles espérances.

Lorsque le père Fontorbe survola le parc de Sand Bridge, il fut plus qu'étonné par la foule compacte qui se massait sous la frondaison encore éparse de ce début du mois de mai.

— Y aurait-il une fête populaire organisée dans les environs ? demanda-t-il à Stacey, venu l'accueillir à sa descente de l'appareil.

— Pas le moins du monde, répondit l'archéologue, amusé par l'apparente candeur du religieux. Nous avons un problème de relations publiques, en quelque sorte.

Lorsque les pales de l'hélicoptère furent immobiles, ils entendirent distinctement les échos d'un concert donné dans la forêt, à proximité de la Fondation.

— C'est un euphémisme ! plaisanta le père Fontorbe. Je pourrais sans doute vous offrir certains conseils en matière de discrétion, si cela vous intéresse…

— Il nous faut aujourd'hui décider de ce que nous allons faire plus tard, commença Denis Craig. Depuis une année, la Fondation Prométhée a accumulé les pièces de l'affaire Malhorne, patiemment, à coup de millions de dollars. Quelle direction devons-nous prendre maintenant ? Et, tout d'abord, quel est le crédit exact que nous pouvons accorder aux allégations de Malhorne ?

— S'il s'agit de statuer sur l'existence de l'âme humaine, mon cher Denis..., commenta le père Fontorbe, je ne vous apprends rien en précisant que cette conversation a quelques siècles de retard...

— Justement ! le coupa Stacey. Elle n'a jamais été démontrée ! Ce point est capital. Si nous acceptons la version de Malhorne, alors nous donnons corps à son âme. Par les statues, les autres recherches que nous avons effectuées, et son histoire, nous possédons suffisamment d'éléments concordants. Mais il est nécessaire de préciser notre point de vue...

— La vérité ne peut être une affaire de point de vue, monsieur Revel ! contrecarra le père Fontorbe. Elle est pleine et entière, ou alors elle n'est pas. La demi-mesure apportée par une position n'est pas possible.

— Votre patron vous aurait-il mandaté, père Fontorbe ? demanda Denis Craig avec une pointe d'ironie. Vous me semblez diablement remonté contre « notre » Malhorne.

— Imaginez-vous un seul instant que Sa Sainteté puisse être tenue à l'écart d'un sujet aussi important ? répondit le prêtre, sans cacher le dédain qu'il portait à de telles remontrances. Il connaît évidemment l'objet de ma présence.

— Avez-vous reçu des consignes ?

— J'espère ne pas comprendre, gronda le père Fontorbe. Sommes-nous rassemblés pour que vous vous payiez ma tête ? Ou puis-je espérer autre chose que vos broutilles ?

— Vous appelez broutilles une question qui concerne l'humanité entière ! attaqua Stacey de nouveau. Vous me semblez de taille à participer à une nouvelle controverse de Valladolid, avec la même hypocrisie que certains de vos prédécesseurs !...

— Je ne vois pas le rapport, se défendit le père Fontorbe. Les bons pères jugèrent en leur temps du statut des peuplades indiennes... et tranchèrent justement pour leur humanité ! Il n'y a rien à y redire.

— Vous semblez oublier qu'ils firent le contraire pour les peuples d'Afrique, au cours de la même journée, intervint Franklin, qui connaissait parfaitement ce procès médiéval. Une question économique les influença, paraît-il. Une affaire de point de vue, donc ! De quel ordre sont vos propres réticences, mon père ?

Le père Fontorbe parut décontenancé. La conversation tournait au procès, dans lequel il faisait figure de coupable. Cette position, fort déplaisante à son goût, lui ordonnait d'inverser le courant.

— Sachez en premier lieu que nous sommes quelques-uns au Vatican à être informés de vos recherches. Une telle question ne pouvait pas reposer uniquement sur mes épaules. Ni sur les vôtres non plus. Aussi, depuis plusieurs mois, avons-nous débattu de l'échéance. À partir des bribes que Denis Craig m'a tout d'abord envoyées, puis de la totalité des pièces. Nos guetteurs sur écran ont traqué les échanges d'informations. Ils ont épié partout. Tant la Fondation qu'ailleurs. Et nous sommes tombés sur de bien curieux e-mails qui ont circulé entre différents monastères bouddhistes. Et convergeant pour la plupart vers Dharamsala ! Peut-être est-il utile de vous en préciser la substance, ou vous êtes-vous renseignés sur l'identité du lama qui dort à votre porte ?... Apprenez donc, si vous l'ignorez, qu'il est, aux yeux des siens, la réincarnation du lama qui fut le compagnon de Malhorne au XVIIe siècle.

— Nous ne l'avons pas précisé, mais cette hypothèse nous a semblé logique, rétorqua Stacey. Le parchemin que le lama nous a communiqué plaide dans ce sens.

— La logique aura du mal à trouver sa place dans cette affaire, vous ne croyez pas ?

— Qu'en pensez-vous, mon père, demanda Franklin. À titre personnel. Croyez-vous ce que raconte Malhorne ?

— C'est bien ce qu'il nous faut décider, dit Denis Craig, qui cherchait à reprendre la direction des débats.

— Ce serait très plaisant, répondit pourtant Fontorbe, sur un ton que Franklin jugea ambigu. Et peut-être tout à fait déplaisant en même temps... Comprenez-vous ce que je veux dire ?

— Vous seriez persuadé de la réalité de Malhorne, tel qu'il se raconte, et vous vous opposeriez à cette même réalité ? formula Franklin lentement.

— Je ne peux pas dire une chose pareille, voyons.

— *La solution d'un problème est celle qui reste lorsque vous avez écarté toutes les autres, fût-elle apparemment impossible !* argumenta Franklin.

— Sir Arthur Conan Doyle était un romancier, monsieur Adamov, contra le père Fontorbe. De talent, je le concède, mais ses constructions narratives et ses dialogues, aussi fins fussent-ils, ne peuvent nous aider à trancher aujourd'hui !

— Mais pourquoi ? supplia presque Franklin. L'histoire de Malhorne prêche pour votre paroisse ! Je ne comprends pas pourquoi...

— Ma paroisse, comme vous l'appelez, se suffit à elle-même. Une foi ne se démontre pas.

— Ne prenez pas mal ma question mais, dans ce cas, poursuivit Franklin, j'aimerais que vous m'expliquiez ce que vous êtes venu faire ici ?

— Nous veillons tous les uns sur les autres. Il doit en être ainsi. Denis Craig sait parfaitement de quoi je parle.

— Revenons-en à notre sujet de manière plus structurée, répondit Craig. Père Fontorbe, puisque vous semblez être au centre de l'intérêt général, commençons par vous.

— Je n'y vois pas d'objection. Mais je vais aborder cette question un peu différemment. Imaginons que mon point de vue, et donc celui de l'Église, soit d'accréditer la thèse de Malhorne. Quelles conséquences ce choix aurait-il sur le monde ? Et ne perdez pas de vue que j'ai commencé ma phrase par « imaginons ».

Le père Fontorbe dégusta un silence avant de poursuivre.

— Que se passerait-il si les hommes venaient à apprendre ce qui s'est déroulé entre ces murs ? Essayez de vous représenter le schéma... Une grande partie de la ferveur religieuse repose sur une peur atavique que les vivants ressentent face à leur propre destruction. Donnez Malhorne en exemple aux masses et vous obtiendrez de leur part une désaffection rapide pour leurs dogmes. Et je ne parle pas uniquement de mon obédience. Je rechigne à exprimer cette vérité en des termes crus, mais nul doute que Malhorne deviendrait un nouveau messie. Les hommes ont besoin d'espoir, pas de certitudes ! Bien sûr, ce n'était qu'une hypothèse de travail. Pourtant, le scénario que je viens de décrire est possible, voire probable. Et nous ne pouvons pas le permettre.

— Je partage cet avis ! émit la voix un peu nasillarde de Keith Bankroft. La raison de ma présence ici va dans le même sens que celle du père Fontorbe. Nous ne pouvons laisser cette affaire échapper à notre contrôle. Qu'il dise vrai ou faux, nous ne souhaitons pas que Malhorne sorte d'ici.

— Mais qui est ce « nous » ? demanda Stacey.

— Les mêmes que ceux dont je parlais précédemment. Ou peu s'en faut, lui répondit le père Fontorbe, un sourire candide au coin des lèvres.

Denis Craig se leva et demanda le silence.

— Nous pourrions discuter indéfiniment sur ce sujet, reprit-il lorsque les voix se furent apaisées. Et cela ne servirait à rien. Vous aurez tout le temps nécessaire pour le faire plus tard. Je pense que chacun d'entre vous possède des arguments solides et une vision nette de la situation. Revenons donc à la raison première de cette réunion. Le choix ! Nous allons procéder à deux votes. Quelle décision prenons-nous sur l'identité réelle de Malhorne dans un premier temps ? Qu'allons-nous faire de lui, ensuite ?...

Il regarda ses interlocuteurs les uns après les autres.

— Oui ou non, décidons-nous de considérer Malhorne comme la somme vivante d'une multitude de réincarnations ? répéta-t-il lentement.

À l'exception de Spencer et du père Fontorbe, tout le monde, y compris Denis Craig, vota oui à cette question.

— Bien ! Maintenant, qu'allons-nous faire de lui ?

— Mais que voudriez-vous donc que nous en fassions ? demanda Stacey, interloqué. Je suis archéologue, pas geôlier. Il ne m'appartient pas de trancher sur le sort d'un homme.

— C'est pourtant bien ce que nous allons faire ! lui répondit Craig. Rappelez-vous que depuis huit mois, nous l'avons privé de sa liberté. Avec votre accord tacite, n'est-ce pas ! Que cela vous plaise ou non, il nous est impossible de divulguer au public la formidable nouvelle qu'il représente. Pour de multiples raisons. Vous avez entendu celle du père Fontorbe. Vous ne voudriez pas être responsable de la chute de la grande religion occidentale ?

Stacey haussa les épaules. Il semblait se moquer de cet argument.

— Mais il en existe bien d'autres, poursuivit Craig sans se soucier du geste de Stacey. Pour commencer, réfléchissez un instant sur les répercussions que pourrait avoir sur les masses l'annonce de la réalité d'un esprit, survivant à la mort physique. Comme le disait le père Fontorbe, l'angoisse de la mort remplit ses églises. Mais ce n'est pas son seul rôle. L'idée de mourir est certainement ce qu'il y a de plus insoutenable dans l'existence. Car cette idée est inimaginable.

À partir de cette pensée, toute velléité de projet tombe en poussière. Imaginez ce que l'exemple de Malhorne pourrait changer dans la vie de tous les jours. Savoir que l'on va mourir fait accepter sa propre condition de vivant avec une part de plaisir, aussi infime soit-elle... aussi misérable soit cette existence !

— J'ajouterai, poursuivit Bankroft, que notre monde ne conserve son équilibre que par les interactions puissantes de ses peurs. Ce n'est pas le profit qui gouverne les masses, mais la crainte de l'autorité supérieure. Les gens sont dans leur ensemble raisonnables, messieurs. Et pourquoi le sont-ils ? L'Église, la morale, l'État, les lois ! Et la peur de la mort pour lier le tout. Nos concitoyens ne transgressent pas les lois, mais ils ne le font pas par vertu. Enfermez un jeune homme pour quarante ans et vous lui volez sa vie. Vous le rapprochez de l'inéluctable sans qu'il ait pu, d'une façon ou d'une autre, agir sur son existence. Apprenez au monde que la mort peut être un moyen d'agir sur sa condition et vous verrez. C'est la porte ouverte au chaos ! Le monde, tel que nous le connaissons aujourd'hui, disparaîtrait en peu de temps.

— La vie est la valeur que nous plaçons au-dessus des autres, continua le père Fontorbe. Parce qu'elle est irremplaçable, unique et sacrée. Qu'arriverait-il si, comme vous semblez être prêts à le faire, vous la transformiez en produit de consommation courante ?

— Vous n'exagérez pas un peu ? le coupa Stacey.

— À dessein ! Je vous l'affirme, à dessein ! Nous verrions des populations sacrifiées au nom de l'euthanasie ! Des vagues de suicides, pour accéder à un monde meilleur attesté et prouvé. Rendez-vous compte à quel point les valeurs essentielles de notre univers pourraient être modifiées, et peut-être inversées. Donner la mort pourrait devenir un acte charitable ! Les assassinats se multiplieraient. La valeur sacrée de l'existence arrête le bras armé de beaucoup...

— Sommes-nous réellement à convaincre ? rétorqua Franklin. Je suis conscient des bouleversements possibles induits par une telle découverte. Et encore, je ne peux pas voir très loin. Mais je ne pense pas, comme vous le faites sans scrupules, que les notions de morale, de psychologie et de philosophie de l'humanité à venir puissent dépendre de cette assemblée.

— Mais comment croyez-vous que cela se passe depuis les origines ? le railla Bankroft. Les puissants de ce monde, et la Fondation en fait partie, manipulent les mentalités populaires jusque dans leurs recoins les plus intimes. L'homme a besoin de schémas et n'est pas capable de les inventer seul. Je vais être trivial mais ces schémas concernent la palette la plus large qui soit. De sa façon de penser jusqu'au rouleau de papier toilette qu'il est bon d'utiliser. Tout acte de sa vie est planifié, à son insu. Et pour ceux qui vivent sous des latitudes pauvres, une seule idée les guide : nous ressembler. N'allons pas jeter un rocher dans les rouages de ce monde si habilement conçu et maîtrisé !

— Pourrions-nous revenir au sujet de cette réunion ? dit Denis Craig qui voyait s'éterniser et diverger les débats. Quel sera l'avenir de Malhorne ?

— Je m'abstiens de répondre ! répondit Franklin. D'autant plus que je n'ai pas la moindre idée sur ce sujet.

— La même chose pour moi, le suivit Stacey. Cette question est affaire de politique, ce n'est pas mon domaine.

Denis Craig prit note de leur décision, puis, du regard, fit un tour de la table.

— Nous devons procéder à l'ultime vérification ! lâcha Bankroft d'une voix monocorde. La preuve par l'acte. Il doit rester au fond de vos esprits un dernier doute quant à l'histoire de Malhorne. C'est tout à fait normal. On ne renverse pas si facilement des millénaires de certitudes. La seule façon de la vérifier réside dans sa mise à mort.

— Vous n'allez tout de même pas commettre un meurtre pour une petite vérification ? l'apostropha Stacey en se levant d'un bond.

— Laissez-le poursuivre, monsieur Revel ! ordonna sèchement Denis Craig. N'est-ce pas une hypothèse qui vous a déjà traversé l'esprit ?

Stacey se rassit lentement. Il se rendait effectivement compte que, même si cette idée n'avait fait que sourdre à la surface de sa conscience, il n'existait pas de moyen plus efficace pour démontrer l'histoire de Malhorne.

— Cela nous contraindra à observer un délai un peu long pour connaître les fruits de cette expérience, disons quinze ans, pour être large..., poursuivit Bankroft. Je ne vois malheureusement pas d'autre moyen. Une telle vérité vaut bien ce sacrifice !

— Vous n'allez pas nous demander de nous transformer en assassins ! rugit Franklin.

— Ne vous tourmentez pas ! Quelqu'un s'en chargera à votre place, dit calmement Craig. Ainsi conserverez-vous tranquille cette bonne conscience qui vous honore.

— Ce n'est absolument pas ce que je voulais dire...

— Je l'avais bien compris ainsi. L'idée de cette preuve ultime était inscrite dans le discours de Malhorne, dans nos recherches effrénées et dans notre volonté d'approcher la vérité. Ne croyez-vous pas ? Nous ne faisons aujourd'hui que la formuler ! N'est-il pas lui-même conscient de cette conclusion inévitable ? Parce que logique !

— Mais c'est impossible ! se lamenta Franklin. Nous ne pouvons pas faire une chose pareille...

— Notre beau pays est parsemé de prisons dont les couloirs de la mort sont pleins jusqu'à la gueule, mon cher Franklin ! argua Spencer. Et vous supportez ça très bien, je me trompe ? Oh ! bien entendu, vous ne devez pas être favorable à la peine de mort, mais est-ce qu'une seule exécution vous a déjà empêché de dormir ? Votre ami va mourir prématurément. Eh bien, dites-vous que vous le reverrez, dussiez-vous attendre quinze ans ! N'êtes-vous pas son plus farouche partisan dans nos rangs ?

— ... Quand ? articula Franklin avec difficulté.

— Accordons-nous sur les rythmes naturels, répondit Denis Craig. Shannon entame son septième mois de grossesse et Anita son sixième. Pour que Malhorne nous revienne, il faut une naissance dans les parages de sa mort !

Pas question de le laisser filer par la voie des airs. Je pense que d'ici à un mois, nous serons prêts à tenter l'expérience.

Franklin n'en dit pas davantage. L'idée de mettre un homme à mort, fût-il un meurtrier, lui soulevait le cœur. Mais les hommes présents dans la pièce ne ressemblaient ni de près ni de loin à des enfants de chœur. Il savait qu'ils iraient au bout de leur projet dément. Avec ou sans son concours. Il n'y pouvait rien.

— Qui parmi vous est pour cette proposition ? demanda sinistrement la voix de Craig.

Bankroft, Spencer et Craig levèrent la main.

— Je compte trois pour ! Maintenant, qui est contre ?

Franklin leva la main malgré tout. Même si son geste ne revêtait pas la moindre importance pour les autres, il voulait continuer à agir en accord avec sa conscience.

— Un vote contre ! Stacey, vous désirez un délai de réflexion ?

— Je m'abstiens de voter, simplement ! répondit-il, une trace de gêne dans la voix.

— Et vous, père Fontorbe ?

— Je serai un Ponce Pilate moderne. Je m'abstiens aussi.

— Bien ! se félicita Craig. Je comptabilise trois votes pour, un contre, et deux abstentions. Nous procéderons donc à cette expérience de la preuve ultime au début du mois de juin !

Franklin se leva de son fauteuil en jetant un regard noir vers Stacey. Il ne comprenait pas la raison qui avait poussé l'archéologue à s'abstenir. Cela dépassait son entendement.

Stacey ne semblait pas très fier. Il contourna le bureau pour éviter Franklin et sortit avant que ce dernier ne l'ait rejoint.

— Occupez-vous de nos voisins indésirables, ordonna Denis Craig à Spencer lorsque le bureau fut vidé de ses occupants.

— Avec la plus grande joie, monsieur ! se réjouit Spencer.

— Bien ! Je vous laisse carte blanche quant aux méthodes. Une seule restriction, cependant. Pas de blessés. Contentez-vous, selon votre propre expression, d'appliquer une « *manifestation effrayante pour ces gugusses* ». Me suis-je bien fait comprendre ?

— En tous points, monsieur Craig ! Une manifestation effrayante, sans blessés ! collationna Spencer.

— Fort bien. Deuxième détail, Karl. À partir de maintenant, l'accès au bunker est interdit. Faites donc le nécessaire !

— Je vais mettre en place le dispositif de surveillance immédiatement ! brailla-t-il joyeusement.

Puis il rompit, la tête déjà bourdonnante de plans d'attaque.

60

« Que serait la lumière, sans les êtres qui la perçoivent. »
PROVERBE TIBÉTAIN

— Voilà ce à quoi tu dois t'attendre, Kim ! lui dis-je en enjambant la table basse. Elles ressemblent toutes à ça. À peu de chose près.

Kimberley regarda mon dessin attentivement.

— Le peu de chose près, c'est quoi ? Il y en a une qui ressemble à ton dessin et une autre à un gros chien. Encore une autre au Discobole, et ainsi de suite ?

— Ne te moque pas de moi, Kim ! Ce que tu as sous les yeux est pour moi ce qui compte le plus au monde, tu comprends ?

Son expression sérieuse se transforma en cette petite moue mutine qui me désarmait tant.

— Et moi, alors ? Je suis la cinquième roue du carrosse ? ronronna-t-elle sur mon épaule.

— Je t'en prie, repris-je calmement. Je ne te parle pas de sentiment. Ces statues sont la seule preuve tangible de mon histoire. Et puis, tu n'as pas connu, alors c'est pas trop grave, mais il y a eu des carrosses à huit roues.

— Tu vois ! Tu dis toi-même que c'est une histoire ! répliqua-t-elle aussitôt pour reprendre l'avantage. Alors, tu ne vas pas me quitter pour partir au diable juste parce que tu veux achever ton histoire !

L'incrédulité ! Le mal de ce siècle. Voilà trois heures que je m'échinais à convaincre Kim de mon âge réel et tout ce qu'elle me renvoyait n'était que plaisanterie.

— Je ne suis pas aussi pressé que tu le crois ! Je peux différer mon départ de deux ou trois mois, si c'est nécessaire.

Grâce à Dieu, le père Zach fut un bon conseiller !

La demoiselle voulait du concret, je me faisais fort de lui en proposer.

Un simple appel au cabinet M&M des frères Macare et mon compte bancaire se goinfra plus que de raison.

Le soir même, nous montions à bord d'un Boeing à destination de Tokyo puis, de Tokyo, un plus petit appareil s'envola pour Ko Jima.

Kimberley s'était endormie, la tête appuyée contre le hublot. La douce lumière orangée du soleil couchant lui caressait le visage, dessinant en contre-jour une ombre en croissant de lune. Elle était terriblement attirante. Une bouche charnue, sans être pulpeuse, un front haut, de grands yeux en amande que je savais tour à tour curieux, graves et moqueurs.

Par le haut de sa chemise entrouverte, je voyais naître son sein, cette chair aimée placée juste au-dessus de son cœur et qui faisait battre le mien.

J'avais à peine deux ans lorsque ma mère, fuyant les combats qui dévastaient son pays, rencontra mon père adoptif, quelque part aux alentours de Prague. Je n'ai jamais su avec précision où est née leur idylle. Ils observaient sur cette période un silence on ne peut plus mystérieux.

Ce bon Artcher Bringman, sergent-chef dans la cavalerie lourde, ne se contenta pas de conter fleurette à la population qu'il libérait du joug vert-de-gris. Il l'épousa, sous la tente consacrée d'une aumônerie militaire.

Lorsque la division du général Patton s'ébranla, moins d'une semaine après leur rencontre, Artcher fixa rendez-vous à sa femme à Strasbourg, la ville du monde libre la plus proche qu'elle pouvait rallier.

C'est de cette façon qu'Anita Bringman, plus connue alors sous le nom de Wlochowsky, profita d'un convoi de blessés pour quitter cette terre de désolation, son fils sous un bras et deux gros sacs remplis de chocolat, d'aspirine, de cigarettes américaines et de bas sous l'autre. Dans la poche de son manteau, elle gardait, soigneusement abrité de l'humidité, trésor parmi les trésors, un passeport américain provisoire signé de la main même du général Patton.

Si les armées soviétiques n'avaient pas fait barrage aux divisions américaines, les jeunes époux ne se seraient peut-être jamais revus. Patton rêvait d'un monde globalement libre, au moins jusqu'au fleuve Amour, et Artcher vouait à son chef une admiration sans bornes. Il serait allé en enfer, si son général avait eu l'idée de franchir le Styx.

L'Histoire tourna en faveur des amoureux. Les divisions alliées de l'époque campèrent bientôt face à face pour entamer une nouvelle guerre, froide celle-là. Les époux Bringman, accompagnés du petit Pavlov, c'est-à-dire moi, s'installèrent en Californie au début de l'année 1947. Christine, ma demi-sœur, vit le jour deux ans plus tard, la veille de Noël. Puis ce fut le tour d'Adrien.

Du moment où, vers l'âge de seize ans, je perdis mon pucelage sur le skaï bleu nuit d'une Chevrolet décapotable, jusqu'au jour bénit où je rencontrai Kimberley sur un site archéologique du côté du Caire, je n'avais eu de cesse de traquer les restes osseux de mes anciennes dépouilles. Remplir le sous-sol de ma maison était devenu pour moi une fixation. Sans doute les millions de cadavres anonymes de l'Holocauste avaient-ils joué quelque rôle dans cette curieuse obsession.

Le sommet de l'ancien volcan de Ko Jima ne se trouvait plus qu'à une centaine de mètres. Il faisait très beau temps. La balade aurait dû être agréable mais Kim pestait tellement contre la forme de ses talons qu'elle commençait à me menacer.

— Je souhaite que tu aies une excellente raison de me faire jouer aux chèvres de montagne. Parce que, sinon, on va m'entendre depuis l'autre bout de cette île !

Je la laissais râler sans rien répondre. Il ne faut jamais tenter de s'expliquer devant une femme animée d'un tel sentiment d'exaspération.

— Tournée vers l'ouest, comme il se doit ! m'exclamai-je quand, au détour d'un monticule, nous butâmes contre la statue.

Kim en eut le souffle coupé.

Elle s'assit à même le sol et regarda abasourdie la statue, jumelle parfaite de son pendant enterré près du Mississipi.

— Bon, O.K. ! Je réfléchis ! Je suis archéologue et raisonnable, se reprit-elle bientôt, les mains appuyées contre ses tempes. Où peut donc se trouver la supercherie ?

— Tu poursuis dans cette direction ? protestai-je aussitôt.

— Je fonctionne à l'inverse, nuance ! Monsieur le supposé tailleur de pierre ! Si j'échoue, alors je m'inclinerai. Pas avant.

Elle se releva et fit plusieurs fois le tour de la statue, raclant la terre à la base pour voir si elle n'avait pas été déplacée. Elle se permit même d'érafler la roche en plusieurs endroits, afin de s'assurer sur sa nature véritable.

— Bon, admit-elle au bout du compte. Tu marques un point. Mais je n'arrive toujours pas à me convaincre.

— C'est déjà un progrès, la félicitai-je en l'enlaçant. Il demeure une partie de doute en toi ? Qu'à cela ne tienne ! J'ai d'autres arguments.

— Mais on ne meurt qu'une seule fois ! Jusqu'à preuve du contraire.

— C'est une saine base de raisonnement, Kim. J'ai eu tout autant de mal que toi à changer mon point de vue. La première fois en tout cas. Et aujourd'hui encore, il m'arrive de douter, de croire que je suis la victime d'une hallucination, que je vais me réveiller d'un moment à l'autre pour me rendre compte que ce n'était qu'un rêve. Et, avec un peu de chance, tu dormiras à mes côtés. Mais j'ai laissé derrière moi des preuves de mon parcours. Ces preuves existent aussi bien pour ceux que j'aurai un jour à convaincre que pour moi ! Aujourd'hui, elles sont pour toi !

— Celle-ci est la toute première ! Elle date de 1510. Mai ou juin 1510, si je me souviens bien.

Tandis que je lui donnais ces précisions, j'observais discrètement la réaction de Kim.

— As-tu de nouveaux arguments en faveur d'un coup monté ? Ou puis-je espérer recevoir ton assentiment sur mes délires historiques ?

— Merde ! ragea-t-elle. Non seulement tu m'as dérobé le cœur, mais en plus tu fais vaciller toute ma conception du monde ! Malhorne, tu es de la graine de délinquance.

La colère était la meilleure réaction que je pouvais attendre d'elle. Elle indiquait qu'une contradiction grandissait en elle.

— La reconnaissance, c'est tout ce que je te demande, Kimberley ! lui dis-je en la prenant dans mes bras. Je veux que tu m'aimes pour ce que je suis, même si c'est difficile à imaginer.

Elle se laissa faire sans rien dire. Tout ce que je lui avais raconté depuis des semaines lui revenait en bloc et submergeait sa capacité d'analyse. La fatigue de cet insensé voyage en avion y jouait sans doute un rôle. Miami-Tokyo-Ko Jima-Paris-Pau en moins de quatre jours n'était pas à proprement parler une promenade de santé. Je n'avais pas voulu laisser traîner les choses. Kimberley représentait tant à mes yeux. Je voulais absolument la convaincre et le seul moyen, c'était de la placer devant le fait accompli.

Chose faite. Elle craquait un peu, à présent, et c'était compréhensible.

— Je mourrai un jour, me dit-elle soudain.

— Moi aussi, Kim ! Moi aussi.

— Je sais ! Mais moi, je ne reviendrai pas. Et quoi qu'il advienne, que tu partes avant ou après moi, tu porteras mon deuil, Malhorne ! Je te blesserai, quoi qu'il arrive.

— Il est de toute façon trop tard pour faire machine arrière, Kim ! Je n'ai pas choisi de t'aimer. Je ne choisirai pas non plus de te perdre.

Après Pau, nous prîmes quelques jours de repos sur la côte atlantique française. Kim me posait d'incessantes questions sur mon passé, signe que, de jour en jour, les certitudes progressaient dans son mental.

Elle en sut bientôt autant que vous. Un beau jour, elle me demanda à brûle-pourpoint :

— Si j'ai bien compris l'origine de ces statues, tu les as disposées un peu partout à travers le monde et le temps, comme les pièces d'un puzzle. Or, tu m'as parlé d'un heptagone, et je ne connais que six statues ! Où se trouve la septième, dans ce cas ?

C'était pertinent, et embarrassant. Depuis des jours, je repoussais l'instant fatidique où Kim devrait apprendre mon départ. Je savais qu'il ne fallait pas différer ce voyage. Un jour viendrait, que j'espérais le plus proche possible, où l'une de mes statues serait découverte. Et puis une deuxième. Il suffisait d'un seul esprit éclairé pour qu'à partir de cet instant, tout s'enchaîne.

J'exposai donc mon plan à Kim, qui arrondit des yeux éberlués au fur et à mesure que mon explication prenait un sens. En 1974, la guerre froide, loin d'être terminée, avait pris un nouveau visage depuis le tout récent choc pétrolier. Franchir le rideau de fer faisait partie des promenades à risques. *A fortiori* si le voyageur détenait un passeport américain.

— Je veux t'accompagner, Malhorne. C'est décidé !

— De l'autre côté du rideau de fer ? C'est à ça que tu penses ? Tu t'imagines que ce sera une promenade de santé, n'est-ce pas ? Je refuse !

— Tu ne peux pas décider à ma place. Tu n'en as ni le droit ni le pouvoir !

— Écoute-moi Kim, dis-je sur un ton aussi calme que possible. Tu as raison. Je n'ai pas le droit de te dire ce que tu peux faire ou pas. D'accord. Mais ce voyage n'est pas un circuit touristique, tu comprends ? Je vais devoir prendre des risques là-bas. Même si je les réduis au maximum, ils ne sont pas à négliger pour autant…

— Ils ne seront ni plus ni moins importants pour toi que pour moi, me coupa-t-elle. Et si tu étais arrêté, ou pire ?

— Ou pire ! Eh bien, justement ! Parlons-en de ce pire. Tu n'as pas idée de ce dont il s'agit, Kim. Ce pire ne serait pour moi qu'un ajournement de mes projets. Pas pour toi, si tu m'accompagnais. Et tu ne m'accompagneras pas. Je pars en Sibérie, par le chemin le moins fréquenté. J'y reste le temps de sculpter la dernière statue, et je reviens. C'est aussi simple que ça. Seul, je serai invisible. Je ne crains pas d'avoir à affronter des conditions extrêmes, fût-ce au péril de mon existence. C'est sans doute cela qui me rend plus fort qu'un simple mortel. Si tu venais, les choses se compliqueraient de manière quasi exponentielle.

— Parce que je suis une femme ?

— Parce que tu es mortelle ! lui assenai-je en conclusion. Cette affaire est mienne. Je ne veux pas la partager. Non par égoïsme, mais par prudence.

À force de discussions, je parvins à la convaincre du bien-fondé de ce voyage en solitaire. Ensemble, nous mîmes au point la meilleure tactique d'approche. Un avion de fret me larguerait à l'est du lac Baïkal, dans une région montagneuse particulièrement dépeuplée. Le lieu choisi offrait un double avantage : le terrain descendait inexorablement vers le lac, que je ne pourrais donc pas manquer, et l'absence d'implantations humaines m'éviterait des ennuis, dans ce pays où la libre circulation ne concernait guère que les armes.

Le choix du lac Baïkal, si l'on peut parler de choix, m'avait été indiqué par le destin. Une ligne reliant la sixième statue à la septième devait impérativement croiser sur son tracé l'emplacement de la sphère. La septième statue devait se trouver le long de cette ligne…

Je partirais au début du mois d'octobre, lorsque le manteau neigeux aurait totalement recouvert la Sibérie et arrêté l'activité d'été autour du lac.

— Nous nous retrouverons bientôt, Kim, je te le promets.

— Je ne t'attendrai pas plus de deux ans, Malhorne ! Après quoi, si je suis sans nouvelles, je me trouve un bon mari et je passe les dix prochaines années à pondre et à couver. Tu m'as comprise ?

Kim eut un rire nerveux. Le départ, fixé au lendemain soir, rendait nos paroles si précieuses que nous n'osions plus aborder le sujet du voyage, et surtout du trajet retour, qui paraissait plus qu'hypothétique.

Nous avions décidé ensemble de ne pas rentrer dormir, cette nuit-là. Los Angeles bruissait de toutes parts et nous nous sentions moins fébriles au milieu de la foule. Le mouvement des voitures, des gens, les lumières extravagantes des affichages publicitaires, toute cette énergie dépensée en vain créait autour de nous l'apparence d'une vie factice. Nous n'y cherchions pas grand chose. Juste conserver l'impression que nous appartenions ensemble au même monde.

Vers quatre heures du matin, nous étions repus en tous points. La Chevrolet nous monta doucement vers le sommet de Hollywood. Un parking désert offrait une vue générale de la ville. Nous décidâmes d'y regarder le jour se lever. Le dernier lever de soleil que nous passerions ensemble avant longtemps. Un an au plus. Ce qui n'est pas une broutille lorsqu'on dispose d'un cœur pour deux.

— Qu'as-tu prévu pour le réveillon de la fin du siècle ? demandai-je à Kim, après un long moment de silence.

— Que ferai-je dans vingt-six ans, c'est bien ce que tu me demandes ? Eh bien, je serai une vieille femme épanouie, je crois. Pas très vieille, mais plus très jeune quand même. Pourquoi ?

— Je te propose de le passer ici !

— Sur un parking ? C'est charmant !

— Peu importe le flacon, tu ne crois pas ? Nous serons entourés de nos enfants et, pourquoi pas, de nos petits-enfants. On se rappellera cette nuit où l'on grelottait de ne plus jamais se revoir. On installera des tables et de la musique et on fera une fête à tout casser !

— À soixante ans ? C'est le col du fémur qu'on risquera de se rompre, tu ne crois pas ?

— Alors tu resteras assise et tu changeras les disques.

— Reviens d'abord de tes rêveries sibériennes, Malhorne. Nous discuterons plus tard de notre emploi du temps pour les décennies à venir.

Au petit matin, Kim me demanda de la raccompagner chez elle et de repartir aussitôt. Elle ne voulait pas de cette journée, ni avec moi ni sans moi. Trois puissants somnifères lui permettraient de franchir la frontière de notre séparation, sans avoir à résister à l'envie de me retenir.

Je repartis seul pour mon hôtel, finalement soulagé par son choix. Je détestais les adieux sur les quais de gare et dans les halls d'embarquement.

J'ignorais alors que je ne reverrais Kim qu'au travers de cristallins rajeunis, plus de vingt-quatre ans après la date de péremption de ma promesse de retour.

Sitôt le sol russe atteint, je chaussai des skis de randonnée, harnachai correctement un sac à dos qui dépassait trente-cinq kilos et me lançai sur les pentes des monts Lablonov.

Quarante-cinq kilomètres me séparaient du lac Baïkal. Après quoi, il me faudrait encore le traverser, pour rejoindre la petite bourgade de Nikolayevskiy.

J'avais trente ans et un corps magnifiquement sculpté au sein des meilleures universités américaines. Cette promenade sibérienne ne m'inquiétait pas.

Au matin du troisième jour, j'atteignis les rives du lac. Devant moi s'étalait la surface figée de la plus grande réserve d'eau douce au monde. On ne pouvait imaginer plus belle patinoire.

Moins d'une semaine après, je vis apparaître au loin les toits et les fumées de Nikolayevskiy. Ma route bifurqua plein ouest.

Une journée supplémentaire passée à rechercher un lieu propice à mon projet et j'installais un bivouac aussi discret que possible au pied d'un amoncellement de rochers, dont seul le sommet émergeait du manteau neigeux. En huit jours passés au cœur de l'empire communiste, je n'avais pas rencontré âme qui vive.

La neige, plus que mes efforts de discrétion, assura un impeccable camouflage. Je dus creuser dans l'épaisseur du manteau neigeux pour atteindre le sol, sur une profondeur avoisinant quatre mètres. L'excavation me servit aussi bien de chantier que de bivouac. La toile blanche que j'installai au sommet pour en cacher l'entrée fut bientôt recouverte de neige, si bien que ma présence devint aussi indécelable qu'un trou noir dans l'espace.

Il aurait pu passer des norias d'avions de surveillance au-dessus de mon chantier. Je n'aurais pas été inquiété.

La pierre de cette région était de toute beauté. Noire, profondément noire. Sa surface lisse accrochait la lumière d'une curieuse façon. Elle la décomposait dans les tonalités de l'arc-en-ciel, l'irisait. Elle demandait beaucoup de douceur pour se donner et incarner la pensée. Il fallait la cogner par petites touches, par petits à-coups, sinon elle cassait par morceaux trop gros, comme refusant de répondre aux sollicitations d'un homme trop pressé. Une pierre aussi délicate qu'une fleur. Sans doute était-ce de la roche éruptive, lentement comprimée sous terre, qui avait fini par remonter à la surface pour honorer notre rendez-vous.

Quarante-cinq jours de tractations avec cette dame minérale furent nécessaires, mais au bout du compte, je voyais devant moi la plus réussie de mes sculptures. Je n'aurais, d'ailleurs, guère pu traîner davantage car mes provisions s'épuisaient.

Le chemin du retour consistait à rallier la ligne de chemin de fer transsoviétique et d'y attraper un train de marchandises. Si ce n'était pas complètement déraisonnable, l'aventure nécessitait une bonne part de chance. Deux possibilités s'offraient à moi : je pouvais me diriger sur Moscou-Léningrad, ou sur Pékin. Sur ce point, j'avais depuis longtemps décidé de m'en remettre au hasard.

Après deux jours de randonnée, ma route croisa celle d'un régiment de chasseurs en exercice et mon escapade s'arrêta là.

Comme j'étais incapable de sortir le moindre mot de russe pour expliquer la raison de ma présence en ces contrées dépeuplées, on me transféra par avion vers l'agence locale du KGB à Irkoutsk.

Je ne sais pas combien de temps dura l'interrogatoire. J'hésite entre des semaines et des mois. La technique du lavage de cerveau fait en premier lieu disparaître la notion du temps, puis celle, plus intime, de la personnalité. Au bout du compte, vous racontez à vos tortionnaires exactement ce qu'ils veulent entendre.

Lorsqu'ils m'eurent pressé au point d'en être eux-mêmes écœurés, j'atterris dans le plus joli campement qui soit, quelque part en Sibérie, par moins trente degrés en moyenne les jours les plus chauds.

Le numéro M551 tatoué sur l'avant-bras, cousu sur le pantalon, la veste et la chemise fournis par l'administration des soviets, je rejoignis la cohorte des prisonniers politiques. En clair, je disparaissais de la liste des vivants.

Le camp, le goulag, recréait un semblant de société aux règles peu nombreuses et rudimentaires.

D'abord, il y avait les prisonniers, la fine fleur de la subversion socialiste, bien souvent incarcérés pour des motifs qui auraient fait se tordre de rire les droits communs à l'Ouest.

Ensuite venaient les surveillants, des pauvres types dont la présence à l'intérieur du camp était autant une punition que pour nous. Au-dessus d'eux, on trouvait les *nariadtchik*, les gradés. Pas une situation enviable non plus. S'ils faisaient partie de l'encadrement du goulag, ce n'était en aucun cas une promotion de l'administration.

Les *nariadtchik* gardaient un œil sur les prisonniers et sur les surveillants.

Au-dessus de ces gardes de gardes, un peu plus haut dans la hiérarchie, vivaient les *nariadtchik*-en-chef. Le nom résume assez bien la fonction, je suppose. Ceux-là contrôlaient le travail des *nariadtchik*, des surveillants et des prisonniers et, bien sûr, ils se contrôlaient entre eux.

Plus haut encore, au sommet de la petite pyramide du goulag, trônait le responsable de cette cascade de fonctionnaires, tous à l'affût du moindre acte jugé subversif pour pouvoir allonger les peines ou réduire les rations. Ce que j'appris assez rapidement et qui me fit sourire, c'est que ce chef suprême était lui-même contrôlé de temps à autre par des fonctionnaires venus de Moscou, ou d'ailleurs. Du reste, je pense, sans en avoir jamais eu la preuve formelle, que ces visiteurs étaient eux aussi contrôlés par leurs pairs, eux-mêmes surveillés par d'autres, et ainsi de suite.

Et tout ça pour rien ! Rien, puisque nous ne faisions rien. Rien d'autre que nous épier les uns les autres. Rien de plus, dans la journée, que d'extraire la tourbe qui servirait à alimenter la machine à réchauffer la glace et à remplir nos maigres poêles.

Les Russes exercent l'art de l'ironie associé au plus fin cynisme qui soit. Cette mini-société, qui aurait ressemblé à Clochemerle si elle avait été drôle, n'avait d'autre but que d'asseoir politiquement le régime de Moscou. La finalité du goulag n'était pas uniquement d'écarter les opposants au régime. Elle donnait aussi à chacun sa place dans la ronde des surveillants, des *nariadtchik* et des *nariadtchik*-en-chef. Ma vie sacrifiée pour une vue de l'esprit.

Chaque jour, je pensais à Kim. Chaque heure, chaque minute. Il ne fut pas un instant où mon cœur ne livrât son flot d'amertume.

Le temps passait au goulag sans que l'on s'en rende vraiment compte. Seule l'alternance jour-nuit rythmait notre quotidien. Pas de journaux, pas de dimanches et presque pas de saisons. La Sibérie se figeait sous la neige huit mois par an, puis se transformait en bourbier au dégel. Deux petits mois suffisaient à la floraison sauvage qui, pour quelque obscure raison, s'entêtait à germer encore et encore. Mi-août, la température glissait vers une pente négative et le 1er septembre au plus tard, l'univers entier basculait dans l'oubli. Huit mois de neige feutrent tant les perceptions qu'elles en deviennent virtuelles. Les sons, les perspectives, la lumière, les odeurs… Plus rien ne subsiste, à part cette sensation de froid qui vous mord les chairs.

Tous les jours, nous allions aux champs. C'était l'expression consacrée pour qualifier notre travail.

Le travail consistait à dégager la neige compacte pour atteindre le sol. Cette première étape franchie, une grosse chaudière alimentée avec de la tourbe laissait couler un flot ininterrompu d'eau bouillante sur le sol qui, peu à peu, transformait la tourbe gelée en bouillasse que nous nous empressions de ramasser.

Il fallait ensuite charrier cette boue jusqu'au campement pour la sécher, avant qu'elle ne gèle à nouveau. Et, à une température de moins trente degrés, l'eau gèle d'autant plus vite qu'elle était chaude à l'origine. Au campement, une seconde chaudière, quasiment identique à la première, séchait la boue récoltée. Au moyen d'une presse rudimentaire, nous compactions la poussière de tourbe en briquettes, qui alimenteraient les chaudières et chaufferaient chichement nos baraquements. Le goulag fonctionnait ainsi en autoproduction quant à son énergie. C'était d'ailleurs l'unique point sur lequel nous n'étions pas totalement dépendants de l'extérieur.

Si je me répands ainsi en détails, c'est pour vous faire comprendre le principe absurde, aberrant, de ce système. Incarcérer des hommes dans un désert de glace, avec pour seule tâche de contribuer à leur maintien en vie sur place, me semble friser le summum de l'inconvenance. C'est tout simplement baroque.

J'ai survécu à trois années de labeur dans cette ineptie glacée, ce rejeton abâtardi issu de l'univers marxiste. Trois ans, douze saisons, un millier de jours, un millier de nuits.

J'ai tenté une évasion au début du second hiver. La période était propice car la surveillance étroite dont nous faisions l'objet aux beaux jours se relâchait un peu dès les premiers flocons. Je me servis de mes talents d'illusionniste pour échapper aux gardiens et partis dans la tourmente. Mon escapade a duré deux jours. Si je possède un tant soit peu d'influence sur les vivants, le contrôle des éléments me demeure inaccessible. Le flair des chiens bouleversa mes plans d'évasion. La patrouille qui me pistait me retrouva à moitié mort de froid. Elle aurait d'ailleurs pu laisser faire la nature mais elle était menée par Aliochka, un *nariadtchik* singulièrement malveillant. Je ne sais à quelles exactions cet Estonien devait sa place parmi nous mais sa tête de fouine ne m'était jamais revenue. Ce type puait le coup fourré.

Il décida de me ranimer.

Je fus ensuite l'objet d'un traitement à ce point éreintant qu'il m'enleva toute velléité de fuite.

Des mois plus tard, c'est ce même Aliochka qui me priva de la capacité à être.

Cela se passa un soir, à la fin d'une journée particulièrement éprouvante. Le thermomètre, pris de panique ou de déraison, avait dépassé la barre des quarante-cinq degrés au-dessous du point de gel.

Au coup de sifflet qui annonçait la fin de journée, tout le monde lâcha pelles, pioches et barres à mine, en gros tout ce qui empêchait un homme transi de se fourrer les mains dans les poches.

— M551 ! entendis-je une voix crier. Tu estimes avoir mérité ta part de *kacha* ?

C'était Aliochka. Comme je m'arrêtai pour comprendre de quoi il retournait, mon regard croisa le sien. Ce que j'y vis me prit aux tripes. De la jubilation.

Aliochka jouissait à l'idée de me faire ramper.

— Reprends ton poste ! Je vais te rendre meilleur, plus conforme !

Il n'y avait pas de recours possible. Si un *nariadtchik* ordonnait quelque chose, la meilleure solution résidait toujours dans l'exécution de cet ordre, aussi stupide soit-il. Aussi repris-je une pelle sans mot dire et recommençai-je à creuser.

Sans rien dans l'estomac depuis près de dix heures, je savais que je ne tiendrais plus longtemps. Le froid s'intensifiait et je tremblais de tous mes membres. Une hypoglycémie par moins quarante-cinq vous rectifie le plus résistant en moins d'une heure.

Aliochka me fit creuser en profondeur, un trou qui avait toutes les dimensions d'une tombe. L'eau de la chaudière ruisselait à l'intérieur, de telle sorte que je pataugeais bientôt jusqu'aux genoux.

— *Davaï*, capitaliste ! Honore le rendement légendaire de ton peuple !

Je tins bon près d'une demi-heure. Aliochka battait la mesure avec une barre à mine qu'il laissait retomber juste à côté de moi, dans la boue. À chaque coup, ça faisait un *tchac* qui m'éclaboussait le visage.

— Ça suffit ! Tu mérites la terre soviétique, dit-il enfin.

J'étais hagard, ruisselant de sueur et de boue, de l'eau jusqu'à mi-cuisses. Je regardai Aliochka bêtement, sans réaction.

Il empoigna la barre à mine à deux mains et me frappa de toutes ses forces, juste au-dessus des genoux. La sensation de douleur, immédiate et vertigineuse, me plia en deux. L'eau mêlée de boue me happa tout entier. J'y tombai tête la première, la bouche ouverte par la douleur qui cherchait une issue.

Je ne sus jamais s'il avait agi de son propre chef ou si l'ordre de me faire disparaître était venu de plus haut. Qu'importe, à vrai dire…

La poussée d'Archimède m'empêcha de sombrer tout de suite. J'eus la force de relever la tête hors de l'eau pour voir Aliochka contempler son forfait.

— Pisse-toi dessus, camarade, ça te réchauffera ! dit-il en partant.

Il emportait avec lui la seule lanterne restante, si bien qu'une nuit totale tomba sur moi. Au-dessus de cet épisode, banal en cette partie du monde, le firmament brillait de mille éclats.

La surface de l'eau boueuse commençait déjà à se solidifier.

Dieux tout-puissants, pensai-je encore. *Je n'aurai pas d'autre choix que de revenir sur cette terre déshumanisée.*

Je revins à la conscience de la façon que vous connaissez à présent. À la surface de l'eau sur le point de geler se superposa celle d'une jeune femme. Des rires et de la musique nous parvenaient, assourdis par le bosquet dans lequel nous venions de faire l'amour. Je sus que je me trouvais dans la ville de Strelka, qu'il se donnait à côté le bal de clôture d'un concours agricole où mon père et moi avions présenté des bœufs. Je sus que la jeune femme s'appelait Sverena. Et surtout, je sus que vingt-deux années s'étaient écoulées.

Tout cela se passa le temps d'un éclair.

Aussitôt je me retirai d'elle. Le jeune Vladimir Julianov la désirait. Pas Malhorne.

Je n'eus plus qu'une obsession en tête, lancinante, douloureuse et désespérée, retrouver Kim.

Il me fallut des mois pour pouvoir me payer un billet d'avion pour New York. Aussi n'arrivai-je au cabinet des Macare qu'à la fin de l'année 1999.

— Que puis-je pour vous, monsieur Stark ?

Virgile formulait cette question pour la deuxième fois consécutive.

— Ton frère aîné n'est pas là ? demandai-je.

— Nous parlerons famille lorsque vous m'aurez éclairé sur l'objet de votre visite ! répondit Virgile, qui commençait à devenir nerveux.

— Allons, Virgile ! Les Macare ont une réputation d'accueil depuis fort longtemps, repris-je. Depuis vingt générations, au moins. Au-delà, ma mémoire reste floue !

Virgile se calma immédiatement. Mes paroles prenaient peu à peu du sens.

— Mon frère Malhorne est mort, il y a deux ans, monsieur Stark.

— C'est une bien triste nouvelle. J'aimais beaucoup ton frère. On ne peut échapper à son destin, je suppose.

Virgile chercha fébrilement parmi les fichiers de son ordinateur. Puis il retourna son attention sur moi.

— Voudriez-vous vous acquitter de la procédure, monsieur Stark ? Nous pourrons ensuite reprendre cette conversation sur la famille.

Je prononçai mot pour mot notre protocole de reconnaissance. N'y voyez aucune suspicion de ma part, mais je me garderai de vous en donner la teneur.

Virgile vérifiait son écran très attentivement tandis que je débitais cette tirade.

— Ai-je une bonne note pour ma récitation ?

— La meilleure, Malhorne ! La meilleure ! articula lentement Virgile.

De vives couleurs lui montaient aux joues et un tremblement agitait sa main.

— Allons ! Remets-toi, Virgile ! Tu savais que je reviendrais tôt ou tard !

— Nous avons lancé des recherches dans le monde entier, Malhorne. Mme Trevor, je veux dire Kimberley, est venue nous trouver un beau jour pour nous dire où tu étais parti. C'est insensé, non ! Pourquoi l'Union soviétique ?

— Trevor ? Kim s'est mariée ?

— Oui… Je suis désolé ! Six ans après ton départ. Tu m'entends ? Six ans ! C'était pitié de la voir à l'époque, tu peux me croire.

— C'est une bien plus grande douleur pour moi que pour toi, frérot ! Mais c'est normal, je pense. As-tu toujours de ses nouvelles ?

— Pas récentes. Nous échangeons nos vœux pour la nouvelle année. Rien de plus.

— Tu as donc son adresse ?

— Exact. Me répondras-tu ? Qu'es-tu parti faire en Union soviétique ?

— Ex-Union soviétique. Achever un vieux projet.

— Et qui es-tu, à présent ? Je veux dire, quelles sont tes nouvelles racines ?

— Ma foi, c'est vrai. Je ne m'appelle pas Julian Stark. Pas encore, du moins, et ça m'aiderait grandement que tu t'occupes de mon cas vis-à-vis des services de l'immigration.

— Je t'écoute. Quel est ton nom véritable ? demanda Virgile en s'emparant d'un bloc-notes.

— Vladimir Julianov Starkovitch. Fils unique de Liouba Kristova et de Piotr Starkovitch. Né en Sibérie occidentale le 22 février 1978. Près de la ville de Strelka. Est-ce suffisant ?

À l'exception de la statue, je lui racontai tout mon périple sibérien. L'arrestation, le goulag, la tourbe…

La renaissance, quelques mois plus tôt. Tard, si tard…

— Je crois comprendre, me dit Virgile en se dirigeant vers une vitrine. Je te sers quelque chose ? Vodka, peut-être ?

— Je pense avoir ingurgité suffisamment de vodka pour les cinquante années à venir. Non, je prendrai un scotch. Sec !

— Tu es entré sur le sol américain clandestinement, je suppose ? reprit-il, tandis qu'il servait deux lourdes doses de son meilleur scotch.

— Je ne peux rien te cacher. Ça ne doit pas représenter un énorme problème pour un procédurier de ta trempe.

Son sourire confiant m'assura de l'insignifiance de ce détail.

— As-tu une grande famille à présent ? La dernière fois que nous nous sommes vus, tu n'étais pas même pubère.

— C'est vrai ! Et ma pilosité s'est depuis bien développée, mais pas les gonades. Malheureusement non ! La nature en a voulu ainsi, je n'étais pas apte à procréer.

— C'est bien fâcheux, repris-je. Et l'adoption, y as-tu songé ?

— Martha n'en veut pas ! Nous tentons d'autres voies, plus scientifiques. Il faut du temps.

— Il vous faut un fils, Virgile, tu ne l'ignores pas. En ta qualité de juriste, tu ne peux qu'honorer ce vieux contrat.

— Trinquons à ton retour, si tu veux bien !

— *Nasdarovie*, camarade !

Le mari de Kim, un médecin, sortait de leur domicile tous les jours ouvrés à huit heures précises. Kim l'accompagnait invariablement jusqu'à la grille de leur jardin et secouait gentiment son bras en guise d'au revoir. Puis elle rentrait vers je ne sais trop quelles occupations ménagères. Elle ne travaillait pas, ne cherchait plus dans la poussière ces traces du passé qui l'exaltaient tant lorsque nous nous étions rencontrés.

Depuis deux semaines, je m'étais installé devant le 940 Washington Road, juste en face de chez elle. Pour le moment, personne ne s'était inquiété de voir un grand mobil-home stationner dans ce joli quartier résidentiel de Los Angeles. Pas même la police, qui patrouillait pourtant à intervalles réguliers.

La pensée de revoir Kim m'obsédait. Même si je me doutais bien que ce serait difficile.

Je ne pouvais tout de même pas aller sonner à sa porte pour lui dire tout simplement : Bonjour Kim, voilà, je suis revenu !

Peut-être aurais-je dû procéder ainsi.

Tous les jours, lorsque son mari partait, je me disais que c'est à moi qu'elle aurait dû faire ces signes, que c'est moi qu'elle aurait dû embrasser sur le pas de la porte, moi aussi qui aurais dû partager son intimité…

Et ces grands enfants, ces adultes en fait, qui venaient le samedi, ils auraient dû être les nôtres. Pas les leurs.

Mon obsession frôlait le délire.

Je ne trouvais jamais la force d'agir. Ni d'aller sonner ni de me résoudre et partir. Je reconnais avoir été lâche. J'avais peur !

En octobre 1999, je me décidai à lui écrire. Un télégramme.

« N'oublie pas notre promesse pour le 31 décembre prochain.
M. »

Je l'observais à travers le pare-brise lorsqu'un coursier lui apporta le pli. Comme les gens ont l'habitude de le faire, elle ouvrit l'enveloppe sur le perron, avant que le coursier reparte.

Elle s'évanouit juste assez lentement pour que le type la rattrape.

Par la suite, j'ai voulu lui parler, au téléphone au moins, mais à chaque fois, mes mots restaient coincés, flétris, racornis par deux décennies de retard. Une fois même, elle prononça mon nom. Je n'ai su que gémir, et puis raccrocher.

Le soir fatal du changement de millénaire, Kim est venue à notre rendez-vous, alors que je n'y croyais plus vraiment.

Elle voulait savoir, je pense. Comprendre… se souvenir…

Se faire du mal !

La suite, vous la connaissez. Le docteur Kibrov a certainement dû vous faire un brillant exposé de mon arrivée dans sa clinique. Quand, pourquoi, comment, etc. C'est un homme méthodique. Pas énormément d'intelligence, mais de la méthode.

Ce qu'il n'a pas pu vous expliquer, c'est pourquoi je me retrouvais dans cet état.

En sortant du coma, je restai apathique. Non pas physiquement traumatisé, les médecins ont cherché en vain les causes possibles d'un tel abattement. Ma souffrance vibrait sur un plan moral, bien loin du champ d'investigation des scanners. Je n'ai pas trouvé d'autre échappatoire que l'isolement cérébral. Le reste m'était insupportable. Les autres, le bruit, la vie, la lumière…

En quelque sorte, la boucle se refermait, sans que je sache s'il s'agissait d'un cercle ou d'une spirale. Je subissais, plus de cinq cents ans après, le même état qu'avait connu jadis Jean l'Essart, après qu'il eut conté fleurette à cette jeune paysanne tragiquement disparue.

Si vous avez perdu dans votre vie un amour véritable, alors vous savez ce qui m'est arrivé. Vous comprenez que plus rien n'a de saveur… Mais il demeure un détail qui risque de vous échapper. Le manque ne connaîtra pas de fin parce que je n'ai pas d'issue. Pas même la mort !

Je sais bien qu'elle n'a pas totalement disparu. Ce n'est pas le fruit d'une conviction religieuse mais la conclusion évidente de cinq siècles de renaissances. Kim existe toujours, même s'il ne m'est plus possible de la voir.

Je suis sans doute un trait d'union entre deux mondes, mais la Providence m'oblige à vivre au sein d'un seul. Et lourd est ce fardeau, sans offrir aucune contrepartie de quelque sorte.

61

Shannon se rhabilla et sortit de la cabine. Son ventre s'arrondissait si joliment qu'elle eut du mal à fermer le dernier bouton de son pantalon, pourtant quatre tailles au-dessus de sa garde-robe habituelle.

— Vous avez le bassin rêvé pour un accouchement en douceur, saviez-vous cela ? lui demanda le docteur Van Kriegs, le visage fendu d'un large sourire.

Shannon fit non de la tête et attendit la suite.

— On m'a recommandé de vous bichonner à partir de maintenant. Comme si j'avais l'habitude de vous torturer ! Enfin, ce doit être une nécessaire contrepartie à ma cadence de travail réputée…

— Pour ce que je fais ici… Si vous m'obligez à réduire encore mes activités, je vais devenir neurasthénique !

— Je comprends votre point de vue, la rassura Van Kriegs. Je ne pourrais pas, moi non plus, supporter de rester inactif.

— Il est toujours entendu qu'une fois la chose faite…

— Vous n'entendrez plus jamais parler de nous, c'est promis et, de plus, contractuel. Ne vous inquiétez pas pour ça ! Pensez plutôt à vous ménager…

— Avez-vous fixé une date ? s'enquit Shannon.

— Nous provoquerons l'accouchement dans un mois, si tout se passe bien d'ici là. Ainsi, l'enfant sortira encore plus facilement ! La vie n'est-elle pas aussi douce que possible ?

— Je vous le dirai lorsque ce sera fait, répondit Shannon, moins joviale à l'idée d'accoucher que le docteur ne semblait l'être. On n'appelle pas ça une table de travail, par hasard, non ?

— Allons, allons ! Avec une bonne péridurale, vous aurez la sensation de faire une séance d'abdominaux ! Un peu de sueur et d'énergie, rien de plus…

— Ce sont les hommes qui en parlent le mieux, à ce que je vois, le coupa-t-elle en riant de bon cœur. À demain, docteur Van Kriegs !

— À demain mon petit ! Et couchez-vous tôt. Le repos est source de sérénité et…

Shannon n'entendit pas la fin de la phrase. Elle avait appris, au cours des mois passés aux côtés du médecin, en quel danger on se trouvait si l'on restait passif devant ses monologues. La seule solution était la fuite. Ce n'était pas très poli, mais Shannon pensait qu'il continuait ses discours, sans s'apercevoir qu'il était seul.

Elle retourna en quelques pas dans son appartement et se fit couler un bain.

— Pas trop chauds, les bains !… entendait-elle encore dire Van Kriegs. C'est pas bon de se ramollir les chairs à votre âge !

Parle toujours, pensa-t-elle, *ton histoire de température de bain doit concerner un tout autre sujet !*

Shannon ajouta dans l'eau ses sels de bain favoris, puis elle disposa sur le lit une tenue plus élégante que ce pantalon grotesque.

Lorsque la mousse fut sur le point de déborder, Shannon ferma les robinets et se déshabilla.

Ensuite, elle rejoindrait Anita dans sa chambre et elles se prépareraient pour sortir. La veille déjà, un joli sourire au gardien de la porte d'entrée avait servi de sésame aux deux jeunes femmes. Ça avait été une soirée très réussie. Après sept mois passés entre les murs de la Fondation, le petit concert improvisé dans la forêt voisine leur avait paru une bulle d'oxygène. À vingt ans, on n'est pas prêt pour se terrer ! Et ce n'était pas la créature qui poussait dans son ventre qui allait y changer quelque chose.

Ce que les hommes peuvent être dociles, quand on sait y faire ! se dit-elle en se glissant dans l'eau délicieusement brûlante.

Une brume légère montait ce soir-là du sol tiédi par les premières chaleurs de mai. Franklin regardait par sa fenêtre ouverte les contours des bâtiments de la Fondation se tordre bizarrement sous l'effet optique de la condensation. Toutes les matières se ressemblaient, à présent, et les perspectives se fondaient en à-plats laiteux.

La brume envahissait autant son esprit que l'atmosphère. Elle tempérait le désarroi stupide dans lequel il avait la sensation de surnager. C'était presque parfait. Presque…

La décision des membres lui avait fait l'effet d'une douche froide.

Comment ne l'avait-il pas devinée plus tôt ! Comment s'était-il laissé berner aussi longtemps ! Une conversation qu'il avait eue des semaines auparavant avec Malhorne ne cessait de lui revenir. *Il n'y a qu'une seule fin possible à tout cela. Je le savais avant même d'arriver ! Il doit être nécessaire d'en passer par là !* avait-il dit calmement.

Malhorne savait déjà et paraissait attendre ce dénouement avec philosophie.

Franklin n'avait même pas eu le cœur à dîner. La solitude de sa chambre lui convenait davantage.

Au spectacle mélancolique qu'il observait de sa fenêtre, Franklin préféra bientôt celui d'un roman. Une fiction lui permettrait peut-être de s'évader un moment du cours ténébreux de ses pensées.

Dès qu'il fut sorti de la réunion, Spencer regroupa ses hommes de confiance afin d'établir avec eux un plan d'action. Les idées les plus insensées lui avaient traversé la tête mais, gêné par les restrictions ordonnées par son patron, il s'était rabattu sur une voie médiane qui ne le satisfaisait pas entièrement. Spencer détestait par-dessus tout les compromis, quelle que soit leur nature, mais il ne pouvait pas contrevenir aux injonctions de Denis Craig.

— Enfumage de l'ennemi, déclenchement de feux aux abords de son périmètre et fausse propagande dans ses rangs ! Avec ça, si ces bandes de loqueteux résistent… Mais ça m'étonnerait.

Il distribua ensuite les rôles à chacun. Certains se chargeraient de déclencher un mouvement de foule en répandant des rumeurs d'incendies pendant que les autres allumeraient des petits feux de branchages. Le tout agrémenté par une importante quantité de fumigènes astucieusement placés, et le tour serait joué. La brume de chaleur les aiderait grandement dans la réussite de ce plan. Et puisque les éléments tournaient en leur faveur, Spencer n'avait plus aucun doute.

— On enverra aussi un hélico sur zone. Avec projecteur et diffusion d'un message de la police ! renchérit-il.

Puis il se tourna vers l'un de ses hommes, auquel il n'avait pas encore attribué de rôle dans son dispositif.

— Quant à toi, David, je suis désolé, mais tu ne seras pas de cette partie. Tu garderas l'entrée du bunker jusqu'à minuit. Personne ne doit approcher Malhorne, à part Denis Craig et moi-même. Est-ce clair ?

— Fort et clair, colonel ! brailla le dénommé David.

— Application immédiate de cette mission ! ordonna Spencer, ce qui envoya David au pas de course vers le bunker.

Le feutre du marqueur montait et descendait sur la paroi lisse du mur. Il décrivait de longues arabesques, virait à droite, puis à gauche. Il suffisait que la main de Malhorne lui applique une infime torsion pour que le trait s'épaississe ou, au contraire, devienne si fin qu'il en disparaissait dans la masse en béton. Lorsqu'il eut terminé sa prose, Malhorne recula d'un pas. Son travail le satisfaisait.

Il était temps de passer à l'étape suivante.

Il se déshabilla lentement, de façon méthodique. Chaque vêtement était plié et rangé avant qu'il n'enlève le suivant.

Enfin nu, Malhorne se contempla dans la glace. Il connaissait bien ce corps, sans l'avoir beaucoup usé ni abîmé. Il était fin et souple. Pas une trace de graisse superflue. Pourtant, au cours de cette existence, le sport n'avait pas été une priorité. Depuis ses jeunes années passées en Sibérie, il ne se souvenait pas en avoir pratiqué un seul. La dernière décennie, lentement égrenée auprès des bons soins du docteur Kibrov, lui avait permis de conserver cette silhouette de jeune homme.

Dommage ! Je n'aime pas gâcher..., pensa-t-il.

Puis il détourna son regard du miroir.

Cachée derrière les œuvres complètes du marquis de Sade, il attrapa une cordelette qu'il avait lui-même tressée à partir de bandes de draps découpés. Elle atteignait une longueur de trois mètres. C'était tout juste suffisant mais il n'avait plus le temps de la rallonger. Malhorne connaissait intuitivement l'urgence dans laquelle il se trouvait.

— Viens par ici, monsieur Pompon ! appela-t-il. J'espère que tout ira bien pour toi. Tu as été un bon compagnon.

Le chat se frotta contre ses jambes nues en poussant des miaulements inquiets. Malhorne le prit dans ses bras et lui parla à l'oreille. Il chuchotait des syllabes insensées, qui apaisèrent le félin rapidement. Puis il le reposa sur le lit, où monsieur Pompon s'endormit.

Malhorne poussa alors une table au centre de la pièce. Il posa une chaise par-dessus et monta sur l'édifice. Même ainsi juché, il n'atteignit le plafonnier qu'à bout de bras, ce qui le mit dans une position très inconfortable, à la limite du déséquilibre.

Il arracha le plafonnier et fit une boucle avec les fils dénudés. Puis il passa la cordelette dans la boucle et l'y arrima solidement. Enfin, à tâtons, Malhorne confectionna un nœud coulant à la seconde extrémité de la corde, et le passa autour de son cou.

Son cœur battait trop vite, bien trop vite pour ce qu'il voulait faire ensuite. Il se calma. Le rythme cardiaque chuta à soixante pulsations par minute, puis à cinquante, pour se stabiliser aux alentours de trente-cinq.

Une fois calmé et désangoissé, il concentra toutes ses énergies mentales. Il sonda les environs psychiques, à l'intérieur de la Fondation. Il n'allait pas au hasard, il cherchait quelque chose de précis. Il cherchait quelqu'un. La moindre des personnes et la plus importante de toutes en même temps. Une personne en devenir, qui n'avait pas encore de nom ni de préjugés. Il cherchait l'enfant...

Lorsqu'il l'eut trouvé, il l'appela à lui du plus fort qu'il put. Du plus fort qu'il eût jamais essayé. Puis, quand le contact mental fut établi au-delà de tout retour, il laissa faire l'enfant.

Que la nature te guide ! Ce chemin t'est connu...

Au moment d'agir, il hésita encore, une dernière fois.

... Et puis, je déteste mourir, pensa-t-il.

Maintenant !

Il lança une jambe droit devant lui et sauta dans le vide...

Un vent ténu enroulait la brume en volutes, qui partaient au ras du sol en direction de l'attroupement.

— Parfait ! murmura Spencer. Tout est de notre côté !

Moulé dans une combinaison plus noire que la nuit, la tête couverte d'un bonnet sombre et le visage maquillé à la façon des commandos, Spencer se fondait parfaitement dans les broussailles. Seuls ses yeux auraient pu le trahir.

Il dégrafa son sac à dos et sortit plusieurs fumigènes qu'il disposa autour de lui. À ses côtés, quatre de ses hommes faisaient de même. Ils placèrent ainsi des dizaines de fumigènes sur une longueur avoisinant la centaine de mètres. Certains devaient entrer en action immédiatement après leur allumage, d'autres disposaient d'un retardateur. Calé de minute en minute, le dispositif enfumerait la partie de la forêt où se trouvait la foule pendant une demi-heure.

— Bien plus que nécessaire ! se félicita Spencer en regroupant ses hommes.

Dans quatre minutes, ils allumeraient les feux censés donner crédit aux rumeurs propagées par le deuxième groupe d'intervention. Il ne restait plus longtemps à patienter.

Spencer était heureux. La nuit, cette tenue qui le collait intimement, la sensation légèrement piquante du maquillage de camouflage, le bonheur de retrouver en une fraction de seconde de vieux réflexes de déplacements silencieux, tout cela contribuait à libérer dans ses veines de petites décharges d'adrénaline, seule drogue à laquelle il succombait.

Une poignée de secondes avant que le temps prévu ne soit écoulé, l'un des hommes du deuxième groupe quitta la foule pour rejoindre le groupe.

— RAS ! rendit-il compte à son chef. Ils seront faciles à manipuler !

— Décrivez-moi la situation.

— Pas mal d'alcool et de drogues légères, je pense. Il y a deux attroupements principaux, autour de musiciens, des jeunes pour la plupart. Et un autre moindre. Des gens en prière, ou en transe, je ne sais pas très bien…

— Parfait ! conclut Spencer. On va pouvoir passer à l'action.

L'homme retourna se mêler à la foule.

Sur un signe de Spencer, ses coéquipiers se dispersèrent dans les broussailles. L'épaisse fumée des premiers fumigènes commença à envahir la forêt. Le vent, pratiquement tombé à ce moment-là, poussa vers la foule une muraille de vapeur blanchâtre, légèrement scintillante dans la nuit. Au travers de ce rideau impalpable, des débuts d'incendies se voyaient déjà.

62

Shannon hurla.

Elle rêvassait dans les vapeurs du bain depuis près d'une demi-heure, lorsqu'une drôle de sensation monta de son ventre. Elle pensa tout d'abord aux recommandations du docteur Van Kriegs et se dépêcha de sortir de l'eau encore très chaude.

Elle attrapa un peignoir, regroupa ses cheveux à l'aide d'une pince et tenta d'ouvrir la porte.

Elle hurla de nouveau. Plus fortement cette fois que la précédente.

La douleur était si intense, et la sensation si nouvelle, qu'elle tomba à genoux sur la moquette épaisse.

Vite ! Trouver Anita ! pensa-t-elle, le cerveau au bord de la panique.

Au moment de se relever, Shannon aperçut un liquide qui se répandait sur le sol. Apparemment, cette chose sortait d'elle.

Une onde de panique submergea sa conscience, irrésistiblement. L'enfant était sur le point de naître et elle allait devoir s'occuper de ça toute seule.

Au moins, sortir dans le couloir. Si quelqu'un passait…

Elle s'agrippa à la poignée de la porte et parvint à l'ouvrir.

Shannon quitta sa chambre à quatre pattes. Elle espérait pouvoir cogner à celle d'Anita. Dix mètres ! Ce n'était quand même pas le bout du monde !

Elle n'y parvint pas. Shannon sentait son ventre se soulever par vagues rapides, au point que bouger davantage se révéla impossible. Elle s'allongea sur le sol, au milieu du couloir, et commença à respirer comme il fallait. Comme le lui avait enseigné le docteur Van Kriegs.

Vers vingt et une heures, quelqu'un avait cogné à la porte. Plusieurs fois. Puis la personne s'en était retournée vers d'autres occupations.

Franklin supposa qu'il s'agissait de Stacey. Il devait s'inquiéter pour lui. Après ce qu'il avait fait pendant la réunion, c'était compréhensible. Après ce qu'il n'avait pas fait, plutôt !

Les pas s'étaient éloignés dans le couloir. Franklin avait écouté un moment, puis s'était replongé dans son roman.

Tout semblait parfaitement normal. Habituel.

C'était monté d'un seul coup ! Une déferlante d'angoisse lui avait ravagé l'œsophage avec une telle violence qu'il s'était précipité au-dessus du lavabo, le corps secoué par des spasmes.

Jamais il n'avait ressenti un choc pareil ! Jamais avant que !...

L'image de Malhorne s'imposa dans son esprit.

Sans réfléchir au-delà de cette intuition, Franklin se précipita à toutes jambes vers le bunker.

— Il faut que je rentre ! aboya-t-il vers David, le garde mis en place par Spencer.

— Interdiction formelle ! Je ne peux pas vous laisser pénétrer dans cette partie de la Fondation, lui répondit-il consciencieusement.

— Écoutez-moi ! Vous avez des ordres précis, je suppose. Mais rien ne vous empêche d'aller jeter un coup d'œil vous-même ?...

Quelque chose dans le ton de Franklin alerta David. Une expression d'urgence qui ne pouvait être feinte.

— Vous ne bougez pas d'ici, c'est entendu ?

Franklin secoua la tête en signe d'acquiescement.

David présenta une carte magnétique devant le lecteur mural. La porte à doubles battants s'ouvrit sur la gueule béante du bunker, totalement enténébré.

— Il reste toujours une lumière, normalement ! s'écria Franklin en emboîtant le pas à David.

Ils allumèrent le système d'éclairage et découvrirent le corps de Malhorne qui se balançait encore au bout de la corde. Lorsque les plafonniers furent tous allumés, les lettres inscrites sur un mur leur apparurent.

« Je ne peux vous laisser disposer de ma postérité,
La mort est mon seul moyen d'évasion,
Je reviendrai,
Malhorne. »

— Mon Dieu !... balbutia Franklin.

Le garde, entraîné à réagir dans l'urgence, fut beaucoup plus efficace.

— Venez m'aider ! Le corps ne s'est pas encore immobilisé ! S'il ne s'est pas brisé la nuque, on a peut-être une chance...

Il monta sur le bureau, dénoua la corde et laissa tomber le corps de Malhorne dans les bras de Franklin. Ils cherchèrent en vain un signe de vie. Le cœur de Malhorne avait cessé de battre.

— Il y a sûrement encore quelque chose à faire, décida David. Emportons-le à l'infirmerie.

— Qu'est-ce que c'est, là-bas ! s'exclama Franklin entre deux hoquètements.

Le corps inerte de Malhorne à bout de bras, Franklin et David venaient de tourner dans le dernier couloir qui les séparait de l'infirmerie générale.

Comme il marchait à reculons, David se retourna.

Au bout du couloir, dans l'angle opposé à celui qu'ils venaient de franchir, un corps gisait sur le sol.

— Mais qu'est-ce qui se passe ici ? gronda-t-il.

À dix mètres de la forme immobile, Franklin reconnut le visage de Shannon.

La jeune femme était étendue dans une position invraisemblable et sa tête, tournée vers eux, montrait des yeux grands ouverts étonnamment fixes. Son peignoir traînait par terre et ne cachait qu'à moitié sa nudité. Une flaque de sang s'écoulait sur le béton, à côté d'un paquet informe. À cette distance, Franklin ne comprenait pas de quoi il s'agissait. La vérité lui sauta à la figure lorsqu'il décela un mouvement au milieu de ce tas de chairs à vif.

— Un bébé ! Shannon a accouché ici !

La jeune femme gémit faiblement.

— Il faut s'occuper d'elle ! ordonna David sur un ton impératif. Lui, il est mort ! Ça ne fait plus aucun doute. Elle, par contre, a besoin de nous.

David posa le buste de Malhorne sur le sol et se précipita vers Shannon, laissant Franklin sans réaction. Il tenait toujours le cadavre par les pieds et ne parvenait pas à le lâcher.

— Elle est en état de choc ! commenta le garde. Mais lâchez-le ! Vous ne le ferez pas revenir en lui massant la voûte plantaire !

Franklin déposa délicatement les jambes de Malhorne sur le sol et s'agenouilla aux côtés de Shannon.

— Prenez le gamin ! lui commanda le garde. Il faut le séparer de sa mère. On ne peut pas les emmener comme ça !

Franklin ne savait trop comment s'y prendre. Le nouveau-né était à moitié recouvert par le placenta et cette matière le rebutait.

— Allez ! Faites pas le dégoûté ! On en vient tous !

Franklin fit un effort et sépara l'enfant de la masse de chairs.

David dégrafa la baïonnette qu'il portait à la ceinture pour l'approcher du cordon ombilical.

— Faute de mieux ! dit-il avec un sourire navré. Vous ferez un nœud après. Et ne me demandez pas quel type de nœud. Je n'en sais rien…

La lame trancha le cordon sans problème. Franklin noua l'extrémité reliée au corps de l'enfant comme il put.

Il aura certainement un nombril affreux ! ne put-il s'empêcher de penser.

C'est à cet instant qu'il s'aperçut qu'il ne tenait pas un, mais une enfant.

Intrigué par ce détail qui lui parut incongru, il la regarda de plus près. Le bébé gardait les yeux grands ouverts et le regardait aussi, fixement. Trop fixement. Franklin connaissait peu les enfants en très bas âge mais il en avait côtoyé quelques-uns et savait que leur regard ne restait pas longtemps immobile. Il suffisait qu'un objet bouge dans leur champ de vision pour détourner leur attention.

Il bougea d'abord la tête. L'enfant suivit ses yeux du regard.

Il remua ensuite sa main, passant de droite à gauche au-dessus de son petit visage. Cela ne la perturba pas. Elle fixait toujours Franklin.

Mon Dieu ! Est-il possible que !... pensa-t-il sans oser formuler la fin de sa phrase.

Une tempête de pensées afflua dans son esprit. Ce pressentiment insensé pouvait-il correspondre à une réalité ?

Franklin se ressaisit. Il fallait se décider immédiatement.

Perdu pour perdu, se dit-il, *la moindre chance doit être tentée.*

Et la logique me pousse à y croire...

Mais tenter quoi ? Franklin regarda autour de lui. Il disposait de peu de moyens, pour ne pas dire aucun.

David était penché au-dessus de Shannon et s'escrimait à la ranimer. L'œil de Franklin s'arrêta sur le fusil d'assaut posé contre le mur. La solution se présentait d'elle-même.

La crosse du M16 s'abattit sur la nuque du garde avec un bruit mat, désagréable à entendre.

Pourvu que je n'y sois pas allé trop fort ! espéra Franklin.

Il ne s'attarda pas pour s'en assurer. Le garde s'était effondré sur Shannon et ne bougeait plus.

Franklin ramassa le bébé et partit à toutes jambes. Sur le point de sortir du bunker, une question subite l'arrêta net.

Toute cette histoire ne peut pas avoir été vaine ! se dit-il. *Et il existe un moyen pour que cela ne soit pas...*

Il fit machine arrière et retourna vers la grande salle du bunker. Au passage, il vérifia que le garde était toujours hors d'état de nuire et, par la même occasion, lui emprunta sa carte d'accès.

Avant de repartir, il s'arrêta devant la dépouille de Malhorne. Il avait aimé cet homme, comme on aime un frère. Le regarder gisant par terre le choquait au-delà de ce qu'il aurait imaginé.

Puis ses pensées revinrent vers le bébé qu'il tenait dans ses bras. S'il ne se trompait pas, alors l'enveloppe charnelle de Julian Stark n'avait plus d'importance.

On ne porterait plus le deuil..., songea-t-il.

Si j'ai tort, je renverrai le bébé vers sa mère...

Les gémissements de Shannon le sortirent de ses réflexions.

Le faisceau de câbles qui reliaient les instruments d'enregistrement du bunker au bloc mémoire de stockage se répandait dans tant de directions que Franklin ne savait comment s'y prendre. Il dévissa ce qu'il put et arracha le reste.

Un jour, des mois auparavant, Harry lui avait expliqué comment fonctionnait son système informatisé.

— Là ! lui avait-il désigné. C'est le bloc mémoire. Quatre mètres par trois environ. Ça enregistre tout en haute résolution. Faut de la place. Et en cas de panne du système principal, on a une deuxième mémoire. Basse résolution, mais c'est déjà très bien. Deux mille heures d'images peuvent tenir là-dedans. Tu te rends compte !

L'énorme avantage de la mémoire de secours, sur la principale, résidait dans sa taille. Pas plus grande qu'une valise de voyage. À peine plus lourde et dotée d'une poignée, la petite caisse en métal semblait avoir été conçue pour l'usage que Franklin s'apprêtait à en faire.

Il souleva la caisse et fut surpris par sa légèreté. Dans les quinze kilos, estima-t-il. Elle serait facile à transporter.

Dans l'appartement de Malhorne, il prit un drap de lit et s'en servit pour emmailloter le bébé. L'opération dérangea monsieur Pompon, qui s'étira longuement pour se réveiller, et le fut complètement dès qu'il se rendit compte de la présence de l'enfant. Après quoi, Franklin quitta le bunker, le chat sur les talons.

La Fondation était déserte.

Spencer et la plupart de ses hommes occupés en opération extérieure, Franklin ne fut pas inquiété. Il rejoignit le poste d'entrée en quelques minutes.

Le gardien en faction avait été remplacé par Spencer au dernier moment.

— Salut Bob ! lui lança Franklin lorsqu'il reconnut l'homme habituellement chargé des stocks de la Fondation. Une promotion ?

— Arrêtez ! Je m'en serais bien passé. C'est d'un ennui mortel, se navra Bob.

Spencer commet beaucoup d'erreurs ces temps-ci, se félicita Franklin *in petto.*

— Ce sont les conséquences du petit pouvoir ! plaisanta-t-il.

Bob se tourna vers la forêt. Une rumeur venait de s'élever parmi les arbres, quelque part devant eux.

— On dirait qu'il y a du remue-ménage depuis cinq minutes. Vous entendez ces cris ? Au fait, qu'est-ce qui vous amène ?

— Je vais voir ce qui se passe, répondit Franklin.

— Je ne sais pas si..., hésita Bob. M. Spencer m'a précisé que je ne devais laisser personne entrer ou sortir. Je ne voudrais pas...

— Faites-moi signer le registre, dans ce cas ! Il n'y aura pas de problème.

Bob se retourna pour fouiller dans la guérite, à la recherche d'un hypothétique registre.

Franklin en profita pour passer sous la barrière et sortit de la Fondation. Suivi de monsieur Pompon, il marcha d'un pas d'homme tranquille, une valise métallique au bout d'un bras et un paquet de linge sous l'autre. À le voir ainsi affublé, son prétexte ne tenait vraiment pas la route. Franklin comptait sur l'inexpérience de Bob.

Il atteignit la lisière de la forêt avant même que le garde se rende compte de la supercherie.

Franklin fut soulagé. Il avait réussi à jouer la comédie quelques instants, mais il n'aurait pas tenu plus longtemps. Séparer l'enfant de sa mère, assommer le gardien, accepter la mort de Malhorne, enlever l'enfant... Il venait de vivre en un quart d'heure plus d'émotions fortes qu'il ne se serait cru capable d'en endurer.

Franklin n'était pas un héros. À présent, ses nerfs craquaient. Il posa la valise et se laissa aller, le dos appuyé contre un arbre.

Une nouvelle clameur retentit sur sa droite.

Plus tard, songea-t-il. *J'aurai le temps de méditer mes actes, mais plus tard.*

Franklin inspira profondément et s'enfonça dans la forêt.

Une fumée blanchâtre lui barra bientôt le chemin. Une curieuse fumée, qui ne sentait pas le brûlé.

Encore un artifice de Spencer, se douta Franklin.

Il entendit des cris droit devant lui. Des bruits de course, de chute.

Franklin se dirigea dans cette direction. Il marchait lentement, s'efforçant de ne pas se cogner aux troncs et aux branches basses des arbres, qu'il ne devinait qu'une fois le nez dessus.

Il arriva bientôt dans une portion de la forêt plus clairsemée. Çà et là, des feux de camp diffusaient un éclairage bienvenu.

Le sol était jonché de cannettes de bière et de papiers gras, preuve qu'il devait y avoir eu beaucoup de monde. La plupart des campeurs avaient quitté les lieux, probablement à cause de cette fumée. Ceux qui restaient encore démontaient leurs tentes. D'autres, trop alcoolisés, ne s'étaient pas encore aperçus que la fête était terminée.

Franklin coupa à travers la clairière. Il n'avait qu'une idée en tête : rejoindre le lama et ses compagnons. Le moine connaîtrait peut-être la suite des opérations.

Franklin y arriva bientôt. Il fut guidé par le feu isolé qui réchauffait leur clairière.

Le moine était assis, dos au feu, et le regardait s'approcher. Ses compagnons formaient un demi-cercle autour du foyer, silencieux et tout aussi attentifs. Franklin s'agenouilla devant lui.

— Je suis..., commença-t-il.

— Je sais qui tu es, répliqua le Rimpoché sans attendre la fin de la phrase. Montre-moi l'enfant !

Franklin tendit le bébé. Le vieux moine s'approcha de la petite tête et murmura quelques mots à son oreille.

Cela parut lui plaire. La petite ébaucha un sourire, puis elle émit un curieux charabia qui, bien qu'incompréhensible, ne ressemblait pourtant pas aux habituels gazouillis des nouveau-nés.

— Il faut partir ! dit le Rimpoché sans autre commentaire.

— Vous avez un véhicule ? demanda Franklin.

La voix de Kinuyo s'éleva dans son dos.

— Nous avons un pick-up ! Une tribu y tiendrait sans problème.

Dans la minute, ils quittaient la clairière et emboîtaient le pas aux nombreuses personnes qui fuyaient la forêt. La tactique de Spencer se révélait à double tranchant, mais il ignorait encore ce détail.

Kinuyo et Machiko les guidèrent jusqu'à leur véhicule. À cet instant, ils entendirent monter le bruit d'un hélicoptère. Un faisceau lumineux éclairait la route depuis le ciel et se dirigeait vers leur position. Dans un vacarme assourdissant, l'appareil rasa les toits des voitures, avant de poursuivre sa trajectoire vers la forêt.

La voiture s'engagea dans le flot de véhicules qui encombraient la route et disparut dans l'anonymat de la nuit.

63

– Franklin Adamov ! avait-il articulé près du micro de l'interphone.

La porte en verre fumé s'était immédiatement ouverte pour leur livrer passage.

Franklin se souviendrait le restant de ses jours de la tête ébahie de Tara, lorsqu'elle l'avait aperçu dans le couloir, suivi par une troupe hautement cosmopolite qu'elle ne reconnut pas tout de suite. Son visage était ensuite passé du masque de l'étonnement à celui, plus cramoisi, de la stupéfaction, lorsque quelque chose de petit et de rougeaud avait bougé dans les bras de l'ethnologue, de façon indépendante.

Puis la porte grande ouverte de son appartement avait avalé la troupe entière, sans qu'il y eut un seul mot échangé.

Une drôle de compagnie pour une drôle de rencontre, dont le chat – qui avait eu l'instinct de monter avec la troupe – matérialisait l'esprit en arrondissant le bout de sa queue en point d'interrogation.

Ils s'étaient tous installés sur une grande terrasse pour discuter, à l'exception d'Acil, qui fouillait la cuisine de fond en comble en quête d'une nourriture ingérable par la petite.

Tara avait écouté. Au début, elle s'était risquée à certaines questions, mais l'ampleur de l'histoire était telle qu'elle y avait bien vite renoncé.

Si l'enquête qu'elle menait depuis des mois sur la disparition de Franklin, sa découverte au Brésil et les réseaux de la Fondation Prométhée lui avaient donné un avant-goût de mystère, la relation qu'elle entendit au cours de la nuit dépassa de très loin tout ce qu'elle avait pu imaginer.

Franklin lui raconta par le menu ce qu'il connaissait de cette affaire, pour l'avoir vécue de l'intérieur. Puis ce fut au tour des autres, le Rimpoché, Acil, le père Mac Conkey et, pour finir, Kinuyo, de raconter leur fragment d'histoire.

La tête lui en tourna. La somme de ces narrations constituait un tout irréel et pourtant tellement cohérent. Tara avait du mal à l'accepter. Elle commença par admettre, puis se laissa séduire.

— Toutes les preuves sont là-dedans, avait indiqué Franklin en montrant la mallette métallique. Il n'y a plus qu'à la faire parler !

— Sur ce point, j'ai ma petite idée. Mais nous verrons ça plus tard, avait conclu la journaliste.

Au petit matin, Tara prépara un copieux petit déjeuner puis, une fois disparue l'excitation de la veille, chacun s'installa pour dormir un peu. Les hommes, majoritaires en nombre, se firent de la place dans le salon tandis que Tara, Kinuyo et Machiko se partageaient la chambre. Un petit coffre en bois, qui servait à ranger le linge de maison, fut vidé et transformé en berceau pour le bébé.

— Alors comme ça, tu serais le lien des mondes ! murmura Tara, penchée au-dessus de l'enfant endormie. Il n'empêche que pour le moment, tu n'es qu'un petit bout de chou ! Qui a besoin d'une maman, pas de grands discours…

— Je vous présente Steven Prinsley, déclara Tara à ses hôtes. Nous avons travaillé ensemble sur Malhorne. Vous pouvez lui faire confiance.

Steven poussait devant lui un chariot sur roulettes qui cliquetait plus fort qu'un millier de criquets en été.

— Quelqu'un m'aide ? demanda-t-il à l'assemblée. J'ai encore plein de matériel à décharger…

Acil et Stuart disparurent dans le sillage de Steven et revinrent bientôt, les bras chargés d'ordinateurs, de périphériques et de pièces détachées.

Tara bouleversa son mobilier pour que Steven puisse s'installer convenablement, puis elle s'en alla, en compagnie de Stuart, retrouver son rédacteur en chef.

Marcussen écouta Tara sans broncher. Les muscles de son visage affichaient tour à tour l'étonnement ou le doute, et parfois même un air entendu, comme si ce vieux routard de l'information retrouvait dans cette histoire des terrains connus.

Un silence pesant remplaça la longue narration de Tara. Marcussen garda longtemps les yeux rivés sur les photographies qui égayaient son bureau.

— Vous ne pouvez pas garder tout ce monde chez vous, mon petit ! lâcha-t-il enfin. Vous êtes une connexion possible. Tôt ou tard, ils se pointeront chez vous. Vous pouvez en être certaine. Je suis même étonné que ça ne soit pas déjà le cas. Plus tôt vous quitterez votre domicile, mieux ce sera !

— Auriez-vous glané des renseignements ?… hasarda Tara.

— Une rumeur ! Ça bouge dans tous les coins. Le FBI est à la recherche d'un certain Adamov. Le motif invoqué est le vol de matériel hautement sensible, lié à notre défense nationale. La routine, en quelque sorte… On se croirait revenu en pleine guerre froide !

— De quel côté pouvons-nous nous tourner ? demanda Stuart. Cacher dix personnes n'est pas si facile. Inutile de nous tourner vers mon « entreprise », c'est trop risqué.

— On peut toujours compter sur la famille ! lâcha Marcussen d'un air mystérieux.

— C'est-à-dire ?...

— Mon ex-femme. Elle possède une propriété dans le Maine. Je ne crois pas qu'elle me refusera ce service.

— Bien ! On s'organise comment ?

— Le temps de la joindre et de la persuader. Disons dans deux heures ! Soyez prêts à partir en début d'après-midi.

— Merci..., commença Tara.

— Taisez-vous ! gronda Marcussen. Vous avez fait du bon boulot !

— Il m'est un peu tombé dessus sans prévenir..., s'expliqua-t-elle.

— Allons bon ! Vous n'allez pas rater le Pulitzer par excès de modestie ! C'est bon pour le tirage, le Pulitzer !

— Dans ce cas, si c'est pour le tirage...

— Une dernière chose ! précisa Marcussen. Coupez vos téléphones portables. Il n'y a pas mieux pour pister quelqu'un. Oubliez-les, même. Ces saletés nous pourrissent l'existence.

Le soir même, Marcussen les déposait dans le Maine, au cœur d'une vallée verdoyante battue par des vents d'ouest. Au milieu de la vallée, une mince rivière parvenait à entraîner les pales d'un vieux moulin, la propriété à proprement parler.

— C'est absolument charmant ! s'extasia Tara en sortant de la camionnette de livraison, aux couleurs de l'*Independent.*

— Un regret de mon défunt mariage. Sans doute le seul ! commenta Marcussen. Vous avez de la chance, Margret ne pourra pas vous rendre visite...

La maison, si un tel déploiement de pièces en enfilade pouvait encore recevoir ce nom, aurait pu héberger un séminaire de deux cents personnes. Le bâtiment, construit le long de la rivière, se présentait sous la forme d'un carré, égayé en son centre d'un jardin d'agrément. De sa fonction de moulin, il ne restait plus que la roue, qui tournait en pure perte. Le mécanisme n'existait plus, pas plus que les greniers à grain.

Marcussen leur proposa de s'installer où bon leur semblait et jeta pour sa part son sac dans une chambre aux proportions de salle des pas perdus.

— Elle a toujours détesté que je prenne celle-ci, confia-t-il en allumant un petit cigare. C'était la chambre de son premier mari. Pauvre homme !

— J'ignorais que vous aviez été marié, le taquina Tara.

— Que voulez-vous ! Personne n'est parfait...

Ils prirent tous une chambre dans la même aile de la demeure.

Steven redéploya son matériel dans le grand salon, où l'essentiel de la vie communautaire se déroulait.

Le bébé dormait beaucoup. En cela, il ressemblait à n'importe quel autre nouveau-né. Par contre, son acuité visuelle avait de quoi surprendre. Lors de ses courtes périodes de veille, il regardait les adultes parler entre eux, fixant son regard sur celui ou celle qui prenait la parole, et paraissait écouter. De temps à autre, le Rimpoché avait pour l'enfant des regards complices, qui semblaient partagés. Personne n'osa le questionner sur ce qui se tramait entre eux.

Le lendemain après-midi, un dimanche, Steven termina la réparation des câbles du bloc mémoire.

— Voilà ! On va pouvoir vérifier si tout fonctionne correctement ! lança-t-il à la cantonade.

Axel Marcussen fut le premier à se ruer vers Steven. Il attendait beaucoup des images volées par Franklin.

— Mais c'est un fichier énorme ! s'exclama Steven. Franklin ? Voyez-vous quelque chose de précis à nous montrer ? Une période particulière, n'importe quoi. On ne va pas regarder mille huit cents heures d'archives, ça prendrait des semaines !

— Calez-vous sur le mois de novembre de l'année dernière ! Il s'est passé quelque chose de très particulier qui vous intéressera certainement.

Steven s'exécuta.

— Voilà ! On y est. Vous pouvez passer en lecture, précisa Franklin.

Il leur fit un bref exposé de ce qu'ils allaient voir. La séance d'audition habituelle avec Malhorne, le dérapage de Spencer et ce qui s'en était suivi. Cette hallucination collective où chaque personne présente avait cru vivre une phobie intime.

Ils regardèrent le déroulement de la scène en silence, comme on apprécie un film. Franklin détesta revivre ces images pénibles mais se garda d'en parler.

— Qu'aviez-vous l'impression qu'il se passait ? lui demanda Marcussen. Vous étiez curieux, debout sur la pointe des pieds pendant que ça canardait dans tous les sens...

— Je me noyais..., répondit sobrement Franklin.

Ils dînèrent dans la cour intérieure. La protection qu'elle offrait contre le vent rendait plus agréable l'air encore frais de ce début de mai. Marcussen et Steven, avides d'images, mangèrent en vitesse et retournèrent devant les écrans d'ordinateurs.

À la fin du repas, Franklin se décida à aborder le seul sujet que tout le monde évitait soigneusement.

— Nous devons discuter de la suite, dit-il en fixant le lama plus particulièrement. Je ne pense pas que cette décision dépende de moi seul...

— Que vous dicte votre cœur ? lui répondit le Rimpoché, en lui renvoyant un regard bienveillant.

Franklin ne s'attendait pas à cette réponse. Il réfléchit un court instant.

— J'ai commencé à mettre au jour l'existence de Malhorne, je suppose que je dois poursuivre moi-même...

— Et avez-vous une idée de cette suite ? le relança le vieux moine.

— Retourner en Amazonie, je crois. C'est là que la première pierre a été découverte... Et puis, ils l'attendent. Je veux dire, Arinaou et les siens. C'est probablement la seule population humaine qui le protégera. Contre vents et marées.

Tara revint du salon portant le bébé.

— Le quatrième biberon de la journée ! lança-t-elle joyeusement. À qui le tour ?

— Attendez un instant, intervint le Rimpoché. Asseyez-vous à côté de Franklin. Il a quelque chose à dire à l'enfant.

Franklin eut un air terriblement gêné. Il ne savait si le moine se moquait de lui ou non.

— Je… je propose de te ramener auprès d'Arinaou… au pays de Maoré…, bégaya-t-il, le visage cramoisi.

La petite fille, qui n'avait jusqu'alors pas reçu d'autre nom que celui de « Bout de chou », esquissa un sourire, puis elle se mit à rire franchement, en cascade chevrotante.

— Tout le monde a l'air d'être de votre avis ! commenta le père Mac Conkey. C'est bon signe, vous ne pensez pas ?

La question fut ainsi réglée. Franklin et « Bout de chou » quitteraient le territoire américain pour celui, plus hospitalier malgré les apparences, de l'Amazonie sylvestre.

Le bébé dévora son quatrième biberon de la journée, pendant que les adultes discutaient de la meilleure façon de quitter les États-Unis discrètement.

Les idées les plus folles furent lancées. Des idées directement issues de films d'espionnage, difficilement réalisables dans la réalité. La proposition qu'ils retinrent, pour loufoque qu'elle soit, fut avancée par Kinuyo.

— Vous pourriez partir par container, dit-elle timidement. Personne n'ira fouiller un container de marchandises.

Ses compagnons la regardèrent comme une illuminée, mais elle s'expliqua, avant que l'un d'entre eux n'exprime ce que leurs visages trahissaient.

— Ma famille possède de nombreuses entreprises dans ce pays. Dont une compagnie de fret maritime. Dans ces conditions, il n'y a rien de plus facile que de faire aménager spécialement un container pour recevoir deux personnes pendant une assez longue période. Il pourrait venir jusqu'ici par camion, et repartir chargé de la même façon jusqu'à son port d'embarquement.

— Ça risque d'être long ! répliqua Franklin.

— Pas plus d'une semaine, je pense, répondit Kinuyo, tout sourire. Nous sommes un peuple travailleur ! C'est bien connu.

Kinuyo et Machiko quittèrent le Maine le lendemain matin. Elles avaient estimé être plus utiles à la supervision des travaux d'aménagement du container qu'à attendre dans l'ancien moulin.

Il restait aux autres une charge de travail suffisante pour les occuper tous. La décision avait été prise de télécharger les mille huit cents heures d'archives de la Fondation vers des sites internet capables de les stocker. L'idée était partie de Marcussen, qui connaissait plus que tout autre le pouvoir planétaire de ce média. Steven, le père Mac Conkey et le rédacteur en chef de l'*Independent* se chargèrent de dresser la liste de leurs futurs correspondants.

De leur côté, Tara et Franklin passèrent de longues heures sur la rédaction d'un texte de présentation des archives. Même si ces images pouvaient parler d'elles-mêmes, il fallait impérativement les différencier d'une fiction. On voyait de telles choses sur internet !... Mieux valait être prudent, l'occasion ne se présenterait pas deux fois.

Le Rimpoché, ses deux aides et Acil occupèrent leur temps à veiller sur le bébé, à profiter du lieu et, lorsque le besoin se faisait sentir, à aider les uns ou les autres.

Neuf jours après le départ des deux Japonaises, un semi-remorque descendit l'allée qui menait au moulin. Du camion, qui s'arrêta sur le gravier de la terrasse principale, descendit un homme d'origine asiatique.

L'homme les salua en silence, puis fit le tour de son camion. Il ouvrit les portes du container, où apparurent, radieuses, Kinuyo et Machiko.

— On a voulu le tester, dirent-elles en chœur. Deux jours, ce n'est pas très long, mais ça permet quand même de se rendre compte.

Le container mesurait dix mètres sur quatre et avait été aménagé comme un mobil-home. Tout le confort possible s'y trouvait, à l'exception d'ouvertures sur l'extérieur. Vu du dehors, il ressemblait à un banal container. Le symbole « déchets toxiques » avait été peint sur les parois.

— Vous disposez de deux mille litres d'eau, décrivit Kinuyo. Ça fait plus de trente litres par jour, si le « séjour » durait deux mois ! Bien sûr, pas de bain et douches rationnées. Les toilettes, c'est... stocké. Il y a plusieurs prises d'air pour parer à tout dysfonctionnement. Et, en cas de danger, on a fait aménager une trappe de sortie sur le côté ! Question nourriture, il y a de tout, et à profusion ! Ce n'est pas Versailles, mais qu'auriez-vous fait de Versailles ?

— J'ai toujours détesté le camping ! plaisanta Franklin. Ça tombe bien !

Le lendemain matin, leurs maigres bagages étaient alignés dans la cour. Franklin faisait durer les adieux. Il rechignait à quitter la lumière du jour pour une période qui risquait d'être longue.

— Occupe-toi bien de la petite, Franklin, lui glissa Tara à l'oreille. Tu es papa, maintenant !

— Oui ! Et sans les emmerdements qu'un tel statut comporte en général...

— Ce qui signifie ?

— Tu as vu une femme quelque part dans cette charmante caravane ? répondit-il, un sourire en coin

Marcussen l'attrapa par l'épaule, avant que Tara n'ait eu le temps de répondre.

— Adieu Franklin ! Je reste ici. Le journal a besoin de moi, et moi de lui. Et puis, je pourrai être utile à votre aventure, si je reste ici ! Je ne suis pas très doué dans la jungle !

— J'espère à un jour prochain, Axel ! Je ne pourrais jamais vous remercier assez pour l'aide que vous nous avez apportée...

— Eh ! Un Pulitzer ! Ça demande bien quelques efforts ! le coupa Marcussen en le poussant dans le container.

Franklin regarda ses compagnons du haut de sa position. Le bébé dormait dans ses bras, en toute confiance. Il poussa un long soupir.

— Vous êtes certains qu'il n'y avait vraiment pas d'autre solution ? gémit-il à moitié.

— Rendez-vous dans le port de Guayaquil ! Tu verras bien là-bas, après quarante-cinq jours de solitude, si tu ne t'émerveilleras pas de la simple présence d'une femme !

La porte double se referma en grinçant. Franklin constata qu'un rai de lumière filtrait encore à leur point de jonction et se dit qu'il pourrait au moins, grâce à cette infime ouverture, différencier le jour de la nuit. Mais le conducteur du camion actionna des leviers de pression, et toute lumière disparut.

64

« Voilà une semaine que nous sommes enfermés dans ce container. Je dois admettre que mes réticences du début sont tombées. Ce caisson de vie est diablement bien conçu. Petit, minuscule même, mais ergonomique.

» L'enfant n'a pas pleuré une seule fois !

Je n'ose pas l'appeler Malborne. C'est vraiment difficile d'associer à l'image de ce nouveau-né le souvenir de mon ami suicidé.

Et puis, c'est une petite fille…

Si Malborne a toujours été un homme, je ne m'explique pas cette petite fille. Mais je ne peux non plus expliquer son attitude. Ce bébé ne pleure pas, ne se plaint pas. Il dort énormément, comme n'importe quel bébé. Même si je n'en ai jamais eu, je sais tout de même cela. Les bébés sont comme les chats, ils dorment.

» Entre deux siestes, l'enfant m'observe. Ou alors son regard se perd dans le vide. On dirait qu'il se souvient, qu'il repasse dans sa tête quelque expérience antérieure. Alors, il sourit, ou fronce les sourcils. Je ne crois pas que les bébés expriment habituellement de telles choses.

Et ses yeux…

Mon Dieu, si vous voyiez ses yeux, vous comprendriez !

Je retrouve Malborne dans ce regard, avec quelque chose de différent. Si la chose est possible, son regard est encore plus profond, plus inquisiteur.

Chez Malborne, c'était déjà dérangeant, mais ce regard, qui remplit la figure de ce bébé, recèle une dimension monstrueuse. Cet enfant ne semble pas humain. Ou alors est-ce moi qui ne suis pas encore parvenu à ce degré d'humanité.

» Au début de notre enfermement, nos rapports ont été empreints de gêne. Surtout de mon côté.

Je ne connais pas les bébés, et j'admets volontiers qu'ils m'intimident.

C'est stupide ! Tout ça devrait être tellement naturel. Ma précédente expérience avec cette fraction de l'humanité en devenir remonte à mon adolescence, et ce ne fut pas une réussite. Je connus vers l'âge de seize ans les affres du baby-sitting. Par deux fois. La deuxième tentative frôla si délicatement la catastrophe que je préférai à ce job l'occupation moins mouvementée de gardien d'entrepôt, le week-end.

Pourtant, en même temps qu'il m'intimide, cet enfant m'attire. Ce doit être un réflexe naturel chez les mammifères. Il se crée une relation de dépendance entre l'adulte et sa progéniture. Même si, en l'occurrence, ce bébé n'est pas de mon sang, je suis ici son seul rempart face à la mort. Sans moi, sans mes soins attentionnés, il ne survivrait pas vingt-quatre heures.

Vivre aux côtés d'un enfant exalte chez l'adulte un sentiment de pouvoir absolu, celui de la vie et de la mort. Ce serait déstabilisant si en parallèle ne montait un autre sentiment, celui du devoir, vis-à-vis du petit être, vis-à-vis de soi-même.

» Je veux revenir sur ce qui précède. L'équation fonctionne si dans le même temps que monte ce sentiment de pouvoir, une égale sensation de fragilité croît en parallèle. L'amour donne cette fragilité. Aimer, c'est prendre le risque de se perdre. L'enfant m'a fait comprendre cela.

» Tara a été parfaite en tous points. Parfaitement femme, je veux dire. Elle m'a obligé à faire ce qu'elle voulait que je fasse. C'est imparable. Elle ne m'a laissé en guise de loisirs que trois ramettes de papier, une boîte de stylos et un monceau de couches pour la petite. Pas un livre, pas une radio, pas un échiquier… Rien pour rompre la monotonie de ces journées sans soleil.

Si, j'oubliais. Un dictionnaire ! Une délicate pensée.

Raconte, Franklin ! Témoigne pour les autres ! Tu auras le temps, ne t'inquiète pas de ce côté ! J'ignore combien de semaines vous resterez enfermés mais vous ne manquerez de rien, je te l'assure. Tu es habitué à l'écrit, c'est important. Les mots témoigneront toujours plus fort que les images. Tu ne crois pas ?

Merci Tara ! Il est vrai que je dispose de tout le temps nécessaire à la réflexion. Je pourrai débattre jusqu'à la folie de la prépondérance du verbe sur l'image ! Je n'ai rien de plus divertissant à me mettre sous la dent.

» Je ne dispose que d'une montre-bracelet pour quantifier la fuite du temps. Est-il bien raisonnable, d'ailleurs, de vouloir emprisonner le temps dans ce petit cadran ?

Ici, entre les quatre cloisons de cette boîte sans repères, cela n'a plus vraiment de sens. Je ne peux malgré tout m'empêcher de regarder ma montre, plus souvent que de raison, je crois. On ne perd pas une vieille habitude si facilement !

Une question me revient souvent. À chaque fois, en fait, que je lève mon poignet pour lire l'heure. Qu'est-ce que le temps ? Ça ressemble à une question d'enfant, et ce pourrait en être une mais, aussi idiot que cela puisse paraître, force m'est d'admettre une complète ignorance à ce sujet. Asseyez-vous quelques heures dans une pièce aveugle, sans aucune sorte d'occupation, et vous comprendrez sans doute le sentiment qui m'habite. Ici, sans les repères habituels du passage du temps, cette notion perd tout son sens. Elle devient purement un concept, qu'il m'est impossible de saisir.

J'ignore absolument ce qu'est le temps !

Kinuyo m'a dit avoir un diplôme de physique nucléaire. Je lui poserai la question.

Je vais peut-être détruire ma montre…

» J'ai bientôt achevé la lecture du dictionnaire. Intéressant. J'aurais tout de même préféré un exemplaire avec illustrations. Tara a sans doute jugé que des images me distrairaient. Quoi qu'il en soit, ce dictionnaire est un bien précieux. L'étymologie des mots m'éclaire sur l'histoire des hommes.

» Depuis deux jours, notre univers tangue. Le container a dû être chargé. Si le bateau ne rencontre pas de difficultés, j'estime à deux semaines le temps qu'il nous reste à patienter.

C'est surtout moi qui patiente. L'enfant dort tant que ses périodes de veille sont une sorte de récréation gastronomique. Je ne m'étais pas imaginé qu'un si petit être puisse ingurgiter une telle quantité de nourriture et salir autant de couches.

Nos rapports ont progressé. Mes gestes sont devenus plus sûrs et mes caresses moins grotesques. À mes yeux du moins, et c'est l'essentiel car un bébé ne juge personne.

En règle générale.

Sur le papier généreusement donné par Tara, j'ai écrit des mots. En grosses lettres soigneusement formées. Ensuite, j'ai présenté mes écriteaux devant la petite, très près de ses yeux et droit devant. Les nouveau-nés ne voient pas bien et leur champ visuel est très restreint.

J'ai commencé cette petite expérience pour tuer l'ennui, plus que par conviction. Contre toute attente, elle a réagi à ces mots. À sa façon de bébé. Elle ne maîtrise pas encore son corps. Ses mouvements sont désordonnés, hésitants. Sans doute un problème de tonicité musculaire. Avec de la patience, j'ai appris à décoder ses réactions, qui sont en fait des réponses.

Elle est consciente ! Je veux parler de la conscience adulte. Elle sait parfaitement qui je suis, qui elle est, où nous sommes, et pourquoi. Je dois avouer que cela m'a fait peur.

Malhorne ne prenait conscience de ses vies antérieures qu'à son premier rapport sexuel. L'enfant sait déjà. J'extrapole bien sûr, car il ne m'a rien dit. Mais puisqu'il est conscient, alors il doit savoir.

Je n'y comprends plus rien.

Si je n'avais pas connu Malhorne, je qualifierais cet enfant de monstrueux ! Heureusement, ses yeux renvoient une intention positive. Peut-être pas de la bonté, mais certainement de la sagesse…

» Bien sûr, la majorité de mes pensées se concentrent sur Malhorne. Il y a plus d'un an maintenant que la première statue a croisé ma route. Plus d'un an que José est mort. Ah, s'il avait pu connaître Julian Stark ! Je suis certain qu'ils se seraient entendus. Et je suis persuadé que sa présence aurait changé le cours des choses. À ce propos, un détail – qui n'en est pas un – me revient sans cesse. Si, comme Malhorne me l'a dit à mi-mots, il présumait du sort que la Fondation lui réserverait, pourquoi y est-il allé ? Je ne parviens pas à comprendre. Puisqu'il s'est suicidé avant l'expérience de la preuve finale. S'il est vraiment revenu dans le corps de ce bébé, alors pour lui tout est à refaire.

» Tara m'avait proposé d'emmener le chat. J'aurais dû accepter. Sa compagnie aurait été un divertissement. Pourquoi pas un réconfort. J'ai redouté que le container ne pue l'animalerie en moins de quarante-huit heures. Je ne peux pas m'en rendre compte mais, avec ou sans chat, je crains que ça ne soit le cas à présent.

» J'ai tenté une autre expérience avec la petite…

Toujours sur mes feuilles de papier, j'ai noté les lettres de l'alphabet. J'ai demandé au bébé s'il voulait me dire quelque chose…

En tenant la feuille devant ses yeux, j'ai lentement déplacé la pointe d'un stylo le long des caractères.

On a dû se familiariser avec ce système tous les deux.

Chaque fois qu'elle émettait un son, je notais la lettre sous laquelle mon stylo se trouvait.

Ça a donné quelque chose de curieux… la première fois.

« Zagul. »

J'ai pensé que je m'étais trompé en notant, alors on a recommencé.

« Ethen. »

Le mot avait un sens.

La troisième fois, ça a donné :

« Malhorne. »

Si je comprends clairement son message, la petite possède déjà la mémoire de ses prédécesseurs, sur des centaines de générations.

C'est vertigineux.

J'ignore qui est ce Zagul.

Il faudra attendre que la petite grandisse…

» Cette nuit, il a dû y avoir une forte tempête. La nausée m'a réveillé. Je ne connaissais pas la sensation du mal de mer et m'en serais bien passé. Pendant trois bonnes heures, je suis resté agenouillé au-dessus des toilettes. L'homme est constitué de soixante-dix pour cent d'eau. Mon corps ne doit plus à présent en compter que cinquante…

La petite a été obligée de sauter un repas. Difficile de donner un biberon et de vomir en même temps. Elle ne s'en est même pas plainte mais alors, mes aïeux, en quelle espèce de bête féroce se changea-t-elle à la tournée suivante ! Ses petits doigts gourds ne voulaient plus lâcher ni le biberon ni ma main. Il m'a fallu demeurer auprès de son berceau en attendant que le sommeil la prenne.

» L'univers a enfin cessé de tanguer. Le container a été secoué plusieurs fois, puis s'est immobilisé.

Nous devons être en Équateur. J'ai hâte que la nuit cesse.

» Je ne savais pas exactement quand ni où Tara viendrait nous délivrer mais je l'ai vite compris. Le container a été une nouvelle fois soulevé, puis reposé. Depuis, aux trépidations régulières qui secouent notre univers, j'ai su que nous étions en route pour la frontière. C'est certainement une excellente idée de sa part de nous emmener au plus près du Brésil, via le Pérou, mais quel inconfort ! Les routes de cette partie du monde doivent ressembler à un champ de bataille, si j'en crois les innombrables nids-de-poule dans lesquels nous bringuebalons. Patience ! La fin doit être proche.

J'avais prévu de me raser lorsque je sentirais approcher la fin du voyage mais, dans ces conditions, cet acte d'hygiène ressemblerait trop à un suicide pour que je m'y risque. Il me sera donc inévitable de revoir le jour sous l'apparence d'un homme des cavernes. Et probablement aussi sous les railleries de Tara.

— Pouh ! Ça sent le bouc là-dedans ! Pauvre enfant, si son apprentissage de la vie doit se faire dans ces conditions… Ça va lui donner un bel exemple !

Tara bondit dans le container.

Monsieur Pompon en fit autant et alla tout droit se lover aux côtés du bébé.

— Debout là-dedans ! C'est la fin du voyage ! cria-t-elle joyeusement vers le lit, où reposait une forme humaine.

Franklin se retourna vers la source des cris. La lumière vive qui entrait à grands flots par l'arrière du container lui fit fermer les yeux de douleur.

— Pourriez prévenir ! Je dormais ! grommela-t-il dans un demi-sommeil.

— C'est ça ! J'ai oublié d'envoyer un bristol. Mille excuses, mon cher, mais dégourdir tes jambes te ferait le plus grand bien !

— Moins fort ! La petite doit dormir.

Franklin se leva et, titubant à moitié, descendit sur la terre ferme. Déshabitué à la marche, il demeura appuyé contre le camion, en attendant que ses yeux se réaccoutument à la lumière du jour.

— Pas l'air d'être en pleine forme, notre clandestin ! dit une voix à ses côtés. Qu'en pensez-vous ?

Des commentaires fusèrent de plusieurs directions.

Franklin cessa de se frotter les yeux et aperçut devant lui des reflets safran et noirs dans la lumière.

— Stuart ? Rimpoché ? C'est vous ? hésita Franklin, une main au-dessus des yeux pour mieux voir.

— Et qui d'autre voulez-vous que ce soit ? répondit Stuart. Mis à part notre bande d'allumés, je ne connais pas grand-monde qui aurait fait autant de kilomètres juste pour dire bonjour !

— Où sommes-nous ? reprit l'ethnologue.

— À Latacunga, Équateur ! Vous êtes un amateur de retrouvailles, à ce que je vois !

Franklin avança vers le groupe qui se tenait devant lui.

— Pardonnez-moi, s'excusa-t-il en serrant dans ses bras chacun tour à tour. Je me sens un peu déphasé ! Je suis vraiment très heureux de vous revoir tous.

— Vos conditions de voyage vous excusent en partie, dit Acil en le serrant à son tour. Nul n'est tenu à l'impossible.

— José Cariban serait fier de vous, Franklin ! dit une voix derrière les autres.

— Teico ? appela Franklin, incrédule.

L'Indien sortit des rangs qui le cachaient.

— Que diable faites-vous ici ? Et comment ?...

— C'est une longue histoire ! répondit Teico. Disons, pour être court, que je suis retourné auprès d'Arinaou après votre départ. Je suis redevenu indien.

— Il serait peut-être temps de se mettre sur le départ ! dit Tara dans leur dos. Bout-de-chou s'est rendormie. Un peu de marche la bercera.

— Je crois que l'on peut l'appeler Malhorne dorénavant ! corrigea Franklin. J'ai tenté certaines expériences pendant le voyage et… je vous raconterai ça en chemin.

— Entendu ! J'ai moi aussi une foule de choses à te raconter…

— Comment partons-nous ?

— À pied, pourquoi ?

— Où voulez-vous aller à pied ? demanda Franklin. On est au milieu de nulle part !

— À deux heures de marche, mon cher Franklin, se trouve la rivière Curaray. Je te l'apprends peut-être, mais c'est un affluent de l'Amazone ! Nous ne marcherons donc pas très longtemps.

— Le village d'Arinaou se trouve à plus de mille kilomètres d'ici ! protesta Franklin. Et même Teico ne peut pas connaître toute cette région, c'est trop gigantesque !

— De vieux amis de Malhorne nous attendent derrière le col, répondit Teico de façon évasive. Les meilleurs guides qui soient, dans cette jungle.

Les onze compagnons sortirent en bavardant du village andin, puis ils allongèrent leur groupe en file indienne sur un étroit chemin de montagne.

Au bout d'une demi-heure de marche, ils atteignirent un haut col derrière lequel les centaines de milliers de kilomètres carrés de l'Amazonie étalaient leurs nuances infinies de verts.

Prétextant une pause biberon, Franklin implora une halte. Depuis six semaines, il ne s'était pas déplacé sur une distance supérieure à quatre mètres. Le souffle lui manquait.

Ils admirèrent silencieusement le prodigieux spectacle que la nature leur offrait, puis ils disparurent de l'autre côté du col.

En contrebas, de minuscules pirogues attendaient sur la berge avec, points noirs sur fond de sable, les guides dont avait parlé Teico.

Épilogue

Étendu dans l'herbe humide à l'ombre des grands arbres, Saùr souriait. Son unique vêtement en peau de loup lui servait d'oreiller, de sorte qu'il apercevait un morceau de la rivière en contrebas.

La fille s'était enfuie en poussant de grands cris. C'est vrai que son coït avait pris des allures rageuses. Pour une première fois, le plaisir avait manqué. Au moment où la vague de jouissance allait le submerger, sa tête avait comme explosé. Il ne distinguait plus les reins tendus de la fille. Des images venues d'ailleurs lui en voilaient la gourmande attraction. Des bruits sourds secouaient la terre, la grotte s'effondrait et il était tombé à la renverse. La douleur. La peur. La panique.

Il avait hurlé. Comme un animal. Comme un guerrier.

Un souvenir.

Un dessin sur la paroi rocheuse. Un drôle de joli rond tout jaune, avec des pointes autour. La seule vision agréable dans ce fouillis d'images qu'il accepta comme des souvenirs personnels.

Saùr se moqua de lui-même. Il se souvenait maintenant très bien.

Quelle délicieuse sensation que cette décharge d'adrénaline ! Elle lui nouait le ventre. Mais la peur était partie. Restait son moteur, son énergie. Et c'était bon.

Saùr éclata de rire, de bon cœur cette fois-ci. Comprendre apportait une sensation de puissance. Et surtout comprendre ça ! Pourquoi les autres ne lui en avaient-ils pas parlé ? Cela devait faire partie d'un rite de passage.

Tant pis ! Il agirait de même. Il se tairait lui aussi. Comme les autres faisaient.

Et puis il reprendrait son ancien nom. Ça sonnait mieux à l'oreille et ce serait plus simple pour tout le monde. Pas besoin d'expliquer qui il était auparavant, dans son précédent corps. Personne ne pouvait ignorer qui était Zagul, le graveur de pierre qui rendait les chasses possibles.

Oui, il y avait de quoi rire quand tout finissait bien !

Mais quelle peur atroce tout de même. Il décida qu'à partir de ce jour, les morts devraient être enterrés, protégés par la Terre Mère jusqu'à leur retour. Maintenant qu'il savait, il allait prendre les choses en main. Un graveur possédait une grande partie du savoir, c'était chose connue, même pour les tribus ennemies.

Zagul-Saùr s'appuya contre un arbre moussu. Déjà à moitié éventré par les montagnes, le soleil descendait mourir derrière la terre. Demain, il renaîtrait de l'autre côté, comme chaque matin.

Zagul s'en voulait de ne pas l'avoir deviné avant. La nature lui indiquait pourtant clairement la solution depuis toujours. Ne renaissait-elle pas fidèlement ? Le soleil, la lune, les étoiles, les nuages, la pluie… tout ce qui l'entourait mourait un jour.

Et renaissait !

Constater une évidence éternelle aurait dû être facile. Zagul se promit dorénavant une plus grande vigilance.

Le soleil disparaissait presque entièrement à présent. Un petit morceau rougeoyait encore entre deux pics. Lorsqu'il s'évanouit, cela lança comme un éclair doré. Sans doute l'âme du soleil s'en allait-elle à toute allure de l'autre côté de la terre prendre possession de son nouveau corps.

Il faudrait qu'il monte là-haut un de ces jours prochains. Il pourrait y adorer le dieu Soleil de plus près.

Il était grand temps de repartir vers la grotte. La nuit, les créatures malfaisantes rôdaient alentour. S'il se faisait attraper, il mourrait encore. Ce n'était pas si grave, mais ça faisait mal et Zagul détestait avoir mal.

Que la vie était belle.

Il grogna de plaisir en repensant encore à sa peur panique, lorsque le plafond de la grotte s'était écroulé sur lui.

C'était stupide tout de même !

Il avait eu peur de la mort…

Nécrologie

(selon le calendrier chrétien)

Guillaume Passegrain
dit « Malhorne »
1456-1491

Jean l'Essart
1491-1511

Maoré
(tribu Kayapo)
1526-1549

Maoré
(tribu Yanomami)
1552-1644

Niéné Kinumbe
1645-1656

Seito Misushi
1656-1732

Nelson Harringby
1733-1757

Kevin Slauter
1757-1792

Joseph Grivel
dit « Jojo »
1793-1827

Akim Al'Fakra
1828-1859

Thomas Dejean
1864-1924

Léni Abraham
1925-1943

Pavlov Bringman
1944-1977

Vladimir Julianov Starkovitch
dit « Julian Stark »
1978-2011

Coordonnées géographiques des éléments de l'heptagone

Élément 1
France – 1510
Latitude 43° 21' 46" NORD
Longitude 0° 40' 53" OUEST

Élément 2
Brésil – 1591
Latitude 5° 9' 10" SUD
Longitude 73° 42' 44" OUEST

Élément 3
Ko Jima – 1673
Latitude 24° 47' 33" NORD
Longitude 141° 19' 28" EST

Élément 4
Tibet – 1678
Latitude 28° 22' 25" NORD
Longitude 89° 22' 52" EST

Élément 5
Irlande – 1821
Latitude 52° 45' 19" NORD
Longitude 8° 9' 57" OUEST

Élément 6
États-Unis – 1825
Latitude 29° 59' 23" NORD
Longitude 90° 26' 42" OUEST

Élément 7
Russie – 1974
Latitude 55° 44' 18" NORD
Longitude 109° 25' 8" EST

Élément 8
France – 1509
Latitude 43° 26' 8" NORD
Longitude 0° 48' 35" OUEST

Imago Mundi
Océan Atlantique – 1511
Latitude 0° 41' 55" SUD
Longitude 48° 5' 7" OUEST

Dans la même collection

GALLICA

1. Le Louvetier
2. La Voix des Brumes

Henri Lœvenbruck

1154 : imaginez une France de légende, nommée Gallica...

Dans le comté de Tolsanne,
on raconte que, pendant la nuit de la Saint-Jean, un jeune homme marcha dans les flammes pour sauver un loup du bûcher. Son nom était Bohem, le fils du louvetier.
Quatre ans plus tard, sa vie bascule : son village et sa famille sont massacrés par de mystérieux guerriers. Terrorisé, il s'enfuit, traqué par des forces sanguinaires dont il ne sait rien.
Sur les routes de Gallica, Bohem rencontre alors les Compagnons du Devoir, jeunes artisans qui parcourent le pays et dont l'étonnante fraternité lui vient en aide. En chemin, il apprend qu'il est devenu l'objet de toutes les convoitises politiques et religieuses du royaume. Il doit échapper au roi de Gallica, à la Milice du Christ et à un ennemi inconnu qui semble tout savoir de ses origines : le Sauvage.
Face au danger, Bohem s'efforce de comprendre pourquoi on le pourchasse et découvre sa surprenante affinité avec les Brumes, ces créatures légendaires, ces licornes, ces loups que les hommes exterminent.
Or Bohem le devine : son destin est caché dans le secret des loups.

Henri Lœvenbruck est né à Paris en 1972. Journaliste, anthologiste et écrivain, il a tenu le poste de rédacteur en chef d'un magazine culturel pendant trois ans et se consacre aujourd'hui à l'écriture de romans et de scénarios pour le cinéma. Sa première trilogie, La Moïra *s'est imposée d'emblée comme un best-seller auprès de tous les publics.* Gallica, *sa nouvelle saga, allie subtilement la magie, les légendes traditionnelles françaises et l'Histoire.*

Dans la même collection

LA TRILOGIE DE LA MOÏRA

1. La Louve et l'enfant
2. La Guerre des loups
3. La Nuit de la louve

Henri Lœvenbruck

L'enfant s'appelle Aléa...
Jeune orpheline de treize ans, elle hérite involontairement d'un don étrange, d'une force mystérieuse et se retrouve alors au centre d'intrigues qui la dépassent. Sur l'île de Gaelia, nombreux sont les politiciens et les religieux qui convoitent cette puissance ; nombreux sont ceux qui redoutent le Samildanach, l'élu aux facultés uniques, qui pourrait changer la face du monde...
Alors qu'au sud, une armée est en marche pour reconquérir cette île volée à ses ancêtres, la jeune Aléa doit fuir de nouveaux ennemis : les Soldats de la Flamme, des fanatiques religieux qui voient en elle un nouveau danger, le Conseil des druides, qui lui envient son pouvoir, ou encore les terribles guerriers de Maolmòrdha...
Prise au cœur d'un conflit colossal, Aléa fuit la mort qui la traque sans pitié. La meute de ses poursuivants grandit de jour en jour. Le moment est proche où elle devra faire volte-face pour affronter son destin...
Dans l'ombre, tel le reflet d'un miroir, Imala, une louve solitaire, vit une aventure étrangement parallèle à celle de la jeune fille... Leurs existences sont-elles liées ? Leurs avenirs respectifs sont encore flous, mais une destinée unique attend la louve et l'enfant.

Une merveilleuse épopée entre *Le Seigneur des Anneaux* et *Croc-Blanc.*
Une trilogie mêlant évasion et aventure.

Henri Lœvenbruck est né à Paris en 1972. Journaliste, anthologiste et écrivain, il a tenu le poste de rédacteur en chef d'un magazine culturel pendant trois ans et se consacre aujourd'hui à l'écriture de romans et de scénarios pour le cinéma.

Dans la même collection

LES MYSTÈRES DE ST-PÉTERSBOURG

Christian Vilà

Un rituel magique est à l'origine de la Révolution d'octobre...

Pour Éfim Stoïkov, jeune chaman sibérien, tout commence à Barabinsk, son village natal. Une vieille femme à l'agonie lui confie la garde d'une mystérieuse créature qui lui ouvre la voie vers le Pays Violet, le monde des esprits. Ayant survécu aux premières épreuves de l'apprentissage chamanique, il émigre vers Saint-Pétersbourg.

Dans la capitale tsariste, où la police dispose d'alliés surnaturels, où complots politiques et combats de sorciers font rage dans les bordels et les palais, Éfim achève son initiation et subit le joug des terrifiantes Reines-Sorcières, qui se livrent une guerre secrète dans les coulisses de l'Histoire. Sa route va croiser celle de Raspoutine, qui lui a été désigné pour ennemi. Mais derrière le moine maudit se cache un Ennemi plus redoutable encore : le Prince des Nocents, souverain occulte de la cité. Pour vaincre, Éfim devra franchir les Seuils Violets qui palpitent dans l'horizon du monde des esprits, et où affluent les âmes des soldats morts dans les combats de la première guerre mondiale. En ces lieux singuliers vont se jouer son destin... et celui du siècle.

Né en 1950 et vivant à Paris, auteur d'une vingtaine de livres et de nombreuses nouvelles, Christian Vilà est aussi scénariste de télévision et de bandes dessinées. Avec Les mystères de Saint-Pétersbourg, *son quatorzième roman, il réalise une extravagante synthèse qui associe les rituels chamaniques et sorciers à l'histoire réelle – et allie la Fantasy moderne à la fresque picaresque, en un étrange roman initiatique, qui évoque Tim Powers et Clive Barker.*

Dans la même collection

LA TRILOGIE DU MAÎTRE DU TEMPS

1. L'Initié
2. Le Paria
3. Le Maître

Louise Cooper

Les sept dieux de l'Ordre ont régné sans partage durant une éternité, servis par les Adeptes du Cercle dans leur sombre forteresse du Nord.
Mais dans les rangs du Cercle, Tarod, le plus énigmatique et le plus redoutable des sorciers, commence à ressentir une attirance mystérieuse pour les choses obscures, qui menace ses convictions et fait même vaciller sa santé mentale.
Surgissant des abymes du Temps, un adversaire ancien et mortel risque de plonger le monde dans la folie et le chaos. Sa puissance rivalise avec les dieux eux-mêmes.
Le cœur et l'esprit de Tarod sont du côté de l'Ordre. Mais son âme, c'est une autre histoire…

Louise Cooper, née en 1952, a comblé les lecteurs de Fantasy de tous âges depuis 1973 avec plus de 50 romans. Elle est surtout renommée pour sa trilogie du Maître du Temps, *son best-seller. Passsionnée de folklore et de musique, elle vit en Cornouailles avec son compagnon et ses chats.*

«L'une de nos meilleures auteures de Fantasy épique… Le combat entre l'Ordre et le Chaos n'a jamais été aussi bien raconté que dans la magnifique trilogie de Louise Cooper. Elle a une compréhension aiguë de l'ambiguïté humaine, un don pour la narration et une imagination merveilleusement originale.»
Michael Moorcock

«La trilogie du Maître du Temps *est sûrement l'un des cycles les plus fascinants jamais écrits.»* *Dragon Magazine USA*

Dans la même collection

L'EPEE DE VERITE

1. La Première leçon du sorcier
2. La Pierre des Larmes

Terry Goodkind

Jusqu'à ce que Richard Cypher sauve cette belle inconnue des griffes de ses poursuivants, il vivait paisiblement dans la forêt. Elle ne consent à lui dire que son nom : Kahlan. Mais lui sait déjà, au premier regard, qu'il ne pourra plus la quitter. Car désormais, le danger rôde en Hartland. Des créatures monstrueuses suivent les pas de l'étrangère.
Seul Zedd, son ami le vieil ermite, peut lui venir en aide… en bouleversant son destin. Richard devra porter l'Épée de Vérité et s'opposer aux forces de Darken Rahl, le mage dictateur.
Ainsi commence une extraordinaire quête à travers les ténèbres. Au nom de l'amour. A n'importe quel prix.

Terry Goodkind est le nouveau prodige de la Fantasy américaine. En quelques mois, son cycle de L'Epée de Vérité *est devenu un best-seller international, vendu à des millions d'exemplaires. Pour la première fois depuis Terry Brooks, un auteur a de nouveau réussi l'exploit de réunir tous les publics sous sa bannière. Traîtrise, aventure, intrigue, amour, tous les ingrédients sont réunis dans ce cycle pour en faire la plus grande fresque de Fantasy depuis Tolkien.*

« *Ce roman va tout balayer sur son passage, comme le firent ceux de Tolkien dans les années 60.* » Marion Zimmer Bradley, auteure des *Dames du lac.*

Tome 3 : *Le Sang de la Déchirure*
à paraître en août 2004

Dans la même collection

DES TYRANS ET DES ROIS

1. Le Chacal de Nar
2. Le Grand Dessein
3. Les Saints de l'épée

John Marco

Pour l'Empereur de Nar, il est son meilleur général.
Il mène ses troupes d'élite chez les tribus sauvages de Lucel-Lor afin de soutenir le pouvoir corrompu et factice du Daegog, leur dernier monarque, face à des fanatiques religieux qui veulent le renverser.
Pour Tharn, le chef religieux de Lucel-Lor, il est le « Chacal de Nar », celui qui apporte la destruction et la mort avec son armée bardée de fer et ses machines crachant le feu. Un tyran, qui veut briser la magie, la tradition et les dieux séculiers.
Mais pour lui-même, il n'est qu'un pion dans un jeu qui le dépasse. Le prince Richius Vantran n'est ni un monstre envahisseur, ni un glorieux conquérant. Manipulé contre son gré, engagé dans une guerre mortelle qui s'enlise dans la boue et les tranchées, il ne voit pas d'issues au conflit. S'il l'emporte, il se damne lui-même en défendant une cause qu'il abhorre. S'il échoue, il perdra son titre, ses terres, son royaume et son honneur.
Et lorsque l'amour entre dans le jeu, il n'y a plus ni dieu ni maître… cette fois, le chacal va se battre pour lui !

John Marco est né à New-York et a exercé un bon nombre de métiers avant de se consacrer à l'écriture. Le Chacal de Nar *est son premier roman, et a rencontré le succès dés sa sortie. Il ouvre une trilogie qui mêle très habilement grandes batailles rangées, intrigues politiques, amours contrariées, religion et fanatisme au sein d'un univers riche. C'est une épopée dans la lignée de la saga de George R. R. Martin (*Le Trône de fer*).*

Achevé d'imprimer en février 2004
sur les presses de la **N**ouvelle **I**mprimerie **L**aballery
58500 Clamecy
Dépôt légal : février 2004
Numéro d'impression : 401062

Imprimé en France